飞花令里读诗词

二

秋

孙立权 李继英 主编

吉林出版集团股份有限公司

全国百佳图书出版单位

图书在版编目（CIP）数据

飞花令里读诗词：全4卷.秋 / 孙立权，李继英主编.-- 长
春：吉林出版集团股份有限公司，2020.5（2022.7重印）
ISBN 978-7-5581-8587-8

Ⅰ.①飞… Ⅱ.①孙… ②李… Ⅲ.①古典诗歌—诗
歌欣赏—中国 Ⅳ.①I207.2

中国版本图书馆CIP数据核字（2020）第069963号

飞花令里读诗词

FEIHUALING LI DU SHICI

主　　编：	孙立权　李继英
责任编辑：	矫黎晗
封面设计：	尚世视觉
出　　版：	吉林出版集团股份有限公司
发　　行：	吉林出版集团青少年书刊发行有限公司
电　　话：	0431-81629808
印　　刷：	鸿鹄（唐山）印务有限公司
开　　本：	710mm×1000mm　　1/16
字　　数：	564千字
印　　张：	45
版　　次：	2020年6月第1版
印　　次：	2022年7月第5次印刷
书　　号：	ISBN 978-7-5581-8587-8
定　　价：	168.00元（全4卷）

如发现印装质量问题，影响阅读，请与印刷厂联系调换。022-69380901

前言

　　"飞花令"是我国古代的一种行酒令，原本在现代几乎销声匿迹了，但随着《中国诗词大会》等节目的热播，这一古代饮酒助兴的游戏又在现代重现，并唤起了人们对古典诗词的共同记忆与热爱。

　　我国是一个诗词大国，在三千多年的诗词发展历史中，涌现出了无数的经典诗词。《诗经》中的"关关雎鸠，在河之洲"，《离骚》中的"路漫漫其修远兮，吾将上下而求索"，《古诗十九首》中的"同心而离居，忧伤以终老"，还有无数我们耳熟能详的唐诗宋词、明清佳句，这些古老的诗篇形成了中国人的共同记忆，穿越了漫长的岁月，至今还在影响着我们的情感，塑造着我们的精神和品格。

　　可以说，世界上没有哪一个民族能有我们这样热爱诗词——"飞花令"的火爆就是证明。

　　"飞花令"得名于唐代诗人韩翃《寒食》中的名句"春城无处不飞花，寒食东风御柳斜"。"飞花"是在写长安城中柳絮纷飞的景象，意境唯美，而"飞"字又有"传递"之意，符合行酒指令，因此文人墨客便将这种文字游戏称为"飞花令"。行"飞花令"时，由行令人吟出第一句带有"花"字的诗句（也可以用词或曲，一般不超过七个字），对令人随即对出格律一致、"花"字确定的下一句，如果对不上，就要罚酒。因为格调高雅，又可以展现文人墨客的机敏与学识，"飞花令"在诗歌繁荣的唐代十分盛行。

时至今日，仅仅一个"花"字已经不能满足人们表达的需求，而格律的限制也让普通人很难参与到"飞花令"这一游戏当中。有鉴于此，我们对"飞花令"进行了改良，除了"花"字，我们还依据现代人的审美习惯，选取了诗词中经常出现的春、夏、秋、冬、江、河、湖、海等字，每一个字都依据"飞花令"的规则对应数句诗词，而对于现代人很难考虑到的格律，我们也放宽了限制。为了易于理解，我们把这些从中国诗词历史长河中精心选取的诗句或词句，都重新"归还"到了原诗或原词当中，还配上意境吻合的插画，诗词的最后再辅以注释和鉴赏，最终形成了这套我们精心制作的《飞花令里读诗词》。

诗词在中国的历史已经超过三千年了，在漫长的岁月里涌现出无数篇章，它们彰显着性灵的飞扬，表达着生命的忧思，充满了历史的感喟。历史滚滚向前如同大浪淘沙，一些诗篇消失不见了，一些诗篇零碎地散乱在沙滩上，像珍珠一样熠熠生辉，等待有人把它们串起来，制作成精美的"项链"。"飞花令"就是串起"珍珠"的那条线，但是只串起这些"珍珠"毫无意义，想要这精美的"项链"变得更有意义，还需要读者的参与。

你做好准备了吗？让我们一起走进诗词的世界，去重温那些历久弥新的经典诗句，跟随古人的眼睛去看青山绿水，江山多娇，跟随古人的心去欣赏寒来暑往间诗与季节的互相成就而绽放的光芒，跟随古人的情怀去咏叹直教人生死相许的爱情最美的模样，跟随古人的壮志去致敬征战沙场的英雄，致敬孕育英雄之气的天地山河。让我们一起吟诵千古佳句，一起感受中华文化的独特美丽吧。

目录

悯^①农二首

（唐）李 绅

春种一粒粟，秋收万颗子^②。
四海无闲田，农夫犹饿死。

锄禾日当午，汗滴禾下土。
谁知盘中餐，粒粒皆辛苦。

注 释

①悯：怜悯。②子：粮食籽粒。

鉴 赏

第一首诗由一颗种子的春种秋收发端，十分形象地概括了农民一年四季辛勤劳动、却仍然难免于饿死的悲惨命运，揭露了社会极端不平等的现象。"春种一粒粟，秋收万颗子"，开首两句以春秋为时间发展线索，从"一粒粟"化为"万颗子"，形象地写出丰收的景象。第三句"四海无闲田"，在句意上较前两句又进了一步，由"一粒粟"到"万颗子"，再到"无闲田"，可谓层层递进，极言收获丰富的事实。前三句，从总体意义来说，都采用了鲜明的形象概括了农民在广袤田野里春种秋收的辛苦，换来了粮食的大丰收，照理来说是可以生活得很幸福的。但最后一句却凌空一转，来了个"农夫犹饿死"的事实。第二首诗中，"锄禾日当午，汗滴禾下土"，诗人开篇就为人们描绘了一个极为触目的画面，正午的烈日，毫无遮拦地照在农民身上，但他们依旧在田地里不停地劳作，那一滴滴豆大的汗珠不住地落在劳作的土地上。作者并没有说农民种田怎样辛苦，庄稼的长成如何不易，只是把农民在烈日之下锄禾而汗流不止的情节作了一番形象的渲染，通过这个特定场景的描写，就使人把这种辛苦和不易品味得更加具体、深刻且真实。第三、四句写出"谁知盘中餐，粒粒皆辛苦"这千古尽人皆知的名句，笔锋又是一折，由描写转向议论。看到农夫劳作的场面，诗人不禁感慨道：这世上又有谁能知道这盘中的粮食，每一颗都是由辛劳的汗水换来的，有谁能知道其中的艰辛呢？

　　李绅也是中唐时期的新乐府运动倡导者之一，他在早年就曾写过《新题乐府》二十首，受到元稹与白居易的赞赏。元稹的《新题乐府》就是和他的。李绅的乐府诗对元、白提倡的新乐府运动起了一定的推动作用。在这两首诗中，作者本着"不虚为文"的精神，矛头与锋芒所向都极鲜明。

醉落魄·辛未九月望①和答庆符②

(宋)胡 铨

百年强半③，高秋犹在天南畔。幽怀已被黄花乱。更恨银蟾④，故向愁人满。

招呼诗酒颠狂伴⑤，羽觞⑥到手判⑦无算。浩歌箕踞⑧巾聊岸。酒欲醒时，兴在卢仝⑨碗。

注释

①望：月圆之日，大致为农历小月十五日，大月十六日。②庆符：指当时的爱国志士张伯麟，庆符为其字。③百年强半：指年龄将近一百岁的一半，词人这一年四十九岁。④银蟾：传说月中有蟾，因而为月的代称，这里指圆满的皓月。⑤颠狂伴：指不畏权奸、力主抗金、却遭到奸臣迫害的志同道合之友，这里特指词题中的张伯麟。⑥羽觞：古代喝酒用的酒器，其状如雀鸟，左右形如展翅高飞的两翼。⑦判：分开，分离。⑧箕踞：形容两足前伸，以手据膝，如箕状，古时为傲慢不敬之容。这种放浪形骸的颠狂之态，在词中却是别有韵味，实是内心忧愁极深的外在表现。⑨卢仝：唐代诗人，号玉川子，善诗，亦喜饮茶。

鉴赏

这首词写于宋高宗绍兴二十一年（1151），朝廷中对金人入侵战和问题争论不休。以秦桧为首的投降派把持朝政，与金国签订了"和议"，爱国志士受到排挤。胡铨为"中兴名臣"，曾冒生命危险与秦桧做过拼死斗争。胡铨写下著名的《戊午上高宗封事》，声明"义不与桧等共戴天！"要求高宗砍下秦桧、王伦、孙近三贼的头颅。如若不然，他宁愿赴东海而死，也决不处小朝廷求活。本词就是写于词人的被贬地吉阳，刻画了一个身虽遭贬，却不屈不挠、不失豪气的爱国者形象，将矢志不移的抗金爱国之心表现得淋漓尽致。

上阕开头"百年强半"，鲜明地指出自己已经四十九岁了，年岁已高，却羁留南方。"犹"字道出时间之久，这里实是暗含无奈感伤的心情，词人大好的年华报国无门，只能僻居南方独自伤神。"黄花"点明现在是秋天，在这样一个秋高气爽的季节里，词人应该有着"晴空一鹤排云上，直引诗情到碧霄"的豪迈阔达的心情。可是无心赏菊，甚至恨那满月，为什么呢？因为词人"幽怀"，他郁结于心中的愁闷情怀。词人的人生际遇本来就坎坷万分，忠义之士不被重用，却令奸臣当道，任国土沦丧。所以词人很是惆怅，心中万分愁绪，在这种情况下，又恰逢满月当空，愁绪更加泛滥，于是满胸的愁苦只能向银月诉说。

下阕笔锋陡转，不再拘泥于自我的满怀愁情，而是转而抒写自己如何解愁。胡铨被流放二十三年，但始终坚持抗金、反对议和，爱国之情长存，不愧是我国历史上著名的民族英雄和伟大的爱国者。他的事迹和精神当与岳飞、文天祥一样，永垂青史。为了纪念胡铨，人们把他与欧阳修、杨邦义、周必大等同誉为"庐陵四忠"，并修有胡忠简公祠、五公祠等。这样的一位词人，在排忧解扰上也是独具风范。下阕的首句"招呼诗酒颠狂伴"点明了词人所谓的解愁的办法就是与志同道合的朋友一起喝酒解闷。喝酒一直喝到癫狂状态，这样他们就不再被现实的失落所困扰，酒到酣处，他们已经不顾形象、礼仪了，他们只想解开心中的困惑。"浩歌箕踞巾聊岸"具体地写他们喝酒的癫狂状态。最后引用唐代诗人卢仝的典故，写他们酒醒思茶，愿散尽平生不平事。全词一气呵成，展现了一个忠诚、正直的爱国志士的形象。

秋 夕

（唐）杜 牧

银烛①秋光冷画屏②，轻罗小扇③扑流萤④。
天阶⑤夜色凉如水，坐看⑥牵牛织女星⑦。

注 释

①银烛：白蜡烛。②画屏：画有图案的屏风。③轻罗小扇：轻巧的丝质团扇。④流萤：飞动的萤火虫。⑤天阶：露天的石阶。⑥坐看：有的版本选用"卧看"。⑦牵牛织女星：两个星座的名字。

赏 析

"银烛秋光冷画屏"写秋景：秋天的晚上，烛光微弱，屏画幽暗。用一"冷"字，暗示寒秋气氛，又衬出主人公内心的孤凄。次句"轻罗小扇扑流萤"，描述一个孤单的宫女正用小扇扑打着飞来飞去的萤火虫。

"轻罗小扇扑流萤"一句表达十分含蓄，其中至少含有三层意思：第一，在宫女居住的庭院里竟然有流萤飞动，由此不难看出宫女生活的凄凉悲惨；第二，我们从宫女扑萤的举动也可以想象出她的寂寞与无聊。宫女无事可做，只好以扑萤来排遣她那孤单的青春岁月；第三，扇子原本是作为夏天挥风取凉用的，秋天就不会再用了，因此，古人常在古诗里以秋扇比喻弃妇。此诗中的"轻罗小扇"，正是持扇宫女遭弃命运的贴切象征。

"天阶夜色凉如水"又转而写景，"天阶"特指宫内石阶，用"凉如水"来写夜色之深，写深宫内寒

5

，这也就进一步烘托出"冷"的气氛，而且自然地将宫女的目光从地下引到天上："坐看牵牛织女星"。一个"看"字，含蕴丰富：宫女遥望夜空，寻找那被银河隔开的牵牛星与织女星，触景生情，深叹自己的命运还比不上神话中的男女主人公，因为他们还可以每年七夕相会，而自己一进深宫便永隔人世了，这是多么悲惨的现实！诗人巧妙地从动作写到眼神，从"形"写到"神"，普普通通的"坐看"二字，将宫女十分细微复杂的心理活动刻画得淋漓尽致，所以清人蘅塘退士孙洙评论此诗："层层布景，是一幅着色人物画，只'坐看'二字，逗出情思，便通身灵活。"（《唐诗三百首》）

柳州榕①叶落尽偶题

（唐）柳宗元

宦情羁思②共凄凄，春半如秋意转迷。
山城过雨百花尽，榕叶满庭莺乱啼。

注 释

①榕：常绿乔木，有气根，树茎粗大，枝叶繁盛。产于今广东、广西等省。②羁思：客居他乡的思绪。

鉴 赏

首句"宦情羁思"是包含了复杂的内容的。作者自二十六岁进入仕途，到四十七岁逝世，其间仅二十一年，但却过了十四年的贬谪生活。他三十三岁时被贬到永州，十年后才被召回，可是，回到长安只一个月，又被外放到比永州更遥远、更荒僻的柳州。这首诗就是他到柳州后，也就是他的政治希望和还乡希望一度闪现却又终于破灭之后写的。被弃置于南方的小州，贬谪和压抑所造成的痛苦，时时激荡在他的心中。宦情与羁旅之情，不能不使他感到凄惨。春天已过去一半了，气候却同秋天一样寒冷，榕叶也落尽了，这使他更迷惘不解。

三、四两句"山城过雨百花尽，榕叶满庭莺乱啼"偏重叙事描写。说"山城过雨"，人们似乎还难于体味这场雨的分量和内涵，故后面紧接着补写了"百花尽"三字。此雨非早春润物之雨，它横掠山城，下得大，来得猛，涤荡万物。此一句，遥扣题面，把第二句"春半如秋"四字亦落到实处，同时又引带出末尾一句"榕叶满庭莺乱啼"。柳州多檀椿树，冠大身屈，四枝旁出，以其不材，故能久而无伤。但是经过这场暴风雨的洗劫，那些百年老榕也叶落满庭了。此等情景令诗人伤心，莺啼之声又格外增添了一重伤感情绪。那一个"乱"字，分明是诗人心烦意乱的精神状态的真实反映。

柳宗元这首抒情诗的特点，是简淡清爽与感情上的深沉热烈得到了统一。把百卉竞艳的艳阳天硬是渲染成"如秋"时节，然后寓身世忧伤之情于雨后春半、众芳芜秽之景中。诗歌感情沉重内敛，语言流利又不失其淡泊简古，以朴素凝练之笔表达了诗人自己的"哀而酸楚"之情！此诗写于柳州刺史任上，抒发了柳宗元远贬荒地的茫茫愁思，以及作为一个地方官，又希望能够造福于一方的思想。

山居①秋暝②

（唐）王 维

空山新雨后，天气晚来秋。
明月松间照，清泉石上流。
竹喧③归浣女④，莲动下渔舟。
随意⑤春芳⑥歇⑦，王孙⑧自可留。

注释

①山居：山中的住所。②暝：黄昏。③喧：在本诗中是指洗衣女的欢笑声。④浣女：洗衣的女子。⑤随意：在本诗中是"尽管"之意。⑥春芳：春草。⑦歇：逝去。⑧王孙：贵族的后裔，这里指隐居的高士。

鉴赏

此诗为王维山水诗中的名篇。雨后秋山明快舒朗、清新鲜洁的环境特点构成了全诗的基调。诗情画意中寄托了诗人高洁的情怀及对理想境界之追求。明月清泉，竹喧莲动，浣女归舟，层次鲜明，因果清晰，且有声有色、有静有动，构成一幅清新和谐的雨夜秋山图。

开头两句"空山新雨后，天气晚来秋"，是诗人用大手笔勾画的雨后山村的自然画卷。其清新、宁静、淡远之境如在眼前。一个"空"字，渲染出天高云淡、万物空灵之美。诗人隐居于此是何等的闲适！如此描绘山水田园之典型环境流露出诗人的喜爱之情。

接着写被雨水洗涤后的松林，一尘不染，青翠欲滴，"明月松间照，清泉石上流"，薄暮之景，山雨初霁，幽静闲适，清新宜人。山石显得格外晶莹剔透；就连月光也像被洗过一样，极其明亮皎洁；山雨汇成的股股清泉顿时流淌于拾级而上的石板上，又顺着山涧蜿蜒而下，发出淙淙的清脆悦耳的欢唱声，好似婉转的"小夜曲"奏鸣。"照"与"流"，一上一下，一静一动，静中有动，动中有静，仿佛让人感受到大自然的脉搏在跳动。此时此刻诗人也仿佛觉得自己被洗净了一般，自然的美与心境的美完全融为一体，创造出如水月镜花般不可凑泊的纯美诗境。此种禅意非隐居者莫属。苏轼把此联誉为"诗中有画"的典范。

接下来诗人采用了"未见其人，先闻其声"的写法。竹海之中传来女人们拨动夜露浸润的翠竹时发出的"沙沙"声响，又伴着她们银铃般的笑声，一派欢声笑语的喧闹打破了如此宁静的环境；再看水面莲叶波动，渔舟顺流而下，这便是渔夫要借着今晚的月光去捕鱼。诗人触景生情，感慨油然而生：山民们

戴月而作，随性而起，这般勤劳、朴素、开朗的性格，远比宦途官场清明、纯净许多。这些细节无不传达出诗人不仅喜爱这里的景美，更喜爱这里的人美的情绪。

最后两句"随意春芳歇，王孙自可留"，是诗人有感而发。虽然春光已逝，但秋景更佳，作者愿意留下来。王孙指诗人自己，这是诗人对《楚辞·招隐士》"王孙兮归来，山中兮不可以久留"的诗意的反意而用，是说春天的芳华虽歇，秋景却佳，自可久留。

这首诗一个重要的艺术手法，是以自然美来表现诗人的人格美和一种理想中的社会之美。表面看来，这首诗只是用"赋"的方法模山范水，对景物作细致感人的刻画，实际上通篇都是比兴。诗人通过对山水的描绘寄慨言志，含蕴丰富，耐人寻味。

夜雨寄北①

（唐）李商隐

君②问归期未有期，巴山③夜雨涨秋池。
何当④共剪西窗烛，却话⑤巴山夜雨时。

注释

①诗题一作《夜语寄内》。②君：对人的尊称，相当于"您"，这里指诗人的妻子。③巴山：泛指东川山峦。④何当：何时能够。⑤却话：忆说。

赏析

"君问归期未有期"，一问一答，先停顿，后转折，跌宕有致，极富表现力。君指诗人的妻子。你问我何时能够归来，我可以告诉你归期不定。"未有

期"之词带有公务在身、身不由己之意，也流露出掩饰不住的抱歉心情。此句看似平平常常地回答远方的询问，仔细品味，内涵十分丰富，故乡亲人的热切期盼，自己身在异乡的无可奈何，归期不定的气愤惆怅，全部蕴含在这一问一答之中。

"巴山夜雨涨秋池"，描写诗人自己置身之地的自然环境。巴山在这里泛指蜀地山水，作者滞留蜀地，"夜雨"难眠，"涨秋池"一词指秋雨绵绵不停，下得沟满池平。这是最易引发游子思家的情景。一个"涨"字，既说秋雨无端涨满池塘，也说乡思无端升起，充塞愁肠。这是以景言情的最好写照。

"何当共剪西窗烛"，指什么时候我可以与你们团聚，共同用剪刀修剪烛花，作彻夜长谈尽情倾诉呢？这里写出作者的期待，盼望着早日能与妻子相聚的心情。如果说"秋池""夜雨"带给人以冷凉的色调，那么与亲人相聚，在西窗剪烛，则显然增添了温暖气氛。

"却话巴山夜雨时"，表明此时诗人"独听巴山夜雨"而无人共语。独剪残烛，夜深难寐，在淅淅沥沥的巴山秋雨声中，诗人孤寂地阅读着妻子询问归期的信，而归期不定，其心境之郁闷、孤寂显而易见。作者却跨越这一切去写未来，盼望在重聚的欢乐中追话今夜的一切。因此，未来的乐，自然反衬出今夜的苦；而今夜的苦又成了未来剪烛夜话的内容，增添了重聚时的欢乐。

本诗表现了诗人最质朴的写作风格，抒写相思离情，曲折蕴藉，让读者读来回味无穷。

踏莎行·郴州旅舍

（宋）秦 观

雾失楼台，月迷津渡①，桃源②望断无寻处。可堪③孤馆闭春寒，杜鹃声里斜阳暮。

驿寄梅花④，鱼传尺素⑤，砌成此恨无重数。郴江幸自⑥绕郴山，为谁流下潇湘⑦去？

注 释

①津渡：渡口。②桃源：即桃花源，原属武陵郡（今湖南省武陵县）。典出陶渊明《桃花源记》中所记载的桃花源，词中虚实并用。③可堪："怎堪"之意，怎能忍受。④驿寄梅花：《荆州记》载，陆凯从江南寄一枝梅花给范晔，并赠诗云："折梅逢驿使，寄与陇头人。江南无所有，聊赠一枝春。"⑤鱼传尺素：传说鱼也能传书。古乐府《饮马长城窟行》："客从远方来，馈

我双鲤鱼。呼儿烹鲤鱼，中有尺素书。"尺素，书信。⑥幸自：本自。⑦潇湘：潇水和湘水的合称，二水交汇于湖南省零陵县境内。

鉴赏

这首词题为"郴州旅舍"，大约作于绍圣四年（1097）春三月。此前，由于新旧党争，秦观初为杭州通判，又因御史刘拯告他增损神宗实录，被贬处州，任监酒税之职。绍圣三年（1096），再以写佛书被罪，贬徙郴州（今湖南郴州市）。接二连三的贬谪，其心情之悲苦可想而知，形于笔端，词作也愈趋凄怆。此作写于初抵郴州之时，以委婉曲折的笔法，抒写了谪居的凄苦与幽怨，成为蜚声词坛的千古绝唱。

上阕写谪居中寂寞凄冷的环境。开头三句，缘情写景，劈面推开一幅凄楚迷茫、黯然销魂的画面。"雾失楼台，月迷津渡"互文见义，对仗工整，状写景物，情景交融。"失""迷"，既准确地勾勒出月下雾中楼台、津渡的模糊，又确切地写出了作者无限凄迷的意绪，为下句"望断"出力。"桃源望断无寻处"，词人站在旅舍观望应该已经很久了，他目寻当年陶渊明笔下的那处世外桃源，即是"望断"，亦为枉然。着一"断"字，让人体味出词人久伫苦寻幻想境界的怅惘目光及其失望痛苦心情。于是放纵的目光开始内收，逗出"可堪孤馆闭春寒，杜鹃声里斜阳暮"，桃源无觅，又谪居远离家乡的郴州这个湘南小城的客舍里，本自容易滋生思乡之情，更何况不是宦游他乡，而是天涯沦落。这两句正是意在渲染这个贬所的凄清冷寞。一个"闭"字，锁住了料峭春寒中的馆门，也锁住了那颗欲求拓展的心灵。更有杜鹃声声，催人"不如归去"，勾起旅人愁思；斜阳沉沉，正坠西土，怎能不触动一腔身世凄凉之感。词人连用"孤馆""春寒""杜鹃""斜阳"等引人感发、令人生悲的景物于一境，即把自己的心情融入景物，创造"有我之境"。"可堪"二字领起一种强烈的凄冷气氛，好像他整个的身心都被吞噬在这片充斥天宇的惨淡愁云之中。"暮"，为日沉之时，这一时间顺序，蕴含着词人因孤寂而担心夜晚来临更添寂寞难耐的心情，加重了感情色彩。

下阕写远方友人殷勤致意、安慰。"驿寄梅花，鱼传尺素"，远方的亲友

送来安慰的信息，按理应该欣喜为是，但身为贬谪之人，北归无望，却"别是一般滋味在心头"，每一封裹寄着亲友慰安的书信，触动的总是词人那根敏感的心弦，奏响的是对往昔生活的追忆和痛省今时困苦处境的一曲曲凄伤哀婉的歌，添其此恨绵绵。故于第三句急转，"砌成此恨无重数"，一切安慰均无济于事，离恨犹如"恨"墙高砌，使人不胜负担。一个"砌"字，将那无形的伤感形象化，好像还可以重重累积，终如砖石垒墙般筑起一道高无重数、沉重坚实的"恨"墙，但又不能说透。于是化实为虚，宕开之笔，借眼前山水作痴痴一问："郴江幸自绕郴山，为谁流下潇湘去"，无理有情，无理而妙，郴江本是围绕郴山而流的，为什么却要老远地北流向潇湘而去呢？词人在幻想、希望与失望、展望的感情挣扎中，面对眼前无言而各得其所的山水，也许他悄然地获得了一种人生感悟，需要细细体会。

　　这首词最佳处在于虚实相间，互为生发。上阕以虚带实，下阕化实为虚，以新颖细腻、委婉含蓄的手法描写了作者特定环境中的特定心绪，抒发了内心不能直言的深曲幽微的贬徙之悲，寄托了深沉哀婉的身世之感，使用写实、象征的手法营造凄迷幽怨、含蓄深厚的词境，充分体现了北宋婉约派大家的卓越艺术才能。

水调歌头

（宋）苏 轼

丙辰①中秋，欢饮达旦。大醉，作此篇。兼怀子由②。

　　明月几时有？把酒问青天。不知天上宫阙，今夕是何年③。我欲乘风归去，又恐琼楼玉宇④，高处不胜寒。起舞弄清影，何似在人间！

　　转朱阁，低绮户⑤，照无眠。不应有恨，何事长向别时圆？人有悲欢离合，月有阴晴圆缺，此事古难全。但愿人长久，千里共婵娟⑥。

注释

①丙辰：宋神宗熙宁九年（1067）。②子由：苏轼弟弟苏辙，字子由，时在齐州。③"不知"二句：唐人小说《周秦纪》有诗："香风引到大罗天，月地云阶拜洞仙。共道人间惆怅事，不知今夕是何年。"④琼楼玉宇：指月中宫殿美洁，如琼玉所筑。⑤低绮户：月光低照进雕刻花纹的门窗，亦说绮户指有丝绸帘幕的窗户。⑥婵娟：美好，指明月。末二句化用谢庄《月赋》中"隔千里兮共明月"句。

鉴赏

这首脍炙人口的中秋词，作于宋神宗熙宁九年（1067），即丙辰年的中秋节，为作者醉后抒情，怀念弟弟苏辙之作，当时苏轼与其弟子由已经六七年没有相见了。

全词运用形象的描绘和浪漫主义的想象，紧紧围绕中秋之月展开描写、抒情和议论，从天上与人间、月与人、空间与时间这些相关联的范畴进行思考，把自己对兄弟的感情，升华到探索人生乐观与不幸的哲理高度，表达了作者乐观旷达的人生态度和对生活的美好祝愿。

词的上阕抒发自己对政治的感慨，由超尘出世到热爱人生的思想活动，侧重于写天上。"明月几时有，把酒问青天"两句，是从李白《把酒问月》中"青天有月来几时？我今停杯一问之"两句脱化而来，点明饮酒赏月。接下来"不知天上宫阙，今夕是何年"，表面上好像是赞美月夜，

也有不知当今朝廷上情况怎样的含意，表明作者在"出世"与"入世"，亦即"退"与"进"、"仕"与"隐"之间抉择上深自徘徊的困惑心态。"我欲乘风归去"三句，写词人对月宫仙境产生的向往和疑虑，寄寓着作者出世、入世的双重矛盾心理，想回到朝廷中去，但是又怕党争激烈，难以容身。末尾"起舞弄清影，何似在人间"两句是说，既然天上回不去，还不如在人间好，这里所谓"人间"，即指做地方官而言，只要奋发有为，做地方官同样可以为国家出力。他仰望明月，不禁婆娑起舞，表现出积极乐观的心态。入世思想战胜了出世思想，表现了词人执着人生、热爱人间的感情。

下阕融写实为写意，化景物为情思，表现词人对人世间悲欢离合的解释，侧重写人间。"转朱阁"，谓月光移照华美的楼阁；"低绮户"，谓月光照着有离愁别恨的人，使其不得安眠。"朱阁""绮户"，与上阕"琼楼玉宇"对照，既写月光，也写月下的人，这样就自然过渡到个人思弟之情的主题上去。"不应有恨"两句是用反诘的语气、埋怨的口吻向月亮发问。"不应有恨"而恨在其中，正是"道是无晴却有晴"的意思。"人有悲欢离合"三句，写词人对人世悲欢离合的解释，作者由于受庄子和佛家思想的影响，形成了一种洒脱、旷达的襟怀，齐宠辱，忘得失，超然物外，把作为社会现象的人间悲怨、不平，同月之阴晴圆缺这些自然现象相提并论，视为一体，求得安慰。唯愿兄弟俩彼此珍重，在远别时光里共赏中秋美好的月色。"但愿人长久，千里共婵娟"，从月色美好，理解到远别的人可以"千里共婵娟"，也就能做到"不应有恨"了。以美好境界结束全词，与上阕结尾"起舞弄清影，何似在人间"一样，是积极乐观的。一方面是对兄弟不能团聚的安慰，同时也是对自己政治遭遇的安慰。

词的上阕叙述了他的身世之感和思想矛盾，下阕抒发对兄弟的怀念之情。带有人生哲学的意味，如上阕"起舞弄清影，何似在人间"，下阕的"此事古难全"。词里虽有出世与入世的矛盾，情与理的矛盾，但最后还是以理遣情，不脱离现实，没有悲观失望的消极思想，情绪是健康的。同时，这首词具有强烈的艺术感染力，千百年来成为人们所称赞的名作。

南歌子

（宋）黄庭坚

槐绿低窗暗，榴红照眼明①。玉人邀我少留行②。无奈一帆烟雨、画船轻。

柳叶随歌皱，梨花与泪倾③。别时不似见时情。今夜月明江上、酒初醒。

注释

①"榴红"句：出于韩愈《题张十一旅舍三咏·榴花》诗："五月榴花照眼明。"②留行：挽留。③梨花：一种较小的酒杯。

鉴赏

这首词写别情，写得含蓄而深情。上阕写行客即将乘舟出发，正与伊人依依话别。从写景入手，"槐绿低窗暗，榴红照眼明"，正当初夏，窗前槐树绿叶繁茂，室内昏暗，而室外榴花竞放，红艳似火，耀人双眼，这与室内气氛恰好形成强烈对比，两人此刻的心情没有明说，却以室内黯淡的气氛来曲折地反映出来。"玉人邀我少留行"，不仅是伊人挽留，行客自己也是迟迟不愿离开。"无奈"两字一转，写出事与愿违，出发时间已到，不能迟留。接着绘出江上烟雨凄迷，轻舟挂帆待发，在这诗情画意的描述中婉转流露两人无限凄楚的别情。

本词系双调，下阕格式与上阕相同。"柳叶"两句，承上阕"无奈"而来，由于舟行在即，不能少留，而两人情意缠绵，难舍难分。这两句写临行饯别时伊人蹙眉而歌，泪如雨倾。比喻手法的应用显得生动而真切，以柳叶喻双眉，随歌唱而显出了丝丝皱纹，梨花酒杯里盛满了倾泻的离别泪。"别时不似见时情"又一转，由眼前凄凄惨惨的离别场面回想到当初相见时的欢乐情景，心情更加沉重。末句宕开，以景作结，"今夜月明江上、酒初醒"，略去登舟以后借酒遣怀的描写，只说半夜酒醒，唯见月色皓洁，江水悠悠，无限离恨，尽在不言之中。

　　这首词属黄庭坚词作中别具一格之作，不用典，而是用细心的观察、情感的投入、形象的比喻来完成表达，如"柳叶"两句，以柳叶和梨花来比喻伊人的双眉和脸庞，以"皱"眉和"倾"泪刻画伊人伤离别的形象，通俗而又贴切。"槐绿"两句，例用对句，做到了对偶工整，色泽鲜艳；槐叶浓绿，榴花火红，"窗暗""眼明"用来渲染叶之绿与花之红，"绿"与"红"、"暗"与"明"，色彩与光度上形成两组强烈的对比，对人物形象和环境气氛起着烘托渲染的作用，以景写情，景中含情，衬托出离别时的依依不舍和分别后的思念。

虞美人①

（南唐）李　煜

　　春花秋月何时了②？往事③知多少。小楼昨夜又东风④，故国⑤不堪回首月明中。

　　雕栏玉砌⑥应犹在，只是朱颜改⑦。问君⑧能有几多愁？恰似⑨一江春水向东流。

注释

　　①虞美人：原为唐教坊曲名，又名《一江春水》《玉壶冰》等。②了：了结，完结。③往事：过去的事，这里指过去美好享乐的宫廷生活。④东风：春天的风，意味着春天来了，一年光阴又过去了。⑤故国：亡国，这里指的是被宋朝灭了的南唐。⑥雕栏玉砌：指的是南唐的豪华宫殿。砌，台阶。⑦朱颜改：红润的脸色已经改变了，人已衰老。⑧问君：君，作者自称。这是作者把自己作为第二

人称来发问。⑨恰似：正如。

鉴赏

　　这首词是李煜的代表作，是其降宋后的第三年在囚居中所作，该词表达了其对故国的强烈哀思，也是对自己周遭命运的无穷慨叹。相传宋太宗听闻该词后大怒，遂下令将其毒死，因此这首词可以说是李煜的绝命词，也是他在人生最后阶段的凄凉生活的描述。

　　全词以问开篇，春花秋月本是自然界中美好的事物，令人期盼。然而作者却用"何时了"发出了不同的感慨，眼前的美好景色令其触景生情，回首往昔，过去的种种往事涌上心头，只能徒增作者的伤悲愤慨与凄凉。"往事知多少"指的是作者往昔身为君主的惬意生活，虽历历在目，但现在已经一去不复返了。"小楼昨夜又东风"承接上句，又一次春风拂面，又一次绿满江山，一年的光阴已过，引发了作者"不堪回首"的无限感叹。此时追忆往事，怀念故国，愁绪更是繁杂，也更为凄婉。该词对情景事物的描述，充分地勾画出了作者由一代君主沦为阶下囚的巨大落差，真切而又深刻，婉转而又尖锐，美好而又凄凉，感人肺腑。

　　词的下阕是情与景的交融，充分表现了作者对其往昔生活的追忆和对眼前生活的无限感慨。那富丽堂皇的宫殿和玉一般的石阶虽然还在，但是自己却失去了往日的容颜，一切早已物是人非。言下之意是，虽然豪华的宫殿依然存在，琼楼玉宇仍然伫立故土，但现在的自己已不再是这里的君主，而变成了阶下囚。此时，心中悲恨难抑，愤懑至深。"问君能有几多愁"是词人自问，请问你的愁苦到底有多少？而"一江春水向东流"正是词人以春水来作比喻，将自己的忧愁具体化、形象化，用此来形容自己无穷无尽的愁苦和忧伤，引起了广泛共鸣，极富感染力。也正因为如此，这两句成为脍炙人口的名句，代代相传。

　　词人在这首词中将自己的愁思贯穿始终，表达了其对故国强烈的思念和对自己曾经美好生活的慨叹。语言虽然朴素，但是意境深远，真实而又深刻。

望月怀远①

（唐）张九龄

海上生明月，天涯共此时。
情人②怨遥夜，竟夕③起相思。
灭烛怜光满，披衣觉露滋④。
不堪盈手赠，还寝梦佳期。

注释

①怀远：怀念远方的亲人。②情人：多情的人。③竟夕：终夜，整夜。
④滋：多。

鉴赏

　　诗中通过对月夜怀念亲人的形象刻画，表达了作者对亲人深沉怀念的诚挚之情，曲折地反映了诗人遭贬后的孤独冷漠处境和悲凉痛苦之情。全诗运用比兴手法，以明月起兴，以明月结篇，借月托情，抒写怀抱。

　　诗一开篇直接点题，点明望月怀远。首句境界雄浑阔大，气象非凡，是千古传诵的名句。这两句写出诗人与亲人远隔两地，天涯海角，但却共此明月，互相怀念。这里用一笔写了诗人与亲人双方，明月是联系纽带，也是展开想象的空间环境。

　　"情人怨遥夜，竟夕起相思"二句以情人怨恨夜长，整夜相思不寐，反衬自己对亲人的深深怀念。不说自己怀远，反说远方亲人见月思己，在转折反衬中表达对亲人真挚深厚的思情。这两句以"怨"字为中心，以"情人"与"相思"相呼应，以"遥夜"与"竟夕"相吻合，上承起首二句，一气呵成，而又浑然天成，不着斧凿痕迹。

　　"灭烛怜光满，披衣觉露滋"又转入写自己月夜怀远的情态。于是诗人灭烛，披衣步出门庭，光线（月光）还是那么明亮。这天涯共对的此时明月，竟是这般撩人心绪，使人看到她那姣美圆满的光华，更难以入眠。

最后两句，以"盈手"相赠，意即抓一把月光赠给远方的亲人。月可"盈手"，想象尤为奇特，更显情真意切。说"不堪"，正说"盈手赠"之不得实现，赠给对方一把月光，象征着赠给对方一团火热的情思。月光虽然是不能赠的，然而情思总是要寄托的，那就只好求之于梦中了，希望做一个好梦，实现佳期相会的心愿。结尾哀婉缠绵，真挚动人。

贺新郎

（宋）叶梦得

睡起啼莺语。掩苍苔、房栊①向晚，乱红②无数。吹尽残花无人见，惟有垂杨自舞。渐暖霭③、初回轻暑④。宝扇重寻明月影，暗尘侵、上有乘鸾女⑤。惊旧恨，遽如许。

江南梦断横江渚。浪粘天、葡萄涨绿，半空烟雨。无限楼前沧波意，谁采蘋⑥花寄取。但怅望⑦、兰舟容与⑧。万里云帆何时到，送孤鸿、目断千山阻。谁为我，唱金缕⑨。

注 释

①房栊：泛指房屋。②乱红：落花。③暖霭：春天的云气。④轻暑：初夏。⑤乘鸾女：据说唐明皇九月十五游月宫，"见素娥千余人，皆皓衣乘白鸾"（《龙城录》），此处代指仙女。⑥采蘋：寓意寄相思给心上人，古诗中多见。⑦怅望：惆怅地看望或想望。⑧容与：这里形容船随波起伏动荡的样子。⑨金缕：即唐代杜秋娘《金缕衣》，内容为"劝君莫惜金缕衣，劝君须惜少年时。有花堪折直须折，莫待无花空折枝"，劝人惜时。

这首词风格婉丽，该是叶梦得早期之作。词人描绘了暮春时节的景色，触景生情，透露出悲凉、孤寂的情怀。

上阕写景。"睡起啼莺语。掩苍苔、房栊向晚，乱红无数"，起首三句描绘自己午睡乍醒，已到了傍晚，耳边传来了黄莺婉转动听的叫声，这里"啼莺语"是指通过词人的细聆莺啭来烘托环境的幽静。环顾四周，但见地上点点青苔，片片落花，说明春光已尽，一派暮春时节的景象。"吹尽残花无人见，惟有垂杨自舞"，这里继续描写庭院景象。春风吹散了那飘落下来的花瓣，悄悄的没人注意，只剩那长长的垂柳还在随风起舞。一"自"字写出四周无人的寂寥况味，并且通过这暮春景物的描写，传达出一股悲凉的意味。"渐暖霭、初回轻暑"，春去夏来，暖风带来初夏的暑热，于是便"宝扇重寻明月影，暗尘侵、上有乘鸾女"，这是一把布满尘灰的扇子，上面隐约可见的"乘鸾女"使词人陷入了自己的思绪。"惊旧恨，遽如许"，词人那隐匿内心深处的"旧恨"被那扇面上模糊的画像勾了出来，如此猛烈地涌上词人的心头。上阕通过写暮春时节的景色，引发了词人内心的幽情，语言清新自然，含蓄悠远。

下阕承接上文，追忆往事，抒发情怀。"江南梦断横江渚。浪粘天、葡萄涨绿，半空烟雨"，回忆昔日与心上人江南相会的情景，江上碧浪连天，远望如同正在泼醅上涨的葡萄绿酒，天空中弥漫着丝丝烟雨。如今都已成"旧恨"，再也无法重现。"无限楼前沧波意，谁采蘋花寄与"，这里转笔写人，设想伊人倚楼凝思，面对着眼前苍茫烟波，是否会采蘋花以寄相思之情给我呢？"但怅望、兰舟容与"，惆怅地望着这渺渺烟波，纵然相思，也传达不到心上人那里。"万里云帆何时到，送孤鸿、目断千山阻"，写两人相隔之遥远。云帆何时才能行过万里到达心上人那里呢？只能目送征鸿，远望的视线也被千山阻断了。"谁为我，唱金缕"，结尾两句感叹此时无人为自己唱起《金缕衣》，道出了词人心头的无奈与孤寂，以及对美好往日的怀念。

将进酒

（唐）李　白

君不见黄河之水天上来，奔流到海不复回。
君不见高堂明镜悲白发，朝如青丝①暮成雪。
人生得意须尽欢，莫使金樽②空对月。
天生我材必有用，千金散尽还复来。
烹羊宰牛且为乐，会须③一饮三百杯。
岑夫子，丹丘生④，将进酒，杯莫停。
与君歌一曲，请君为我倾耳听。
钟鼓⑤馔玉⑥不足贵，但愿长醉不复醒。
古来圣贤皆寂寞，惟有饮者留其名。
陈王⑦昔时宴平乐⑧，斗酒十千恣欢谑。

主人何为言少钱，径须沽取对君酌。
五花马^⑨，千金裘，呼儿将出换美酒，
与尔同销万古愁。

注释

①青丝：在本诗中是指黑发。②金樽：金杯。③会须：一定。④岑夫子，丹丘生：岑夫子，岑勋。丹丘生，元丹丘。二者都是李白的朋友。⑤钟鼓：富贵人家宴会中奏乐使用的乐器。⑥馔玉：形容食物像玉一样精美，这里借指达官贵人。⑦陈王：三国时魏诗人曹植。⑧平乐：汉代宫观，平乐观。⑨五花马：毛色是五花纹的良马。

鉴赏

本诗写得气势磅礴，宏伟壮观，成为后世为人所称道的名篇。

诗人在诗的开篇运用了两个排比长句，如同挟天风海雨迎面扑来。上句写大河之水，势不可挡；下句写大河之去，势不可回。"君不见高堂明镜悲白发，朝如青丝暮成雪"，是时间范畴的夸张，诗人悲叹人生短促，将人生由青春到衰老的全过程说成"朝""暮"之间的事，与前两句把本来壮观的说得更壮观，是"反向"的夸张。

接下来的五、六句在情感上发生了逆转，由"悲"转而写"欢""乐"。"金樽""对月"两个词形象地向读者道出行乐不可无酒，而且也使饮酒诗意化了。接着诗人用乐观好强的口吻肯定人生，肯定自我："天生我材必有用。"这是一个令人击节赞叹的句子，可以理解为诗人的人生价值宣言。"千金散尽还复来"是一个高度自信的句子，是说人可以驱使金钱而不为金钱所使，令凡夫俗子咋舌。至此诗人的狂放之情趋于高潮，诗的旋律加快。"岑夫子，丹丘生，将进酒，杯莫停"，这几个短句的忽然加入，使诗歌节奏富于变化。

接下来的八句可以说是诗中之歌。诗歌到此便由狂放转为激愤。"钟鼓馔

玉"的豪华生活，诗人不以为然，言下之意是一些人虽然富贵，却无德无能；诗人天生为有用之才，本应当位至卿相，却怀才不遇。诗人说古人"寂寞"，其实也是在说自己寂寞。诗人自己虽然一时寂寞，做个无奈的"饮者"，但诗人坚信，以己之才，定会留名于世的。

诗的最后一部分，诗人引用了"陈王"的故事：三国时的曹植曾经被封为陈王，他才华横溢，但常常任性而行，饮酒不节，最终没能得到父亲曹操的重用。后又遭兄、侄猜忌，虽然志向远大，终究郁郁不得志，死时年仅四十一岁。李白既欣赏其人，又同情他的遭遇。李白引用这个故事其实写的就是他自己，抒发了自己不受重用的惆怅之情。诗的最后一句与开篇之"悲"相呼应。

《将进酒》笔酣墨饱，情极悲愤而作狂放，具有震撼古今的气势与力量。

枫桥①夜泊

（唐）张 继

月落乌啼②霜满天，江枫③渔火④对愁眠。
姑苏⑤城外寒山寺⑥，夜半钟声⑦到客船。

注 释

①枫桥：桥名，在今江苏省苏州市西部。②乌啼：乌鸦啼叫。乌，指乌鸦，亦指夜晚树上的栖鸟。③江枫：江边的枫树。④渔火：渔船上的灯火。⑤姑苏：苏州市的别称，因城西南有姑苏山而名。⑥寒山寺：离枫桥西边一里的寺庙。据传唐初有名的寒山、拾得两个和尚住此，因而得名。⑦夜半钟声：唐代寺庙有半夜敲钟的习惯。

这首诗描写的是夜泊枫桥的景象和感受。

诗的首句，写出了作者的所见，所闻，所感；上弦月升起得早，半夜时便已沉落下去，整个天宇只剩下一片灰蒙蒙的光影。树上的乌鸦大约是因为月落前后光线明暗的变化，被惊醒后发出几声啼鸣。月落夜深，繁霜暗凝。在幽暗静谧的环境中，人对夜凉的感觉变得格外敏锐。"霜满天"的描写，并不符合自然景观的实际（霜华在地而不在天），却完全切合诗人的感受：深夜侵肌砭骨的寒意，从四面八方围向诗人夜泊的小舟，使他感到身外的茫茫夜气中正弥漫着满天霜华。一整句，层次分明地体现出一个先后承接的时间过程和感觉过程。而这一切，又都和谐地统一于水乡秋夜的幽寂清冷氛围和羁旅者的孤孑清寥感受中。从这里可以看出诗人运思的细密。

二句描绘枫桥附近的景色和愁寂的心情。虽然写的是秋夜，但仍能使人感知江边各种秋物的色彩、形态，还有声音和情绪；体现出来的感觉一实一虚，对比非常清楚。在朦胧夜色中，江边的树只能看到一个模糊的轮廓；透过雾气茫茫的江面，可以看到星星点点的几处"渔火"，由于周围昏暗迷蒙背景的衬托，显得特别引人注目，动人遐想。"江枫"与"渔火"，一静一动，一暗一明，一江边，一江上，景物的搭配组合颇见用心。写到这里，才正面点出泊舟枫桥的旅人。"愁眠"，当指怀着旅愁躺在船上的旅人。

三、四句写客船卧听古刹钟声。寒山寺在枫桥西一里，初建于梁代，唐初诗僧寒山曾住于此，因而得名。枫桥的诗意美，有了这所古刹，便带上了历史文化的色泽，而显得更加丰富，动人遐想。因此，这寒山寺的"夜半钟声"也就仿佛回荡着历史的回声，渗透着宗教的情思，而给人以一种古雅庄严之感了。

如梦令

（宋）李清照

昨夜雨疏①风骤。浓睡不消②残酒。试问卷帘人③，却道海棠依旧。知否？知否？应是绿④肥⑤红⑥瘦⑦。

注释

①疏：疏放、疏狂之义，形容雨下得大。②不消：未消，未解。③卷帘人：侍女。④绿：代指叶。⑤肥：形容雨后的叶子因水分充足而茂盛肥大。⑥红：此处代指花。⑦瘦：形容雨后的花朵因不堪雨打而凋谢稀少。

鉴赏

这是一首闺中女子闲居时所作的惜花、惜春词。词中委婉含蓄地通过一问一答把词人暮春时节感伤的情绪轻轻地吐露了出来，曲折委婉，极有层次。

"昨夜雨疏风骤。浓睡不消残酒"，叙写昨夜曾经风雨的天气特点以及酒后沉睡的人物。昨宵雨狂风猛，花在风雨中零落，由此表现词人的惜花之情。可是后句写词人昨夜饮酒过量，翌日晨起宿醉尚未尽消。这位女词人不忍看到明朝海棠花谢，所以昨夜在海棠花下才饮了过量的酒，直到今朝尚有余醉。下面转入本词的重点，清晨女主人公与婢女的对话。"试问卷帘人"一句为承上启下之笔，女主人公询问花情，"试问"二字，反映出她关心花事的急切心情。"却道海棠依旧"，此为婢女的回答，海棠花还是那样。女主人公关心窗外的海棠，表现出其爱花之情。此处一问一答，形式活泼跌宕，富有情趣。"知否？知否？应是绿肥红瘦"，这既是对侍女的反诘，也是女主人公的自言自语，自我慨叹：这个粗心的丫头，你知道不知道，园中的海棠应该是绿叶繁茂、红花稀少才是！"应是"一词，表明词人对窗外景象的推测与判断，口吻极当。语气中似含嗔怪、怨恼、斥责之意，然又为因怜惜海棠花经风雨而零落所引起的惋伤之情所掩盖。揭示出词人惜春、惜花的旨意。海棠虽好，风雨无情，它是不可能长开不谢的。词句简练形象，奇语天成，含有不尽的无可奈何的惜花情，可谓语浅意深。词人为花而喜，为花而悲，为花而醉，为花而嗔，实则是伤春惜春，以花自喻，慨叹自己的青春易逝以及无可抗拒和挽回的无奈。全词寥寥数语，层次丰富，意味隽永。词中人物形象生动饱满，两相映衬，以深惋无限的惜花之情，道出了闺中女子春时寂寞的心扉。

石壕吏

（唐）杜 甫

暮投石壕村①，有吏②夜捉人。
老翁逾墙③走，老妇出门看。
吏呼一何怒！妇啼一何④苦！
听妇前致词⑤："三男邺城戍。
一男附书至，二男新战死。
存者且偷生⑥，死者长已矣⑦！
室中更无人⑧，惟有乳下孙。
有孙母未去，出入无完裙⑨。
老妪力虽衰，请从吏夜归⑩。
急应河阳役，犹得备晨炊。"
夜久语声绝，如闻泣幽咽。
天明登前途，独与老翁别。

注 释

①石壕村：今河南三门峡东南。②吏：小官，这里指差役。③逾墙：翻墙而过，逃跑。④一何：多么。⑤前致词：走上前去（对差役）说话。致：对……

说。⑥且偷生：苟活。且：苟且。⑦长已矣：永远完了。已：已经，这里引申为完结。⑧更无人：再没有别的（男）人了。⑨完裙：完整的衣裙。"裙"古代泛指衣服，多指裤子。⑩请从吏夜归：请让我今晚跟你一起回营去。

鉴赏

　　《石壕吏》是《三吏》中的一篇。全诗的主题是通过对"有吏夜捉人"的形象描绘，揭露官吏的横暴，反映人民的苦难。

　　仇兆鳌在《杜少陵集详注》里说："古者有兄弟始遣一人从军。今驱尽壮丁，及于老弱。诗云：三男戍，二男死，孙方乳，媳无裙，翁逾墙，妇夜往。一家之中，父子、兄弟、祖孙、姑媳残酷至此，民不聊生极矣！当时唐祚，亦岌岌乎危哉！"就是说，"民为邦本"，把人民迫害成这个样子，统治者的宝座也就岌岌可危了。诗人杜甫面对这一切，没有美化现实，却如实地揭露了政治黑暗，发出了"有吏夜捉人"的呼喊，这是值得高度评价的。

　　在艺术表现上，这首诗最突出的一点则是精练。陆时雍称赞道："其事何长！其言何简！"就是指这一点。全篇句句叙事，无抒情语，亦无议论语；但实际上，作者却巧妙地通过叙事抒了情，发了议论，爱憎十分强烈，倾向十分鲜明。寓褒贬于叙事，既节省了很多笔墨，又毫无概念化的感觉。诗还运用了藏问于答的表现手法。"吏呼一何怒！妇啼一何苦"概括了矛盾双方之后，便集中写"妇"，不复写"吏"，而"吏"的蛮悍、横暴，却于老妇"致词"的转折和事件的结局中暗示出来。诗人又十分善于剪裁，叙事中藏有不尽之意。一开头，只用一句写投宿，立刻转入"有吏夜捉人"的主题。又如只写了"老翁逾墙走"，未写他何时归来；只写了"如闻泣幽咽"，未写泣者是谁；只写老妇"请从吏夜归"，未写她是否被带走；却用照应开头、结束全篇既叙事又抒情的"独与老翁别"一句告诉读者：老翁已经归家，老妇已被捉走；那么，那位吞声饮泣、不敢放声痛哭的，自然是给孩子喂奶的年轻寡妇了。正由于诗人笔墨简洁、洗练，全诗一百二十个字，在惊人的广度与深度上反映了生活中的矛盾与冲突，这是十分难能可贵的。

白雪歌送武判官①归京

（唐）岑　参

北风卷地白草②折，胡天③八月即飞雪。

忽如一夜春风来，千树万树梨花④开。

散入珠帘⑤湿罗幕⑥，狐裘⑦不暖锦衾⑧薄。

将军角弓不得控，都护铁衣冷难着。

瀚海⑨阑干百丈冰，愁云惨淡万里凝。

中军置酒饮归客，胡琴琵琶与羌笛。

纷纷暮雪下辕门，风掣红旗冻不翻。

轮台⑩东门送君去，去时雪满天山路。

山回路转不见君，雪上空留马行处。

注释

①武判官：名不详，是诗人岑参的好友。判官，官职名。唐代节度使等朝廷派出的持节大使，可委任幕僚协助判处公事，称判官，是节度使、观察使等官员的僚属。②白草：西北的一种牧草，晒干后变白。③胡天：指塞外的天空。④梨花：春天开放，花作白色，这里比喻雪花积在树枝上，像梨花开了一样。⑤珠帘：以珠子穿缀成的挂帘。⑥罗幕：用丝织品做的幕帐。这句说雪花飞进珠帘，沾湿罗幕。"珠帘""罗幕"都属于美化的说法。⑦狐裘：狐皮袍子。⑧锦衾：锦缎做的被子。⑨瀚海：指到处都结着冰的沙漠。⑩轮台：地名，在今新疆维吾尔自治区米泉县境内。

鉴赏

《白雪歌送武判官归京》是岑参边塞诗的代表作，作于他第二次出塞阶段。此时，他很受安西节度使封常青的器重，他

的大多数边塞诗成于这一时期。岑参在这首诗中，以诗人的敏锐观察力和浪漫奔放的笔调，描绘了祖国西北边塞的壮丽景色，以及边塞军营送别归京使臣的热烈场面，表现了诗人和边防将士的爱国热情，以及他们对战友的真挚感情。

诗题是"送武判官归京"，但这首诗表现的不仅仅是岑参和他朋友武判官的友情。他描绘的是边塞将士集体送别归京使臣的慷慨热烈的场面。"中军置酒"，不是岑参置酒，而是中军主帅置酒；鼓乐齐鸣，也不会只是岑参和武判官对饮话别，而是边塞将士为归京使臣举行的盛大宴会。因此，如果说表现了友情的话，那么，应该说这首诗主要表现的是边塞将士对一位同甘共苦过的战友的情谊。它从一个侧面反映了边塞将士的团结精神和昂扬的斗志。《白雪歌送武判官归京》已没有诗人刚到边塞时那种过于低沉而单纯的思乡之情，它已将怀念祖国的思乡之情，与保卫祖国以苦为乐的精神统一起来，因此它的基调是积极乐观、昂扬奋发的。

全诗融合着强烈的主观感受，在歌咏自然风光的同时还表现了雪中送人的真挚情谊。诗情内涵丰富，意境鲜明独特，具有极强的艺术感染力。诗的语言明朗优美，又利用换韵与场景画面交替的配合，形成跌宕生姿的节奏旋律。诗中或二句一转韵，或四句一转韵，转韵时场景必更新：开篇入声起音陡促，与风狂雪猛画面配合；继而音韵轻柔舒缓，随即出现"春暖花开"的美景；以下又转沉滞紧涩，出现军中苦寒情事；末四句渐入徐缓，画面上出现渐行渐远的马蹄印迹，使人低徊不已。全诗音情配合极佳，当得"有声画"的称誉。

凉州词

（唐）王　翰

葡萄美酒夜光杯①，欲饮琵琶马上催②。
醉卧沙场③君莫笑，古来征战几人回。

注 释

①夜光杯：玉石制成的酒杯，光可照夜。它和葡萄酒都是西北地区的特产。②催：出征。③沙场：战场。

鉴 赏

这首诗的前两句言事，写将军战罢归营，设酒庆功。正欲开怀畅饮，琵琶弦音急促，催人出征。葡萄酒、夜光杯、琵琶声，都有着浓郁的边塞色彩和鲜明的军旅生活特征，诗人借以渲染出塞外军营的特有情调，一开始就把读者引入了塞外古战场紧张而热烈的气氛中。

诗的三、四句是写筵席上的畅饮和劝酒。《唐诗三百首》的编选者蘅塘退士认为这两句"作旷达语，倍觉悲痛"。还有人说："故作豪饮之词，然悲感已极。"话虽不同，但都离不开一个"悲"字。后来更有用低沉、悲凉、感伤、反战等词语来概括这首诗的思想感情的，依据也是三、四两句，特别是末句。"醉卧沙场君莫笑，古来征战几人回"，这是在酣醉时的劝酒词，是说，醉就醉吧，醉卧在沙场上有什么呢，请不要见笑，从古至今征战的人有几个是活着回来的。这两句历来颇多分歧，有的认为是极为悲痛之词，有的认为是略带悲凉之意，但从盛唐时期将士们的豪情及全诗的风格来看，似不宜有忧伤情绪的。

诗中的形象鲜明，格调豪壮，它没有直接去描述人物形象，然而在全诗所渲染的景物和氛围中，一个有动作、有性格、内心世界十分丰富的边塞健儿的形象已跃然纸上。塞外景色单调，作者在平常的痛饮中蕴藉了壮美的豪情、悲凉的情调，随着催发的琵琶声一起激发出来，使天地光色都显得十分壮阔。正是这种粗线条的画面，一经点染便产生了震撼人心的力量。

盛唐边塞诗是唐王朝频繁进行边塞战争的反映。当时不少著名的诗人都长于用七言诗体描绘塞外绮丽的风光和壮观的战争场面，王翰却善于撷取具有典型意义的片段景象，用极为简约的绝句形式来表现同样的题材。他撇开正面的战争描写，由景入情，内容与形式十分协调，别具风姿。其中第二句"欲饮琵琶马上催",打破了七言诗习用的音步,采用上二下五的句法,显得顿挫有致,增强了诗的感染力。

蝶恋花·别范南伯

(宋)杨炎正

　　离恨做成春<u>夜</u>雨。添得春江,划地①东流去。弱柳系船都不住,为君愁绝听鸣艣②。

　　君到南徐芳草渡。想得寻春,依旧当年路。后夜独怜回首处,乱山遮隔无重数。

注释

①划地:依旧,还是,此处作"一派"讲。②鸣艣:即鸣橹。摇橹时发出的吱呦声。

鉴赏

　　此词是送别朋友之作。

　　词的上阕写送别朋友的愁情满怀。夜雨表别情,雨落春江,一股离愁直冲而下,竟让"弱柳系船都不住",可见水之急、雨之暴、愁之深了。下句紧延上来,"为君愁绝听鸣艣",舟被水冲走,橹随水摇,一声声听来却如友人离去之音响,令人心碎。"弱柳"本是送别之意,此处词人见柳心中更加难耐。"为君愁绝"中一个"绝"字,饱含着无限深情。

　　词的下阕写朋友要去的目的地。"君到南徐芳草渡。想得寻春,依旧当年路。"回想范南伯当年风发,正从此经行,欲大展才华,一施抱负。今时路依旧,人也依旧,毫无建树。路依旧而人不同,一种物是人非的感慨,深藏在字里行间。结尾"后夜"两句是悬想别后友人思我，回望之时，已是有无数乱山遮隔。这是透过一层的写法，宋词中屡见。"后夜独怜回首处"，看当年之景，思及旧事，难免感伤。而人单影只，却又不如当年了。友人在何方？"乱山遮隔无重数"，我不见你，你亦看不见我啊！下阕首称"君"，故"独怜"下亦有一"君"字存在。又因是由词人悬想而出，故"乱山遮隔"之感，亦彼此同之。"词起结最难，而结尤难于起。"（清代沈祥龙《论词随笔》）这首词结句俊秀飘逸，悠悠长长，有不尽之意。

好事近·七月十三日夜登万花川谷望月作

（宋）杨万里

月未到诚斋①，先到万花川谷②。不是诚斋无月，隔一庭修竹。

如今才是十三夜，月色已如玉。未是秋光奇绝，看十五十六。

注 释

①诚斋：杨万里书房的名字。②万花川谷：花圃名，在"诚斋"的附近。

鉴 赏

这是一首颇有风致的小令，词人是即兴而发，表达对皎洁月色的赞美之情。词的小序写道："七月十三日夜登万花川谷望月作"，点明是登高临远之作。提笔就写到月，既点明时间，又起到点题的作用，并为全词突出了描写的主体。

上阕是望月写景。"月未到诚斋，先到万花川谷。"明月还没有照到我的书室——诚斋，她的清辉却先洒遍了万花谷。这是种开阔的意境，可以看出词人此时的心情是欢快愉悦的。词人夜登万花川谷，固然表明游兴酣浓，但登临纵目时，首先着眼寻找诚斋，热爱自己书室之情可见。"万花谷"在历史上不是众人知晓的名胜古迹，但是在词人的笔下，它是繁花似锦、草木飘香、山峦叠翠、流水潺潺的地方。月光照耀下的万花川谷，更是别有风情，"先到万花川谷"，渗透了诗人热爱自然风景的感情。"不是诚斋无月，隔一庭修竹。"满院修竹荫蔽诚斋，"隔一庭修竹"，用以解释上文"不是""无月"的诗句，而且可以看出诚斋竹林清雅荫蔽下的清幽雅致，同时也衬托出词人正直、廉洁的气质。

下阕望月抒情。"如今才是十三夜，月色已如玉"，点明赏月的时间是十三，但是月光已经是如同纯白美玉般光洁，赞美月色的美好。"未是秋光奇绝，看十五十六。"今夜还不是秋月绝妙罕见的时候，要欣赏月色，须等到十五、十六的晚上。"月色如玉"的"十三夜"，已是令人陶醉，"秋光奇绝"的"十五十六"，自然就更会使人向往。这种隐晦的对比赞美更显得词人高超的艺术技巧。

湖口^①望庐山^②瀑布泉

（唐）张九龄

万丈红泉^③落，迢迢^④半紫氛^⑤。
奔流下杂树，洒落出重云。
日照虹霓^⑥似，天清风雨闻。
灵山多秀色，空水共氤氲^⑦。

注释

①湖口：江西省九江市下辖县，因地处鄱阳湖入口，故称湖口。②庐山：古名南嶂山，又名匡山、匡庐山，在今九江市南。③红泉：洪大的泉水，这里是指瀑布。④迢迢：遥远。⑤紫氛：紫色的水雾。⑥虹霓：古人认为虹有雌雄，颜色鲜盛者为雄，曰虹；颜色浅淡者为雌，曰霓。⑦氤氲：云烟弥漫的样子。

鉴赏

张九龄在作此诗之前，有一段曲折的经历。开元十一年（723），张说为宰相，张九龄深受器重，引为本家，擢任中书舍人。开元十四年（726），张说被劾罢相，他也被贬为太常少卿。不久，出为冀州刺史。他上疏固请改授江南一州，以便照顾家乡年老的母亲。唐玄宗"优制许之，改为洪州都督，俄转桂州都督，仍充岭南道按察使"（《旧唐书·张九龄传》）。这是一段使他对朝廷深为感戴的曲折遭遇。骤失宰相的依靠，却获皇帝的恩遇，说明他的才德经受了考验。为此，他踌躇满志，在诗中微妙地表达了这种情怀。

这首诗写从湖口远观瀑布，把一幅唯美的日照飞瀑图展现在我们眼前。

一、二句写远远望去，瀑布从高峻的庐山上滚滚而下，在阳光的映照下射出红色的光辉。"万丈"写出了瀑布的气势，同时也写出了庐山的高峻。诗人从湖口（即鄱阳湖湖口）远望，紫色的云气在半山腰弥漫。在此联中，"红泉"和"紫氛"相互映衬，更加显示出瀑布的光彩夺目。

三、四句是本诗中的传神之笔。"奔流""洒落"与"杂树""重云"之间，用"上""下"连接，突出了景物之间的动静对比，写出了瀑布的气势。

颈联中"日照"句调动了读者的视觉器官，写瀑布飞溅出的水花在阳光的照耀下，像雨后的彩虹一样，绚丽多彩；"天清"句调动了读者的听觉器官，写的是瀑布奔流飞溅，如同风雨大作一般，震耳欲聋。

诗的尾联可以说是点题之笔。写的是瀑布好像是被挂在空中，水气和云烟融合在一起，弥漫天际。

总之，这首诗描写的是庐山瀑布的远景，从不同角度，以不同手法，取大略细，写貌求神，重彩浓墨，渲染烘托，以山相衬，与天相映，写出了一幅雄奇绚丽的庐山瀑布远景图；而寓比寄兴，景中有人，象外有音，节奏舒展，情调悠扬，赏风景而自怜，写山水以抒怀，又处处显示着诗人对自己的写照。

渡湘江

（唐）杜审言

迟日①园林悲昔游②，今春花鸟作边愁③。
独怜京国④人南窜，不似湘江水北流。

注释

①迟日：出得比较晚的太阳。②悲昔游：作者旧游之地，因为被放逐再次经过的时候感到悲伤。③边愁：因为流放边远地区而产生的愁绪。④京国：京都、京城。

鉴赏

全诗描写作者在渡过湘江南下时，正值春临大地，花鸟迎人，看到滔滔江水正朝着与他们相反的方向北去，不禁想到自己的遭遇，追思昔游，怀念京都，悲思愁绪，不可遏制。杜审言是诗圣杜甫的祖父，曾经两次被贬官。此诗就是他在贬谪途中写的。

本诗的开头写由眼前的春光回忆起往昔的春游。在此作者用了一个"悲"字，这个"悲"字，是今天的悲，是从今天的悲追溯昔日的乐；也可以说正因为想起当时的游乐，更觉得当前处境的可悲。用现在的情移于过去的境，为昔日的欢乐景物注入了今天的悲痛之情。

接着写从昔日的游乐回忆到今天的边愁。在这首诗中，鸟语花香这些令人欢乐的景物却使作者回想起自己正在被流放去南国的边疆途中。这些景物只是在诗人的心中构成了远去边疆的哀愁。这是以心中的情移于眼前的景。"花鸟"和"边愁"形成对比，是从反面来衬托边愁。

第三句"独怜京国人南窜"是整首诗的中心，起承上启下作用。上两句，忆昔游而悲，见花鸟成愁，以及下一句为江水北流而感叹，这一句才交待出原因，这一切只因为诗人被贬南下，对于京国，诗人心中有太多的不舍。被贬途中总是悲苦的，特别是想到远离家国，狼狈奔赴无法预知的荒蛮之地，这种愁上心头的感情尤其强烈。

末句直接点出了所渡之"湘江"，而以"水北流"来衬托"人南窜"，也是用了反衬来加强第三句的中心内容。

纵观全诗，诗人通篇运用反衬、对比的手法。诗的前两句是今与昔的衬比，哀与乐的衬比，以昔日对照今春，以园游对照边愁；诗的后两句是人与物的衬比，南与北的衬比，以京国逐客对照湘江逝水，以斯人南窜对照江水北流。这是一首很有艺术特色的诗，而出现在七言绝句刚刚定型、开始成熟的初唐，尤其难能可贵。

水夫谣

（唐）王 建

苦哉生长当驿①边，官家使我牵驿船。
辛苦日多乐日少，水宿沙行如海鸟。
逆风上水万斛重，前驿迢迢后淼淼。
半夜缘堤雪和雨，受他驱遣还复去。
夜寒衣湿披短蓑，臆②穿足裂忍痛何！
到明辛苦无处说，齐声腾踏③牵船歌。
一间茅屋何所值，父母之乡去不得。
我愿此水作平田，长使水夫不怨天。

注释

①驿：水上驿站。②臆：胸口。③腾踏：激愤的歌声破空而起。

鉴赏

安史之乱后，唐王朝不仅对外要抵御吐蕃、回纥等入侵，对内还要对背叛朝廷的藩镇用兵；军费日绌，加上统治阶级的腐化，挥霍无度，为了应付日益增长的支出，而加重了对南方人民的剥削和掠夺，并把剥削和掠夺所得从南方运往北方，致使水陆运输十分繁重、艰苦。本篇以水边纤夫的生活为描写对象，通过一个纤夫的内心独白，写出了纤夫水上服役不堪忍受的痛苦，对当时不合理的劳役制度进行了控诉，写得很有层次。

"苦哉生长当驿边"，劈头一叹，苦诉官家差遣"牵驿船"的悲凄生活，用"苦哉"二字领起全篇，定下了全诗感情的基调。这两句是总叙生长水边为驿站服役的痛苦心情。紧接着，诗人从"辛苦日多乐日少"至"齐声腾踏牵船歌"，用一大段文字，让水夫具体述说纤夫悲惨的日常生活。"辛苦日多乐日少，水宿沙行如海鸟"，较前描写进了一步，用了一个比喻。他们就像茫茫大海上的沙鸥，夜宿水船，日行沙滩。然后诗人用细腻的笔墨，具体描写纤夫没日没夜的牵船生活。先写白天牵船的艰难。前一句，顶风一层，逆水一层，船重一层，备述行船条件的困难；行船如此难，而前面的驿站是那样的遥远，水波茫茫无边无际，纤夫的苦难日子似乎走不到尽头。后写黑夜牵船的痛苦。诗人选取纤夫日常生活中的一个典型细节进一步刻画，在一个雨雪交加的寒夜，纤夫们披着短蓑，纤绳磨破了胸口，冻裂了双脚，一切痛苦，他们都无可奈何地忍受着。一夜挣扎，没有丝毫报酬，而是"到明辛苦无处说"，在凶残的官家面前，纤夫能够说什么呢？只好把满腔愤懑积郁在心里，"齐声腾踏牵船歌"，用愤激的歌声来宣泄心中的抑郁不平之气。在困乏疲惫之中，他们又举步向前了。那么纤夫们为什么不逃离这苦难的深渊呢？"一间茅屋何所值，父母之乡去不得。"纤夫的全部财产只有一间茅屋，本不值得留恋，可却又舍不得离开故乡。即使逃离水乡，他们的处境也不会好。"田家衣食无厚薄，不见县门身即乐！"（《田家行》）没有了水上徭役，还会有陆上的徭役和租赋，田家遭受着官府同样的剥削和压迫。在无可奈何的境况下，他们祈求上苍："我愿此水作平田，长使水夫不怨天。"他们心里很清楚，这种愿望之不能实现，正如他们的痛苦无法解除一样。他们到哪里都逃不出官家的魔掌。

诗人对纤夫的心理描写细致而有层次，由嗟叹到哀怨，到愤恨，又到无可奈何，把其内心世界揭示得淋漓尽致。配合纤夫思想感情的变化，使人觉得水夫倾诉的哀愁怨愤是如此之多。由于充分揭示人物心理，纤夫形象也具有一定的典型性，反映的是整个水乡人民的痛苦生活。诗歌的语言既具有民歌通俗流利的特点，又具有文人作品凝练精警的特点，颇有特色。

观刈麦

（唐）白居易

田家少闲月，五月人倍忙。
夜来南风起，小麦覆陇①黄②。
妇姑③荷箪食，童稚携壶浆。
相随饷田④去，丁壮⑤在南冈。
足蒸暑土气，背灼炎天光。
力尽不知热，但惜⑥夏日长。
复有贫妇人，抱子在其旁。
右手秉遗穗⑦，左臂悬敝筐。
听其相顾言⑧，闻者为悲伤。
家田输税⑨尽，拾此充饥肠。
今我何功德，曾不⑩事农桑。
吏禄三百石，岁晏⑪有余粮。
念此私自愧，尽日不能忘。

注释

①覆陇：覆，盖；陇，同"垄"，田埂，这里泛指麦地。②黄：小麦黄熟时遮盖住了田埂。③妇姑：媳妇和婆婆，这里泛指妇女。④饷田：给在田里

劳动的人送饭。⑤丁壮：青壮年男子。⑥惜：珍惜，舍不得浪费。⑦秉遗穗：握着从田里拾取的落下的麦穗。秉，用手握着。⑧相顾言：指互相诉说。顾，视，看。⑨输税：缴纳租税。⑩曾不：从未。⑪岁晏：年末、年终。晏，晚。

鉴赏

　　全诗分四层，第一层四句，交代时间及其环境气氛。"田家少闲月，五月人倍忙"，下文要说的事情就发生在"人倍忙"的五月。这两句总领全篇，而且一开头就流露出了作者对劳动人民的同情。"夜来南风起，小麦覆陇黄"，一派丰收景象，大画面是让人喜悦的，可是没有人能想到在这丰收景象下农民的悲哀。

　　第二层八句，通过具体的一户人家来展现这"人倍忙"的收麦情景。婆婆、儿媳妇担着饭篮子，小孙儿提着水壶，他们是去给地里干活儿的男人们送饭的。男人天不亮就下地了；女人起床后先忙家务，而后做饭；小孙子跟着奶奶、妈妈送饭时一起到地里。她们是要在饭后和男人们一道干下去的。这一家在田地里十分忙碌。"足蒸暑土气，背灼炎天光。力尽不知热，但惜夏日长"，这四句正面描写收麦劳动。

　　第三层八句，镜头转向一个贫妇人，她被捐税弄到无法生存，现时只能以拾麦穗为生，这是比全家忙于收麦者更低一个层次的人。她左手抱着一个孩子，臂弯里挂着一个破竹筐，右手在那里捡人家落下的麦穗，这样做十分累，收获却很少。但她没有办法，当时正是收麦的时候，还有麦穗可捡，换做别的时候，就只有去沿街乞讨了。而她们家在去年、前年，也是有地可种、有麦可收的人家，只是后来让捐税弄得走投无路，把家产、土地都折变了，致使今天落到了这个地步。读者可以想象：现在忙于收割的人家，明年也有可能像她那样，无地可种，只能以拾麦穗为生。

　　第四层六句，写诗人面对丰收情况下出现如此悲惨景象的自疚自愧。这段文字是全诗的精华所在，是作者触景生情的产物，表现了诗人对劳动人民的深切同情。在诗的最后发表议论，这是白居易许多讽刺诗的共同特点。这首诗的议论不是直接指向社会病根，而是表现为作者自疚自愧，这也是一种对整个官像贵族社会的隐约批评。白居易只是一个年俸三百石的小小县尉，那些大官僚、大贵族们其实更应该感到自疚自愧。赋税是皇帝管的，作者无法公开反对，他只能用这种结尾来达到讽谏的目的。

作品的题目叫《观刈麦》，而画面上实际出现的，除了刈麦者之外，却还有一个拾麦者，而且作者的关心也恰恰是更偏重在后者身上。他们二者目前的贫富苦乐程度是不同的，但是他们的命运却有着紧密的联系。今日凄凉可怜的拾麦穗者是昨日辛劳忙碌的刈麦者；而今日辛劳忙碌的刈麦者明日又有可能沦落成凄凉可怜的拾麦者。

春 思

（唐）李 白

燕①草如碧丝，秦②桑低绿枝。
当君怀归日，是妾断肠时。
春风不相识，何事入罗帏③？

注释

①燕：今河北北部，辽宁西部。②秦：今陕西。燕地寒冷，草木迟生于较暖的秦地。③罗帏：是指丝织的帘帐。

鉴赏

全诗表达了思妇对自己夫君殷切的思念，以及他们之间忠贞的爱情。

本诗的头两句可以视作"兴"。诗中的兴句一般是就眼前所见，信手拈起，这两句却以相隔遥远的燕、秦两地的春天景物起兴，颇为别致。"燕草如碧丝"，当是出于思妇的悬想；"秦桑低绿枝"，才是思妇所目

睹。把目力达不到的远景和眼前近景配置在一幅画面上，并且都从思妇一边写出，从逻辑上说，似乎有点乖碍，但从"写情"的角度来看，却是可通的。试想：仲春时节，桑叶繁茂，独处秦地的思妇触景生情，终日盼望在燕地行役屯戍的丈夫早日归来；她根据自己平素与丈夫的恩爱相处和对丈夫的深切了解，料想远在燕地的丈夫此刻见到碧丝般的春草，也必然会萌生思归的念头，见春草而思归。

本诗的三、四两句直承兴句的理路而来，故仍从两地着笔——"当君怀归日，是妾断肠时"。丈夫及春怀归，足慰离人愁肠。按理说，诗中的女主人公应该感到欣喜才是，而下句竟以"断肠"承之，这又似乎违背了一般人的心理，但如果联系上面的兴句细细体会，就会发现，这样写对表现思妇的感情又进了一层。旧时俗话说："见多情易厌，见少情易变。"这首诗中的女主人公的可贵之处在于阔别而情愈深，迹疏而心不移。

而就本诗的最后两句来看，诗人捕捉到了思妇在春风吹入闺房、掀动罗帐的一刹那的心理活动，表现了她忠于所爱、坚贞不二的高尚情操。从艺术上说，这两句让多情的思妇对着无情的春风发话，又仿佛是无理的，但用来表现独守春闺处于特定环境中的思妇的情态，又令人感到真实可信。春风撩人，春思缠绵，申斥春风，用以明志自警。以此作结，恰到好处。无理而妙是古典诗歌中一个常见的艺术特征。

从李白的这首诗中不难看出，所谓无理而妙，就是指在看似违背常理、常情的描写中，反而更深刻地表现了各种复杂的感情，此诗堪为无理而妙的典范。

江上吟

（唐）李　白

木兰①之枻②沙棠舟，玉箫金管坐两头。
美酒樽③中置千斛④，载妓随波任去留。

仙人有待乘黄鹤，海客无心随白鸥。
屈平词赋悬日月，楚王台榭空山丘。
兴酣⑤落笔摇五岳，诗成笑傲凌沧洲⑥。
功名富贵若长在，汉水⑦亦应西北流。

鉴赏

本诗十二句，形象鲜明，感情激扬，气势豪放。读起来只觉得它是一片神行，一气呵成。而从全诗的结构组织来看，它绵密工巧，独具匠心。

开头是色彩绚丽的形象描写，立即把读者引入一个不寻常的境界。开头四句，虽是江上之游的即景，但并非如实的记叙，而是经过夸饰的、理想化的具体描写，展现出华丽的色彩，有一种超世绝尘的气氛。"木兰之枻沙棠舟"，是用珍贵而神奇的木料制成的；"玉箫金管坐两头"，乐器的精美可以想象吹奏的不同凡响；"美酒樽中置千斛"，足见酒量之富，酒兴之豪；"载妓随波任去留"，极写游乐的酣畅恣适。总之，这江上之舟是足以尽诗酒之兴，极声色之娱的，是一个超越了纷浊的现实的、自由而美好的世界。

中间两联，属对精整，而诗意则正反相生，扩大了诗的容量，诗笔跌宕多姿。"仙人"一联承上，对江上泛舟行乐，加以肯定赞扬；"屈平"一联启下，揭示出理想生活的历史意义。"仙人有待乘黄鹤"，即使修成神仙，仍然还有所待，黄鹤不来，也上不了天；而我之泛舟江上，"海客无心随白鸥"，乃已忘却机巧之心，物我为一，不知何者为物，何者为我，岂不是比那眼巴巴望着黄鹤的神仙还要像神仙吗？到了这种境界，人世间的功名富贵、荣辱穷通，就更不在话下了。因此，俯仰宇宙，纵观古今，便得出了与"滔滔者天下皆是也"的庸夫俗子相反的认识："屈平词赋悬日月，楚王台榭空山丘"，泛舟江汉之间，想到屈原与楚王，原是很自然的，而这一联的精辟乃在于把屈原和楚王作为两种人生的典型，鲜明地对立起来。屈原尽忠爱国，反被放逐，终于自沉汨罗，他的词赋，可与日月争光，永垂不朽；楚王荒淫无道，穷奢极欲，卒招亡国之祸，当年奴役人民建造的宫殿台榭，早已荡然无存，只见满目荒凉的山丘。这一联形象地说明了：历史上属于进步的终归不朽，属于反动的必然灭亡；还有"文章者不朽之大业，而势位终不可恃"的这一层意思。

结尾四句，极意强调夸张，感情更加激昂，酣畅恣肆，显出不尽的力量。紧接"屈平"一联尽情发挥。"兴酣"二句承屈平辞赋说，同时也回应开头的江上泛舟，极其豪壮，活画出诗人自己兴会飙举、摇笔赋诗时藐视一切、傲岸不羁的神态。"摇五岳"是笔力的雄健无敌；"凌沧洲"是胸襟的高旷不群。末句"功名富贵若长在，汉水亦应西北流"，承楚王台榭说，同时也把"笑傲"进一步具体化、形象化了。不正面说功名富贵不会长在，而是从反面说，对根本不可能的事情来一个假设，便加强了否定的力量，显出不可抗拒的气势，并带着尖锐的嘲弄意味。

一方面，这首诗的思想内容基本上是积极的，但另一方面，诗人把纵情声色、恣意享乐作为理想的生活方式而歌颂，则是不可取的。金管玉箫，携酒载妓，不也是功名富贵中人所迷恋的吗？这正是李白思想的矛盾。这个矛盾，在他的许多诗中都有明显的表现，成为极具个性特点的局限性。

西塞山①怀古

(唐) 刘禹锡

王濬②楼船下益州③，金陵④王气⑤黯然收。
千寻铁锁沉江底⑥，一片降幡出石头⑦。
人世几回伤往事，山形依旧枕寒流。
今逢四海为家日，故垒萧萧芦荻秋⑧。

注释

①西塞山：位于今湖北省黄石市西塞山区。②王濬：晋益州刺史。③益州：晋时州治在今成都。晋武帝谋伐吴，派王濬造大船，出巴蜀，船上以木为城，起楼，每船可容二千余人。④金陵：今南京，当时是吴国的都城。⑤王气：帝王之气。⑥千寻铁锁沉江底：东吴末帝孙皓命人在江中轧铁锥，又用大铁索横于江面，拦截晋船，终失败。⑦石头：指石头城，故址在今江苏省南京清凉山。⑧"今逢"两句：如今国家统一，旧时的壁垒早已荒芜。

鉴赏

这首名诗是刘禹锡于唐穆宗长庆四年（824），由夔州调任和州刺史，在赴任的途中，经西塞山时，触景生情，抚今追昔，写下了这首感叹历史兴亡的诗。

"王濬楼船下益州，金陵王气黯然收"，这两句是对当年历史的回顾。西晋咸宁五年（279），司马炎为完成统一大业，下令伐吴。在东起滁州西至益州的辽阔战线上，组织了数路大军，向东吴发动了全面进攻。当时身为龙骧将军的王濬，在益州造战船，"以木为城，起楼橹，开四处门，其上皆得驰马往

来"（《晋书·王濬传》），此即诗中所言之"楼船"。船造好后的第二年，王濬带兵从益州出发，沿江东下，很快攻破金陵，接受了吴主孙皓的投降，从此东吴灭亡。

"千寻铁锁沉江底，一片降幡出石头"，是承上联具体地写出金陵政权"黯然收"的景况和原因。"千寻铁锁"是东吴在西塞山下江险碛要处的设防。它包含有两层意思：一是表明孙皓政权尽管腐败，但还是不愿轻易失国，而进行拼死抵抗的；二是渲染王濬的足智多谋，英勇善战。当时的东吴，为防御晋武帝的讨伐，曾在西塞山一带筑营垒，设江防，并用铁锁链横截长江，以阻挡王濬的楼船。但王濬用木筏数十，上载麻油火炬，烧融了铁链，直抵金陵城下，迫使吴主孙皓举"降幡"投降。

"人世几回伤往事，山形依旧枕寒流"两句是诗人触景生情，对历史上的兴亡发出伤心的慨叹。眺望金陵的西塞山依然巍峨耸立，其下的长江在寒秋中滚滚东流，可是当年在金陵的帝王都不见了。"往事"二字，包蕴深沉，它指自东吴在金陵相继建都的东晋、宋、齐、梁、陈六个朝代，这些政权的灭亡，大都有相似的原因。但是人们总不接受历史的教训，在循环往复地因袭着前人的失误而不自省。

"今逢四海为家日，故垒萧萧芦荻秋"，是全诗的主旨。诗人对往事的"伤"是根源于当世的忧，伤往事是次，忧当世是主。唐朝自安史之乱以后，虽然表面上还维持着统一的局面，但是几代皇帝都宠信宦官，排挤忠臣，藩镇割据愈演愈烈。如诗人所想，这种情势若继续维持下去，必然要加速衰败，重蹈历史的覆辙。

雁

闺 怨

（唐）沈如筠

雁①尽书难寄，愁多梦不成。
愿随孤月影，流照②伏波营③。

　　这是一首写闺怨的诗，为思妇代言，表达了对征戍在外的情人的无限怀念之情。春宵深寂，大雁都回到自己的故乡去了，断鸿过尽，传书无人，此情此景，更添离人愁绪。

　　诗的开头"雁尽书难寄"就用雁足传书的典故来表达闺妇想念征夫的心情，十分贴切：在一个皓月当空的晚上，丈夫戍守南疆，妻子独处空闺，想象着凭借雁足给丈夫传递一封深情的家书；可是，春宵夜寂，大雁飞往南方的故乡停留，无雁传书。一个"难"字微妙地传递了闺妇的深思遐想和倾诉无人的隐恨。正是这无限的思念的愁绪搅得她难以入睡，因而想借助睡梦与情人作短暂的团聚，但也很难实现。"愁多"表明她感情丰富复杂，不能尽言。

　　闺妇难以入睡，穿上衣服起床，出门徘徊，看见一轮孤月高悬天际，于是她很自然地产生出一个念头：希望自己能像天上的那轮孤月，将月光洒在正在军营中的丈夫身上。"伏波营"是借用了东汉马援平南诏的典故，暗示着征人在南方边疆戍守。

　　全诗通过闺妇内心独白的方式，着眼于对主人公纯洁、高尚思想感情的描写，格调很高，的确可以称作闺怨的得意之作。

天末怀李白

(唐)杜 甫

凉风起天末^①，君子^②意如何？
鸿雁^③几时到，江湖秋水多^④。
文章憎命^⑤达，魑魅^⑥喜人过。
应共冤魂^⑦语，投诗赠汨罗^⑧。

①天末：天的尽头。当时李白因永王李璘案被流放夜郎，途中遇赦还至湖南。②君子：指诗人李白。③鸿雁：指传送书信的鸿雁。④"江湖"句：这是为李白的行程担忧之语。⑤命：命运，时运。这句意思是：有文才的人总是薄命遭忌。⑥魑魅：鬼怪，这里指坏人或邪恶势力。这句指魑魅喜欢幸灾乐祸。⑦冤魂：指屈原。屈原被放逐，投汨罗江而死。⑧汨罗：在今湖南湘阴，屈原投江处。

鉴赏

李白于至德二载（757）因永王未奉肃宗之命而动兵之罪受牵连，被流放夜郎，行至巫山遇赦得还。杜甫不知实情，于乾元二年（759）作此诗，眷怀李白，设想他当路经汨罗，因而以屈原喻之。其实，此时李白已遇赦，泛舟洞庭了。因凉风而念故友，望秋雁而怀思。文人相重，末路相亲，天涯沦落之感，跃然纸上，至今读之，令人潸然泪下。

对友人深沉的怀念，进而发为对其身世的同情。"文章憎命达"，意谓文才出众者总是命途多舛，语极悲愤，有"怅望千秋一洒泪"之痛。"魑魅喜人过"，隐喻李白长流夜郎，是遭人诬陷。此二句议论中带情韵，用比中含哲理，意味深长，有极为感人的艺术力量，是传诵千古的名句。高步瀛引邵长蘅评："一憎一喜，遂令文人无置身地。"这两句诗道出了自古以来才智之士的共同命运，是对无数历史事实的高度总结。

这一联虽系想象之词，但因诗人对屈原万分景仰，觉得他自沉殉国，虽死犹存；而李白是亟思平定安史叛乱，一清中原，具有跟屈原一样的爱国忠诚，结果获罪远谪，虽遇赦而还，但仍有满腔的怨愤，自然会对屈原因秋风而寄意。这样，"应共冤魂语"一句，就很生动真实地表现了李白的内心活动。最后一句"投诗赠汨罗"，用一"赠"字，是想象屈原永存，他和李白千载同冤，斗酒诗百篇的李白，一定作诗相赠以寄情。这一"赠"字之妙，正如黄生所说："不曰吊而曰赠，说得冤魂活现。"（清代施鸿保《读杜诗说》）

这首因秋风感兴而怀念友人的抒情诗，感情十分强烈，但并没有奔腾浩荡、一泻千里地表达，而是千回百转，萦绕心际。吟诵全诗，如展读友人书信，充满殷切的思念、细微的关注和发自心灵深处的感情，反复咏叹，低回婉转，沉郁深微，实为古代抒情名作。

塞下曲六首（其三）

（唐）卢 纶

月黑雁飞高，单于①夜遁逃②。
欲将轻骑③逐④，大雪满弓刀。

注释

①单于：匈奴的当权者之称，这里指侵扰唐朝的契丹等贵族的首领。②遁逃：逃跑。③轻骑：轻捷的骑兵。④逐：追。

鉴赏

这是《塞下曲》第三首。卢纶虽为中唐诗人，其边塞诗却依旧是盛唐的气象，雄壮豪放，字里行间充溢着英雄气概，读后令人振奋。

一、二句"月黑雁飞高，单于夜遁逃"，写敌军的溃退。"月黑"，无光也。"雁飞高"，无声也。趁着这样一个漆黑的夜晚，敌人悄悄地逃跑了。单于，是古时匈奴最高统治者，这里代指入侵者的最高统帅。夜遁逃，可见他们已经全线崩溃。

　　三、四句"欲将轻骑逐，大雪满弓刀"，写我军准备追击的情形，尽管有夜色掩护，敌人的行动还是被我军察觉了，表现了将士们威武的气概，描绘了一幅扣人心弦的场面。

　　从这首诗看来，卢纶是很善于捕捉形象、捕捉时机的。他不仅能抓住具有典型意义的形象，而且能把它放到最富有艺术效果的时刻加以表现。诗人不写军队如何出击，也不告诉你追上敌人没有，他只描绘一个准备追击的场面，就把当时的气氛情绪有力地烘托出来了。"欲将轻骑逐，大雪满弓刀"，这并不是战斗的高潮，而是迫近高潮的时刻。这个时刻，犹如箭在弦上，将发未发，最有吸引人的力量。诗没有把结果交代出来。但唯其如此，才更富有启发性，更能引逗读者的联想和想象，有"言有尽而意无穷，神龙见首不见尾"的意味，若隐若现，更富有意趣和魅力。

月夜忆舍弟①

(唐) 杜 甫

戍鼓②断人行③，边秋④一雁声。
露从今夜白⑤，月是故乡明。
有弟皆分散，无家问死生⑥。
寄书长⑦不达，况乃⑧未休兵⑨。

注释

　　①舍弟：向别人说自己弟弟时用的谦称。②戍鼓：戍楼上的更鼓。③断人行：指鼓声响起后，就开始宵禁。④边秋：一作"秋边"，秋天的边地，边塞的秋天。⑤露从今夜白：指在气节"白露"节气的夜晚。⑥有弟皆分散，无家问死生：弟兄分散，家园无存，互相间都无从得知死生的消息。⑦长：一直，

总是。⑧况乃：何况是。⑨未休兵：战争还没有结束。

鉴赏

这首诗是乾元二年（759）秋杜甫在秦州所作。这年九月，史思明从范阳引兵南下，攻陷汴州，西进洛阳，河北、河南都处于战乱之中。当时，杜甫的几个弟弟正分散在这一带，由于战事阻隔，音信不通，引起他强烈的忧虑和思念。

题目是"月夜忆舍弟"，作者却不从月夜写起，而是首先描绘了一幅边塞秋天的图景："戍鼓断人行，边秋一雁声。"路断行人，写出所见；戍鼓雁声，写出所闻。耳目所及皆是一片凄凉景象。沉重单调的更鼓和天边孤雁的叫声不仅没有带来一丝生气，反而使本来就荒凉不堪的边塞显得更加冷落沉寂。"断人行"点明社会环境，说明战事频繁、激烈，道路为之阻隔。两句诗渲染了浓重悲凉的气氛，这就是"月夜"的背景。

"露从今夜白"这一句，则写出了当时的节气，而白露又可以和下一句的明月相互呼应，如此一来，我们就可以由"白"这个颜色来感受出当时那种冷清的情境。最后四句，杜甫则是在描写他思念兄弟的情怀。因为战争的关系，他和自己的弟弟们都分散在不同的地方。最后两句，则描写出因为战争的关系，又收不到家书，因此对大家的安危感到十分忧心的心情。

"有弟皆分散，无家问死生"，诗由望月转入抒情，过渡十分自然。夜晚的月光常会引人遐想，更容易引起思乡之情。诗人今遭逢战乱，又在这清冷的月夜，自然更是别有一番滋味在心头。这两句诗也概括了安史之乱中人民饱经忧患丧乱的普遍遭遇。

"寄书长不达，况乃未休兵"，紧承五、六两句进一步抒发内心的忧虑之情。亲人们四处流散，平时寄书尚且常常不达，更何况战事频繁，生死茫茫当更难预料。含蓄蕴藉，一结无限深情。读了这首诗，我们便不难明白杜甫为什么能够写出"烽火连三月，家书抵万金"（《春望》）那样凝练警策的诗句来。深刻的生活体验是艺术创作最深厚的源泉。

凉州词三首（其一）

（唐）张　籍

边城暮雨雁飞低，芦笋初生渐欲齐。
无数铃声遥过碛①，应驮白练到安西②。

注释

①碛：沙漠。②安西：唐西北重镇，在今新疆。

鉴赏

《凉州词》是乐府诗的名称，本为凉州一带的歌曲，唐代诗人多用此调作诗，描写西北边塞的风光和战事。

这首诗描写边城的荒凉萧瑟。前两句写俯仰所见的景象。"边城暮雨雁飞低"，仰望边城上空，阴雨笼罩，一群大雁低低飞过。诗人为何不写边城晴朗的天空，却选择阴沉昏暗的雨景？因为此时诗人无心观赏边塞的风光，只是借景托情，以哀景暗示边城人民在胡兵侵扰下不得安宁的生活。"芦笋初生渐欲齐"，俯视边城原野，芦苇吐芽，如笋破土，竞相生长。这句已点明寒气消尽，在风和日暖的仲春时节，边城仍然暮雨连绵，凄凉冷清，很容易启人联想那年年岁岁的四季悲凉了。这两句写景极富特色。俯仰所见，在广阔的空间位

置中展现了边城的阴沉；暮雨、芦笋，上下映照，鲜明地衬托出美好时节里的悲凉景色，具有很强的艺术感染力。

后两句叙事。在这哀景之下，边城的悲事一定很多，而绝句又不可能作多层面的铺叙，诗人便抓住发生在丝绸之路上最典型的事件："无数铃声遥过碛，应驮白练到安西。"往日繁荣的丝绸之路，因为安西被占而受阻，无数的白练丝绸不再运往西域交易，"应驮"非正驮，用来意味深长。诗人多么盼望收复边镇，恢复往日的繁荣啊！"应驮"这点睛之笔，正有力地表达了诗人这种强烈的愿望，从而点明了此诗的主题。

这首绝句，写景叙事，远近交错，虚实相生，给读者的联想是丰富的。

南海①旅次②

（唐）曹 松

忆归休上越王台③，归思临高不易裁④。
为客正当无雁处，故园谁道有书来。
城头早角吹霜尽，郭里残潮荡月回。
心似百花开未得，年年争发被春催。

注 释

①南海：指今广东省广州市。②次：停留。③越王台：台址在今广东省广州越秀山上，为汉代南越王赵佗所建。④裁：削减，消除。

　　"忆归休上越王台，归思临高不易裁"，从广州的著名古迹越王台落笔，但却一反前人的那种"远望当归"的传统笔法，独出心裁地写成"忆归休上"，以免归思泛滥，不易裁断。如此翻新的写法，脱出窠臼，把归思表现得十分婉曲深沉。

　　"为客正当无雁处，故园谁道有书来"，诗人巧妙地运用了鸿雁南飞却飞不过衡山回雁峰的传说，极写南海距离故园的遥远，表现他收不到家书的沮丧心情。言外便有嗟怨客居过于边远之意。李煜的"雁来音信无凭"（《清平乐》），是写见雁而不见信的失望；而曹松连雁也见不到，就更谈不上期待家书了，因此对句用"谁道有书来"的反问，来表现他的无限懊恼。

　　"城头早角吹霜尽，郭里残潮荡月回"，展示了日复一日唤起作者归思的凄清景色。出句写晨景，是说随着城头凄凉的晓角声晨霜消尽；对句写晚景，是说伴着夜晚的残潮明月复出。这一联的描写使读者想起唐诗中的有关诗句："举头望明月，低头思故乡。"如果说，李白的《静夜思》写了以时间勾起的乡愁，那么，曹松这一联的景色，则融进了作者连年羁留南海所产生的无终期的归思。

　　归思这样折磨着作者，平常时日，还可以勉强克制，可是，当新春到来时，就按捺不住了。因为新春提醒他在异乡又滞留了一个年头，使他归思泉涌，百感交集。"心似百花开未得，年年争发被春催"，形象地揭示出羁旅逢春的典型心境，把他对归思的抒写推向高潮。句中以含苞待放的百花比喻处于抑制状态的归心，进而表现每到春天他的心都受到刺激，引起归思泛滥，那就像被春风催开的百花，竞相怒放，不由自主。

　　这首诗在艺术上进行了富有个性的探索，它没有采用奇特的幻想形式，也没有采用借景抒情为主的笔法，而是集中笔墨来倾吐自己的心声，迂曲婉转地揭示出复杂的心理活动和细微的思想感情，呈现出情深意曲的艺术特色。

蝶恋花·晚止昌乐馆寄姊妹

（宋）李清照

　　泪湿罗衣脂粉满，四叠阳关①，唱到千千遍。人道山长水又断，萧萧微雨闻孤馆。

　　惜别伤离方寸②乱，忘了临行，酒盏深和浅。好把音书凭过雁，东莱③不似蓬莱④远。

注释

　　①阳关：即《阳关曲》，离别时所唱的曲子。②方寸：心灵。③东莱：山东龙口市古称。赵明诚所任的莱州知府所在地。④蓬莱：传说中的仙山。李商隐《无题》诗有："刘郎已恨蓬山远，更隔蓬山一万重。"

鉴赏

　　这首词写于宣和三年（1121）秋天，时赵明诚为莱州守，李清照从青州赴莱州途中宿昌乐县驿馆时写给其家乡姊妹的。其中吟唱姊妹之间的手足之情，率直袒露，直抒胸臆。

　　上阕写独居驿馆，回忆姊妹送别时的景象。"泪湿罗衣脂粉满，四叠阳关，唱到千千遍"，"湿""满"二字表现眼泪之多。泪水涟涟，将胸前的罗衣打湿，脸上的脂粉被冲掉。这里开篇言泪，将姊妹间真挚的情谊以及词人无限的伤感表现了出来。虽有千言万语，却不知从何说起，于是发声为歌来表达这种惜别之痛和难分难舍之情。这送别的《阳关曲》唱到四叠还不够，还要唱"千千遍"。这里以夸张手法，极力渲染离别场面之难堪。陈字见新，平字见奇，收到了纵横跌宕的效果。"人道山长水又断，萧萧微雨闻孤馆"，词人的笔触在结拍处转折，纷乱的思绪又转回现实。前句一语双关，不仅写出了绵绵青山淹没在烟雨中的景色，又流露出姊妹离别之后深深思念的情意。此行路途遥遥，山长水远，而今自己已行至"山断"之处。不仅离姊妹们更加遥远了，而且又逢上了萧萧夜雨，淅淅沥沥如同词人抽不完、扯不尽的情思，而她此时又独处孤馆，更是愁上加愁。

下阕词人的思绪又回到离别时的场景，但笔触则集中抒写自己当时的心境。"惜别伤离方寸乱，忘了临行，酒盏深和浅。"这里写词人临行前乱了方寸，依依不舍以致忘了临行的酒是如何喝下去的，全然不知杯中酒是深是浅，真切而又形象地展现了当时难别的心境。"好把音书凭过雁，东莱不似蓬莱远"，词人告慰姊妹们，东莱并不像蓬莱那么遥远，只要鱼雁频传，音讯常通，姊妹们还是可以像厮守在一起一样。这里词人既劝慰姊妹，也自我安慰。情真意切，委婉含蓄。

这离别词直抒胸臆，表达词人与姊妹的离情别绪。既有细腻、敏感的心理描写，也具有笔力健拔、恣放的特色，把姊妹之间的深情厚谊表达得淋漓尽致，感人至深。

峨眉山月歌

（唐）李 白

峨眉山①月半轮秋②，影③入平羌江水流。
夜④发清溪⑤向三峡⑥，思君不见下渝州⑦。

注 释

①峨眉山：在今四川峨眉县西南。②半轮秋：半圆的秋月，即上弦月或下弦月。③影：月光。④夜：今夜。⑤清溪：指清溪驿，在四川犍为峨眉山附近。⑥三峡：指长江瞿塘峡、巫峡、西陵峡，在今重庆、湖北交界处。⑦渝州：今重庆一带。

鉴 赏

整首诗的手法神韵清绝，表达了诗人对月的美好之情。

第一句，直接表明了远游在秋天。"秋"字因入韵关系倒置句末。秋高气爽，月色清明。以"秋"字形容月色之美，信手拈来。月只有"半轮"，使人联想到青山吐月的优美意境。在峨眉山的东北有平羌江，即今青衣江，源出于四川芦山县，流至乐山县入岷江。

而第二句中，"影"指月影，"入"和"流"两个动词构成连动式谓语。是指月影映入江水，又随江水流去。生活经验告诉我们，定位观水中月影，任凭江水怎样流，月影却是不动的。"月亮走，我也走"，只有观者顺流而下，才会看到"影入江水流"的妙景。所以此句不仅写出了月映清江的美景，同时暗点秋夜行船之事，意境可谓空灵入妙。

第三句则表达为：他正连夜从清溪驿出发进入岷江，向三峡驶去。"仗剑去国，辞亲远游"的青年，乍离乡土，对故国故人不免恋恋不舍。江行见月，如见故人。然明月毕竟不是故人，于是只能"仰头看明月，寄情千里光"了。

尾句虽然用语较短，但却表现出诗人依依惜别的情思。除"峨眉山月"之外，诗中几乎没有更具体的景物描写；除"思君"二字，也没有更多的抒情。然而"峨眉山月"这一集中的艺术形象贯穿整个诗境，成为诗情的触媒。由它引发的意蕴相当丰富：山月与人万里相随，夜夜可见，使"思君不见"的感慨愈加深沉。明月可亲而不可近，可望而不可即，更是思友之情的象征。凡咏月处，皆抒发江行思友之情，令人陶醉。

全诗空灵清绝，神异悠远，值得读者慢慢地品味和欣赏。

十一月四日风雨大作

（宋）陆 游

僵卧①孤村②不自哀③，尚思④为国戍轮台⑤。
夜阑⑥卧听风吹雨⑦，铁马⑧冰河⑨入梦来。

注释

①僵卧：身体僵硬，躺卧不起。②孤村：孤寂荒凉的村庄。③不自哀：自哀，自己哀伤。指不为自己哀伤。④思：想着。⑤戍轮台：在新疆一带防守，这里指戍守边疆。轮台：在今新疆，是古代边防重地，这里指边关。⑥夜阑：夜深。⑦风吹雨：风雨交加，既是当时的天气，也指当时风雨飘摇的大宋江山。⑧铁马：披着铁甲的战马。⑨冰河：冰封的河流，指北方地区的河流。

赏析

陆游是宋代爱国诗人、词人，有一腔热血，但是为腐朽的宋朝所不容，晚年退居家乡山阴，这首诗就作于这个时候。

诗的前两句直接写出了诗人自己的情思。"僵卧"道出了诗人的老迈境况，"孤村"表明与世隔绝的状态，一"僵"一"孤"，凄凉之极，为什么还"不自哀"呢？因为诗人的爱国热忱达到了忘我的程度，已经不把个人的身体健康和居住环境放在心上，而是"尚思为国戍轮台"，犹有"老骥伏枥，志在千里"的气概。但是，他何尝不知道现实是残酷的，是不以人的意愿为转移的，他所能做的，只是"尚思"而已。这两句集中在一个"思"字上，表现出诗人坚定不移的报国之志和忧国忧民的拳拳之念！

后两句是前两句的深化，集中在一个"梦"字上，写得形象感人。诗人因关心国事而形成戎马征战的梦幻，以梦的形式再现了"戍轮台"的志向，"入梦来"反映了政治现

实的可悲：诗人有心报国却遭排斥而无法杀敌，一腔御敌之情只能形诸梦境。但是诗人一点也"不自哀"，报国杀敌之心却更强烈了。日有所思，夜有所梦。因此，"铁马冰河"的梦境，使诗人强烈的爱国主义的思想感情得到了更充分的展现。

年近七旬的陆游在一个风雨交加的寒夜，支撑着衰老的身体，躺在冰凉的被子里，还在想着为国出力，而宋代朝廷却不思进取，实在令人感慨。

静夜思

（唐）李 白

床前明月光，疑①是地上霜。
举②头望明月，低头思故乡。

注 释

①疑：怀疑，以为。②举：抬。

鉴 赏

诗人在诗中将自己在孤寂的月夜对家乡的思念之情表达得淋漓尽致。

短短四句诗，写得清新朴素，明白如话。诗人没说的比他已经说出来的要多得多。它的构思细致而深曲，但又脱口吟成、浑然无迹。从这里，我们不难领会李白绝句的"自然""无意于工而无不工"的妙境。

诗句从"疑"到"举头"，从"举头"到"低头"，形象地揭示了诗人的内心活动，鲜明地勾勒出一幅生动形象的月夜思乡图。一个作客他乡的人，大概都会有这样的感觉吧：白天倒还罢了，到了夜深人静的时候，思乡的情绪，就难免一阵阵地在心头泛起波澜；何况是明月如霜的秋夜！月白霜清，是清秋夜景；以霜色形容月光，也是古典诗歌中所经常看到的。这首诗的"疑是地上霜"是叙述，而非摹形拟象的状物之辞，是诗人在特定环境中一刹那间所产生的错觉。为什么会有这样的错觉呢？不难想象，这两句所描写的是客中深夜不能成眠、短梦初回的情景。这时庭院是寂寥的，透过窗户的皎洁月光射到床前，带来了冷森森的秋宵寒意。

就本诗的后两句来看，诗人朦胧地乍一望去，在迷离恍惚的心情中，好像地上铺了一层白皑皑的浓霜；可是再定神一看，四周的环境告诉他，这不是霜痕而是月色。月色不免吸引着他抬头一看，一轮秋月正挂在窗前，秋夜的天空是如此的明净！这时，他完全清醒了。秋月是分外光明的，然而它又是清冷的。对孤身远客来说，最容易触动旅思秋怀，使人感到客况萧条，年华易逝。凝望着月亮，也最容易使人产生遐想，想到故乡的一切，想到家里的亲人。想着，想着，头渐渐地低了下去，完全浸入沉思之中。

这首小诗，既没有奇特新颖的想象，也没有精工华美的辞藻；它只是用叙述的语气，写远客思乡之情，然而它却意味深长，耐人寻味，千百年来，如此广泛地吸引着读者。

无题二首

（唐）李商隐

凤尾香罗①薄几重，碧文圆顶②夜深缝。
扇裁月魄③羞难掩，车走雷声语未通。
曾是寂寥金烬④暗，断无消息石榴红。
斑骓⑤只系垂杨岸，何处西南待好风？
重帏深下莫愁堂⑥，卧后清宵细细长。
神女⑦生涯原是梦，小姑⑧居处本无郎。
风波不信菱枝弱，月露谁教桂叶香？

直道相思了无益，未妨惆怅是清狂。

注释

①凤尾香罗：织有凤尾花纹的薄罗。②碧文圆顶：有青碧花纹的圆顶罗帐。③月魄：本指月初生或始缺时不明亮的部分，也泛指月亮。④金烬：灯芯的余火。⑤斑骓：杂毛色的马，这里指代诗人自己。⑥莫愁堂：莫愁，古乐府中常常提到的一个女子。此处指青年女子的居所。⑦神女：即巫山神女。⑧小姑：指清溪小姑神。

鉴赏

第一首首联叙写的是深夜时分，女主人公缝制罗帐的场景。女主人深夜缝制罗帐，但思绪万千，沉浸在对往事的回忆之中。颔联回忆了一段往事，当初女主人公含情脉脉，以满月般的团扇半掩，却难掩羞怯之情。然而，车声隆隆，匆匆驰过，连言语也未曾相通。颈联与上联表现的情绪不同，以香消花尽作对。曾因为对他的思念，在漫漫长夜，被寂寞煎熬，独守烛台，一直到烛火燃尽。而他却一去杳无音讯，转眼间又是一年石榴花红，时光流逝，斯人依然音信全无，让人感到无限惆怅。诗人在这里把象征暗示的手法运用得自然精妙，不露痕迹。尾联写虽然时光飞逝，但仍是怀着深切的期待之情。女主人所思之人，"可思而不可见"，但她并未心灰意懒，而是怀着希望，盼着与思念的人儿能再度相会。

第二首首联下笔就渲染出一种幽暗的氛围：深夜，层层帷幕深垂的幽静闺房中，女主人公独卧床上，思绪万千，心事重重，深感漫漫黑夜之长。颔联"梦"字与"清宵"呼应，"居处"与"莫愁堂"相对。女主人公回忆过往：自己正如那巫山神女一样曾有一段浪漫的偶遇，有过恩爱甜蜜的生活，原来不过是转眼成空的一场梦；又像那独居清溪的小姑神，本来就没有可以依托的

情郎。"原""本"二字，颇有深意。虽然她有过幻想与追求，但到头来仍旧是终身无托一场空。颈联以客观事物表达主观感情：强风袭来，波起浪涌，使得水中的菱叶翻飞。菱本柔弱，而风波"不信"。此处暗指女主人公的身世遭遇：自己就像水中柔弱的菱，却偏遇风波的摧折。可悟其有托而言，诗人"内无强近，外乏因依"，仕途坎坷，屡遭狂暴势力挤压、摧抑，而未得滋润，故借此寄慨。尾联为直抒胸臆的写法。

这两首无题诗表现含蓄，诗情多意，更增加了诗歌的艺术感染力。情感真挚深厚，表达细腻形象，言辞清雅优美，营造了委婉动人的意境。

人日①寄杜二拾遗②

（唐）高 适

人日题诗寄草堂③，遥怜故人思故乡。
柳条弄色不忍见，梅花满枝空断肠。
身在远蕃④无所预，心怀百忧复千虑。
今年人日空相忆，明年人日知何处。
一卧东山三十春，岂知书剑老风尘。
龙钟还忝⑤二千石⑥，愧尔东西南北人。

注释

①人日：汉族传统节日，时在农历正月初七。②杜二拾遗：即大诗人杜甫。③草堂：草庐，常指隐者所居的简陋茅屋。④远蕃：古时的蜀地，今成都。⑤忝：谦辞，表示辱没他人，自己有愧。⑥二千石：汉太守官俸为二千石，故此为代称。

鉴赏

　　本诗将个人的命运与国家的际遇结合起来，意蕴深远。

　　起句便单刀直入点题。"遥怜故人思故乡"，"遥怜"的"怜"，正是表示二人感情的字眼，通篇都围绕这"怜"字生发展开。"思故乡"，既是从自己说，也是从杜甫说，满目疮痍的中原，同是他们的故乡。紧接着"柳条弄色不忍见，梅花满枝空断肠"，便是这思乡情绪的具体形容。春天到时，柳叶萌芽，梅花盛开，应该是令人愉悦的，但在漂泊异地的游子心中，总是容易撩动乡愁，而使人"不忍见"，一见就"断肠"，感情不能自已。

　　中间四句是诗意的拓展和深化，有不平，有忧郁，又有如大海行舟随波漂流不能自主的渺茫与怅惘，感情是复杂的。换用仄声韵，正与内容十分协调。"身在远蕃无所预，心怀百忧复千虑。""预"是参与朝政之意。当时国家多难，干戈未息，以高适的文才武略，本应参与朝廷大政，建树功业，可是偏偏远离京国，身在远蕃。尽管如此，诗人的爱国热忱却未衰减，面对动荡不已的时局，自然是"心怀百忧复千虑"了。当时，不仅安史叛军在中原还很猖獗，即就蜀中局势而言，也并不平静，此诗写后的两三个月，便发生了梓州刺史段子璋的叛乱。这"百忧千虑"，也正是时局艰难的反映。"今年人日空相忆，明年人日知何处"，这个意思正承百忧千虑而来，身当乱世，作客他乡，今年此时，已是相思不见，明年又在何处，哪能预料呢？此忧之深、虑之远，更说明有志难酬。深沉的感喟中，隐藏了内心多少的哀痛！

　　诗人早年曾隐身"渔樵"，生活虽困顿，却也闲散自适，哪会知道今天竟辜负了随身的书剑，老于宦途风尘之中呢？"龙钟还忝二千石，愧尔东西南北人"，这是说自己老迈疲癃之身，辱居刺史之位，国家多事而无所作为，内心有愧于漂泊流离的友人。这"愧"的内涵是丰富的，它蕴含着自己匡时无计的孤愤和对友人处境深挚的关切。这种"愧",更见得两人交谊之厚,相知之深。这首诗没有华丽夺目的词藻,也没有刻意雕琢的警句,有的只是淳朴自然的语言,发自肺腑的真情流贯全篇。那抑扬变化的音调,很好地传达了起伏跌宕的感情。

别舍弟宗一①

（唐）柳宗元

零落残魂倍黯然②,双垂别泪越江③边。
一身去国六千里④,万死投荒⑤十二年。
桂岭⑥瘴来云似墨,洞庭春尽水如天。
欲知此后相思梦,长在荆门郢树烟⑦。

注 释

①宗一:柳宗元从弟,事不详。②黯然:用江淹《别赋》典。《别赋》:"黯然销魂者,唯别而已矣。"③越江:唐代汝询《唐诗解》卷四十四:"越江,未详所指,疑即柳州诸江也。按柳州乃百越地。"④六千里:《通典·州郡十四》:"（柳州）去西京五千二百七十里。"⑤投荒:抛弃于荒野。此喻被贬谪。⑥桂岭:五岭之一,山多桂树,故名。⑦荆、郢:古楚都,今湖北江陵西北。

鉴 赏

诗的开头写暮春时节,落花飘零,诗人送别从弟宗一来到柳江边。两情依依,相望垂泪不语。诗人凝望着一去不返的江水,不由悲从中来:长期的贬谪生活,诗人的心灵已千疮百孔,患难弟兄好不容易相聚,现在又要远别,使他

更加黯然神伤。

颔联紧接着伤叹自己的贬谪身世："一身去国六千里，万死投荒十二年"，作者自"永贞革新"失败，不断遭受打击、迫害，先被贬为永州司马，十年后，又被贬为柳州刺史，柳州离京城长安约六千里，前后被贬僻荒正好十二个年头。这两句使用排比、铺陈的手法，对仗工整。"一身"，形象地说明身世的孤零；"万死"，沉痛地诉说了十二年来历尽艰危。

颈联两句分写别后各自在柳州和途中将会见到的景色。"桂岭瘴来云似墨"，写诗人所居留的柳州，遍地崇山峻岭，林木浓密，气候湿热，经常有瘴雾浓云迷漫，黑压压的如同泼墨，气氛令人郁闷难受。"洞庭春尽水如天"，写宗一此去江陵，路经洞庭湖，在这暮春时节，更是碧波万顷，一望无际，水天相连一色，景象空阔迷茫。

最后一联，纯叙离别之情，但结尾响亮，言虽尽而意不绝。随着诗人的情绪变化，怨意渐渐隐去，而离别之情却愈来愈浓。怨意越浓，则越不愿兄弟分别，因而开首的怨意是对离别之情的铺垫；愈不要离别，则愈显得诗人心中因谪贬而不堪忍受的孤苦凄绝，诗尾的离别，更使人同情诗人的怨意，为他的迁谪而不平。"欲知此后相思梦，长在荆门郢树烟"，面对即将到来的离别，诗人说了一句略带安慰的话。虽有山水相隔，倒可梦中相见。诗人在此要写离别而写离别之后，要写人世而写梦境，都是虚实之法，以虚而写实，则更见情真。这一句最使诗句增色的是"烟"字，传神地写出了梦境的迷离，更衬托出诗人情意的真切。

这首诗所抒发的并不单纯是兄弟之间的骨肉之情，同时还抒发了诗人因参加"永贞革新"而被贬南荒的愤懑愁苦之情。

秋宿湘江遇雨

（唐）谭用之

江①上阴云锁②梦魂，江边深夜舞刘琨③。
秋风万里芙蓉国④，暮雨千家薜荔村。
乡思不堪悲橘柚，旅游⑤谁肯重王孙⑥。
渔人相见不相问，长笛一声归岛门。

注 释

①江：湘江。②锁：笼罩。③刘琨：《晋书·祖逖传》说东晋时期将领祖
逖年轻时就很有抱负，每次和好友刘琨谈论时局，总是慷慨激昂，满怀义愤。
为了报效国家，他们在半夜一听到鸡鸣，就披衣起床，拔剑练武，刻苦锻炼。
④芙蓉国：唐宋时期湖南广植木芙蓉，因而借指湖南。⑤旅游：谓长期寄居他
乡。⑥王孙：这里指游子。

"江上阴云锁梦魂",起笔即交代了泊船湘江的特定处境:滚滚湘江,阴云笼罩,暮雨将临,孤舟受阻。寥寥数字,勾勒出壮阔的画面,烘染出沉重的气氛。"锁梦魂",巧点一个"宿"字,也透露出诗人因行游受阻而不无怅然之感。但诗人心郁闷而志不颓,面对滔滔湘水,更加壮怀激烈,所以第二句即抒写其雄心壮志。

"秋风万里芙蓉国,暮雨千家薜荔村"二句正面写湘江秋雨,立足题面。诗人为南方美景所陶醉,喜悦、赞赏之情油然而生。"芙蓉国""薜荔村",以极言芙蓉之盛、薜荔之多,又兼以"万里""千家"极度夸张之词加以渲染,更烘托出气象的高远,境界的壮阔。于尺幅之中写尽千里之景,为湖南的壮丽山河,绘出了雄奇壮美的图画。

"乡思不堪悲橘柚,旅游谁肯重王孙"着重于抒情。"悲橘柚",是说橘柚引起了诗人的悲叹。原因是橘柚是南方特产,其味甘美,相传"逾淮北而为枳",枳则味酸。同是橘柚,由于生长之地不同而命运迥异,故《淮南子》说"橘柚有乡"。诗人游宦他乡,羁旅湘江,虽抱济世之志,终感报国无门,就和那被遗弃的山野之人一样,无人看重,所以说,"旅游谁肯重王孙"。这两句从乡思难遣说到仕途不遇,一从橘柚见意,一能巧用典故,一为直书,一为反诘,波澜起伏,跌宕有致,在壮烈情怀中寄寓着愤慨与忧伤。

"渔人相见不相问,长笛一声归岛门"以景写情,意在言外。屈原身处逆境,尚有一渔父与之对话;而此时诗人所遇到的情况却是"渔人相见不相问,长笛一声归岛门"。渔人看见他竟不与之言语,只管吹着长笛回岛去了。全诗到此戛然而止,诗人不被理解的悲愤郁闷,壮志难酬的慷慨不平,都一一包含其中。以此终篇,激愤不已。笛声,风雨声,哗哗的江水声,诗人的叹息声,组成一曲雄浑悲壮的交响乐,余音袅袅,不绝如缕。

无家别

（唐）杜 甫

寂寞天宝①后，园庐但蒿藜②。
我里百余家，世乱各东西。
存者无消息，死者为尘泥。
贱子③因阵败，归来寻旧蹊④。
久行见空巷，日瘦气惨凄⑤。
但对狐与狸，竖毛怒我啼。
四邻何所有？一二老寡妻。
宿鸟恋本枝，安辞且穷栖。
方春独荷锄，日暮还灌畦⑥。
县吏知我至，召令习鼓鞞⑦。
虽从本州役，内顾无所携。
近行止一身，远去终转迷。
家乡既荡尽，远近理亦齐。
永痛长病母，五年委沟溪⑧。
生我不得力，终身两酸嘶⑨。
人生无家别，何以为蒸黎⑩！

注 释

①天宝：玄宗年号。自天宝十四年（755）起，天下开
始动乱。②蒿藜：青蒿、蒺藜之类。泛指野草。③贱子：
老兵自称。④旧蹊：旧路，借指故里。⑤日瘦气惨凄：日
色黯淡无光，故里一片愁云惨雾。⑥灌畦：给每行畦的作物
依次浇灌。⑦习鼓鞞：练习敲打军鼓，意即再征入伍。鞞，
战鼓。⑧委沟溪：老母去世后被扔到山沟里，得不到儿子送

终与安葬。委，丢弃。⑨终身两酸嘶：母亲死于九泉抱恨终天，自己活在人间也永远遗憾。酸嘶，悲哀。⑩蒸黎：百姓。

鉴赏

本诗大意为：天宝以后，农村寂寞荒凉，家园里只剩下蒿草蒺藜。我的乡里百余户人家，因世道乱离都各奔东西。活着的没有消息，死了的已化为尘土。因为邺城兵败，我回来寻找家乡的旧路。在村里走了很久只见空巷，日色无光，一片萧条凄惨的景象。只能面对着一只只竖起毛来向我怒号的野鼠狐狸。四邻还剩些什么人呢？只有一两个老寡妇。宿鸟总是留恋着本枝，我也同样依恋故土，哪能辞乡而去，且在此地栖宿。正当春季，我扛起锄头下田，到了天晚还忙着浇田。县吏知道我回来了，又征召我去练习军中的骑鼓。虽然在本州内服役，家里也没什么可带。近处去，我只有空身一人；远处去，终究也会迷失。家乡既已一片空荡，远近对我来说都是一样。永远伤痛我长年生病的母亲，死了五年也没有好好埋葬。她生了我，却得不到我的服侍，母子二人终身忍受辛酸。人活在世上却无家可别，这老百姓可怎么当？

《无家别》和"三别"中的其他两篇一样，叙事诗的"叙述人"不是作者，而是诗中的主人公。这个主人公是又一次被征去当兵的独身汉，既无人为他送别，又无人可以告别，然而在踏上征途之际，依然情不自禁地自言自语，仿佛是对老天爷诉说他无家可别的悲哀。

满江红

（宋）杨炎正

典尽①春衣，也应是、京华倦客。都不记、麹尘香雾，西湖南陌②。儿女别时和泪拜，牵衣曾问归时节。到归来、稚子已成阴③，空头白。

功名事，云霄隔。英雄伴，东南坼④。对鸡豚社酒，依然乡国。三径⑤不成陶令隐，一区未有扬雄宅⑥。问渔樵、学作老生涯，从今日。

注释

①典尽：典当。②南陌：南边的道路。③成阴：指生育子女。④坼：裂开，分开。⑤三径：陶潜《归去来兮辞》："三径就荒，松菊犹存。"代指隐居处。⑥扬雄宅：出自《汉书·扬雄传》。扬雄先人在岷山之阳"有田一廛，有宅一区"，扬雄曾在那里隐居。

鉴赏

从词意看这首词应是作者晚年羁旅他乡之作。杨炎正得科名较晚，五十二岁始登进士第，最后被参劾罢官，事业上并未取得显著成就。此词就是抒发词人壮志难酬、坎坷不遇的感情。

词的上阕用悲凉的情调写出回忆中的往事，一种哀伤的情绪弥漫其间。"典尽春衣，也应是、京华倦客。"古时的文人大都嗜酒，偶遇囊中羞涩，往往典衣赊酒。词人穷愁潦倒无钱买酒，为什么会这样呢？原来词人愁绪满怀，可无处排遣，就只能是借酒浇愁，多次饮酒而使囊中羞涩。从中可以看出词人的失意。繁华的京都，车水马龙，但是他却只能独自神伤。"都不记、麴尘香雾，西湖南陌。"追忆青年时代裘马清狂的生活，都似乎是前尘往事。岁月流逝，事业无成。当年离家求功名，不料一去几成绝。"到归来、稚子已成阴，空头白。"抛家舍业奔前程却未能荣归故里，儿女都已经成家立业，有自己的生活了。这里词人是感慨时间的流逝，但是事实上，词人心中是带有羞愧之情的，自己在外漂泊多年，至今仍是一事无成，真是"无颜见江东父老"！

词的下阕则表现了一种豪迈之气，描写一个迟暮的英雄形象。"功名事，云霄隔。英雄伴，东南坼。"功名利禄，过眼云烟，那些少年也曾壮志凌云，气干虹霓。然事与愿违，理想、事业，一切都如云烟过眼，回首成空。自己的家乡仍是平静的乡村生活，似乎在岁月的熏陶中，没有变化。"三径不成陶令隐，一区未有扬雄宅。"事业未成也就罢了，可家里无产业，如今连隐居亦是不能，悲上加悲，词人心中的感伤之情可见。但是词人似乎并不为此痛彻心扉，相反还带有些自我调侃之意。"问渔樵、学作老生涯"，现实生活的拮据只能让人倍感无奈。

蓟①北旅思

（唐）张　籍

日日望乡国，空歌②白苎词③。
长因送人处，忆得别家时。
失意还独语，多愁只自知。
客亭门外柳，折尽向南枝④。

注　释

①蓟：指今北京一带，战国时燕国都城。②空歌：是失望之语。③白苎词：指《白苎舞歌》，它是一首吴声歌曲。④折：折柳，惜别怀远的意思。

鉴　赏

中唐时分，许多士人求仕不达，便改投他路，纷纷来到边镇幕府，以求进取。张籍也曾一度旅居蓟北，希望自己在此有所发展，然诗人客居他乡，失意多、愁绪多。诗人每逢在离愁送别之时，对家乡的思念也油然而生。此诗就是张籍在此地的思乡之作。

开头句点明思乡之情。"日日望乡国，空歌白苎词"，因为是久居他乡，对家乡日思夜想，因此是"日日"望着家乡的方向，归心似箭，希望能早一点回去。而现实是他还没有实现理想抱负，还不能空手回去，因此只好"空歌白苎词"。

中间四句笔锋一转，写诗人送别友人之时的感觉和情态。"长因送人处，忆得别家时"，他经常看见那些离愁别恨的场面，就想起自己别离家乡而亲人相送的情景，自己也黯然泪下。这种感受，是所有游子们都能感受到的心理，而诗人把它写得细致入微，写出了游子们的心声，故此句成为千古传诵的名句。此四句的着眼点在诗人怀乡的情态和心理。

最后两句写游子南归时的情景。此时送别之时，南归的游子一个个凝噎无语，接受友人的折柳相送，场面伤感。由于南归之人众多，而那客厅门外的柳枝，竟也被折尽。此诗的前六句重点写自己，而此句则转到了别处，看似在他处却实在作者。此句渲染南归之人众多，而独作者还留居他乡，与此形成鲜明的对比，可见作者更加孤独惆怅的心态。同时，诗中描绘许多南归游子的场景，想必他们大半在此有所收获而归，这又与诗人的失意心态形成对比。此一对比，诗人那失落孤寂的形象跃然于纸上。

此诗语言朴实生动，不用奇异华丽之词，如"日日""失意"尽是日常用语，符合诗人作诗用语的特点。全诗所表现的感情真挚细腻，尤其是"失意还独语，多愁只自知"把一个客居他乡的游子的情态写得很是生动。

长干①曲（其一）

（唐）崔　颢

君家何处住②？妾住在横塘③。
停舟暂借问，或恐④是同乡。

①长干曲：属乐府《杂曲歌词》调名。其内容多抒发船家女子的思想感情。②君家何处住：一说"君家在何处"。③横塘：在今江苏省江宁县。④或恐：恐怕，或许。

鉴 赏

全诗大意为：你家住在哪儿？我家就在横塘。停船暂且相问，或许我们还是同乡呢。本诗是一首女子向男子发问的诗，寥寥数语，形象地将女子既想结识对方，又怕露骨的心态描绘了出来。诗人巧妙地以语言传达人的神态，用女子自报家门的急切程度，传达了其大胆、聪慧、天真无邪的性情，使诗饶有情趣。

本诗抓住了人生片段中富有戏剧性的一刹那，用白描的手法，寥寥几笔，就使人物、场景跃然纸上，栩栩如生。它不以任何色彩映衬，似墨笔画；它不用任何装饰烘托，是幅素描；它不凭任何布景借力，犹如一曲男女声对唱；它截头去尾，突出主干，又很像独幕剧。题材是那样的平凡，而表现手法却是那样的不平凡。

先看这首诗的剪裁：一个住在横塘的姑娘，在泛舟时听到邻船一个男子的话音，于是天真无邪地问一下：你是不是和我是同乡？就是这样一点儿简单的情节，只用"妾住在横塘"五字，就借女主角之口点明了说话者的性别与居处。又用"停舟"二字，表明水上的偶然遇合，就把女主角的性情特点写得活灵活现。他不像杜牧那样写明"娉娉袅袅十三余"（《赠别·其一》），也不像李商隐那样点出"十五泣春风，背面秋千下"。他只采用了问话之后，不待对方答复，就采用急于自报"妾住在横塘"的处理方式，自然地把女主角的年龄从娇憨天真的语气中反衬出来了。在

男主角并未开口，而这位小姑娘之所以有"或恐是同乡"的想法，不正是因为听到了对方带有乡音的片言只语吗？这里诗人又省略了"因闻声而相问"的关节，这是文字之外的描写，所谓"不写之写"。

诗人不仅在纸上重现了女主角外露的声音笑貌，而且深深挖掘了她的个性和内心。这首诗还表现了女主角境遇与内心的孤寂。单从她闻乡音而急于"停舟"相问，就可见她离乡背井，水宿风行，孤零无伴，没有一个可共语之人。因此，她听得故乡音，且将他乡当故乡，自然喜出望外。

蜀中九日

（唐）王 勃

九月九日①望乡台②，他席③他乡④送客杯。
人情已厌南中⑤苦，鸿雁那从北地来。

注 释

①九月九日：指重阳节。②望乡台：古代出征或流落在外乡的人，往往登高或登土台，眺望家乡，这种台称为望乡台。③他席：别人的酒席。这里指为友人送行的酒席。④他乡：异乡。⑤南中：南方，这里指四川一带。

鉴 赏

这首诗前二句以"望乡台""送客杯"作对仗，用他乡送客来衬托诗中人思乡的情怀；后二句用呼告语作咏叹，从北雁南飞着想，反衬北人久居南方思念故乡的苦闷。这首诗仅以四句来写乡思，却将乡愁抒发得淋漓尽致，突破了唐初宫廷绝句多借咏物寓干进之意的小格局。

送柴侍御①

（唐）王昌龄

流水通波接武冈②，送君不觉有离伤。
青山一道同云雨，明月何曾是两乡。

注释

①这首诗是王昌龄被贬为龙标县尉时的作品。②武冈：今湖南武冈县。

鉴赏

本诗采用更加曲折、跌宕的抒情手法，将与友人的别离写得更有力、更具诗味。

首句点出了友人要去的地方，语调流畅而轻快。"流水"与"通波"蝉联而下，显得江河相连，道无艰阻，再加上一个"接"字，更给人一种两地比邻相近之感，这是为下一句作势。所以第二句便说"送君不觉有离伤"。"谁渭波澜才一水，已觉山川是两乡"（唐代王勃《秋江送别》），龙标、武冈虽然两地相"接"，但毕竟是隔山隔水的"两乡"。于是诗人再用两句申述其意，"青山一道同云雨，明月何曾是两乡"，笔法灵巧，一句肯定，一句反诘，反复致意，恳切感人。如果说诗的第一句意在表现两地相近，那么这两句更是云雨相同，"物因情变"，两地竟成了"一乡"。这种诗句，既富有浓郁的抒情韵味，又有它鲜明的个性。

本诗用丰富的想象去创造各种形象，以化"远"为"近"，使"两乡"为"一乡"。语意新颖，出人意料，然亦在情理之中，因为它蕴涵的正是人分两地、情同一心的深情厚谊。而这种情谊不就是别后相思的种子吗？所以这三、四两句，一面是对朋友的宽慰，另一面已将深挚不渝的友情和别后的思念，渗透在字里行间了。

从本诗中，我们可以感到诗人未必没有"离伤"，但是为了宽慰友人，也只有将它强压心底，不去触发、感染对方。更可能是对方已经表现出"离伤"之情，才使得工于用意、善于言情的诗人，不得不用那些离而不远、别而未分、既乐观开朗又深情婉转的语言，来减轻对方的离愁。这不是更体贴、更感人的友情吗？

南涧中题

（唐）柳宗元

秋气集南涧，独游亭午①时。
回风一萧瑟②，林影久参差。
始至若有得，稍深遂忘疲。
羁③禽响幽谷，寒藻舞沦漪。
去国魂已游，怀人泪空垂。
孤生易为感，失路少所宜。
索寞④竟何事？徘徊只自知。
谁为后来者，当与此心期⑤！

注释

①亭午：正午，中午。②萧瑟：秋风吹拂树叶发出的声音。③羁：系住。

④索寞：枯寂没有生气，形容消沉的样子。⑤期：约会。

鉴赏

　　唐宪宗元和七年（812）秋天，柳宗元游览永州南郊的袁家渴、石渠、石涧和西北郊的小石城山，写了著名的《永州八记》中的后四记——《袁家渴记》《石渠记》《石涧记》和《小石城山记》。这首五言古诗《南涧中题》，也是他在同年秋天游览石涧后所作。

　　全诗以记游的笔调，写出了诗人被贬放逐后忧伤寂寞、孤独苦闷的自我形象。纵观全诗，可分两层，诗的前八句描写了游南涧时所见。开篇即点明了游览的时间、地点、人物。涧中寂寞，仿佛秋天的肃杀之气独聚于此。虽日当正午，而秋风阵阵，林影稀疏，仍给人以萧瑟之感。诗人以一"集"字既描绘了深秋寒气之盛，又暗示了心中寒气之浓。即便如此，面对"萧瑟"的秋风，参差的林影，诗人似乎兴致渐高，忘了疲劳。这种写法是含泪的笑，泪花里满是悲苦与无奈。更何况此时又听到幽深的山谷中传来禽鸟的哀鸣，见到漂浮的寒藻在涟漪中漾起，触物伤怀，寒从心生。

　　诗的后八句便着重抒写诗人由联想而产生的感慨，抒发了"去国魂游"的幽怨感愤。游览本是乐事，但所见之景却不能不使诗人联想到自己非同寻常的遭遇，因而黯然神伤。"羁禽响幽谷，寒藻舞沦漪"二句堪称神来之笔，有声有色，传声余韵邈远，透明度极高，情景交融。"羁禽"即无家可归之鸟，鸣于幽谷，有家归不得的遭贬"羁人"闻此哀声定会感慨万千。"寒藻舞沦漪"，聊当长歌之哭。后八句议论中之抒情，亦如沦漪中翠带拖云的寒藻，绵延中哀大于乐。诗人自述迁谪离京以来，神情恍惚，怀人不见而有泪空垂。更何况孤身而遇秋风，失路而感羁禽，心境能不枯寂消沉？个中愁苦无以排解，独有徘徊，独有彷徨，亦只自知。以后谁再迁谪来此，也许会理解我这种心情。

晚泊浔阳望庐山

（唐）孟浩然

挂席^①几千里，名山都未逢。
泊舟浔阳郭^②，始见香炉峰^③。
尝读远公^④传，永怀尘外踪。
东林精舍近，日暮空闻钟^⑤。

注释

①挂席：意同"扬帆"。②郭：外城。古代的城市建筑分为内、外城。
③香炉峰：是庐山最有名的一峰。④远公：是指东晋高僧慧远，曾在庐山隐居
修行。⑤空闻钟：突然听到东林精舍传来的钟声。

鉴赏

　　诗人通过对庐山的观赏和描写，表达了自己悠远的
情思，以及对隐逸生活的艳羡。然而尽管"精舍"很
"近"，诗人却不写登临拜谒，笔墨下到"空闻"而止，
"望"而不即，悠然神远。难怪主张"神韵说"的清人
王士禛极为赞赏此诗，把它与李白诗《夜泊牛渚怀古》
中"牛渚西江夜"一句并举，用以说明司空图《诗
品》中所谓"不著一字，尽得风流"的妙境，还说：
"诗至此，色相俱空，真如羚羊挂角，无迹可求，
画家所谓逸品是也。"

　　首联和颔联主要叙事，对景色的描写比较
少，在其中加注了诗人的感情。诗人的落笔空
灵，气势非凡，大有尺幅千里、一气直下之慨。

诗人用淡笔一挥，便把这江山胜处的风貌勾勒出来了，而且还传递了神情。诗人在那千里烟波的江上扬帆而下，一路上也并非无山，但总不见名山，直到船泊浔阳城下，头一抬，方见那挺拔秀丽的庐山就在眼前突兀而起。这里"挂席"，即扬帆。香炉峰是庐山的北峰，状如香炉，故名。孟浩然怡悦而安详地观赏，领略这山色之美。因而他用的纯乎是水墨的淡笔，那么含蓄、空灵。从悠然遥望庐山的神情中，隐隐透出一种悠远的情思。这四句诗不事雕饰、纯乎叙事，也不刻意去摹状庐山的景色，而是一气呵成，一个"始"字轻轻一点，便将诗人那欣然怡悦之情显示出来，落笔空灵自如。

颈联和尾联将自己的深情寄寓在对景色的描写之中。远公，即东晋高僧慧远。本姓贾，雁门娄烦人，他在庐山东林寺和隐士刘遗民等结白莲社，后世奉为莲宗初祖。东晋大诗人陶渊明和他也有交往。尾联的"东林精舍"，即东林寺，"精舍"，指佛寺。这四句写香炉峰烟云飘逸，远"望"着的诗人，神思也随之悠然飘忽，引起种种遐想。诗人想起了东晋高僧慧远，他爱庐山，刺史桓伊为他在这里建造了一座禅舍，名"东林精舍"。

诗人在遐想，深深怀念这位高僧的尘外幽踪时，夕阳斜照，忽然隐隐约约听到从远公安禅之地的东林寺里传来阵阵钟声。高人不见，空闻钟声，诗人心中不免生起一种无端的怅惘。这里一个"空"字极富情韵，极为含蓄。它不仅含有不尽之意，余音袅袅，而且点出东林精舍正是作者向往之处。"日暮"二字说明闻钟的时刻，而"闻钟"又渲染了"日暮"的气氛，加深了诗的深远意境，流露出诗人对隐逸生活的倾羡。

念奴娇·登多景楼

（宋）陈 亮

危①楼还望，叹此意、今古几人曾会。鬼设神施，浑认作、天限南疆北界。一水横陈，连岗三面，做出争雄势。六朝②何事，只成门户私计。

因笑王谢诸人③，登高怀远，也学英雄涕。凭却长江，管不到、河洛腥膻④无际。正好长驱，不须反顾，寻取中流誓⑤。小儿⑥破贼，势成宁问强对。

注释

①危：高。②六朝：指东吴、东晋及南朝的宋、齐、梁、陈。③王谢诸人：王谢是晋朝南迁之后权倾朝野的两个大家族，但在南渡之后却只求苟安，无意还师定鼎。④腥膻：牛羊等动物的气味，借指女真等游牧民族。⑤中流誓：东晋祖逖北伐中原，过长江时拔剑击楫，誓言不成功定不回还。⑥小儿：此处用典。淝水之战传捷报时，谢安正在与客人下棋，冷静内敛的谢安只是瞟了一眼手书，若无其事。当客人问起时，谢安回答说："小儿辈已破贼。"当时率军作战的是其弟侄，因此唤为"小儿"，也显示了谢安对淝水之战取胜的信心。

鉴赏

这是一首借古论今之作。多景楼，在镇江北固山上甘露寺内，北临长江。这首词的写作背景是宋孝宗淳熙十五年（1188）春天，陈亮到建康和镇江考察形势，准备向朝廷陈述北伐的策略。词中溯往看今，借古以讽，文势挺拔，有无奈之情，但豪气更胜。

词的上阕开头两句，凌空而起。词人登楼极目四望，不觉百感交集，可叹自己的这番心意，古往今来，又有几人能够理解呢？因为所感不止一端，先将"此意"虚提，总摄下文。"今古"一语，暗示了本篇是借古论今。接下来两句，从江山形势的奇险引出对"天限南疆北界"主张的抨击。"鬼设神施"，是形容镇江一带的山川形势极其险要，简直是鬼斧神工，非人力所能致。当时南宋统治者不思进取，苟且偷安，将长江作为拒守金人南犯的天限。作者所抨击的，正是这种借天险以求苟安的主张。"一水横陈，连岗三面，做出争雄势。"镇江北面横贯着波涛汹涌的长江，东、西、南三面都连接着起伏的山冈。这样的地理形势，正是进可以攻，退可以守，是足以与北方强敌争雄的形胜之地。结尾对六朝统治者的批判，借以讽刺南宋上层统治集团中有些人空有慷慨激昂的言辞，而无北伐的行动。

词的下阕抨击空论清谈。王谢时掌东晋大权，连皇帝也要给他们面子，只要他们想北伐必然能够有所作为。但事实上这一班人除了偶尔聚会时登高北望一下，谁能相信他们是真心想北伐呢？不过是想着仗长江天险敌人打不过来，就在这里享乐纳福了，中原百姓死活与自己又有什么关系呢？作者认为，真正的爱国者当如祖逖一般，击楫中流，义无反顾。怎可一味苟且，待势成定局反来妄加评议呢？"小儿破贼，势成宁问强对"，这一句语出真心，意味高远，表现出词人杀敌报效祖国的坚定决心是天地可鉴的。

风流子

（宋）周邦彦

枫林凋晚叶，关河迥，楚客惨将归。望一川暝霭，雁声哀怨；半规凉月，人影参差。酒醒后，泪花①销凤蜡②，风幕卷金泥③。砧杵韵高，唤回残梦；绮罗香④减，牵起余悲。

亭皋⑤分襟地，难拚处，偏是掩面牵衣。何况怨怀长结，重见无期。想寄恨书中，银钩⑥空满；断肠声里，玉箸还垂。多少暗愁密意，唯有天知。

注释

①泪花：指蜡泪，诗词多以象征离愁。杜牧《赠别》中有"蜡烛有心还惜别，替人垂泪到天

明"。②凤蜡：据《南史》记载，王僧绰少时与兄弟聚会，采蜡烛泪为凤凰。③金泥：指帘幕上的烫金。④绮罗香：指女子衣裙上的香气。⑤亭皋：水边平地。⑥银钩：漂亮的字。

鉴赏

这首词通过描写词人离开客居五年的荆州时与心上人离别的情景，抒发自己的相思之情，其中蕴含的离愁别绪令人寻味。

上阕开首三句写景，"枫林凋晚叶，关河迥，楚客惨将归"，一个枫叶飘零的秋晚，主人公就要离开这客居之地而归去，面对山川迢遥，不免情怀凄然。前三句的情景意念及"楚客""将归"等字眼，烘托离别的悲凉氛围。"望一川暝霭，雁声哀怨；半规凉月，人影参差"，望着前方漫漫长路，听到大雁悲凉的鸣叫，依稀可辨的一行人影，是尚未远去的前来送别的人们，可知其中有一个"她"，"人影参差"四字写景中寓有无限依依不舍之情。这哀怨的、未安栖或失群的雁的鸣声，与残缺成半的凉月，又成为羁情和离思的象征。"酒醒后，泪花销凤蜡，风幕卷金泥"，写独处一室清夜梦回所见。等到酒醒时只在泪眼婆娑中看到一段残烛的光在摇曳，帘幕也在随意舒卷。通过环境的描写反衬人物心境，形成更强烈的孤寂感。接着继写清醒后的感觉与心情，"砧杵韵高，唤回残梦；绮罗香减，牵起余悲"，那捣衣之声甚是清晰，一点点驱赶着心头残梦，清醒后梦中出现的她也消失了，悲伤之情涌上心头。"牵起余悲"四字回应篇首"惨将归"，又唤起下阕追忆，贯彻篇终，有千钧之力。

下阕采用倒叙的手法描写饯别分襟时彼此种种不堪。"亭皋分襟地，难拚处，偏是掩面牵衣"，写临别已觉难以割舍，而对方呜咽掩泣更使人难堪。"何况怨怀长结，重见无期"，这一次离别后就不知何时还会再见面了，后会无期。"想寄恨书中，银钩空满"，以一"想"字领起，写别后相思愁恨之深，分从双方着笔。纵然是"恨墨"写至"盈笺"，也写之不尽。"断肠声里，玉箸还垂"，想象对方情状，更是反映自己对彼相思之深。这种暗密的相思之情，"多少暗愁密意，唯有天知"，一发痴迷沉痛之感慨，将离情别苦写得淋漓尽致。

贺新郎·送胡邦衡谪新州

（宋）张元幹

梦绕神州①路。怅秋风、连营画角，故宫离黍。底事②昆仑倾砥柱，九地③黄流乱注。聚万落千村狐兔④。天意⑤从来高难问，况人情，老易悲难诉。更南浦⑥，送君去。

凉生岸柳催残暑。耿斜河⑦、疏星淡月，断云微度。万里江山知何处？回首对床夜语。雁不到、书成谁与？目尽青天怀今古，肯儿曹恩怨相尔汝⑧。举大白⑨，听金缕。

注释

①神州：中原大地，这里特指未收复的中原。②底事：何事。③九地：遍地。④狐兔：既实指人民流离失所，村落空墟，又虚指每当国家不幸陷于敌手之时，必然"狐兔"横行。⑤天意：指皇帝的圣旨。⑥南浦：地名，古代表送别的典型地名。⑦斜河：银河斜转。表示夜已经深了。⑧肯儿曹恩怨相尔汝：化用韩愈《听颖师弹琴》："昵昵儿女语，恩怨相尔汝。"词人不肯学小儿女的样子，讲个人恩怨，而是为了关注国事，展望天下而胸怀古今。⑨大白：大酒杯。

鉴赏

张元幹这首名词作于1142年，有深刻的政治背景。南宋枢密院编修官胡铨（字邦衡），被佞臣秦桧除名，遣送新州编管。词人张元幹此时已到知天命之年，他支持胡铨，反对秦桧，为胡铨被"罪"而鸣不平，以此词相送。词中透露出词人的忧国愤时之情，使这首词平添了一层苍凉悲慨的况味。

全词以"梦绕神州路"开篇，气势抑塞而宏阔，形象生动地概括了北宋灭亡的历史事实。写词人不忘中原，对故国魂牵梦绕。"怅秋风、连营画角，故宫离黍"，承接上面"梦"字，极言北宋沦亡的黍离之悲。"怅"字点出国事不堪回首的深义，交代出送别胡铨和为他的遭贬表示惋惜。金秋时节，在萧萧的风声之中，一方面号角之声连绵不断，似乎武备军容，十分雄武，而一方面想起故都汴州，已是禾黍稀疏，一片荒凉。紧接着词人发出强烈的质问之声，"底事昆仑倾砥柱，九地黄流乱注。聚万落千村狐兔"，这里运用了三个比喻，以昆仑山天柱倒塌比喻北宋王朝沦落，以黄河洪水泛滥比喻金兵的猖狂进攻，以千万个村落满是狐兔的景象比喻中原一片凄凉的情景。"天意从来高难问，况人情，老易悲难诉。更南浦，送君去"，此四句开始大胆含蓄地提出诘问。化用杜甫《暮春江陵送马大卿公恩命追赴阙下》中"天意高难问，人情老易悲"的诗句，写皇帝的旨意是最难问的，年老人易悲伤是人之常情，而我的悲伤更是难以倾诉的。只能在南浦，送君离去。心中充满了郁闷和悲伤。这里有悲慨谴责之意，以满腔悲愤的议论，表现出对庙堂昏庸、物是人非的朝风的不满，并且紧扣"送客"主题。

词作下阕开头"凉生岸柳催残暑"，埋情过渡，转入对送别地点周围的惨淡景象描写。初秋残暑，水畔饯别，征帆既去。但不忍离去，伫立在江边直到柳枝随风飘起，产生一丝凉气。"耿斜河、疏星淡月，断云微度"，描写夜景，同时通过这些意象的描写，也暗喻了当时政局的悲凉。天空白云飘动。疏星淡月，银河斜转，夜色已深。"万里江山知何处"写别后，不知胡铨贬到什么地方。同时词人还感慨时局，如果统治者继续这样的昏庸无能，卖国求荣，那江山社稷早晚会全部断送。"回首对床夜语"，写词人深夜孤独无依，对着床回忆以往之事。这里以旧事难忘，表现了词人送别的悲伤与无奈，也展现词人与胡铨之间深厚的友谊。"雁不到、书成谁与"，写宾鸿不至，书信将凭谁寄付？揭示出贬地之远，今后相隔两地的伤感悲凉。"目尽青天怀今古，肯儿曹恩怨相尔汝"，悲从中来，纵使送别时有千言万语，但又怎肯像孩子们那样，把个人恩怨私情耿耿于怀呢？这里是送别中深情的话别与互勉，情感真挚，把抑塞昂奋的深情推向高潮。结尾"举大白，听金缕"，举起酒杯痛饮消愁，听唱一曲词吧！更加点出送别的悲凉，词情悲壮，余韵不尽。

忆秦城·咏桐

（宋）李清照

临①高阁，乱山平野烟光薄。烟光薄，栖鸦归后，暮天闻角。

断香残酒情怀恶，西风②催衬梧桐落。梧桐落，又还秋色，又还寂寞。

注释

①临：登临。②西风：秋风。

鉴赏

这首词的写作背景是词人南渡之后，面对着家破人亡、颠沛流离的境况以及山河破碎、流离他乡的事实。此时词人心情无比的痛楚，这首词就是词人凭吊国家、故乡和亲人的词作。

上阕开篇写"临高阁，乱山平野烟光薄"，描写词人在高高的楼阁之上远望所见之景，渲染了萧瑟、凄凉的氛围。起伏相叠的群山，平坦广阔的原野，笼罩着一层薄薄的烟雾，烟雾之中又渗透着落日的最后一缕余晖。面对着这些扑入眼帘的"乱山""平野""烟光薄"等景象，一股压抑、荒凉的感觉涌上心头。接着词人重复"烟光薄"，更有"栖鸦归后，暮天闻角"，来抒发心中的感伤与悲凉。在黄昏时分，乌鸦凄厉的叫声消失后，远处又传来了军营中很悲壮的阵阵角声。词中"栖鸦""暮天闻角"等这些意象给人一种萧条荒凉和凄苦的感觉，在这里也渲染出自然景色的凄旷、悲凉。借景抒情，寄寓了词人流离漂泊、居无定所的凄凉与悲伤，意境开阔，耐人寻味。

下阕首句写"断香残酒情怀恶"，在景物描写中抒发词人抑郁寂寥的心境。这里通过"断""残""恶"三字可以看出此时词人心情坏到极点。香已断，那温馨的往事，连同曾点着的香炉、品着的香茗，如今已不复存在。酒已残，也没有人来与我举杯对饮，此情是多么的凄凉悱恻啊！"西风催衬梧桐落。梧桐落，又还秋色，又还寂寞"，那阵阵秋风，无情地吹落了梧桐枯黄而硕大的叶子。风声、落叶声这些深秋独有的声音使词人的心情倍加沉重感伤。这里运用叠句"梧桐落"，更加烘托出词人寂寞、凄怆的心境。其中包含了许多复杂的感情，家国之恨、漂泊无依的生活与悲秋的心境融合在一起，把感情推向高潮。最后词人写"又还秋色，又还寂寞"，将长久以来堆积的身世之感、丧亲之痛、亡国之恨表现了出来，含蓄深沉，感情真挚。

浣溪沙·闺情

（宋）李清照

绣面芙蓉①一笑开，斜飞宝鸭②衬香腮。眼波才动②被人猜。

一面风情深有韵，半笺娇恨寄幽怀。月移花影约^③重来。

注 释

①芙蓉：即荷花。②动：转动。③约：相约。

鉴 赏

这首《浣溪沙》描写了一位恋爱的女子，通过描绘她的外在美貌和内在气质，展现出她大胆天真的性格，以及蕴藏在心底的细腻幽深的感情。

词作上片首两句"绣面芙蓉一笑开，斜飞宝鸭衬香腮"，通过女子的面容以及头戴的配饰写这位女子的美丽。"绣面芙蓉"形容这个女子娇美的面庞宛如出水荷花，光艳明丽。"斜飞宝鸭"是说她把用宝石镶嵌的飞鸭状头饰斜插鬓边，对自己作了精心的修饰妆点。接下来"眼波才动被人猜"，写出了恋爱中女子的心理。眼睛往往能够泄露一个人的心事，这个恋爱中的女子非常的敏感，美目流盼，宛如一弯流动明澈的秋水，映照着她内心的喜悦与怕人发现自己秘密的悸栗。然而眼光越是躲闪，越是让人看透她的心思。此句刻画得生动形象，充满活力，耐人寻味。整个上片都是用朴实的语言、细腻的笔触来刻画这个女子的形态和神态，生动形象，饶有韵味。

下片写女子与心上人约会的情景，进一步刻画人物的内心世界。"一面风情深有韵，半笺娇恨寄幽怀"，通过这个对偶句描写幽居深闺的怀春女子的矛盾心理。这个女子沉浸在爱情之中，渴望与心上人相会，但又不为现实礼教所容许，她不知道要如何去摆脱这愁苦。最后她把自己心中的思念、幽怨写在书信上面，委婉道出自己的心事，希望能与心上人见面。"月移花影约重来"，此句可能是现实，也可能是女子的幻想。就在这月光花影下，他们相互依偎，倾诉情话，意境美妙。这首词浅显易懂，格调轻快，将一个大胆地表露自己的爱情的女子形象描绘得惟妙惟肖。

孤 雁

（唐）杜 甫

孤雁不饮啄①，飞鸣声念群。
谁怜一片影，相失万重云②？
望尽似犹见，哀多如更闻③。
野鸦无意绪，鸣噪自纷纷。

注 释

①饮啄：喝水饮食。②万重云：云海弥漫，重重叠叠的云朵。③更闻：又一次听到。

鉴 赏

一只离群的孤雁，它不喝水不啄食，只是一个劲地飞着叫着，思念和追寻着它的伙伴。又有谁来怜惜这浩渺天空中的孤雁呢？然而它和雁群相互迷失在云海弥漫间，它望尽天涯，仿佛伙伴们就在眼前；它声声哀鸣，好像听到了同类的呼唤，然而野鸦们全然不懂孤雁的心情，只顾在那里纷纷鼓噪不休。

依常法，咏物诗以曲为佳，以隐为妙，所咏之物是不宜道破的。杜甫则不然，他开篇即唤出"孤雁"，而此孤雁不同一般，它不饮，不啄，只是一个劲地飞着，叫着，声音里透出一种情感：它是多么想念它的同伴！不独想念，而且还拼命追寻，这真是一只情感热烈而执着的"孤雁"。

清人浦起龙《读杜心解》评曰"'飞鸣声念群'，一诗之骨"，是抓住了要领的。次联境界倏忽开阔。高远浩茫的天空中，这小小的孤雁仅是"一片影"，它与雁群相失在"万重云"间，此时此际的心情该多么惶急、焦虑，又该多么迷茫啊！天高路遥，云海迷漫，将往何处去找失去的伴侣？此联以"谁怜"二字设问，这一问仿佛打开了一道闸门，诗人胸中情感的泉流滚滚流出："孤雁啊，我不正和你一样凄惶吗？天壤茫茫，又有谁来怜惜我呢？"诗人与雁，物我交融，浑然一体。

三联紧承上联，从心理方面刻画孤雁的鲜明个性：它被思念缠绕着，被痛苦煎熬着，迫使它不停地飞鸣。它望尽天际，望啊，望啊，仿佛那失去的雁群老在它眼前晃；它哀唤声声，唤啊，唤啊，似乎那侣伴的鸣声老在它耳畔响；所以，它更要不停地追飞，不停地呼唤。结尾用了陪衬的笔法，表达了诗人的爱憎感情。孤雁念群之情那么迫切，它那么痛苦、劳累；而野鸦们是全然不懂的，它们纷纷然鸣噪不停，自得其乐。"无意绪"是孤雁对着野鸦时的心情，也是杜甫既不能与知己亲朋相见，却面对着一些俗客庸夫时厌恶无聊的心绪。"知我者谓我心忧，不知我者谓我何求"（《诗经·王风·黍离》），与这般"不知我者"有什么可谈的呢？

春山夜月

（唐）于良史

春山①多胜事②，赏玩夜忘归。
掬水月在手，弄花香满衣。
兴来无远近，欲去惜③芳菲④。
南望鸣钟处，楼台深翠微⑤。

注释

①春山：春天的山中。②胜事：美好的事物、事情。③惜：对"芳菲"的依依惜别之情。④芳菲：花草树木的芬香芳华。⑤翠微：淡青的山色，代指山。

鉴赏

唐代诗人于良史这首脍炙人口的五言律诗，风格清淡闲雅，描摹物态历历如绘、极富神韵，读来令人唇齿留香、畅快不已。诗开篇两句提纲挈领、统率全篇，既写出了"多胜事"是"赏玩忘归"之因，又巧妙地交代了全篇诗情产生的由头，可谓一箭双雕。接下来的六句则是对"胜事"与"赏玩忘归"的具体描述。诗人紧接着写道："掬水月在手，弄花香满衣。"可以说，此情此景，再没有比这两句更为恰到好处的描写了。从结构上看，"月"字紧承"赏玩夜忘归"中的"夜"，"花"则紧承首句"春山多胜事"中的"春"，运笔如环，自然圆合。"掬""弄"二字，既写景又写人，既写照又传神，可谓神来之笔。

诗人完全沉浸在山中月下的美景之中，于是，唯兴所适，不计路程远近；离开时，面对眼前芳菲的花草又不免怀有依依惜别的深情。这即是诗人在写出"胜事"的基础上，接着铺写的"兴来无远近，欲去惜芳菲"二句的诗意。

"南望鸣钟处，楼台深翠微"，正当诗人在欲去未去之际，夜风送来了钟声，翘首南望，只见远方的楼台镶嵌在一片青翠山色的深处。末两句从近处转向远方，以声音引出画面，展现的虽是远景，但仍将春山月下特有的景致用爱怜的笔触，轮廓分明地勾勒出来，并与一、二、三句点题的"春山""夜""月"遥相呼应。

纵观全诗，"掬水月在手，弄花香满衣"乃诗之精髓所在，令人叹为观止。仅凭这一联，《春山夜月》就可不朽了，更何况全诗在艺术上既精雕细琢又语出天成呢！

送杜少府①之任蜀州

（唐）王 勃

城阙②辅三秦③，风烟望五津④。
与君离别意，同是宦游人⑤。
海内存知己，天涯若比邻⑥。
无为⑦在歧路⑧，儿女共沾巾⑨。

注 释

①少府：官名。唐代称县令为明府，称县尉为少府。②城阙：指长安。③三秦：秦灭亡后项羽三分关中，封秦将章邯为雍王，司马欣为塞王，董翳为翟王，合称三秦。后来指今陕西关中一带。这里是泛指长安附近一带。④五津：长江自湔堰至犍为一段五大渡口的合称。五津皆在蜀中，因此用以泛指蜀地。⑤宦游人：指离家在外做官之人。⑥比邻：是指邻居。古代五家相连为比。⑦无为："无"通"毋"，"无为"就是"不要"的意思。⑧歧路：岔路，诗中是指分手之处。⑨沾巾：指流泪。

鉴赏

此诗是送别诗中的名作。诗人在长安送别杜少府赴任蜀州，因此写这首诗作为临别赠言，与友人互勉奋进，情深意切，真挚感人。

诗人通过真正的友谊不会因为行迹的疏远而消减这层深意的表达，来赞美人世间友情之可贵，显示出了一种健康向上的艺术美。

诗的前两句作者用"风烟""望"两个词语，将现实中的长安和想象中的蜀州连成一片，开拓出了一个无比广阔的空间。蜀州离长安千里之遥，自然是望不到的，这只能通过诗人的想象：在那风烟微茫的远方，正是友人所要去的地方。这两句话里，惜别之情溢于言表，然而隐忍不发。第三、四句隐含着时空的变迁。"与君离别"是在长安，而"同是宦游人"句有暗示诗人往昔的经历（过去生活环境所占有的时空）和友人将去的蜀地。这种时空的纵横交错，就使得诗歌的意象立体化了。第五、六句使得时空的拓展达到了极致："海内""天涯"是空间的无垠，而任何时代的"海内""天涯"则是抽象意义上的时空交织的极限。诗人在此借用这种纵横交错的时空把感情推向了一个高峰，以高昂奋进的激情，唱出了友谊的赞歌。最后两句又重新回到现实中送别时的情景，多情的友人在即将分手的时候，流露了伤感的情绪。所以诗人劝解说：既然我们永远是朋友，所以不要在分手的岔路上哭哭啼啼，泪湿佩巾。诗人在结尾处点出了"送别"的主题。

总体来看，这首诗开合顿挫，气脉流通，意境旷达。一洗以往送别诗中的悲凉凄怆之气，音调爽朗，清新高远，独树碑石。

过华清宫绝句三首①（其一）

（唐）杜 牧

长安回望绣成堆②，山顶千门次第开。
一骑红尘妃子③笑，无人知是荔枝来。

注 释

①华清宫：故址在今陕西临潼县骊山，是唐明皇与杨贵妃游乐之地。②绣成堆：指花草林木和建筑物像一堆堆锦绣。③妃子：指贵妃杨玉环。

鉴 赏

"长安回望绣成堆"，叙写诗人在长安回首南望华清宫时所见的景色，"回望"二字既是实写，又启下。诗人在京城眺望骊山，佳木葱茏，枝繁叶茂，无数层叠有致、富丽堂皇的建筑掩映其间，宛如一堆锦绣。蓦然升腾起一种回顾历史、反省历史的责任感，由景而发历史之感慨。正是"山顶千门次第开"以下三句，承上而来，是回顾历史。骊山"山顶千门"一扇扇地打开写出唐玄宗、杨贵妃当年生活的奢华，并给读者设下疑窦："山顶千门"为何要"次第"打开？末两句"一骑红尘妃子笑，无人知是荔枝来"是答案。原来这都是杨贵妃使然。当她看见"一骑红尘"奔驰而至，知是供口腹享受的荔枝到了，故欣然而"笑"。而其他人却以为这是来传送紧急公文，谁想到马上所载的是来自涪洲的鲜荔枝呢！诗的结句即是全诗的点睛之笔，揭示了"安史之乱"的祸根。

全诗以"回望"起笔，层层设置悬念，最后以"无人知"揭示谜底。这不仅揭露了唐明皇为讨好宠妃的欢心而无所不为的荒唐，而且与前面渲染的不寻常气氛相呼应，全诗无一难字，不事雕琢，清丽俊俏，活泼自然，而又寓意精深，含蓄有力，确是唐人绝句中的上乘之作。

这首诗别出心裁地选取"荔枝"这一特殊物象将贵妃的恃宠而骄，皇帝为讨宠妃欢心无所不为的荒唐和驿骑大汗淋漓、苦不堪言的狼狈衔接成一幅画面。通过以小见大的独特视角，选择"一骑红尘"与"妃子笑"之间的戏剧性冲突烘托全诗的主题，构思、布局之妙，令人叹服。当然还有很多其他写法特别之处需要我们慢慢品味。

新婚别

（唐）杜 甫

菟丝①附蓬麻，引蔓故不长。

嫁女与征夫，不如弃路旁。

结发为君妻，席不暖君床。

暮婚晨告别，无乃太匆忙！

君行虽不远，守边赴河阳②。

妾身③未分明，何以拜姑嫜④？

父母养我时，日夜令我藏。

生女有所归⑤，鸡狗亦得将⑥。

君今往死地，沉痛迫⑦中肠。

誓欲随君去，形势反苍黄⑧。

勿为新婚念，努力事戎行！

妇人在军中，兵气恐不扬。

自嗟贫家女，久致⑨罗襦裳。

罗襦不复施，对君洗红妆。

仰视百鸟飞，大小必双翔⑩。

人事多错迕，与君永相望⑪！

注释

①菟丝：即菟丝子，一种蔓生的草，依附在其他植物枝干上生长。比喻女子嫁给征夫，相处难久。②河阳：今河南孟县，当时唐军与叛军在此对峙。③身：身份，指在新家中的名份地位。唐代习俗，嫁后三日，始上坟告庙，才算成婚。仅宿一夜，婚礼尚未完成，故身份不明。④姑嫜：古代对丈夫的母亲和父亲的称呼，即指婆婆、公公。⑤归：古代女子出嫁称"归"。⑥将：带领，相随。这两句即俗语所说的"嫁鸡随鸡，嫁狗随狗"。⑦迫：煎熬、

压抑。⑧苍黄：仓皇。意思是有所不便，更麻烦。⑨久致：许久才制成。⑩双翔：成双成对地一起飞翔。此句写出了女子的寂寞和对那些能够成双成对的鸟儿的羡慕。⑪永相望：永远盼望重聚。表示对丈夫的爱情矢志不渝。

鉴赏

　　这一首感人至深的千古佳作，其最成功之处就是对新娘这一叙事抒情主人公的塑造。一方面，作者在新娘的身上倾注了浪漫主义的理想色彩，另一方面，在具体刻画上，既鲜明地体现了现实主义精雕细琢的特点，同时也运用了大胆的艺术虚构：实际上杜甫未必有这样的生活经历，也不可能听到新娘子对新郎说的私房话，况且洞房之夜即是生离死别之夜，如此巧合，本是现实生活中可能有或不一定有的事。但诗中的这一主人公形象，有血有肉有发展，人物的语言生动而逼真，丝毫不感到勉强和抽象。她通过曲折剧烈的内心斗争，最后毅然勉励丈夫从军，表现战争环境中人物思想感情的发展变化，显得非常自然，符合事件和人物性格发展的逻辑。

　　这首诗采用独白的形式，全篇先后用了七个"君"字，都是新娘对新郎倾吐的肺腑之言，读来深切感人。这首诗大致可分为三段，也可以说是三层，但是这三层并不是并列的，而是一层比一层深，一层比一层高，而且每一层当中又都有曲折。这是因为诗中人物的心情本来就是很复杂的。这首诗写一对新婚夫妇，在结婚的次日清晨，新郎就要赴前线。全诗除开始两句"特用比兴发端"（黄生《杜诗说》）外，全是新妇赠别劝勉的独白之词，这与"三吏"的对话体有别。通过大段悲怨而又沉痛的自诉，塑造了一个承受着苦难命运、又懂得以国事为重的善良坚毅的青年妇女形象，深刻揭示了战争带给人民的巨大不幸。

　　本诗写得回肠荡气，明代高棅《唐诗品汇》引："曲折详至，缕缕凡七转，微显条达。"明代周珽《唐诗选脉会通评林》引吴山民曰："含几许凄恻，又极温厚。"《新婚别》的叙事抒情主人公是新娘，其倾诉对象为新郎。诗歌所述内容，主要是这对新婚夫妇暮婚晨别时的复杂情愫。清代浦起龙《读杜心解》说："此诗以比体起，比体结，语出新人口，情绪纷，而语言涩。"情感与心理的发展主线上，只有悲与壮的起伏，所以诗人的语言运用注重清淳、自然、朴实、雅正，集中体现了儒家温柔敦厚、怨而不怒、哀而不伤的诗教要求。

念奴娇·用东坡赤壁韵

(宋) 辛弃疾

倘来轩冕①，问还是、今古人间何物？旧日重城愁万里，风月而今坚壁。药笼功名②，酒垆身世③，可惜蒙头雪。浩歌一曲，坐中人物三杰。

休叹黄菊凋零，孤标应也有，梅花争发。醉里重揩④西望眼，惟有孤鸿明灭。万事从教，浮云来去，枉了冲冠发。故人何在？长庚⑤应伴残月。

注释

①轩冕：此处代指官位爵禄。②药笼功名：用典，《旧唐书·元行冲传》："元行冲劝当权的狄仁杰留意储备人才，喻之为备药攻病，并自请为'药物之末'，仁杰笑而谓之曰：'此君正吾药笼中物，何可一日无也！'"③酒垆身世：用典，司马相如曾与妻卓文君在临邛市场上当垆卖酒。④重揩：重拾，重新回忆。⑤长庚：即金星，也叫太白星。

鉴赏

　　这首词是"和东坡韵"，和的是东坡的《念奴娇·赤壁怀古》，历来苏辛并称。此词是作者闲居铅山瓢泉时的感兴之作，辛词悲壮激昂，抒发政治失意的情怀。词中一唱三叹地表达了这位失意英雄的尴尬处境与悲愤心情。

　　词的上阕先写作者失意闲居的牢骚"倘来轩冕，问还是、今古人间何物？"化自《庄子·缮性》："轩冕在身，非性命也，物之倘来，寄者也。"以疑问的句式，表达了自己对仕途和功名的困惑与思考。词人一直胸怀抗金报国的抱负而不得施展。"旧日重城愁万里，风月而今坚壁"，自从自己被罢免之后，压在心头的愁绪一直消散不去。本想看看美好的景物来宽宽心，但连风月也竖其墙来不让人看了。"药笼功名，酒垆身世，可惜蒙头雪"，这三句连用典故来感慨自己即将终老而一事无成。本来自己也是人才，但一直仕途坎坷，渐渐消磨时光而白了发，要施展胸中抱负的希望日益渺茫。但词人一向是振奋的，结尾把前面低沉的愁绪一扬："浩歌一曲，坐中人物之杰。"豪杰锐气未丧，对朋友和未来仍然满怀信心和希望，词情于是振起。

　　下阕表明自己虽遭万千磨难，但壮志不泯，头三句："休叹黄菊凋零，孤标应也有，梅花争发"，以自然气候喻社会环境，以花喻人，通过黄菊凋零与红梅争发，表明爱国志士前赴后继，是紧承"坐中三杰"而领以"休叹"二字，尤觉振奋。这是与友人共勉。"醉里重揩西望眼，惟有孤鸿明灭。"这两句以空间的意象正面表达了自己不忘中原的思想。"西望"特有所指。作者词中屡屡以"西北"代指沦陷的北方。这里的"西望"，应是"西北望"之省写，即遥望中原地区；"孤鸿明灭"的象征性描写则又表明作者深知国势衰微，而志士因备受压抑打击，力量比较单薄，一时难以振兴。正是有此清醒的认识，才有了下面三句的悲愤叹息："万事从教，浮云来去，枉了冲冠发。"词的结尾"故人何在？长庚应伴残月"，以景结情，以残月孤星的夜色来映衬自己和友人们凄凉悲怆的心境。不知将来是否能实现心中抱负，迷茫不知。

破阵子·春景

（宋）晏 殊

　　燕子来时新社①，梨花落后清明。池上碧苔三四点，叶底黄鹂一两声，日长飞絮轻。

　　巧笑东邻女伴，采桑径里逢迎。疑怪昨宵春梦好，原是今朝斗草②赢，笑从双脸生。

注释

　　①新社：古代春秋两个社日，分为春社、秋社，这里指春社。②斗草：一种游戏。

鉴赏

　　这首词描写的是古代妇女在清明前后的一个生活片段，是一幅独特的社会生活画面。作者用明净清丽的笔调描绘了一幅绝美的暮春而近初夏的乡村景致，既有优美的自然，又有青春的少女，温馨而动人。

上阕交代了人物出场的背景，写得有声有色，真切感人。"燕子来时新社，梨花落后清明"，燕子回来正赶上热闹的情景，梨花落去了，迎来的是风和日丽的清明。词句以常见的特定时期下的景物点明时令，新燕将来之时便也是欢喧热闹的春社即将到来之际，梨花纷纷凋落之时便也是清明即将来临之际。"池上碧苔三四点，叶底黄鹂一两声，日长飞絮轻"，池塘上漂浮的是碧绿的苔藓，三点四点，仿佛闪烁精灵；树叶下黄鹂在婉转歌唱，一声两声，是那样悦耳动听。白天逐渐延长，飞絮无声飘扬，分外轻盈。春光无限之美好，而这无限美好之春光为下阕中美妙少女的出场设置了背景。

词的下阕，同样保持生活的淳朴和恬美，"巧笑"声送来了春日的温馨和少女内心的纯净。"巧笑东邻女伴，采桑径里逢迎"，东邻女伴们银铃般的笑声传来，却看不到她们的身影，她们是在采桑的幽径中相逢。她们天真无邪的欢笑于自然无间的交谈，她们的欢笑打破了画面的沉寂，洋溢着青春的活力。词下阕的第一句，真所谓达到了"此中有人，呼之欲出"的艺术境界。"疑怪昨宵春梦好，原是今朝斗草赢"，这便是女子们所交谈之事：怪不得昨晚做了一个开心的梦，原来是今天早上斗草大获全胜。这两句描写得绘声绘色，颇具趣味。"笑从双脸生"，两个人的脸庞展开芙蓉般的笑容。该词笔法细腻，格调清灵，语言朴素，展现出乡间女子的纯洁美丽、青春活力、欢快动人。

秋日赴阙题潼关驿楼

（唐）许 浑

红叶晚萧萧，长亭①酒一瓢。
残云归太华②，疏雨过中条③。
树色随关迥④，河声入海遥。

帝乡⑤明日到，犹自梦渔樵。

注 释

　　①长亭：古时道路每十里设长亭，供行旅停息。②太华：华山。在今陕西省华阴县。③中条：山名，一名雷首山，在今山西永济县东南。④迥：远。⑤帝乡：京都，指长安。

鉴 赏

　　这首诗为许浑名篇，"红叶晚萧萧"一句用写景透露人物一缕缕悲凉的情绪；"长亭酒一瓢"，用叙事传出客子旅途况味，用笔干净利落。此诗另一版本题作《行次潼关，逢魏扶东归》，其中的材料，可以帮助读者了解诗人何以在长亭送别、借瓢酒消愁的原委。然而诗人没有久久沉湎在离愁别苦之中。中间四句笔势陡转，大笔勾画四周景色，雄浑苍茫，全是潼关的典型风物。骋目远望，南面是主峰高耸的西岳华山；北面隔着黄河又可见连绵苍莽的中条山。残云归岫，意味着天将放晴；疏雨乍过，给人一种清新之感。从写景看，诗人拿"残云"再加"归"字来点染华山，又拿"疏雨"再加"过"字来烘托中条山，这样，太华和中条就不是死景而是活景，因为其中有动势——在浩茫无际的沉静中显出了一抹飞动的意趣。

　　诗人把目光略收回来，就又看见苍苍树色，随关城一路远去。关外便是黄河，它从北面奔涌而来，在潼关外猛转，径向三门峡冲去，翻滚的河水咆哮着流入渤海。"河声"后续一"遥"字，传出诗人站在高处远望倾听的神情。诗人眼见树色苍苍，耳听河声汹汹，把场景描写得绘声绘色，使读者有耳闻目睹的真实感觉。这里诗人连用四句景句，安排得如巨鳌的四足，缺一不可，丝毫没有臃肿杂乱、使人生厌之感。其中三、四两句，又是他的另一首作品《秋霁

潼关驿亭》诗的颔联，完全相同，是诗人偏爱的得意之笔。

"帝乡明日到，犹自梦渔樵"，本来离长安不过一天的路程，作为入京的旅客，总该想着到长安后便要如何如何，满头满脑盘绕"帝乡"去打转子了。可是诗人却出人意料地说："我仍然梦着故乡的渔樵生活呢。"这含蓄地表明了他并非专为追求名利而来。这样结束，委婉得体，优游不迫，有力地显出了诗人的身份。

从军行①

（唐）陈 羽

海②畔③风吹冻泥裂④，梧桐叶落枝梢折。
横笛闻声不见人，红旗直上天山雪。

注释

①从军行：乐府旧题，属相和歌辞平调曲。②海：当时天山附近的大湖。③畔：边。④裂：本诗指的是冻土裂开。

鉴赏

这是一首写风雪行军的仄韵绝句，全诗写得十分壮美。一、二句写从军将士面对的环境极为严酷：天山脚下寒风劲吹，湖边冻泥纷纷裂开，梧桐树上的叶子已经刮光，枝梢被狂风折断。就在这样严酷的环境中，映出皑皑雪山，传出高亢嘹亮的笛声。诗人以这一笛声，使人产生这里有人的联想，

同时又将人隐去，以"不见人"造成悬念——那风里传来的笛声究竟来自何处呢？从而自然转出末句：寻声望去，只见在天山白雪的映衬下，一行红旗正在向峰巅移动。风雪中红旗不乱，已足见出从军将士的精神，"直上"的动态描写，更使画面生机勃然，高昂的士气、一往无前的精神，尽在这"直上"二字中溢出。

这首诗在艺术上善于映衬与妙用指代。一、二句对环境的描写，竭力突出自然环境的恶劣，用浓重氛围映衬从军将士无所畏惧的精神风貌。适应氛围描写的需要，在押韵上采用了入声的韵脚，一、二、四句末一字入韵，"裂""折""雪"都是入声"屑"韵字，韵尾为舌尖音，收音短促，适宜于抒写或悲或壮的诗情。

前两句的氛围描写与入声韵的选用，为抒写壮美的诗情打下了良好的基础。作为主体的三、四两句意在写人，却不正面写出，更不和盘托出，而只是拈出与人相关的二物——"横笛""红旗"，不言人而自有人在。这种指代手法的运用，既节省了笔墨，又丰富了作品的艺术容量，给了读者广阔的想象空间。军中物品无数，只写笛、旗二者，不仅出于只有笛声、红旗才会被远处发现，还因为只有此二物最足以表现行军将士的精神。特别巧妙的是"不见人"三字的嵌入。"闻声"而寻人，寻而"不见"，从而形成文势的跌宕，使末句的动人景象更为昂豁地映入人们的眼帘之中。

这首《从军行》兼有诗情画意之美，莽莽大山，成行红旗，雪的白，旗的红，山的静，旗的动，展示出一幅壮美的风雪行军图。

咏　柳①

（唐）贺知章

碧玉②妆成③一树高，万条垂下绿丝绦④。
不知细叶谁裁出，二月⑤春风似⑥剪刀。

107

①柳：是指柳树，此诗描写的是垂柳。②碧玉：是指碧绿色的玉，此处比喻春天嫩绿的柳叶。③妆成：是指装饰、打扮。④丝绦：是指一丝丝像丝带般的柳条。⑤二月：是指农历二月。⑥似：好像、似乎。

鉴 赏

这是一首咏物诗，写的是早春二月的杨柳。贺知章奉诏回乡，百官送行。坐船经南京、杭州，顺萧绍官河到达萧山县城，越州官员到驿站相迎，然后再坐船去南门外潘水河边的旧宅，其时正是早春二月，柳芽初发，春意盎然，微风拂面。贺知章如脱笼之鸟回到家乡，心情自然格外高兴，看到河边的垂柳，忍不住诗兴勃发，作出这首咏柳诗。

写柳树，该从哪儿着笔呢？毫无疑问，它的形象美是在于那修长的枝条。一年一度，它长出了嫩绿的新叶，丝丝下垂，在春风吹拂下，有着一种迷人的意态。“碧玉妆成一树高”，一开始，杨柳就化身为美人而出现；“万条垂下绿丝绦”，这千条万缕的垂丝，也随之而变成了她的裙带。上句的“高”字，衬托出美人婷婷袅袅的风姿；下句的“垂”字，暗示出纤腰在风中摇摆，形象地描写出了早春柳树在风中的美丽姿态。

“碧玉妆成”引出了“绿丝绦”，“绿丝绦”引出了“谁裁出”，最后，那视之无形的不可捉摸的“春风”，也被用“似剪刀”形象化地描绘了出来。这“剪刀”裁制出嫩绿鲜红的花花草草，给大地换上了新装，它正是自然活力的象征，是春给予人们美的启示。从“碧玉妆成”到“剪刀”，我们可以看出诗人一系列艺术构思的过程。诗歌里所出现的一连串形象，是一环紧扣一环的。

这首诗寥寥数语，却成为千古传诵的名篇，读来朗朗上口，平易却耐人寻味。

送人东归

(唐) 温庭筠

荒戍①落黄叶，浩然②离故关。

高风③汉阳④渡，初日⑤郢门山⑥。

江上几人在，天涯孤棹⑦还。

何当⑧重相见，尊⑨酒慰离颜。

注释

①荒戍：废弃的戍垒。②浩然：意志坚决的意思。《孟子·公孙丑》："予然后浩然有归志。"③高风：秋风。④汉阳：今湖北武汉三镇之汉阳市。⑤初日：晓日，朝阳。⑥郢门山：在今湖北宜都县西北，长江南岸。⑦孤棹：代指友人所乘之孤舟。棹，船桨。⑧何当：何时。⑨尊：也作"樽"，饮酒的器具。

鉴赏

"荒戍落黄叶，浩然离故关"，这是诗的首联。"荒戍"即指荒废的防地营垒。"落黄叶"喻示秋季。诗歌首先点出了送人的地点，也点明送人时正是寒秋时节，落叶萧萧的季节，这样，为送别营造出了凄凉的氛围。但下句"浩然离故关"却陡然一转，表现出了分别的情感不是那样的感伤，与环境形成了鲜明的对比。

"高风汉阳渡，初日郢门山"，转而写景，意境广阔深远，给人以美的享受。此联乘上而来，写出了送别的具体时间地点。初日，点明送别是在清晨。汉阳渡，长江渡口，在今湖北省武汉市；郢门山，位于湖北宜都县西北长江南岸。两地一东一西，相距千里，不会同时出现在视野之内，这里统指荆山楚水。

"江上几人在，天涯孤棹还"，乘上而转，从送别的地点写到朋友离江而去，进而抒发诗人送别的情感。上句写眼前的景象，下句写远处天涯。诗人一面目送归舟孤零零地消失在天际，一面遥想江东亲友大概正望眼欲穿，切盼归舟从天际飞来。"几人"是说江上船都开走了，言人很少。"棹"代指船。"孤棹"不但说船少，也喻指远去的朋友回程的孤苦伶仃。

"何当重相见，尊酒慰离颜"，这是全诗的结尾联，写当此送行之际，诗人与友人开怀畅饮，设想他日重逢，更见惜别之情。"何当重相见"一个疑问句，不但是离别之情的表现，而且是一种希望，是孤独时的期盼。想象到哪一天团聚了，真要"尊酒慰离颜"。"慰"即慰藉，安慰；"颜"即颜面、脸面，这里借以表现忧伤心情。

宿扬州

（唐）李 绅

江横渡阔烟波晚，潮过金陵落叶秋。
嘹唳塞鸿经楚泽^①，浅深红树见扬州。
夜桥灯火连星汉，水郭帆樯近斗牛^②。
今日市朝风俗变，不须开口问迷楼^③。

注释

①楚泽：楚旧有今湘鄂江浙皖，扬州附近沼泽亦然。②水郭：城外河水。樯：帆船上挂风帆的桅杆。斗牛：星宿名，牛宿和斗宿。③迷楼：相传为隋炀帝所建。

鉴赏

　　首联写作者在一个烟波浩渺的傍晚，渡过辽阔的扬子江，随着起伏的潮水经运河来到了扬州城，此时的扬州城怎样呢？"落叶秋"三个字便交代了扬州的时节——正值秋季，黄叶飘舞。起笔平平，无奇崛之处。第三、四句便进一步描写扬州的秋景：你瞧，从遥远的边塞飞来的大雁正拖着长长的尾音，凄清地鸣叫着，似乎也带来了边疆的寒凉，从而在声波上给扬州城带来秋的信息。转而从天上飞的写到地上长的，"浅深红树见扬州"，绿色褪尽了，红花凋谢了，满眼里都是秋天才有的浅浅深深、颜色斑驳，这样，把视觉和听觉结合在一起绘图，便使得秋景有声有色，形象生动。

　　为了让这幅扬州夜景显出时间、面貌的动态感，作者没有停滞在对秋景的细致刻画上，而是随着时间的流动，很自然地过渡到了"夜桥灯火连星汉，水郭帆樯近斗牛"。秋天，最易使人产生凄清、萧条之感，而上句的雁群长鸣、斑斑红树多少给人带来一丝冷落、寂寥，幸而作者没有停留，而将视野拓宽，望到了水面。渔船上的灯火亮了，一盏盏倒映在水中，又延绵到遥远的天际，仿佛和天上的星汉连接了起来；水边停泊的帆船桅杆也似乎迫近了天上的斗牛星座。这两句对夜景的描写可谓妙极，景是充实、具体的，而想象却是空灵、夸张、飘逸的。最后两句"今日市朝风俗变，不须开口问迷楼"，似乎来得有些突兀，然而，细细品味，觉得也很自然。这里的"迷楼"用得好，不仅写出了风俗的变化多端，更写出了自己心中的无奈：唉，算了吧，问得多不及风俗变化快。这是作者的一个人生小感悟，并无伤感之意。

　　《宿扬州》一诗是李绅的代表作。在这首诗中，诗人以极凝练、简洁的笔墨写对扬州秋景和夜色的细致观察和感受，既有空间的绘画感，又有时间的运动感。

111

忆江南①三首（其三）

（唐）白居易

江南忆，其次忆吴宫②；吴酒一杯春竹叶③，吴娃④双
舞醉芙蓉⑤。早晚⑥复相逢！

注释

①忆江南：唐教坊曲名。作者题下自注说："此曲亦名'谢秋娘'，每
首五句。"按《乐府诗集》："'忆江南'一名'望江南'，因白氏词，后遂
改名'江南好'。"至晚唐、五代成为词牌名。这里所指的江南主要是长江下
游的江浙一带。②吴宫：指吴王夫差为西施所建的馆娃宫，在苏州西南灵岩山
上。③竹叶：酒名。即竹叶青。亦泛指美酒。④吴娃：原为吴地美女名。此词
泛指吴地美女。⑤醉芙蓉：形容舞伎之美。⑥早晚：犹言何日、几时。

赏析

诗人早年因避乱来到江南，曾经旅居苏、杭二州。晚年又担任杭、苏刺史
多年。江南的山山水水、一草一木给他留下了极深的印象。他也与那里的人民
结下了深挚的友谊，直到晚年回到北方以后，仍然恋恋不已。

"江南忆，其次忆吴宫。"开头是说，江南的回忆，再来就是回忆苏州的
吴宫。照应第一首的结尾和第二首的开头，把镜头移向苏州。

"吴酒一杯春竹叶，吴娃双舞醉芙蓉。"中间两句是说，喝一喝吴宫的美
酒春竹叶，看一看吴宫的歌女双双起舞像朵朵美丽的芙蓉。一面品尝美酒，一
面欣赏美女双双起舞。"春竹叶"，是对"吴酒一杯"的补充说明。"春"
在这里是形容词。所谓"春竹叶"，可解释成春天酿熟的酒，也可解释为能
给饮者带来春意的酒，从"春"与"醉"的对偶来看，后一句解释也许更符合

原意。"醉芙蓉"是对"吴娃双舞"的形象描绘。以"醉"字形容"芙蓉"，极言那花儿像美人喝醉酒似的红艳。"娃"，美女。西施被称为"娃"，吴王夫差为她修建的住宅，叫"馆娃宫"。开头不说忆苏州而说"忆吴宫"，既为了与下文谐韵，更为了唤起读者对于西施这位绝代美人的联想，读到"吴娃双舞醉芙蓉"，这种联想就更加活跃了。这两句，前宾后主，喝酒是为了观舞助兴，着眼点落在"醉芙蓉"似的"吴娃"身上。

"早晚复相逢！"末句是说，不知何时会再次相逢。"早晚"，当时口语，它的意思与"何时"相同。

夜到渔家

（唐）张　籍

渔家在江口，潮水入柴扉^①。
行客欲投宿，主人犹^②未归。
竹深^③村路远，月出钓船稀。
遥见寻沙岸^④，春风动草衣^⑤。

注　释

①柴扉：柴门。②犹：还。③竹深：竹林幽深。④寻沙岸：是说有人在寻找沙岸泊船。⑤动草衣：草衣，即蓑衣。春风吹动着他身上的蓑衣。

鉴　赏

这首《夜到渔家》，又作《宿渔家》。张籍用饱蘸感情的笔墨描绘了前人较少触及的渔民生活的一个侧面，题材新颖，艺术构思独到。

　　春天的一个傍晚，诗人行旅至江边，映入眼底的景色萧索而落寞。诗人一开头就展示渔家住所的典型特征：茅舍简陋，靠近僻远江口，便于出江捕鱼。时值潮涨，江潮浸湿了柴门。诗人在柴门外窥望，发现屋里空无一人。诗人为何在门外徘徊张望呢？原来他要在这户渔民家里投宿，而屋主人却还未回家。"行客欲投宿"，暗示时已临晚，而"主人犹未归"，则透露出主人在江上打鱼时间之长，其劳动之辛苦不言而喻。此时此刻，诗人只好在屋外踟蹰、等待，观看四周环境：竹丛暗绿而幽深，乡间小路蜿蜒伸展，前村还在远处；月亮出来了，诗人焦急地眺望江面，江上渔船愈来愈稀少。用一个"远"字，隐隐写出诗人急于在此求宿的心境。"月出"表示已到了夜里。"钓船稀"则和"主人犹未归"句，前后呼应，相互补充。面对这冷落凄清的境界，诗人渴望主人归来的心情更加迫切。他不停眺望江口，远远看见一叶扁舟向岸边行来，渔人正寻沙岸泊船，他身上的蓑衣在春风中飘动。好像是期待已久的渔人回来了，诗人喜悦的心情陡然而生。结尾一句，形象生动，调子轻快，神采飞扬，极富神韵，给人特别深刻的印象，凝聚了诗人对渔民的深情厚谊。

　　这首诗语言浅显流畅，活泼圆转。"春风动草衣"句写得尤为传神。正如清人田雯评价张籍诗歌特色时所指出的那样："名言妙句，侧见横生，浅淡精洁之至。"（清代田雯《古欢堂集》）

清平乐·秋光烛地

（宋）陈师道

　　秋光烛①地，帘幕生秋意。露叶翻风惊鹊坠，暗落青林红子。

　　微行声断长廊，熏炉②衾换生香。灭烛却延明月，揽③衣先怯微凉。

注释

①烛：照亮。②熏炉：香炉。③揽：穿上，披上。

鉴赏

这首词是陈师道的代表作，陈师道是"苏门六君子"之一，他的词纤细平易。黄庭坚也曾写诗称赞他说："闭门觅句陈无己，对客挥毫秦少游"，由此可见一斑。这首词主要描写秋天的景色。

上阕写晨景。"秋光烛地，帘幕生秋意"，开宗明义，写秋景，"秋光""秋意"，一派秋天的气氛。"露叶翻风惊鹊坠，暗落青林红子"进一步写秋景，含着露水的树叶，由于秋风的吹动，纷纷落下，连树上的鹊也被惊动了。言简意赅，细腻生动，几个字便勾勒出一个正在落叶的生动画面。"一叶知秋"，作者抓住了这一最有特征性的动态，一下子把秋景写活了。语言、画面、意境，都活灵活现地摆在读者的面前。秋天的色彩是很分明的，青林、红子，但也敌不过秋风，在不知不觉中往下落了。这一幅秋景图色彩分明、动静结合。

下阕写夜晚。"微行声断长廊，熏炉衾换生香"，入夜了，秋天的夜晚是凄凉的：走廊的脚步声没有了，秋夜是如此安静，火炉里散发出木柴燃烧后的香气。夜深了，"灭烛却延明月，揽衣先怯微凉"，该吹熄蜡烛入眠了，但明亮的月光却照进屋中来，可能又勾起词人的心事来，那就索性先不睡了，再坐一会儿，可是身上又明显地感觉到凉意难耐，便去拿了件外衣来披上。至此词人没再往下写，却留给读者以很多想象的空间，正是言有尽而意无穷。

这首词情意深婉，用语精辟，笔力拗峭，颇能代表陈师道的词风。南宋王灼在《碧鸡漫志》中说："陈无己所作数十首，号曰语业，妙处如其诗。但用意太深，有时僻涩。"这样的优点与缺点，在这首词中均有所体现。

南歌子·寓意

（宋）苏 轼

雨暗初疑夜，风回便报晴，淡云斜照著山明。细草软沙溪路、马蹄轻。

卯酒①醒还困，仙村梦不成。蓝桥何处觅云英②？只有多情流水、伴人行。

注释

①卯酒：卯时饮下的酒。卯，早晨的五点到七点。②"仙村"两句：用了唐时裴航遇云英结为连理升仙而去的传奇故事。裴铏的小说《传奇·裴航》记载，唐代长庆年间，秀才裴航下第回都，途经蓝桥之时，口渴无比，便向路旁的老妪求水，老妪让一个叫云英的女子递给他一杯水，裴航见女子貌美如花，便向她求婚，老妪提出要以玉杵臼为她捣药百日的要求，他如约做到。于是和云英结为夫妇，后两人都成仙而去。蓝桥：当年裴航遇云英的处所，"仙村"亦指"蓝桥"。

鉴赏

这首词写于元丰二年（1079）苏轼任湖州（今浙江嘉兴）知州期间。词中通过作者于江南水乡行路途中的所见所感，在写景中渗透了作者心情的微妙变化。

上阕重在描写雨后初晴的景象。"雨暗初疑夜"，早晨醒来，因为夜里小雨绵绵，天色阴沉幽暗，在恍惚间以为仍是在夜里。转眼间"风回便报晴"，一阵春风吹过，乌云渐渐散去，天色逐步晴朗起来。而天边仍有浩浩的朝云，初升的旭日斜斜照过来，雨后无尘，天地是透明的。山头也在阳光的照耀下显得很明亮，正是"淡云斜照著山明"，这样的清晨清新美好，词人轻快地打马上路了。"细草软沙溪路、马蹄轻"，写得清新轻快，春朝雨后乘马行于溪边路上的情致展现无疑。一个"轻"字，不仅写马，也写了景色的清新怡人和作者心情的轻松旷达，可谓是传神之笔，由景及人，勾勒出一幅清丽优美的山水人物图。

下阕作者笔锋一转，由景到人，借传奇故事抒情。"卯酒醒还困"，早晨饮酒了，仍感困倦，非因路途劳顿，而是夜间寻仙梦境的缘故。于是，在似梦似醒间，联想起唐时裴航遇云英结为连理升仙而去的传奇故事。"蓝桥"是当年裴航遇云英的处所，"仙村"亦指"蓝桥"。仙界缥缈，不由得心生感慨，生起一丝淡淡轻愁，"梦不成"而不免怅然若失。再看看现实世界，"只有多情流水、伴人行"，潺潺溪水是那样多情，相伴身边，一路前行，总算也有"知音"，也是一种慰藉。与李煜笔下的"问君能有几多愁？恰似一江春水向东流"有异曲同工之妙，词人在无情的客体中赋予主体的情思，读来意味深长，余韵不尽。欲成仙而不得，从梦境回到现实，空对流水惆怅不已，这正是词人孤寂、落寞、凄婉心绪的写照。

这首词清新雅致，颇有情趣。把景和梦联系起来，惟妙惟肖地反映了作者的心理活动，峰回路转，一波三折，不失为一首清雅的小词。人在旅途中，不免会易感易伤、易喜易悲，这种情感的变化和景物的变化相互照应，相辅相成，一气呵成。

与夏十二登岳阳楼

（唐）李　白

楼观岳阳①尽，川迥②洞庭开③。
雁引愁心去，山衔好月来。
云间连下榻④，天上接行杯⑤。
醉后凉风起，吹人舞袖回。

①岳阳：清代乾隆年间著名学者王琦为《李太白全集》作注时写道："岳阳，谓天岳山之阳（山之南面为阳），楼依此立名。洞庭一湖，正当楼前，浩浩荡荡，茫无涯畔，所谓巴陵胜状，尽在是矣。"②迥：渺远貌。川迥，谓江水流向宽阔的远方。③开：开阔，广阔。④榻：即床。⑤行杯：传杯而饮。

鉴 赏

本诗给人们展现了一幅雄伟壮观的画面。

首联写景，为人们展示了一幅这样的画面：登上这气势雄伟、巍峨壮观的岳阳楼，俯瞰天岳山南面一带，美好的风光尽收眼底；遥瞻洞庭湖水，浩浩荡荡流向那一望无垠的远方。骋目敞怀，令人心胸开阔，神思悠畅。所以，目下得以赦归，登临览胜，其心境的欢欣激动自是油然而生，溢于言表。

颔联将诗人的感情倾泻其中。具体说来，诗人的情绪表现出：列队南飞的大雁啊，善良地体察人们的心意，把往日抑塞于人们心头的愁绪引带到远方去；蓊然吐翠的青山啊，友好地关怀人们的处境，着意从山口吐出一轮晶莹明月陪伴人们共度良宵。而今，诗人巧妙地将无感觉无思绪的自然界人格化、人情化、灵动化，让雁儿、山岭、月亮都与诗人互通人性、欢心共鸣。

颈联的意思是我们（诗人与夏十二）在耸入云间的岳阳楼停宿休憩，于高远蓝天传杯饮酒。从而表现出岳阳楼之高峻壮伟，更显诗人之气度不凡。而且，寄情诗酒正是李白的本色。

尾联生发为酒醉以后翩翩起舞，习习凉风吹拂舞袖的新意境。读者不难想象：在山岚轻漾、月光如水的高楼上，人影婆娑，酒香四溢；我们的抒情主人公正乐也陶陶，忘乎世间的宠辱，回荡摆动。本诗把李白追求自由、热爱河

山、崇尚豪壮的超然气概和飞腾想象、奇妙夸张的浪漫主义特征，神采飞扬地呈现于纸面。

本诗通过各种手法的使用，从侧面展现岳阳楼周围景物的渺远、开阔、高耸等情状，显示出岳阳楼的壮观，可谓自然浑成。

送友人入蜀

（唐）李 白

见说①蚕丛路②，崎岖不易行。
山从人面起③，云傍马头生④。
芳树⑤笼秦栈，春流⑥绕蜀城。
升沉⑦应已定，不必问君平⑧。

◆ 注 释

①见说：唐代俗语，即"听说"。②蚕丛：蜀国的开国君王。蚕丛路，代称入蜀的道路。③山从人面起：人在栈道上走时，紧靠峭壁，山崖好像从人的脸侧突兀而起。④云傍马头生：云气依傍着马头而上升翻腾。⑤芳树：开着香花的树木。⑥春流：春江水涨，江水奔流。或指流经成都的郫江、流江。⑦升沉：进退升沉，即人在世间的遭遇和命运。⑧君平：西汉严遵，字君平，隐居不仕，曾在成都以卖卜为生。

◆ 鉴 赏

本诗通过对蜀道的描写，将自己的感情寄予其中。

首联从蜀道之难开始写起，极力地展示了蜀道的艰辛。临别之际，李白亲切地叮嘱友人：听说蜀道崎岖险阻，路上处处是层峦叠嶂，不易通行。语调平缓自然，恍若两个好友在娓娓而谈，感情诚挚而恳切。

颔联对蜀道的崎岖进一步进行描写。蜀道在崇山峻岭上迂回盘绕，人在栈道上走，山崖峭壁宛如迎面而来，从人的脸侧重迭而起，云气依傍着马头而升起翻腾，像是腾云驾雾一般。"起""生"两个动词用得极好，生动地表现了栈道的狭窄、险峻、高危，想象诡异，境界奇美，写得气韵飞动。

就本诗的颈联而言，其展现了蜀道优美动人的地方，即瑰丽的风光就在秦栈上。此联中的"笼"字是评家所称道的"诗眼"，写得生动、传神，含意丰满。主要包括两方面的内容：第一，从远处观看到的景色：山岩峭壁上突出的林木，枝叶婆娑，笼罩着栈道。其中，"笼"字准确地描画了栈道林荫是由山上树木朝下覆盖而成的特色；第二，与前面的"芳树"相呼应，形象地表达了春林长得繁盛茂密的景象。

尾联写得含蓄蕴藉，语短情长。诗人似乎已参透人生，因而对友人说：个人的官爵地位、进退升沉都早有定局，何必再去询问善卜的严君平呢！李白借用君平的典故，婉转地启发他的朋友不要沉迷于功名利禄之中，可谓循循善诱，凝聚着深挚的情谊，而其中又不乏对自身身世的感慨。

本诗的风格清新俊逸，极力体现了五律在对偶上的艺术特点。

浣溪沙

（宋）欧阳修

湖上朱桥响画轮，溶溶春水浸春云，碧琉璃①滑净无尘。

当路游丝②萦醉客，隔花啼鸟唤行人，日斜归去奈何春。

注释

①琉璃：本是一种极其光滑的釉料，此处代指湖水。②游丝：飘荡在空中的蜘蛛丝。

鉴赏

这是欧阳修一首描写西湖景致的词作。这首词清新明快，没有太多的艳语秾句，也没有太多的繁叠赘词，只有那西湖景色的悠然空灵和游人花草的映衬生辉。

上阕描写的是词人畅游西湖时，西湖湖面和天空的壮丽景色。"湖上朱桥响画轮"，这美好的湖面，澄澈湛蓝，充满了静谧和悠然，湖上朱红色的画桥横跨湖面，一种大气的感觉油然而生。朱红色的画桥下面，响起了画轮的声音，这景致引来了诸多游人观望，他们怀着激动的心情，畅游着美好的西湖美景。词人描写湖面景色和朱桥画船的手法十分别致与恰当，看似一幅安静恬淡的画面，但其中却充满了灵动的感觉，游人之众，更使得画面有一种动态美，一幅西湖春景图顿时跃然纸上。"溶溶春水浸春云"，春天的感觉往往不在游人的一时观感，但在词人的笔下，却能将春色瞬间一览无余地呈现。春水溶溶，微波轻灵，在水天交融的画面里，隐隐浸润着春天的浮云。一个"浸"字把春水澄澈、柔和的特点描绘出来了，而两个"春"字则是词人为了强调景致的季节及特点的需要。"碧琉璃滑净无尘"，湖面的美景美不胜收，碧波琉璃般的纯净，是谁都无法与之相比的。洁净纯粹的景色，纤尘不染，令人心旷神怡。这里词人的描述传神生动，令读者能够充分感受到西湖湖面的盛景。

下阕描写的是黄昏时节的西湖美景，路人归去的场面和鸟儿送归的啼叫相应勾画出了一幅动人的美景。"当路游丝萦醉客，隔花啼鸟唤行人"，当路面上的游丝缓缓飘动，那被美景陶醉的游人和过客都悠然不已。是当归去，游丝相伴前后，一种醉意朦胧的感觉依然萦绕，使得枝头啼叫的花鸟都变得多情，送别游人而欣喜歌唱。词人此处以拟人的手法，把无情的游丝、啼鸟写得情意绵绵，充满人情味，形象有趣，更添春的喜悦、游的欢快。"日斜归去奈何春"，景色之所以迷人是在于它能给人巨大的美感冲击。词人面对如此美好的景致，感到时间飞逝。纵使欲继续游览美景，但不得不在夕阳斜去之时早早归去。这样的美景给人很多美好的回忆，但不舍的情怀却依然萦绕心头，久久不能离去，使人顿时产生一种惆怅和无奈。

轮台歌奉送封大夫出师西征

（唐）岑 参

轮台城头夜吹角，轮台城北旄头①落。
羽书昨夜过渠黎②，单于已在金山③西。
戍④楼西望烟尘黑，汉兵屯在轮台北。
上将拥旄⑤西出征，平明吹笛大军<u>行</u>。
四边伐鼓雪海涌，三军大呼阴⑥山动。
虏塞⑦兵气连云屯，战场白骨缠草根。
剑河风急雪片阔，沙口石冻马蹄脱。
亚相⑧勤王甘苦辛，誓将报主静边尘。
古来青史谁不见，今见功名胜古人。

◆ **注 释**

①旄头：即"髦头"，即二十八宿中的昂宿，旧时以为"胡星"。②渠黎：汉代西域国名，在今新疆轮台东南。③金山：指乌鲁木齐东面的博格多山，一说指阿尔泰山。④戍：驻防，防守。⑤旄：旗帜，仪仗。⑥阴山：地名，在今内蒙古自治区东部。⑦虏塞：敌方要塞。虏，对敌对民族的蔑称。⑧亚相：指御史大夫封常清。

◆ **鉴 赏**

这首七古与《走马川行奉送出师西征》（后简称为《走马川行》）系同一时期、为同一事、赠同一人之作。但《走马川行》未写战斗，而是通过将士顶

123

风冒雪的夜行军情景烘托必胜之势；此诗则直写战阵之事，具体手法与前诗也有所不同。此诗可分四层。

起首六句写战斗以前两军对垒的紧张状态。虽是制造气氛，却与《走马川行》从自然环境落笔不同。那里是飞沙走石，暗示将有一场激战；而这里却直接从战争入手：军府驻地的城头，角声划破夜空，呈现出一种异样的沉寂，暗示部队已进入紧张的备战状态。据《史记·天官书》："昴为髦头（旄头），胡星也。"古人认为旄头跳跃主胡兵大起，而"旄头落"则主胡兵覆灭。"轮台城头夜吹角，轮台城北旄头落"，连用"轮台城"三字开头，造成连贯的语势，烘托出围绕此城的战时气氛。紧接四句写白昼出师与接仗。手法上与《走马川行》写夜行军大不一样，那里是衔枚急走，不闻人声，极力描写自然；而这里极力渲染吹笛伐鼓，是堂堂之阵，正正之旗，突出军队的声威。开篇是那样奇突，而写出师是如此从容、镇定，一张一弛，气势益显。作者写自然喜好写大风大雪、极寒酷热，而这里写军事也是同一作风，将是拥旄（节旄，军权之象征）之"上将"，三军则写作"大军"，士卒呐喊是"大呼"。

"三军大呼阴山动"，似乎胡兵亦将败如山倒。殊不知下面四句中，作者拗折一笔，战斗并非势如破竹，而斗争异常艰苦。"虏塞兵气连云屯"，极言对方军队集结之多。诗人借对方兵力强大以突出己方兵力更为强大，这种以强衬强的手法极妙。"战场白骨缠草根"，借战场气氛之惨烈暗示战斗必有重大伤亡。末四句照应题目，预祝奏凯，以颂扬作结。封常清于天宝十三载（754）以节度使摄御史大夫，御史大夫在汉时位次宰相，故诗中美称为"亚相"。"誓将报主静边尘"，虽只写"誓"，但通过前面两层对战争的正面叙写与侧面烘托，已经有力地暗示出此战必胜的结局。末二句预祝之词，说"谁不见"，意味着古人之功名书在简策，万口流传，早觉不新鲜了，数风流人物，则当看今朝。

南歌子

（宋）李清照

天上星河①转，人间帘幕垂②。凉生枕簟③泪痕滋。起解罗衣聊问、夜何其④。

翠贴⑤莲蓬小，金销⑥藕叶稀。旧时天气旧时衣。只有情怀不似、旧家时！

注 释

①星河：是天河的别称。②帘幕垂：言闺房中密帘遮护。③簟：凉席。
④其：语助词。⑤翠贴：贴翠，以翠羽贴成莲蓬样。⑥金销：以金线嵌绣莲
叶纹。

鉴赏

这首词写闺情，寄托了词人强烈的身世之感，隐含着深沉的故国之思。

上片写词人和衣而卧、伏枕饮泣、夜不成寐的情景。"天上星河转，人间帘幕垂"，写星河转移、夜幕笼罩的景象。一"转"字说明了时间的流逝。词人感知了这个变化过程，则其中夜无眠可知。人间，灯静帘幕垂下，此中人情事如何，尚未可知。这里"天上""人间"对举，就有"人天远隔"的含意，直述夫妻死别之悲怆，气氛顿时沉重起来，同时也勾勒出宇宙莽莽苍苍、万籁俱寂的环境特点。"凉生枕簟泪痕滋"，这里的"凉"字不仅指因秋夜天凉而枕簟生凉，还指词人内心的孤苦凄凉。在这样的心境下，悲从中来，不可断绝，泪洒枕席。通过这细微的、弥散性的凉意，透露了词人独守空闺的孤寂情怀。"起解罗衣聊问、夜何其"，原本是和衣而卧，到深夜才解衣欲睡，可见词人一直未眠。正是由于这浓浓的愁绪缠绕，词人才孤枕难眠。

下片接写罗衣，抒写闺思情怀。"翠贴莲蓬小，金销藕叶稀"，描绘衣上的花绣。因解衣欲睡，看到衣衫绣着的莲蓬，顿时生出许多对旧日生活的回想。"旧时天气旧时衣"，极寻常的一句口语，但对于饱经沧桑的词人来说却是道出心里的很多感慨。还是当初那般的天气，还是当初所穿的衣服，可是昔人已逝。"只有情怀不似、旧家时"，抒发一种物是人非的感怀，突出强调旧时的欢乐情怀一去不复返。秋凉天气如旧，金翠罗衣如旧，穿这罗衣的人也是由从前生活过来的旧人，只有人的"情怀"不似旧时了。相对不变的是节气、衣物，易变的是时事、人情，通过"变"与"不变"的对比，显出"变"之剧烈。词人所处的南北宋之交的社会环境，社会动乱，国破家亡，丈夫离世，词人所要表达的痛楚感慨尽在不言中！

长歌续短歌

（唐）李 贺

长歌破衣襟，短歌断白发。
秦王^①不可见，且夕成内热。
渴饮壶中酒，饥拔陇头粟。
凄凉四月阑^②，千里一时绿。
夜峰何离离^③，明月落石底。
徘徊沿石寻，照出高峰外。
不得与之游，歌成鬓先改^④。

注释

①秦王：当借指唐宪宗。②阑：尽，将尽。③离离：罗列的样子。④鬓先改：鬓发已经变白。

鉴赏

开头二句紧扣诗题，有愁苦万分、悲歌不已的意思。"破""断"二字，用得很奇特，但也都入情入理。古人有"长歌当哭"的话，长歌当哭，泪洒胸怀，久而久之，那衣襟自然会破烂。这首诗的"断"可能就是由杜甫诗中的"短"生发出来的。三、四句写觐见"秦王"的愿望不能实现，因而内心更加郁闷，像是烈火中烧，炽热难熬。"秦王"当指唐宪宗。王琦说："时天子居秦地，故以秦王为喻。"（清代王琦《李长吉歌诗汇解》）李贺在世时，宪宗还能有所作为，曾采取削藩措施，重整朝政，史家有"中兴"之誉。李贺对这样的君主是寄托希望的。五、六句具体描述诗人苦闷的心情与清贫的生活，与开头二句相照应、相补充。"渴饮壶中酒"，渴是"内热"的表现，饮酒的目的在于平息内热、消愁解闷；"饥拔陇头粟"，为求见"秦王"不惜忍饥挨饿，靠从地里拔粟充饥。七、八句写景，"凄凉四月阑，千里一时绿"，初夏已尽，盛夏来临，草木葱翠，生气勃勃，原是不会有凄凉之感的。然而"绿肥红瘦"，万花摇落，诗人又不禁为之唏嘘感叹。下面的"千里"句，故意用欢乐的色调映衬凄苦的情怀，颇有"春物与愁客，遇时各有违"（孟郊《春愁》）的意味，这样反复渲染，有一唱三叹之妙。诗人述怀从景物落笔，寄情于景，意味深长。

最后六句采用借喻、拟人等修辞手法，表面上写景物，实际上写人事。"夜峰何离离，明月落石底"，写夜间的峰峦一个挨一个地排列着，黝黑而高，竟把那明朗的月亮遮得无影无踪，让诗人感到纳闷。诗人沿着那崎岖的石径四处寻觅，忽而发现它在高峰之外。峰峦阻隔，高不可攀，心中异常痛苦，因而慷慨悲歌，鬓发也在不知不觉中变得更加苍白，忧伤催人老。"夜峰""明月"等句喻义委婉。"明月"借喻唐宪宗，"夜峰"指代他身边的卿相们，意思是宪宗为一些大臣所包围，闭目塞听，就像月亮为峰峦所阻隔，虽有明光，却不能下达。

醉花阴

（宋）李清照

薄雾浓云愁永昼①，瑞脑②消③金兽④。佳节又重阳，玉枕⑤纱厨⑥，半夜凉初透⑦。

东篱把酒黄昏后，有暗香⑧盈袖。莫道不消魂⑨，帘卷西风，人比黄花⑩瘦。

注 释

①永昼：漫长的白昼。②瑞脑：龙瑞脑香料。③消：熄灭。④金兽：兽形铜制香炉。⑤玉枕：纳凉的磁枕。⑥纱厨：室内的精致装置，在镂空的木隔

断上糊以碧纱或彩绘。⑦初透：刚刚或开始感觉到。⑧暗香：菊香，菊花的幽香。⑨消魂：极度忧伤带给人的痛苦。⑩黄花：指菊花。《礼记·月令》："鞠（菊）有黄花。"

鉴赏

　　这首词是李清照的前期作品之一，抒写了秋时闺中的寂寞以及词人内心之惆怅，暗寄悲秋和离愁之感。笔意婉曲，于凝重中道出离妇思亲的古意。从词作的字里行间，我们可以推测此词写于赵明诚独知外府之际，词人要把这首词寄给赵明诚，借以表达相思。

　　上阕开头写女主人公室内的情形。"薄雾浓云愁永昼"，一个"愁"字点出该词的词眼。这一天从早到晚，天空都是布满着"薄雾浓云"，这种阴沉沉的天气最使人感到愁闷难挨。外面天气不佳，只好待在屋里。"瑞脑消金兽"，写女主人公闺室中点燃"瑞脑"，香气缭绕，百无聊赖，是环境氛围的铺垫。如此，云雾天与愁苦情，情景相应，以景映情。"佳节又重阳，玉枕纱厨，半夜凉初透"，又是重阳佳节了，天气骤凉，睡到半夜，凉意透入帐中枕上，回忆起了以往这个时候与丈夫相聚时的温馨，而今却只能独自承受着这凄凉的寒意，倍加孤寂。

　　下阕写佳节前把酒独酌的感受和内心的清苦。"东篱把酒黄昏后"，用佳节、良辰暗托。重阳佳节本应该把酒赏菊，词人却在屋里闷坐了一天，直到傍晚，才强打精神对酒赏菊。"有暗香盈袖"，重阳是菊花节，菊花开得极盛极美，她一边饮酒，一边赏菊，染得满身花香。词人又不禁触景伤情，菊花再美再香，也无法送给远方异地的亲人。"莫道不消魂，帘卷西风，人比黄花瘦"，这三句是全词最为精彩之处。以花木之"瘦"来比人之瘦，而之前有"帘卷西

风"来为"人比黄花瘦"句做环境气氛的渲染，词末一个"瘦"字，归结全首词的情意，上面种种景物描写，都是为了表达这一词眼。人似黄花，只言自己面容憔悴，语意慰藉，生动形象，深婉含蓄，把一派闺愁苦情写得淋漓尽致。

这首词写词人在重阳佳节前夕的黄昏，独自饮酒于东篱，看见西风卷帘而思念亲人，深刻地表达了词人孤居闺阁的清寒与愁苦。

过陈琳①墓

（唐）温庭筠

曾于青史见遗文②，今日飘蓬③过此坟。
词客有灵应识我，霸才④无主⑤始怜君⑥。
石麟埋没藏春草，铜雀⑦荒凉对暮云。
莫怪临风⑧倍惆怅，欲将⑨书剑学从军。

注 释

①陈琳：汉末三国时著名的文学家，"建安七子"之一。其墓在今江苏邳县。②遗文：指陈琳流传下来的作品。③飘蓬：蓬草秋天根折，随风飘走无定，文学作品中常喻指漂泊不定的人。④霸才：雄才，作者自称。⑤无主：此处兼指作者无人赏识与陈琳得不到袁绍重用，所托非人。⑥君：代指陈琳。⑦铜雀：指曹操所建的铜雀台。⑧临风：当风而立。⑨将：带着。

赏 析

"曾于青史见遗文，今日飘蓬过此坟"，用充满仰慕、感慨的笔调领起全篇，说过去曾在史书上拜读过陈琳的文章，今天在漂流蓬转的生活中又正好经过陈琳的坟墓。上句深含诗人对陈琳的景仰崇敬之情，下句正面点题，透出诗人对自己的失意际遇所感到的孤寂和无奈。

"词客有灵应识我，霸才无主始怜君"，上句是说，陈琳灵魂有知，想必会真正了解我这个飘蓬才士吧！这里蕴含的感情颇为复杂。其中既有对自己才能的自负自信，又暗含人才惺惺相惜、异代同心的意思。"霸才无主"，作者谓自己怀才不遇，没有碰上赏识自己的"伯乐"。"怜"，在这里有倾羡之意。此联意谓地下的陈琳你如灵魂有知，想必也能理解我温庭筠的遭遇。

"石麟埋没藏春草，铜雀荒凉对暮云"，此联即景抒情，前句写墓前实景，后句寄墓前遐思。意谓时日久远，陈琳墓前的石麟已经埋没在萋萋荒草之中，而重用陈琳的曹操，其生前所建的铜雀台大概也只能对着暮云愈显其荒凉了。"石麟埋没""铜雀荒凉"正象征着一个重才时代的永远消失。此联写来如此幽远，如此凄凉，如此沉痛，隐含着对曹操爱才、识才、用才的追思与尊敬，对那个一去而不复返的重才时代的向往，对诗人身处弃才、毁才时代的愤愤不平。

"莫怪临风倍惆怅，欲将书剑学从军"，文章无用，霸才无主，只能弃文就武，持剑从军，这已经使人不胜感慨；而时代不同，今日从军，又焉知不是无所遇合，再历飘蓬。有前三联在墓前抚今追昔，古今对比，即景生情，此结尾之联的悲愤感慨自在情理之中。

这首诗明为凭吊前贤，实则借此抒发自己空余抱负、怀才不遇的感慨，曲折地表达了对当时社会用人制度的不满。

菩萨蛮·回文夏闺怨

（宋）苏 轼

柳庭风静人眠昼，昼眠人静风庭柳。香汗薄衫凉，凉衫薄汗香。

手红冰碗藕①，藕碗冰红手。郎笑藕丝长，长丝藕笑郎。

注释

①冰碗藕：盛着冰块和莲藕的碗。

鉴赏

回文是中国诗词特有的体制，可以倒读，这篇属于"颠倒韵"格式的逐句回文体，两句为一组，两句颠倒可成文，并且押韵，倒读与顺读的文意有所变化，使得下句既能补充发展上句，又能具有情韵深长的新境，实属构思精巧、意蕴悠悠的妙品。

此词的上阕，描写闺人困慵、夏日昼眠的情景，暗寓情郎不至油然而生的寂寞与无聊。"柳庭风静人眠昼，昼眠人静风庭柳"，写闺人昼眠的环境，突出"静"字，暗点"闺"字。上句着眼于"风静"，写纹风不起，柳庭寂寂，闺人难熬，困眠于昼。下句着眼于"人静"，写闺人昼眠，睡熟心静，清风乍起，吹拂庭柳。同是写"静"，角度不同，静中有动，动中有静，构思精巧。"柳庭风静"暗写夏日闷热，情郎不至，烘托"人眠昼"之原因；"昼眠人静"暗衬闺人心焦、入眠方静，更显"风庭柳"之摇曳。由风静以至风起，由人眠以至人静，景象之转换、时光之流逝、心境之暂宁全在不言中。"香汗薄衫凉，凉衫薄汗香"，细写昼眠的人。风吹香汗，薄衫生凉，而凉衫中又透出丝微的汗香。二句皆承"风庭柳"而来，既写香汗渐稀、薄衫渐凉的过程，又写清凉之衫缕缕透出些微汗香的景象。"薄衫"与"薄汗"二语，写衫之薄，点出"夏"意，写汗之薄，便有风韵，以一"凉"字串起，突现出闺人的风韵，形神兼备地勾画出一幅绝妙的夏闺香睡图。

下阕二句，是佳人睡醒后的活动。强调"冰"字，暗示"情"字。"手红冰碗藕，藕碗冰红手"，她那红润的手儿端着盛了冰块和莲藕的玉碗，而这盛了冰块和莲藕的玉碗又冰了她那红润的手儿。上句的"冰"是名词，下句的"冰"作动词用。最后两句"郎笑藕丝长，长丝藕笑郎"，写闺人与情郎相互嬉笑的情景，重在"藕"字，暗寓"怨"字。上句写情郎调笑闺人送上的"藕丝"太"长"，下句写闺人正以"长丝藕"笑话情郎不懂"长思偶"之真意作为回报，利用谐音双关说明郎的情意不如藕丝长，流露出一种不领情、不识情趣的轻薄味儿，一股藏之于"笑"的"怨"气含蕴其中，从而总结出了全词"闺怨"的主旨。

浣溪沙

（宋）晏 殊

小阁重帘有燕过，晚花红片落庭莎①。曲阑干影入凉波。
一霎好风生翠幕②，几回疏雨滴圆荷。酒醒人散得愁多。

注释

①莎：莎草，植物名。②翠幕：翠色的帷幕。

鉴赏

此词以写景见长，通过对暮春园林池阁的景物描写，抒发了词人暮春之时酒醒人散的怅惘之情。

词的上阕是景物描写，为下阕的抒情奠定基调。"小阁重帘有燕过，晚花红片落庭莎"，小小的楼阁，重重的绣帘，飞来飞去的紫燕。林晚残花，落红片片，飘向莎草平铺的庭院。这几句词中，"小阁"是静的，更何况掩以"重帘"，而燕子飞过则充满了动感，使得整个画面变得动静有致、摇曳多姿。这种以动衬静的手法，让词人营造的氛围充满了动感，使得整首词都洋溢着生动的质感。"曲阑干影入凉波"，曲折的回廊，朱红的栏杆，把倒影投向微凉的湖面。"凉"字不仅是客观的描写，于暮春夜凉之时池水生凉，也是词人自身心境的反映，为下文悲愁思绪的抒发埋下伏笔。

词的下阕抒发了作者浓浓的闲愁。"一霎好风生翠幕"，不时吹来阵阵好风，掠过垂丝翠柳旁边。幕以"翠"字形容更见其冷寂，而被"好风"吹起之

后又增添一种轻灵之味，把景物写活了。"几回疏雨滴圆荷"，几次飘来疏疏细雨，洒向荷塘翠绿的圆荷。从"几回"二字可见这不仅仅是此时所听，还是词人多次感知所得，将这种雨滴在圆荷上的声音描写得栩栩如生，别有风味。衬托出词人虚静的状态，也可以感受到词人的心境和气象。"酒醒人散得愁多"，结尾一句发出惆怅的感慨，直抒胸臆，以景物作为铺垫，而将情感的抒发作为结局，表达了作者酒醒之后的孤寂、惆怅和凄凉。

全词构图设色，别具匠心，浓而不艳，淡而有味，音韵的和谐又于不知不觉中拨动着读者的心弦，耐人寻味。

鹧鸪天

（宋）苏　轼

　　林断山明①竹隐墙。乱蝉衰草小池塘。翻空②白鸟时时见，照水红蕖③细细香。
　　村舍外，古城旁。杖藜④徐步转斜阳。殷勤⑤昨夜三更雨，又得浮生⑥一日凉。

注释

　　①林断山明：树林断绝处，山峰显现出来。②翻空：飞翔在空中。③红蕖：荷花。④杖藜：拄着藜杖。⑤殷勤：有劳，劳驾。⑥浮生：指人生。

鉴赏

　　此词作于作者贬谪黄州时期，是他当时乡间幽居生活的自我写照。上片写景，下片刻画人物形象，全词描绘了一幅夏日雨后的农村小景。词中所表现的，是作者雨后游赏的欢快、闲适心境。词人先写游赏时所见村景，接着才点

明词中所写之游赏和游赏所见均因昨夜之雨而引起，抒发自己雨后得新凉的喜悦。这种写法，避免了平铺直叙，读来婉转蕴藉，回味无穷。

"林断山明竹隐墙。乱蝉衰草小池塘。"这首词开头两句是说，远处郁郁葱葱的树林尽头。有耸立的高山。近处竹林围绕的屋舍边，有长满衰草的小池塘，蝉鸣缭乱。在这两句词中，竟然写出了林、山、竹、墙、蝉、草、池塘七种景物，容量如此之大，堪为妙笔。

"翻空白鸟时时见，照水红蕖细细香。"三、四句是说，空中不时有白色的小鸟飞过，塘中红色的荷花散发幽香。三、四两句，含意更为深邃。意境如此清新淡雅，似乎颇有些诗情画意。芙蕖是荷花的别名。"细细香"，描写得颇为细腻，是说荷花散出的香味，不是扑鼻的浓烈的香气，而是宜人的淡淡芳香。如果不是别的原因，生活在这样的境界中，的确是修身养性的乐土。然而对于词人来说，他并非安于现状，着意流连这里的景致。在这里透过此等画面，便能隐隐约约看到词人那种百无聊赖、自寻安慰、无可奈何的心境。词的下片作者又用自己的形象，对此作了生动的说明。

下片前三句，是写太阳在即将落山的时候，词人拄着藜杖在村边小道上徐徐漫步。这是词人自我形象的写照。但他表现的究竟是怎样的形象呢？是老态龙钟，还是病后的神态？是表现自得其乐的隐者生活，还是百无聊赖、消磨时光的失意情绪？读者仔细玩味，自然会得出正确的答案。

最后两句，是画龙点睛之笔。词句的表面是说：天公想得挺周到，昨天夜里三更时分，下了一场好雨，又使得词人度过了一天凉爽的日子。"殷勤"二字，犹言"多承"。细细品评，在这两个字里，还含有某些意外之意，即是说：有谁还能想到几经贬谪的词人呢？大概世人早已把我忘却了，唯有天公还想到我，为我降下"三更雨"。所以，在"殷勤"两字中还隐藏着词人的无限感慨。"又得浮生一日凉"，是词中最显露的一句。"浮生"，是说人生飘忽不定，是一种消极的人生哲学。"又"字，分量很重，对揭示主题，起着重要的作用，它表现词人得过且过、日复一日地消磨岁月的消极情绪。

总观全词，从词作对特定环境的描写和作者形象的刻画，就可以看到一个抑郁不得志的隐者形象。

长信秋词五首（其四）

（唐）王昌龄

真成薄命①久寻思，梦见君王觉后疑。
火照西宫知夜饮，分明复道②奉恩时。

注释

①真成薄命：是说想不到竟真是个命运不幸的失宠者。②复道：是指宫中
楼阁间架空的通道。

鉴赏

本诗的开头显得有些突兀，让人感到其中有很多省略。宫嫔得宠与否，往
往取决于君主一时好恶，或纯出偶然的机缘。因此这些完全不能掌握自己命运

的宫嫔就特别相信命运。得宠，归之幸运；失宠，归之命薄。而且就在得宠之时，也总是提心吊胆地过日子，生怕失宠的厄运会突然降临在自己头上。"真成薄命"这四个字，恰似这位失宠官嫔内心深处一声沉重的叹息，把她那种时时担心厄运降临，而当厄运终于落到头上时既难以置信，又不得不痛苦地承认的复杂心理和盘托出。

失宠的命运降临之后，她陷入久久的寻思。因"思"而入"梦"，梦中又在重温过去的欢乐，表现出对命运的希冀，对君主的幻想，而在自己心中重新编织得宠的幻影。但幻梦毕竟代替不了现实，一觉醒来，眼前面对的仍是寂寞的长信官殿，梧桐秋叶，珠帘夜霜，听到的仍是悠长凄凉的铜壶清漏。于是又不得不怀疑自己这种侥幸的希望原不过是无法实现的幻梦。以上两句，把女主人公曲折复杂的心理刻画得细致入微而又层次分明。

就在这位失宠者由思而梦，由梦而疑，心灵上备受痛苦煎熬的时刻，不远的西官那边却向她展示了一幅灯火辉煌的图景。不用说，此刻西官中又正在彻夜宴饮，重演"平阳歌舞新承宠"的场面了。这情景对她来说是那样的熟悉，使她一下子就唤起了对自己"新承宠"时的记忆，仿佛回到了当初在复道承受君主恩宠的日子。可是这一切此刻又变得那样遥远，承宠的场面虽在重演，但华美的西官已经换了新主。"分明"二字，意在言外，耐人咀嚼。它包含了失宠者在寂寞凄凉中对往事历历分明的记忆和无限的追恋，也蕴含着往事不可再来的深沉感慨和无限怅惘，更透露出往事不堪回首的深刻哀伤。

这里隐含着多重对比。一重是失宠者与新承宠者的对比；一重是失宠者过去"复道奉恩"的欢乐和目前寂处冷宫的凄凉的对比；还有一重，则是新承宠者的现在和她将来可能遇到的厄运之间的对比。新承宠者今天正在重演自己的过去，焉知将来又不重演自己的今天呢？这一层意思，隐藏得比较深，但却可以意会。这重重对比映衬，把失宠官嫔在目睹西官夜饮的灯光火影时内心的复杂感情表现得极为细腻深刻，确实称得上是"深情幽怨，意旨微茫，令人测之无端，玩之无尽"（清代沈德潜《唐诗别裁集》），但却让人感到并未刻意雕琢，着力刻画。诗人似乎只是把女主人公此刻所看到、所自然联想到的情景轻轻和盘托出，只用"知"和"分明"这两个词语略略透露一点内心活动的消息，其余的一切全部蕴含在浑融的诗歌意境中让读者自己去玩索、体味。

悼伤后赴东蜀辟至散关遇雪

剑外①从军远，无家与寄衣。
散关②三尺雪，回梦归鸳机③。

注释

①剑外：剑门关之南。②散关：在今陕西省宝鸡南。③鸳机：织布机。

赏析

"剑外从军远"，点明这次远行的原因是"从军"。"剑外"，指剑阁之南蜀中地区。诗题"遇雪"而作，却从远处写起，诗人这一个"远"字，不仅表达出此番行程之遥，更有意让人由"远"思"寒"。隆冬之际，行人行囊单薄，不禁使人产生苦寒之思，又自然地使人盼望家中妻子寄棉衣来。但是，诗人的妻子已经辞世，已经不可能再有人为他寄来棉衣了。

"无家与寄衣"，蕴意深厚。诗人一路风霜，万般凄苦，所有的身体上与心理上的痛苦全部都蕴含在这淡淡的一句诗中。诗人善于用具体细节来表达抽象的思念，用寄寒衣这一生活中的小事来倾泻出自己心底的悲痛和无尽的哀思。

"散关三尺雪"起到承上启下的作用，上承"遇雪"诗题，给人"乱山残雪夜，孤灯异乡人"的凄凉漂泊之感，同时，将大雪奇寒与无人寄棉衣联系起来，以雪夜引出温馨的梦境，自然地转入下文。三、四句描述诗人在途中突遇大雪封山，只能留宿在散关驿站，面对突遇的变故，诗人内心不免伤感，在睡梦中见到了自己日夜思念的妻子正坐在旧时的鸳机上为他赶制棉衣。"回梦旧鸳机"，将诗人内心的难以言喻的情意展现得淋漓尽致。

诗人用层层推进、步步加深的手法，写出凄凉寂寞的情怀和难言之痛。从军剑外畏途思家，这是第一层；妻亡家破，无人寄棉衣，伤别与伤逝之情交织一起，这为第二层；路途遇雪，行期阻隔，苦不堪言，这为第三层；"以乐景写哀"，用温馨欢乐的梦境反衬冰冷痛苦的现实，备增其哀，这是第四层。纵观全诗，我们可以清晰地看出，诗人在悼伤之情中，还蕴含着路途的坎坷、伤别的愁思、仕途潦倒的慨叹等一系列的复杂感情。诗人仅用二十字，却能概括如此丰富深沉的感情内容，可见诗人娴熟精湛的写作功底。

春闺思

（唐）张仲素

袅袅城边柳，青青陌上桑。
提笼忘采叶，昨夜梦渔阳①。

注 释

①渔阳：本为秦代郡名，辖境相当于今北京市及以东各县，治所在今北京市密云县西南。据《史记·陈涉世家》，秦二世元年（前209），发闾左谪戍渔阳。后因以"渔阳"称代征戍之地。

鉴 赏

"袅袅城边柳，青青陌上桑"，城边、陌上、柳丝与桑林，已构成一幅

春郊场景。"袅袅"写出柳条依人的意态，"青青"是柔桑逗人的颜色，这两个叠词又渲染出融和的无边春意。这就使读者如睹一幅村女采桑图。于是，这两句不仅是一般的写景，还给女主人公的思念提供了典型环境。城边千万丝杨柳，会勾起送人的往事；而青青的柔桑，会使人联想到"昼夜常怀丝（思）"的春蚕，则思妇眼中之景无非难堪之离情了。

后二句在蚕事渐忙、众女采桑的背景上现出女主人公的特写形象：她倚树凝思，一动不动，手里提着个空"笼"——这是一个极富暗示性的"道具"，"提笼忘采叶"，表露出她身在桑下而心不在焉。心儿何往？末句就此点出"渔阳"二字，意味深长。"渔阳"是唐时征戍之地，当是这位闺中少妇所怀之人所在的地方。原来她是思念起从军的丈夫，伤心怨望。诗写到此已入正题，但它并未直说眼前少妇思夫之意，而是推到昨夜，说"昨夜梦渔阳"，写来不仅更婉曲，且能见昼夜怀思，比单写眼前之思，情意更加深厚。

望洞庭湖赠张丞相①

（唐）孟浩然

八月湖水平②，涵③虚④混太清。
气蒸云梦⑤泽，波撼⑥岳阳⑦城。
欲济无舟楫，端居⑧耻圣明⑨。
坐观垂钓者，徒有羡鱼情。

注释

①张丞相：是指当时在相位的张九龄。②八月湖水平：八月秋水盛涨，几乎与湖岸齐平了。③涵：涵容，包含。④虚：太虚，指天空。⑤云梦：古代

泽名，分跨长江南北，江北为云，江南为梦，面积约八九百里。⑥撼：摇动。⑦岳阳：今湖南岳阳市，在洞庭湖东岸。⑧端居：闲居，隐居。⑨圣明：古代对皇帝的颂辞，这里是指因皇帝圣明而出现的太平盛世。

鉴赏

　　本诗抒发了作者积极入世的思想和希望在政治上得到荐引的心情，是孟诗中比较有代表性的一篇。

　　诗的前四句对洞庭湖的景色作了概括性的描写。开篇写秋水盛涨，八月的洞庭湖水天一色，润泽着千花万树，容纳了大大小小的河流。"波撼"二字放在"岳阳城"上，衬托出洞庭湖的波涛澎湃，非常有力度。

　　诗的后半部分，诗人以极其委婉的方式表达着自己想要出仕的心情。"欲济无舟楫"，是面对洞庭湖的湖面而发出的想法，由这样的想法自然就能联想到自己想做官而又无人引荐的苦衷。"垂钓者"在本诗中是指在官位者，自己不在官位，无职为政，只能坐在一旁观看别人钓鱼，空怀一腔羡慕得到鱼的心思了。诗人的言外之意是如果有人引荐，他就会由"坐观"而变为执竿而钓的人了。由此可以看出，后面这四句是抒怀言志。

　　这首诗在内容上不仅表现了一个有才之士欲盛世出仕建功立业的心志，而且还从一个隐微的侧面反映出即使是在封建社会的盛世也有才士不得志的憾事。全诗以望洞庭湖起兴，由"欲济无舟楫"自然过渡，写"端居耻圣明"的心志，而以"坐观垂钓者，徒有羡鱼情"比况作结，抒情而又不太直露。

酬①乐天频梦微之

（唐）元　稹

山水万重书断绝，念君怜我梦相闻。
我今因病魂颠倒，惟②梦闲人不梦君！

注释

①酬：报答，酬报，感谢之意。②惟：只是、仅的意思。

鉴赏

　　此诗为酬答白居易诗而作。白居易所作《梦微之》诗为："晨起临风一惆怅，通川溢水断相闻。不知忆我因何事，昨夜三更梦见君。"这时，元稹贬通州，白居易谪江州，两地迢迢数千里，通信十分困难。因此诗一开始就说"山水万重书断绝"。现在，好不容易收到白居易寄来的一首诗，诗中告诉元稹，昨晚上又梦见了他。老朋友感情这样深挚，使他深深感动。诗的第二句乃说："念君怜我梦相闻。"元稹在通州害过一场严重的疟疾，病后身体一直很坏，记忆衰退。但"我今因病"的"病"字还包含了更为沉重的精神上的苦闷，包含了无限凄苦之情。四句紧承三句说：由于我心神恍惚，不能自主，梦见的净是些不相干的人，偏偏没梦见你。与白居易寄来的诗相比，这一结句翻出新意。白诗不直说自己苦思成梦，却反以元稹为念，问他何事忆我，致使我昨夜梦君，这表现了对元稹处境的无限关心。

　　元稹的这首诗却从对面下笔，构思精巧，感情真挚。"梦"是一往情深的精神境界。白居易和元稹两个人都写了梦，但写法截然不同。白诗用记梦以抒念旧之情，元诗一反其意，以不曾入梦写凄苦心境。白诗用入梦写苦思，是事所常有，写人之常情；元诗用不能入梦写心境，是事所罕有，写人之至情。做梦包含了希望与绝望之间极深沉、极痛苦的感情。元稹更推进一层，把不能入梦的原因作了近乎离奇的解释：我本来可以控制自己的梦，和你梦里相逢，过去也曾多次梦见过你。但此刻，我的身心已被疾病折磨得神魂颠倒，所以"惟梦闲人不梦君"，这也是此诗别开生面之处。这就把凄苦的心境写得入骨三分，内容也更为深广。再说，元稹这首诗是次韵和诗，在韵脚受限制的情况下，别出机杼，更是难得。

　　全诗纯用白描，几乎没有设色布景，而人物形象非常生动，情调也非常感人。

春 梦①

（唐）岑 参

洞房②昨夜春风起，遥忆美人③湘江水。
枕上片时春梦中，行尽江南数千里。

注 释

①春梦：此诗见于唐代殷璠编选的《河岳英灵集》，故当不晚于天宝十二载。岑参在长安。②洞房：深邃之房。司马相如《上林赋》："岩窔洞房。"③美人：此处美人当指朋友。《河岳英灵集》等多种古本作"遥忆美人"，例："如非思友，便是忆内之作。"

鉴 赏

俗语说：日有所思，夜有所梦。我们思骨肉，念朋友，怀家乡，忆旧游，往往形于梦寐。这么一件人人都会在日常生活遇到的小事，经过诗人们的艺术处理，就会成为动人的形象，能够更深刻和真挚地表达出内心所蕴藏的感情，使读者感到亲切和喜爱。岑参这首诗，就是写梦很成功的作品。

这首诗的前两句写梦前之思。在深邃的洞房中，昨夜吹进了春风，可见春天已经悄悄地来到。春回大地，风入洞房，该是春色已满人间了吧？可是深居内室的人，感到有些意外，仿佛春天是一下子出现了似的。季节的更换容易引起感情的波动，尤其当寒冷萧索的冬天转到晴和美丽的春天的时候。面对这美好的季节，怎么能不怀念在远方的美人呢？在古代汉语中，美人这个词，含义比现代汉语宽泛。它既指男人，又指女人，既指容

色美丽的人，又指品德美好的人。在本诗中，大概是指离别的爱侣，但是男是女，就无从证实了。因为诗人既可以写自己之梦，那么，这位美人就是女性，也可以代某一女子写梦，那么，这位美人就是男性了。这是无须深究的。总之，是在春风吹拂之中，想到在湘江之滨的美人，相距既远，相会自难，所以更加思念了。

后两句写思后之梦。由于白天的怀想，所以夜眠洞房，因忆成梦。在枕上虽只片刻工夫，而在梦中却已走完去到江南（即美人所在的湘江之滨）的数千里路程了。用"片时"，正是为了和"数千里"互相对称。这两句既写出了梦中的迷离惝恍，也暗示出平日的蜜意深情。换句话说，是用时间的速度和空间的广度，来显示感情的强度和深度。宋代晏几道《蝶恋花》云："梦入江南烟水路，行尽江南，不与离人遇。"即从此诗化出。在醒时多年无法做到的事，在梦中片时就实现了，虽嫌迷离，终觉美好。谁没有这种生活经验呢？诗人在这里给予了动人的再现。

遣 怀

（唐）杜 牧

落魄①江湖载酒②行，楚腰③纤细掌中轻④。
十年一觉⑤扬州梦，赢得青楼⑥薄幸⑦名。

注 释

①落魄：漂泊之意。②载酒：携酒。③楚腰：细腰，楚灵王喜好细腰女子。这里指扬州妓女。④掌中轻：相传汉赵飞燕体轻，能为掌上舞。诗中指扬州妓女。⑤一觉：一旦醒悟。⑥青楼：指妓女居处。⑦薄幸：薄情。

　　"落魄江湖载酒行"，追叙扬州生活：寄人篱下，飘荡江湖，与酒为伍。这里"落魄"二字十分耐人寻味。杜牧十年扬州幕僚生涯，过着诗酒佳人的放浪形骸的生活。在表面上看来并不能说是"落魄江湖"，然而诗人对这诗酒佳人的生活偏偏以"落魄"来概括，这就隐晦曲折地表现出诗人对自己长期为人幕僚，无法主宰自己的命运，无法实现自己大济苍生、澄清海内的远大志向抱负，寄人篱下的无奈境遇的不满和愤懑。

　　"楚腰纤细掌中轻"写放浪形骸，沉湎于酒色。以"楚王好细腰"和"赵飞燕体轻能为掌上舞"两个典故，形容扬州妓女之多、之美和作者沉沦之深。楚腰，指美人的细腰。"楚灵王好细腰，而国中多饿人。"（《韩非子·二柄》）掌中轻，指汉成帝皇后赵飞燕，"体轻，能为掌上舞"（《飞燕外传》）。从字面看，两个典故都是夸赞扬州妓女之美，但仔细玩味"落魄"两字，可以看出，诗人很不满于自己沉沦下僚、寄人篱下的境遇，因而他对昔日放荡生涯的追忆，并没有一种惬意的感觉。

　　"十年一觉扬州梦"，这是诗人发自肺腑的感叹。"十年"与"一觉"形成鲜明的比照，形成"长久"与"迅速"的对比，突出诗人的感叹之深切。这些又完全汇聚在"扬州梦"的"梦"字之上，昔日的放荡不羁，沉溺酒色，表面上的喧闹繁华，内心中却充满忧伤烦恼，痛苦不堪。这既是醒悟后的感叹，也是诗人为何"遣怀"十年之久的扬州往事的症结所在，这一切只是一场梦而已。

　　"赢得青楼薄幸名"，诗人说自己曾经迷恋的青楼也责怪自己薄情寡义。"赢得"二字，在调侃之中含有辛酸、自嘲和悔恨等极为复杂的情感体验。人生短暂，有几个十年？而立之年的自己却毫无成就，实在没有什么自己留恋的！

　　此诗是杜牧追悔十年扬州生活的抒情之作。作者因政治上落魄失意，在扬州十年载酒行乐，倚红偎翠，过着毫无拘检的生活。现在回想起来，恍如梦幻，一事无成，反倒落了个轻薄负心郎的名声。

金乡送韦八之西京

（唐）李 白

客从长安来，还归长安去。
狂风吹我心，西挂咸阳①树。
此情不可道②，此别何时遇？
望望③不见君，连山起烟雾。

注释

①咸阳：指长安。②不可道：无法用语言表达。③望望：瞻望，盼望。

鉴赏

本诗是诗人在金乡遇友人韦八回长安之时写下的送别诗。

从本诗的首联来看，韦八似是暂时来金乡作客的，所以说"客从长安来，还归长安去"。这两句诗像说家常话一样自然、朴素，好似随手拈来，毫不费力。

就本诗的颔联而言，这里的诗句想象奇特，形象鲜明，可谓神来莫测之笔，而且带有浪漫主义的艺术想象。诗人因送友人归京，所以思及长安，他把思念长安的心情表现得神奇、别致、新颖、奇特，写出了送别时的心潮起伏。其中，"狂风吹我心"不一定是送别时真有大风伴行，而主要是状写送别时心情激动。至于"西挂咸阳树"，把我们常说的"挂心"，用虚拟的方法，形象地表现出来了。"咸阳"指长安，因上两句连用两个长安，故此处用"咸阳"代之，避免了词语过多地重复使用。这两句诗表达出诗人的心已经追逐友人而去，很自然地流露出依依惜别的心情。

从本诗的颈联来看，孕育着深深之情，将离别时的千种风情，万般思绪，仅用"不可道"三字带过，犹如"满怀心腹事，尽在不言中"。

而本诗的尾联，写诗人伫立凝望，目送友人归去的情景。当友人愈去愈远，最后连影子也消失时，诗人看到的只是连山的烟雾，在这烟雾迷蒙中，寄寓着诗人与友人别后的怅惘之情。"望"字重叠，显出伫望之久和依恋之深。

本诗语言平易、通俗，没有一点斧凿痕迹，显示出诗人杰出的艺术才能。

胡腾①儿

（唐）李 端

胡腾身是凉州儿，肌肤如玉鼻如锥②。
桐布轻衫前后卷，葡萄长带③一边垂。
帐前跪作本音语④，拈襟摆袖为君舞。
安西旧牧收泪看，洛下词人抄曲与。
扬眉动目踏花毡，红汗交流珠帽偏。
醉却东倾又西倒，双靴柔弱满灯前。

环行⑤急蹴⑥皆应节⑦，反手叉腰如却月。
丝桐⑧忽奏一曲终，呜呜画角城头发。
胡腾儿，胡腾儿，家乡路断知不知？

①胡腾：我国西北地区的一种舞蹈。"胡腾儿"写的是西北少数民族一位善于歌舞的青年艺人。②鼻如锥：形容鼻形很美。③葡萄长带：以葡萄为图案的围腰。④本音语：本民族语言。⑤环行：旋转，一种舞蹈动作。⑥蹴：踢踏的动作。⑦应节：合乎节拍。⑧丝桐：指琴。古人削桐为琴，练丝为弦，故称。

鉴赏

"胡腾"是我国西北地区的一种舞蹈。"胡腾儿"写的是西北少数民族一位善于歌舞的青年艺人。代宗时，河西、陇古一带二十余州被吐蕃占领，原来杂居该地区的许多胡人沦落异乡，以歌舞谋生。此诗通过对歌舞场面的描写，表现了我国各民族之间的友好感情，表现了广大人民对胡腾儿离失故土的深切同情，并寓以时代的感慨。

碛①中作

（唐）岑 参

走②马西来欲到天，辞③家见月两回圆④。
今夜未知何处宿，平沙⑤莽莽绝⑥人烟。

①碛：沙漠。②走：骑。③辞：告别，离开。④两回圆：表示两个月。
⑤平沙：广阔的沙漠。⑥绝：没有。

鉴 赏

在唐代诗坛上，岑参的边塞诗以奇情异趣独树一帜。他两次出塞，对边塞
生活有深刻的体会，对边疆风物怀有深厚的感情。这首《碛中作》，就写下了
诗人在万里沙漠中勃发的诗情。

这首诗与《逢入京使》写作时间相近，约写于天宝八年
（749）岑参第一次从军西征时。"碛中作"，即在大沙漠
中作此诗。

诗人精心摄取了沙漠行军途中的一个剪影，向读者展示
马倥偬的动荡生活。诗于叙事写景中，巧妙地寄寓细微的心
动，含而不露，蕴藉感人。《碛中作》诗仅四句，但每句诗
给人不同的艺术感受。起句有一股勃发的激情和大无畏的精
神，雄奇壮美而豪迈。次句情深意远，含蕴丰富。三句以设
问兜转，宕开前句，有转折回旋的韵致。结句似答非答，以
景作结，于暮色苍茫之中，使人感到气象壮阔。整首诗给人
以悲壮苍凉的艺术感受。杜甫称赞岑参的诗"篇终接浑茫"（《寄
彭州高三十五使君适虢州二十七长史参三十韵》），这是指他的诗结尾浑厚，
气象阔大，不可窥其涯际。从结句"平沙莽莽绝人烟"（一本作"平沙万里绝
人烟"）来看，境界阔大，茫无边际，"篇终接浑茫"五字，是当之无愧的。

这首诗以鲜明的形象造境写情，情与景契合无间，情深意远，含蕴丰富，
令人读来别有神韵。

从军行①

（唐）杨　炯

烽火②照西京③，心中自不平。
牙璋④辞凤阙⑤，铁骑⑥绕龙城⑦。
雪暗凋旗画，风多杂鼓声。
宁为百夫长⑧，胜作一书生。

注释

①行：是古诗的一种体裁。行是乐曲的意思。唐代乐府诗题名为"行"的较多。从军行的内容为叙写军旅战争之事。②烽火：古代边防为报警而点起的烟火。③西京：即唐都长安（今陕西西安市）。④牙璋：是调兵的兵符，分两块，分别掌握在朝廷和领兵之将的手中，主帅奉命调集军队时用的凭证。⑤凤阙：皇宫的代称。汉武帝所建建章宫的园阙上有金凤，故有此称。⑥铁骑：在本诗中是指我方的精锐骑兵。⑦龙城：在本诗中是指敌方的腹地。⑧百夫长：指低级军官。在古代百夫长所带的兵员并不是真正的一百人，一般情况下只有五十至七十个人组成。

鉴赏

这是一首五言律诗，写的是一位书生在国家危难之际投笔请缨深入敌方腹地艰苦战斗的事。

前两句写边报传来，激起了志士的爱国热情。一个"照"字形象传神，表明敌情严重，形式十分危急，为书生投笔从戎的爱国热忱作了正面铺垫。"心中自不平"紧承"烽火"句，描写了边警传来后，书生心潮澎湃、激愤难抑、急欲投笔从戎的心情，显示出了一位爱国志士的精神境界。

三、四句"牙璋辞凤阙，铁骑绕龙城"是写军队出发并抵达前线，包围了敌人。"牙璋""凤阙"二词庄重、典雅，显示出出师场面的神圣和隆重。从"辞凤阙"到"绕龙城"，诗人通过空间的大幅度跳跃，概述了我军出师后势如破竹、直捣敌人老巢、节节胜利的雄壮气势。"绕"字形象地描述了我军包围敌巢和志在必得的决心及敌方凭借险固、负隅顽抗的垂死挣扎。

五、六句是对战斗场面的描写，有视觉也有听觉，寥寥几字，尽显战斗激烈。"雪暗""风多"是边塞的气候特征。"旗""鼓"是军事行动的特征。诗人抓住这些特征，有声有色地描绘出塞外作战的典型环境，表现了出征将士不顾风雪、勇往直前、奋力杀敌的精神，展示出战争激烈悲壮的场面。

尾联直抒胸臆。通过对书生心理的刻画，诗歌不仅首尾相顾，还洋溢回荡着激愤昂扬的基调，也借此暗示了这场战争的结果。

此诗情调激昂，辞采绮丽，在受齐梁萎靡诗风影响的初唐诗坛上，这种雄浑刚健、慷慨激昂的诗风很少见，可谓开盛唐诗风之先声。

滕王阁诗

（唐）王 勃

滕王高阁临①江渚②，佩玉③鸣鸾④罢歌舞。
画栋⑤朝飞南浦⑥云，珠帘暮卷西山⑦雨。
闲云潭⑧影日悠悠⑨，物换星移几度秋。
阁中帝子⑩今何在？槛外长江空自流。

注 释

①临：靠近。②江渚：江边。③佩玉：古代系于衣带用作装饰的玉。④鸣鸾：卿大夫车前的銮铃，车走动时便会发出声响。⑤画栋：装饰华美的屋梁。⑥南浦：地名，在江西省南昌市西南，章江至此分流。⑦西山：山名，在今

江西省新建县西侧，一名南昌山，即古散原山。⑧潭：这里是代指长江。⑨悠悠：久远。⑩帝子：帝王之子，在本诗中是指滕王。

鉴赏

这首诗是王勃的名诗，作于唐高宗上元三年（676）。

诗人王勃二十七岁时，去交趾探父，路过洪州，参加了都督阎公举行的一次宴会，即席作赋，写成著名的《滕王阁序》，这首诗就附在序文的后面。

诗歌的前两句以高阁凌空的非凡气势把读者引入胜境。第一句中的"高"字写出了登临滕王阁后的第一个感受。这句话概括力极强，下文的"南浦""西山""闲云""潭影"和"槛外长江"都是由登高骋望生发出来的，这就为后文的展开做好了铺垫。接下来的第二句韵味忽转，由高亢转入低沉。滕王阁的地理形势虽如何之好，但现在已物是人非，当年修建这座辉煌高阁的滕王却已经死了，歌舞和盛宴久已消歇了。两相对应，意味深长，怅思难尽，给人以兴衰无常之感。

三、四两句紧承第二句，更加发挥。阁既无人游赏，阁内画栋珠帘当然冷落可怜，只有南浦的云，西山的雨，暮暮朝朝，与它为伴。这两句不但写出滕王阁的寂寞，而且画栋飞上了南浦的云，写出了滕王阁的居高，珠帘卷入了西山的雨，写出了滕王阁的临远，情景交融，寄慨遥深。

五、六句由阁内写出阁外，意境更加开阔。日悠悠的闲云潭影，与匆匆而去的物换星移形成鲜明对比。就是在这天光云影悠闲流动的时刻，却是物换星移，过了一年又一年，正是年华易逝，岁月无情，写出了"时维九月，序属三秋"的天光云影以及星移斗转的季节变化。

诗的最后两句以"阁中帝子今何在"的人生短暂映衬"槛外长江空自流"的悠长历史，其中有无奈，但是没有悲痛。一个"空"字概括收拢全文。表达了诗人登高望远，去国怀乡，满目苍凉的凄楚情绪，寄寓着诗人对人生易老、功业难就的深切感慨。

重别梦得^①

(唐)柳宗元

二十年来万事同,今朝歧路忽西东^②。
皇恩若许归田去,晚岁当为邻舍翁。

注释

①梦得:刘禹锡的字。②"今朝"句:柳宗元与刘禹锡共同参与"永贞革新",同时被贬,各奔西(广西柳州)东(广东连县)。

鉴赏

元和九年(814),柳宗元和刘禹锡同时奉诏从各自的贬所永州、朗州回京,次年三月又分别被任为远离朝廷的柳州刺史和连州刺史,一同出京赴任,至衡阳分路。古道西风,前路漫漫,感慨无限,相互赠诗惜别。柳宗元共写了三首诗给刘禹锡:《衡阳与梦得分路赠别》《重别梦得》《三赠刘员外》,表达了他对挚友生死不渝的情感。这是第二首,故曰"重别"。这首诗写临歧叙别,情深意长,不着一个愁字,而在表面的平静中蕴蓄着深沉的激愤和无穷的感慨。

"二十年来万事同"一句精练地概括了诗人与刘禹锡共同经历的宦海沉浮、人世沧桑,读来教人心酸。二十多年来,他们在永贞革新的政治舞台上"谋议唱和"、力革时弊,后来风云变幻,二人同时遭难,远谪边地;去国十年以后,二人又一同被召回京,却又再贬远荒。共同的政治理想把他们的命运紧紧联系在一起,造成了这一对挚友"二十年来万事同"的坎坷遭遇。然而,在经历了二十多年来共同的宦海沉浮后,却"今朝歧路忽西东",今朝临歧执手,倏忽之间又将各奔东西,抚今追昔,往事不堪回首。"今朝"二字,写出了诗人对临别相聚的留恋。

"皇恩若许归田去,晚岁当为邻舍翁"表达了诗人的愿望:如果有一天皇帝开恩，准许他们归田隐居，那么他们一定要卜舍为邻，白发相守，度过晚年。"若许"二字却说明目前连归田亦不可得，然而诗人偏偏以这样的梦想来安慰分路的离愁，唯其如此，诗人那信誓旦旦的语气也就更觉凄楚动人。然而这个梦想最终没有实现，元和十四年，柳宗元寂寞地死去。

全诗以直抒离情构成真挚感人的意境，寓复杂的情绪和深沉的感慨于朴实无华的艺术形式之中。不言悲而悲不自禁，不言愤而愤意自见。语似质直而意蕴深婉，情似平淡而低回郁结。苏东坡赞柳诗"发纤秾于简古，寄至味于淡泊"，这也正是这首小诗的主要特色。

桑茶坑道中

（宋）杨万里

晴明风日雨干时，草满花堤水满溪。
童子柳阴眠正着，一牛吃过柳阴西。

鉴赏

这首诗描写的是初春景物，刚下过一阵雨，暖日和风，溪水盈盈。河岸上，草绿花红，柳荫浓密。渲染出明媚、和暖的氛围和生机无限的意境。

这首诗前两句写出了由雨而晴，由湿而干，溪水由浅而满，花草于风中摇曳，大自然充满了春的律"动"；第三句写出了牧童柳荫下酣睡的自然悠闲的"静"，加上第四句"一牛吃过柳阴西"的时动时静，形成了这首诗独特的生活情趣和原始朴素的美感。

梦李白二首

（唐）杜 甫

死别已吞声，生别常恻恻。
江南瘴疠地①，逐客无消息。
故人入我梦，明②我长相忆。
君今在罗网，何以有羽翼？
恐非平生魂，路远不可测。
魂来枫林③青，魂返关塞黑。
落月满屋梁，犹疑④照颜色。
水深波浪阔，无使蛟龙⑤得！

浮云终日行，游子久不至。
三夜频⑥梦君，情亲见君意。

告归常局促，苦道来不易：
江湖多风波，舟楫恐失坠。
出门搔^⑦白首，若负平生志。
冠盖满京华^⑧，斯人独憔悴！
孰云网恢恢？将老^⑨身反累！
千秋万岁名，寂寞身后事。

注 释

①瘴疠地：南方气候湿热，是疾病流行的地方。瘴疠，疾疫。李白于肃宗乾元元年（758）初被定罪流放夜郎（今贵州省桐梓县），所以诗称"江南"。②明：知道。"故人"二句谓故人知我长相思念而入我梦，知道我的思念。③枫林：李白放逐的西南之地多枫林。④疑：仿佛。"落月"二句意谓梦醒时月光满屋，李白的容貌仿佛在月光下还隐约可见。⑤蛟龙：古代传说中能兴风作浪、发洪水的龙，这里比喻恶人。"水深"二句意谓江湖风波险恶，叮咛李白魂归要小心，不要被蛟龙攫取吞食。⑥频：多次，频繁。⑦搔：挠。此句抒发诗人"惺惺惜惺惺"的感慨。⑧冠盖满京华：冠即官帽，盖即车上的篷盖。冠盖，本指冠冕和车盖，这里指京城的达官显贵。此句意谓达官显贵们充斥长安。⑨将老：指李白时年五十九岁。

鉴 赏

这两首诗是乾元二年（759）秋，杜甫流寓秦州时所作。李白与杜甫于天宝四载秋，在山东兖州石门分手后，就再没见面，但彼此一直深深怀念。至德二载（757），李白因曾参与永王李璘的幕府受到牵连，下狱浔阳（今江西省九江市）。乾元元年（758）初，又被定罪长流夜郎。乾元二年二月，在三峡流放途中，遇赦放还。杜甫这时流寓秦州，地方僻远，消息隔绝，尚不知放还之事，仍在为李白忧虑，不时梦中思念，于是写成这两首诗。

因担心李白遭遇不测，故语多凄惨，忧思深重。杜甫对李白深怀敬爱，又为他的怀才不遇而激愤不平，同时坚信他不论生前如何寂寞不幸，都会名垂千古。

　　本诗写得情深意切，真切感人，尤其善于从对方写起："故人入我梦，明我长相忆"；"三夜频梦君，情亲见君意"等句，既表达了他为李白牵肠挂肚的情景，又很能说明李、杜之间的深厚友谊。

夜宿七盘岭①

（唐）沈佺期

　　独游千里外，高卧七盘西。
　　山月临窗近，天河入户低。
　　芳春平仲②绿，清夜子规③啼。
　　浮客空留听，褒城④闻曙鸡。

注释

　　①七盘岭：位于今四川省广元县东北部，有石磴七盘而上，岭上有七盘关口。②平仲：古时候对银杏的别称。③子规：即杜鹃鸟。④褒城：在今天的陕西省汉中北部，七盘岭在其西南部。

鉴赏

　　沈佺期这首五律写旅途夜宿七盘岭上的情景，抒发惆怅不寐的愁绪。本诗末句"褒城闻曙鸡"，褒城在今陕西汉中北，七盘岭在其西南。夜宿七盘岭，则已过褒城，离开关中，而入蜀境。这首诗或作于诗人此次入蜀之初。

　　这是一首记游诗，被认为是初唐时期五律的名篇。通篇对仗工整，构思巧妙，善于描写。写景抒怀，准确酣畅，含蓄深沉，具有很强的艺术感染力。

闻砧①

（唐）孟 郊

杜鹃②声不哀③，断猿④啼不切。
月下谁家砧，一声肠一绝。
杵⑤声不为⑥客，客闻发自白。
杵声不为衣，欲令游子归。

注 释

①砧：捣衣石，这里指捣衣的声音。②杜鹃：一种鸟名，又称为子规、杜宇。③哀：哀伤。本诗中"切"同义。④断猿：断肠之猿。⑤杵：捣衣用的棒槌。⑥为：为了。

鉴 赏

这是一首借砧声以抒游子情怀的诗作。在众多以"闻砧"为题材的诗中，这种借砧声抒游子情怀的诗并不多见。砧声的特点在于"哀"而"切"。

诗人不从正面着手，而是先用两个人们熟知的哀音作为比较："杜鹃声不哀，断猿啼不切。"杜鹃的声音算得哀了，然而它与砧声相比，诗人却说它"不哀"。断猿，指断肠之猿。可是这里却说它"不切"，其实不是真的"不哀""不切"，这是为了烘托砧声。铺垫已足，诗人便纵笔描写砧声。这时诗中主人公远游他乡，月下徘徊之际，忽然阵阵砧声传入他的耳畔，不由一惊。本来杜鹃声、猿声皆令人肠断，然而对一个经常涉水登山的人来说，已经司空见惯，无动于衷，唯有这月下砧声，才能撩拨他心中的哀弦。于是下文转入自我愁思的抒发。

"杵声"以下四句，重在写自我的主观感受。所谓"客"和"游子"，都是指诗中人物。这里既言"客"，又言"游子"，是一再强调作客他乡之意。"杵声不为客"，它是生活中的客观存在，捣衣妇并非专为惹动游子愁思才挥动捣衣棒。此云"杵声不为衣，欲令游子归"是代捣衣妇设想，意为她此时捣

衣，并非为了寄给游子，而是想让他听到砧声，惹起乡思，速速归来。语直而纤，感情深挚。上两句分明说"杵声不为客"，而这里实际是说杵声专为游子而发即"为客"，语言似相互矛盾。其实这是反复言之，上两句从游子角度着眼，下两句从对面（思妇）写来，多层次、多侧面地描述了闻砧声之苦。

这首五古不雕章琢句，而是以质朴的语言倾诉胸中的感情。同是咏砧，同是写游子，但作者能独辟蹊径，自出机杼，写得真挚感人。诚如苏轼《读孟东野诗》所说："诗从肺腑出，出辄愁肺腑。"

隋　宫①

（唐）李商隐

乘兴南游不戒严，九重②谁省③谏书函④。
春风举国裁宫锦⑤，半作障泥⑥半作帆。

注释

①隋宫：隋炀帝杨广建造的行宫。②九重：指皇帝居住的深宫，意指天子上朝时的宫殿。③省：明白，懂得，觉察。④谏书函：呈给皇帝的谏书。⑤宫锦：皇家使用的高级锦缎。⑥障泥：马鞯，垫在马鞍的下面，两边下垂至马镫，用来挡泥土。

赏析

本诗思想倾向非常鲜明，即着力揭露批判隋炀帝游江都穷奢极欲，倾天下之劳力供一人之嬉游，祸国殃民这一史实，对当权者的骄奢淫逸进行无情的鞭挞。从艺术手法上看，全诗虽未正面描写隋炀帝游幸江南的过程、场面，

但其奢侈铺张的气氛体现得淋漓尽致，用的是旁敲侧击的手法。语言流畅，层次严谨，以小见大，明暗相间，造成巨大的反差，形成该诗的独特风格。

秦王饮酒

（唐）李　贺

秦王骑虎游八极，剑光照空天自碧。
羲和①敲日玻璃声，劫灰②飞尽古今平。
龙头泻酒邀酒星，金槽琵琶夜枨枨③。
洞庭雨脚来吹笙，酒酣喝月使倒行。
银云栉栉④瑶殿明，宫门掌事报一更。
花楼玉凤声娇狞⑤，海绡⑥红文香浅清，
黄娥跌舞千年觥。
仙人烛树蜡烟轻，青琴醉眼泪泓泓。

注释

①羲和：传说中为太阳驾车的神。②劫灰：佛经中指宇宙间包括毁灭和再生的漫长周期。③枨枨：琵琶声。④栉栉：云朵层层排列的样子。⑤娇狞：形容歌声娇柔而有穿透力。⑥海绡：鲛绡纱，传说由海中鲛人所织。

鉴赏

首句的"骑虎"二字极富表现力。虎为百兽之王，生性凶猛，体态威严，秦王骑着它周游各地，人人望而生畏。这样的词语把抽象的、难于捉摸的"威"变成具体的浮雕般的形象，使之深深地铭刻在读者的脑子里。次句借用"剑光"显示秦王勇武威严的身姿，十分传神，却又如羚羊挂角，香象渡河，无形迹可求。"剑光照空天自碧"，运用夸张手法，开拓了境界，使之与首句中的

"游八极"相称。第三句"羲和敲日玻璃声",注家有的解释为"日月顺行,天下安平之意";有的说是形容秦王威力大,"直如羲和之可以驱策白日"。

从第五句起都是描写秦王寻欢作乐的笔墨。"龙头泻酒邀酒星"极言酒喝得多。一个"泻"字,写出了酒流如注的样子;一个"邀"字,写出了主人的殷勤。"金槽琵琶夜枨枨"形容乐器精良,声音优美。"洞庭雨脚来吹笙"描述笙的吹奏声飘忽幽冷,绵延不绝。"酒酣喝月使倒行"是神来之笔,有情有景,醉态可掬,气势凌人。这位秦王饮酒作乐,闹了一夜,还不满足。他试图喝月倒行,阻止白昼的到来,以便让他尽情享乐,作无休无止的长夜之饮。

"银云栉栉瑶殿明,宫门掌事报一更"这句描写的是五更已过,空中的云彩变白了,天已经亮了,大殿里外通明。掌管内外宫门的人深知秦王的心意,出于讨好,也是出于畏惧,谎报才至一更。过去的本子都作"一更",清代吕种玉《言鲭》引作"六更","六更"似太直,不如"一更"含义丰富深刻,具有讽刺意味。尽管天已大亮,饮宴并未停止,衣香清浅,烛树烟轻,场面仍是那样的豪华绮丽,然而歌女歌声娇弱,舞伎舞步踉跄,妃嫔泪眼泓泓,都早已不堪驱使了。在秦王的威严之下,她们只得强打着精神奉觞上寿。"青琴醉眼泪泓泓"一句以冷语作结,气氛为之一变,显得跌宕生姿,含蓄地表达了惋惜、哀怨、讥诮等复杂的思想感情,使读者感到余意无穷。

〔中吕〕满庭芳·山中杂兴二首（其一）

(元)张可久

人生可怜,流光一瞬①,华表②千年。江山好处追游遍,古意翛然③。琵琶恨青衫乐天④,洞箫寒赤壁坡仙⑤。村酒好溪鱼贱,芙蓉岸边,醉上钓鱼船。

注释

①流光一瞬：言光阴如流水一般地逝去。②华表：古代设在宫殿、城垣或陵墓前的大柱。③翛然：无拘无束、自由自在的样子。④"琵琶"句：说的是唐代白居易作《琵琶行》的故事。⑤"洞箫"句：说的是宋朝苏东坡作《赤壁赋》的故事。

鉴赏

"人生可怜，流光一瞬，华表千年"，起首三句表明作者的人生态度，人生一世，就好像流光一样，转瞬之间就烟消云散了，不像立于宫殿、城垣、陵墓前刻有花纹的石柱——华表那样，可以千年万代传之不朽。

"江山好处追游遍，古意翛然"，这里点题写了山，但是只是总括地写了一笔，并没有对山进行具体细致的刻画。这句紧承前面三句，"既然人生短促，光阴流逝很快，就应该抓紧时间游乐，把山河美好的地方全都游个遍。乐得个自由自在、无拘无束"。这两句是表现诗人见到大好河山的快意。

接下来两句"琵琶恨青衫乐天，洞箫寒赤壁坡仙"，笔锋一转，从反面来写，借唐代白居易和宋朝苏东坡的仕途艰难坎坷的例子为训，意在说明为官为仕不如游山玩水为快。诗人在这首小令中引用这两个故事，不仅仅是为了对比为官为仕和游山玩水的得失之所，同时也是暗示自己仕途不顺的人生经历，进一步表明对官场的厌恶，和愿意寄情于山水的归隐之心。

最后三句"村酒好溪鱼贱，芙蓉岸边，醉上钓鱼船"，是诗人归隐愿望的具体表现。"村子里有酒馆有好酒，小溪中打上的鱼既新鲜又便宜，在开满芙蓉花的河岸边，坐上渔船去垂钓。"此情此景，真有说不尽的乐趣，这也就是诗人想象中的美好的隐居生活图。通过如此描述，我们领略到诗人内心那种迫切厌弃官场的苦闷之情。

此曲语言清丽活泼，词语凝练流畅，声律和谐自然。此曲表面是表现诗人想要归隐的感情，深刻含义在于反映出了元代社会的黑暗，统治阶级压抑人才，给广大知识分子造成的苦闷。

秋

秋天的古人是敏感的，登高望远，树叶飘落，大雁南飞归故乡。让我们用行令的方式走进古人的秋天，一同体悟情感的微妙。

飞花令

feihualing

春

里读诗词

孙立权 华燕 主编

吉林出版集团股份有限公司
全国百佳图书出版单位

图书在版编目（CIP）数据

飞花令里读诗词：全4卷.春/孙立权，华燕主编.-- 长春：吉林出版集团股份有限公司，2020.5（2022.7重印）
ISBN 978-7-5581-8587-8

Ⅰ.①飞… Ⅱ.①孙… ②华… Ⅲ.①古典诗歌—诗歌欣赏—中国 Ⅳ.①I207.2

中国版本图书馆CIP数据核字（2020）第069962号

飞花令里读诗词

FEIHUALING LI DU SHICI

主　　编：孙立权　华　燕
责任编辑：矫黎晗
封面设计：尚世视觉
出　　版：吉林出版集团股份有限公司
发　　行：吉林出版集团青少年书刊发行有限公司
电　　话：0431-81629808
印　　刷：鸿鹄（唐山）印务有限公司
开　　本：710mm×1000mm　　1/16
字　　数：564千字
印　　张：45
版　　次：2020年6月第1版
印　　次：2022年7月第5次印刷
书　　号：ISBN 978-7-5581-8587-8
定　　价：168.00元（全4卷）

如发现印装质量问题，影响阅读，请与印刷厂联系调换。022-69380901

前言

　　"飞花令"是我国古代的一种行酒令，原本在现代几乎销声匿迹了，但随着《中国诗词大会》等节目的热播，这一古代饮酒助兴的游戏又在现代重现，并唤起了人们对古典诗词的共同记忆与热爱。

　　我国是一个诗词大国，在三千多年的诗词发展历史中，涌现出了无数的经典诗词。《诗经》中的"关关雎鸠，在河之洲"，《离骚》中的"路漫漫其修远兮，吾将上下而求索"，《古诗十九首》中的"同心而离居，忧伤以终老"，还有无数我们耳熟能详的唐诗宋词、明清佳句，这些古老的诗篇形成了中国人的共同记忆，穿越了漫长的岁月，至今还在影响着我们的情感，塑造着我们的精神和品格。

　　可以说，世界上没有哪一个民族能有我们这样热爱诗词——"飞花令"的火爆就是证明。

　　"飞花令"得名于唐代诗人韩翃《寒食》中的名句"春城无处不飞花，寒食东风御柳斜"。"飞花"是在写长安城中柳絮纷飞的景象，意境唯美，而"飞"字又有"传递"之意，符合行酒指令，因此文人墨客便将这种文字游戏称为"飞花令"。行"飞花令"时，由行令人吟出第一句带有"花"字的诗句（也可以用词或曲，一般不超过

七个字），对令人随即对出格律一致、"花"字确定的下一句，如果对不上，就要罚酒。因为格调高雅，又可以展现文人墨客的机敏与学识，"飞花令"在诗歌繁荣的唐代十分盛行。

时至今日，仅仅一个"花"字已经不能满足人们表达的需求，而格律的限制也让普通人很难参与到"飞花令"这一游戏当中。有鉴于此，我们对"飞花令"进行了改良，除了"花"字，我们还依据现代人的审美习惯，选取了诗词中经常出现的春、夏、秋、冬、江、河、湖、海等字，每一个字都依据"飞花令"的规则对应数句诗词，而对于现代人很难考虑到的格律，我们也放宽了限制。为了易于理解，我们把这些从中国诗词历史长河中精心选取的诗句或词句，都重新"归还"到了原诗或原词当中，还配上意境吻合的插画，诗词的最后再辅以注释和鉴赏，最终形成了这套我们精心制作的《飞花令里读诗词》。

诗词在中国的历史已经超过三千年了，在漫长的岁月里涌现出无数篇章，它们彰显着性灵的飞扬，表达着生命的忧思，充满了历史的感喟。历史滚滚向前如同大浪淘沙，一些诗篇消失不见了，一些诗篇零碎地散乱在沙滩上，像珍珠一样熠熠生辉，等待有人把它们串起来，制作成精美的"项链"。"飞花令"就是串起"珍珠"的那条线，但是只串起这些"珍珠"毫无意义，想要这精美的"项链"变得更有意义，还需要读者的参与。

你做好准备了吗？让我们一起走进诗词的世界，去重温那些历久弥新的经典诗句，跟随古人的眼睛去看青山绿水，江山多娇，跟随古人的心去欣赏寒来暑往间诗与季节的互相成就而绽放的光芒，跟随古人的情怀去咏叹直教人生死相许的爱情最美的模样，跟随古人的壮志去致敬征战沙场的英雄，致敬孕育英雄之气的天地山河。让我们一起吟诵千古佳句，一起感受中华文化的独特美丽吧。

目录

1

春　晓①

（唐）孟浩然

春眠不觉晓②，处处闻③啼鸟。
夜来风雨声，花落知多少？

注释

①春晓：春天的早晨。②晓：天亮。③闻：听。

鉴赏

　　本诗语言非常自然，一气呵成。虽然语言简单，但内容和感情却很丰富。本诗像是从诗人心灵深处流出的一股泉水，晶莹透彻。本诗描绘了一幅一夜风雨后春天早晨绚丽的图景，抒发了诗人热爱春天、珍惜春光的美好心情。

首句中的"春"字点明了季节，写"春眠"的香甜，"不觉"是朦朦胧胧不知不觉，恰到好处地写出了"春眠"的酣畅。在这温暖静谧的春夜里，诗人睡得很香，以至于旭日临窗，才甜梦初醒，流露出诗人爱春的喜悦心情。

次句写春景，春天早晨的鸟语。"处处"是到处的意思，四面八方都是鸟叫。鸟儿喧闹于枝头，展现出一派生机勃勃的景象。"闻啼鸟"即"闻鸟啼"，古诗为了押韵，词序作了适当的调整。这两句是说：春天来了，我睡得正香甜，不知不觉天已大亮。一觉醒来，只听见到处都有鸟儿在歌唱。

末两句诗人追忆昨晚的潇潇春雨，然后联想到花儿被风吹雨打、落红遍地的景象。诗人把爱春和惜春的情感寄托在对落花的叹息上，淡淡的喜悦之情浓缩于字里行间，耐人寻味。惜春其实也就是爱春，由此可见，喜悦才是全诗的感情基调。这首小诗清新可爱：你看，春天来了，鸟语花香，一切都充满了新的生活气息，充满了生机勃勃的力量，多么美丽的春天，多么美好的春光！

本诗对于春景的描写不是通过所见，而是通过自己的所感、所悟而体现出来的。构思巧妙，着笔独到，极富情趣。

春 望

（唐）杜 甫

国①破山河在，城春草木深。
感时②花溅泪③，恨别鸟惊心④。
烽火⑤连三月，家书抵⑥万金。
白头搔更短⑦，浑⑧欲不胜簪⑨。

①国：指京城长安。②感时：感叹时事。③花溅泪：看见花就泪水飞溅。④鸟惊心：鸟的叫声使人心惊。⑤烽火：这里指战争。⑥抵：值。⑦短：短少。⑧浑：简直。⑨簪：古代男子成年后把头发绾在头顶上，用一支簪别住。

鉴 赏

这是杜甫名篇之一。诗的前四句写都城败象，饱含感叹；后四句写心念亲人境况，充溢离情。全诗沉着蕴藉，真挚自然。

"国破山河在，城春草木深。"开篇即写春望所见：国都沦陷，城池残破，虽然山河依旧，可是乱草遍地，林木苍苍，一个"破"字，使人触目惊心。继而一个"深"字，令人满目凄然。司马光说："'山河在'，明无余物矣；'草木深'，明无人矣。"

"感时花溅泪，恨别鸟惊心。"这两句一般解释是，花鸟本为娱人之物，但因感时恨别，却使诗人见了反而堕泪惊心。另一种解释为，以花鸟拟人，感时伤别，花也溅泪，鸟也惊心。两说虽则有别，其精神却能相通，一则触景生情，一则移情于物，正见好诗含蕴之丰富。

诗的前四句，都统在"望"字中。诗人俯仰瞻视，视线由近而远，又由远而近，视野从城到山河，再由满城到花鸟。感情则由隐而显，由弱而强，步步推进。在景与情的变化中，仿佛可见诗人由翘首望景，逐步地转入了低头沉思。

"烽火连三月，家书抵万金。"自安史叛乱以来，"烽火苦教多信断"，直到如今春深三月，战火仍连续不断。多么盼望家中亲人的消息，这时的一封家信真是胜过"万金"啊！"家书抵万金"，写出了消息隔绝、久盼音讯不至时的急切心情，这是人人心中所有的想法，很自然地使人

产生共鸣，因而成了千古传诵的名句。

"白头搔更短，浑欲不胜簪。"烽火遍地，家信不通，想念远方的惨凄之象，眼望面前的颓败之景，不觉于极无聊之际，搔首踟蹰，顿觉稀疏短发，几不胜簪。"白发"为愁所致，"搔"为想要解愁的动作，"更短"可见愁的程度。这样，在国破家亡、离乱伤痛之外，又叹息衰老，则更增一层悲哀。

春日忆李白

（唐）杜 甫

白也诗无敌，飘然思不群。
清新庾开府①，俊逸鲍参军②。
渭北③春天树，江东④日暮云。
何时一樽酒，重与细论文⑤。

注 释

①庾开府：指庾信。在北周官至骠骑大将军、开府仪同三司（司马、司徒、司空），世称庾开府。②鲍参军：指鲍照。南朝宋时任荆州前军参军，世称鲍参军。③渭北：渭水北岸，借指长安一带，当时杜甫在此地。④江东：指今江苏省南部和浙江省北部一带，当时李白在此地。⑤论文：即论诗。六朝以来，通称诗为文。

鉴 赏

这首诗抒发了诗人对李白的赞誉和怀念之情，同时也充满着对李白诗文深深的赞颂。杜甫同李白的友谊，首先是从诗歌上结成的。这首怀念李白的五律，是天宝五年（746）或天宝六年（747）春杜甫居长安时所作，主要就是从

这方面来落笔的。对李白奇伟瑰丽的诗篇，杜甫在题赠或怀念李白的诗中，总是赞扬备至。从此诗坦荡真率的赞语中，也可以看出杜甫对李白的诗作十分钦仰。这不仅表达了他对李白诗的无比喜爱，也体现了他们的诚挚友谊。清代杨伦评此诗说："首句自是阅尽甘苦上下古今，甘心让一头地语。窃谓古今诗人，举不能出杜之范围；惟太白天才超逸绝尘，杜所不能压倒，故尤心服，往往形之篇什也。"（清代杨伦《杜诗镜铨》）这话说得很对。

开头四句，一气贯注，都是对李白诗的热烈赞美。首句称赞他的诗冠绝当代。第二句是对上句的说明，是说他之所以"诗无敌"，就在于他思想情趣，卓异不凡，因而写出的诗，出尘拔俗，无人可比。接着赞美李白的诗像庾信那样清新，像鲍照那样俊逸。这四句，笔力峻拔，热情洋溢。首联的"也""然"两个语助词，既加强了赞美的语气，又加重了"诗无敌""思不群"的分量。表面看来，第三联两句只是写了作者和李白各自所在地之景。"春天树"和"日暮云"都只是平实叙出，未作任何修饰描绘。分开来看，两句都很一般，并没什么奇特之处。然而作者把它们组织在一联之中，却自然有了一种奇妙的紧密联系。也就是说，当作者在渭北思念江东的李白之时，也正是李白在江东思念渭北的作者之时；而作者遥望南天，唯见天边的云彩，李白翘首北国，唯见远处的树色，又自然见出两人的离别之恨，好像"春树""暮云"，也带着深重的离情。这两句，看似平淡，实则每个字都千锤百炼；语言非常朴素，含蕴却极丰富，是历来传诵的名句。

清代浦起龙认为"此篇纯于诗学结契上立意"（《读杜心解》），道出了这首诗在内容和结构上的特点。全诗以赞诗起，以"论文"结，由诗转到人，由人又回到诗，转折极其自然，通篇始终贯穿着一个"忆"字，把对人和对诗的倾慕怀念紧密结合。以景寓情的手法，更是出神入化，把作者的思念之情，写得深厚无比，情韵绵绵。

游子①吟②

（唐）孟 郊

慈母手中线，游子身上衣。
临③行密密缝，意恐④迟迟归⑤。
谁言寸草心⑥，报得三春晖⑦。

注 释

①游子：出门远游的人。诗中指孟郊。②吟：吟诵。吟是诗歌的一种名称。③临：将要。④意恐：担心。⑤归：回来，回家。⑥寸草：萱草。萱草（花）是我国传统的母亲花，对应于西方的康乃馨。寸草心：以萱草（花）来表达子女的孝心。⑦三春晖：比喻慈母之恩。三春，春季的三个月。旧称农历正月为孟春，二月为仲春，三月为季春。晖，指阳光，形容母爱如春天和煦的阳光。

鉴 赏

孟郊的这首诗亲切而真情地吟诵了一种普通而伟大的人性美——母爱，因而引起了无数读者的共鸣，千百年来一直脍炙人口。对于孟郊这位常年颠沛流离、居无定所的游子来说，最值得回忆的，莫过于母子分离的痛苦时刻了。此诗描写的就是这种时候——慈母缝衣的普通场景，而表现的却是诗人深沉

的内心情感。

开头两句"慈母手中线，游子身上衣"，突出了两件最普通的东西，写出了母子相依为命的骨肉之情。紧接两句写出人的动作和意态，把笔墨集中在慈母身上。行前的此时此刻，老母一针一线，炽烈的感情正是在日常生活中最细微的地方流露出来。这里既没有言语，也没有眼泪，然而一片爱的纯情从这普通常见的场景中充溢而出，拨动了每一个读者的心弦，催人泪下，唤起普天下儿女们亲切的联想和深挚的忆念。

最后两句，以当事者的直觉，翻出进一层的深意："谁言寸草心，报得三春晖"，诗人出以反问，意味尤为深长。这两句是前四句的升华，通俗形象的比兴，加以悬绝的对比，寄托了赤子炽烈的情意，感情是那样淳厚真挚。

这是一首母爱的颂歌，全诗无华丽的辞藻，亦无巧琢雕饰，于清新流畅、淳朴素淡的语言中，饱含着浓郁醇美的诗味，情真意切，千百年来拨动多少读者的心弦，引起万千游子的共鸣。

饯别^①王十一南游

（唐）刘长卿

望君烟水^②阔，挥手泪沾巾。
飞鸟没何处^③，青山空向人^④。
长江一帆远，落日五湖春。
谁见汀洲上^⑤，相思愁白蘋^⑥。

注 释

①饯别：设宴送行。②烟水：茫茫的水面。③没何处：侧写作者仍在凝望。没，消失。④空向人：枉向人，意思是徒增相思。⑤汀洲：水边或水中平地。⑥白蘋：水中浮草，花白色，故名。

鉴 赏

这首送别诗写得情深意挚动人心弦。诗人送别友人，抒发自己对友人的真挚情意。这首诗手法新颖，情景交融，首尾呼应，曲折婉转。望着你驶入浩渺的江水中，与你挥手告别，泪水沾湿了手巾。飞鸟到哪里才是归宿？只有青山空对着我。长江上一叶孤帆远去，在落日的光辉中欣赏五湖的春色。谁曾看见站在汀洲上面，"我"对着白蘋花心中充满无限愁思。

第三句是实写又是虚拟，诗中"飞鸟"隐喻友人的南游，写出了友人的远行难以预料，倾注了自己的关切和忧虑。"没"字，暗扣"望"。"何处"则点明凝神远眺的诗人，目光久久地追随着远去的友人，愁思绵绵，不绝如缕。真诚的友情不同于一般的客套，它不在当面应酬，而在别后思念。诗人对朋友的一片真情，正集聚在这别后的独自久久凝望中。这使人联想到《三国演义》中刘备与徐庶分别时的情景。

朋友远去了，再也望不到了。别后谁来相伴？只见一带青山如黛，依依向人。

一个"空"字，不只点出了被送的人走远了，同时烘托出诗人此时空虚寂寞的心境。回曲跌宕之中，见出诗人借景抒情的功力。五、六两句，从字面上看，似乎只是交代了朋友远行的起止：友人的一叶风帆沿江南去，渐渐远行，抵达五湖（当指太湖）畔后休止。然而，诗句所包含的意境却不止于此。友人的行舟消逝在长江尽头，肉眼是看不到了，但是诗人的心却追随友人远去，一直伴送他到达目的地。你看，在诗人的想象中，他的朋友不正在夕阳灿照的太湖畔观赏明媚的春色吗？诗人站在汀洲之上，对着秋水蘋花出神，久久不忍归去，心中充满着无限愁思。

送沈子福①归江东②

(唐) 王 维

杨柳渡头行客稀，罟师③荡桨向临圻④。
惟有相思似春色，江南江北送君归。

注释

①沈子福：作者的友人。②江东：长江自九江以下向东北方向流去，故称长江中下游地区为江东。③罟师：罟是渔网。罟师是渔父的意思。在本诗中指船家。④临圻：地名，在今江苏省江阴一带。

鉴赏

渡头是送客之地，杨柳是渡头常见之景。唐人有折柳送行的习俗。这里写杨柳，不仅写现成之景，更是烘托送别气氛。行客已稀，借境地的凄清，反衬出送别友人的依依不舍之情。首句点明送别之地。第二句点出"归江东"题意。首两句点出送别的时间、地点。杨柳渡头是实写春景，既为下面的别后相思伏笔，又渲染送行的环境气氛。在杨柳依依的渡口，在春光烂漫的时候，与朋友分手，心情尤为抑郁。这是以美景反衬离情。古人有折柳送别的习俗，"杨柳"的意象又暗示离别。"行客稀"，表现别后渡头岑寂之景。行客越来越稀少了，只有诗人仍立在渡口，依依不舍地目送着友人远去。

后两句，描写友人已乘船远去，诗人眺望大江两岸，桃红柳绿，碧草如毡，春光怡人。此时，他突发奇想，感到心中无限依恋惜别之情，就如同眼前无处不在、无边无际的春色，从江南江北，一齐追随友人归去。

整体来看，友人乘船而去，诗人依依不舍，望着大江南北两岸，春满人间，诗人感觉到自己心中的无限依恋惜别之情，就像眼前春色的无边无际。诗人忽发奇想：让我心中的相思之情也像这无处不在的春色，从江南江北，一齐扑向你，跟随着你归去吧！"惟有相思似春色，江南江北送君归"，多么美丽的想象，多么蕴藉而深厚的感情。将自然界的春色比拟心灵中的感情，寄情于景，情与景妙合无间，极其自然。状难写之景如在目前，便算是诗家能事。这里借难写之景以抒无形之情，功夫当然又深了一层。

把酒问月

（唐）李　白

青天有月来几时？我今停杯一问之。
人攀明月不可得，月行却与人相随。
皎如飞镜临丹阙①。绿烟②灭尽清辉发。
但见③宵从海上来，宁知④晓向云间没⑤？
白兔捣药⑥秋复春，嫦娥⑦孤栖与谁邻？
今人不见古时月，今月曾经照古人。
古人今人若流水，共看明月皆如此。
唯愿当歌对酒时⑧，月光长照金樽⑨里。

注释

①丹阙：朱红色的宫门。②绿烟：指遮蔽月光的浓重的云雾。③但见：只看到。④宁知：怎知。⑤没：隐没。⑥白兔捣药：是古代的神话传说。西晋傅玄《拟天问》："月中何有，白兔捣药。"⑦嫦娥：传说中后羿的妻子，她偷吃了后羿的仙药，成为仙人，奔入月中。见《淮南子·览冥训》。⑧当歌对酒时：在唱歌饮酒的时候。曹操《短歌行》："对酒当歌，人生几何？"⑨金樽：精美的酒具。

鉴赏

本诗又是一篇写景抒情的诗篇，是李白的代表性作品之一。

全诗从酒写到月，从月归到酒；从空间感受写到时间感受。其中将人与月反反复复加以对照，又穿插以景物描绘与神话传说，塑造了一个崇高、永恒、美好而又神秘的月的形象，也显露出一个孤高出尘的诗人形象。

首句劈头一问，对那无限时空里的奇迹，大有神往与迷惑交驰之感。问句先出，继而具体写人神往的情态。这情态从把酒"停杯"的动作见出。它使人感到那突如其来的一问分明带有几分醉意，从而倍有诗味。次句语序倒装，以一问摄起全篇，极富气势感。从手持杯酒仰天问月写起，以下两句换境，尽情咏月抒怀。明月高高挂在天上，会使人生出"人攀明月不可得"的感慨；然而当你无意于追攀时，它或许会万里相随，依依不舍。

两句一冷一热，亦远亦近，若即若离，道是无情却有情。写出明月于人既可亲又神秘的奇妙感，人格化手法的运用惟妙惟肖。回文式句法颇具唱叹之致。

紧接着的两句对月色作描绘：皎皎月轮如明镜飞升，下照宫阙，云翳（"绿烟"）散尽，清光焕发。试想，一轮圆月初为云遮，然后揭开纱罩般露出娇面，该是何等光彩照人！月色之美被形容得如可揽接。

接下来又以提问的形式将月的形象推远。月出东海而消逝于西天，踪迹实难测知，却偏偏能月月循环不已。"但见""宁知"的呼应足传诗人的惊奇，他由此浮想联翩，推究那难以稽考的有关月亮的神话传说：月中白兔年复一年不辞辛劳地捣药，为什么？碧海青天夜夜独处的嫦娥，该是多么寂寞？语中对神物、仙女深怀同情，其间流露出诗人自己孤苦的情怀。这面对宇宙的遐想又引起一番人生哲理探求，从而感慨系之。今月古月实为

一个，而今人古人则不断更迭。故二句备极重复、错综、回环之美，且有互文之妙。古人今人都只如逝水，然而他们见到的明月则亘古如斯。后两句在前两句基础上进一步把明月长在而人生短暂之意渲染得淋漓尽致。前两句分说，后两句总括，诗情哲理并茂，读来意味深长，回肠荡气。

最后两句回归到及时行乐的主题上来。末句"月光长照金樽里"，形象鲜明独特。从无常求"常"，意味隽永。至此，诗情海阔天空地驰骋一番后，又回到诗人手持的酒杯上来，完成了一个美的巡礼，使读者从这一形象回旋中获得极深的诗意感受。

花

一剪梅

（宋）李清照

红藕①香残玉簟②秋③。轻解罗裳，独上兰舟。云中谁寄锦书④来？雁字回时，月满西楼。

花自飘零水自流。一种相思，两处闲愁。此情无计可消除，才下眉头，却上心头⑤。

夫妻间诉相思情的书信。⑤才下眉头,却上心头:刚刚展开眉头,心里又立即重新想起。

鉴赏

　　李清照这首《一剪梅》是词人早期为怀念离家远行的丈夫所作,词中以其清新的格调,以及词人特有的沉挚情感,来抒写相思之情。

　　上阕起句"红藕香残玉簟秋"领起全篇。上半句"红藕香残"写户外之景:荷花凋零,残留着一些香味。一个"残"字写出秋天荷花零落的神态。下半句"玉簟秋"写室内之物,对清秋季节起了点染作用。秋天到了,竹席也有些凉意,写出词人凄凉独处的内心感受。全句设色清丽,意象蕴藉,不仅刻画出四周景色,也形象地写出了秋天时令特色,而且烘托出词人寂寞凄凉的感伤情怀。"轻解罗裳,独上兰舟",写在闺中无法排遣愁闷与相思之苦,便出外乘舟解闷。"轻解"一词表现出词人无精打采和迷离怅惘的神态。"云中谁寄锦书来?雁字回时,月满西楼",词人独坐舟中,希冀着此刻能够有南翔的雁阵捎回夫君的书信。这里"月满西楼"可以理解为他日夫妻相聚之时,临窗望月,共话彼此相思之情,表现了词人盼望与丈夫团聚以及心中对丈夫深深的相思。"花自飘零水自流",承上启下,词意不断。写花落水流之景,如同逝去的年华,表现了一种凄凉无奈之恨。"一种相思,两处闲愁",写尽管双方都在思念着彼此,但是由于距离遥远,不能相互倾诉,只能够各在一方独自愁闷。这里"相思"是引起"闲愁"的原因。"此情无计可消除,才下眉头,却上心头",这份思念老是盘旋在心头挥之不去,无法排遣,反而陷入更加深刻的思念之中。"眉头"与"心头"相对,"才下"与"却上"成起伏,传神地写出词人的无计可除的愁绪。语句结构工整,表现手法巧妙,艺术效果表现力强,含蓄生动,耐人寻味;无怪其成为千古名句。

　　这首词采用移情入景的表现方法,将词人真挚、深沉的感情融入景色描写之中,语淡情深,不饰雕琢,意蕴深远。

钱塘湖春行

（唐）白居易

孤山寺北贾亭西①，水面初平②云脚低。

几处早莺③争暖树，谁家新燕啄④春泥。

乱花⑤渐欲迷人眼，浅草才能没⑥马蹄。

最爱湖东行不足⑦，绿杨阴里白沙堤。

注释

①孤山寺：南朝陈文帝初年建，名承福，宋时改名广化。孤山，位于西湖的北部，坐落在后湖与外湖之间。贾亭：即贾公亭。唐朝贾全出任杭州刺史，于钱塘潮建亭，人称"贾亭"或"贾公亭"。②水面初平：春天湖水初涨，水面刚刚与湖岸齐平。③早莺：初春时早来的黄莺。④啄：衔取。燕子衔泥筑巢。⑤乱花：各种颜色的野花。⑥没：遮没，盖没。⑦行不足：百游不厌。

鉴赏

这诗是长庆三或四年（823或824）春白居易任杭州刺史时所作。

钱塘湖是西湖的别名。提起西湖，人们就会联想到苏轼诗中的名句："欲把西湖比西子，淡妆浓抹总相宜。"（《饮湖上初晴后雨》）读了白居易这首诗，仿佛真的看到了那含睇宜笑的西施的面影，更加感到东坡这比喻的确切，它所给予我们的美的启示；同时，也会惊叹于乐天这支善于描绘自然的天工化笔。

乐天在杭州时，有关湖光山色的题咏很多。这首诗处处扣紧

环境和季节的特征，把刚刚披上春天外衣的西湖，描绘得生机盎然，恰到好处。

"孤山寺北贾亭西"，孤山在后湖与外湖之间，峰峦耸立，上有孤山寺，是湖中登览胜地，也是全湖一个特殊的标志。贾亭在当时也是西湖名胜。有了第一句的叙述，这第二句的"水面"自然指的是西湖湖面了。秋冬水落，春水新涨，在水色天光的混茫中，天空里舒卷起重重叠叠的白云，和湖面上荡漾的波澜连成了一片，故曰"云脚低"。"水面初平云脚低"一句，勾勒出湖上早春的轮廓。接下两句，从莺莺燕燕的动态中，把春的活力、大自然从秋冬沉睡中苏醒过来的春意生动地描绘出来。莺是歌手，它歌唱着江南的旖旎春光；燕是候鸟，春天又从远处飞来。它们富于季节的锐感，成为春天的象征。在这里，诗人对周遭事物的选择是典型的，而他的用笔则是细致入微的。说"几处"，可见不是"处处"；说"谁家"，可见不是"家家"。因为这还是初春季节。这样，"早莺"的"早"和新燕的"新"就在意义上互相生发，把两者联成一幅完整的画面。因为是"早莺"，所以抢着向阳的暖树，来试它的溜溜的歌喉；因为是"新燕"，所以当它啄泥衔草，营建新巢的时候，就会引起人们一种乍见的喜悦。谢灵运"池塘生春草，园柳变鸣禽"（《登池上楼》）二句之所以妙绝古今，为人传诵，正由于他写出了季节更换时这种乍见的喜悦。这首诗在意境上颇与之相类似。

诗的前四句写湖上春光，范围是宽广的，它从"孤山"一句生发出来；后四句专写"湖东"景色，归结到"白沙堤"。前面先点明环境，然后写景；后面先写景，然后点明环境。诗以"孤山寺"起，以"白沙堤"终，从点到面，又由面回到点，中间的转换不见痕迹，结构之妙有如无缝天衣。薛雪曾指出：乐天诗"章法变化，条理井然"（《一瓢诗话》）。这种"章法"上的"变化"，往往寓诸浑成的笔意之中；倘不细心体察，是难以看出它的"条理"的。

"乱花""浅草"一联，写的虽也是一般春景，然而它和"白沙堤"却有紧密的联系：春天，西湖哪儿都是绿毯般的嫩草；可是这平坦修长的白沙堤，游人来往最为频繁。唐时，西湖上骑马游春的风俗极盛，连歌姬舞妓也都喜爱骑马。观乐天另一首《代卖薪女赠诸妓》诗中说的"一种钱塘江上女，着红骑马是何人"可证。这首诗题为《钱塘湖春行》，诗用"没马蹄"来形容这嫩绿的浅草，正是眼前现成景色。

"初平""几处""谁家""渐欲""才能"这些词语的运用，在全诗写景句中贯穿成一条线索，把早春的西湖点染成半面轻匀的钱塘苏小小（钱塘苏小小：南齐时名妓）。可是这蓬蓬勃勃的春意，正在急剧发展之中。从"乱花渐欲迷人眼"这一联里，透露出另一个消息：很快地就会姹紫嫣红开遍，湖上镜台里即将出现浓妆艳抹的西施。

方东树说这诗"象中有兴，有人在，不比死句"（《续昭昧詹言》）。这是一首写景诗，它的妙处，不在于穷形尽象的工致刻画，而在于即景寓情，写出了融和骀宕的春意，写出了自然之美所给予诗人的集中而饱满的感受。所谓"随物赋形，所在充满"（王若虚评白诗语，见《滹南诗话》），是应该从这个意义去理解的。

游山西村

（宋）陆　游

莫笑农家腊酒浑①，丰年留客足鸡豚②。
山重水复疑无路③，柳暗花明又一村④。
箫鼓追随春社近⑤，衣冠简朴古风存⑥。
从今若许闲乘月⑦，拄杖无时夜叩门⑧。

注释

①莫笑：不要笑话；腊酒浑：头年腊月所酿的酒，称为腊酒。浑，浑浊。酒以清者为贵。②足鸡豚：鸡豚充足。豚，小猪，此指猪肉。③此句意谓山西村被山水环绕，转折迂回。④柳暗花明：柳色深绿，所以称为"暗"；花朵红艳，所以称为"明"。此句写出山西村隐现于扶疏的花木之间，使诗人的心情豁然开朗。⑤箫鼓：都是乐器。春社：古代人在春天祭祀土地神和五谷神的日子，用以祈求丰年。此句意谓将近社日，村里忙着迎神赛会，村民在迎神的箫鼓中来来往往。⑥古风：古朴的民风。⑦若许：假如允许；闲乘月：趁着月明之夜来闲游。⑧无时：无定时，即随时。

鉴赏

这首诗是陆游在乾道三年（1167）初春在乡间时写的。诗中生动地描绘了当地农村的山中景物，习俗风光，在点染如画之中充满浓厚的生活气息，流露出作者热爱农村生活的真挚情感。诗中三、四两句，尤其写得流畅生动，不仅反映了诗人对前途所抱的希望，也道出了世间事物消长变化的哲理，已经成为生活中广泛流传的警句。

鸟鸣涧①

（唐）王 维

人闲②桂花落，夜静春山空③。
月出惊山鸟，时鸣春涧中。

①涧：夹在两山间的流水。②闲：安静。
③空：空空荡荡。

鉴赏

　　这首诗是王维题友人所居之地的《皇甫岳云溪杂题五首》之一。皇甫岳是诗人的朋友，"云溪"是皇甫岳的别墅所在地。五首诗每一首写一处风景，接近于风景写生，而不同于一般的写意画。本诗写春天深夜的寂静，很有特色。

　　王维在他的山水诗里，喜欢创造静谧的意境，这首诗也是这样。但诗中所写的却是花落、月出、鸟鸣这些动的景物，既使诗显得富有生机而不枯寂，同时又通过动，更加突出地显示了春涧的幽静。动的景物反而能取得静的效果，这是因为事物矛盾着的双方总是互相依存的。在一定条件下，动之所以能够发生，或者能够为人们所注意，正是以静为前提的。"鸟鸣山更幽"，这里面是包含着艺术辩证法的。

　　桂树枝叶繁茂，而花瓣细小。花落，尤其是在夜间，并不容易觉察。因此，开头"人闲"二字不能轻易看过。"人闲"说明周围没有人事的烦扰，说明诗人内心的娴静。有此作为前提，细微的桂花从枝上落下，才被觉察到了。诗人能发现这种"落"，或仅凭花落在衣襟上所引起的触觉，或凭声响，或凭花瓣飘坠时所发出的一丝丝芬芳。总之，"落"所能影响于人的因素是很细微的。而当这种细微的因素能被从周围世界中明显地感觉出来的时候，诗人则又不禁要为这夜晚的静谧和由静谧格外显示出来的空寂而惊叹了。这里，诗人的心境和春山的环境气氛是互相契合而又互相作用的。

　　"月出惊山鸟，时鸣春涧中。"谁都知道，月光出来是无声无息的，但却"惊"了那些入睡的山鸟，惹得它们都叽叽喳喳地叫起来。鸟儿的叫声不是连续不断的，而是偶尔的，所以说"时鸣"。这是为什么呢？这说明鸟儿已经习惯了春夜的寂静，周围的情况稍微有点儿变化，就会惊动它们，甚至是月光的照射。所以，鸟的鸣是为烘托涧的静的。

这首诗二十个字，扣紧题目，以动写静，达到出神入化的地步。在王维这首诗中，不仅可以看到春山由明月、落花、鸟鸣所点缀的那样一种迷人的环境，而且还能感受到盛唐时代和平安定的社会气氛。

与东吴生相遇

（唐）韦　庄

十年身事各如萍，白首①相逢泪满缨。
老去不知花有态，乱来唯觉酒多情。
贫疑陋巷春偏少，贵想豪家月最明。
且对一樽②开口笑，未衰应见泰阶平。

注释

①白首：满头白发。②樽：酒杯，代指酒。

鉴赏

首句中的"白首相逢泪满缨"是说这时韦庄已登第，禄食有望，似不该与故人泪眼相对，但自己在外漂泊多年，已是五十九岁的人了。因此，遇故人便再也忍不住涕泗滂沱，泪满冠缨。

"老去不知花有态，乱来唯觉酒多情"，回想当年大家欢聚一起观花饮酒的情景，别是一番滋味在心头。诗人被痛苦折磨得衰老、麻木，似乎已感觉不到花儿是美丽的，再也没有赏花的逸兴。而酒与诗人却变得多情起来，因为乱世颠沛，年华蹉

跎，只好借酒浇愁。细味诗意，字字酸楚。

"贫疑陋巷春偏少，贵想豪家月最明"，说乱离社会，世态炎凉，"贫"
与"贵"，"陋巷"与"豪家"，一边是啼饥号寒，一边是灯红酒绿，相距何
其悬远。有才华的人偏被压在社会最下层，沾不到春风雨露；尸位素餐者偏是
高居豪门，吟风弄月。诗句是对上层统治者饱含泪水的控诉，也是对自己"十
年身事"的不平之鸣。

泪干了，愤懑倾吐了，诗人转而强作笑颜："且对一樽开口笑，未衰应见
泰阶平"，"且对"一作"独对"，据题意以"且对"为允。泰阶，星名。古
人认为泰阶星现，预兆风调雨顺，民康国泰。这两句是说：趁未衰之年，暂拼
一醉，而破涕为笑，这是聊以解嘲；期望今后能河清海晏，国泰民安，这是自
许和自慰。诗人就是怀着这样美好的愿望而开怀一笑。这一笑，既透露着老当
益壮的激情，也透露着期望社稷郅治的心理。

全诗以"泪"始，以"笑"结，前后照应，关锁严密。"泪"是回顾，
"笑"是前瞻。"泪满缨"说明诗人遭遇十年辛苦不寻常；"开口笑"说明诗
人满怀信心向前看。一泪一笑，总括全诗，字挟风霜，声振金石。

无　题

（唐）李商隐

相见时难别亦难，东风①无力百花残②。
春蚕到死丝方尽，蜡炬成灰泪始干。
晓③镜④但愁云鬓改，夜吟应觉月光寒。
蓬山⑤此去无多路，青鸟⑥殷勤为探看。

注释

①东风：春风。②百花残：百花凋零。③晓：天亮，早晨。④镜：名词用

21

作动词，照镜。⑤蓬山：蓬莱山，相传为仙人的居所，这里指对方的住处。⑥青鸟：神话传说中西王母有三只青鸟为其使者，后用青鸟作为信使的代称。

鉴赏

　　此为李商隐无题诗最有名的一首，尤其前两联。其首联写惜别，两个"难"字的回环复沓，不平铺直叙，而是曲折委婉地表达了无限惆怅的深情。意思是说，离别后相见的机会难得，而分别时更觉难分难舍，何况又是在春风衰竭、百花凋谢的暮春时节！诗人此处以情景相生之手法，渲染了离别的浓重气氛。

　　颔联两句转为激越之音。"春蚕"和"蜡炬"两个喻象，以蚕"丝"谐音相"思"，以蜡"泪"表达离情。作者把春蚕吐丝的柔美与蜡炬燃烧的热烈结合至一处，又连用"到死""成灰"极尽惨淡之情的字眼，造成强烈的对比效果。而后"方尽""始干"，又把语气更深一步加强。颔联表达爱情之深切至死方尽。

　　颈联由己及人设想对方心境，将其相思之苦写得愈深，就更加衬托出诗人的一往情深。诗的后两联意在抒发别后的无尽思念。"晓镜"写女子晨妆，其中自有为悦己者容的意向，"夜吟"写女子深夜无眠，对月生情。"云鬓改"言佳期难遇、青春蹉跎的苦闷。"月光寒"写流连忘返，不知夜已入深，极言情之专。诗人未直言自己如何朝思暮想，而是从对方着笔，述她相思之苦，从而将一己的独往相思化为两情迎合。

　　尾联，诗人为对方的痛苦所不安，在濒于无望的情况下，利用神话传说，寄希望于青鸟传书，以慰藉相思。全篇以新颖巧妙的构思，细致入微的想象，生动精警的语言，描绘出优美动人的意境，描绘、抒发出深沉绵邈的情思。其写情曲折深至、回环递进，婉转缠绵，而又出之自然，犹如从肺腑中流出；其纯粹抒情，不杂叙事；高度概括，形象鲜明；比兴象征，不流于晦涩，系一篇精纯之作。诗人意在印证：只要心有灵犀，无论狂风骤雨，爱情之花永不衰败。

　　诗文描写暮春时节与所爱女子离别的伤感，以及别后悠长、执着的思念之情。直言不尽的语言，抒发缠绵悱恻的深情，读来深入人心。

乌衣巷①

（唐）刘禹锡

朱雀桥②边野草花③，乌衣巷口夕阳斜。
旧时王谢④堂前燕，飞入寻常百姓家。

注释

①乌衣巷：在南京秦淮河南岸，三国时是吴国戍守石头城的部队营房所在
地。当时军士都穿着黑色制服，故以"乌衣"为巷名。②朱雀桥：位于朱雀门
外秦淮河上。今南京城外。③花：此为开花之意，作动词用。④王谢：东晋两
大著名家族。

鉴赏

这是一首怀古诗。凭吊东晋时南京秦淮河上朱雀桥和南岸的乌衣巷
的繁华鼎盛，而今野草丛生，荒凉残照。诗人由此感慨沧海桑
田，人生多变。以燕栖旧巢唤起人们想象，含
而不露；以"野草花""夕阳斜"涂抹背
景，美而不俗。语虽极浅，味却无限。

首句"朱雀桥边野草花"，朱
雀桥横跨南京秦淮河上，是由
市中心通往乌衣巷的必经之
路。桥同河南岸的乌衣巷不
仅地点相邻，历史上也有瓜
葛。东晋时，乌衣巷是高门士

族的聚居区，开国元勋王导和指挥淝水之战的谢安都住在这里。旧日桥上装饰着两只铜雀的重楼，就是谢安所建。在字面上，朱雀桥又同乌衣巷偶对天成。用朱雀桥来勾画乌衣巷的环境，既符合地理的真实，又能造成对仗的美感，还可以唤起有关的历史联想，是"一石三鸟"的选择。句中引人注目的是桥边丛生的野草和野花。

"乌衣巷口夕阳斜"，表现出乌衣巷不仅映衬在败落凄凉的古桥的背景之下，而且还呈现在斜阳的残照之中。句中作"斜照"解的"斜"字，同上句中作"开花"解的"花"字相对应，全用作动词，它们都写出了景物的动态。"夕阳"，这西下的落日，再点上一个"斜"字，便突出了日薄西山的惨淡情景。本来，鼎盛时代的乌衣巷口应该是衣冠来往、车马喧嚣的。而现在，作者却用一抹斜晖，使乌衣巷完全笼罩在寂寥、惨淡的氛围之中。

经过环境的烘托、气氛的渲染之后，按说，似乎该转入正面描写乌衣巷的变化，抒发作者的感慨了。但作者没有采用过于浅露的写法，而是继续借助对景物的描绘，写出了脍炙人口的名句："旧时王谢堂前燕，飞入寻常百姓家。"他出人意料地忽然把笔触转向了乌衣巷上空正在筑巢的飞燕，让人们沿着燕子飞行的去向去辨认，如今的乌衣巷里已经居住着普通的百姓人家了。为了使读者明白无误地领会诗人的意图，作者特地指出，这些飞入百姓家的燕子，过去却是栖息在王谢权门高大厅堂的檐檩之上的旧燕。

巴陵夜别王八员外

（唐）贾 至

柳絮飞时别洛阳，梅花发①后到三湘②。
世情③已逐④浮云散，离恨⑤空⑥随江水长。

注释

①发：开放，盛开。②三湘：泛指湘江流域。③世情：世俗人情，包括人世间的盛衰兴败、悲欢离合、人情的冷暖厚薄等。④逐：随。⑤离恨：离愁别恨。⑥空：此字使用得巧妙，一语双关。用比喻的手法形象生动地描写了王八员外满载离恨远去，诗人的心也随行舟而逝；"空"字还写出了作者依依惜别而又无可奈何的苍凉心境。

鉴 赏

这是一首情韵别致的送别诗、一首贬谪者之歌。王八员外被贬长沙，以事谪守巴陵的贾至给他送行。两人"同是天涯沦落人"，在政治上郁郁不得志，彼此在巴陵夜别，倍增缠绵悱恻之情。

这首诗先从诗人自己离别洛阳时写起："柳絮飞时别洛阳，梅花发后到三湘。"记得在那暮春时节，一簇簇的柳絮纷纷扬扬，我贾至当时怀着被贬的失意心情离开故乡洛阳，梅花盛开的隆冬时分，来到三湘。以物候的变化表达时间的变换。开首两句洒脱飞动，情景交融，既点明季节、地点，又渲染气氛，给人一种人生飘忽、离合无常的感觉。如今友人王八员外也遭逢同样的命运，远谪长沙，临别依依，不胜感慨："世情已逐浮云散，离恨空随江水长。"如今，世俗人情已如浮云般消散了，唯有我们两人的友谊依然长存，有多少知心话儿要倾诉。然而，现在却又要离别了，那满腔的离愁别绪有如湘江水般悠长。第三句所说"世情"含意极丰富，包括人世间的盛衰兴败、悲欢离合、人情的冷暖厚薄等，这一切，诗人和王八员外都遭遇过，并同有深切的感受。末句用比喻的修辞手法将"离恨"比作湘江水那样悠长，以景写情，含蓄绵长。此外一个"空"字，还表达了一种无可奈何而又依依惜别的深情。

整首诗歌叙事、写景、抒情结合得十分完美，如首二句在叙事中包含了写景，也蕴含了作者遭贬后抑郁的情怀，三、四两句则是即景抒情。诗歌四句中全用对仗形式，不仅对得工整，而且显出灵动，不板滞。这首短诗在用词上也颇具特点，特别是动词的用法，如"飞""别""发""到""逐""散"等，不仅很好地达到了表情达意的目的，传达出作者彼时的心境，感情波澜的起伏，也使得诗歌的画面更具多变。

竹枝词二首①（其一）

（唐）刘禹锡

杨柳青青江水平，闻郎江上唱歌声②。
东边日出西边雨，道是无晴还有晴③。

注释

①竹枝词：巴渝(今四川省重庆市一带)民歌中的一种。唱时以笛、鼓伴奏，同时起舞，声调婉转动人。歌词杂咏当地风物和男女爱情，富有浓厚的生活气息。这一优美的民间文学形式曾经引起一部分诗人的爱好，顾况、白居易都有仿制。②唱歌声：西南地区，民歌最为发达。男女的结合，往往通过唱歌；在恋爱时，更是用唱歌来表情达意的。唱歌：一作"踏歌"。踏歌是民间的一种歌调，唱歌时以脚踏地为节拍。③"道是"句：语意双关。"晴""情"同音，无晴、有晴即无情、有情。还：一作"却"。

鉴赏

诗歌用谐音双关的手法，表现了一个初恋中少女的心情。江边杨柳，绿丝垂拂，江中流水，波平如镜，多美的环境。一少女就在这风光旖旎的江面上荡舟。一少年正从那美如诗画的江岸上走来。歌声舒朗，深情悠远，节拍明快，扣人心弦。

少女在想：我心中的少年啊，你就如同这变幻不定的天气，东边日出，西边下雨，你说不是晴天吧，还明明有太阳，真让人琢磨不透。少女的迷惘眷恋，忐忑不安与深情期待就这样活脱脱地展示了出来。

金陵酒肆留别①

（唐）李 白

风吹柳花满店香，吴姬②压酒劝客尝。
金陵子弟③来相送，欲行④不行各尽觞⑤。
请君试问东流水，别意与之谁短长？

注 释

①金陵：今江苏省南京市。酒肆：酒店。留别：临别留诗给送行者。
②吴姬：吴地的青年女子，这里指酒店中的歌女。③子弟：指李白的朋友。④欲
行：要走的人，指李白自己。⑤尽觞：喝尽杯中的酒。

鉴 赏

本诗的创作背景是在江南水村山郭的一家小酒店里，诗人
独坐小酌，满怀别绪。

首句将风光的骀荡、柳絮的精神以及酒客沉醉东风的情
调，生动自然地浮现在纸面之上；而且又极洒脱超逸，不
费半分气力，脱口而出。其给人的感觉就是，店中简直就
是柳花的世界。柳花本来无所谓香，这里何以用一个"香"
字呢？一则"心情闻妙香"，任何草木都有它微妙的香味；
二则这个"香"字代表了春之气息，同时又暗暗勾出下文的
酒香。这里的"店"，初看不知何店，下句看完便知是指
酒店。

次句描写的是当垆红粉遇到了酒客，场面上就出

现人了。

　　紧接着，第三句写等到"金陵子弟"这批少年一涌而至时，酒店中就更热闹了。别离之际，本来未必有心饮酒，而吴姬一劝，何等有情，加上"金陵子弟"的前来，更觉情长，谁能舍此而去呢？可是偏偏要去，"来相送"三字一折，直是在上面热闹场面上泼了一盆冷水，点出了从来热闹繁华就是冷寂寥落的前奏。

　　李白要离开金陵了，如此热辣辣的分离转而引出第四句。于是又转为"欲行不行各尽觞"，欲行的诗人固陶然欲醉，而不行的相送者也各尽觞，情意如此之长，于是落出了"请君试问东流水，别意与之谁短长"的结句，以含蓄的笔法，悠然无尽地结束了这一首抒情的短歌。

辋川闲居赠裴秀才迪

（唐）王　维

寒山转①苍翠，秋水日潺湲②。
倚杖③柴门④外，临风听暮蝉。
渡头余落日，墟里上孤烟。
复值⑤接舆⑥醉，狂歌五柳⑦前。

注释

　　①转：变换为。②潺湲：水流动的样子。③倚杖：拄着拐仗。④柴门：树枝编作的陋门。⑤复值：又碰上。⑥接舆：是春秋时代"凤歌笑孔丘"的楚国狂士，本诗中喻指裴迪。⑦五柳：指陶渊明。

鉴赏

本诗表现了诗人隐居生活的闲居之乐和对友人的真挚感情，体现出王维闲居辋川时内心的精神生活之丰富及其所达到的深度。这首诗情景交融，不仅描写了辋川附近山水田园的优美景色，还刻画了诗人和裴迪两个隐士的形象，使人物和景物相映成趣。

首联"寒山转苍翠，秋水日潺湲。"写的是秋天山里的景色，既是寒山，表明秋意已浓，而以一"转"字到苍翠，从而使静态的山水画在色彩上呈现出动态的变化，水之潺湲，本来就为动态，日潺湲，就是日日潺湲，每日每时都在叮咚流动，一个"日"字则赋予了水的永恒特征，暗示了裴迪始终如一的高洁人格和精神的永恒，也对比表现出对生命短暂的思索。

颔联"倚杖柴门外，临风听暮蝉。"主要写诗人的形象，传达了诗人的隐者身份和田园情趣。

颈联"渡头余落日，墟里上孤烟。"写的是暮色中的原野，夕阳，炊烟，这是典型的日落黄昏时田野乡村景色，给人一种宁静的感觉。颈联首句"渡头余落日"，渡头上仅"余"下了落日，余是短暂的，而作者却写出了落日即将与水交接的一刹那的景象，给人以无限的遐想和美感。首联和颔联作者写出了时间的两种形态：一种是无始无终，如水流一样未曾停滞的时间，就像首联中所写的"秋水日潺湲"；另一种是在某一刻度上瞬间存在的"切片"或片段，这就是"渡头余落日"。颈联第二句"墟里上孤烟"表现了黄昏第一缕炊烟缓缓上升到空中的景象，一个"上"字，不仅表现出炊烟缓缓上升之景，而更令人回味无穷。此联为我们勾勒出夕阳西下、夜幕将临之际，诗人面对的一幅恬然自乐的田野乡村之景。

尾联"复值接舆醉，狂歌五柳前。"写的是挚友裴迪的形象。"复"字表示诗人情感的加倍和递进。"接舆"喻指裴迪，"五柳"喻指自己。"醉""狂歌"的动态描写刻画出了裴迪的放达与失态，同时也表明了王维对挚友的好感与欢迎。

在短短四十字的五言律诗里，既要遵守律诗的格律，又要兼顾诗中的种种复杂的关系，形成情景交融的艺术境界，我们不得不佩服伟大诗人王维在构思布局上的独运匠心。可以说，这是一首诗、画、音乐完美结合的五言律诗。

嘲王历阳①不肯饮酒

（唐）李 白

地白风色寒，雪花大如手。
笑杀陶渊明，不饮杯中酒。
浪抚一张琴，虚栽五株柳②。
空负头上巾③，吾于尔何有。

注 释

①王历阳：指历阳姓王的县丞。②五株柳：陶渊明宅边有五柳树，自号"五柳先生"。③空负头上巾：语出陶渊明"若复不快饮，空负头上巾"。

鉴 赏

酒，历来是文人墨客的情感寄托，诗人尤甚，李白更是以"斗酒诗百篇"名扬天下，他常以甘醇可口的美酒为寄托，做了大量的反映心理情绪的诗。这首《嘲王历阳不肯饮酒》便是。

历阳，唐代郡县，治今安徽省和县历阳镇，因"县南有历水"而得名。当时李白访问历阳县，正值大雪纷飞，县丞设宴招待李白，李白席间频频举杯，赞赏历阳山美、水美、酒美，可惜就是人不"美"——没有人陪他喝酒。于是席中赋诗《嘲王历阳不肯饮酒》，豪情万丈，景象怡人。从此诗可以看出李白的心中的偶像是五柳先生陶渊明。他嘲笑王历阳表面上以陶渊明为榜样，可是喝酒不痛快，徒有虚名。"浪""虚""空"三字用得巧妙，传达出嘲讽及激将之意，充分显示了李白的冲天豪气。

闺　怨

（唐）王昌龄

闺中少妇不曾①愁，春日凝妆②上翠楼。
忽见陌头杨柳色，悔教夫婿觅封侯。

注　释

①不曾：刘永济《唐人绝句精华》注："不曾"一本作"不知"。作"不曾"与凝妆上楼，忽见春光，顿觉孤寂，因而起懊悔之意，相贯而有力。②凝妆：盛妆。

鉴　赏

本诗展现了青年妇女后悔让自己的丈夫去从军远征追求封侯，从而使得自己独守空房的心情。

题称"闺怨"，一开头却说"闺中少妇不曾愁"，似乎故意违反题意。其实，作者这样写正是为了表现这位闺中少妇从"不曾愁"到"悔"的心理变化过程。丈夫从军远征，离别经年，照说应该有愁。之所以"不曾愁"，除了这位女主人公正当青春年少，还没有经历多少生活波折，以及家境比较优裕（从下句"凝妆上翠楼"可以看出）之外，

根本原因还在于那个时代的风气。

　　唐代前期国力强盛，从军远征，立功边塞，成为当时人们"觅封侯"的一条重要途径。在这种时代风尚影响下，"觅封侯"者和他们的"闺中少妇"对这条生活道路是充满了浪漫主义幻想的。从尾句"悔教"二字看，这位少妇当初甚至还可能对她夫婿"觅封侯"的行动起过一点推波助澜的作用。一个对生活、对前途充满乐观展望的少妇，在一段时间内"不曾愁"是完全合乎情理的。

　　这首诗有两个曲折：

　　第一个曲折是第三句与第四句的关系。为什么她看到陌头柳色，就后悔不该让丈夫远行？这是因为柳色青青，表示春意浓厚，孤独的妇女为春意所感动，迫切需要爱人在身边。"觅封侯"是没有把握的事情，而孤独无伴却是当前忍受不了的生活。她这时才觉悟到：牺牲青春和爱情，去追求无把握的富贵，完全是错误的。

　　第二个曲折是前两句和后两句的关系。这里，关键全在"忽见"二字。虽然在春天，她原先并没有什么感伤，照样打扮齐整、高高兴兴地上楼去望远景。这是她"忽见"以前的情况。"忽见"以后，情况大变，从"不曾愁"剧变而为悔恨。四句诗刻画了一个出征军人妻子的心理过程。

春夜洛城①闻笛

（唐）李　白

谁家玉笛②暗飞声③，散入春风④满洛城。
此夜曲中闻折柳⑤，何人不起故园⑥情。

注释

　　①洛城：今天的河南洛阳。②玉笛：玉石做的笛子，指精美的笛子。

③暗飞声：声音不知从哪里传来。④春风：春天的风，引申为恩泽。⑤折柳：即《折杨柳》笛曲，乐府"鼓角横吹曲"调名，内容多写离情别绪。⑥故园：指故乡。

鉴赏

此诗抒发了作者客居洛阳夜深人静之时被笛声引起的思乡之情，题中"洛城"表明是客居，"春夜"点出季节及具体时间。

"谁家玉笛暗飞声"中的"暗飞"二字可谓传神。诗人或许正在读书、闲坐，或做着其他的事，忽然响起了隐隐约约的笛声，不禁让诗人疑惑：这清远的笛声是从哪里传来的？"散入春风满洛城"中"散"用得极好，笛声随着春风均匀散布于洛城的各个角落，仿佛整个洛阳城无处不萦绕着悠扬的笛声。"满"字从"散"字引绎而出，二者相得益彰，充分表现了洛城春夜之静谧，表达了诗人的思念故乡之心切。

听到笛声以后，诗人触动了乡思的情怀，于是第三句点出了《折杨柳》曲。"此夜曲中闻折柳"，古人送别时折柳，盼望亲人归来也折柳。据说"柳"谐"留"音，故折柳送行表示别情。在远离家乡的洛城，诗人听到了思乡怀亲的《折杨柳》，自然引发末句的感慨"何人不起故园情"。

短短的一首七言绝句，颇能显现李白的风格特点，即艺术表现上的主观倾向。全诗扣紧一个"闻"字，抒写自己闻笛的感受。诗的第一句是猜测性的问句。那未曾露面的吹笛人只管自吹自听，却不期然而打动了许许多多听众，这就是句中"暗"字所包含的意味。第二句说笛声由春风吹散，传遍了洛阳城。这是诗人的想象，也是艺术的夸张。第三句说明春风传来的笛声，吹奏的是表现离情别绪的《折杨柳》，于是紧接一句说，哪个能不被引发思念故乡家园的情感呢！水到渠成而戛然而止，因而余韵袅袅，久久萦绕于读者心间，令人回味无穷。

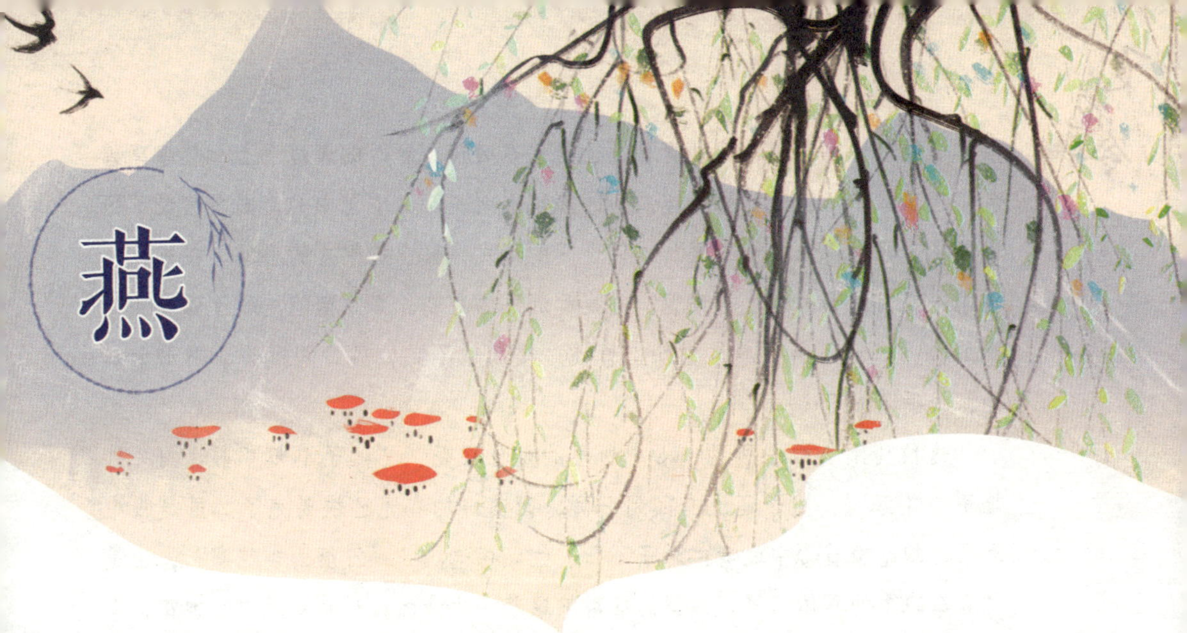

燕

苏溪亭

（唐）戴叔伦

苏溪①亭上草漫漫，谁倚②东风十二阑？
燕子不归③春事晚，一汀烟雨④杏花寒。

鉴 赏

诗中所写的景是暮春之景，情是怨别之情。"苏溪亭上草漫漫"，写出地点和节候。野草茁长，遍地青青，已是暮春时节。这时的溪边亭上，"春草碧色，春水渌波"，最容易唤起人们的离愁别绪，正为下句中的倚阑人渲染了环境气氛。"谁倚东风十二阑"，以设问的形式，托出倚阑人的形象。在东风吹拂中，斜倚阑干的那人是谁呢？这凝眸沉思的身姿，多像南朝民歌《西洲曲》里的人："鸿飞满西洲，望郎上青楼。楼高望不见，尽日阑干头。阑干十二曲，垂手明如玉……"

这位倚阑人眼中所见、心中所思的是什么呢？"燕子不归春事晚，一汀烟雨杏花寒"，燕子还没有回到旧窝，而美好的春光已快要完了。虽是眼中之景，却暗喻着心中之情：游子不归，红颜将老。"一汀烟雨杏花寒"，正是"春事晚"的具体描绘。迷蒙的烟雨笼罩着一片沙洲，料峭春风中的杏花，也失去了晴日下艳丽的容光，显得凄楚可怜。这景色具体而婉曲地传出倚阑人无端的怅惘，不尽的哀愁。如此写法，使无形之情因之而可见，无情之景因之而可思。

四句诗全是写景，而景语即情语，情景融浑无迹。诗人描写暮春景色浓郁而迷蒙，恰和倚阑人沉重而忧郁的心情契合相印，诗韵人情，隽永醇厚。

燕歌行①

（魏）曹　丕

秋风萧瑟天气凉，草木摇落露为霜，群燕辞归雁南翔。念君客游思断肠②，慊慊思归恋故乡，何为淹留寄他方③？贱妾茕茕守空房④，忧来思君不敢忘，不觉泪下沾衣裳。援琴鸣弦发清商⑤，短歌微吟不能长⑥，明月皎皎照我床。星汉西流夜未央⑦，牵牛织女遥相望⑧，尔独何辜限河梁⑨？

①燕歌行：乐府相和歌平调曲名。燕，地名，即今北京市，是古代北方边城。这个曲题大多用来写征人或游子思妇的离别之情。②君：指客游在外的丈夫。③慊慊：不满，恨。淹留：久留。④茕茕：孤独忧伤的样子。⑤援：取。清商：东汉以来在民歌基础上形成的新的音乐的代表。古人认为这种乐调是象征秋天的。⑥微吟：低声吟唱。⑦星汉：银河。西流：运转西落。央：尽。⑧"牵牛"二句：牵牛星、织女星各在银河一边。神话中说，牵牛织女是夫妇，但被银河隔开，没有桥梁可通。他俩只能在每年夏历七月初七夜间相会，由喜鹊来搭桥。但在思妇看来，银河之隔，比自己和丈夫间的距离要近得多，所以末句发出疑问。⑨尔：指牵牛、织女星。何辜：即何故。辜，通"故"。一说罪过。河梁：河上的桥，这里即指银河。限河梁，意谓为银河所隔，不能会面。

鉴 赏

　　乐府诗题目上冠以地名，是表示乐曲的地方特点。后来声音失传，于是便用来歌咏风土。而燕是北方边地，是汉族与北方民族接界之地，自汉以来，征戍不绝，所以《燕歌行》往往作离别之辞。曹丕此篇写妇女思念在远方作客的丈夫。语言清丽，情致委婉，音节和谐流畅，表现得缠绵悱恻，凄婉动人。故清代王夫之说："倾情、倾度、倾色、倾声，古今无两。"（《船山古诗评选》卷一）《燕歌行》是中国文学史上第一首完整的七言诗，虽然它句句用韵，还存在用韵单调的缺点，但它在我国诗歌发展史上占有十分重要的地位。

长安遇冯著①

（唐）韦应物

客从东方来，衣上灞陵②雨。
问客③何为来？采山因买斧。
冥冥④花正开，飏飏⑤燕新乳⑥。
昨别今已春，鬓丝生几缕？

注释

①冯著：韦应物友人。②灞陵：即霸陵。在今西安市东。③客：即指冯著。④冥冥：是形容造化默默无语的情态。⑤飏飏：鸟飞翔的样子。⑥燕新乳：指小燕初生。

鉴赏

本诗首二句主要是说冯著刚从长安以东的地方来，还是一派名士兼隐士的风度。接着，诗人料想冯著来长安的目的和境遇。诗人自问自答，诙谐打趣，显然是为了以轻快的情绪冲淡友人的不快，所以下文便转入慰勉，劝导冯著对前途要有信心。但是这层意思是巧妙地通过描写眼前的春景来表现的。

"冥冥花正开，飏飏燕新乳。"诗人选择这样的形象，正是为了意味深长地劝导冯著不要为暂时失意而不快不平，勉励他相信大自然造化万物是公正不欺的，前辈关切爱护后代的感情是天然存在的，要相信自己的才华，会有人来关切爱护的。所以末二句，诗人以十分理解和同情的态度，满含笑意地体贴冯著说：你看，我们好像昨日才分别，如今已经是春天了，你的鬓发并没有白

几缕，还不算老呀！这"今已春"正是承上二句而来的，末句则以反问勉励友人，盛年未逾，大有可为。

这首赠诗，以亲切诙谐的笔调，对失意沉沦的冯著深表理解、同情和慰勉，是一首情意深长而生动活泼的好诗。诗人采用活泼自由的古体形式，吸收了乐府歌行的结构、手法和语言。它在叙事中抒情写景，以问答方式渲染气氛，借写景以寄托寓意，用诙谐风趣来激励朋友。它的情调和风格，犹如小河流水，清新明快而又委曲宛转，读来似乎一览无余，品尝则又回味不尽。

阮郎归·踏青①

（宋）欧阳修

南园春半踏青时，风和闻马嘶。青梅如豆柳如眉，日长蝴蝶飞。

花露重，草烟低，人家帘幕垂。秋千慵困②解罗衣，画堂双燕归。

注　释

①阮郎归：双调四十七字，平韵。②慵困：慵懒的样子。

鉴　赏

欧阳修对于春色、西湖的赞美和描写很多，名篇佳句也不少，但是描写春色的词作中没有哪首能像这首《阮郎归》描绘得这么有韵味。此词不论是对景物的描写还是对人物外貌的刻画，都将词人营造的意境彰显得更加富有质感。

上阕描写的是踏青时节风和柳绿、日长景幽的快意景色。"南园春半踏青时",首句词人交代了此词描写的时间、地点和情节。"春半",是此词描写的时间,春已至半,处处是生机勃勃的景色。"南园"交代的是描写的地点。情节则是踏青。女子于春半之时,到南园踏青赏春。"风和闻马嘶",风和日丽,春暖花开,熙熙的微风声中传来阵阵马嘶之声。春色浓郁,暖意融融,在这样的日子里出游的人不少,自然是马嘶人声不断。但是,对比来看,女子孤身一人,独自漫步,其中更显凄凉和孤寂。这里也能够表达出女子的相思之情。词人没有浓墨重笔写离别相思,只寥寥几字就将女子的惆怅孤独和思念之情表现出来,令人赞叹。"青梅如豆柳如眉",上几句写的是春已至半的景色,而此句描述的是暮春时节的景象。那树上的青梅已经如豆般大小,依依的杨柳纤细如眉黛,词人在这里没有抒发自己的情感,但是却通过景物的描写将伤春之意含射出来,读者再联想前几句那惆怅相思的女子,便更有春迟日暮的伤感。"日长蝴蝶飞",这又是一种对比的描写手法,欧阳修善于在抒情的同时将景物的对比描写出来,以此增加对气氛的烘托和渲染。

下阕描写的是相思惆怅中女子的状态。"花露重,草烟低,人家帘幕垂",时间渐渐消逝,伴随着春暖日和的温馨,女子很快发现天已日暮,花的露水慢慢变重,草烟浮动,渐渐低垂,远处的人家帘幕早已放下。此处描写景物十分静谧清冷,女子的心情便也隐约可见。"秋千慵困解罗衣,画堂双燕归",上阕词人运用对比的手法以双蝶衬托相思,而此处用情寓于景的含蓄笔法以燕归来反衬女子的孤寂难耐,而远人却久久未归。只剩孤单的她独守空闺,物与人的对比之中,更衬托出人的孤苦、寂寞与悲凉。

送 春

（宋）王 令

三月残花落更①开，小檐②日日燕飞来。
子规③夜半犹啼血④，不信东风唤不回。

注 释

①更：再，又一次。②檐：房檐，屋檐。③子规：杜鹃鸟。④啼血：传说望帝禅位后化为杜鹃鸟，每到春天就会啼叫，啼出的血化为杜鹃花，其声声啼叫是对恋人的呼唤。后常用来形容非常哀痛。

鉴 赏

春天是生机勃勃的季节，而春花飘落总会引起人们的伤春之情，因此自古以来伤春感怀之作数不胜数。此诗也是一首描写春天的诗，但情感稍有不同。

诗的前两句写景为主，后两句由景生情，抒发了自己的生活态度和追求。花落了虽又重开，燕子离去了还会回来，然而那眷恋春光的杜鹃，却半夜三更还在悲啼，不相信东风是唤不回来的。诗中的"落更开"描述了三月的花谢了又开，表现了春光未逝；"燕飞来"描述了低矮的屋檐下有燕子飞来飞去，表现了春光生机犹在，写出了暮春春光未逝、生机犹存的特点。

后两句以拟人的手法来写杜鹃鸟，塑造了一个执着的形象，借此表现自己留恋春天的情怀，字里行间充满凄凉的美感。东风就是指春风，子规，杜鹃鸟经常在暮春啼叫。诗人用"子规夜半犹啼血，不信东风唤不回"来表达竭尽全力留住美好时光的意思，既表达珍

惜的心情，又显示了自信和努力的态度。表现了自己顽强进取，执着追求美好未来的坚定的信念和乐观的精神。

这首诗的子规（杜鹃）与以往大部分诗里借喻哀伤、凄切的含义较不相同，带有比较积极的意义。

蝶恋花

（宋）赵令畤

欲减罗衣寒未去，不卷珠帘，人在深深处。残杏枝头花几许？啼红①止恨清明雨。

尽日沉香烟一缕，宿酒②醒迟，恼破春情绪。远信还因归燕误，小屏风上西江路。

注释

①啼红：这里指杏花。②宿酒：即隔夜的酒。

鉴赏

这首《蝶恋花》是一首含蓄委婉地表达闺怨的作品，词人以细腻的笔法、优美的语言描写了女主人公因远行之人迟迟未归而产生的苦闷与深深的思念之情。

词的上阕主要通过描写清明时节气候的变化来表现女主人公内心世界的变化。开篇三句"欲减罗衣寒未去，不卷珠帘，人在深深处"，时值清明，天气乍暖还寒，她想要减下罗衣，但又怕不抵微寒而不敢脱下，她长掩绣户，不卷珠帘，将自己藏于深闺之中，这样的描写透露出女主人公的慵懒倦怠、百无

聊赖。接下来"残杏枝头花几许？啼红正恨清明雨"，词人将笔锋转入写景。本是"春意闹"的枝头红杏此时还剩几许呢？以设问的形式进行描写，更加显出了词人对红杏的无比关切之情。接下来的"啼红正恨清明雨"是对上一句的回答，进一步交代了杏花凋零的原因。"啼红"代指杏花，形象而又生动，十分巧妙。由于正值清明之际，绵绵阴雨不断地打在红杏之上，因此它也开始凋零。一个"恨"字是词人运用了拟人的手法，形象而又生动。衬托了女主人公的心情。这样的描写将花与人合二为一，极具美感。

词的下阕进一步写女主人公糟糕的心情，同时也进一步指出了其心情懊恼的原因。"尽日沉香烟一缕，宿酒醒迟，恼破春情绪"，女主人公将自己封闭在深闺之中，昨夜又因不堪愁苦而喝了许多闷酒，酒醉之后沉沉睡去，直至第二天"红日已高三丈透"（李煜《浣溪沙》）尚迟迟未起，酒醒后的她情绪更加糟糕，无聊地看着那香炉中升起的一缕又一缕的香烟，备感恼人，徒增春愁。"尽日"即整日，足见她的无聊与整日的苦闷。"春情绪"暗示"有女怀春"（《诗经·召南·野有死麕》），自然直接地引出了结尾两句："远信还因归燕误，小屏风上西江路。"原来女主人公的烦恼在于行人远去久久未归，而书信又延期未至。无奈，她只能痴痴地望着那屏风上画着的西江路，期盼远人早早归来。

全词笔法细腻，意蕴无穷，十分深刻地表现出女子对远行之人的深深思念之情。

东飞伯劳歌①

（南北朝）萧衍

东飞伯劳西飞燕，黄姑②织女时相见。
谁家女儿对门居，开颜发艳照里闾③。
南窗北牖挂明光④，罗帷绮箔脂粉香。
女儿年几⑤十五六，窈窕⑥无双颜如玉。
三春已暮花从风⑦，空留可怜⑧与谁同？

注释

①此诗在《玉台新咏》卷九所收《歌辞二首》中为第一首。伯劳，鸟名。
②黄姑：星名，即河鼓，俗称"牛郎星"。它与织女星隔银河而相对。首二句以鸟飞东西起兴，言牛郎、织女隔河遥相望。③开颜发艳：笑容艳丽。里闾：里巷、村里。④明光：阳光。此二句承前"谁家女儿对门居"，言此女容颜照里闾，有如南窗北墉挂着明光宝镜一样。⑤几：近、差不多。⑥窈窕：美好貌。⑦三春：暮春、晚春。从风：随风而落。⑧怜：爱。末三句言女子容华如春花般易逝，待到青春流逝后，还有谁会再来怜爱。

鉴赏

这是歌颂一位绝顶美丽少女的感怀诗，其深意远在文字之外。起始两句"东飞伯劳西飞燕，黄姑织女时相见"，前句写伯劳鸟向东、燕子向西匆匆飞去，不再回头，展现出的是一幅离别场景和惜别心情。后人以"劳燕分飞"代指夫妻的分离，就是从这个名句中化出的。后句中"黄姑"即"河鼓"，因语音相近而假借，河鼓星俗称牵牛。这句是说天上的牛郎与织女虽然各在银河的一方，然而他们也还有个相见的时候。言外之意是，今朝我们劳燕分飞，哪一天方能欢会聚首？毫无疑问，这两句是作为比兴之句以引起下文的，而下文一转而为对一个少女的歌颂。"谁家女儿对门居，开颜发艳照里闾"，那是谁家的少女在对门居住，她开颜一笑百媚俱生，其艳美光彩令邻里为之惊叹。这是先声夺人的写法，未见其人，先写其笑。接着写少女所居住的地方"南窗北牖挂明光，罗帷绮箔脂粉香"，少女容光照人，少女住的闺房自然也无比明亮而温馨。前一句是说南窗和北窗都沐浴在太阳的光辉之中，这里明写日光，暗喻容色，与"开颜发艳照里闾"之句相衔接；后一句称赞闺中的丝幔、罗帐都散发着脂粉的异香。到此为止，诗中形容少女之美还只用了"艳照里闾""光"和"香"几个字，尚未作正面描绘，都是从侧面加以铺陈，意在加强其客观效果，引发读者的丰富联想。接下来诗人正面描写少女：十五六岁的年纪，身材窈窕，容颜如玉。然后转而写暮春，言及春天已经快要过去，日暮时分花朵已经凋零，少女虽然可爱，但尚未有夫家，这般美丽又有谁怜爱呢？

我们认为这首诗的主旨绝不止于字面，蕴含颇深，意在言外。作者把光阴比作好友，一去再也不回来；把人生最美妙、精力最充沛的时期比作一位妙龄美女，生动而形象地用当嫁就嫁的道理，晓示人们要抓住大好时机建功立业，千万不要蹈遗恨无穷的覆辙。作者萧衍也就是南梁的开国君主梁武帝，他博学多通、文武并济，与沈约、谢朓等人交游，号称"竟陵八友"，以参军起家，终受齐禅让而为皇帝。这样一个胸怀奇志的人，写出这样以"惜时""怜才"为主旨的诗篇，既是自勉也是勉人，其中流动着滚烫而急切的真情，当是十分自然的事。

丽人行

（唐）杜 甫

三月三日①天气新，长安水边多丽人。
态浓②意远淑且真，肌理细腻骨肉匀。
绣罗衣裳照暮春，蹙金孔雀银麒麟。
头上何所有？翠③为匋叶垂鬓唇。
背后何所见？珠压腰衱稳称身④。
就中云幕椒房⑤亲，赐名大国虢与秦。
紫驼之峰⑥出翠釜，水精之盘行素鳞。
犀箸⑦厌饫⑧久未下，鸾刀缕切空纷纶⑨。
黄门飞鞚⑩不动尘，御厨络绎送八珍⑪。
箫鼓哀吟感鬼神，宾从⑫杂遝实要津。

后来鞍马⑬何逡巡⑭，当轩下马入锦茵。
杨花雪落覆白苹，青鸟飞去衔红巾。
炙手可热势绝伦，慎莫近前丞相嗔！

注释

①三月三日：为上巳日，唐代长安士女多于此日到城南曲江游玩踏青。
②态浓：姿态浓艳。③翠：一种翡翠鸟的羽毛。④腰䘹：裙带。稳称身：十
分贴切合身。⑤椒房：汉代皇后居室，以椒和泥涂壁。后世因称皇后为椒房，
皇后家属为椒房亲。这句是指天宝七载（748）唐玄宗赐封杨贵妃的大姐为韩
国夫人，三姐为虢国夫人，八姐为秦国夫人。⑥紫驼之
峰：即驼峰，是一种珍贵的食品。唐贵
族食品中有"驼峰炙"。⑦犀箸：
犀牛角做的筷子。⑧厌饫：吃饱后腻
食。⑨鸾刀缕切空纷纶："鸾刀"指带
鸾铃的刀，"缕切"指细切，"空纷纶"
指厨师们白忙一场。⑩飞鞚：即飞马。⑪八珍：形
容珍美食品之多。⑫宾从：宾客随从。⑬后来鞍马：即指丞相杨国忠。⑭逡
巡：欲进不进，此处指顾盼自得。

鉴赏

《丽人行》是一首"旧瓶装新酒"的七言乐府诗，诗题在汉代刘向《别
录》中已有记载。但因其内容是直接针对当时的宰相杨国忠兄妹，不用古乐府
借古喻今的惯例，所以中唐的元稹称其为"新乐府"，今天看来，可以视为杜
甫新题乐府中的例外。这首诗大约作于天宝十二载（753）。此前一年，杨国
忠官拜右丞相兼文部尚书，势倾朝野。《丽人行》是杜甫的名篇，描写的是一
个春暖花开的时节，杨国忠兄妹在长安城南曲江游宴时的情景，讽刺了他们骄
奢淫逸的丑行，也从侧面曲折地反映了唐玄宗的昏庸和时政的腐败。

《旧唐书·杨贵妃传》载："玄宗每年十月，临幸华清宫，国忠姊妹五家扈从。每家为一队，着一色衣；五家合队，照映如百花之焕发。而遗钿坠舄，瑟瑟珠翠，璀璨芳馥于路。而国忠私于虢国，而不避雄狐之刺；每入朝，或联镳方驾，不施帷幔。每三朝庆贺，五鼓待漏，靓妆盈巷，蜡炬如昼。"又杨国忠于天宝十一载（752）十一月为右相。这首诗当作于天宝十二载（753）春，讽刺了杨家兄妹骄纵荒淫的生活，曲折地反映了君王的昏庸和时政的腐败。

成功的文学作品，它的倾向应当从场面和情节中自然而然地流露出来，不应当特别把它指点出来，作者的见解愈隐蔽，对艺术作品来说就愈好；而且作家不必把他所描写的解决社会冲突的办法硬塞给读者。《丽人行》就是这样的一篇成功之作。这篇歌行的主题思想和倾向并不隐晦难懂，但确乎不是指点出来而是从场面和情节中自然而然地流露出来的。从头到尾，诗人描写那些简短的场面和情节，都采取像《陌上桑》那样的乐府民歌中所惯用的正面咏叹方式，态度严肃认真，笔触精工细腻，着色鲜艳富丽，丝毫不露油腔滑调，也不作漫画式的刻画。但令人惊叹不已的是，诗人就是在这一本正经的咏叹中，出色地完成了诗歌揭露腐朽、鞭挞邪恶的神圣使命，获得了比一般轻松的讽刺更为强烈的艺术批判力量。

过五原胡儿饮马泉①

（唐）李　益

绿杨著水草如烟，旧是胡儿饮马泉。
几处吹笳②明月夜，何人倚剑白云天。
从来冻合关山路，今日分流汉使③前。
莫遣④行人照容鬓，恐惊憔悴入新年。

注 释

①饮马泉：指鹦鹈泉。诗原注：鹦鹈泉在丰州城北，胡人饮马于此。②笳：即胡笳。古代军中号角。③汉使：指作者的幕主。④莫遣：莫使。

鉴 赏

这首七言律诗诗题一作《盐州过胡儿饮马泉》，又作《盐州过五原至饮马泉》。

诗的头两句先写收复后饮马泉的明媚春色。"旧是"二字，含蓄婉转，既包含对今日收复的喜悦，也透露出对昔日国难的感慨与忧思。

三、四句写夜宿五原的见闻。五原之夜，明月皎皎，笳鸣声声，这一静一动，更有力地烘托出塞外之地空旷、辽阔的意境，所以下句"何人倚剑白云天"的联想就显得极为自然。"何人"是不定指的反问，既是边塞鸣笳之地，将士们冲锋陷阵、为国捐躯的真实写照；也是诗人理想中所希冀的能多有一些倚剑天外的英雄，来保卫边疆的恳切愿望。这种感情是复杂的，既含有喜悦的赞叹，又蕴藏着担忧的感伤。

五、六句写饮马泉由冬到春的变化，暗喻收复后与收复前的今昔不同。严冬与阳春之景，艰难与欢畅之情，恰形成鲜明的对照。

最后两句直抒胸臆，有收束全篇的作用。五原饮马泉是一面历史的镜子，诗人从饮马泉眼前的景色回想到饮马泉的历经变迁，从饮马泉的历经变迁联想到自己多年从军的坎坷生涯。"恐惊"二字，写出了诗人怕回首往事功业未成的沉痛心情。个人的命运与国家的局势、边防的安危紧密结合，似水到渠成般地把全诗的思想感情收结起来。

全诗八句，几乎一句一个景象，像电影镜头一样连续放映出八个画面，这些画面内容丰富，意义深刻。画面中有景色，有人物；有眼前的，也有过去的；有近处的，也有远处的；有看到的，也有听到和想到的。这一系列的画面虽各有不同的侧重点，但最终都以诗人的行踪为线索，融汇在诗人对边塞形势的感慨中，从而生动和谐地组成了一幅"过五原"的大画卷。面对这幅色彩绚丽、含蓄深沉的画卷，不由使人产生无尽的遐想和回味。

浩 歌①

（唐）李 贺

南风吹山作平地，帝遣天吴②移海水。
王母桃花千遍红，彭祖③巫咸④几回死？
青毛骢马参差钱，娇春杨柳含细烟。
筝人劝我金屈卮⑤，神血未凝身问谁？
不需浪饮丁都护⑥，世上英雄本无主。
买丝绣作平原君⑦，有酒唯浇赵州土。
漏催水咽玉蟾蜍⑧，卫娘⑨发薄不胜梳。
羞见秋眉换新绿，二十男儿那刺促⑩！

注释

①浩歌：是大声唱歌、放歌的意思。②天吴：水神。③彭祖：相传是颛顼的玄孙。④巫咸：商王太戊的大臣，发明鼓、筮占卜和占星术的神仙。⑤屈卮：一种有把的酒盏。⑥丁都护：指南朝刘宋开国皇帝刘裕时的勇士丁旿。⑦平原君：战国时赵国贵族，善养门客，曾击败秦军。⑧玉蟾蜍：是古代的一种漏壶。⑨卫娘：汉武帝第二个皇后，卫子夫。⑩刺促：烦恼。

鉴赏

诗人一开始就把想象的世界展现在读者面前：

"南风吹山作平地，帝遣天吴移海水"，幻象纷呈，雄奇诡谲，却又把沧海桑田的"意"婉曲而又鲜明地表达出来。诗人用豪放的笔触、雄奇的景象，抒发自己凄伤的情怀，真是既"跌宕"，又"婉转"，字里行间充溢着一种惊世骇俗的英气。三、四两句，一写仙界，一写尘世。传说王母种的桃树，"三千年一开花，三千年一生实"。彭祖和巫咸则是世间寿命最长的人。当王母的桃树开花千遍的时候，彭祖和巫咸也不知死了多少次了。两相比照，见出生命的短促。

五至八句写春游时的情景，用的是反衬手法。骑在名贵的马上，饱览四周的景色，真是惬意极了。初春的杨柳被淡淡的烟霭所笼罩。眼前的一切是那么柔美，那么逗人遐想。大家下马休憩，纵酒放歌，欢快之至。而当歌女手捧金杯前来殷勤劝酒的时候，诗人却沉浸在冥思苦想之中。他想到春光易老，自己的青春年华也将逝如流水。接着诗歌又由抑转扬，借古讽今，指摘时弊，抒发愤世嫉俗的情怀。"不需浪饮丁都护"既是劝人，也是戒己，意思是不要因为自己怀才不遇就浪饮求醉，而应当面向现实，认识到世道沦落、英雄不受重用乃势所必然，不足为怪。诗人愈是这样自宽自慰，愤激之情就愈显得浓烈深沉。"世上"句中"无主"的"主"，影射人主，亦即当时的皇帝，以发泄对朝政的不满。"买丝"云云，与其说是敬慕和怀念平原君，毋宁说是抨击昏庸无道、埋没人才的当权者。

最后四句的内容与前面各个部分都有联系，铜壶滴漏，声音幽细，用"咽"字来表现它，十分准确。"卫娘"原指卫后。作者通过具体的形象，揭示了"红颜易老"的无情规律。末二句急转直下，表示要及时行乐。"羞见秋眉换新绿"有两层意思：一是不要辜负眼前这位歌女的深情厚谊；二是不愿让自己的青春年华白白流逝。既然世上没有像平原君那样识才爱士的贤哲，就不必作建功立业的非分之想。

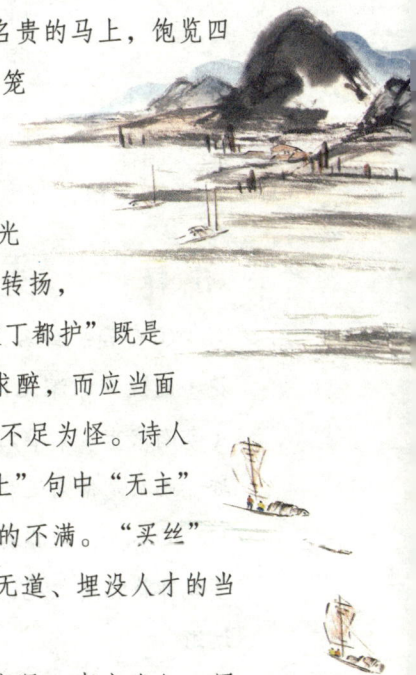

惜春词

（唐）温庭筠

百舌①问花花不语，低回似恨横塘②雨。
蜂争粉蕊蝶分香，不似垂杨惜金缕③。
愿君④留得长妖韶⑤，莫逐东风还荡摇。
秦女⑥含颦⑦向烟月，愁红⑧带露空迢迢⑨。

注 释

①百舌：鸟名，或代指百鸟。欧阳修名句"泪眼问花花不语"（《蝶恋
花·庭院深深深几许》）就是从此句化出。②横塘：原为三国时吴国在建业
（今南京市）秦淮河边修建的堤岸，后为百姓聚居处。此处未必即是吴国的横
塘，或只是借名泛指而已。③金缕：金色枝条。④君：指花。⑤妖韶：妖娆美
好。⑥秦女：泛指秦地的女子。⑦颦：皱眉，常用来形容愁态。⑧愁红：指枯
萎或即将枯萎之花，其状似女子含愁之态。此处借指中的女子。⑨迢迢：喻指
远逝。

鉴 赏

古代有许多同情歌妓的诗作，此诗也是其中之一。

首联采用拟人手法写花朵不与鸟儿说话，因为在秦淮河上雨的拍打之下，
花朵一片片含恨凋零，花是比喻妓女的青春；颔联反衬，看似在讽刺良女自珍
"金缕"，十分小气，实际是在表达妓女对坎坷、悲惨、无奈之人生的同情；
颈联语义双关，表面上写妓女希望花能长葆青春妖娆而不被东风摧落，实际上

却是自顾自怜；尾联写妓女皱着眉对月惆怅，青春犹如枯萎的花朵渐渐凋零，实则表达出诗人备受打击后忧愁、痛楚的心境。

全诗借景抒情，以花自喻，不仅是为歌伎的青春不再而哀叹，更是劝慰世人要珍惜时光，珍惜青春，珍惜自己有限的生命。

曲江对酒

（唐）杜 甫

苑外江头坐不归，水精宫殿转霏微。
桃花细逐杨花落，黄鸟时兼白鸟飞。
纵饮久判人共弃，懒朝真与世相违。
吏情更觉沧洲远，老大徒伤未拂衣。

鉴赏

曲江，即曲江池，故址在今西安市东南，因池水曲折而得名，是当时京都的第一胜景。

前两联是曲江即景。"苑外江头坐不归"，苑，指芙蓉苑，在曲江西南，是帝妃游幸之所。坐不归，表明诗人已在江头多时。这个"不"字很有讲究，如用"坐未归"，只反映客观现象，没有回去，"坐不归"，则突出了诗人的主观意愿，不想回去，可见心中的情绪。这就为三、四联的述怀做了垫笔。"水精宫殿转霏微"，水精宫殿，即苑中宫殿。霏微，迷蒙的样子。在"宫殿""霏微"间，又着一"转"字，突出了景物的变化。这似乎是承"坐不归"而来的：久坐不归，时已向晚，故而宫殿霏微。但是，我们从下面的描写中，却看不到日暮的景象。最后抒发愁绪："吏情更觉沧洲远，老大徒伤未拂衣。"沧洲，水边绿洲，古时常用来指隐士的居处。拂衣，指辞官。这一联是说：只因为微官缚身，不能解脱，故而虽老大伤悲，也无可奈何，终未拂衣而去。这里，以"沧洲远""未拂衣"，和上联的"纵饮""懒朝"形成对照，显示一种欲进却不能，欲退又不得的两难境地。杜甫虽然仕途失意，毕生坎坷，但"致君尧舜上，再使风俗淳"（《奉赠韦左丞丈二十二韵》）的政治抱负始终如一，直至逝世的前一年（769），他还勉励友人"致君尧舜付公等，早据要路思捐躯"（《暮秋枉裴道州手札率尔遣兴》），希望以国事为己任。可见诗人之所以"纵饮""懒朝"，是因为抱负难展，理想落空；他把自己的失望和忧愤托于花鸟清樽，正反映出诗人报国无门的苦痛。

雨后池上

（宋）刘 攽

一雨池塘①水面平，淡磨②明镜③照檐楹④。
东风忽起垂杨舞⑤，更作⑥荷心⑦万点声。

注释

①一雨池塘：一阵雨过后的池塘。②淡磨：恬静安适。③明镜：像明亮的镜子一样。④檐楹：檐，房檐。楹，房屋前面的柱子。这里指房屋。⑤舞：飘动，舞动。⑥更作：化作。⑦荷心：荷花。

鉴赏

这首诗描绘的是一幅雨后池塘图，从诗中写到的东风、垂杨、荷花等物象来看，时令应该是春季，因此，再确切些说是一幅雨后池塘春景图。

首句展示的是雨后池上春景的静态美。第一句写一场春雨后池塘水面的平静，如果只读这一句，会觉得它过于平常，但在这句之后紧接一句"淡磨明镜照檐楹"，却境界顿出。"淡磨"二字颇可玩味。施者是春雨，受者是池面，经春雨洗涤过的池面，好比经人轻磨拂拭过的明镜，比中有比，比中有拟人，这就使"水如镜"这一浅俗的比喻有新鲜之感。不仅能使读者感受到春雨后池上异常平静、明净的状态，并能进而联想到此前蒙蒙细雨随着微风轻拂池面的轻盈柔姿。"淡磨明镜照檐楹"，创造的正是非春雨后池塘莫属的艺术境界。与此相适应，这两句语势平缓，无一字不清静，连略带动感、略为经意的"淡磨"二字，也一如字面，给读者以一种轻淡的心理感受，显得毫不着力。

　　三四句由静而动，进一步写雨后池上的动态美。东风忽起，舞动池边的垂杨，吹落垂杨柔枝细叶上缀满的雨滴，洒落在池中舒展的荷叶上，发出一阵清脆细密的声响。这里，诗人笔下荡漾的东风、婆娑起舞的垂杨、荷心的万点声，无一不具有一种流动的韵致和盎然的生意，与前二句相比，别是一番情趣。与此相随，语势节奏也由平缓而转向急促，字字飞动起来。"忽起"二字，首先造成突兀之势，展示出景物瞬息间由静而动的变化，给人以强烈的动感；随后再用"更作"二字作呼应回旋，造成一种急促的旋律，从而把上述有形的与无形的、动态的和声响的景物联贯起来，组成一幅形声兼备的艺术画卷。

　　雨后池上景物之美，诗人既写其静态，又写其动态，不仅显得丰富多姿，而且构成对比，收到以静显动，以动衬静，相得益彰的艺术效果。首句平直叙起，次句从容承之，而以第三句为主，尽宛转变化工夫，再以第四句发之，本是约句的一般造法（见《唐音癸签》卷三引杨仲弘语）。诗人用这一方法巧妙安排，使语言结构形式与内容和谐统一，成因势置景、笔随景迁之妙。

青楼曲二首（其一）

（唐）王昌龄

白马金鞍①随武皇，旌旗十万宿长杨②。

楼头少妇鸣筝坐，遥见飞尘③入建章④。

注 释

①白马金鞍：指皇帝身边的将军。②长杨：汉代行宫名，为皇帝的游乐场所。故址在今陕西周至县东南。③飞尘：游猎车马荡起的灰尘。④建章：指建章宫，汉武帝建造，在西汉都城长安的近郊。

鉴 赏

本诗向人们展现了一幅大唐国力强盛的画面。

前两句描述的场景是：白马金鞍上的将军正率领千军万马，在长安大道上前进，渐行渐远，最后只留下马后扬起的一线飞尘；紧接着两句展现的场景是长安大道旁的一角青楼，楼上的少妇正在弹筝，那优美的筝声并没有因楼外的热烈场景而中断，好像这一切早就在她意料之中。

诗人是怎样把两个不同的场景剪接在一个画面上的呢？是通过楼头少妇的神态表现出来的，长安大道上的壮丽场景，从她的眼神中反映出来。表面上她好像无动于衷，实际上却抑制不住内心的欣羡，于是就情不自禁地一路目送那马上将军和他身后的队伍，直到飞尘滚滚，人影全无，还没有收回她的视线。"楼头少妇鸣筝坐，遥见飞尘入建章"，我们仿佛还听到从她筝弦上流出的愉快的乐声。

长杨是西汉皇家射猎、校武的大苑，建章宫是汉武帝建造的，都在西汉都城长安的近郊。盛唐诗人惯以汉武帝比唐玄宗，此诗也如此。诗人是借用汉武帝时期的历史画卷反映盛唐时期的现实面貌。

诗里还映现了唐代都城长安的一片和平景象。不言而喻，这支强大的军队维护了人民和平美好的生活。从楼头少妇的眼中也反映出当时社会的尚武风气。唐代前期，汲取了西晋以来长期分裂的痛苦教训，整军经武，保持了国家的统一与强盛。

赠汪伦①

（唐）李 白

李白乘舟将欲行，忽闻岸上踏歌②声。
桃花潭③水深千尺，不及汪伦送我情！

注 释

　　①汪伦：泾县（今属安徽）村民。天宝末年李白游泾县时，汪伦常以美酒
招待他，李白临行前即作此诗留别。②踏歌：民间流行的一种手拉手、两脚踏
地为节拍的歌唱方式。③桃花潭：在泾县东南的一百公里处。

鉴赏

本诗写的是汪伦为李白送行，李白以诗回复友人的送行，表达留别之情，以及与友人之间深挚的情意。

前两句叙事，先写离去者，再写送行者，向读者展示了一幅离别的画面。

第一句"乘舟"表明诗人离去走的是水道，"将欲行"表明轻舟即将出发。这句诗使我们仿佛看到了李白在正要出发的小船上与友人告别的场景。

第二句作者用了曲笔，直说听见了歌声。一群人踏地为节拍，边走边唱来送行，这出乎诗人的意料，因此用了"忽闻"，而不是用"遥闻"。

诗的后两句是抒情。第三句中，诗人说桃花潭水是那样的深湛，更触动了离人的情怀，难忘与汪伦的深情厚谊，水深情深自然地联系在一起。结尾句"不及汪伦送我情"，诗人用比物的手法形象地表达了真挚纯洁的深情。"不及"二字极妙，将无形的情谊转化为生动的形象，空灵而有韵味，自然而又情真。

竹枝词①九首（其二）

（唐）刘禹锡

山桃红花满上头②，蜀江③春水拍山流。
花红易衰似郎意，水流无限似侬④愁。

注释

①竹枝词：本为巴、渝一带的民歌，诗人模拟而作。②上头：山头。③蜀江：指长江。④侬：我。

鉴赏

这首《竹枝词》含思婉转，清新活泼，音节和谐，语语可歌。特别是把比兴糅为一体，此诗兴中有比，比中有兴，颇富情韵。

诗中刻画了一个热恋中的农家少女形象。恋爱给她带来了幸福，也带来了忧愁。当她看到眼前的自然景象的时候，这种藏在心头的感情顿被触发，因而托物起兴："山桃红花满上头，蜀江春水拍山流"，描绘出一幅依山恋水的图画。山桃遍布山头，一个"满"字，表现了山桃之多和花开之盛。一眼望去，山头红遍，像一团火在烧，给人以热烈的感觉。而山下呢，一江春水拍山流过，一个"拍"字，写出了水对山的依恋。这两句写景，却又不单纯写景，景中蕴涵着女主人公复杂的情意。

但这种托物起兴，用意隐微，不易看出，于是诗人又在兴的基础上进而设喻，使这种情意由隐而显。"花红易衰似郎意，水流无限似侬愁"，让女主人公对景抒情，直接吐露热恋中少女的心绪。"花红易衰似郎意"照应第一句，写她的担心。一个"红"字，说明鲜花盛开，正如小伙子那颗热烈的心，让人高兴；但小伙子的爱情是否也像这红花一样易谢呢？"水流无限似侬愁"，照应第二句，写少女的烦忧。既相恋，又怕他变心，这一缕淡淡的清愁，就像这绕山流淌的蜀江水一样，无尽无休。

本诗所表现的是初恋少女微妙、细腻而又复杂的心理，十分传神。诗的格调也明朗、自然，就像所描绘的红花绿水一样明媚动人。而诗的情境的创造、人物思想感情的表达，却恰恰是靠了比兴这个最明显、最巧妙的手法。

潼关①吏

（唐）杜　甫

士卒何草草②，筑城潼关③道。

大城铁不如，小城④万丈馀。

借问潼关吏："修关还备胡？"

要我下马行，为我指山隅：

"连云列战格，飞鸟不能逾。

胡⑤来但自守，岂复忧西都。

丈人视要处，窄狭容单车。

艰难奋长戟，万古用一夫。"

"哀哉桃林⑥战，百万化为鱼。

请嘱防关将，慎勿学歌舒！"

注 释

①潼关：在今陕西潼关县，为河南到长安的重要关口。时因洛阳失守，危及长安，故加强修备。②草草：辛劳疲惫。③筑城潼关：筑潼关，以防不测。④大城、小城：泛指建筑在山上的大小城。⑤胡：指安史叛军。⑥桃林：即桃林塞，今河南灵宝县以西至潼关一带。

鉴 赏

乾元二年（759）春，唐军在相州（治所在今河南安阳）大败，安史叛军乘势进逼洛阳。如果洛阳再次失陷，叛军必将西攻长安，那么作为长安和关中地区屏障的潼关势必有一场恶战。杜甫经过这里时，刚好看到了紧张的备战气氛。开头四句可以说是对筑城的士兵和潼关关防的总写。漫漫潼关道上，无数的士卒在辛勤地修筑工事。"草草"，劳苦的样子。前面加一"何"字，更流露出诗人无限赞叹的心情。放眼四望，沿着起伏的山势而筑的大小城墙，既高峻又牢固，显示出一种威武的雄姿。这里大城小城应作互文来理解。一开篇杜甫就用简括的诗笔写出唐军加紧修筑潼关所给予他的总印象。杜甫作此诗的前三年，安禄山攻打潼关。在杨国忠的怂恿下，唐玄宗派宦官督师潼关，哥舒翰不得已领兵出战，结果二十万将士葬身黄河。本诗通过与潼关吏的问答，反映了当年哥舒翰失守潼关的情况；诗人告诫守关将士勿轻易出战，表露了诗人的爱国思想。

　　杜甫大量的诗篇除了具有高度的思想性外，还具有高度的艺术性。杜甫善于从丰富的社会生活中提炼主题，从普遍现象中概括出本质，塑造出许多具有时代特征的典型形象，并寄寓了自己的爱憎感情。在他的笔下，京城、山村、战场、旅途等环境无不逼真如画，他善于运用细节描写、气氛渲染及对话等表现手法。

　　与"三别"通篇作人物独白不同，"三吏"是夹带问答的。而此篇的对话又具有自己的特点。首先是在对话的安排上缓急有致，表现了不同人物的心理和神态。"修关还备胡"，是诗人的问话，然而关吏却不急答，这一"缓"，使人可以感觉到关吏胸有成竹。关吏的话一结束，诗人马上表示了心中的忧虑，这一"急"，更显示出对历史教训的痛心。其次，对话中神情毕现，形象鲜明。关吏的答话并无刻意造奇之感，而守关的唐军却给读者留下一种坚韧不拔、英勇沉着的印象。其中"艰难奋长戟，万古用一夫"两句又格外突出，塑造出犹如战神式的英雄形象，具有精神鼓舞的力量。

感遇十二首（其七）

（唐）张九龄

江南有丹橘，经冬犹绿林。
岂伊①地气暖，自有岁寒②心。
可以荐③嘉客，奈何阻重深。
运命唯所遇，循环不可寻。
徒言树桃李，此木岂无阴。

注释

①岂伊：岂唯之意。②岁寒：孔子有"岁寒，然后知松柏之后凋也"语。后人常作砥砺节操的比喻。③荐：进献之意。

鉴赏

张九龄的诗，善用比兴的手法，完全没有绮丽的诗风。读张九龄这首歌颂丹橘的诗，很容易想到屈原的《橘颂》。屈原生于南国，橘树也生于南国，他的那篇《橘颂》一开头就说："后皇嘉树，橘徕服兮。受命不迁，生南国兮。"其托物喻志之意，灼然可见。张九龄也是南方人，而他的谪居地荆州的治所江陵（即楚国的郢都），本来是著名的产橘区。他的这首诗一开头就说："江南有丹橘，经冬犹绿林"，其托物喻志之意，尤其明显。借彼丹橘，喻己贞操。以一个"犹"字，充满了赞颂之意。三、四句用反诘，说明橘之高贵是其本质使然，并非地利之故。五、六句写如此嘉树佳果，本应荐之嘉宾，然而却重山阻隔，无法实现。七、八句叹惜丹橘之命运和遭遇。最后为桃李之被宠誉、丹橘之被冷遇打抱不平。

全诗表达诗人对朝政昏暗和身世坎坷的愤懑。诗平淡自然，愤怒哀伤不露痕迹，语言温雅醇厚。桃李媚时，丹橘傲冬，邪正自有分别。

春园①即事

（唐）王 维

宿雨②乘轻屐③，春寒④著弊袍⑤。
开畦⑥分白水，间柳⑦发红桃。
草际成棋局，林端举桔槔⑧。
还持鹿皮几⑨，日暮⑩隐蓬蒿。

注 释

①春园：春天的田园。即事：以当前事物为题材的。②宿雨：经夜的雨水。③屐：木头鞋，泛指鞋。④春寒：指春季寒冷的气候。⑤弊袍：破旧的棉衣。⑥畦：有土埂围着的一块块排列整齐的田地，一般是长方形的。⑦间柳：间，指在中间。在杨柳中间。⑧桔槔：也叫吊杆。中国传统提水工具。一根横杆中间吊起，一端系水桶，另一端系石头，利用杠杆原理，使提水省力。⑨鹿皮几：古人设于座旁之小桌。倦时可以凭倚。鹿皮作成，隐士所用。⑩日暮：傍晚。

鉴 赏

这首诗写春天的田园景色，意境清丽淡远，然而又色彩鲜明，如同一幅美丽的画卷。

诗歌流动着自然的美景和诗人安闲恬适的情怀，清新优美。田畦既分，白水流入畦垄之间，从远处望去，清水在阳光的映照下闪着白光；在翠绿的柳树丛中夹杂着几树火红怒放的桃花。红桃绿柳，桔槔起落，畦开水流，一片春意盎然的景象。在这良辰美景之中，摆棋对局，凭几蓬蒿，其乐也融融。如画般的景象，似梦般的意境，一切都是那么清幽绮丽，赏心悦目。

此诗颔联"春寒著弊袍，间柳发红桃"写出了诗人眼中春雨微寒、桃红柳绿的春景。这里注意了冷色与暖色的对比映衬，并注意到亮度转换的巧妙处理，每句的意象虽单用一种色调，两句之间又有鲜明的反差，但是这样不同颜色的两组意象的并置投射在人的视觉"荧屏"上所，呈现的是一种互相作用的复合效果，使意象色彩空间的构型更具张力。颈联"开畦分白水，林端举桔槔"写出诗人眼里的农人忙碌着在田间劳作（汲水往田里灌溉）的景象。这是人们的劳动生活场面，是真正的田园生活图景。后人对颈联两句评价甚高。这两联描绘了一幅梦幻般的田园风光图，生动形象地体现了王维诗歌"诗中有画"的艺术特色。

在这首诗中，作者以具体形象的语言，描写出隐者的生活，写出了特定环境中的特有景象。但这种渲染之笔，很像一篇高士传，所写的还是理想中的人物。

春 日

（宋）晁冲之

阴阴①溪曲绿交加，小雨翻萍上浅沙。
鹅鸭不知春去尽，争随流水趁②桃花。

①阴阴：草木繁盛。②趁：追逐。

鉴赏

这是一首寓情于景的惜春诗。全诗四句四景，小溪明净，细雨翻萍，鹅鸭嬉戏，桃花逐水，画面十分鲜明，历历如在目前，令人悠然神往。诗人以鹅鸭"趁桃花"的景象寄自身的感慨，春已去尽，鹅鸭不知，故欢叫追逐，无忧无虑，而人却不同，既知春来，又知春去，落花虽可追，光阴不可回。诗人的惜春之情，溢于言表。

梁甫吟

（唐）李 白

长啸①梁甫吟②，何时见阳春？
君不见朝歌屠叟③辞棘津④，八十西来钓渭滨！
宁羞白发照清水？逢时壮气思经纶⑤。
广张三千六百钓⑥，风期暗与文王亲。
大贤虎变⑦愚不测，当年颇似寻常人。
君不见高阳酒徒⑧起草中，长揖山东隆准公⑨！
入门不拜骋雄辩，两女辍洗来趋风。
东下齐城七十二，指挥楚汉如旋蓬⑩。
狂客落魄尚如此，何况壮士当群雄！
我欲攀龙⑪见明主，雷公砰訇⑫震天鼓，
帝旁投壶多玉女⑬。
三时大笑开电光，倏烁⑭晦冥起风雨。
阊阖⑮九门不可通，以额扣关阍者⑯怒。

白日不照吾精诚，杞国无事忧天倾⑰。

狻貐⑱磨牙竞人肉，驺虞⑲不折生草茎。

手接飞猱搏雕虎，侧足焦原未言苦⑳。

智者可卷愚者豪，世人见我轻鸿毛㉑。

力排南山三壮士，齐相杀之费二桃㉒。

吴楚弄兵无剧孟，亚夫哈尔为徒劳㉓。

梁甫吟，声正悲。

张公两龙剑㉔，神物合有时。

风云感会起屠钓㉕，大人岿屼㉖当安之。

注释

①长啸：吟唱。②梁甫吟：别名《梁父吟》，借用了乐府古题。③朝歌屠叟：指吕尚（即吕望、姜太公）。④棘津：古代黄河津渡名。⑤经纶：《易经·屯卦》："君子以经纶。"这里经纶喻治理国家。⑥三千六百钓：指吕尚在渭河边垂钓十年，共三千六百日。⑦大贤：指吕尚。虎变：《易经·革卦》九五："大人虎变。"喻大人物行为变化莫测，骤然得志，非常人所能料。⑧高阳酒徒：西汉人郦食其。⑨隆准公：汉高祖刘邦的别称。⑩旋蓬：在空中飘旋的蓬草。⑪攀龙：《后汉书·光武帝纪》：耿纯对刘秀说："天下士大夫所以跟随大王南征北战，本来是希望攀龙鳞，附凤翼，以成就功名。"后人因以攀龙附凤比喻依附帝王建立功业。⑫雷公：传说中的雷神。砰訇：形容声音宏大。⑬帝旁投壶多玉女：《神异经·东荒经》载：东王公常与一玉女玩投壶的游戏，每次投一千二百支，不中则天为之笑。天笑时，流火闪耀，即为闪电。⑭倏烁：闪烁。⑮阊阖：神话中的天门。《离骚》："吾令帝阍开关兮，倚阊阖而望予。"这两句指唐玄宗昏庸无道，宠信奸佞，使有才能的人报国无门。⑯阍者：看守天门的人。⑰杞国无事忧天倾：《列子·天瑞》："杞国有人忧天地崩坠，身亡所寄，废寝食者。"二句意谓皇帝不理解我，还以为我是杞人忧天。此自嘲之意。⑱狻貐：古代神话中一种吃人的野兽。这里比喻阴险凶恶的人物。⑲驺虞：古代传说中一种仁兽，李白以驺虞自比，表示不与奸人同流

合污。⑳接：搏斗。飞猱、雕虎：比喻凶险之人。焦原：传说春秋时莒国有一块约五十步方圆的大石，名叫焦原，下有百丈深渊，只有无畏的人才敢站上去。㉑"智者"二句：智者可忍一时之屈，而愚者只知一味骄横。世俗人看不起我。㉒"力排"二句：《晏子春秋》内篇卷二《谏》下载：齐景公手下有公孙接、田开疆、古冶子三勇士，皆力能搏虎，却不知礼义。㉓"吴楚"句：汉景帝时，吴楚等七国诸侯王起兵反汉。景帝派大将周亚夫领兵讨伐。周到河南见到剧孟（著名侠士），高兴地说：吴楚叛汉，却不用剧孟，注定要失败。哈尔：讥笑。㉔张公两龙剑：张公指西晋张华。相传张华曾获赠雷焕挖出的两把宝剑之中的干将。后来，张华去世，干将失落，雷焕的儿子雷华得到了另一把宝剑莫邪。在雷华路过水边时，宝剑莫邪突然跳进水中与干将会合，共同化为了蛟龙。㉕屠钓：宰牲和杀鱼，指以轻贱职业为生。㉖岘岘：不安，指遭遇坎坷。

鉴赏

　　本诗中，诗人虽然处于仕途的困窘时期，仍然不磨灭自己的青云之志，目光长远，时刻激励鼓舞自己。

　　本诗可以分为四个层次，从开头至"何况壮士当群雄"为本诗的一个层次。就该层次而言，诗的开头单刀直入，显示诗人此时心情极不平静，为全诗定下了感情基调。以下诗句，全是由此生发。接着，连用两组"君不见"提出两个历史故事：一是说西周吕望（即姜太公）长期埋没民间，当过小贩，做过屠夫，在渭水之滨钓了十年（每天一钓，十年共三千六百钓）鱼，才得遇文王，遂展平生之志。一是说楚汉相争时的郦食其，刘邦原把他当作一个平常儒生，看不起他，但这位自称"高阳酒徒"的儒生，不仅凭雄辩使刘邦改变了态度，后来还说服齐王率七十二城降汉，成为楚汉相争中的风云人物。

　　诗人引用这两个历史故事，实际上寄寓着自己的理想与抱负："大贤虎变愚不测，当年颇似寻常人"，"狂

客落魄尚如此，何况壮士当群雄"。诗人对前途有着坚定的信念，所以这里声调高亢昂扬，语言节奏也较爽利明快。

从"我欲攀龙见明主"开始为第二个层次，诗人一下子从乐观陷入了痛苦。加上改用了仄声韵，更使人感到犹如一阵凄风急雨劈面打来。这一段写法上很像屈原的《离骚》，诗人使自己置身于惝恍迷离、奇幻多变的神话境界中，通过描写奇特的遭遇来反映对现实生活的感受。你看，他为了求见"明主"，依附着飞龙到天上。在这段描写中，诗人的感情表现得那么强烈，就像浩荡江水从宽广的河床突然进入峡谷险滩一样，漩涡四起，奔腾湍急，不可抑止。诗人在天国的遭遇，实际上就是在现实生活中的遭遇，他借助于幻设的神话境界，尽情倾诉了胸中的愤懑与不平。

第三个层次是从"吴楚弄兵无剧孟"句开始。在这段中，诗人通过各种典故或明或暗地抒写了内心的忧虑和痛苦，并激烈地抨击了现实生活中的不合理现象：皇上不能体察我对国家的一片精诚，反说我是"杞人忧天"。这一段行文其显著特点是句子的排列突破了常规。如果要求意思连贯，那么"手接飞猱"两句之后，应接写"力排南山"两句，"智者可卷"两句之后，应接写"吴楚弄兵"两句。可是诗人却故意把它们上下错落地排列，避免了平铺直叙。诗人那股汹涌而来的感情激流，至此一波三折，呈迂回盘旋之势，更显得恣肆奇横，笔力雄健。

第四个层次是从"梁甫吟，声正悲"至段末。本段的开首直接呼应篇首两句，语气沉痛而悲怆。突然，诗人又笔锋一折，"张公两龙剑"以下四句仍是信心百倍地回答了"何时见阳春"这一设问。诗人确信，正如干将、莫邪二剑不会久没尘土，我同"明主"一时为小人阻隔，终当有会合之时。既然做过屠夫和钓徒的吕尚最后仍能际会风云，建立功勋，那自己也就应该安时俟命，等待风云际会那一天的到来。饱经挫折的诗人虽然沉浸在迷惘和痛苦之中，却仍在用各种办法自我慰藉，始终没有放弃对理想的追求。

这首诗最大的艺术特色在于布局奇特，变化莫测。它通篇用典，但表现手法却不时变换。

寄左省①杜拾遗

（唐）岑参

联步②趋丹陛，分曹③限紫微④。
晓随天仗⑤入，暮惹⑥御香归。
白发悲花落，青云羡鸟飞。
圣朝无阙事⑦，自⑧觉谏书稀。

注释

①左省：门下省。杜甫曾任左拾遗。②联步：意为两人一起同趋，然后各归东西。联，同。③曹：官署。④紫微：比喻皇帝居所。⑤天仗：皇家的

仪仗。⑥惹：沾染。⑦阙事：补阙和拾遗都是谏官，阙事指讽谏弥补皇帝的缺失。⑧自：当然。

鉴赏

诗人悲叹自己仕途的坎坷遭遇。诗中运用反语，名义上赞朝廷，实是暗含讥讽。肃宗在任期间此事甚多，岑参和杜甫对此都不满。只因不受器重，不得不少写谏书而已。表达了一代文人身处卑位而又惆怅国运的复杂心态。

诗题中的"杜拾遗"，即杜甫。岑参与杜甫在唐肃宗至德二年至乾元元年（757—758）年初，同仕于朝。岑任右补阙，属中书省，居右署；杜任左拾遗，属门下省，居左署，故称"左省"。"拾遗"和"补阙"都是谏官。岑、杜二人，既是同僚，又是诗友，这是他们的唱和之作。

前四句是叙述与杜甫同朝为官的生活境况。诗人连续铺写"天仗""丹陛""御香""紫微"，表面看，好像是在炫耀朝官的荣华显贵，但揭开荣华显贵的帷幕，却使读者看到另外的一面：朝官生活多么空虚、无聊、死板、老套。每天他们总是（按规矩）煞有介事、诚惶诚恐地"趋"（小跑）入朝廷，分列殿庭东西。五、六两句，诗人直抒胸臆，向老朋友吐露内心的悲愤。"白发悲花落，青云羡鸟飞"这两句中，"悲"字是中心，一个字概括了诗人对朝官生活的态度和感受。诗人为大好年华浪费于"晓随天仗入，暮惹御香归"的无聊生活而悲，也为那种"联步趋丹陛，分曹限紫微"的木偶般的境遇而不胜愁闷。因此，低头见庭院落花而倍感神伤，抬头睹高空飞鸟而顿生羡慕。诗的结尾两句，是全诗的高潮。阙事，指缺点、过错。有人说这两句是吹捧朝廷，倘若真是这样，诗人就不必"悲花落""羡鸟飞"了，甚至愁生白发。这"圣朝无阙事"，是诗人愤慨至极，故作反语；与下句合看，既是讽刺，也是揭露。只有那昏庸的统治者，才会自诩圣明，自以为"无阙事"，拒绝纳谏。

这首诗采用曲折隐晦笔法，寓贬于褒，表面赞颂，骨子里感慨身世遭际和倾诉对朝政的不满。用婉曲的反语来抒发内心忧愤，使人有寻思不尽之妙。

长歌行①

汉乐府

青青园中葵，朝露待日晞②。
阳春③布④德泽⑤，万物生光辉。
常恐秋节至，焜黄⑥华⑦叶衰⑧。
百川东到海，何时复西归。
少壮不努力，老大徒⑨伤悲。

注释

①长歌行：汉乐府曲调名。②晞：因日光所照而干燥。③阳春：温暖的春天。④布：布施，给予。⑤德泽：恩泽。⑥焜黄：枯黄。颜色衰老的样子。⑦华：同"花"。⑧衰：为了押韵，这里可以按古音读作cuī。⑨徒：白白地。

鉴赏

这是一首咏叹人生的歌。唱人生而从园中葵起调，这在写法上被称作"托物起兴"，即"先言他物以引起所咏之辞也"。园中葵在春天的早晨亭亭玉立，青青的叶片上滚动着露珠，在朝阳下闪着亮光，像一位充满青春活力的少年。诗人由园中葵的蓬勃生长推而广之，写到整个自然界，由于有春天的阳光、雨露，万物都闪耀着生命的光辉，到处是生机盎然、欣欣向荣的景象。这四句，字面上是对春天的礼赞，实际上是借物比人，是对人生最宝贵的东西——青春的赞歌。人生充满青春活力的时代，正如一年四季中的春天一样美好。这样，在写法上它同时又有比喻的意义，即所谓"兴而比"。

　　自然界的时序不停交换，转眼春去秋来，园中葵及万物经历了春生、夏长，到了秋天，它们成熟了，昔日奕奕生辉的叶子变得焦黄枯萎，丧失了活力。人生也是如此，由青春勃发而长大，而老死，也要经历一个新陈代谢的过程。这是一个不可移易的自然法则。诗人用"常恐秋节至"表达对"青春"稍纵即逝的珍惜，其中一个"恐"字，表现出人们对自然法则的无能为力，青春凋谢的不可避免。接着又从时序的更替联想到宇宙的无尽时间和无垠空间，时光像东逝的江河，一去不复返。由时间尺度来衡量人的生命也是老死以后不能复生。在这永恒的自然面前，人生岂不就像叶上的朝露一见太阳就被晒干了吗？岂不就像青青葵叶，一阵秋风就枯黄凋谢了吗？

　　诗歌由对宇宙的探寻转入对人生价值的思考，终于推出"少壮不努力，老大徒伤悲"这一振聋发聩的结论，结束全诗。这个推理的过程，字面上没有写出来，但读者可循着诗人思维的轨迹，用自己的人生体验来补足：自然界的万物有一个春华秋实的过程，人生也有一个少年努力、老有所成的过程。自然界的万物只要有阳光雨露，秋天自能结实；人却不同，没有自身努力是不能成功的。万物经秋变衰，但却实现了生命的价值，因而不足伤悲；人则不然，因"少壮不努力"而老无所成，岂不等于空走世间一趟。调动读者思考，无疑比代替读者思考高明。正由于此，这首诗避免了容易引人生厌的人生说教，最后的警句显得浑厚有力，深沉含蓄，如洪钟长鸣一般，深深地打动了读者的心。句末中的"徒"字意味深长：一是说老大无成，人生等于虚度了；二是说老年时才醒悟将于事无补，徒叹奈何，意在强调必须及时努力。

　　这首诗以自然现象为喻，于久处见暂，于长处见短，于永恒处见事物变化之迫促和急剧。

次①北固山②下

(唐) 王 湾

客路③青山④外，行舟绿水前⑤。
潮平⑥两岸阔，风正一帆悬⑦。
海日生残夜⑧，江春入旧年⑨。
乡书何处达⑩? 归雁洛阳边⑪。

注 释

①次：住宿，此指停泊。②北固山：在今江苏镇江市北，临长江。③客
路：旅途。④青山：指北固山。⑤绿水：长江。前：向前航行。⑥平：涨平，
潮水涨得与岸齐平。⑦风正：风顺而和。悬：挂。⑧海日：海上的旭日。残
夜：夜色已残，指天将破晓，夜将尽未尽的时候。⑨旧年：未尽的一年。⑩乡书：
家书。⑪归雁：春天北归的大雁。边：唐代口语，意同"处"，泛指某处。

鉴 赏

　　王湾，这位唐代开元年间的著名诗人，出生于北方的洛阳，往来于吴楚
间，并受到当时吴中诗人清秀诗风的影响，写下了一些歌咏江南山水的作品，
他为江南清丽山水所倾倒，为青山绿水的壮丽风光所激动而写成了这脍炙人口
的佳篇。

　　开篇即为精丽的对偶句：作客南方的游子乘船在碧绿清莹的水面上向前
（长江下游）航行，而遥遥的行程还在那巍巍青山之外……这一联先写"客
路"而后写"行舟"，其人在江南而神驰故里的漂泊羁旅之情，已流露于字里
行间，与末联的"乡书""归雁"遥相照应。"青山""绿水"为世俗熟语，

顺手引来置于一个北国南游者的行路视野之中，就显得自然、贴切，浓于生活气息，并为下面的状物、抒怀提供了背景缘由和壮阔的审美空间。于是，诗人接着以工笔细描来勾画北固山下水面上的特有景观：春潮涌涨，江水浩渺，放眼望去，江面似乎与岸齐平了，船上人的视野也因之开阔。这一句，写得恢宏阔大，下一句"风正一帆悬"，便愈见精彩。江风习习，风向顺正，天明悬帆起航时，可望一路畅达而心无忧虑。诗人不用"风顺"而用"风正"，是因为光"风顺"还不足以保证"一帆悬"。风虽顺，却很猛，那帆就鼓成弧形了。只有既是顺风，又是和风，帆才能够"悬"。这句诗的妙处，还在于它"以小景传大景之神"（清代王夫之《姜斋诗话》卷上）。本来，远离故乡而又行程遥遥，难免使游子心绪愁恺，却因大自然中"青山""绿水"的美致使诗人转为欣悦，现在又加上奔涌的江潮把人的视线引向无限辽阔的境界，更兼江风喜人，不难想象，这使独具慧眼的航行者产生多么大的审美快感。果然，诗人灵感跃动，脱口吟诵出新奇工巧的一联佳句：海日生于残夜，将驱尽黑暗；江春，那江上景物所表现的"春意"，闯入旧年，将赶走严冬。不仅写景逼真，叙事确切，而且表现出具有普遍意义的生活真理，给人以乐观、积极、向上的艺术鼓舞力。诗人并非富商豪客，此行江南亦非浪迹天涯的飘然赏游，"志趣高远"（《唐才子传》对王湾的评语）的诗人并未沉醉于"江南佳丽地"而"乐不思蜀"，他那出生地洛阳，有乡亲，有家人，更有事业牵萦着诗人的游子之心，海日东升，春意萌动，诗人放舟于绿水之上，继续向青山之外的客路驶去。这时候，一群北归的大雁正掠过晴空。雁儿正要经过洛阳的啊！诗人想起了"雁足传书"的故事，还是托雁捎个信吧：雁儿啊，烦劳你们飞过洛阳的时候，替我问候一下家里人。这两句紧承三联而来，遥应首联，全篇笼罩着一层淡淡的乡思愁绪。

这首诗抒写诗人泛舟东行，停船北固山下，见潮平岸阔、残夜归雁而引发的怀乡情思，熔写景、抒情、说理于一炉。诗人既倾心赞赏异域他乡的江南风光，又深深依念生他养他的北国故土，透露出诗人丰富、诚挚、热烈而深沉的心灵世界。全诗和谐优美，妙趣横生，堪称千古名篇。殷评说："'海日生残夜，江春入旧年'，诗人已来少有此句。张燕公（即宰相张说）手题政事堂，每示能文（能作诗文的人），令为楷式。"可见真正的佳篇美文，一定有知音赏识。

清平乐·村居

（宋）辛弃疾

茅檐①低小，溪上青青草。醉里吴音②相媚好③，白发谁家翁媪④？

大儿锄豆⑤溪东，中儿正织鸡笼。最喜小儿亡赖⑥，溪头卧剥莲蓬。

注释

①茅檐：茅屋的屋檐。②吴音：吴地的方言。作者当时在吴地居住。③相媚好：指相互逗趣、取乐。④翁媪：老翁、老妇。⑤锄豆：锄掉豆田里的草。⑥亡赖：亡，通"无"。这里指小孩顽皮、淘气。

鉴赏

辛弃疾是南宋著名爱国词人，但是由于腐败堕落的政府无能，辛弃疾爱国抗金的政治主张始终不能实现。南归以后，他一直遭受当权投降派的排斥和打击。从四十三岁起，他长期未得任用，以致在江西信州（今江西上饶市）闲居达二十年之久。作者长期居住农村，对农村生

活有了更多的了解，对农民也有较多的接触。所以辛弃疾的词中有一部分作品是反映农村生活的。其中，有风景画，也有农村的风俗画。这首《清平乐》，就是一幅着色的农村风俗画。

这首词的上片借勾勒环境来烘托气氛。开篇用素描手法，勾出"茅檐""溪上""青草"，只淡淡几笔便形象地描画出江南农村的特色，为人物的出现安排下广阔的背景。三、四句写词中出现的老公公和老婆婆，他们讲话的声音带着醉意，愈加显得温柔婉媚，但是等走到他们面前时，才发现说话的已不是什么年轻人，而是白发皤皤的老年人了。"醉里"，可以看出老年人生活的安详，从"媚好"，可以看出他们精神的愉快。

这首词的下片集中写这一农户的三个儿子，比较全面地反映了当时农村生活的各个方面，画面在继续扩展。大儿子已经到干活的年龄了，正在溪东的豆地里锄草，半大的孩子在编织鸡笼。诗人着力于小儿子的描绘，共用了两句，占全词四分之一篇幅。"溪头卧剥莲蓬"形象地刻画出他无忧无虑、天真活泼的神态。对此，词人感到由衷的欢喜。

这首词具有浓厚的农村生活气息，字里行间处处洋溢着作者对农村生活的喜悦和向往之情，客观上反映了作者对黑暗官场生活的憎恶。

渔家傲·和程公辟赠别

（宋）张　先

巴子城头青草暮①，巴山②重叠相逢处。燕子占巢花脱树，杯且举，瞿塘水阔舟难渡。

天外吴门清雪③路，君家正在吴门住。赠我柳枝情几许。春满缕，为君将入江南去。

注 释

①巴子：今重庆巴南区，原称巴县，周时为巴子国的都城。青草：在古诗词中常用来比喻怀友和道别之情。②巴山：今重庆一带的山。③清雪：即雪溪，是作者家乡浙江吴兴县境内的一条河。

鉴 赏

这是一首赠别词，是词人送别自己的好友后抒发的深深的离别之情。程师孟，字公，吴（今苏州市）人，是张先的朋友。宋仁宗至和二年（1055）以屯田员外郎知渝州（今重庆市）。张先在渝州做官期间，程公恰逢提点夔州路（今重庆奉节县）刑狱。两人同是江南人，在异乡相逢，分外高兴。相逢复又相离，其情难免依依。临别时互相以词赠答，抒发惜别之情。

词的上阕借景抒情，描写离别时候的情景。"巴子城头青草暮，巴山重叠相逢处"这一句写出了离别的时间、地点、景物。巴子是今巴县，在重庆附近，周时为巴子国的都城；青草在古诗词中常用来比喻怀友和道别之情。"燕子占巢花脱树，杯且举，瞿塘水阔舟难渡"，时至春日，燕子双双归来，"试入旧巢相并"，但转眼就成秋暮，树叶凋零，燕子又要南去。这是作者借景抒发相逢的短暂之感慨和对时光消逝的痛惜之情。"杯且举，瞿塘水阔舟难渡"这一句是说，在这花谢春老即将离别之际，让我们举杯畅饮吧，不久你就要东航到那水阔难渡的瞿塘峡了。这是作者对友人路上艰辛历程的祝福，也是抒发与友人真挚情谊的一种手法。

下阕词人抒发了对友人乡谊友情的珍惜和祝福。"天外吴门清雪路，君家正在吴门住"，这是词人描写两人在故乡时候的情况，清，即溪，是作者家乡浙江吴兴县境内

的一条河。吴门是苏州的别称，即程公的家乡。这里是一种对往事的回忆，寄寓了词人对友人离别的不舍和难过，也看出二人感情的真挚。"赠我柳枝情几许。春满缕，为君将入江南去"，折柳赠别是古人的一种习俗，送客远行时，折一条柳枝送上，表示送别和惜别。"柳"和"留"谐音，折柳赠别也含有挽留的意思。这里抒发了作者对友人的留恋，并且充满了对友人的祝福。"为君将入江南去"，让它随着友人到江南去吧，也把词人的祝福带到江南去。

绝句四首（其三）

（唐）杜 甫

两个黄鹂鸣翠柳，一行白鹭上青天。
窗含西岭①千秋雪②，门泊③东吴④万里船⑤。

注 释

①西岭：西岭雪山。②千秋雪：指西岭雪山上千年不化的积雪。③泊：停泊。④东吴：古时候吴国的领地。⑤万里船：不远万里开来的船只。

鉴 赏

诗的上联是一组对仗句。草堂周围多柳，新绿的柳枝上有成对的黄鹂在欢唱，一派愉悦景象，有声有色，构成了新鲜而优美的意境。"翠"是新绿，"翠柳"是初春物候，柳枝刚抽嫩芽。"两个黄鹂鸣翠柳"，鸟儿成双成对，呈现出一片生机，具有喜庆的意味。次句写蓝天上的白鹭在自由飞翔。白鹭飞起来姿态优美，自然成行。晴空万里，一碧如洗，白鹭在"青天"映衬下，色彩极其鲜明。两句中一连用了"黄""翠""白""青"四种鲜明的颜色，织成一幅绚丽的图景；首句还有声音的描写，传达出无比欢快的感情。

　　诗的下联也由对仗句构成。上句写凭窗远眺西山雪岭。岭上积雪终年不化，所以积聚了"千秋雪"。而雪山在天气不好时见不到，只有空气清澄的晴日，它才清晰可见。用"含"字，此景仿佛是嵌在窗框中的一幅图画，近在目前。观赏到如此难得见到的美景，诗人心情的舒畅不言而喻。下句再写向门外一瞥，可以见到停泊在江岸边的船只。江船本是常见的，但"万里船"三字却意味深长。因为它们来自"东吴"。当人们想到这些船只行将开行，沿岷江、穿三峡，直达长江下游时，就会觉得很不平常。因为多年战乱，水陆交通为兵戈阻绝，船只是不能畅行万里的。而战乱平定，交通恢复，才看到来自东吴的船只，"万里船"与"千秋雪"相对，一言空间之广，一言时间之久。诗人身在草堂，思接千载，视通万里，胸襟何等开阔！

　　全诗看起来是一句一景，是四幅独立的图画。而一以贯之，使其构成一个统一意境的，正是诗人的内在情感。一开始表现出草堂的春色，诗人的情绪是陶然的，而随着视线的游移、景物的转换、江船的出现，便触动了他的乡情。四句景语就完整表现了诗人这种复杂细致的内心思想活动。

过零丁洋①

（宋）文天祥

辛苦遭逢起一经②，干戈寥落四周星③。
山河破碎风飘絮④，身世浮沉雨打萍⑤。
惶恐滩头说惶恐⑥，零丁洋里叹零丁⑦。

人生自古谁无死，留取丹心照汗青⑧！

注 释

①零丁洋：指今广东中山县南。②遭逢：遭遇。起一经：依靠一种经书，通过考试，出来做官。作者自叙由于精通儒经通过考试，出来做官。此句意谓：我本想掌握一门学问为朝廷出力，然而遭遇却是这样凄苦。③干戈：指古代的兵器，这里指战争。寥落：荒凉冷落。四周星：四年。文天祥从1275年奉命议和到1278年被俘，正是四年。此句意谓：在荒凉冷落、兵火战乱的环境里，已经度过了四年。④絮：指杨花柳絮。此句意谓：大好河山被践踏、被踩蹦得好像被风吹散的飞扬的柳絮一样，比喻国家命运危在旦夕。⑤此句意谓：自己一生动荡不安，好像漂泊在海面上的浮萍，经受着暴风雨的袭击一样。⑥惶恐滩：在今江西万安县，水流湍急，地势险恶，是赣江十八滩之一。惶恐：惊慌害怕。1277年，作者在江西被元军打败，曾从江西万安县惶恐滩撤退到福建去，这里的"惶恐"不是指害怕敌人追赶，而是指上句的"身世浮沉"，下句的"零丁"也是此意。⑦零丁：孤苦伶仃的样子。⑧留取：留得。丹心：赤红的心。比喻忠心耿耿。汗青：史册。此两句意谓：自古以来哪一个人能生而不死？死并不可怕，重要的是死得要有价值，要留下英名，让它在史册上永放光华。

鉴 赏

这是文天祥在生死攸关的最后时刻写下的一首悲壮而不朽的诗篇。每一次品读，都会产生一次心灵的震撼，因为这是一首用生命和热血谱写的诗篇。诗中文天祥回顾了个人努力奋斗，为收复山河故土驰骋沙场的艰难历程，面对国家灭亡的悲惨现实，面对自己身陷牢狱之苦的不幸，最后他以大义凛然的铮铮之声，吟出了"人生自古谁无死，留取丹心照汗青"这一震动天地、流芳千古的诗句，充分地表达了作者死而无憾、死留英名的心迹，这是文天祥做人准则的最好自白，也是他崇高人格的光辉写照。

清江引·立春①

（元）贯云石

金钗影摇春燕斜②，木杪③生春叶。水塘春始④波，火候⑤春初热，土牛儿⑥载将春到也。

注释

①立春：二十四节气之一，我国习惯作为春天开始的节气。②金钗、春燕：古代妇女立春戴的首饰。③木杪：即树梢。④始：最早。⑤火候：这里指的是气候温度。⑥土牛儿：象征农事的土牛，又称春牛。

鉴赏

此曲描写立春节气时春到人间，万物欣欣向荣，一派生机勃勃的景象，表现了热闹古朴的民间风俗。

首句写人们春游的盛装。作者以点带面，只举出妇女的头饰，然春服之盛可见一斑。因为立春是春天来临的象征，标志着新的一年的开始，故这天都要盛装出游，这一风俗唐宋时就有。第二句"木杪生春叶"写草木的欣欣向荣。树梢上长出了嫩绿欲滴的叶子。绿色在古诗词中就是青春活力的象征，作者在这里举一反三，令人不难想象出那丰草如茵、花红柳绿、莺歌燕舞的阳春景色。第三句写池塘的碧波荡漾，春风融化了冰雪，吹绿了池水。此时，也许仕女游客们正在欣赏池塘中的鸳鸯戏水、乳燕斜飞，也许他们正在沐浴着雨丝风片……第四句写气候渐渐温暖宜人。这是出现春游、春叶、春波的动因，以上三句分用"生""始""初"三词，突出"春"之发端、万象更新之意。末句写土牛鞭春的风俗。古代每逢立春前一日有迎春的仪式，由人扮演"勾芒神"，鞭土牛，由地方官行香主礼，叫做"打春"，以劝农耕。结句回应首句，以写风俗起结，表达了人们除旧迎新的喜悦之情。

此曲用的是嵌字格，每句都嵌同一个字"春"，又要"以金、木、水、火、土"五字之首，是特殊的嵌字格形式。格律严谨，对仗工整，平仄相依，意境生动，语言活泼自然。

观沧海

（汉末）曹　操

东临碣石①，以观沧海②。水何澹澹③，山岛竦峙④。
树木丛生，百草丰茂。秋风萧瑟，洪波涌起。
日月之行，若出其中；星汉灿烂⑤，若出其里。
幸甚至哉，歌以咏志⑥。

注释

①碣石：古时海畔山名，东汉后陷于海中，位置在今河北省滦河入渤海口附近。曹操征乌桓，约在秋七月经碣石。后因大水，改由卢龙塞绕道而行。②沧海：大海。海水色苍，故曰沧海。③澹澹：水波摇荡的样子。④竦：同"耸"，高起之状。峙：挺立。⑤星汉：即银河。⑥"幸甚"两句：是合乐时所加，每章都有，与正文无关。幸，庆幸。至，极。

鉴赏

《观沧海》是组诗《步出夏门行》（共四章）的第一章，主要描写了登山观海所见到的雄浑景象，从而表现作者壮阔而博大的胸怀。全诗可分为三个层次。开篇两句笼盖全篇，点明登临的地点"碣石"和观览的对象"沧海"。接下来第三句至第八句为第二层，写俯瞰大海见到的景色，描写紧紧扣住了诗题的"观"字。这六句诗中，先写海，水波浩渺；再写山，高耸挺拔；继而具体写山上的树木和百草；然后再具体写波涛汹涌的大海，并且点出此时正是秋风萧瑟、草木摇落的季节。最后四句为第三层，是作者由眼前所见联想到的景象。诗人的心胸气魄，悠思遐想，尽在不言之中。以如此豪壮的笔调，写如此苍莽的大海，画如此宏大的气象，在中国诗史上，《观沧海》是可推第一篇的。

鹦鹉曲·荣华短梦

（元）冯子振

朱门①空宅无人住，村院②快活煞耕父③。霎时间富贵虚花，落叶西风残雨。

总不如水北相逢，一棹木兰舟去。待霜前雪后梅开，傍几曲寒潭浅处。

注 释

①朱门：指代豪门。②村院：即农夫的住宅。③耕父：农夫。

鉴 赏

　　这首曲子通过对富贵短暂的书写，表达了作者淡泊名利、遗世弃俗、隐居山林的高雅情怀。

　　曲子开头两句，以"朱门空宅"和"村院快活"的鲜明对比，表现了富贵荣华如过眼烟云，转瞬即逝；而粗茶淡饭、自耕自给的农夫却能够得到长久的快活。接着"霎时间富贵虚花，落叶西风残雨"两句，是说富贵荣华如虚幻的鲜花，瞬间就会凋零。作者用"西风残雨"中的"落叶"比喻富贵之花的虚空和短暂，至此，标题"荣华短梦"四个字已被形象具体地描述出来，并且作者那视容华如短梦虚花的淡泊情怀，也得到了充分的展现。"总不如水北相逢，一棹木兰舟去"，体现了作者的志趣，他追求的是邀几个志同道合的友人，乘着木兰舟，去追寻大自然的美。"总不如"三个字，将上下文进行比较，承上启下。"待霜前雪后梅开，傍几曲寒潭浅处"两句，具体写出了"一棹木兰舟去"的时间，作者要在寒冷的时节，在"霜前雪后"，在去清浅的水潭边观赏"凌寒独自开"的梅花，表现了作者怡然自乐的情怀。

　　本曲语言疏淡雅洁，淳朴自然，感情真挚，情景交融，具有强烈的艺术感染力。

登　高①

（唐）杜　甫

风急天高猿啸哀②，渚清沙白鸟飞回③。

无边落木萧萧下④，不尽长江滚滚来。

万里悲秋常作客⑤，百年多病独登台⑥。

艰难苦恨繁霜鬓⑦，潦倒新停浊酒杯⑧。

注释

①此诗是杜甫大历二年（767）秋在夔州时所写。夔州在长江之滨。全诗通过登高所见秋江景色，倾诉了诗人长年漂泊、老病孤愁的复杂感情，慷慨激越，动人心弦。后人对此诗赞誉很高。杨伦称赞此诗为"杜集七言律诗第一"。②猿啸哀：巫峡多猿，啼声凄厉。郦道元《水经注》有云："巴东三峡巫峡长，猿鸣三声泪沾裳！"诗人此时病困于夔州，因而听猿声倍感凄凉。③渚：水中沙洲。④落木：指落叶。萧萧：形容风吹树叶声。此句不仅使人联想到落木窸窣之声，长江汹涌之状，也无形中传达出韶光易逝、壮志难酬的感怆。⑤常作客：指出了诗人漂泊无定的生涯。⑥百年：木喻有限的人生，此处专指暮年。多病：诗人一生患有多种疾病，此时，肺病加剧。他目睹苍凉弘廓的秋景，不由想到自己沦落他乡、年老多病的处境，故生出无限悲愁之绪。独登台：表明诗人是在高处远眺。⑦艰难苦恨：指个人漂泊困苦和时局动荡不安等诸多恨事。苦恨即恨极。繁霜鬓：形容两鬓又添白发。⑧潦倒：指衰颓失意。新停浊酒杯：指因病新近又戒了酒。浊酒指质次之酒。

鉴赏

本诗前半写景，后半抒情，在写法上各有错综之妙。首联着重刻画眼前具体景物，好比画家的工笔，形、声、色、态，一一得到表现。颔联着重渲染整个秋天气氛，好比画家的写意，只宜传神会意，让读者想象补充。颈联抒发感情，异乡漂泊写到多病残生。尾联又从白发日多，多病断炊，归结到时世艰难是潦倒不堪的根源。这样，杜甫忧国伤时的情怀便跃然纸上。诗人以雄浑开阔的笔力，写天涯倦客重九登高的情景。在诗中，无边无际的秋声秋色和诗人百端交集的感伤，互相映衬，融合成为整体，构成了杜诗所特有的悲壮苍凉的意境。

酬曹侍御①过象县②见寄③

（唐）柳宗元

破额山④前碧玉流⑤，骚人⑥遥驻木兰舟。
春风无限潇湘⑦意，欲采蘋花⑧不自由。

注 释

①侍御：即侍御史，官名。②象县：地名，在今广西省柳州。③见寄：接受别人寄赠作品后，以作品答谢之。④破额山：象县沿江的山。⑤碧玉流：形容江水澄明深湛，如碧玉之色。⑥骚人：一般指文人墨客。此指曹侍御。⑦潇湘：湖南境内二水名。⑧采蘋花：南朝柳恽《江南曲》："汀洲采白蘋，日暮江南春。洞庭有归客，潇湘逢故人。"

鉴 赏

一位姓曹的侍御经过象县的时候作诗寄给柳宗元，此为柳宗元的答酬之作。

"破额山前碧玉流，骚人遥驻木兰舟"，作者称曹侍御为"骚人"，并且用"碧玉流""木兰舟"这样美好的环境来烘托他，足见对他的夸赞。环境如此优美，如此清幽，"骚人"本可以一面赶他的路，一面看山看水，悦性怡情；如今却"遥驻"木兰舟于"碧玉流"之上，怀念起贬谪柳州的友人来。"遥驻"而不能过访，望"碧玉流"而兴叹，只有作诗代柬，表达他的无限深情。

"春风无限潇湘意"一句，的确会使读者感到"无限意"，但究竟是什么"意"，却迷离朦胧，说不具体。这正是一部分优美的小诗所常有的艺术特点，也正是"神韵"派诗人所追求的最高境界。然而这也并不是"羚羊挂角，无迹可求"。如果细玩全诗，其主要之点，还是可以说清的。"潇湘"一带，乃是屈原行吟之地。作者不是把曹侍御称为"骚人"吗？把"潇湘"和"骚人"联系起来，那"无限意"就有了着落，此其一。更重要的是，结句中的"欲采蘋花"，显然汲取了南朝柳恽《江南曲》的诗意。《江南曲》全文是："汀洲采白蘋，日暖江南春。洞庭有归客，潇湘逢故人。故人何不返，春花复应晚。不道新知乐，只言行路远。"由此可见，"春风无限潇湘意"，主要就是怀念故人之意，此其二。而这两点，又是像水和乳那样融合在一起的。

这首诗不但是柳宗元七绝佳作，也是唐人七绝的杰作之一。整首诗表达了诗人在贬谪中对自由的渴望。满腔抑郁不平之气，以委婉曲折的手段表达出来，使人读后不由自主地产生了对于作者命运的深切牵念，格外动人。

酬乐天扬州初逢席上见赠①

（唐）刘禹锡

巴山楚水凄凉地②，二十三年弃置身③。
怀旧空吟闻笛赋④，到乡翻似烂柯人⑤。
沉舟侧畔千帆过，病树前头万木春⑥。
今日听君歌一曲，暂凭杯酒长精神⑦。

注 释

①乐天：白居易的字。②巴山楚水：诗人在二十多年的贬官生活中，多次

迁徙，先后做过朗州（今湖南省常德县一带）、连州（今广东省连县）、和州（今安徽省和县）、夔州（今四川省奉节县）等地的地方官。夔州古属巴国，朗州古属楚地，故称"巴山""楚水"。这里举"巴山""楚水"以概指贬谪过的地方。③二十三年：刘禹锡从宪宗永贞元年（805）贬为连州刺史，至宝历二年（826）冬应召，共二十二年。由于贬地离京城遥远，实际上到828年刘禹锡才回到京城，故称"二十三年"。弃置身：被贬谪的人。作者自指。④闻笛赋：晋向秀在友人嵇康、吕安被害后，一次途经他们的旧居，听到邻人笛声悲凄，于是作《思旧赋》。这里借以抒发对死去的旧友的怀念。⑤烂柯人：柯是斧柄。祖冲之《述异记》载："晋王质入山采樵，见二童子对弈。童子与质一物，如枣核，食之不饥。局终，童子指示曰：'汝柯烂矣。'质归乡里，已及百年。"此处作者以王质自比，意谓被贬离京虽只有二十余年，但人事沧桑，却有隔世之感。⑥"沉舟"二句：作者以"沉舟""病树"自喻，慨叹宦海风波险恶，人们的身世遭遇各有不同。⑦凭：凭借。长：增长，振作。

鉴赏

在经过长期的贬谪生活后，刘禹锡、白居易两位诗人在扬州见面了。他们神交二十多年，初次相逢，自是快慰无比。可是回首过去的遭遇，再看当前朝中政况，又感到无比的悲愤，于是，白居易作《醉赠刘二十八使君》一诗赠与刘禹锡。诗云："为我行杯添酒饮，与君把箸击盘歌。诗称国手徒为尔，命压人头不奈何。举眼风光长寂寞，满朝官职独蹉跎。亦知合被才名折，二十三年折太多。"本篇是刘禹锡回赠白居易之作，也是他贬官二十多年后回乡的深沉感叹。沉舟侧畔，千帆竞发，病树前头，万木争荣。自然界的平凡现象，暗示着社会人事新陈代谢的哲理。更为可贵的是，诗人并没有因此而感到衰老颓唐，而是决心在朋友的热情关怀下振作起来，重新投入到生活中去。诗情起伏跌宕，沉郁中有豪放，是酬赠诗中之优秀者。

草

感遇十二首（其一）

（唐）张九龄

兰叶春葳蕤①，桂华秋皎洁②。
欣欣③此生意，自尔④为佳节。
谁知林栖者⑤，闻风坐相悦。
草木有本心⑥，何求美人折！

注释

　　①葳蕤：是指草木枝叶茂盛的样子。②皎洁：此处形容桂花蕊晶莹、明亮。③欣欣：是指草木繁茂而有生机的样子。④尔：如此。⑤林栖者：是指栖

身于山林间的人。⑥本心：草木的根与芯。

鉴赏

　　诗一开始，用整齐的偶句，突出了两种高雅的植物——春兰与秋桂。兰开在春天，桂开在秋季，它们的叶子多么繁茂，它们的花儿多么皎洁。这种互文，实际上是兼包花叶，概括全株而言。春兰用"葳蕤"来形容，具有茂盛而兼纷披之意。而"葳蕤"二字又点出兰草迎春勃发，具有无限的生机与活力。桂用"皎洁"来形容，桂叶深绿，桂花嫩黄，相映之下，自觉有皎洁明净之感。而"皎洁"二字，又十分精练简要地点出了秋桂清雅的特征。

　　兰、桂两句分写之后，用"欣欣此生意"一句一统，不论葳蕤也好，皎洁也好，都表现出欣欣向荣的生命活力。第四句"自尔为佳节"又由统而分。"佳节"回应起笔两句中的春、秋，说明兰桂都各自在适当的季节而显示它们或葳蕤或皎洁的生命特点。这里一个"自"字，不但指兰桂各自适应佳节的特性，而且还表明了兰桂各自荣而不媚、不求人知的品质，替下文的"草木有本心，何求美人折"埋下伏笔。

　　第五句用"谁知"突然一转，引出了居住于山林之中的美人，即那些引兰桂风致为同调的隐逸之士。"谁知"两字对兰桂来说，大有出人意料之外的感觉。美人由于闻到了兰桂的芳香，因而产生了爱慕之情。"坐"，犹深也、殊也，表示爱慕之深。诗从无人到有人，是一个突转，诗情也因之而起波澜。最后两句中的"何求"又作一转折。林栖者既然闻风相悦，那么，兰桂若有知觉，应该很乐意接受美人折花欣赏了。然而作者却不顺此理而下，忽开新意。兰逢春而葳蕤，桂遇秋而皎洁，这是它们的本性，而并非为了博得美人的折取欣赏。很明显，诗人以此来比喻贤人君子的洁身自好、进德修业，也只是尽他作为一个人的本分，而并非借此来博得外界的称誉提拔，以求富贵利达。全诗的主旨，到此方才点明，而诗文脉络也一贯到底。上文的"欣欣此生意，自尔为佳节"，与这里的"草木有本心"互为照应；上文的"谁知林栖者，闻风坐相悦"，又与"美人折"同意相见。这最后十个字，总结上文，滴水不漏。

苏幕遮

（宋）范仲淹

碧云天，黄叶①地，秋色连波②，波上寒烟翠。山映斜阳天接水，芳草无情，更在斜阳外③。

黯④乡魂，追⑤旅思⑥。夜夜除非⑦，好梦留人睡。明月楼高休独倚，酒入愁肠，化作相思泪。

注释

①黄叶：落叶。②连波：与波涛连在一起。③更在斜阳外：比斜阳更遥远。④黯：黯然，形容心情忧郁，悲伤。⑤追：紧随，可引申为纠缠。⑥旅思：旅途中的愁苦。⑦夜夜除非："除非夜夜"的倒装。

鉴赏

这首词是范仲淹的名作，抒写了词人的羁旅乡思之情，主要特点在于能以沉郁雄健之笔力抒写低回宛转的愁思，声情并茂，意境宏深，与一般婉约派的词风确实有所不同。

上片写景。碧云飘悠的蓝天，黄叶纷飞的大地。秋天的景色映进江上的碧波，水波上笼罩着寒烟一片苍翠。远山沐浴着夕阳天空连接江水。岸边的芳草似是无情，无边无际，绵延伸展，直到那连落日余辉都照射不到的遥遥无际的远方。

虽然是秋景，但是阔远秾丽，毫无衰飒情味，在文人的笔下是少见的，在以悲秋伤春为常调的词中，更属罕见。而悠悠乡思离情，也从芳草天涯的景物描写中暗暗透出，写来毫不着迹。这种由景及情的自然过渡手法也很高妙。

过片紧承芳草天涯，直接点出"乡魂""旅思"。"乡魂"与"旅思"意思相近。两句是说自己思乡的情怀黯然凄怆，羁旅的愁绪重叠相续。上下互文对举，带有强调的意味，而主人公羁泊异乡时间之久与乡思离愁之深自见。

下片三、四两句，表面上看去，好像是说乡思旅愁也有消除的时候，实际上是说它们无时无刻不横梗心头。如此写来，使词的造语奇特，表情达意更为深切婉曲。"明月"句写夜间因思旅愁而不能入睡，尽管月光皎洁，高楼上夜景很美，也不能去观赏，因为独自一人倚栏眺望，更会增添怅惘之情。

结拍两句，写因为夜不能寐，故借酒浇愁，但酒一入愁肠，却都化作了相思之泪，欲遣相思反而更增相思之苦了。这两句，抒情深刻，造语生新而又自然。写到这里，郁积的乡思旅愁外达到最高潮，词至此黯然而止。

整体说来，这首词的用语与手法虽与一般的词类似，意境情调却近于传统的诗。这说明，抒写离愁别恨的小词是可以写得境界阔远，不局限于闺阁庭院。

垂老别

（唐）杜　甫

四郊未宁静，垂老不得安。
子孙阵亡尽①，焉②用身独完！
投杖出门去，同行为辛酸。
幸有牙齿存，所悲骨髓干。
男儿既介胄，长揖别上官。
老妻卧路啼，岁暮衣裳单。
孰③知是死别，且复伤其寒。
此去④必不归，还闻劝加餐。

土门壁甚坚，杏园度亦难。
势异邺城下，纵死时犹宽。
人生有离合，岂择衰盛端！
忆昔⑤少壮日，迟回竟长叹。
万国尽征戍，烽火被冈峦。
积尸草木腥，流血川原丹。
何乡为乐土？安敢尚盘桓！
弃绝蓬室⑥居，塌然⑦摧肺肝。

注释

①尽：都，全部。这里是指子孙全部都阵亡了。②焉：副词，如何。表示承接上文，得出结论。如焉能、焉得、焉敢、焉知、焉用。③孰：代词，谁。这里的意思是"谁不知道"，也就是"明明知道"的意思。④去：离去。这里指离开家远去。⑤昔：以前。这里的意思是回忆以前年轻的时候。⑥蓬室：茅屋。⑦塌然：肝肠寸断的样子，形容极度悲痛。

鉴赏

这首叙事短诗，并不以情节的曲折取胜，而是以人物的心理刻画见长。诗人用老翁自诉自叹、慰人亦即自慰的独白语气来展开描写，着重表现人物时而沉重忧愤、时而旷达自解的复杂心理状态；而这种多变的情思基调，又决定了全诗的结构层次，于严谨整饬之中，具有跌宕起伏、缘情宛转之妙。清代浦起龙在《读杜心解》中评此诗叙别老妻，"忽而永诀，忽而相慰，忽而自

奋，千曲百折，末段又推开解譬，作死心塌地语，犹云无一寸干净地，愈益悲痛"，是很有道理的。

杜甫高出于一般诗人之处，主要在于他无论叙事抒情，都能做到立足生活，直入人心，剖精析微，探骊得珠，通过个别反映一般，准确传神地表现他那个时代的生活真实，概括劳苦人民包括诗人自己的无穷辛酸和灾难。

送李端

（唐）卢　纶

故关①衰草遍，离别自堪悲。
路出②寒云外，人归暮雪时。
少孤③为客早，多难识君迟。
掩泪空相向，风尘④何处期。

注释

①故关：故乡。②"路出"句：意为李端欲去的路伸向云天外，写其道路遥远漫长。③少孤：少年丧父。④风尘：指社会动乱。此句意为在动乱年代，不知后会何期。

鉴赏

这是一首感人至深的诗。卢纶、李端，同列"大历十才子"，离乱伤别，故人情深。此诗以一个"悲"字贯穿全篇。

首联写送别的环境气氛，从衰草落笔，时令当在严冬，郊外枯萎的野草，正迎着寒风抖动，一片凄凉的景象。在这样的环境中送别故人，自然大大加重了离愁别绪。"离别自堪悲"这一句写来平直、刻露，但由于是紧承上句脱口而出的，应接自然，故并不给人以平淡之感，相反倒是为此诗定下了深沉感伤的基调，起了提挈全篇的作用。

诗的第二联写送别的情景，仍紧扣"悲"字。"路出寒云外"，这里写的是送别之景，但融入了浓重的依依难舍的惜别之情。这一笔是情藏景中。"寒云"二字，下笔沉重，给人以无限阴冷和重压的感觉，对主客别离时的悲凉心境起了有力的烘托作用。下一句紧承上句而来，处处与上句照应，如"人归"照应"路出"，"暮雪"照应"寒云"，发展自然，色调和谐，与上句一起构成一幅完整的严冬送别图，于淡雅中见出沉郁。

第三联回忆往事，感叹身世，还是没离开这个"悲"字。诗人送走了故人，思绪万千，百感交集，不禁产生抚今追昔的情怀。"少孤为客早，多难识君迟"是全诗情绪凝聚的警句。本联两句不仅感伤个人的身世飘零，而且从侧面反映出时代动乱和人们在动乱中漂泊不定的生活，感情沉郁，显出了这首诗与"大历诗人"其他赠别之作的重要区别。"早""迟"二字，配搭恰当，音节和谐，前急后缓，顿挫有致，读之给人以悲凉回荡之感。

第四联收束全诗，仍归结到"悲"字。诗人在经历了伤感的送别场面，回忆起伤怀的往事之后，越发觉得对友人依依难舍，然而友人已不见，唯一的希望是下次早日相会。但世事纷争，风尘扰攘，不知何时才能相会。"掩泪空相向"，总汇了以上抒写的凄凉之情；"风尘何处期"，将笔锋转向预卜未来，写出了感情上的余波。

金谷园①

（唐）杜　牧

繁华事散逐香尘②，流水无情草自春。
日暮东风怨啼鸟，落花犹似坠楼人③。

注 释

①金谷园：晋石崇的豪华宅第，故址在今河南洛阳。②香尘：石崇为教练家中舞姬步伐，碎沉香为屑于象牙床上，踏而无迹者赐以珍珠。③坠楼人：指石崇爱妾绿珠。《晋书·石崇传》载，石崇有妓名曰绿珠，美艳绝伦。孙秀求之不得，乃矫诏问罪。时石崇正宴于楼上，谓绿珠曰："我今为尔得罪。"绿珠泣曰："当效死于君前。"因自投于楼下而死。

鉴 赏

此诗是诗人所作的一首咏春吊古的杰作。金谷园是西晋富豪石崇的别墅，繁荣华丽，极一时之盛。唐时园已荒废，成为供人凭吊的古迹。诗人来到金谷园，只见满目凄凉，不免联想起那繁华的往事。

"繁华事散逐香尘"，蕴含着诗人无限的慨叹。东晋王嘉《拾遗记》谓："石季伦（崇）屑沉水之香如尘末，布象床上，使所爱者践之，无迹者赐以真珠"，此即石崇当年奢靡生活之一斑。"香尘"细微飘忽，去之迅速而无影无踪。金谷园的繁华，石崇的豪富，绿珠的香销玉殒，亦如香尘飘去，云烟过眼，不过一时而已。

"流水无情草自春"，水，指东南流经金谷园的金水。不管人世间的沧桑，流水照样潺湲，春草依然碧绿，它们对人事的种种变迁，似乎毫无感触。这是写景，更是写情，尤其是"草自春"的"自"字，与杜甫《蜀相》中"映阶碧草自春色"的"自"字用法相似。

后两句是说，傍晚，正当诗人对着流水和春草遐想的时候，忽然东风送来鸟儿的叫声。春天里的鸟鸣，本是令人心旷神怡的赏心乐事，但此时红日西斜，夜色将临，独处于荒芜的名园；鸟鸣在沉溺于吊古之情的诗人耳中就显得格外凄哀悲切，如怨如诉，仿佛在表露今昔之感。日暮、东风、啼鸟，本是春天的一般景象，一个简单的"怨"字，就使其蒙上了一层凄凉感伤的色彩。此时此刻，一片片惹

人感伤的落花又映入诗人的眼帘。诗人把金谷园落花飘然下坠的形象，与曾在此处发生过的绿珠坠楼事件联想到一起，寄寓了无限情思。一个"犹"字则渗透着诗人沉重的追念、怜惜之情！诗人的这一联想，不仅是"坠楼"与"落花"外观上有可比之处，而且揭示了绿珠这个人和"花"在命运上有相通之处，诗人的想象与比喻贴切自然，意味隽永。

全诗比喻贴切，情景交融，意境悠远，情韵隽永。

苏武庙

（唐）温庭筠

苏武魂销汉使前，古祠高树两茫然。
云边雁断①胡天②月，陇③上羊归塞草烟。
回日楼台非甲帐④，去时冠⑤剑是丁年⑥。
茂陵⑦不见封侯印，空⑧向秋波哭逝川⑨。

注释

①雁断：言苏武去国日久，音信皆无。②胡天：指匈奴。③陇：通"垄"，高地。④甲帐：汉武帝时以各种珍宝制作的幕帐，此处借指汉武帝。⑤冠：古时男子二十岁加冠，表示已成年。⑥丁年：指古代时虚岁过了十八的青壮年。⑦茂陵：汉武帝的陵墓。⑧空：枉然。⑨逝川：指逝去的时间。

鉴赏

"苏武魂销汉使前，古祠高树两茫然"，展现给读者一个广阔的历史画面。苏武突见使臣，得知他可以回国时，内心百感交集，感慨万千。"销魂"二字画龙点睛，传神地描绘出苏武当时悲喜交加的复杂心情。第二句由人到庙，由古及今，描绘古庙今天的景象。"古祠高树"，渲染出一种浓郁的历史氛围；"云边雁断胡天月，陇上羊归塞草烟"，勾勒出了两幅图画。第一幅图描述了在寂静的夜晚，苏武仰望空中明月，眺望大雁南飞消失在天际之中，苏武对故国的深深眷恋和家国难归之苦也由此表现得淋漓尽致。第二幅图描述白天牧羊归来，茫茫草原已经升起了缕缕炊烟，再现了苏武牧羊生活的真实情景。

"回日楼台非甲帐，去时冠剑是丁年"，写苏武归汉后，汉武帝已死去，旧日的楼台依然存在，原来的甲帐却已经不再，透露着深沉的哀怨。苏武回想当年戴冠佩剑奉命出使之时，正值壮年。由"回日"忆及"去时"，以"去时"反衬"回日"，更增感慨。一个历尽艰苦、头白归来的爱国志士，目睹物在人亡的情景，想到当年出使的情况，怎能不感慨万千呢？"茂陵不见封侯印，空向秋波哭逝川"，集中抒写苏武归国后对武帝的追悼。汉宣帝赐苏武爵关内侯，食邑三百户。武帝已经长眠茂陵，再也见不到完节归来的苏武封侯受爵了，苏武只能空自面对秋天的流水哭吊已经逝去的先皇。此句苏武忠君与爱国融为一体，一个爱国志士的伟大形象跃然纸上。

本诗音韵和谐，其声色之美，可与李商隐并提。他赞美苏武之坚贞不屈，寄情于感慨议论，写得沉郁悲壮而淡雅自然。

〔仙吕〕一半儿·题情（四首）

（元）王和卿

鸦翎①般水鬓似刀裁，小颗颗②芙蓉花额儿③窄。待不梳妆怕娘左猜④，不免插金钗。一半儿髟松⑤一半儿歪。

书来和泪怕开缄，又不归来空再三。这样病儿谁惯耽？越恁瘦岩岩⑥。一半儿增添一半儿减。

将来书信手拈着，灯下姿姿⑦观觑了。两三行字真带草。提起来越心焦，一半儿丝捋⑧一半儿烧。

别来宽褪缕金衣⑨，粉悴烟憔⑩减玉肌。泪点儿只除衫袖知。盼佳期，一半儿才干一半儿湿。

注释

①鸦翎：乌鸦尾巴上的羽毛。②小颗颗：水灵灵。③花额儿：像花一样的额头。④待不梳妆怕娘左猜：待，准备。左猜，怀疑。⑤鬅松：即蓬松。⑥岩岩：消瘦貌。⑦姿姿：仔细地看。⑧丝捋：扯成丝，撕成片。⑨别来宽褪缕金衣：宽褪，因身体消瘦，衣服变得宽大不合体。缕金衣，指用金色丝线缝制的衣服。⑩粉悴烟憔：指容颜憔悴。

鉴赏

这四首曲子描写了一个闺中女子从早上到晚上的心情，通过四个生活片段，将她收到远方情人书信后的心理刻画得细腻逼真，淋漓尽致。第一首写女子相思的情态：因思念远方的心上人，女子心神不安，起床后都不想梳洗打扮了，因为怕母亲追问才勉强插上金钗，可发髻还是一半儿蓬松一半儿歪。通过这个小小的动作，揭示了在封建礼教束缚下的女子对于爱情的矛盾心理。第二首刻画了少女接到心上人书信时的心态：她激动地含着泪水，急切地想知道信中的内容，但是又害怕拆开，心里非常矛盾。由于相思成疾，终日无精打采，她心中的愁苦越来越深，身子也越来越消瘦。第三首描写了女子在灯下看信的急切心情。她在灯下仔细地看着，信很短，还因字迹太潦草看不清，女子越看心里越着急，等看完之后她才发现原来心上人是随便写几个字来敷衍她的，于是她气愤地将来信撕碎烧毁了。这寥寥几行字，就将女子焦灼、失望以及气愤的种种情态活灵活现地刻画了出来。第四首描绘了入夜后女子的痛心。女子因思念而日渐消瘦，内心的酸楚无人诉说，只能在夜深人静时偷偷流泪。这四首曲子的最后一句都用了曲牌名"一半儿"，将感情推向高潮，取得了很好的艺术效果。

天　涯①

（唐）李商隐

春日在天涯，天涯日又斜②。
莺啼如有泪，为湿最高花③。

注释

①天涯：或指桂州，或指梓州。②日又斜：日落西山，指日暮。③最高花：指暮春时节高枝上的残花。

　　开章"春日"二字所比喻的是蓬勃的生气，欣欣向荣的景象。人生中的春日，是情怀与诗思并茂之时。春之所在，是希望所在，生命所在。然而诗锋一转，续写"在天涯"三字。"天涯"二字所感发的，是羁旅之愁，是飘零之苦。将春日在天涯飘零的感伤之情娓娓道出。"春日在天涯"已使人无限幽怨，而"天涯日又斜"，重复"天涯"二字，更见愁绪郁结，使藐藐天涯之地又抹上一层日暮斜阳黯淡的余晖，伤感之情跃然纸上。此句"天涯"与上句"天涯"是顶真格，在回旋反复中加重了缠绵的情感与低沉回旋的语气。两字虽同，而词意却不尽相同，首句"天涯"是泛指，次句"天涯"是具体指出所在。"日又斜"写日暮西斜，为瑰丽的春景笼罩上一层凄黯的色彩，似锦繁花将淹没在落暮之中。日复一日，时光易逝，春光不再，与诗人落魄失意的一生何其相似！"又"字极妙，不仅写出日日斜辉，韶光不再的图景，更表达了诗人对春光不再的失落感伤情怀。此两句诗既有对美好事物的留恋，也表达了对前景无望的悲哀！

　　"莺啼如有泪"在转句中以景抒情。从来"莺啼"都是春天花香鸟语、一派昂扬、欣欣向荣的象征，最能愉悦人心的大自然景象，然而作者却以疑问语道出"有泪"二字，则是将人之怨情、哀情转嫁到黄莺身上，将"啼"之"鸣叫"意转为"啼哭"之意，此为移情入景。"为湿最高花"，花是春天的象征，是春天的灵魂。春天的花常被视为春之色彩，春之气息，春之情意。此处是诗人与黄莺对语，拜托它，如果有悲伤之泪，请洒于高枝的残花之上。"为湿"二字，不言自己悲伤有泪，而请黄莺代为洒泪寄恨，此乃以委婉手法写出

自己的悲伤忧恨。"最高花"指暮春高枝上的残花。将泪洒在凋零的残花上，足见其悲其忧。

天津桥春望

（唐）雍　陶

津桥①春水浸红霞，烟柳风丝拂岸斜。
翠辇②不来金殿闭，宫莺衔出上阳③花。

①津桥：指洛阳城南洛水上的天津桥，建于隋炀帝时期。②翠辇：帝王的车驾。③上阳：上阳宫。唐朝帝王为了享乐，皆频幸东都，以上阳宫为行宫。

全诗紧紧围绕"望"字展开，诗人以自己视角的流动渐次地展开对天津桥畔明丽春景的描绘。第一、二句"津桥春水浸红霞，烟柳风丝拂岸斜"，时值阳春之际，天津桥下春水涌动，绚烂的云霞倒映在水中；天津桥畔，翠柳如烟，枝枝柔条斜拂水面，缕缕游丝随风飘扬。这自然界的美好春光，不减当年，令人心醉。然而，山河依旧，人事已非。面对此番场景，诗人不禁心潮澎湃，感慨万千，将心中难言之情全部融于诗作之中。前一句的"春"字照应诗题；后面着一"浸"字，则生动地描画出水映红霞的美景，使景物有了轻微的动感，却又将这美景底色变得黯然起来。后一

句的"烟"字，将岸边弥漫的淡淡柳绿变得灵动起来，景物顿时有了些朦胧的诗情画意；"斜"字，点出春风拂柳之姿，由此可感受出风的温柔、柳的细软。可见诗人用词的精准与用心。

第三、四句"翠辇不来金殿闭，宫莺衔出上阳花"，此处是诗人仰视的一个视角，诗人离开近景，抬眼穿过丛林北望上阳宫看到的景象，看似有些突然，但可由此探知作者沐浴在烂漫春光中抚今忆昔而昔已不再的感伤，正因为有前面的春景柔美，才引起作者对昔日盛况的追忆。"金殿闭"是诗人"望"中所见，但苑内的荒凉之状，毕竟是"望"不到的，于是第四句以宫莺不堪寂寞，飞出墙外寻觅春光，从侧面烘托出上阳宫里凄凉冷落的景象。曲折地表达了作者难以诉说的感慨万千、吊古伤今的沉郁感情，抚今思昔，不无盛衰兴亡之感。

这首诗是诗人触景生情而作，通过描写唐代东都洛阳的美丽春景，寓情于景，诗中沉浸着作者对国势渐弱、盛景不再的凄婉哀叹，以美景衬悲情的手法，含而不露地表达情感，可谓一首别有韵味的诗作。

江南春

（唐）杜 牧

千里莺啼①绿映红，水村山郭②酒旗③风。
南朝④四百八十⑤寺，多少楼台⑥烟雨中。

注 释

①莺啼：即莺啼燕语。②郭：外城。此处指城镇。③酒旗：一种挂在门前以作为酒店标记的小旗。④南朝：指先后与北朝对峙的宋、齐、梁、陈政权。⑤四百八十：虚数，非实指。⑥楼台：楼阁亭台。此处指寺院建筑。

鉴 赏

"千里莺啼绿映红，水村山郭酒旗风"，诗一开头，就像迅速移动的电影镜头，掠过南国大地：辽阔的千里江南，黄莺在欢乐地歌唱，丛丛绿树映着簇簇红花；傍水的村庄、依山的城郭、迎风招展的酒旗，一一在望。摇荡的原因，除了景物的繁丽外，恐怕还由于这种繁丽不同于仅局限于一个角落的某处园林名胜，而是由于这种繁丽是铺展在大片土地上的。

"南朝四百八十寺，多少楼台烟雨中。"从前两句看，莺鸟啼鸣，红绿相映，酒旗招展，应该是晴天的景象，但这两句却写到烟雨，这是因为千里范围内，各处阴晴不同，也是完全可以理解的。不过还需要看到的是，诗人运用了典型化的手法，把握住了江南景物的特征。江南特点是山重水复，柳暗花明，色调错综，层次丰富而有立体感。诗人在缩千里于尺幅的同时，着重表现了江南春天掩映相衬、丰富多彩的美丽景色。诗的前两句，有红绿色彩的映衬，有山水的映衬，有村庄和城郭的映衬，有动静的映衬，有声色的映衬。但光是这些，似乎还不够丰富，还只描绘出江南春景明朗的一面。所以诗人又加上精彩的一笔："南朝四百八十寺，多少楼台烟雨中"。金碧辉煌、屋宇重重的佛寺，本来就给人一种深邃的感觉，现在诗人又特意让它掩映于迷蒙的烟雨之中，这就更增加了一种朦胧迷离的色彩。这样的画面和色调，与"千里莺啼绿映红，水村山郭酒旗风"的明朗绚丽相映，就使得这幅"江南春"的图画变得更加丰富多彩。"南朝"二字更给这幅画面增添悠远的历史色彩。"四百八十"是唐人强调数量之多的一种说法。诗人先强调建筑宏丽的佛寺非止一处，然后再接以"多少楼台烟雨中"这样的唱叹，特别引人遐想。

春 尽①

(唐) 韩 偓

惜春连日醉昏昏②，醒后衣裳见酒痕。
细水浮花归别涧，断云含雨入孤村。
人闲易有芳时恨③，地迥难招自古魂④。
惭愧流莺相厚意，清晨犹为到西园。

注 释

①春尽：顾名思义是抒写春天消逝的感慨。②昏昏：这里指喝醉，神志模糊。③芳时：指春天。芳时恨：就是春归引起的怅恨。④自古魂：是指古人的魂灵。

鉴 赏

诗篇一上来就抓住醉酒这个行为来突出"惜春"之情。不光是醉，而且是连日沉醉，醉得昏昏然，以致衣服上溅满了斑斑酒痕。这样反复渲染一个"醉"字，就把作者悼惜春光的哀痛心情体现出来了。

"细水浮花归别涧，断云含雨入孤村"转入写景。涓细的水流载着落花漂浮而去，片断的云彩随风吹洒下一阵雨点。这正是南方暮春时节具有典型特征的景象，作者把它细致地描画出来，逼真地传达了那种春天正在逝去的气氛。不仅如此，在这一幅景物

画面中，诗人还自然地融入了自己的身世之感。那漂浮于水面的落花，那随风带雨的片云，漂泊无定，无所归依，正是诗人自身沦落天涯的象征。

"人闲易有芳时恨，地迥难招自古魂"再由写景转入抒情。为什么要说"人闲易有芳时恨"呢？大凡人在忙碌的时候，是不会很注意时令变化的；愈是空闲，就愈容易敏感察觉到季节的转换，鸟啼花落，处处都能触动愁怀。所以这里着力点出一个"闲"字，在刻画心理上是很精微的。再深一层看，这个"闲"字上还寄托了作者极深的感慨。春光消去，固然可恨，尤可痛心的是春光竟然在人的闲散之中白白流过，令人眼睁睁望着它逝去而无力挽回。下句"地迥难招自古魂"，则把自己的愁思再转进一层。迥，偏远的意思。当然，这种寂寥之感虽托之于"地迥"，根本上还在于缺乏知音。

结尾处故意宕开一笔。借流莺的殷勤相顾，略解自己的春愁，表面上冲淡了全诗的悲剧色调，实际上将那种世无知音的落寞感表达得更耐人寻味。

蟾宫曲（四首）

（元）刘秉忠

盼和风春雨如膏①。花发南枝，北岸冰销。夭桃②似火，杨柳如烟，穰穰③桑条；初出谷黄莺弄巧，乍衔泥燕子寻巢。宴赏东郊，杜甫游春，散诞逍遥。

炎天地热如烧。散发披襟④，纨扇轻摇。积雪敲冰，沉李浮瓜⑤，不用百尺楼高；避暑凉亭静扫，树阴稠绿波池沼。流水溪桥，右军⑥观鹅，散诞逍遥。

梧桐一叶初凋。菊绽东篱，佳节登高⑦。金风⑧飒飒，寒雁呀呀，促织⑨叨叨；满目黄花衰草，一川红叶飘飘。秋景萧萧，赏菊陶潜，散诞逍遥。

朔风瑞雪飘飘。暖阁红炉⑩，酒泛羊羔⑪。如飞柳絮，似舞蝴蝶，乱剪鹅毛；银砌就楼台殿阁，粉妆成野外荒郊。冬景寂寥，浩然踏雪，散诞逍遥。

注 释

①春雨如膏：膏：油。早在《诗经》中，人们就把春雨称作"膏雨"，加以赞美。②夭桃：指茂盛而艳丽的桃花。③穰穰：兴盛的样子。④散发披襟：披着头发，敞开衣服。⑤沉李浮瓜：李子好的在水中沉，瓜好的在水面浮。⑥右军：指王羲之。⑦佳节登高：指每年重阳节（农历九月初九）登高望远的习俗。⑧金风：秋风。⑨促织：蟋蟀的别名。⑩暖阁红炉：指有炉火取暖的小阁。⑪酒泛羊羔：山西汾县所产的一种酒叫羊羔酒，呈白色晶莹状。

鉴 赏

　　这首组曲，表现了作者在一年四季之中自由闲适的生活以及淡泊文雅的情趣。

　　第一首咏春。"盼和风春雨如膏"，一个"盼"字，表明了作者对于春天的盼望和喜爱之情。接着，作者描绘了一幅色彩斑斓的春光图：百花开放，百鸟齐鸣，生机勃勃，热闹非凡。最后三句表现出了想要逍遥快活的愿望。第二首咏夏。开头一句"炎天地热如烧"，一个"烧"字便点出了夏日的酷暑难耐。接下来几句，写绿荫下碧波荡漾的池塘是乘凉的最好地方，营造出了一个"阴""绿""幽"的环境，传达出丝丝凉意。作者在清净的凉亭里，悠闲自得，率性而为。接着，作者以王羲之自比，将自己也提升到文人雅士一列。人与自然的和谐表现了作者的高雅情趣。第三首咏秋。首句"梧桐一叶初凋"点明秋意。"菊绽东篱"表现了淡雅的心境。"佳节登高"引出下文登高的所闻所见："金风""寒雁""促织娘""黄花""衰草""红叶"，色彩斑斓，意境开

阔。最后"秋景萧萧，赏菊陶潜，散诞逍遥"几句，呼应了上文的"菊绽东篱"，表达了虽然眼前秋景萧瑟，但仍然开阔洒脱的心境。最后一首咏冬。"朔风瑞雪飘飘"点明季节，屋外寒风凛冽，雪花纷飞，银装素裹，已如冰雕玉砌，而作者却悠然地坐在炉火通明的暖室内饮酒，孤高淡泊。然而面对这样的景致，作者又不禁走出暖室，"浩然踏雪"，表现了其高雅的生活情调。

天净沙·春情

（元）张可久

一言半语恩情，三番两次丁宁[①]，万劫千生誓盟。柳衰花病，春风何处莺莺[②]。

注 释

①丁宁：同叮咛，嘱咐。②莺莺：指鸟儿莺歌燕舞，或指崔莺莺。

鉴 赏

这首元曲是对一个被遗弃的女子的幽怨哀愁的具体刻画。从不同侧面描写被抛弃女子的痛苦遭遇，情感真挚，表达婉转，耐人品味。这类主题在张可久的作品中比较常见。

开头"一言半语恩情，三番两次丁宁，万劫千生誓盟"，使用三个排比句对当年情人对她如何热恋、如何追求的细节进行了描绘。"一言半语""三番两次""万劫千生"，这对情侣一见钟情，甜言蜜语，温柔体贴，时间长了，女方自然提出想要情人托媒订亲的要求，可是情人却摆出许多理由，推三阻四。为了让女子相信自己，达到自己的目的，还不惜一切地一而再、再而三地对天发誓、对月发誓，信誓旦旦，却终是不答应女子的要求。此情此景，旁观者一眼就能看出男子的内心，可是女子却因为深陷其中，所以始终没能看清男子的真面目。

结尾两句"柳衰花病，春风何处莺莺"便是对女子结局的揭示。一天天过去了，一年年也过去了，时间流逝，岁月在她的脸上留下了痕迹，刻下了记号，可是情人却一直没有回来。如今，又是一个春风吹拂、阳光明媚、莺歌燕舞的日子，可是当年那幅恩爱的画面再也不会出现，当年那人儿始终不会再露面。此处作者以"莺莺"自比，含蕴深沉，比直写被冷落、被遗弃的艺术效果更为强烈。

此曲短短二十八字，将男女相恋、男子背叛、女子痴情直至被遗弃后的情状都传神地刻画出来了，内涵丰富，情感真挚深刻，引人深思。

临江仙

（宋）贺　铸

午醉厌厌①醒自晚，鸳鸯②春梦初惊。<u>闲花深院听啼莺</u>。斜阳如有意，偏傍小窗明。
莫倚雕栏怀往事，吴山楚水纵横。多情人奈物无情。闲愁朝复暮，相应两潮生。

注释

①厌厌：微弱貌，精神不振貌。②鸳鸯：水鸟，总是出双入对，因此被看成爱情的象征。

飞花令

里读诗词

鉴赏

因贺铸这首词有"鸳鸯春梦初
惊"句，所以《临江仙》又名
《鸳鸯梦》。这是贺铸晚年退
居苏州后的作品，写的也是那无
法摆脱的闲愁。

上阕写酒醒后对梦境的回味。
"午醉厌厌醒自晚，鸳鸯春梦初
惊"，在一个明媚春天的中午，词
人多喝了几杯酒，酩酊大醉，昏昏
沉沉倒头便睡，昏睡中做了一个美
好的鸳鸯梦，在梦境中重温了青年
时期的爱情生活。"闲花深院听啼
莺"，庭院深深，幽静雅致，花木丛
丛，烂漫怒放，姹紫嫣红，一对年轻的
爱侣在庭院中游赏，并肩携手，步履轻盈，诵诗吟词，文采风流，繁花茂叶
之间，传出了几声黄莺的啼叫，嘹亮悦耳，给静谧安闲的院落增添了勃勃生
气，人物、景物、情感的和谐一致，令人艳羡。"斜阳如有意，偏傍小窗
明"，红楼暖阁，雕栏画栋，小窗开启，几案明净，一对爱侣凭窗而坐，女
的在整顿晚妆，男的凝神观望，不时帮助她梳理一下乌黑的长发，另一只手
还握着诗卷不忍释手。时间已近傍晚，西斜的太阳好像有意识地把它金黄色
的光辉照射过来，透进小窗，使这对爱侣完全沐浴在夕阳金色的光晕中。这
两组美好的画面，都是贺铸审美情趣的体现。

下阕写整个身心被闲愁所绕、无法摆脱、无法排遣的苦恼。"莫倚雕栏
怀往事，吴山楚水纵横"，词人清醒之后情感马上有了转变，他理智地告诫自
己：不要登上高楼，凭栏远眺，那重重叠叠的吴山，曲曲折折的楚水，阻挡了

110

视线，遮蔽了眼帘，见不着希望，看不到前景，呈现于面前的只是一派闲愁的迷蒙。"多情人奈物无情"是对前两句的补充说明，词人登高，激情满怀，怎奈外物无情，冷若冰霜，主客观的不协调，就造成感情的伤痛。"闲愁朝复暮，相应两潮生"把感情推向了高潮，"闲愁"一直缠绕着自己，从早到晚，一时一刻都不曾止息，像江海的早潮和晚潮一样，激荡澎湃。不唯充满了浪漫气息，更足见其精神痛苦之深，欲罢不能。

　　虚虚幻幻，既有梦境又有现实，词人用文字在这二者之中自由地进行穿梭。无论是现实，还是梦境，唯一不变的是心中那份对往事放不下的牵挂与怀念。

野 望

（唐）王 绩

东皋①薄暮②望，徙倚③欲何依。
树树皆秋色④，山山唯落晖。
牧人驱犊⑤返，猎马带禽⑥归。
相顾⑦无相识，长歌怀采薇。

注 释

①东皋：诗人隐居的东皋村，在其故乡龙门。水边高地曰"皋"。②薄暮：黄昏。③徙倚：徘徊。④秋色：指树木凋零衰落的景象。⑤犊：小牛。

⑥禽：指猎获的禽、兽。⑦顾：回头看。

鉴赏

《野望》是一首五言律诗，是王绩隐居乡里时所作。写的是诗人在东皋观望山野秋景以及观望的心境。

首联"东皋薄暮望，徙倚欲何依"点题，写出了地点：东皋；时间：薄暮；事：望、徙倚；情态：欲何依。"皋"是水边高地。诗人家在绛州龙门（今山西河津），自号东皋子，则东皋当是他家乡所在，也是其时时游眺之地。傍晚时分，漫步东皋，随意眺望。然而，"徙倚欲何依"，颇有彷徨之感。"徙倚"，是徘徊不前的意思。"欲何依"，乃反躬自问：想到哪里去呢？这正是作者落寞无着的心理反映。既求闲适，又怀惆怅，首联流露的复杂情怀构成了全诗的基调。

二、三联紧扣"望"字，写傍晚秋原所见之物。树的"秋色"，写树木摇落变衰的景象。"落晖"，指落日的余晖。此联"树树""山山"重叠，可以看出诗人视线运动的轨迹，"皆"字与"唯"字的前后呼应，又显现出作者的心理感受。棵棵树都在变黄摇落，座座山都沉浸于惨淡的余晖中，萧瑟的山林在余晖的映照下显得更加苍茫、空旷。在苍茫暮色中，诗人又看到牧人驱赶着小牛由远而近，猎人的马上亦挂着禽、兽满载而归。这是一个特写镜头，它不仅可以使人想象到牧人悠闲的情态、猎人得志的神情及犊鸣马嘶的情状，而且与上联搭配得非常和谐，使诗既有远景，又有近景；既有静态，又有动态，构成一幅有明有暗、有声有色、有形有神的山村秋晚图。

这几句诗，远景与近景，静态与动态，相得益彰。然而诗人却不能在这种田园生活中找到慰藉，希望能够追怀古代的隐士，与他们为友。这首诗首尾两联抒情言事，中间两联写景，深化诗意。

昭君怨·金山送柳子玉

（宋）苏　轼

谁作桓伊三弄①，惊破绿窗幽梦。新月与愁烟，满江天。

欲去又还不去，明日落花飞絮。飞絮送行舟，水东流。

①桓伊：字子野，极擅长吹笛。三弄：刘义庆《世说新语·任诞》记载他曾为王子猷"作三调"，"客主不交一言"，吹毕便离去。

鉴　赏

这是一首送别词，作于熙宁七年（1074）二月，是词人为送别戚友柳子玉（名瑾）而作。

上阕写离别时的情景。起句"谁作桓伊三弄，惊破绿窗幽梦"，用晋人桓伊为王徽之吹奏三个曲调的典故，以发问的形式提出疑问：夜深人静时，是谁吹奏有名的古曲，将人们从梦中唤醒？暗写离别，美好时刻即将结束，不禁黯然神伤。"新月与愁烟，满江天"，融情入景，通过新月、烟云、天

空、江面等景，将整个送别情景和盘托出。在这凄清的夜里，只有一轮孤月，茫茫江面烟雾迷蒙，似词人心头的愁绪，驱之不尽，无法排遣，充斥在作者心头、江面，直至整个天下。幽怨的笛音，更加重了离别情绪。

下阕遥想"明日"分别的情景。"欲去又还不去"，道了千万声珍重，但迟迟没有成行。二月春深，将是"落花飞絮"的时节，景象凄迷，那时别情更使人黯然。"飞絮送行舟，水东流"，漫天飘舞的飞絮也似乎能理解人的心情，追逐着友人的行舟，送了一程又一程，落在人的身上脸上，仿佛牵着朋友的衣袖，不忍他的离去。可恨滔滔江水只管载舟东流，哪里理解人间别离的苦愁。在这里，以飞絮的多情、流水的无情来衬托人的有情，使词句更为生动。

本词上阕平稳写送别情景，下阕首句一顿，接着顺流而下，叠用"飞絮"接上句"落花飞絮"，是顶针接麻格，想象次日分别的情景，扩展了离情别绪的空间。虚实结合，渲染出一种强烈的情感氛围，使读者受到极强的艺术感染。这首送别词全无强烈抒情，又无送别之语，而是通过对景物的描写来渲染一种别离气氛，真正做到了自与物化、神与物交，可谓情景交融，有很强的艺术感染力。正是"发纤于简古，寄至味于淡泊"，在平淡中显真情，有一种淡远深邃的美。

逢入京使①

（唐）岑 参

故园②东望路漫漫③，双袖龙钟④泪不干。
马上相逢无纸笔，凭⑤君传语⑥报平安。

注释

①入京使：回京的使者。②故园：指长安和自己在长安的家园。③漫漫：形容路途遥远。④龙钟：形容流泪的样子，这里是沾湿的意思。⑤凭：凭借，依靠。⑥传语：捎口信。

鉴赏

本诗写游客邂逅京使，托他捎带口信回家的情境。诗来自生活，反映生活，信手写去，不事雕琢，亲切不味，真挚感人。"马上相逢无纸笔，凭君传语报平安"是生活中常见之事，一经艺术提炼概括，多么典雅感人，富有生气。

这年岑参第一次从军西征，西出阳关，奔赴安西。岑参的从军，思想上有两个精神支柱：一个支柱是建功边陲的理想在鼓舞着他，他曾自言："功名只应马上取，真正英雄一丈夫。"（《送李副使赴碛西官军》）另一个支柱是，他认为从军出塞是为了报效祖国，赴国家之急。他曾自我表白："万里奉王事，一身无所求，也知塞垣苦，岂为妻子谋。"（《初过陇山途中呈宇文判官》）正是基于这两点，所以他的边塞诗多数是昂扬乐观的，表现出唐军高昂的士气和震撼大地的声威。但当一个战士踏上征途之后，他们不可能没有思乡的感情，也不可能不思念父母妻子。高适《燕歌行》云："铁衣远戍辛勤久，玉箸应啼别离后。少妇城南欲断肠，征人蓟北空回首。"岑参的《逢入京使》所表现的就是对故园和家人的思念，这是真挚健康的感情，虽然调子不怎么高昂，但不能认为是消极悲观的。这首诗语言朴素自然，充满了浓郁边塞生活气息，既有生活情趣，又有人情味道，清新明快，余味深长，信口而成，而又感情真挚。诗人善于把许多人心头所想、口里要说的话，用艺术手法加以提炼和概括，使之具有典型的意义。清人刘熙载曾说："诗能于易处见工，便觉亲切有味。"（《艺概·诗概》）在平易之中而又显出丰富的韵味，自能深入人心，历久不忘。岑参这首诗，正有这一特色。钟惺评此诗："只是真。"谭元

春曰："人人有此事，从来不曾写出，后人蹈袭不得。所以可久。"（《唐诗归》卷十三）沈得潜曰："人人胸臆中语，却成绝唱。"（《唐诗别裁集》卷十九）

新安吏

（唐）杜 甫

客行新安道①，喧呼闻点兵。
借问新安吏："县小更②无丁？"
"府帖昨夜下，次③选中男行。"
"中男绝短小，何以守王城？"
肥男有母送，瘦男独伶俜④。
白水暮东流，青山犹哭声。
"莫自使眼枯，收汝泪纵横。
眼枯即见骨，天地终无情！
我军取相州⑤，日夕望其平。
岂意贼难料，归军星散营。
就粮近故垒，练卒依旧京⑥。
掘壕不到水，牧马役亦轻。
况乃王师顺，抚养甚分明。
送行勿泣血⑦，仆射⑧如父兄。"

注释

①新安：县名，今属河南。②更：岂。③次：依次。④伶俜：形容孤独。
⑤相州：即"三男邺城戍"之"邺城"，今河南安阳。⑥旧京：指东都洛阳。
⑦泣血：谓哀伤之极。⑧仆射：官名，此处指郭子仪。

鉴 赏

　　唐肃宗乾元元年（758）冬，郭子仪收复长安和洛阳，旋即，郭和李光弼、王思礼等九节度使乘胜率军进击，以二十万兵力在邺郡（即相州，治所在今河南安阳）包围了安庆绪叛军，局势甚可喜。然而昏庸的肃宗对郭子仪、李光弼等并不信任，诸军不设统帅，只派宦官鱼朝恩为观军容宣慰处置使，使诸军不相统属，又兼粮食不足，士气低落，两军相持到次年春天，史思明援军至，唐军遂在邺城大败。郭子仪退保东都洛阳，其余各节度使逃归本镇。唐王朝为了补充兵力，大肆抽丁拉夫。杜甫这时正由洛阳回华州任所，耳闻目睹了这次惨败后人民罹难的痛苦情状，经过艺术提炼，写成组诗"三吏""三别"。《新安吏》是组诗的第一首。新安，在洛阳西。

　　一方面，当时安史叛军烧杀掳掠，对中原地区生产力和人民生活的破坏是空前的。另一方面，唐朝统治者平时剥削、压迫人民，国难当头的时候却又昏庸无能，把战争造成的灾难全部推向人民，要捐要人，根本不顾人民死活。这两种矛盾，在当时社会现实中尖锐地存在着，然而前者毕竟居于主要地位。可以说，在平叛这一点上，人民和唐王朝多少有一致的地方。因此，杜甫的"三吏""三别"既揭露统治集团不顾人民死活，又旗帜鲜明地肯定平叛战争，甚至对应征者加以劝慰和鼓励，读者也就不难理解了。因为当时的人民虽然怨恨唐王朝，但终究咬紧牙关，含着眼泪，走上前线支持平叛战争。

　　此篇记述作者所见的新安征兵情况。前十二句通过作者与新安吏的对话，记述了征兵场面，后十六句则是作者对征夫及其家属的劝勉，表明了作者的态度。

　　征兵的景象是凄惨的。作者丝毫没有掩饰战争的残酷：战争把许多家庭拆散，把未成年的"中男"推向死亡之线。而朝廷的公文和胥吏的催逼更显残酷无情，

这一组景象把人的悲哀渲染得淋漓尽致！然而，作者笔锋一转，便开始他不得不说的劝告。这劝告又可分为三层，作者先是充满同情、十分冷静地宣布：这一切是不可改变的，不如想开点来面对这一事实。接着，作者便陈述战事胜而复败的情况，说明战争还不能很快结束，部分地解释了人民为何必须作出牺牲的原因。最后，作者便想出若干个理由来宽慰征夫及其家属。

作者在本诗中既深深地动情，又近乎无情，而作者正是真实地表露了他的这种动情而无情，从而传达出了历史运动的深刻内容。

送李侍御赴安西①

（唐）高 适

行子对飞蓬，金鞭指铁骢②。
功名万里外，心事一杯中。
虏障③燕支北，秦城太白东④。
离魂⑤莫愁怅，看取宝刀雄⑥。

注释

①安西：是指安西都护府，治所在今新疆维吾尔自治区库车市。②骢：指黑色的骏马。③虏障：指防御工事。④太白东：具体指秦岭太白峰以东的长安。⑤离魂：指离别时的心情。⑥宝刀雄：指在边地作战建立军功的雄心壮志。

鉴赏

这首诗体现了高适这位盛唐大诗人的卓越诗风。

高适所送别的李侍御生平无考。"侍御"，官名，唐代为殿中侍御史或监察御史的俗称，专司纠察非法，也可出使州郡执行指定任务。"安西"，唐代的安西都护府，治所在今新疆维吾尔自治区库车市。

开篇揭题，直言对方即将乘战马离"我"远去。用语干脆利落，顿显爽健气魄。"行子"即出行的人，指李侍御。"飞蓬"，被秋风吹散而飘转不定的蓬草，古诗中常用以比喻游子，此处借以暗喻作者自己，因为高适常"客梁、宋间"而行踪不定，此时只是暂寓京城。说双方都是浪迹异乡的"行子"，显然含有劝慰对方之意。

颔联赞赏对方为建功立业而远途勇征的雄豪气概。诗境呈现出宾主临别时举杯畅饮、促膝谈心的亲热场景。作者与"行子"意气相投，都有共同的远大抱负。在作者衷心祝愿"行子"于万里之外取得事业成功的时候，既表达了他对朋友的赤诚之情，又显示了诗人自己的壮伟气度。涵韵俊激，对仗精工，遂使本联成为上好的警句。

颈联是上面两联的伸展，形象化描绘客主双方的地理环境。"行子"要去"燕支"以北更为遥远的"虏障"地带，而作者则在这"太白"山（秦岭高峰）以东的"秦城"（国都长安）。这就从山高路迥的地域上突出了这次送别的情真意切，也强化了对方远奔"万里"以求"功名"的深广意蕴，同时为尾联向对方劝勉、激励做铺垫。"虏障"，即遮虏障，边境险要处为防捍寇掠而设的小城。这里指居延塞，是汉代李陵与匈奴作战的著名史迹，在今内蒙古额济纳旗东南。"燕支"山更有汉代霍去病讨伐匈奴大获全胜的光荣记载。诗篇标举这些地名，不仅昭示了"安西"的遥远，而且寓含着为国立功、早日凯旋的丰厚内涵，值得人们细加品味。

尾联的"离魂"即离情别绪。本来，悠远荒凉的大西北十分苦寒、孤寂，"春风不度玉门关"（唐代王之涣《凉州词》）曾使人凄然神伤。所以，诗人这里就特别强调不要因离别而失意悲伤，应当振作精神去开创业绩：好友啊，相信你一定会让宝刀充分发挥威力以实现自己安靖边疆、卓建功业的雄心壮志！

虞美人

(宋) 苏 轼

波声拍枕长淮晓，隙月窥人小。无情汴水①自东流，
只载一船离恨、向西州②。

竹溪花浦曾同醉，酒味多于泪。谁教风鉴③在尘埃？
酝造一场烦恼、送人来！

鉴 赏

此词作于元丰七年（1084）十一月苏轼与秦观"淮扬饮别"时，情感
真挚。

上阕开头二句"波声拍枕长淮晓，隙月窥人小"，写
苏轼与秦观淮上饮别后的情景。点明地点、时间、所听、所
见。词人与秦观告别之后，归卧船中，耳中只听淮河波涛声
拍击船帮，恍惚之间天已拂晓。一夜追忆两人临水饮别的
难忘景象，一个"晓"字透露出来，还真切传神地写出船
篷罅隙中所见之"隙月"的特点和距离词人之遥远，借
物传情，加倍衬出词人形影之孤微和离恨之郁结，自然地

开启了下文。"无情汴水自东流，只载一船离恨、向西州"，直抒水向东流、独向西行而离友人越来越远的离愁别恨，以水喻愁，发出"载一船离恨"的奇语，更将"水自东流"之"无情"与船"向西州"之"离恨"形成强烈的对比，着力写"水"之"无情"，愈显人之多情，刻画得入木三分。

下阕开头两句，承上转折，追忆当年两人同游的情景，乐中寓悲。追忆元丰二年（1079），词人自徐州徙知湖州间与秦观一起畅游无锡、松江、吴兴时的情景，他们赏花浦，游竹溪，痛饮酣醉，彼此唱和，可谓人间乐事。以乐景反衬悲情，"酒味多于泪"，在乐多于悲的字里行间，隐含此后则悲多于乐的弦外之音。结尾"谁教风鉴在尘埃？酝造一场烦恼、送人来"，由昔转今，直道自己赏识秦观、秦观对己情深送别而导致无可解脱的离愁别恨。以反诘句式，正话反说：谁叫我在茫茫尘世中品评出你特殊的风貌？如今反倒使你远送而来，给我制造了无穷无尽的烦恼！这种不同寻常的表达方式，将其无以名状的深沉友情和经历坎坷的复杂思绪都概括其中，具有一种震撼人心的艺术力量。使得词意曲折跌宕，读来令人回肠荡气，发人深省，终至令人感受到他对秦观那种寓"离恨"于"烦恼"之中的不尽爱怜的情谊、愁思和慨叹。

题宣州开元寺水阁，阁下宛溪，夹溪居人

（唐）杜 牧

六朝文物草连空[1]，天淡云闲今古同。
鸟去鸟来山色里，人歌人哭水声中[2]。
深秋帘幕千家雨[3]，落日楼台一笛风[4]。
惆怅无因见范蠡[5]，参差烟树五湖东。

①六朝：吴、东晋、宋、齐、梁、陈皆建都于建康（今南京市），史称"六朝"。②人歌人哭：歌、哭分指喜、丧之事，用以借指人生。③帘幕：窗帘帷幕，此借指雨像帘幕一样。④一笛风：笛声随风传来。⑤范蠡：辅佐越王勾践灭吴后，归隐江湖。

鉴 赏

　　诗一开始写登临览景，勾起古今联想，造成一种笼罩全篇的气氛：六朝的繁华已成陈迹，放眼望去，只见草色连空，那天淡云闲的景象，倒是自古至今未发生什么变化。这种感慨固然由登临引起，但联系诗人的经历看，还有更深刻的内在因素。诗人此次来宣州已经是第二回了。八年前，沈传师任宣歙观察使（治宣州）的时候，他曾在沈的幕下供职。这两次变化，自然要加深他人世变易之感。

　　"鸟去鸟来山色里，人歌人哭水声中"两句似乎是写眼前景象，写"今"，但同时又和"古"相沟通。飞鸟在山色里出没，固然是向来如此，而人歌人哭，也并非某一片刻的景象。"歌哭"语出《礼记·檀弓》："晋献文子成室，张老曰：'美哉轮焉！美哉奂焉！歌于斯，哭于斯，聚国族于斯。'""歌哭"言喜庆丧吊，代表了人由生到死的过程。"人歌人哭水声中"，宛溪两岸的人们就是这样世世代代聚居在水边。这些都不是诗人一时所见，而是平时积下的印象，在登览时被触发了。

　　"深秋帘幕千家雨，落日楼台一笛风"两句展现了时间上并不连续却又每每使人难忘的景象：一是深秋时节的密雨，像给上千户人家挂上了层层的雨帘；一是落日时分，

夕阳掩映着的楼台，在晚风中送来悠扬的笛声。两种景象：一阴，一晴；一朦胧，一明丽。在现实中是难以同时出现的。但当诗人面对着开元寺水阁下这片天地时，这种虽非同时却是属于同一地方获得的印象汇集复合起来，从而融合成一个对宣城、对宛溪的综合而长久性的印象。这片天地，在时间的长河里就长期保持着这副面貌吧？这样，与"六朝文物草连空"相映照，那种文物不见、风景依旧的感慨，自然就愈来愈强烈了。客观世界是持久的，歌哭相迭的一代代人生却是有限的。这使诗人沉吟和低回不已，于是，诗人的心头浮动着对范蠡的怀念，无由相会，只见五湖方向，一片参差烟树而已。

雨

蝶恋花

（宋）欧阳修

庭院深深深几许？杨柳堆烟，帘幕无重数。玉勒雕鞍①游冶处②，楼高不见章台路。

雨横风狂三月暮。门掩黄昏，无计留春住。泪眼问花花不语，乱红③飞过秋千去。

注释

①玉勒雕鞍：这里代指豪华的马车。②游冶处：指歌楼妓馆。③乱红：即落花。

鉴赏

这是一首暮春闺怨词，描写的是暮春时节深闺女子怀人伤春的苦闷愁怨，语言清丽自然，风格含蓄蕴藉，情感深挚感人，给人留下深刻的印象，为欧词名作。

词的上阕主要写的是深闺女子的生活状态和伤春思人的忧苦情感。"庭院深深深几许"，词句中连用了三个"深"字，写出了女子与世隔绝如囚徒般的生活，暗示其孤身独处、压抑难耐的情感。其中道尽了庭院的深邃，也道尽了女子的凄婉。"杨柳堆烟，帘幕无重数"，这是进一步渲染庭院之深。丛丛杨柳堆积着缕缕轻烟，帘幕一重又一重，无以尽数，庭院的深邃可见一斑。这是深闺女子对自己生活住处的细致描绘。"玉勒雕鞍游冶处，楼高不见章台路"，作者在此处将视线转到了其丈夫那里，"楼高不见章台路"，女子只能独处高楼，凝神远望丈夫游冶之处。此两句的隐含之意便是，虽然她望不到她的意中人，但她知道此刻他一定在那花柳之地寻欢作乐，极尽风流。闺中之人的愁怨、痛苦在这种对比中展现得淋漓尽致。

词的下阕借写狂风暴雨的黄昏，抒写了女子无限的伤春情感。"雨横风狂三月暮，门掩黄昏，无计留春住"，暴雨狂风无情地摧残着美好的春天，暮春之际本已令人产生伤春之感，而此时又为愁苦的黄昏之时，让人情何以堪。而这时候的女子只能独处深闺，暗自叹息无计留春，只留有时光默默东去的无奈。"泪眼问花花不语，乱红飞过秋千去"，这是欧阳修词中脍炙人口的一句。因泪而问花，花却不语，不但不语，而且还惹得人更加伤心。人愈加伤心，花儿愈加恼人，语言愈加浅显而意境却愈加深入。

全词优美动人，浅显易懂，然而意境深远幽邃，深沉细腻，远胜花间词之清韵。

雨霖铃①

（宋）柳 永

　　寒蝉凄切。对长亭晚，骤雨初歇。都门②帐饮无绪③，留恋处、兰舟催发。执手相看泪眼，竟无语凝噎④。念去去、千里烟波，暮霭沉沉楚天阔。

　　多情自古伤离别，更那堪，冷落清秋节！今宵酒醒何处？杨柳岸、晓风残月。此去经年⑤，应是良辰美景虚设。便纵有千种风情⑥，更与何人说？

注 释

①雨霖铃：原为唐教坊曲名，后用作词牌。②都门：这里指京城门外。③无绪：无情无绪。④凝噎：一作"凝咽"，指的是因为悲伤过度所以说不出话。⑤经年：年复一年，一年又一年。⑥风情：风流情意。

鉴 赏

　　这首词在柳永的全部作品中是最具代表性的，作为"婉约派"的代表人物，此词是柳永最为后人传唱的名作。词人在倾诉恋情和离恨之时，还明显夹杂着思念之感。此词在词艺上最大的特点就是铺叙。

　　开篇"寒蝉凄切，对长亭晚，骤雨初歇"，即为我们描绘了一幅送别时的图景。"骤雨"停歇的秋季傍晚，于长亭处告别自己最亲爱的人，而此时凄凄切切的寒蝉声不断萦绕在耳际，令人拂之不去。不仅点明了告别的时间、地点、背景，还通过这样具体的环境刻画，渲染了一种凄凉的离别氛围。"都门帐饮无绪，留恋处，兰舟催发。执手相看泪眼，竟无语凝噎"，京城门外，帐幕里有送别的酒宴，却哪里还有昔日狂欢的思绪。正在这依依不舍之际，船家催促要远帆而去。双手紧紧攥在一起，泪水模糊了双眼，喉咙也哽咽了，相对无言，只有默默啜泣。写到此时，作者的情感已经达到高潮，离别之痛无以复加。"念去去、千里烟波，暮霭沉沉楚天阔"，作者开始由抒情到写景，由实景送别情节到虚拟别后情景，借景抒情，不仅形象地展示了他那深广如寒波的离愁，同时也通过壮阔的景物描写使得词境顿开。

下阕中，"多情自古伤离别"，从自古皆然的离情写起，而接下来的"更那堪、冷落清秋节"，则又把自古皆然的离情推向极致，谁人能忍受凄清冷落的清秋时节的销魂别离！自古以来，谁人不伤痛离别？更叫人难以忍受的是这次分手，在那寂寥的清秋，怎不叫人伤愁？今夜酒醒后，你去哪里呢？是在杨柳轻摆的岸边驻停，还是在那拂晓的微风中面对一轮弯月把旧情回忆？这几句成功运用了点染之法，描绘了一幅"晓风拂岸柳，残月挂枝头"的清丽伤感画面。"便纵有千种风情，更与何人说"，假设、反问的语气表达出情之专、意之浓、别之苦，言虽尽而意无穷。作者在结尾处直抒胸臆，表明在今后的岁月里，任怎样的美景也打动不了自己，因为没有心爱的人与自己共享，仍旧以离愁收束全词。此词疏密有致，虚实相生，情景交融。可谓字字珠玑，无时不散发着艺术的魅力。

满江红

(宋) 岳 飞

怒发冲冠①，凭阑处、潇潇②雨歇。抬望眼，仰天长啸，壮怀激烈。三十功名尘与土，八千里路云和月。莫等闲、白了少年头，空悲切。

靖康耻③，犹未雪；臣子恨，何时灭？驾长车、踏破贺兰山④缺。壮志饥餐胡虏肉，笑谈渴饮匈奴⑤血。待从头、收拾旧山河，朝天阙⑥。

①冠：帽子。②潇潇：形容雨势急骤的样子。③靖康耻：靖康二年（1127）四月金军攻破东京（今河南开封），在城内搜刮数日，掳徽宗、钦宗二帝，北宋灭亡。又称"靖康之难""靖康之祸"和"靖康之变"。④贺兰山：宁夏西北的山脉，此处代指金国。⑤胡虏、匈奴：指金兵，泛指敌人。⑥天阙：天子宫殿前的楼观，即朝见天子。

鉴赏

这是一首气壮山河、传诵千古的名篇。绍兴六年（1136），岳家军节节胜利，大有收复中原之态势，但是宋高宗恐于岳飞的军队势力，一心议和，命他班师回朝。岳飞深感错失良机，在百感交集中写下了脍炙人口的《满江红》。这首《满江红》英勇而悲壮，反映了岳飞精忠报国、一腔热血的英雄气概。

这首词分为上下两阕，上阕写词人想要建功立业的志愿、为国杀敌的豪情。首三句，写词人怒发冲冠，独自高楼凭眺，疾风骤雨初歇。词人的愤怒不是空穴来风，几十年的努力在此刻功败垂成，他的心情悲愤至极，可又无处发泄。"抬望眼，仰天长啸，壮怀激烈"，词人抬头看远处高阔的天空，嘶声长啸，胸中的豪情壮志澎湃激烈。多年来，戎马征战，奋勇杀敌，在这些征途中只有缥缈的白云、清冷的明月相伴，艰苦的岁月里立下了卓越的功勋。可是这些功名与杀敌报国的凌云壮志相比，只是不值得一提的尘与土。

"三十功名尘与土，八千

里路云和月"，这句采用了互文的手法，使得句子韵味悠长。这样的写法与
"秦时明月汉时关"（王昌龄《出塞》）如出一辙。紧接着词人用直白的语言
铭刻深邃的道理：有志之士要抓紧时间报效祖国，不要等到青春消磨后，独自
在那里感叹时光易逝。这句话对后人的影响深远，成为一代又一代青年激励自
我的精神教鞭。

　　词的下阕表达词人报仇雪耻、收复故土的雄心壮志。"靖康耻，犹未雪；
臣子恨，何时灭？"靖康二年的国耻还没有洗雪，臣子的恨什么时候才能够消
除呢？沉痛中的屈辱激起词人报仇雪恨的决心。接下来写词人将要付诸行动：
"驾长车、踏破贺兰山缺。"要乘着战车踏破敌人的巢穴，表现出一种英勇无
敌的豪迈气势。接着写"餐胡虏肉""饮匈奴血"，肚子饿了，要吃敌人的
肉；口渴了，要喝敌人的血。表现了词人对金人无比痛恨。最后词人表达了等
待收复山河的时候，再向朝廷报告胜利消息的决心！表达了对朝廷和皇帝的忠
诚。在岳飞的这首词中，无不透出雄壮之气，充分表现出作者忧国报国的壮志
胸怀。岳飞忠君报国的精神着实可歌可泣，令人崇生敬仰之情。

送元二使安西①

（唐）王　维

渭城②朝雨浥③轻尘，客舍青青柳色新。
劝君更尽一杯酒，西出阳关④无故人⑤。

注释

　　①安西：即安西都护府的简称，是唐代设置的管辖西域地区的机构，这里
是指它管辖的地区，在今新疆维吾尔族自治区境内。②渭城：秦朝都城咸阳，
汉代时称渭城，其址在长安附近。这里用来指长安。③浥：沾湿，浸润。④阳
关：古关塞名，在今甘肃敦煌西南，是通往西域的要道，因为在玉门关西南，

故称之为"阳关"。⑤故人：指老朋友。

鉴赏

本诗是作者送别友人去安西的送别诗。

起首两句写送别的时间、地点、环境、气氛。清晨，渭城客舍，自东向西一直延伸不见尽头的驿道，客舍周围、驿道两旁的柳树，这一切，都仿佛是极平常的眼前景，读来却风光如画，抒情气氛浓郁。

就前两句的细节来看，"朝雨"在这里扮演了一个重要的角色。早晨的雨下得不长，刚刚润湿尘土就停了。从长安西去的大道上，平日车马交驰，而现在，朝雨乍停，天气晴朗，道路显得洁净、清爽。"浥轻尘"的"浥"字是湿润的意思，在这里用得很有分寸，显出这雨澄尘而不湿路，恰到好处，仿佛天从人愿，特意为远行的人安排一条轻尘不扬的道路。客舍，本是羁旅者的伴侣；杨柳，更是离别的象征。选取这两件事物，自然有意切合送别。它们通常总是和羁愁别恨联结在一起而呈现出黯然销魂的情调，而今天，却因一场朝雨的洒洗而别具明朗清新的风貌——"客舍青青柳色新"。平日路面尘土飞扬，路旁柳色不免笼罩着灰蒙蒙的尘雾，一场朝雨，才重新洗出它那青翠的本色，所以说"新"，又因柳色之新，映照出客舍青青来。总之，从晴朗的天宇到洁净的道路，从青青的客舍到翠绿的杨柳，构成了一幅色调清新明朗的图景，为这场送别提供了典型的自然环境。这是一场深情的离别，但却不是黯然销魂的离别。相反地，倒是透露出一种轻快而富于希望的情调。"轻尘""青青""新"等词语，声韵轻柔明快，加强了读者轻松而充满希望的感受。

后两句是一个整体。要深切理解这临行劝酒中蕴含的深情，就不能不涉及"西出阳关"。处于河西走廊的阳关，和它北面的玉门关相对，从汉代以来，一直是内地通向西域的通道。唐代国势强盛，内地与西域往来频繁，从军或出使阳关之外，在盛唐人心目中是令人向往的壮举。但当时阳关以西还是穷荒绝域，风物与内地大不相同。朋友"西出阳关"，虽是壮举，却又不免经历长途的跋涉，备尝独行的艰辛寂寞。因此，这临行之际"劝君更尽一杯酒"，就像是浸透了诗人全部丰富深挚情谊的一杯浓郁的感情琼浆。

　　本诗所描写的是一种最有普遍性的离别。它没有特殊的背景，而自有深挚的惜别之情，这就使它适合于绝大多数离筵别席演唱，后来编入乐府，成为最流行、传唱最久的歌曲。

清 明

（唐）杜 牧

清明①时节雨纷纷，路上行人欲断魂②。
借问③酒家何处有？牧童遥指④杏花村⑤。

注 释

①清明：我国传统的扫墓节日，农历二十四节气之一，在公历四月五日左右。②欲断魂：指心里忧郁愁苦，就像失魂落魄一样。③借问：请问。④遥指：指向远处。⑤杏花村：杏花深处的村庄。

鉴 赏

　　"清明时节雨纷纷"，这是清明时节天气的典型特征，正值清明时节，诗人杜牧在行路中间，恰巧遇上了绵绵细雨。清明，虽然是柳绿花红、春光明媚的时节，可也是气候容易发生变化的时期，甚至时有"疾风甚雨"。但这日的细雨纷纷，是那种"天街小雨润如酥"样的雨——这也正是春雨的特色。这"雨纷纷"洒落着人们心中的愁情，这绵绵细雨不仅落在茫茫大地之上，更是落在人们阴郁的内心深处。"路上行人欲断魂"，"行人"，是指出门在外的行旅之人，"断魂"，是竭力形容那种十分强烈、可是又并非明白表现在外面的很深隐的感情。在古代风俗中，清明节是个色彩情调都很浓郁的大节日，本该是家人团聚，或游玩观赏，或上坟扫墓，而今行人却是孤身赶路，触景伤怀，心头的滋味是复杂难耐的。此时此刻偏偏又赶上这绵绵细雨，这又给行人平添了一层阴沉的愁绪。

前两句交代了情景，后两句则是诗人自身心境和行止的刻画。第三句写这时行人涌上心头的一个想法：往哪里找个小酒店才好，一来歇歇脚，避避雨，二来小饮三杯，解解料峭中身上的春寒，最要紧的是，借此也能散散心头的愁绪。于是，向人问路了。诗人在第三句里并没有告诉我们向谁问路，这妙莫妙于第四句："牧童遥指杏花村"。这"借问"二字也表明他是"独在异乡为异客"，不知酒家在何处方才借问，而"牧童遥指杏花村"不仅以无声的手势回答了诗人自身的"借问"，而且又开拓出一个新的境界：遥遥在望的杏花村。我们可以充分发挥想象，在绵绵的细雨中远处那一片被杏花笼罩的村庄该是何等凄艳。杏花带雨如美人含泪；细雨如烟，也许一片杏花就像朦胧天际一线绯红的轻云。这是一个何等的绝美的情境。

全诗中没有难字，也没有典故，整篇都是通俗的语言，所有的描述都自然顺畅，没有丝毫经营造作的痕迹。这些恰恰正是诗人的高明之处。

〔正宫〕鹦鹉曲·山亭逸兴

（元）冯子振

嵯峨①峰顶移家住，是个不唧嚠②樵父③。烂柯④时树老无花，叶叶枝枝风雨。
故人曾唤我归来，却道不如休去。指门前万叠云山，是不费青蚨⑤买处。

注释

①嵯峨：形容山高之貌。②不唧嚅：即麻木，迟钝。唧嚅，宋元俗语，指伶俐。③樵父：即打柴人之意。父，古时对男人的称呼。④烂柯：烂掉的斧柄，比喻时间过得快。⑤青蚨：代称钱。

鉴赏

这首曲子的主人公是一位樵夫，但他不是一位土生土长、精于采樵之业的樵夫。他中途迁居到此，"是个不唧嚅樵父"，对于采樵事业并不精通，显得有点笨拙糊涂，但却是一位受人尊敬的长者。他的身份是樵夫，实际上并不从事辛苦的采樵工作，而是像神仙一样，在深山老林中的亭子里整日下围棋来消磨时光。当然，樵夫的生活也并非无忧无虑，他没有猿鹤为伍，没有麋鹿为伴，没有山花野果，更没有丹崖壁洞，伴随着他的只有无花老树，落叶枯枝。"故人……休去"，是说在朝为官的老朋友得知他生活的凄苦寂寞，便招他回去。老樵夫在去留的问题上仔细权衡比较的结果是："不如休去"。留在山林，固然清苦，但回到朝廷，官场险恶，也许痛苦更甚。"指门……买处"，写的是他指门前所望见的万叠云山，对着来山中招隐士的故人说："你看，这里有无限的山林乐趣，不必用金钱去买，而且用金钱也不可能买到。"在他看来，山林隐逸之乐远远胜过荣华富贵。作者通过老樵夫的形象，表达了遗世弃俗、泊然名利的思想。

这支散曲简洁精练，以极少的笔墨抓住士大夫隐于樵的形象特征，刻画了一个生动而丰满的艺术形象，表现了作者遗世弃俗的高洁品行。

临江仙

柳外轻雷池上雨，雨声滴碎荷声。小楼西角断虹明。
阑干倚处，待得月华生。

燕子飞来窥画栋，玉钩垂下帘旌①。凉波不动簟②纹
平。水精双枕，傍有堕钗横。

注释

①帘旌：即帘幕。②簟：指竹席。

鉴赏

欧阳修的这首《临江仙》是一首
描写女子夏日闺情的词作。词作具体
描述的景象历史上颇有争议，此处不
作评论。

此词的上阕主要描写的是楼外
之景。开篇两句"柳外轻雷池
上雨，雨声滴碎荷声"，
意思是说景致甚是美好，
杨柳静静享受着雨的滋
润，池上雨点滴滴打在湖
面的荷叶上，发出清脆的
声音。此处词人利用雷声、

雨声、荷叶之声的交相呼应，将这夏日美好的自然声音谱写成一曲动人的交响曲，给人以视听的享受。"小楼西角断虹明"，夏日雷雨如此短暂，即刻雨过天晴，小楼的西角处鲜艳优雅的彩虹长贯天空。映衬着天空的澄澈，也彰显着彩虹的奇美俊秀，曲尽其妙。"栏干倚处，待得月华生"，至此出现听此夏日之曲、赏此夏日之景的主人公，且和前句中的"小楼西角"相照应。佳人伫立，轻轻倚靠着栏杆，守得明月浮起，月辉飘洒，赏尽这绝美的景色，久久不舍离去。

词的下阕以偷窥的燕子为线索转至对室内之景的描绘。"燕子飞来窥画栋，玉钩垂下帘旌"，佳人相思浓厚真挚，无法纾解，只得一个人孤独憔悴。静静倚靠着栏杆，归于画栋之中，垂下帘栊，放下玉钩，而这幅景象却将燕子的好奇心打动，竟来悄悄窥看。词人以拟人的手法描写燕子，更添趣味。"凉波不动簟纹平"，以簟纹的平稳来反映佳人安宁恬静的睡态，以"凉波"比喻"簟纹"，亦十分巧妙。词的最后两句"水精双枕，傍有堕钗横"，佳人依枕，钗横枕旁。正如俞陛云所云"后三句善写丽情，未乖贞则，自是雅奏"（《唐五代两宋词选释》）。

晚次①鄂州

（唐）卢 纶

云开远见汉阳城②，犹是孤帆一日程③。
估客④昼眠知浪静，舟人⑤夜语觉潮生。
三湘⑥衰鬓逢秋色，万里归心对月明。
旧业已随征战尽，更堪⑦江⑧上鼓鼙⑨声。

注释

①次：停留。②汉阳城：今湖北汉阳，在汉水北岸，鄂州之西。③一日程：指一天的水路。④估客：商人。⑤舟人：船夫。⑥三湘：泛指汉阳、鄂州

一带。⑦更堪：更难堪，犹岂能再听。⑧江：指长江。⑨鼓鼙：军用大鼓和小鼓，后也指战事。

鉴赏

这是一首即景抒怀的诗。首联写"晚次鄂州"的心情。浓云散开，江天晴明，举目远眺，汉阳城依稀可见。起句即点题，述说心情的喜悦。次句突转，透露沉郁的心情，用笔跌宕，使平淡的语句体现微妙的思致。诗人在战乱中风波漂泊，对行旅生涯早已厌倦，巴不得早些得个安憩之所。因此，一到云开雾散，见到汉阳城时，怎能不喜。"犹是"两字，突显诗人感情的骤落。这两句看似平常叙事，却仿佛使人听到诗人在拨动着哀婉缠绵的琴弦，倾诉着孤凄苦闷的心曲，透纸贯耳，情韵不匮。

颔联写"晚次鄂州"的景况。诗人简笔勾勒船舱中所见所闻，虽是船中常景，然而笔墨中却透露出他昼夜不宁的纷乱思绪。所以尽管这些看惯了的舟行生活，似乎也在给他平增枯涩乏味的生活感受。

颈联写"晚次鄂州"的联想。诗人情来笔至，借景抒怀。一个"逢"字，将诗人的万端愁情与秋色的万般凄凉联系起来，移愁情于秋色，妙合无垠。"万里归心对月明"，其中不尽之意见于言外，有迢迢万里不见家乡的悲悲戚戚，亦有音书久滞、萦怀妻儿的凄凄苦苦，真可谓愁肠百结，煞是动人肺腑。

末联写"晚次鄂州"的感慨，写诗人有家不可归，只得在异域他乡颠沛奔波的原因。最后两句，把忧心愁思更加深化了，把思乡之情与忧国愁绪结合起来，使此诗具有更大的社会意义。

这首诗，诗人只不过截取了漂泊生涯中的一个片段，却反映了广阔的社会背景，写得连环承转，意脉相连，而且迂徐从容，曲尽情致。在构思上，不用典故来支撑诗架；在语言上，不用艳藻来求其绮丽；在抒情上，不用泼墨来露出筋骨。全诗淡雅而含蓄，平易而炽热，读来觉得舒畅自若，饶有韵味。

淮上喜会梁州故人

（唐）韦应物

江汉曾为客，相逢每①醉还。
浮云②一别后，流水十年间。
欢笑情如旧，萧疏③鬓已斑。
何因④不归去？淮上⑤有秋山。

注释

①每：总是。②浮云：比喻聚散无定。③萧疏：零落。④何因：什么原因。⑤淮上：淮河水边，即今江苏淮阴一带。

鉴赏

这首诗描写诗人在淮上（今江苏淮阴一带）遇见了梁州故人的情况和感慨，诗题为"喜会"故人，诗中表现的却是"此日相逢思旧日，一杯成喜亦成悲"那样一种悲喜交集的感情。

诗的开头，写诗人昔日在江汉作客期间与故人相逢时的乐事，概括了以前的友谊。诗人写这段往事，仿佛是试图从甜蜜的回忆中得到慰藉，然而其结果反而引起岁月蹉跎的悲伤。颔联一跌，直接抒发十年阔别的伤感。颈联的出句又回到本题，写这次相会的"欢笑"之态。久别重逢，确有喜的一面。他们也像十年前那样，有痛饮之事。然而这喜悦，只能说是表面的，或者说是暂时的。十年的漂泊生涯，使得人老了。这一副衰老的形象，不言悲而悲情溢于言表，漂泊之感也就尽在不言之中。一喜一悲，笔法跌宕；一正一反，交互成文。末联以反诘作转，以景色作结。为何不归去，原因是"淮上有秋山"，秋光中的满山红树，正是诗人耽玩留恋之处。这个结尾给人留下了回味的余地。

这首诗所表现的是两人十年阔别的重逢，作者没有把十年的琐事絮絮叨叨地说来，而是分清主次轻重。颈联和末联抓住久别重逢的情景作为重点和主体，详加描写，写出了今日的相聚、痛饮和欢笑，写出了环境、形貌和心思，表现得很细密。"浮云一别后，流水十年间"，表现的时间最长，空间最宽，人事最杂。这里却只用了十个字，便把这一切表现出来了。诗人只在"一别""十年"之前冠以"浮云""流水"，意境空灵，真是"疏可走马"。诗中"浮云""流水"不是写实，都是虚拟的景物，借以抒发诗人的主观感情，表现一别十年的感伤，颇见这首诗的熔裁功夫。

春夜喜雨

（唐）杜 甫

好雨①知时节，当春乃②发生。
随风潜③入夜，润物④细无声。
野径⑤云俱⑥黑，江船⑦火独⑧明。
晓看红湿处，花重⑨锦官城⑩。

注释

①好雨：指春雨，及时的雨。②乃：就。③潜：暗暗的，静悄悄的。④润物：使植物受到雨水的滋养。⑤野径：田野间的小路。⑥俱：全，都。⑦江船：江面上的渔船。⑧独：独自，只有。⑨花重：花因沾着雨水，显得饱满沉重的样子。⑩锦官城：故址在今成都市南，亦称锦城。

"好雨知时节，当春乃发生。"雨水似乎知道季节的来临，当春天万物萌生之际便应时而发生。"好"字统摄全篇。诗人采用拟人化的写法，将春雨写得有情有知，善解人意，喜悦之情形于笔端。"随风潜入夜，润物细无声。"它随着微风悄悄地在夜间飘落，柔情地滋润万物，细微得听不到一点响声。这两句用拟人化手法，在无声之处，将雨的连绵滋润之态写得十分传神，把雨好、人喜写得含蓄而又生动。诗句不用"洒"或"落"，而用"潜"字，十分切和形象，准确传递了那种不知不觉的情境。"野径云俱黑，江船火独明。"四方郊野黑云密布，只有江中船上的渔火闪烁着一点光明。诗人又以开阔的夜景去描绘那听不见的细密春雨。前一句以乌云说明天阴雨长，正好满足了自然万物的需求。后一句与前一句形成对比，在无边的暗夜中跳出亮色调，色彩鲜明，富有画意。同时见出春天的雨势，虽然黑云密布，但并没有风雨飘摇之势，所以船上人才会那般平和。"晓看红湿处，花重锦官城。"等到天亮后，去看那被雨水滋润的红花丛，经雨而湿重的鲜花定会开满锦官城。这一联由雨夜想象天晴，花儿饱含雨水的感觉，如在目前，花枝经受不起花朵分量的情状，也呈现出来。说明这雨整整下了一夜，已经下透了。诗人的想象，极大地拓展了诗的情感与思维空间，使得诗意更深一层，喜悦之情也不言自明。

这首五律前两联用流水对，把春雨的神韵一气写下，末联写一种骤然回首的惊喜，格律严谨而浑然一体。诗人是按"倾耳听雨"——"举首望雨"——"闭目想象"的过程和角度，去表现春夜好

雨的。诗人从听觉写至视觉，乃至触觉，从当夜想到清晨，结构严谨，描写细腻，语言锤炼精工，巧妙地运用了拟人、对比等具有较强表现力的艺术手法。诗中句句绘景，句句写情，表现出了喜悦的气息、明快的情调。

兵车行

（唐）杜 甫

车辚辚①，马萧萧②，行人弓箭各在腰。
耶娘妻子③走相送，尘埃不见咸阳桥。
牵衣顿足拦道哭，哭声直上干④云霄。
道旁过者问行人，行人但云点行⑤频。
或从十五北防河⑥，便至四十西营田⑦。
去时里正与裹头⑧，归来头白还戍边。
边庭流血成海水，武皇开边意未已。
君不闻汉家山东二百州，千村万落生荆杞。
纵有健妇把锄犁，禾生陇⑨亩无东西。
况复秦兵耐苦战，被驱不异犬与鸡。
长者虽有问，役夫⑩敢申恨？
且如今年冬，未休关西卒，
县官急索租，租税从何出？
信知生男恶，反是生女好。
生女犹得嫁比邻，生男埋没随百草！
君不见青海头，古来白骨无人收。
新鬼烦冤旧鬼哭，天阴雨湿声啾啾。

①辚辚：车行声。②萧萧：马鸣声。③妻子：妻子和子女。④干：犯，冲。⑤点行：按丁口册上的行次点名征发。⑥防河：唐时吐蕃常犯边境，故征兵，驻防在河西（黄河以西之地）。⑦营田：即屯田，平时种田，战时作战。⑧里正：里长。唐制百户为一里，设里正管户口、赋役等事。裹头：古以皂罗三尺裹头作头巾。⑨陇：通"垄"，田埂。两句意谓壮男皆出征，即使有健妇耕作，庄稼也种得不成行列，难辨东西，势必影响收成。⑩役夫：应兵役者自称。

鉴 赏

这首诗是讽世伤时之作，也是杜诗中的名篇，为历代所推崇。它以目击者的身份，纯用客观叙述的表现手法，真实地揭露了唐玄宗统治后期穷兵黩武给人民带来的莫大灾难。诗的开头写军人家属送别儿子、丈夫或父亲出征的悲惨情景，描绘了一幅催人泪下的送别图。接着通过设问，役人直诉从军后妇女代耕、农村萧条零落的境况。最后写征夫久不得息，连年征兵，百姓唯恐生男和青海战场尸骨遍野，令人不寒而栗的情景。全诗把唐王朝穷兵黩武的罪恶，揭露得淋漓尽致。诗寓情于叙事之中，在叙述中张弛有序，前后呼应，严谨缜密。诗的字数杂言互见，韵脚平仄互换，声调抑扬顿挫，情意低昂起伏。既井井有条，又曲折多变，可谓"新乐府"诗的典范。

后一段的代人叙言，诗人激切奔越、浓郁深沉的思想感情，都自然地融于其中，诗人那种焦虑不安、忧心如焚的形象也仿佛展现在读者面前。其次，在叙述次序上参差错落，前后呼应，舒得开，收得起，井然有序。第一段的人哭马嘶、尘烟滚滚的喧嚣气氛，给第二段的倾诉苦衷做了渲染铺垫；而第二段的长篇叙言，则进一步深化了第一段场面描写的思想内容，前后辉映，互相补充。同时，情节的发展与句型、音韵的变换紧密结合，随着叙述，句型、韵脚不断变化，三、五、七言，错杂运用，加强了诗歌的表现力。如开头两个三字句，急促短迫，扣人心弦。后来在大段的七字句中，忽然穿插上八个五字句，表现"行人"那种压抑不住的愤怒哀怨的激情，格外传神。用韵上，全诗八个韵，四平四仄，平仄相间，抑扬起伏，声情并茂。再次，在叙述中运用过渡句和习用词语，如在大段代人叙言中，穿插"道旁过者问行人，行人但云点行频""长者虽有问，役夫敢申恨？"和"君不见"等语，不仅避免了冗长平板，还不断提示，惊醒读者，造成了回肠荡气的艺术效果。诗人还采用了民歌的顶真手法，如"牵衣顿足拦道哭，哭声直上干云霄""道旁过者问行人，行人但云点行频"等，这样蝉联而下，累累如贯珠，朗读起来铿锵和谐，优美动听。最后，采用了通俗口语，如"耶娘妻子""牵衣顿足拦道哭""被驱不异犬与鸡"等，清新自然，明白如话，是杜诗中运用口语非常突出的一篇。前人评及此，曾这样说："语杂歌谣，最易感人，愈浅愈切。"这些民歌手法的运用，给诗增添了明快而亲切的感染力。

望 岳

(唐)杜 甫

岱宗①夫如何？齐鲁②青未了。
造化③钟④神秀，阴阳⑤割⑥昏晓。
荡胸生层云⑦，决眦⑧入归鸟。
会当⑨凌绝顶，一览众山小。

注释

①岱宗：泰山别名岱山，因居五岳之首，故尊为岱宗。②齐鲁：春秋时二国名，用来泛指山东地区。③造化：指天地、大自然。④钟：聚集。⑤阴阳：阴指山北，阳指山南。⑥割：分割。⑦层云：云气层层叠叠，变化

万千。⑧决眦：形容极力张大眼睛远望，眼眶像要决裂开了。眦，眼眶。⑨会当：一定要。

鉴赏

　　泰山是如此雄伟，青翠的山色望不到边际。大自然在这里凝聚了一切钟灵神秀，山南山北如同被分割为黄昏与白昼。望着山中冉冉升起的云霞，荡涤着"我"的心灵，极目追踪那暮归的鸟儿隐入了山林。"我"一定要登上泰山的顶峰，俯瞰那众山，而众山就会显得极为渺小。

　　《望岳》是中国古代诗歌中吟诵率较高的一首诗。大约在开元二十八年（740），杜甫二十九岁时，到兖州探望父亲后由齐入鲁，途经泰山写下了这首诗。这是诗人仅存的少数早年作品之一。人们在品读此诗时，除了感受到泰山之雄伟外，恐怕更多的是被诗中那种"会当凌绝顶，一览众山小"的胸怀所感染，因为这既是盛唐时代精神的概括，又给人们留下很深的启示。前两联为第一层，着力写泰山的整体形象。"岱宗夫如何？齐鲁青未了"写远望所见。泰山位于古代齐、鲁两国之间，其北为齐，其南为鲁，齐、鲁之"青"，是泰山掩映的结果。"未了"即绵绵不尽之意。这里，诗人想说的是，你想知道泰山是个什么样子吗？请看，它那苍翠的山色掩映着辽阔无边的齐鲁大平原。这是借齐鲁两地来烘托泰山那拔地而起、参天耸立的形象。"造化钟神秀，阴阳割昏晓"，这是近望所见。上句写泰山的秀美，用的是虚笔。

　　后两联为第二层，也写了泰山景物，但着力表现的是诗人的感受。"荡胸

生层云，决眦入归鸟"，写的是实景，乃细望所见。泰山极高，白日里可以望见山腰间的团团云气，层出不穷，又极幽深；黄昏时可以望见归巢的鸟儿渐渐隐入山谷之中。诗人抓住这两个景物细节表达了心情的激荡和眼界的空阔，然后顺理成章地写出了他心底的愿望："会当凌绝顶，一览众山小"，这是化用孟子的名言："登泰山而小天下"。但用在这里却有深刻的含义：它不仅是诗人要攀登泰山极顶的誓言，也是诗人要攀登人生顶峰的誓言。

凉州词①

（唐）王之涣

黄河远上白云间，一片孤城万仞山②。
羌笛何须怨杨柳③，春风不度玉门关。

注释

①凉州词：又作《凉州曲》，即凉州地区流行歌曲的歌词。凉州，今甘肃省武威市。②仞：古代的长度单位，一仞相当于七尺或八尺。③杨柳：《折杨柳》曲。古诗文中常以杨柳喻送别情事。

鉴赏

诗的首句描绘出"黄河远上白云间"的动人画面：汹涌澎湃、波浪滔滔的黄河像一条丝带迤逦飞上云端。写得真是神思飞跃，气象开阔。方向与河的流向相反，意在突出其源远流长的闲远仪态，表现的是一种静态美。同时展示了边地广漠壮阔的风光，不愧为千古奇句。

次句"一片孤城万仞山"出现了塞上孤城，这是此诗的主要意象之一，属于"画卷"的主体部分。"黄河远上白云间"是它的远景，"万仞山"是它的

近景。在远川高山的反衬下，愈见此城地势险要、处境孤危。"一片"是唐诗习用语词，往往与"孤"连文（如"孤帆一片""一片孤云"等等），这里相当于"一座"，而在词采上多一层"单薄"的意思。这样一座漠北孤城，当然不是居民点，而是戍边的堡垒，同时暗示读者诗中有征夫在。第二句"孤城"意象先行引入，为下两句进一步刻画征夫的心理做好了准备。

诗起于写山川的雄阔苍凉，承以戍守者处境的孤危。第三句忽而一转，引入羌笛之声。羌笛所奏乃《折杨柳》曲调，这就不能不勾起征夫的离愁了。第三句以问语转出了如此浓郁的诗意，末句以"春风不度玉门关"相合，也就水到渠成了。用"玉门关"一语入诗也与征人离思有关。《后汉书·班超传》云："不敢望到酒泉郡，但愿生入玉门关。"所以末句正写边地苦寒，饱含着无限的思乡离情。如果把这首《凉州词》与中唐以后的某些边塞诗（如张乔《河湟旧卒》）加以比较，就会发现，此诗虽极写戍边者不得还乡的怨情，但写得悲壮苍凉，没有衰飒颓唐的情调，表现出盛唐诗人广阔的心胸。即使写悲切的怨情，也是悲中有壮，悲凉而慷慨。"何须怨"三字不仅见其艺术手法的委婉蕴藉，也可看到当时边防将士在乡愁难禁时，仍意识到为国戍边责任的重大，方能如此自我宽解。也许正因为《凉州词》情调悲而不失其壮，所以能成为"唐音"的典型代表。

离思五首（其四）

（唐）元稹

曾经沧海难为水，除却巫山不是云。
取^①次^②花丛^③懒回顾，半缘修道半缘君。

注释

①取：走进。②次：次第，一个个。③花丛：这里是喻指脂粉丛。

鉴赏

此为悼念亡妻韦惠丛之作。这首诗最突出的特色，就是采用索物以托情的比兴手法，赞美了夫妻之间的恩爱，淋漓尽致地表达了对韦氏的忠贞与怀念之情。

"曾经沧海难为水，除却巫山不是云"，是从《孟子·尽心》篇"观于海者难为水，游于圣人之门者难为言"变化而来的，意为经过浩瀚大海的人，见到别的水，觉得很难称其为水；而经历过巫山之云的人，再看别处的云，也算不得什么云了。两处用比相近，但《孟子》是明喻，以"观于海"比喻"游于圣人之门"，喻义显明；而这两句则是暗喻，喻义并不明显。"沧海""巫山"，是世间至大至美的形象。

"半缘修道半缘君"则对"取次花丛懒回顾"做了回答。既然对亡妻如此情深，这里为什么却说"半缘修道半缘君"呢？元稹生平身委《逍遥篇》，心付《头陀经》，是尊佛奉道的。另外，这里的"修道"，也可以理解为专心于品德学问的修养。然而，尊佛奉道也好，修身治学也好，对元稹来说，都不过是心失所爱、悲伤无法解脱的一种感情上的寄托。"半缘修道"和"半缘君"

所表达的忧思之情是一致的，而且说"半缘修道"更觉含意深沉。统观全诗，不难看出，"取次花丛懒回顾"的原因，还是因为失去了"君"。"半缘修道"之说，只不过是遁词罢了。

　　元稹这首绝句，不但取譬极高，抒情强烈，而且用笔极妙。前两句以极致的比喻写怀旧悼亡之情，它接连用水、用云、用花比人，写得曲折委婉，含而不露，意境深远，耐人寻味，而成千古名言。就全诗情调而言，它言情而不庸俗，瑰丽而不浮艳，悲壮而不低沉，创造了唐人悼亡绝句中的绝胜境界。

山中与幽人①对酌

（唐）李 白

两人对酌山花开，一杯一杯复一杯。
我醉欲眠卿且去②，明朝有意抱琴来。

注释

①幽人：是指隐居的高士。②我醉欲眠卿且去：据《宋书·陶潜传》载，陶渊明与人饮酒，若先醉，便对客人说："我醉欲眠卿可去。"可见其性格之真率。

从首句来看，"山中"，对李白来说，是"别有天地非人间"的；盛开的"山花"更增添了环境的幽美，而且眼前不是"独酌无相亲"，而是"两人对酌"，对酌者又是意气相投的"幽人"。

次句不仅写出饮酒之多，而且展现出饮酒的痛快。由于贪杯，诗人许是酩酊大醉了，于是打发朋友先走，从而引出"我醉欲眠卿且去"。

第三句话很直率，展现出了饮者酒酣耳热的情态。尽管颓然醉倒，诗人还余兴未尽，不忘招呼朋友"明朝有意抱琴来"。此诗表现了一种超凡脱俗的狂士与"幽人"间的感情，诗中那种随心所欲、恣情纵饮的神情，挥之即去、不拘礼节、自由随便的态度，在读者面前展现出一个高度个性化的艺术形象。

此诗的语言特点，在口语化的同时又不失艺术提炼，隽永有味。如"我醉欲眠卿且去"二句，作者一针见血地告诉朋友，今天的相聚因为本人的醉意袭来而结束，如果今天未尽兴的话，明天可以继续欢聚、畅谈，明白如话，却是化用一个故事。此诗第三句几乎用陶潜的原话，正表现出一种真率脱略的风度。而第四句的"抱琴来"，也显然不是着意于声乐的享受，而重在"抚弄"以寄其意、以尽其兴，这从其出典可以会出。

临江仙

（宋）晁冲之

忆昔西池①池上饮，年年多少欢娱，别来不寄一行书②。寻常相见了，犹道不如初。

安稳③锦屏④今夜梦，月明好渡江湖。相思休问定何如。情知春去后，管得落花⑤无？

注　释

①西池：汴京城西的金明池也称西池，当时的人们常到此地游玩。②书：指书信。③安稳：安全平稳。④屏：屏障。⑤落花：这里指与词人一起受风雨摧残的同道。

鉴　赏

这首词以冲淡隐约的情致，抒发和旧友离别后怀念往日汴京生活以及追踪已逝的梦影而不得的怅惘之情。

上阕首句"忆昔西池池上饮"，直接叙述当年和友人们汴京西池畅饮的欢娱情景。"忆"字领起，回忆当年与友人志趣相投，性情相近，欢聚一起，纵论古今，何等乐。"年年多少欢娱"，至今回忆，无限留恋。如今种种乐事都浓缩在"多少"二字中了，语气中隐隐透露了物是人非的极为沉重的怅惘情绪。"别来不寄一行书"则笔锋一转，昔日朋友星离云散之后，竟然雁断鱼沉，连一行书也没有。此处的"不寄"为不能寄，当时的现实情况、政治处境不允许他们书信往来，互诉衷肠。"寻常相见了，犹道不如初"，依现在各人的政治处境来说，即使能寻常相见，但都已饱经风雨，如惊弓之鸟，不可能像当初在西池那样纵情豪饮，开怀畅谈，无所顾忌了。语言平淡通俗，却勾画出严酷政治压迫下反常的社会现象。

下阕讲目前的处境和心情。"安稳锦屏今夜梦，月明好渡江湖"，政治环境既然如此险恶，把人逼到息交绝游的境地，他现在只能在被锦屏围障着的七尺卧榻上得到一点安全感。词人希望在梦中与故人趁今夜月明，"好渡江湖"，飞来相会。这里把词人内心隐藏的抑郁、无可奈何的心情表现出来。"相思休问定何如。情知春去后，管得落花无"，词人设想月夜梦中重逢的话。梦中相逢，不要互问情况。因为彼此遭遇相同，处境相似，这样询问过后，

只是徒增伤感而已。春天已经过去了，落花命运如何？以问句结尾，更添心酸。这里"春天"是比喻政治上的春天。"落花"比喻他们那一班受风雨摧残的同道。这两句比喻，形象鲜明，含意显豁，情深语痛，意味隽永。

陇头①吟

（唐）王　维

长安少年游侠客，夜上戍楼看太白②。
陇头明月迥临关，陇上行人夜吹笛。
关西老将不胜愁，驻马听之双泪流。
身经大小百余战，麾下偏裨万户侯。
苏武才为典属国③，节旄落尽海西头。

注释

①陇头：是指陇山一带，大致在今天陕西陇县到甘肃清水县一带。②太白：即金星。古人认为太白掌管着兵相，可以预测战事。③典属国：是指汉代掌管藩属国事务的官职。

鉴赏

这是王维用乐府旧题写的一首边塞诗，题目一作《边情》。

开头两句，先写一位充满游侠豪气的长安少年夜登戍楼观察"太白"（金星）的星象，表现了他渴望建立边功、跃跃欲试的壮志豪情。起句很有气势。

接下来描写凄清的月夜，荒凉的边塞，在这里服役的"陇上行人"正在用呜咽的笛声寄托自己的愁思。如果说，长安少年头脑里装的是幻想，那么，陇上行人亲自经受的便是现实，两者的差别何等悬殊！写到这里，作者的笔锋又一转，由吹笛的陇上行人，引出了听笛的关西老将。承转也颇顿挫有力。这位关西老将"身经大小百余战"，曾建立过累累军功，这不正是长安少年所追求的目标吗？然而老将立功之后又如何呢？部下的偏裨副将，有的已成了万户侯，而他却沉沦边塞。关西老将闻笛驻马而不禁泪流，这当中包含了多少辛酸苦辣。这四句是全诗的重点，写得悲怆郁愤。关西老将为什么会有如此遭遇呢？诗中虽未明言，但最后引用了苏武的典故，是颇含深意的。苏武出使匈奴被留，在北海边上持节牧羊十九年，以致符节上的旄缕都落尽了，如此尽忠于朝廷，报效于国家，回来以后也只不过做了个典属国，未封侯。表面看来，这似乎是安慰关西老将的话，但实际上，以苏武与关西老将类比，恰恰说明了关西老将的遭遇不是偶然的、个别的。功大赏小，功小赏大，朝廷不公，古来如此。这就深化了诗的主题，赋予了它更广泛的社会意义。

清人方东树推崇这首诗说："起势翩然，关西句转收，浑脱沈转，有远势，有厚气，此短篇之极则。"（《昭昧詹言》）在十句诗中，作者把长安少年、陇上行人、关西老将这三种类型的人物，戍楼看星、月夜吹笛、驻马流泪这三个不同的生活场景，巧妙地集中在一起，自然而然地形成了鲜明的对照。这就很容易使人联想到：今日的长安少年，安知不是明日的陇上行人、后日的关西老将？而今日的关西老将，又安知不是昨日的陇上行人、前日的长安少年？诗的主旨是发人深省的。

节妇①吟②

（明）张　籍

君知妾③有夫，赠妾双明珠；
感君缠绵④意，系在红罗⑤襦。
妾家高楼连苑⑥起，良人⑦执戟明光里。

知君用心如日月，事⑧夫誓拟⑨同生死。
还君明珠双泪垂，恨不相逢未嫁时。

注释

①节妇：能守住节操的妇女，特别是对丈夫忠贞的妻子。②吟：一种诗体的名称。③妾：古代妇女对自己的谦称。④缠绵：情意深厚。⑤罗：一类丝织品，质薄、手感滑爽而透气。⑥苑：帝王及贵族游玩和打猎的风景园林。⑦良人：丈夫。⑧事：服侍、侍奉。⑨拟：打算。

鉴赏

此诗似从汉乐府《陌上桑》《羽林郎》脱胎而来，但较之前两者更委婉含蓄。

首二句说：这位既明知我是有夫之妇，还要对我用情，此君非守礼法之士，语气中带微词，含有谴责之意。这里的"君"，喻指藩镇李师道，"妾"是自比，十字突然而来，直接指出师道的别有用心。接下去诗句一转，说道：我虽知君不守礼法，然而又为你情意所感，忍不住亲自把君所赠之明珠系在红罗襦上。表面看，是感师道的知己；如果深一层看，话中有文章。继而又一转，说自己家的富贵气象，良人是执戟明光殿的卫士，身属中央。古典诗词，传统的以夫妇比喻君臣，这两句意为自己是唐王朝的士大夫。紧接两句作波澜开合，感情上很矛盾，思想斗争激烈：前一句感谢对方，安慰对方；后一句斩钉截铁地申明己志，"我与丈夫誓同生死"。

最后以深情语作结，一边流泪，一边还珠，言词委婉，而意志坚决。诗中所说"双明珠"是李师道用来拉拢、引诱作者为其助势的代

价，也就是常人求之不得的声名地位、富贵荣华一类的东西。作者慎重考虑后委婉地拒绝了对方的要求，做到了"富贵不能淫"，像一个节妇守住了贞操一样地守住了自己的严正立场。但当时李师道是个炙手可热的藩镇高官，作者并不想得罪他、让他难堪，因此写了这首非常巧妙的双层面的诗去回拒他。"你虽有一番'好意'，我不得不拒绝"，这就是张籍所要表达的，可是他表达得这样委婉，李师道读了，也就无可奈何了。

此诗富有民歌风味，它的一些描写，尤其在心理刻画上，刻画得如此细腻，妥帖，入情入理，短幅中有无限曲折，真所谓"一波三折"。此诗情理真挚，心理描写细致入微，全诗委婉曲折而动人。除了它所表现的是君子坦荡荡胸怀，其在艺术上的高妙也是促使它成为名作的重要原因。尤其结句，广为人知。

寄扬州韩绰判官①

(唐) 杜 牧

青山隐隐水迢迢，秋尽江南草未凋②。
二十四桥③明月夜，玉人④何处教⑤吹箫？

注释

①韩绰：事不详，杜牧另有《哭韩绰》诗。判官：观察使、节度使的僚属。时韩绰似任淮南节度使判官。文宗大和七至九年（833—835），杜牧曾任淮南节度使掌书记，与韩绰是同僚。②草未凋：一作草木凋。③二十四桥：一说隋

置，以城门坊市为名；一说因古有二十四美人吹箫于此，故名。④玉人：美人。一解指扬州的歌女；一解为杜牧戏称韩绰为玉人。⑤教：使。

鉴赏

这是一首题赠友人的调侃诗作。诗的头两句写景。第一句摄取的是远镜头，扬州一带远处青翠的山峦，隐隐约约，给人以迷离恍惚之感；江水东流悠长遥远，给人以流动轻快的感受。第二句是想象江南虽在秋天，但草木尚未完全凋零枯黄，表现优美的江南风光。这两句从山川物候来写扬州，为后两句询问韩绰别后的情况做垫衬。最后两句的重点在于探问韩绰在清风明月之夜，是不是和歌伎们倚箫而唱，歌舞通宵。

"青山隐隐水迢迢"，从大处落墨，化出远景：青山逶迤，隐于天际，绿水如带，迢迢不断。"隐隐"和"迢迢"这一对叠字，不但画出了山清水秀、绰约多姿的江南风貌，而且隐约暗示着诗人与友人之间山遥水长的空间距离，那抑扬的声调中仿佛还荡漾着诗人思念江南的似水柔情。

"秋尽江南草未凋"，此时虽过深秋，江南草木仍未凋零，风光依旧。正因为作者不忍晚秋的万木萧疏，所以非常眷顾江南的秀水青山，越来越眷念繁华扬州的故人了。

江南佳景无数，江南的诸多景致留给诗人印象最深的则是二十四桥上观赏明月，更何况当地名胜二十四桥上还有神仙般的美人可看呢？

诗人本是问候友人近况，却故意用玩笑的口吻与韩绰调侃，问他当此秋尽之时，每夜在何处教妓女歌吹取乐。这样，不但韩绰风流倜傥的才貌依稀可见，两人亲昵深厚的友情得以重温。

这首诗歌能用最为简单的语言写出最富有特色的事物，并能激发人们的联想与想象；而在抒情方面，并没有直接抒情，而是含蓄曲折地抒发最蕴藉的感情，前人说这首诗是杜牧"厌江南之寂寞，思扬州之欢娱"，从诗歌中表现出的情感来看，此说不无道理。

少年游·润州作，代人寄远

（宋）苏 轼

去年相送，余杭门①外，飞雪似杨花。今年春尽，杨花似雪，犹不见还家。

对酒卷帘邀明月，风露透窗纱。恰似姮娥怜双燕②，分明照、画梁斜。

注 释

①余杭门：北宋时杭州的北门之一。②姮娥：即嫦娥，《淮南子》记载说姮娥为后羿之妻，后羿请不死药于西王母，后姮娥窃之以奔月。

鉴 赏

宋神宗熙宁七年（1074），任杭州通判的苏轼因赈济灾民而远贬润州（今江苏镇江）时，为寄托自己对妻子王润之的思念之情，写下了这首词，假托妻子在杭思己之作，含蓄婉转地表达了夫妻之间的深厚情感。

上阕用"飞雪似杨花"和"杨花似雪"这一往复回环，通过时令的变化，衬托夫妇别离的长久和思念。去年在余杭门外相别时，正值飞雪时节，大雪弥漫，满目寒象，客居异地的夫妇相别，自然倍加凄楚，时过境迁，经冬历春，又是春尽杨柳飘花了，去年似杨花飘洒的飞雪中远行

的人，却还没有回家。触景生情，从眼前这杨花似雪的景致，忆起了与这景致极相似的去年"飞雪似杨花"中送别场面，不禁倍感惆怅、孤寂和凄惶。上阕六句，只写了两个场面，用"飞雪似杨花"和"杨花似雪"联系起来，比拟既工，语亦精巧，可谓推陈出新的绝妙好辞，尤为贴切与巧妙。

下阕，画面转入夜晚的室内。远行人不归来，少妇怎么办？刻画了她对月的孤寂、惆怅，为了解除孤独，闺中少妇效法李白，"举杯邀明月，对影成三人"。她刚刚卷起帘栊，半空风露便透窗而入，使原本孤寂的闺中人备感孤单凄惶。词中的"我"举目望去，只见那明月似乎并不理会眼前的孤独人，但对画梁上的双栖燕子却好像很关心。斜横在月光下画梁上的双栖燕子，紧紧依偎着，幸福、惬意地呢喃低语，根本不知道分离是什么。相比之下，孤寂的闺中人显得多么孤独寂寞啊！于是，作者借"代人寄远"，以闺中少妇口吻与感受，抒发自己思家思妇之情。将"姮娥"与作者之妻类比，以虚衬实，以虚证实，衬托妻子的孤寂无伴；又以对比衬托法，通过描写双燕相伴的画面，反衬出天上孤寂无伴的姮娥和梁下孤寂无伴的妻子思情之孤苦、凄冷。这一高超的艺术手法，与上阕飞雪与杨花互喻的手法一道，产生了强烈的艺术感染力。

闺　情①

（唐）李　端

月落星稀天欲明②，孤灯未灭梦难成。
披衣更向门前望，不忿③朝来鹊喜声。

注释

①闺情：妇女思所爱之情。②欲明：将要天亮。③不忿：即不满、恼恨。

159

鉴赏

"月落星稀天欲明",起笔描绘了黎明前寥廓空寂的天宇,揭示了全诗的背景。随后,诗笔从室外转向室内,描绘了另一番景象:"孤灯未灭梦难成",天已将明,孤灯闪烁,诗中女主人公仍在那儿辗转反侧,不能成眠。她有什么心事?这里已经产生一个悬念。

可是,作者似乎并不急于解决这个悬念,而是把笔墨继续集中在那位少妇身上:"披衣更向门前望",这神情就更奇怪了。她在等待什么?要去看什么?悬念进一步加深。"不恁朝来鹊喜声",啊,原来是黎明时分那声声悦耳动听的喜鹊鸣叫,把她引到门前去的。"干鹊噪,行人至"这不明明预兆着日夜思念的"行人"——出了远门的丈夫马上要回来吗?所以她忙不迭地跑到门前去了。可是,门外只有车尘马迹、稀稀落落的行人,哪里有丈夫的影儿!她伤心透了:一方面是由于失望,另一方面她有一种被欺骗的感觉。"不恁"二字,正传达出少妇由惊喜陡转忧伤的心情。

这首诗明白晓畅,诗人以清新朴实的语言,把一个闺中少妇急切盼望丈夫归来的情景,描写得含蓄细腻,楚楚动人,令人读了之后自然对她产生深厚的同情。

这首诗末一句写得特别出色。它不仅带着口语色彩,充满生活气息,而且在简洁明快中包容着丰富的情韵。诗人作了十分精练的概括,把少妇起床和后来恼恨的原因都略去不提,给读者留下思索的余地。这样诗意就变得含蓄隽永、耐人寻味了。

春

春天的古人是伤感的，行人远去，细雨绵绵，花朵纷纷开又落。让我们用行令的方式走进古人的春天，重新寻回浪漫的回忆。

飞花令

feihualing

里读诗词

夏

孙立权 华燕 主编

吉林出版集团股份有限公司
全国百佳图书出版单位

图书在版编目（CIP）数据

飞花令里读诗词：全4卷. 夏 / 孙立权，华燕主编. -- 长
春：吉林出版集团股份有限公司，2020.5（2022.7重印）
ISBN 978-7-5581-8587-8

Ⅰ.①飞… Ⅱ.①孙… ②华… Ⅲ.①古典诗歌—诗
歌欣赏—中国 Ⅳ.①I207.2

中国版本图书馆CIP数据核字（2020）第069961号

飞花令里读诗词

FEIHUALING LI DU SHICI

主　　编：	孙立权　华　燕
责任编辑：	矫黎晗
封面设计：	尚世视觉
出　　版：	吉林出版集团股份有限公司
发　　行：	吉林出版集团青少年书刊发行有限公司
电　　话：	0431-81629808
印　　刷：	鸿鹄（唐山）印务有限公司
开　　本：	710mm×1000mm　　1/16
字　　数：	564千字
印　　张：	45
版　　次：	2020年6月第1版
印　　次：	2022年7月第5次印刷
书　　号：	ISBN 978-7-5581-8587-8
定　　价：	168.00元（全4卷）

如发现印装质量问题，影响阅读，请与印刷厂联系调换。022-69380901

　　"飞花令"是我国古代的一种行酒令，原本在现代几乎销声匿迹了，但随着《中国诗词大会》等节目的热播，这一古代饮酒助兴的游戏又在现代重现，并唤起了人们对古典诗词的共同记忆与热爱。

　　我国是一个诗词大国，在三千多年的诗词发展历史中，涌现出了无数的经典诗词。《诗经》中的"关关雎鸠，在河之洲"，《离骚》中的"路漫漫其修远兮，吾将上下而求索"，《古诗十九首》中的"同心而离居，忧伤以终老"，还有无数我们耳熟能详的唐诗宋词、明清佳句，这些古老的诗篇形成了中国人的共同记忆，穿越了漫长的岁月，至今还在影响着我们的情感，塑造着我们的精神和品格。

　　可以说，世界上没有哪一个民族能有我们这样热爱诗词——"飞花令"的火爆就是证明。

　　"飞花令"得名于唐代诗人韩翃《寒食》中的名句"春城无处不飞花，寒食东风御柳斜"。"飞花"是在写长安城中柳絮纷飞的景象，意境唯美，而"飞"字又有"传递"之意，符合行酒指令，因此文人墨客便将这种文字游戏称为"飞花令"。行"飞花令"时，由行令人吟出第一句带有"花"字的诗句（也可以用词或曲，一般不超过

七个字），对令人随即对出格律一致、"花"字确定的下一句，如果对不上，就要罚酒。因为格调高雅，又可以展现文人墨客的机敏与学识，"飞花令"在诗歌繁荣的唐代十分盛行。

时至今日，仅仅一个"花"字已经不能满足人们表达的需求，而格律的限制也让普通人很难参与到"飞花令"这一游戏当中。有鉴于此，我们对"飞花令"进行了改良，除了"花"字，我们还依据现代人的审美习惯，选取了诗词中经常出现的春、夏、秋、冬、江、河、湖、海等字，每一个字都依据"飞花令"的规则对应数句诗词，而对于现代人很难考虑到的格律，我们也放宽了限制。为了易于理解，我们把这些从中国诗词历史长河中精心选取的诗句或词句，都重新"归还"到了原诗或原词当中，还配上意境吻合的插画，诗词的最后再辅以注释和鉴赏，最终形成了这套我们精心制作的《飞花令里读诗词》。

诗词在中国的历史已经超过三千年了，在漫长的岁月里涌现出无数篇章，它们彰显着性灵的飞扬，表达着生命的忧思，充满了历史的感喟。历史滚滚向前如同大浪淘沙，一些诗篇消失不见了，一些诗篇零碎地散乱在沙滩上，像珍珠一样熠熠生辉，等待有人把它们串起来，制作成精美的"项链"。"飞花令"就是串起"珍珠"的那条线，但是只串起这些"珍珠"毫无意义，想要这精美的"项链"变得更有意义，还需要读者的参与。

你做好准备了吗？让我们一起走进诗词的世界，去重温那些历久弥新的经典诗句，跟随古人的眼睛去看青山绿水，江山多娇，跟随古人的心去欣赏寒来暑往间诗与季节的互相成就而绽放的光芒，跟随古人的情怀去咏叹直教人生死相许的爱情最美的模样，跟随古人的壮志去致敬征战沙场的英雄，致敬孕育英雄之气的天地山河。让我们一起吟诵千古佳句，一起感受中华文化的独特美丽吧。

目 录

1

南

鱼

隔浦莲近拍·中山县圃姑射亭避暑作

(宋)周邦彦

　　新篁①摇动翠葆②，曲径通深窈。夏果收新脆，金丸③落，惊飞鸟。浓翠④迷岸草。蛙声闹，骤雨鸣池沼。

　　水亭小，浮萍破处，帘花檐影颠倒。纶巾羽扇，困卧北窗清晓。屏里吴山梦自到。惊觉，依然身在江表。

注 释

　　①篁：指竹子。②翠葆：形容草木青翠茂盛。③金丸：果子。④浓翠：形容岸边翠绿的青草。

鉴赏

这首词是词人作于任溧水县县令期间。词中写初夏的一个清晨，词人信步庭园所见景色，进而转折抒发自己的思乡之情。用笔纵横交错，富有变化和层次感，语言优美清新，用词精致。

上阕写盛夏的景色，词人勾勒出中山县圃姑射亭的轮廓以及周围的环境。"新篁摇动翠葆"，夏日微风吹来，新篁摇曳，翠盖亦随之晃动。"曲径通深窈"，幽静曲折的小径一直通向看不到的遥远的地方。"夏果收新脆，金丸落，惊飞鸟"，夏季果实丰收，"新脆"二字最富妙用，读者好像尝到了新鲜脆嫩的果实，似觉果香四溢，齿颊留芳。"金丸落，惊飞鸟"则化用李白《少年子》中的诗句"金丸落飞鸟"。那一个个成熟了的果子落下来，惊起一只只飞鸟。"浓翠迷岸草。蛙声闹，骤雨鸣池沼"，着一"迷"字，赋予了青草以迷人的吸引力。写池塘蛙声的喧闹，和骤雨声相和，令人如见其景，如闻其声。上阕通过景物描写了一个令人流连的避暑胜地：碧色的翠竹和幽静蜿蜒的小径，给人清凉舒适的感觉。成熟的水果，郁郁葱葱的岸草，喧闹的蛙声，这些富有夏天特色的景物被集中在一起，展现出一幅清新的田园生活画面，别有一番情趣。仿佛令人闻到了骤雨前湿润的、带着泥土芳香的气味。作者下笔很巧妙，"新篁""翠葆"这类精美辞藻的运用，给人一种新奇的感觉。

下阕对周围环境描写缩小到词人的具体住处，一座小小的临水亭院，"水亭小，浮萍破处，帘花檐影颠倒"，此处有水，有亭，水亭相映，给人无限美感。词人用"帘花"与"檐影"，只是化用前人诗句描写他所居亭院的幽美、闲静，给人以朦胧美感。词人由周围环境写到住所，由住所写到住所中的主人。"纶巾羽扇，困卧北窗清晓"，"困卧"一词表明词人此时的情绪转折，并不是很愉快。"屏里吴山梦自到。惊觉，依然身在江表"，着重刻画了词人的思乡之情。画有自己家乡的画屏触发了心中的思乡之情，因屏风上的

图画而梦游故乡，一直写到梦醒后的惆怅，情绪有起有落，曲折宛转。

　　词人写避暑环境幽美、闲静，写景精工。上阕词意乐观、轻松，移步换景，富于变化，画面设计精巧。下阕的词意忽转低沉、沉重，活现出人物的活动与心境，抒发了词人的乡思之情和身世之慨。词人的这种先抑后扬的手法，耐人揣摩。

和郭主簿①（其一）

（东晋）陶渊明

蔼蔼堂前林②，中夏贮清阴③。
凯风因时来④，回飙开我襟⑤。
息交游闲业⑥，卧起弄书琴。
园蔬有余滋⑦，旧谷犹储今⑧；
营己良有极，过足非所钦⑨。
春秫作美酒⑩，酒熟吾自斟；
弱子戏我侧，学语未成音。⑪
此事真复乐⑫，聊用忘华簪⑬。
遥遥望白云，怀古一何深⑭。

注释

　　①《和郭主簿》共二首，这是其一，大约作于晋安帝元兴元年（402）五月。上年七月，诗人赴假还江陵。至冬，因母亲病亡，遂辞官奔丧。这年五月，郭主簿有诗相赠，渊明酬和而有是作。诗写闲居田园的适意和怀望古人的幽情。郭主簿，名字、事迹均不详。主簿，官职名。晋时州县属官及军府置吏皆有主簿，负责公文簿书。②蔼蔼：茂盛的样子。③中夏：即仲夏，指农历五月。贮：储存，囤积。④凯风：南风。因时来：随着季节而来。夏季多发南

3

风。⑤回飙：旋风。⑥息交：停止与人交往。游闲业：游心于闲业。闲业，相对于"正业"而言，指弹琴读书等不急之务。⑦有余滋：谓蔬菜生产很多，自吃有余。滋，生长。⑧"旧谷"句：是说至今还有陈谷储存。⑨"营己"二句：营己，指谋求自己的生活所需。极，限度。钦，美慕。这两句是说自己所需的东西实在有限，至于过分的享受又不是我所美慕的。⑩舂秫：捣米。秫，黏稻，脱壳而为糯米，酿酒最美。⑪弱子：幼子。指陶佟，渊明次子，此时三岁。⑫真复乐：毫无虚伪而又有乐趣。⑬华簪：华美的发簪。古人束发加冠用簪，华簪为显官所用。这里代指做官。⑭"遥遥"二句：是说遥望白云，怀古之情是何等深沉。《庄子·天地篇》："天下无道，则修德就闲。千岁厌世，去而上仙。乘彼白云，至于帝乡。三愚（多催、多事、多辱）莫至，身无常殊，则何辱之有？"所谓"怀古"，也许怀的是这种乘白云至帝乡的人。

鉴赏

　　此诗最大的特点是平淡冲和，意境浑成，令人感到淳真亲切、富有浓郁的生活气息。通篇展现的都是人们习见熟知的日常生活，"情真景真，事真意真"。（陈绎曾《诗谱》）虽如叙家常，然皆一一从胸中流出，毫无矫揉造作的痕迹，因而使人倍感亲切。无论写景、叙事、抒情，都无不紧扣一个"乐"字。你看，堂前夏木荫荫，南风凯风清凉习习，这是乡村景物之乐；既无公衙之役，又无车马之喧，杜门谢客，读书弹琴，起卧自由，这是精神生活之乐；园地蔬菜有余，往年存粮犹储，维持生活之需其实有限，够吃即可，过分的富足并非诗人所钦羡，这是物质满足之乐；有黏稻舂捣酿酒，诗人尽可自斟自酌，比起官场玉液琼浆的虚伪应酬，更见淳朴实惠，这是嗜好满足之乐；与妻室儿女团聚，尤其有小儿子不时偎倚嬉戏身边，那牙牙学语的神态，真是天真可爱，这是天伦之乐。有此数乐，即可忘却那些仕宦富贵及其乌烟瘴气，这又是隐逸恬淡之乐。总之，景是乐景，事皆乐事，则情趣之乐不言而喻；这就构成了情景交融、物我浑成的意境。诗人襟怀坦率，无隐避，无虚浮，无夸张，

纯以淳朴的真情动人。读者仿佛随着诗人的笔端走进那宁静、清幽的村庄,领略那繁木林荫之下凉风吹襟的惬意,聆听那琅琅的书声和悠然的琴韵,看到小康和谐的农家、自斟自酌的酒翁和那父子嬉戏的乐趣,并体会到诗人那返璞归真、陶然自得的心态。

　　这首诗用的是白描手法和本色无华的语言。全诗未用典故,不施藻绘,既无比兴对偶,亦未渲染铺张,只用疏淡自然的笔调精炼地勾勒,形象却十分生动鲜明。正如唐顺之所评:"陶彭泽未尝较音律,雕文句,但信手写出,便是宇宙间第一等好诗。何则?其本色高也。"(《答茅鹿门知县》)当然,这种"本色高",并非率尔脱口而成,乃是千锤百炼之后,落尽芬华,方可归于本色自然。所谓"一语天然万古新,豪华落尽见真淳"。元好问《论诗绝句》只有"大匠运斤",才能无斧凿痕迹。本色无华,并非质木浅陋。试看首二句写景,未用丽词奇语,但着一平常"贮"字,就仿佛仲夏清幽凉爽的林荫下贮存了一瓮清泉,伸手可掬一般,平淡中有醇味,朴素中见奇趣。又如"卧起弄书琴","弄"字本亦寻常,但用在此处,却微妙地写出了那种悠然自得、逍遥无拘的乐趣,而又与上句"闲业"相应。再有,全诗虽未用比兴,几乎都是写实,但从意象上看,那蔼蔼的林荫,清凉的凯风,悠悠的白云,再联系结尾的"怀古",怀念古人不慕名利的高尚行迹,亦自申己志,不可能与诗人那纯真的品格,坦荡的襟怀,高洁的节操,全无相关、全无象征之类的联系。这正是不工而工的艺术化境之奥妙所在。所以苏东坡评陶诗"质而实绮,癯而实腴"(《与苏辙书》),刘克庄说它"外枯而中膏,似淡而实美"的确是灼见。

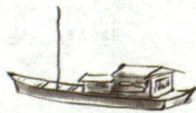

晚　晴

（唐）李商隐

深居①俯②夹城③，春去夏犹清。
天意怜幽草，人间重晚晴。
并④添高阁迥⑤，微注小窗明。
越鸟⑥巢干后，归飞体更轻。

注释

①深居：表明居住地的幽深僻静。②俯：俯视。③夹城：又称瓮城，古代为增强城池防御力量而建的一种城墙。④并：合，有"更"的意思。⑤迥：远。⑥越鸟：南方之鸟。越，指今两广一带。

鉴赏

　　从诗的题目"晚晴"可知：傍晚时分，天气放晴，表明刚下过雨，"晚"暗示了雨持续的时间之久，因此直到傍晚才云开雨霁，万物沐浴着金色的夕阳光照，面对此景，人的精神状态也随之倍感清爽。这种景象与感受，本为一般人所习见、所共有。但作者并不停留在这种一般的观察与感受上，而是深处挖掘，大处落墨，转而写生长在幽僻之处的小草。幽僻处的草最怕阴雨浸淹，幸得天意垂怜，云散雨霁，大放光芒，此处以小草的喜悦进而联想诗人自己在雨过天晴后的喜悦舒爽之感。"人间重晚晴"，这是全篇的核心句子。表面上看，这似乎纯粹是抽象的议论。实际上，诗人在创作此句时，眼前是跃动着一系列生动的图景与形象的。仿佛为人们展开了一幅千家万户喜迎晚晴的动人画卷，甚或可以想象出人们脸上浮现的欣慰喜悦之情。寥寥几字浓缩了一幅温馨喜悦的晚晴图。

"并添高阁迥，微注小窗明"，在这雨收云散、空气清和的傍晚放晴之时，站在高阁上凭栏眺望，能够看得很远，又见一缕夕阳的余晖射进小窗，带来了一线光明。给幽室平添了几多明朗、几许温情，十分惬意！此处的"高阁"，正应合着首句的"俯"视，"小窗"映照着首联的"深居"。可见诗人选词造句的精妙之笔。

"越鸟巢干后，归飞体更轻"，"巢干"呼应"晴"，鸟巢被晒干后，越鸟飞回来的时候体态轻盈，迅速敏捷，塑造雨后夕照时归鸟轻盈飞翔的动人形象，形容天晴后鸟的爽快感觉，并以此归鸟再次巧妙地隐喻诗人自己的心境。这仍然是登高远眺的情景。宿鸟归飞，通常最容易触动羁旅之人的乡愁，这里却没有悲愁，只有喜悦，是一种积极乐观的精神。

全诗构思巧妙，用词精准，画面清新，意蕴悠长，并暗含哲理机趣，且能于典雅华丽之外一显其清爽恬淡、流美厚重的风格。

十二月十九日夜中发鄂渚①
晓泊汉阳亲旧携酒追送聊为短句

（宋）黄庭坚

接淅②报官府，敢违王事程③。
宵征江夏县④，睡起汉阳城。
邻里烦追送⑤，杯盘泻浊清⑥。
只应瘴乡老⑦，难答⑧故人情。

注释

①鄂渚：相传在今湖北武昌黄鹤山三百步长江中。隋置鄂州，即因渚得名。世称鄂州为鄂渚。汉阳：今属湖北武汉。亲旧：犹亲故。短句：古代的七

言诗歌，人们习惯称长句，五言则为短句。②接淅：捧着已经淘湿的米，来不及将生米煮熟。淅，淘过的米。③敢：岂敢。王事：王命差遣的公事。程：期限。④"宵征"句：是说连夜从武昌出发。宵征，夜行。⑤追送：偏义复词，实指"送"，殷勤地送别。⑥浊清：偏义复词，实指"清"，清香的好酒。⑦瘴乡：南方瘴疠之地，易使人生病。这里指宜州（治所在今广西宜山）。老：终老，到老死去。⑧答：报答。

鉴赏

　　这首诗是因亲朋故旧饯行，内心感念不已而写的，因此感情真挚动人，用典较少，语言平易流畅。

　　此诗首联"接淅报官府，敢违王事程"，描写出一片紧张、急迫的气氛：贬谪的命令催魂逼命，急如星火，连做饭的工夫也没有；"王事"在身，不敢有片刻的耽搁。这里作者用"接淅"的典故恰当地比喻了官命之急迫，其悲愤心情透出纸背。次联承接上联之意，通过时间、地点的转换，具体地描写出舟行之急。"王事"紧迫，江流湍急，船行飞快，诗中将那情景和气氛描写得十分生动。颈联写邻里、朋旧赶来送行的情景。"邻里烦追送，杯盘泻浊清"，叙事中透出无限的情意。"追送"和"浊清"都是偏义词："追送"就是"送"，"烦"字透出作者的感激之意；"浊清"实指"清"。但是，"追送"的"追"字又进一步把前面两联的紧迫气氛渲染出来：诗人走得那样突然，以致邻里、故旧事先都没有得到消息，而仓促之间追到汉阳为之饯行。那一杯杯饯行酒，包含了很多深情厚意。末联写诗人的感慨："只应瘴乡老，难答故人情。"此番谪居边远之地，功名前程乃至生命都是不可卜知的，这一切诗人也不计较，只是"故人"的友谊和真挚的感情永远无法报答，这才是终身遗恨的事。

感遇三十八首（其二）

（唐）陈子昂

兰若①生春夏，芊蔚②何青青！
幽独空林色，朱蕤③冒紫茎。
迟迟白日晚，嫋嫋秋风生。
岁华尽摇落，芳意竟何成？

注释

①兰若：兰是兰花，春天生于幽谷。若是杜若，草本药用植物，花香，夏初生于水滨。②芊蔚：形容枝叶繁茂。③朱蕤：指的是红色的花。

鉴赏

　　陈子昂的感遇诗共三十八首，是诗人暮年辞官归乡后所作。在这首诗中诗人以兰花和杜若自比，寄托了个人的身世之感。

　　开头两句描写春夏之间的香兰和杜若，枝繁叶茂，郁郁葱葱，青翠喜人，但是香兰和杜若的美，固然在其花色的艳丽芬芳，可是花儿再芬芳美丽，还需要青翠茂盛的绿叶扶植和陪衬。所以诗人在诗歌的第二句便叠用了"芊蔚""青青"两个重叠词来形容其茂盛，而中间又贯以"何"字，就使诗人面对秀丽芬芳的兰花和杜若，其内心的喜悦和赞美之情托盘而出，溢于言表。

　　三、四句写兰若压倒群芳的资质：二者幽独地生于林中，有着空绝群芳的秀色，艳丽的朱红色的花垂下来覆盖在紫色的茎秆上面，鲜艳极了。诗人特意用了"幽独"二字来形容兰若孤芳特立的形象姿态。这也正是诗人的抱负和人

9

格的化身，足见诗人目空一切的豪气和风华正茂的自诩。

　　五、六句由赞美兰若的秀色高洁转而感慨芳华摇落、好景不长。夏尽秋来，白日渐短，而红花绿叶也由盛逐渐衰落。"迟迟"二字便巧妙地写出了这种时序和花色逐渐变化的过程，写出了诗人内心的惋惜之情。

　　诗人在尾联中借用了宋玉《九辩》中"萧瑟兮草木摇落而变衰"的句意，借花草之凋零来悲叹年华的流逝、理想的破灭，寄托了诗人的身世之感。可见写物正是写人，诗人不重字句雕饰，而求所写之物的浑成。这样的写法，正是诗人所追求的"汉魏风骨"的体现。全诗运用比兴，继承了阮籍《咏怀》的传统手法，借物言志，寄意深远，虽无繁缛富丽的辞藻，却清新自然，如同兰若一样。

　　这首诗运用传统的比兴手法，以香花香草比喻自己高洁的情怀，以"幽独空林色"压倒群芳的兰若风姿，比喻自己出众的才华。又以芳花的摇落无成，借以反映政治上的失意，不能有所作为的苦闷。全诗比兴寄托，寓意凄婉，感慨遥深，发人深思。

丑奴儿·博山道中效李易安体

（宋）辛弃疾

　　千峰云起，骤雨一霎儿价。更远树斜阳，风景怎生图画！青旗①卖酒，山那畔、别有人家。只消山水光中，无事过这一夏。

　　午醉醒时，松窗竹户，万千潇洒。野鸟飞来，又是一般闲暇！却怪白鸥，觑②着人、欲下未下。旧盟都在，新来莫是，别有说话？

①青旗：酒旗，词人经常在此饮酒。②觑：偷看。

鉴赏

　　宋孝宗淳熙八年（1181）作者被劾罢官，次年在江西上饶地区的带湖卜筑闲居，直至光宗绍熙三年（1192）再度被起用，其间长达十年。这首词正是此期间所作。读来自然有一股婉约之风，透着淡淡的愁。

　　词的上阕先写博山道中的外景。博山在江西广丰县西南，南临溪流远望如庐山之香炉峰，足见其风景秀美。"千峰云起，骤雨一霎儿价。更远树斜阳，风景怎生图画"，写得颇有季节特点，特别是"骤雨一霎儿价"，形象地写出了夏日阵雨的特点。阵雨过后，斜阳复出，山水林木经过了一番滋润，显得愈加清新秀美。"青旗卖酒，山那畔、别有人家"，在一幅山色之中出现了一个小酒馆，点出词人将到达的人家。"只消山水光中，无事过这一夏"，词人此时无事可操心，只想在这山色水光中消磨时光，度过这个清闲的夏天，句中流露出一种无可奈何的心绪。

　　下阕开头，写酒家周围的环境。"午醉"一句，同上阕"青旗"相呼应，"松窗竹户"当为酒家的景致。作者酒醉之后，在这里美美地睡了一觉。醒来只见窗外松竹环绕，气度潇洒脱俗，十分幽雅。"野鸟飞来，又是一般闲暇！却怪白鸥，觑着人、欲下未下"，写野鸟的闲暇，接着带出白鸥，写得十分自然。"却怪"二句极显诙谐。"旧盟都在，新来莫是，别有说话？"这三句是向白鸥提问，读来诙谐有趣，同时也流露了词人的孤独寂寞之感。词人

说，还记得曾与你们有过盟约，而今你们都忘记了，鸟都如此了，何况人呢？背信弃义的更多了。这里是暗指词人政治生活中的不如意。他主张的抗金大业一直得不到统治者的支持，反而还一直被排斥和打压，心中的悲苦可想而知。上阕的美景与下阕悲凉的情感形成了反差，以乐景衬哀情而倍增其哀。在这首词的小序中，作者标明"效李易安体"，李易安即李清照，作者为豪放派的代表人物，也有深婉悱恻的情调。

别董大①二首（其一）

（唐）高 适

千里黄云②白日曛③，北风吹雁雪纷纷。
莫愁前路无知己，天下谁人④不识君⑤。

注 释

　①董大：指当时有名的音乐家董庭兰，因为在其兄弟中排名第一，故时人
称"董大"。②黄云：天上的乌云，在阳光下，乌云是暗黄色，所以叫黄云。
③曛：昏暗。④谁人：哪个人。⑤君：指董大。

在唐人赠别诗篇中，有一种凄婉缠绵、感人至深，但也有一种慷慨悲歌、豪放健美的诗作，此诗便是后一种风格的佳篇。

诗的开头两句，描绘送别时候的自然景色。黄云蔽天，绵延千里，日色只剩下一点余光。夜幕降临以后，又刮起了北风，大风呼啸。伴随着纷纷扫扬的雪花。一群征雁疾速地从空中掠过，往南方飞去。这两句所展现的境界阔远渺茫，是典型的北国雪天风光。这两句，描写景物虽然比较客观，但也处处显示着送别的情调，以及诗人的气质心胸。日暮天寒，本来就容易引发人们的愁苦心绪，而眼下，诗人正在送别董大，其执手依恋之态，我们是可以想见的。

诗的后两句是对董大的劝慰。说"莫愁"，说前路有知己，说天下人人识君，以此赠别，足以鼓舞人心，激励人之心志。高适这两句，不仅紧扣董大为名琴师，天下传扬的特定身份，而且把人生知己无贫贱，天涯处处有朋友的意思融注其中，诗境阔远深厚。

诗人在即将分手之际，全然不写千丝万缕的离愁别绪，而是满怀激情地鼓励友人踏上征途，迎接未来。如果不是诗人内心的郁积喷薄而出，则不能把临别赠语说得如此体贴入微，如此坚定不移，也就不能使此朴素无华之语言，铸造出这等冰清玉洁、醇厚动人的诗情。

江城子·密州出猎①

（宋）苏 轼

老夫聊发少年狂，左牵黄，右擎苍②。锦帽貂裘，千骑卷平冈③。为报倾城随太守，亲射虎，看孙郎④。

酒酣胸胆尚开张，鬓微霜，又何妨⑤！持节云中，何日遣冯唐⑥？会挽雕弓如满月，西北望，射天狼⑦。

①本词作于宋神宗熙宁八年（1075），时苏轼任密州（今山东诸城）知州（行政首长）。北宋仁宗、神宗时代，国力不振，经常受辽国和西夏的侵扰。本词借写出猎的壮烈场面，抒发了作者加强国防、抗击侵略的政治主张和渴望为国立功的壮志豪情。本词词风乐观雄健，是最能体现豪放派词风的力作。"密州出猎"另作"猎词"。②老夫：作者自称。其实当年苏轼刚好40岁，这样的称谓大有苏东坡式的豪气和自嘲。聊：姑且。黄：黄色猎犬。擎苍：臂举苍鹰。古人打猎时常用鹰犬追捕猎物。③锦帽貂裘：丝帛锦缎之帽和貂皮制成的外衣。千骑：形容人马很多。骑，一人一马为一骑。卷平冈：大队人马席卷平冈而过。④"为报"三句：为了报答全城人跟随我打猎的厚意，我亲自射虎，让大家看看当年孙郎的雄姿。倾城：全城。太守：一州的最高行政长官，此为作者自称。孙郎：指三国时吴王孙权。据《三国志·吴主传》，孙权曾骑马射虎，马被虎咬伤，孙权用双戟刺虎，最后捕获了老虎。此句可见苏轼贵为一州之长，却能和百姓同乐之态。⑤酒酣：酒喝得畅快，酒兴正浓。胸胆尚开张：胸襟更开阔，胆气更豪壮。尚，更。开张，开阔，开放。鬓微霜：鬓发花白。又何妨：没什么了不起的。年龄虽长，壮心依旧。⑥本句意思是：什么时候遣冯唐持节云中？冯唐：

西汉时文帝之臣。持节：谓奉命出使。古代使臣出行，必执符节以为凭证。云中：汉时郡名，在今内蒙古托克托县一带。据《史记·张释之冯唐列传》，汉文帝时，魏尚任云中太守，他为政有方，屡退匈奴，只因报功时多报了六个首级而被免官下狱。冯唐向汉文帝进言，称魏尚是难得的人才，对其处罚太重。于是文帝命冯唐持符节赦免魏尚，仍命其担任云中太守。苏轼以魏尚自喻，希望得到朝廷的重用。⑦会：当。雕弓：刻有花纹的弓。弓的形状如半月，将弓弦拉开便成满月状。天狼：星名，古人认为是象征侵略的凶星，这里喻指北方的辽国和西方的西夏国。这句话表明了苏轼渴望为国家建功立业的迫切心情。

鉴赏

　　本词是苏轼在熙宁八年（1075）作于密州任上，这一年他刚好40岁。此时，宋西北边疆局势紧张，西夏曾连年攻占宋朝州县。苏轼在这首词中借出猎抒发请缨抗敌的壮怀。"男儿本自重横行"，苏轼在词中表达了请赴边疆报国杀敌的愿望。词的上片刻画的太守形象是否有当年曹操"横槊赋诗"的味道？这首词历来被推为豪放词的典范，苏轼曾与人这样谈论写该词时的畅快心情："作得一阕（指此词），令东州壮士抵掌顿足而歌之，吹笛击鼓以为节，颇壮观也。"由此可见，词到了苏轼手中才彻底抹去它作为红楼小曲的浅俗之色，做到了无事不可吟、无志不可述的境界。

赠孟浩然

（唐）李 白

吾爱孟夫子^①，风流^②天下闻。
红颜弃轩冕^③，白首^④卧松云。
醉月频中圣^⑤，迷花^⑥不事君。
高山^⑦安可仰，徒此揖清芬。

注 释

①孟夫子：指孟浩然。②风流：古人以风流赞美文人，主要是指有文采，善词章，风度潇洒，不钻营苟且等。③轩冕：原指古时大夫以上官员的车乘和冕服，后引申为官位，泛指为官。④白首：白头，指老年。⑤中圣："中圣人"的简称，即醉酒。古人称酒清者为圣人，酒浊者为贤人。⑥迷花：迷恋花草，此指陶醉于自然美景。⑦高山：言孟浩然品格高尚，令人敬仰。

鉴 赏

本诗在对咏赞对象孟浩然进行勾勒的同时，更重要的是表达了自己美好的人生理想和审美情结。

首联是总写，起着总括全局的作用。其中，"爱"字是贯穿全诗的抒情线索，"风流"二字已隐括了下文的形象内容。"风流"乃指孟浩然超然脱俗的风度人品和卓然不凡的文学才华。

颔联两句是从纵的方面描写孟浩然的生平经历。"红颜"而能摒弃"轩冕"，表明孟浩然从青年时代起就能超脱功名利禄，这在常人是难以做到的，因而更显出他的高洁不凡；"白首"而静卧"松云"，一幅高人隐逸图尽现眼底，松风白云毋宁是孟夫子潇洒风致与散淡神情的物化和象征。两相对照，不仅有色彩的美、时空的度与雅俗的分野，而且在比照与反衬中使人浮想联翩。

颈联两句则是从横的方面写他的现时状态——隐居生活。其采用的是由正及反之法，它使我们看到皓月当空的清宵，孟夫子把酒临风，往往至于沉醉；有时则于繁花丛中流连忘返。句中用典自然，不露斧凿痕迹。"中圣"就是喝醉酒之意，与"事君"正好构成巧妙的对偶。

尾联"高山"一句暗用《诗经·小雅》中"高山仰止，景行行止"的典故，同时又是形象描写，即使读者不知其出处，也能欣赏其形象与诗情之美。

总的来看，本诗结构严密，过渡与转换顺理成章。具体说来，诗的开头提出"吾爱"，继而又通过具体描写揭出其"可爱"，最后归结到"敬爱"。

述　怀①

（唐）魏　征

中原②初逐鹿③，投笔事戎轩④。
纵横计⑤不就，慷慨志⑥犹存。
杖策谒天子⑦，驱马出关⑧门。
请缨系南越⑨，凭轼下东藩⑩。
郁纡⑪陟⑫高岫⑬，出没望平原。
古木鸣寒鸟，空山啼夜猿。
既伤千里目，还惊九逝魂。
岂不惮⑭艰险？深怀国士⑮恩。
季布⑯无二诺，侯嬴⑰重一言。
人生感意气，功名谁复论。

①述怀：陈述自己的胸怀、志向。②中原：原指黄河南北一带，这里代指中国。③逐鹿：在本诗中比喻争夺政权。④戎轩：战车，诗中代指战争。⑤纵横计："纵横"原本是指战国时苏秦、张仪的合纵连横主张。这里"纵横计"指魏征多次向李密进献谋取天下的计策。⑥慷慨志：指安国利民的远大抱负。⑦天子：指唐高祖李渊。⑧关：指潼关。⑨请缨系南越：以汉代使臣终军自喻。西汉时终军自请安抚南越，他向汉武帝表示："愿受长缨，必羁南越王而致之阙下。"意思是只要一根绳索就可把南越王捆来，后来终于说服南越王降汉。⑩凭轼下东藩：以著名说客郦食其自喻。楚汉相争时郦食其曾向汉高祖请命，劝降了齐王田广，"凭轼下齐七十余城"（见《汉书·郦食其传》），为汉之东藩。⑪郁纡：指山路曲折艰险。⑫陟：登，升。⑬岫：山峰。⑭惮：畏，怕。⑮国士：一国之中杰出的人才。⑯季布：西汉初人，以重信义而闻名关中。⑰侯嬴：战国时魏国人，信陵君的门客。

武德元年（618），唐高祖李渊称帝，但崤山函谷关以东还有李密的旧部不肯降唐。魏征"自请安辑山东"，以唐王朝使者的身份东出潼关去安抚、劝降，写下了这首政治抒情诗。诗中通过回忆投笔从戎的往事，着重表明自己不畏艰险，要以实际行动安抚山东，以报答唐高祖知遇之恩的情怀。慷慨激昂，抒情见于叙事，是这首诗的最大特点。

诗的前四句讲了作者投唐前的经历、胸怀和抱负。投唐前，魏征被隋武阳郡（治所在今河北大名东北）丞元宝藏任为书记，元宝藏举郡归降李密领导的起义军后，他又被李密任为元帅府

文学参军，专掌文书卷宗。唐高祖武德元年（618），李密失败后，魏征随其入关降唐。写本诗时，魏征强烈自请安抚河北，诏准后，乘驿驰至黎阳（今河南浚县），去劝李密的黎阳守将徐世勣归降唐朝。虽然转侍三主，其谋划之策屡不见用，但献身于统一事业的决心依然存在。

于是"杖策谒天子"，去投靠唐主李渊。隋大业十四年（618），隋朝灭亡，唐高祖李渊建立唐王朝，河南一带仍被李密旧部所据。这就是"驱马出关门。请缨系南越，凭轼下东藩"的意思。"杖策"，是挥鞭策马的意思，写出了魏征投靠李渊时的武人形象。"请缨系南越，凭轼下东藩"二句，是作者以终军、郦食其自喻，说明这次出关门的任务。以上八句皆为叙事，并通过叙事表现自己为了国家的统一，投笔从戎，并自请安抚山东的政治抱负和豪情壮志。

接下来四句是写景。"郁纡陟高岫，出没望平原。古木鸣寒鸟，空山啼夜猿"，即作者在赶赴山东的途中之所见。诗人把复杂的心情，都融汇到生动的旅途景物描写中，情景交融，形象地暗示了完成使命的艰难和诗人心情的沉重。因为在艰险曲折的山道上行走，有时高有时低，因此前面的平原，也即此行的目的地，忽隐忽现，鸟儿在古树上啼鸣，猿猴在空旷的山谷中哀叫，听得人心里阵阵发冷。这些景物构成了一幅深山老林的凄寒图景，同时也暗喻了诗人告别唐主后心情的孤寂。

接下来"既伤千里目，还惊九逝魂"，是作者触景生情而发。是什么使得作者触目伤怀、惊心动魄？作者这次出关赴河南一带，沿途是战争的痕迹，农村破败，满目疮痍。对于一位忧国忧民的政治家来说，他不能不触目惊心。"九逝魂"，本指一夜之间几次梦回故都，此处单指思想感情受到震惊。路途如此艰险，任务又十分艰巨，他为什么还不畏艰险地去做说降工作呢？因为他深深地感激高祖李渊以国士待他的恩遇。这不仅是个人感情问题，魏征之所以投笔从戎，是要安定天下，恢复治平，但李密不听他的计策，致使失败。如今唐高祖李渊建立新朝，势头正旺，实现了魏征的政治理想，又以国士之礼优待自己，他当然愿意为朝廷驰驱，既为国事，也报恩君，还管什么艰难不艰难呢？

诗写到这里，诗人的感情再也抑制不住了，便直抒胸臆，"季布无二诺，侯嬴重一言。人生感意气，功名谁复论"，表明了自己重视信义不图功名的内心情怀，他要像历史上的季布、侯嬴一样，说一不二，一定要实现向高祖皇帝许下的安抚山东的诺言。

黄鹤楼①送孟浩然之广陵②

（唐）李 白

故人西辞③黄鹤楼，烟花④三月下⑤扬州。
孤帆远影碧空尽，唯见长江天际流。

注 释

①黄鹤楼：故址在今湖北省武昌县蛇山之上（今已重建），下临长江。
②广陵：今江苏扬州。③西辞：黄鹤楼在扬州的西面，所以称之为"西辞"。
④烟花：形容春天花柳明媚、云气氤氲的景象。⑤下：从黄鹤楼去扬州是顺流而下，故称"下"。

鉴 赏

本诗的创作背景是在很浓郁的畅想曲和抒情诗的气氛里进行的。

从首句来看，黄鹤楼是天下的名胜，李白和孟浩然两位诗人经常在此聚会，从而起到点题的作用。因此一提到黄鹤楼，就带出种种与此处有关的富于诗意的生活内容。而黄鹤楼本身呢，又

是传说中仙人飞天的地方，这和李白心目中这次孟浩然愉快地去扬州，又构成一种联想，增加了那种愉快的、畅想曲的气氛。

细细品味本诗中的第二句，其中，"三月"上加"烟花"二字，把送别环境中那种诗的气氛涂抹得尤为浓郁。烟花者，烟雾迷蒙，繁花似锦也。给人的感觉绝不是一片地、一朵花，而是看不尽、看不透的大片阳春烟景。三月，固然是烟花之时，而开元时代繁华的长江下游，又何尝不是烟花之地呢？"烟花三月"，不仅再现了那暮春时节、繁华之地的迷人景色，而且也透露了时代气氛。此句意境优美，文字绮丽，被清人孙洙誉为"千古丽句"。

本诗的后半部分写景，其中包含着一个充满诗意的细节。李白一直把朋友送上船，船已经扬帆而去，而他还在江边目送远去的风帆。李白的目光望着帆影，一直看到帆影逐渐模糊，消失在碧空的尽头，可见目送时间之长。帆影已经消逝了，然而李白还在翘首凝望，这才注意到一江春水浩浩荡荡地流向水天交接之处。

本诗的最后一句表面写的是眼前景象，但其中蕴含了诗人对朋友的绵绵情意。此时，诗人心潮起伏犹如东去的春水一般。

秋兴八首（其一）

（唐）杜 甫

玉露①凋伤②枫树林，巫山巫峡气萧森③。
江间波浪兼天④涌，塞上⑤风云接地阴⑥。
丛菊两开⑦他日⑧泪，孤舟一系⑨故园心。
寒衣⑩处处催刀尺⑪，白帝城高急暮砧⑫。

注 释

①玉露：白露。②凋伤：使草木凋零衰败。③萧森：萧瑟阴森。④兼天：

连天。⑤塞上：这里指夔州的山。⑥接地阴：风云盖地。⑦两开：第二次开放。这里是指第二次看到。杜甫前年秋天在云安，第二年秋天在夔州，从离开成都算起，已历两秋。"开"字双关，一谓菊花开，又言时光流走。⑧他日：往日。指多年来的艰难岁月。⑨系：系舟上岸。⑩寒衣：冬天的衣服。⑪催刀尺：赶裁新冬衣。⑫急暮砧：黄昏时急促的捣衣声。砧，捣衣石。

鉴赏

乾元二年（759），杜甫为避"安史之乱"，携妻儿由陕西入四川，寓居成都，依靠四川节度使严武等亲友的接济维持生活。永泰元年（765）四月，严武病逝，杜甫失去依凭，于是伴同家族，离开成都，乘舟沿江东下，先是寓居夔州，在夔州（今四川奉节）住了两年左右的时间，后转徙于湘鄂之间。大历四年（770）冬，死在由长沙到岳阳的一条破船上。

《秋兴八首》是组诗，它从夔州的秋天景物说起，抒写了对长安向往的种种心情。《秋兴八首》的第一首，是组诗领起之作，八诗之纲领。（清代浦起龙著《读杜心解》云："首章，八诗之纲领也。明写秋景，虚含兴意；实拈夔府，暗提京华。"）诗人用铺天盖地的秋色将渭原秦川与巴山蜀水联结起来，寄托自己的故国之思；又用滔滔不尽的大江把今昔异代联系起来，寄寓自己抚今追昔之感。诗中那无所不在的秋色，笼罩了无限的宇宙空间；而它一年一度如期而至，又无言地昭示着自然的岁华摇落，宇宙的时光如流，人世的生命不永。

吊①白居易

（唐）李 忱

缀玉联珠六十年，谁教冥路作诗仙。
浮云不系名居易，造化无为字乐天。
童子解吟《长恨曲》，胡儿能唱《琵琶篇》。

文章已满行人耳，一度思卿一怆然。

注 释

①吊：哀悼。

鉴 赏

这是唐宣宗李忱吊唁诗人白居易的一首诗，作于会昌六年（846）八月白居易病逝之后。作为一国之君的皇帝为一位诗人作悼亡诗，这在古代是非常罕见的。由此可见唐宣宗李忱对白居易其人的器重、对其诗的喜爱，也从侧面表现出了白居易卓越的才能。

这首诗对白居易作了非常高的称颂，评价亦恰切得当。全诗寥寥八句，就概括了白居易一生，十分周详。

首联"缀玉联珠六十年，谁教冥路作诗仙"，意为白居易的文章字字如缀玉，诗歌像珍珠串联，转眼大诗人已经历了六十年的人生旅途。首句运用比喻，以"缀玉联珠""诗仙"巧妙概括、赞颂了白居易一生的文学成就。"缀玉联珠"形容他的诗文艳丽光彩，"六十年"指他的创作生涯。"诗仙"是溢美之辞，是对白居易的高度评价。"谁教冥路作诗仙"一句，唐宣宗是说，对于这位世间不可多得的诗仙，我敬重不够、仰慕不够呀！你怎么就突然间与世长辞了呢？读到这里，读者似乎可以看到一位多情的皇帝，正眼含热泪，仰望长天，低声呼唤，其悲可见，其哀可闻，令人感动。

颔联"浮云不系名居易，造化无为字乐天"，此言浮云不能羁绊他，他的名字叫做居易，性格清静无为，他的名字叫乐天。分别用"浮云不系"和"造化无为"概括诗人的姓名与字号。这里运用对仗和互文的修辞，将诗人对白居易的浓浓思念之情凝聚在精练的语句中，情恳深，意韵长。

颈联"童子解吟《长恨曲》，胡儿能唱《琵琶篇》"，借白居易的两篇代表作《长恨歌》与《琵琶行》来赞美他的文学成就及其巨大的影响力，十分精辟。"童子解吟""胡儿能唱"表明其诗所知人之多，所晓域之广。这里诗人没有正面赞颂白居易的诗作，而是从侧面说他的诗作通俗易懂，从侧面烘托出白居易文学成就之高。

　　尾联"文章已满行人耳，一度思卿一怆然"，唐宣宗是说：白居易你的文章诗歌已经深深烙印在平民百姓的心中，每当我一度想起爱卿便怆然流涕！在颈联的基础上，唐宣宗对白居易诗作的进一步赞誉，表明对白居易难以割舍和对他去世的无比悲怆之情。

　　全诗语言通俗凝练，措辞用语恰当妥帖，情感真挚。既表现了对白居易离世的哀痛，又表现了对他诗歌的赞赏，突出了白居易诗作非同凡响的文学成就。

晴

和①晋陵②陆丞③早春游望④

（唐）杜审言

独有宦游人，偏惊⑤物候⑥新。
云霞出海曙⑦，梅柳渡江春⑧。
淑气⑨催黄鸟⑩，晴光转绿蘋⑪。
忽闻歌古调⑫，归思欲沾襟。

注 释

①和：依照别人诗词的格律或内容写诗和词就称作"和"。②晋陵：今江苏省
常州市。③陆丞：是指姓陆的晋陵县丞。丞是县令下面的左使。④早春游望：是陆

丞诗作的题目。⑤偏惊：反而感到惊心。⑥物候：是指景物和气候。它是指自然界因季节的变化而产生的景物和气候的变化。⑦海曙：海边的曙色。⑧渡江春：江南地暖，梅先开花，柳先舒叶，江北偏寒，如今梅柳春色也已降临。意思是江南、江北已经春色满眼。⑨淑气：春天和暖的气息。⑩催黄鸟：意思是说春天和暖的气息在催着黄莺婉转歌唱。⑪转绿蘋：是说春日的阳光使水中蘋草变得更加翠绿鲜艳。⑫古调：是指陆丞《早春游望》的诗，赞美它的诗有古人的格调。

鉴赏

这是一首酬答诗，和的是晋陵县丞的《早春游望》。

作者在这首诗中通过对早春景物的深刻感受和生动描写，不仅烘托出了一片清美、和煦的宜人春色，也真挚地表达了游人思归的深婉情致。画面优美，形象鲜明。

诗一开头就发出游人对异乡景物变化的感慨。首句"宦游人"点出唱和者的特殊身份，二句"物候新"点出了唱和者的特殊感受。意思是说只有长期在外做官的人，才特别容易因季节的变化对外界景物格外动心。题目已经点明这首诗写的是江南早春气候，而异乡游子对秀丽的江南景色特别敏感，这原本是人之常情，不过经过诗人的提示，就显得格外惊心醒目了。况且诗人又用"独有"和"偏惊"加以强调，无形中又加重了说话的语气和氛围，凝聚了引人入胜的兴味，自然会使读者产生对江南"物候"的向往之心。

中间两联就是对"物候新"的具体描述：在明亮的曙色中，那天边璀璨的云霞，像从海上涌起；春风吹拂着大江两岸，在清幽的梅花中间夹杂着丝丝绿柳，一片勃勃生机，准确而生动地表现了早春的特有气象。在此诗人别具一格地运用了反衬的手法，不仅没有使"宦游人"沉浸在春的快乐之中，反而引起了"宦游人"的归思之情。既照应了前面"独有宦游人"的思归主题，也点出了和诗的早春游望的情景。

另外，这首诗歌的用词也很有讲究，特别是动词的使用，更显得精到、传神。比如"催"字、"转"字，都极为生动地把"淑气"和"晴光"拟人化了，似乎它们都是"春之神"，在大地上撒布春光，使之生机盎然。

绿头鸭·咏月

（宋）晁端礼

晚云收，淡天一片琉璃。烂银盘、来从海底，皓色千里澄辉。莹无尘、素娥澹伫；静可数、丹桂参差。玉露初零，金风未凛①，一年无似此佳时。露坐久，疏萤时度，乌鹊正南飞②。瑶台冷，阑干凭暖，欲下迟迟。

念佳人、音尘别后，对此应解相思。最关情、漏声正永③；暗断肠、花影偷移。料得来宵，清光未减，阴晴天气又争知？共凝恋、如今别后，还是隔年期。人强健，清樽素影，长愿相随④。

注释

①金风：古代四方五行观念认为西方为秋而主金，故称秋风为金风。②"乌鹊"句：出于曹操《短歌行》"月明星稀，乌鹊南飞"。③漏声正永：漏声，古代以漏壶滴水计时，夜晚寂静，漏声清晰可闻，多以漏声指夜晚的时间。"漏声正永"指夜正长。④"人强健"三句：化用苏轼《水调歌头》"但愿人长久，千里共婵娟"。

鉴赏

这是一首咏月词，写中秋月景而兼怀人。词中以清婉和雅的语言，对中秋月景和怀人情思作了细腻传神的描写。

上阕写中秋夜月之景。开头两句"晚云收，淡天一片琉璃"，一笔放开，为下边的铺叙开拓了广阔的领域。晚云收尽，淡淡的天空里出现了一片琉璃

般的色彩，这就预示着皎洁无伦的月亮将要升起，以下的一切景和情都从这里生发出来。"烂银盘"句写海底涌出了月轮，发出了无边无际的光辉，使人们胸襟开朗，不觉得注视着天空里的玉盘转动。"莹无尘、素娥澹伫；静可数、丹桂参差"写嫦娥素装伫立，丹桂参差可见，借神话写出了具体的美丽形象。"莹无尘""静可数"和上边所说的"晚云收""千里澄辉"的脉理暗通，月光和月中景写得很丰满。中秋时露水初降，是四季中最宜人的节候，美景良辰，使人流连。"疏萤时度，乌鹊正南飞"化用了曹操"月明星稀，乌鹊南飞"和韦应物"流萤度高阁"的名句，写出了久坐之中、月光之下所看到的两种景物，这是一片幽寂之中的动景，两种动景显得深夜更加静谧。"瑶台冷，阑干凭暖，欲下迟迟"，赏月人坐得很久，凭栏的时间很长，以致把阑干凭暖，委婉地表现出词人不是单单地留恋月光，而是对月怀人。结语曰"欲下迟迟"，明说词人的怀人情意。

"念佳人、音尘别后，对此应解相思"，上承"欲下迟迟"，下启对情思的描写，自然妥帖，浑然无迹，深得宛转情致。下阕主要从对方写起。遥想对方此夜里"最关情"的当是"漏声正永"，"暗断肠"的应为"花影偷移"。漏声相接、花影移动，时间悄悄地消逝，而两人的相会仍遥遥无期，故而有"暗断肠"之语。料想明天夜月，清光也未必会减弱多少，只是明天夜里是阴是晴，谁能预料得到呢？两人之所以共同留恋今宵情景，是因为今年一别之后，只能待明年再见了。这时接写对方的此夜情，自己怀念对方的情思，不从自己方面写出，而偏从对方那里写出，对方的此夜情，也正是自己的此夜情；写对方也是写自己，心心相印，虽悬隔两地而情思若一，越写越深婉，越写越显出两人音尘别后的深情。歇

拍三句"人强健，清樽素影，长愿相随"，灵活用典，结得雍容和婉，有不尽之情，而无衰飒之感。

这首长调词操纵自如，气脉贯穿，徘徊宛转，起得好，过得巧，而结得奇，显露了全词的和婉之妙。

更漏子

（宋）晏几道

柳丝长，桃叶小，深院断无人到。红日淡，绿烟晴，流莺①三两声。

雪②香浓，檀晕③少，枕上卧枝花好。春思重，晓妆迟，寻思残梦时。

注释

①流莺：即莺。②雪：比喻女子雪白的肌肤。③檀晕：浅红色的妆晕。

鉴赏

晏几道的这首《更漏子》，以清新的语言、娴雅的笔调描写闺中女子的春思，十分含蓄隽永、娴雅蕴藉。陈廷焯《白雨斋词话》称此词"婉转缠绵，深情一往"，《宋词选释》也称其"景丽而情深"，颇为耐人寻味。

词的上阕主要是写春日室外的美好景色。起首三句"柳丝长，桃叶小，深院断无人到"，杨柳飘拂着长长的柳丝，桃树长出细嫩的桃叶，深院空寂，终日断然无人到来，烘托出春日寂静的气氛。一个"深"字写出了庭院的空寂，仿佛与世隔绝般。"无人到"前加一"断"字，语气极重，便有怨意，生动地反映出女子久居深院而产生的愁怨之情，为下文抒情做了铺垫。接下来三句

"红日淡，绿烟晴，流莺三两声"，则是院中景物的描写，清晨淡淡的红日照进院子里，绿意四散，烟雾朦胧，还不时传来流莺三两声啼叫，这里用流莺的三两声鸣啭来反衬深院的静寂，正所谓"蝉噪林逾静，鸟鸣山更幽"，这是一种以动衬静的写法，极为巧妙。

词的下阕由院中之景的描绘转写室内的情景。"雪香浓，檀晕少，枕上卧枝花好"，闺中女子肌肤如雪，散发着浓浓的香味，她脸上那浅红色的妆晕已然消褪了，那绣于枕上的花枝仍然十分娇美动人。这里的"雪"用来比喻女子那莹白的肌肤。"檀晕少"则暗示着女子辗转反侧，难以入睡，故檀晕少。而这枕上的"卧枝花"则是女子的象征，暗示闺中女子之美，将人与花合二为一。这三句含蓄蕴藉，语浅而情深，令人回味。最后三句"春思重，晓妆迟，寻思残梦时"，这柳絮飘拂、桃叶绽碧、红日淡淡、绿烟袅袅、流莺宛转的美妙春色，未能引起闺中佳人的游赏心绪。春日里，闺中之人闲愁深重，红日已悬挂高空，而她迟迟不愿去梳妆而是在寻思着残梦中的种种。至于闺中人梦中的内容，词人未道明，这就留给读者无限的想象空间，令人久久回味。

全词笔法细腻，通过对室内外的描写使得我们能从院落的空寂、室内的清静，可以知道此刻的她正独守空闺，独品寂寞，独自忧伤。

苏幕遮·燎沉香

（宋）周邦彦

燎①沉香②，消溽暑③。鸟雀呼晴④，侵晓⑤窥檐语。叶上初阳干宿雨⑥、水面清圆⑦，一一风荷举⑧。

故乡遥，何日去。家住吴门⑨，久作长安⑩旅⑪。五月渔郎相忆否。小楫⑫轻舟，梦入芙蓉浦⑬。

注 释

①燎：烧。②沉香：木名，其芯材可作熏香料。③溽暑：潮湿的暑气。溽，湿润潮湿。④呼晴：唤晴。旧有鸟鸣可占晴雨之说。⑤侵晓：快天亮的时候。侵，渐近。⑥宿雨：经夜的雨。⑦清圆：清润圆正。⑧风荷举：是说荷叶迎着晨风，每一片荷叶都挺出水面。⑨吴门：古吴县城亦称吴门，即今之江苏苏州，此处以吴门泛指江南一带。作者是江南钱塘人。⑩长安：原指今西安，唐以前此地久作都城，故后世每借指京都。词中借指汴京，今河南开封。⑪旅：客居。⑫楫：划船用的短桨。⑬芙蓉浦：芙蓉，荷花的别称。浦，水湾、河流。指有荷花的水边。

鉴 赏

古代交通不便，又常常外出做官，因此，思乡成为古代诗词中的永恒主题，最能引发天涯游子的共鸣。思乡的情怀往往借助作家记忆中印象最深刻的故乡景物来表达，周邦彦的这首《苏幕遮》正如此，它以荷为媒介，表达对故乡杭州的深深眷念。

此词上片描写盛夏早晨的风景：词人一早醒来，便嗅到昨夜点燃的沉香依旧弥漫在空气中，令人烦闷的暑热也已退去。窗外传来鸟儿叽叽喳喳的欢叫声，据说鸟鸣声能预测晴雨，莫非天已放晴？词人抬头朝窗外望去，只见天色才微微放亮，鸟雀在屋檐上跳来跳去，晃动着头脑争噪不停，似乎也在为雨后新晴而喜悦。盛夏酷暑时节，难得有这样一个清爽的早晨，词人漫步荷塘边，只见荷叶上的雨珠在朝阳下渐渐变干，看上去更加碧绿净洁，一张张圆圆的荷叶铺满水面。一株株荷花亭亭玉立在荷叶间，微风吹过，微微颤动着更显丰姿绰约。"叶上初阳干宿雨，水面清圆，一一风荷举"被誉为写荷名句，王国维在《人间词话》中称赞此语"真能得荷之神理"，寥寥几笔，将荷的摇曳多姿、神清骨秀写尽，营造出一种清新恬静的境界。

下片转入思乡的愁怀与回忆。眼前的荷塘，勾起了词人的乡愁：故乡遥遥，就在那莲叶田田的江南，羁旅京师已经很久，何时才能归去？汴京（今河南开封）的荷塘唤起了词人的思乡浓情，思绪飞回故乡，不知儿时的玩伴是否还记得五月同游西湖的情景？多少次梦回故乡，依然是划着轻巧的小船驶向荷塘。杭州西湖上的"十里荷花"闻名天下，杨万里曾写道："接天莲叶无穷碧，映日荷花别样红"。词人生长于斯，他对荷花的记忆是与童年的水乡生活联系在一起的。京城夏日雨后荷塘的景致牵动了词人对故乡最亲切的回忆，荷花成了词人思乡的媒介，同时将这首词的上下片联成一气，成为一篇写荷绝唱。

　　这首词天然真美，不事雕饰，它以质朴无华的语言，准确而又生动地表现出荷花的风神与词人的乡愁，有一种从容雅淡、自然清新的风韵，这在周邦彦以雕饰取胜的词作中当为别具一格之作。

金陵怀古

（唐）许　浑

玉树①歌残王气终，景阳②兵合戍楼空。
松楸③远近千官冢，禾黍高低六代宫。
石燕拂云晴亦雨，江豚吹浪夜还风。
英雄一去豪华尽，唯有青山似洛中。

注释

　　①玉树：指《玉树后庭花》。②景阳：陈后主宫中的楼名。③松楸：坟墓上栽的树。

鉴赏

　　诗的开始便追述隋兵灭陈的史事发端，写南朝最后一个小朝廷，在陈后主所制乐曲《玉树后庭花》的靡靡之音中覆灭。颔联描写金陵的衰败景象。"松

楸"即坟墓上的树木。诗人登高而望，远近高低尽是松楸荒冢，残宫禾黍。南朝的繁荣盛况，已成为历史的陈迹。前两联在内容安排上采用了逆挽的手法：首先追述对前朝历史的遥想，然后补写引起这种遥想的眼前景物。这就突出了陈朝灭亡这一金陵盛衰的转折点及其蕴含的历史教训。

"石燕拂云晴亦雨，江豚吹浪夜还风"，用比兴手法概括世间的风云变幻。这里，"拂"字、"吹"字写得传神，"亦"字、"还"字写得含蓄。"拂云"描写石燕掠雨穿云的形象，"吹浪"表现江豚兴风鼓浪的气势。"晴亦雨"意味着"阴固雨"，"夜还风"显见得"日已风"。"江豚"和"石燕"，象征历史上叱咤风云的人物，如尾联所说的英雄。这两句通过江上风云晴雨的变化，表现人类社会的干戈起伏和历代王朝的兴亡交替。

"英雄一去豪华尽，唯有青山似洛中"照应开头，抒发了诗人对于繁华易逝的感慨。"英雄"指曾占据金陵的历代帝王。金陵和洛阳都有群山环绕，地形相似，所以李白《金陵三首》有"山似洛阳多"的诗句。"唯有青山似洛中"，就是说今日的金陵除去山川地势与六朝时依然相似，其余的一切都大不一样了。江山不改，世事多变，令人感慨万千。

这首怀古七律，在选取形象、锤炼字句方面很见功力。中间两联，都以自然景象反映社会的变化，手法和景物却大不相同；颔联采取赋的写法进行直观的描述，颈联借助比兴取得暗示的效果；松楸、禾黍都是现实中司空见惯的植物，石燕和江豚则是传说里面神奇怪诞的动物。这样，既写出各式各样丰富多彩的形象，又烘托了一种神秘莫测的浪漫主义气氛。

杭州春望

（唐）白居易

望海楼明照曙霞，护江堤白踏晴沙。

涛声夜入伍员①庙，柳色春藏苏小②家。
红袖织绫夸柿蒂③，青旗④沽酒趁梨花。
谁开湖寺西南路，草绿裙腰一道斜。

注释

①伍员：伍子胥，春秋楚人。②苏小：苏小小，南齐钱塘名妓。③柿蒂：绫的花纹。④青旗：指酒铺门前的酒旗。

鉴赏

这首七律是写杭州春日景色的，为诗人于长庆三或四年春任杭州刺史时所作。全诗八句，共写七景，而由"望"字连接，组成一幅完整广阔的《杭州春望图》画卷。

首联"望海楼明照曙霞，护江堤白踏晴沙"，写杭州城外东南之望海楼、护江堤两处景色。"望海楼"，作者自注曰："城东楼名望海楼。"《太平寰宇记》又作望潮楼，楼高十丈。"护江堤"，指城东南之防潮长堤。清晨登上望海楼，只见旭日东升，朝霞满天；钱塘江水，奔流入海，江堤上一片银白。领联用了伍子胥与苏小小的典故，写杭州城内著名的文化景点伍子胥庙和苏小小家。"伍员庙"，指杭州城内吴山（又称胥山）之伍子胥庙。颈联重在写风物人情：一为佳人织绫，一为游人沽酒。"红袖"，以衣代人，指身着红衣之织绫女。"柿蒂"，指绫的图案花纹，作者注云："杭州出柿蒂花者尤佳也。"尾联描写最能代表杭州山水胜景的西湖。"湖寺"，指孤山寺，寺在湖中的孤山之上。"西南路"，指由断桥向西南通往孤山的长堤，即白沙堤，或曰白堤、断桥堤。作者注云："孤山寺路在湖洲中，草绿时，望如裙腰。""裙腰"这一比喻真是生动形象，妙入毫端。

全诗结构井然有序，先写城外东南楼堤，后写城内文化景点，再写西湖秀美胜景，仿如一幅长轴渐次展开，让人看到杭州春天的美丽画卷。而在描绘这几处景点时，择春柳、春草、湖水之翠绿为主色，杂以红袖、梨花、青旗各色点染，再加上朝霞红日映照其间，顿使春色浓郁，将杭州的春天描绘得五彩缤纷，无比美丽。在摄取杭州独特的自然之景时，与相关的典故传说、风物人情结合起来，更使写景诗蕴含咏叹情调而发人联想，大大丰富了诗的内容，使人看到这乃是一个独特的充满着文化古迹、名山胜水、特产绫锦的繁华重镇的春天。

南乡子·送述古

（宋）苏 轼

回首乱山横，不见居人①只见城。谁似临平山②上塔，亭亭③。迎客西来送客行。

归路晚风清，一枕初寒梦不成。今夜残灯斜照处，荧荧④。秋雨晴时泪不晴。

注释

①居人：指陈述古。②临平山：在杭州东北五十里处。③亭亭：高高耸立的样子。④荧荧：形容灯火微明的样子。

鉴赏

陈述古，名襄，为宋神宗之时的大臣，曾向宋神宗推举苏轼，而后苏轼和陈述古都因反对王安石变法，先后调任杭州，他们俩在杭州相处甚好。而熙宁七年（1074），陈述古又被调离杭州，到应天府（今河南商丘）赴任，苏轼亲自送陈述古到杭州余杭，写下了这首情真意切的送别词。

上阕先从述古的角度，回叙分手后回望离别之地临平镇和临平山，抒写了

对往事无限美好的回忆和对友人的依恋之情。送远行者离别杭州，"回首乱山横，不见居人只见城"，远行之人远去，送行之人归去，远行之人恋恋不舍、深情回首，希望可以望见送行之人的身影，可是映入眼帘的只有乱横之山、茫茫之城。"居人"的身影早已消失不见，心中不免寥落、怅然，"乱"字既是写实又是词人内心烦乱的客观再现，"不见""只见"的句式更写出内心的失落。接下来三句写临平山上的塔，仍就眼前景物落笔，实则是以客观的无知之物，衬托词人主观之情。"谁似"二字含义丰富，既意喻词人不像亭亭耸立的塔，能目送友人远去而深感遗憾，又反映了词人不像塔那样无动于衷地迎客西来复送客远去，而为友人的离去陷入深深的哀伤之中；既有遗憾之意，又有责备之感。同时，也反映了作者迎友人来杭又送友人离去的实际。

下阕则纯粹是居人仿着自己的口吻，送走了朋友，孤零零地踏着晚风中的归路回城，无精打采，夜不成眠。晚风凄清，枕上初寒，残灯斜照，微光闪烁，这些意象的组接，营造出清冷孤寂的氛围，烘托了作者的凄凉孤寂心境。末句"秋雨晴时泪不晴"，用两个"晴"字把雨和泪联系起来，即使秋雨不下了，眼泪恐怕也不停止，写法灵巧新颖又极有思致，内心的那份悲痛之情以凄美的艺术形式淋漓尽致地表现出来，加强了作者思念之苦的表达，读来叩人心扉，令人叹惋不已。

这首词艺术上的特色主要是将山塔、秋雨拟人化，赋予作者自身的感情和心绪，将无生命的景物写活。这种手法，表现出词人不凡的功力。

与诸子登岘山①

（唐）孟浩然

人事有代谢，往来成古今。
江山留胜迹，我辈复登临②。
水落鱼梁③浅，天寒梦泽④深。
羊公碑⑤尚在，读罢泪沾襟。

注 释

①岘山：一名岘首山，在今湖北襄阳南。②复登临：再一次登山观看。
③鱼梁：沙洲名，在襄阳鹿门山的沔水中。④梦泽：古泽名，云梦泽，故址在

今湖北安陆一带。⑤羊公碑：后人为纪念西晋名将羊祜而建。晋代羊祜镇守襄阳时，常与友人到岘山饮酒赋诗，有过江山依旧人事短暂的感伤。

鉴赏

  本诗的前半部分具有一定的哲理性，后半部分描写景物，生动形象，充满激情。

  首联直接说理。"人事有代谢，往来成古今"是一个平凡的真理：春去冬来，寒来暑往，随着时间的流逝，人事在不停地交替、变迁。这两句诗言语简单，道理深刻，包含着诗人几多沧桑的感觉。

  颔联写登山之事。"江山留胜迹"是紧承"古"字，"我辈复登临"是紧承"今"字。江山如画，古人的胜迹仍在，今日"我"同诸子结伴登临，为的是凭吊先贤。但是此次登临毕竟与以往不同，诗人的万般感慨油然而生。

  颈联描写诗人登山所见，抓住极为典型的物象，即水和鱼，以精练的语言描绘出来，字里行间流露出一缕淡淡的伤感情怀。落木萧萧的冬天，清浅的汉水使庞德公居住的鱼梁州更多地显露出水面，天空中弥漫着寒云冷雾，使辽阔的云梦显得渺茫深远。一个"寒"字既点明当时的时节是冬季，又表现出了诗人凄冷伤感的情怀。

  尾联写的是登山后的感受。诗人联想到四百多年前的羊祜，为国为民作出贡献，名垂青史，而自己至今为"布衣"，无所作为，死后也会湮没无闻的，这与"尚在"的羊公碑相比，不免"泪沾襟"，心中异常伤感。

  本诗语言通俗易懂，感情真挚动人，以平淡深远见长。在诗的结尾引用典故，贴切自然，情趣盎然。

望天门山

（唐）李 白

天门①中断楚江②开，碧水东流至此回③。
两岸青山相对出，孤帆一片日边来。

注 释

①天门：山名，在今安徽当涂县西南长江两岸。东面为博望山，西面为梁山，两山隔江对望，如同门户，故称之为天门山。②楚江：安徽是古时楚国的地域，故称流经这里的长江为楚江。③至此回：长江流至当涂，突然转向北流，故曰"至此回"。

鉴 赏

本诗展现了一幅壮观伟丽的画面。

从首句来看，着重写出浩荡东流的楚江冲破天门奔腾而去的壮阔气势。它给人以丰富的联想：天门两山本来是一个整体，阻挡着汹涌的江流。由于楚江怒涛的冲击，才撞开了"天门"，使它中断而成为东西两山。在作者笔下，楚江仿佛成了有巨大生命力的事物，显示出冲破一切阻碍的神奇力量，而天门山也似乎默默地为它让出了一条通道。

就次句而言，其反过来着重写夹江对峙的天门山，对汹涌奔腾的楚江的约束力和反作用。由于两山夹峙，浩阔的长江流经两山间的狭窄通道时，激起回旋，形成波涛汹涌的奇观。如果说上一句是借山势写出水的汹涌，那么这一句则是借水势衬出山的奇险。

本诗的末两句是一个不可分割的整体。上句写望中所见天门两山的雄姿，下句点醒"望"的立脚点并表现诗人的淋漓兴会。诗人并不是站在岸上的某一个地方遥望天门山，他"望"的立脚点便是从"日边来"的"一片孤帆"。

读这首诗的人大都赞赏"两岸青山相对出"的"出"字，因为它使本来静止不动的山有了动态美，但却很少去考虑诗人何以有"相对出"的感受。舟行江上，顺流而下，望着远处的天门两山扑进眼帘，显现出愈来愈清晰的身姿时，"两岸青山相对出"的感受就非常突出了。"出"字不但逼真地表现了在舟行过程中"望天门山"时天门山特有的姿态，而且寓含了舟中人的新鲜喜悦之感。夹江对峙的天门山，似乎正迎面向自己走来，表示它对江上来客的欢迎。青山既然对远客如此有情，那么远客自当更加兴致淋漓。"孤帆一片日边来"，正传神地描绘出孤帆乘风破浪，越来越靠近天门山的情景。

末句在叙事中饱含诗人的激情，这首诗便在描绘天门山雄伟景色的同时突出了诗人的自我形象。

在军登城楼

（唐）骆宾王

城上风威冷，江中水气寒。
戎衣①何日定②，歌舞入长安。

注释

①戎衣：军服，战衣。②"何日定"句：化用"一戎衣而天下定"这句话。说周武王一穿军服，起来号召诸侯革命，于是商纣暴君政权崩溃，天下大定。

鉴赏

《在军登城楼》与《讨武曌檄》作于同一时期，可以说是檄文的高度艺术概括。

弘道元年（683），唐高宗去世，武则天把持朝政，废中宗（李哲）为庐陵王，立相王（李旦）为睿宗，重用武三思等人，排斥异己，刑法严苛，引起人民不满。不久，被贬为柳州司马的徐敬业提出"匡复唐室"的口号，在扬州起兵征讨武则天，一时响应者甚众，起兵十来天就聚集了十多万人，震惊了全国。被贬为临海丞的骆宾王也投奔徐敬业麾下，任匡复府的艺文令，负责军中宣传工作。在此期间，他草拟了著名的《代徐敬业传檄天下文》（《讨武曌檄》），义愤填膺地历数武则天"近狎邪辟，残害忠良，杀姊屠兄，弑君鸩母"之罪。其中有这样一段话可看作《在军登城楼》诗的注脚："是用气愤风云，志安社稷，因天下之失望，顺宇内之推心。爰举义旗，誓清妖孽，南连百越，北尽三河。铁骑成群，玉轴相接。海陵红粟，仓储之积靡穷；江浦黄旗，匡复之功何远。班声动而北风起，剑气冲而南斗平。喑呜作山岳崩颓，叱咤则风云变色。以此致敌，何敌不摧；以此攻城，何城不克！"这就是诗人对当时政治、军事形势的分析和估计，也是本诗的创作背景。

诗歌以对句起兴，在深秋的一个清晨，诗人登上了广陵城楼，纵目远望，浮思退想。此刻楼高风急，江雾浓重，风雨潇潇。"城上风威冷，江中水气寒"两句晓畅隽永，看似质朴平易不着笔力。诗人借用了《梁书·元帝纪》中"信与江水同流，气与寒风共愤"的典故，恰到好处地抒发了同仇敌忾的豪情与激愤。充分表现临战前的紧张、肃穆、庄严的气氛和将士们的进取、希望和信心。第三句诗"戎衣何日定"，"何日"意为"总有一天"，以否定表肯定，必胜之心力透纸背。这句诗借周武王讨伐殷纣王的故事隐喻徐敬业讨伐武则天是以有道伐无道，说明"匡复"是正义的，顺应民心、天意的，因此也必定会胜利。诗的最后一句"歌舞入长安"，水到渠成轻松自然地作了结尾，表现出诗人必胜的信念及勇往直前、不成功则成仁的彻底反抗精神和大无畏气概。

这首诗工于用典且浑然一体，增强了诗的深度和概括力。这首小诗，属对工整，语言朴实，音韵和谐流畅，可称佳作。

浣溪沙·游蕲水①清泉寺

（宋）苏 轼

山下兰芽短浸溪，松间沙路净无泥，潇潇②暮雨子规③啼。

谁道人生无再少④？门前流水尚能西！休将白发⑤唱黄鸡⑥。

注释

①蕲水：县名，即今天的湖北浠水县。②潇潇：形容雨声。③子规：布谷鸟。④无再少：不能回到少年时代。⑤白发：老年。⑥唱黄鸡：感慨时光的流逝。因黄鸡可以报晓，表示时光的流逝。

鉴赏

这首词作于苏轼被贬黄州期间。苏轼因为在诗文中有所谓"讥讽朝廷"的句子，被罗织罪名入狱，史称"乌台诗案"。元丰三年（1080）二月，苏轼被贬到黄州，这在苏轼的政治生涯中，是一个重大的打击。此词就是在这种背景下所作，词中描写雨中的南方初春，表达作者虽处困境而老当益壮、自强不

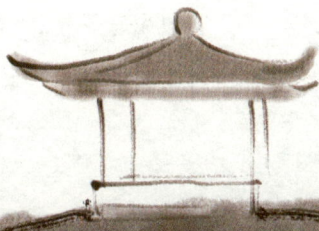

息的精神，洋溢着一种向上的人生态度。上阕写暮春三月兰溪幽雅的风光和环境，景色自然明丽，雅淡清美；下阕抒发使人感奋的议论，即景取喻，表达有关人生感悟，启人心智。全词即景抒慨，写景纯用白描，细致淡雅；抒发感慨昂扬振拔，富有哲理。

观祈雨

（唐）李　约

桑条无叶土生烟①，箫管迎②龙水庙③前。
朱门④几处看歌舞，犹⑤恐⑥春阴咽⑦管弦。

注释

　　①土生烟：这里指的是因为缺水，土地干裂的情形。②迎：恭迎。③水庙：即龙王庙，是古时祈雨的场所。④朱门：指代的是豪家。⑤犹：还。⑥恐：害怕。⑦咽：凝塞，乐器发声不响。

鉴赏

　　此诗写观看祈雨的感慨，通过大旱之日两种不同生活场面、不同思想感情的对比，深刻揭露了封建社会尖锐的阶级矛盾。《水浒》中"赤日炎炎似火烧"那首著名的民歌与此诗在主题、手法上都十分接近，但二者也有所不同。民歌的语言明快泼辣，对比的方式较为直截了当；而此诗语言含蓄曲折，对比的手法比较委婉。

　　首句先写旱情，这是祈雨的原因。此诗则紧紧抓住春旱特点，"桑条无叶"是写春旱毁了养蚕业，"土生烟"则写出春旱对农业的严重影响。因为庄稼枯死，便只能见"土"；树上无叶，只能见"条"。所以，这描写旱象的首句可谓形象、真切。此诗第二句所写"箫管迎龙"，在箫管鸣奏声中，人们表演各种娱神的节目，看上去煞是热闹。但是，祈雨群众只是强颜欢笑，内心是焦急的。这里虽不明说"农夫心内如汤煮"，而意思已全有了。相对于民歌的明快，此诗表现出含蓄的特色。

　　诗的后两句忽然撇开，写另一种场面，似乎离题，然而与题目却有着内在的联系。如果说前两句是正写"观祈雨"的题面，则后两句可以说是观祈雨的感想。前后两种场面，形成一组对照。水庙前是无数小百姓，箫管追随，恭迎龙神；而少数"几处"豪家，同时也在品味管弦，欣赏歌舞。一方是唯恐不雨，一方却"犹恐春阴"。唯恐不雨者，是因生死攸关的生计问题。这样的对比，潜台词可以说是：世道竟然如此不平啊！这一点作者虽已说明却未说尽，仍给读者以广阔联想的空间。此诗对比手法不像"农夫心内如汤煮，公子王孙把扇摇"（《水浒传》"智取生辰纲"一回）那样一目了然。因而它的讽刺更为曲折委婉，也更耐人寻味。

观书有感

（南宋）朱　熹

半亩方塘①一鉴②开，天光云影共徘徊。
问渠③那得④清如许⑤？为有源头活水来。

注 释

　　①方塘：又称半亩塘，在福建尤溪城南郑义斋馆舍（后为南溪书院）内。

②鉴：镜子。③渠：他，指方塘。④那得：怎么会。那：通"哪"，怎么的意思。⑤清如许：这样清澈。

鉴赏

　　朱熹是南宋的理学家，《观书有感》是其一首著名的说理诗。

　　全诗表面上是在描写池塘的风景，但实际上说的是读书对于一个人的重要性。这首诗包含着隽永的意味和深刻的哲理，富于启发而又历久常新，寄托着诗人对读书人的殷切希望。读书需要求异求新，诗作以源头活水比喻学习要不断读书，不断从读书中汲取新的营养才能有日新月异的进步。学生在读书时要克服浮躁情绪，才能使自己的内心清澈如池水。源头活水不断，池水才能清澈见底映照出蓝天云影，人只有经常开卷阅读才能滋润心灵焕发神采。半亩大的池塘像明镜一样，映照着来回闪动的天光云影。要问这池塘怎么这样清澈？原来有活水不断从源头流来啊！以源头活水比喻读书学习，要坚持开卷不断汲取新知，才能有日新月异的进步，诗的寓意多么深刻！

台　城①

（唐）韦　庄

江雨霏霏②江草齐，六朝③如梦鸟空啼。
无情最是台城柳，依旧烟④笼十里堤。

注释

①台城：旧址在南京市玄武湖旁，六朝时是帝王荒淫享乐的场所。②霏
霏：细雨纷纷状。③六朝：指东吴、东晋、宋、齐、梁、陈六个朝代。④烟：
指柳树绿阴阴的，像清淡的烟雾一样。

鉴赏

南京古称金陵，地处江南，"霏霏"正是状写其多雨而细密如丝的气候特征，芳草弥蔓，绿遍江岸无远不达，一个"齐"字既是形容它又点明了季节。"江""雨""草"三者交衬共融，构筑出一派迷蒙清幽、如烟似雾的境界。六朝即孙吴、东晋、宋、齐、梁、陈，金陵于六朝时称建业、建康，作为它们的都城，一直为官廷所在地和皇公贵戚的活动中心，歌舞饮宴，竞相奢靡，可谓繁盛至极，但这里也是权力角逐之地，三百余年间战乱频繁，六个王朝轮流更代，犹如走马灯一般，教人顿生目不暇接之感，直觉得兴衰遽变，短暂的豪华亦难以持作凭依。加之江南春雨朦胧、细草凄迷的气氛环境所形成的轻柔婉曼景调，这属于金陵固有节候地域呈现着的自然风貌，它们相互熏染滋润，暗暗逗出一个"梦"字。倘再作深层探究，"六朝"治乱盛亡的往事早已付诸浩浩江流，没有踪迹了，而"江雨""江草"却是年年如此，当下映入眼帘的，又是烟笼雾罩般的暮春景色，抚今追昔，自然人事对照，怎能不满怀惆怅迷惘，顿觉一切如梦里境像呢？况且韦庄出身京兆杜陵（今陕西西安市郊）的世家大族，远祖韦待价曾为武则天朝宰相，四世祖是著名诗人韦应物，他自己却遭逢不偶，半世落拓，大唐帝国也濒临灭亡，难道就要再蹈"六朝"的覆辙吗？正当潜沉到现实忧虑和历史反思的纷纭意绪中，留连踟蹰，忽地耳旁传来数声鸟啼，陡然惹起新的慨叹：鸟儿不解世事无常、治乱代变的严重，只依时序自在啼鸣，却让多情的人何以为堪？"空"字写出了因鸟声触发的感叹。

如果说前两句以总体笔墨，描摹金陵的景光风物，而情景中，只凭"梦"字轻轻透露消息；那么，后联则将目光回转到"台城"，正面点明题旨，并选择"柳"为高度凝聚的媒介形象，即景抒情，呈现了浓厚的主观指向。就像京城是全国中枢似的，台城也是金陵的中枢，皇宫和台省（中央政府）都在这里，六代倾覆的最后一幕往往于此处结束。然而，堆烟叠雾的杨柳却容颜未改，春来依旧绿遍十里长堤，一如台城豪华鼎盛时，所以说它"无情"。由于韦庄从"六朝如梦"的感受里联想到严

峻的现实危机，悲悼大唐帝国的江河日下，灭亡之势已不可回，面对烟柳的生机勃勃、逢春必发景象，排遣无计中，才托辞他向，归于 "台城柳"的"无情"吧。

宿桐庐江①寄广陵②旧游③

（唐）孟浩然

山暝听猿愁，沧江急夜流。
风鸣两岸叶，月照一孤舟。
建德④非吾土⑤，维扬忆旧游。
还将两行泪，遥寄海西头⑥。

注释

①桐庐江：是指钱塘江流经桐庐县境的部分。②广陵：指扬州，又称维扬。③旧游：老朋友之意。④建德：是指桐庐的邻县。这里泛指桐庐、建德一带江域。⑤非吾土：不是我的家乡。⑥海西头：邻近东海的地方称海西，这里指扬州。

鉴赏

全诗写江上景色和旅途悲愁，表现他乡虽好终不及故土之意，流露出奔波不定、颇不得志之情。诗的前半写景，后半写情，以景生情，情随景生。

这首五言律诗写得情真景切，朴质淡雅，简练而有内涵。诗人曾漫游吴越之间，他以自己深切的感受，描绘出一幅孤寂、空漠的月夜江宿图。这首诗在意境上显得清寂或清峭，情绪上则带着比较重的孤独感。

诗题点明是乘舟停宿桐庐江的时候，怀念扬州友人之作。"山暝听猿愁，沧江急夜流"两句，写出山色昏暗，猿声凄切，山水湍急，风声飒飒，树叶沙沙,一叶扁舟,月下孤泊。环境的清寂、情绪的悲凉,于一开始就表现出来了。这是以景托情、以动写静的手法。至于沧江的急流,本来已给舟宿之人一种寂寞、冷清的感受,再加上一个"急"字,这种不平静的感情,便简直要激荡起来了。它似乎无法控制,而像江水一样急于寻找它的归宿了。这起首二句,便透露了诗人旅途落寞的心境。

"风鸣两岸叶,月照一孤舟"是千古传诵的名句。风吹得树叶沙沙作响,风之急如同江水一般。月夜本来是美丽的,有月按说也还不失一种慰藉。但月光所照,唯沧江中之一叶孤舟,诗人的孤寂感就更加沉重了。我们不妨将前四句联系起来看,便可以进一步想象风声伴着猿声是作用于听觉的,月涌江流不仅作用于视觉,同时还必然有置身于舟上的动荡不定之感。这就构成了一个深远清峭的意境,而一种孤独感和情绪的动荡不安,都蕴含其中了。诗人写景,好像信手拈来,毫不雕琢,却又那样生动贴切,充满情趣。

诗人何以在宿桐庐江时有这样的感受呢?"建德非吾土,维扬忆旧游。"建德当时为桐庐邻县,这里即指桐庐江流域。维扬,扬州的古称。按照诗人的诉说,一方面是因为此地不是自己的故乡,"虽信美而非吾土",有独客异乡的惆怅;另一方面,是怀念扬州的老朋友。这种思乡怀友的情绪,在眼前这特定的环境下,相当强烈,不由得潸然泪下。他幻想凭着沧江夜流,把自己的两行热泪带向大海,带给在大海西头的扬州旧友。这四句,诗人构思奇特,凭托滚滚江水寄去他的眼泪,以解自己的孤寂和思念之心,并希望这种痛苦的心情能为朋友所理解。

轻 肥

(唐)白居易

意气骄满路,鞍马光照尘。
借问何为者,人称是内臣。

朱绂①皆大夫②，紫绶③悉将军。
夸赴军中④宴，走马去如云。
樽罍⑤溢九酝⑥，水陆罗八珍⑦。
果擘⑧洞庭橘⑨，脍⑩切天池⑪鳞。
食饱心自若，酒酣气益振。
是岁江南旱，衢州人食人！

◆ 注 释

①朱绂：古代礼服上的红色蔽膝，后常作为官服的代称，也指做官。②皆
大夫：指来人一个个都是朝中要员。③紫绶：紫色的系印丝绳。朱、紫二色，
高级官员才能用。④军中：指神策军，这是保卫皇帝的御林军。⑤樽罍：均为
酒具。⑥九酝：美酒名，是一种经过重酿的美酒。⑦八珍：指各种美食。
⑧擘：本义指大拇指，这里指用手指把东西剖开。⑨洞庭橘：出产于太湖洞庭
山中的橘子，极为名贵，在唐代为贡品。⑩脍：细切的肉类。⑪天池：海的别
称，语出《庄子·逍遥游》："南冥者，天池也。"

◆ 鉴 赏

《轻肥》是白居易代表作，著名组诗《秦中吟》中的第
七首。

诗人选取宦官赴军宴的事
情，具体而形象地描写了他们的
生活。全诗分为两部分："意
气骄满路""酒酣气益振"为第一部分，写宦官
的骄奢。"是岁江南旱，衢州人食人"为第二部分，写人食
人的惨状。开头四句，先写后点，突兀跌宕，绘声绘色。意气
之骄，竟可满路；鞍马之光，竟可照尘，这不能不使人惊异。正因为
惊异，才发出"何为者"（干什么的）的疑问，从而引出了"是内臣"的回

答。内臣者，宦官也。读者不禁要问：宦官不过是皇帝的家奴，凭什么骄横神气以至于此？原来，宦官这种角色居然朱绂、紫绶，掌握了政权和军权，自然骄奢。"夸赴军中宴，走马去如云"两句，与"意气骄满路，鞍马光照尘"前呼后应，互相补充。"走马去如云"就具体写出了骄与夸。这几句中的"满""照""皆""悉""如云"等字，形象鲜明地表现出赴军中宴的内臣不是一两个，而是一大帮。"樽罍溢九酝"至"酒酣气益振"六句为第二段，描写宴会上珍贵的酒肴果品和宦官们的胃口兴致（由"气益振"三字可知所写为前已描写的宦官）。"九酝"为宜城所产名酒，"天池"为海的别称，"天池鳞"即海产佳鱼。"食饱心自若，酒酣气益振"，越吃喝越高兴。末段二句，极冷峻对比："是岁江南旱，衢州人食人！"衢州在今浙西，元和三、四年大旱饥馑。两句诗如钟馗打鬼，将前两段十四句诗所写妖魅击得粉碎。

这首诗的一个突出特点就是巧妙地运用了对比的方法，把两种截然相反的社会现象并列在一起，诗人不作任何说明，不发一句议论，而让读者通过鲜明的对比，得出应有的结论。《轻肥》是一首出色的好诗，它运用了多方面的艺术技巧。无论是骤然而起，渲染重点，还是对比传神，都是值得我们借鉴的。千百年来，《轻肥》之所以一直为人们所传诵，除诗的内容有着深刻的现实意义和历史意义外，与高超的艺术技巧也是分不开的。

旅夜书怀

（唐）杜 甫

细草微风岸，危樯①独夜②舟。
星垂③平野④阔，月涌大江流。
名岂文章著⑤，官应老病休⑥。
飘飘⑦何所似⑧？天地一沙鸥。

①危樯：船上的高桅杆。②独夜：孤独的不眠之夜。③星垂：星辰低垂。④平野：天空和原野。⑤文章著：因文章而著名。⑥老病休：因年老衰病而离职。⑦飘飘：不定的样子。⑧何所似：所像的是什么。

鉴 赏

诗的头四句写景。"细草微风岸，危樯独夜舟"这两句是从细处着眼，描写的是近景。岸上的小草在微风中飘摆，竖着高高桅杆的小船孤独地停泊在月夜的江面上。月夜孤舟，微风阵阵，寂静和孤独笼罩着一切，一个"独"字，情景交融，意蕴丰厚，不仅状写出小舟独泊的情景，更揭示了诗人浪游漂泊的孤清处境。颔联写远景，是历来传诵的名句。大笔勾勒，写得真切细腻，创造出一种阔大雄浑但又寂寞空旷的境界，从而再反衬诗人的孤独，景中见情，景与情融。

诗的后四句笔势急转，直抒情怀。颈联"名岂文章著，官应老病休"写出诗人极度愤慨之情，前句说明其志向未酬，反而因文章而扬名，读来令人心沉。这首诗既写旅途风情，更感伤老年多病，却仍然只能像沙鸥在天地间飘零。"名岂文章著"是反语，也许在诗人的内心，自认为还有宏大的政治抱负未能施展；后句诗人以自嘲口吻诙谐地说出自己政治理想不得实现的愤慨。"岂""应"是关键字眼，上下关联。尾两句触景而情发，景以自况，运用形象的比喻收结全诗。诗人以天地间一只形单影孤的沙鸥来寄托自己功业未成的慨叹，有一种强烈的感染力量。

此诗通过旅途月夜景色的描写，抒发了诗人漂泊生活孤独凄凉的苦闷心情。诗人把这种心情写得含蓄不露，律细笔深，情景交融，浑然一体，不愧为千古名作。此诗虽然给读者一种凄苦之感，却毫无颓废之意，所以清代纪昀说："通首神完气足，气象万千，可当雄浑之品。"

重赠乐天

（唐）元　稹

休遣玲珑①唱我诗，我诗多是别君词。
明朝又向江头别，月落潮平是去时。

注 释

①玲珑：商玲珑，歌女，与元、白交好。

鉴 赏

　　"休遣玲珑唱我诗"，正说明过去常常是叫商玲珑来唱我的诗，也说明
商玲珑唱得最好，以致使元稹每向白居易赠诗时，便知此诗定让商玲珑歌唱。
"休遣"其唱，实际是不忍"更听"，因为一经那多情的妙音唱出余韵远味，
就会使听者更加愁苦不堪。"我诗多是别君词"，这既见两人互相赠诗之多，
又见两人分别之频繁。俞陛云在《诗境浅说续编》中说"首二句非但见交谊之
厚，酬唱之多，兼有会少离多之意"，这话说得是很对的。从语气上分析，
"君"字与"我"字同现于句中，读来给人以亲切之感；上句以"我诗"结，
下句以"我诗"起，通过"顶真"辞式，读来款接从容，朗朗上口；句中点出
"多""别"，暗示出后文的"又""别"。

　　"明朝又向江头别，月落潮平是去时"句从眼前想象今后："明朝又向
江头别"，"明朝"点明时间之急促，说走就走；"又"字回应前面的"多"
字，说明离别之频，别了一次"又"一次。这些都更增加了诗人的惆怅和悲
苦，而"月落潮平是去时"，则是从"将作别"结诗，是凭了以往的经验，从
想象中来描写。我们看到：将别未别，已属令人痛苦不已，而把"分手江头"

的临别之境，展现如在目前，这不就更令人心碎吗？

　　这首诗的主要特点是通俗明白，流美自然，能在一气呵成之中见技巧。清代李瑛《诗法易简录》说"一气清空如话"，就是指这一特点。第二个特点是能于明白如话中见技巧。宋代周弼在《三体唐诗》中说过这样的意思：诗人不说"怕听"，而言"休唱"，这一倒装便蕴藏了"万重别恨"；明天才会发生的事，却在今天诗中提前说出，这样便大大增强了"黯然之味"。这些分析都是比较客观的。

南陵道中①

（唐）杜　牧

南陵水面漫悠悠，风紧云轻欲变秋。
正是客心孤迥处，谁家红袖②凭江楼？

注　释

　　①这首诗收入《樊川外集》，题一作"寄远"。②红袖：代指美人。

鉴　赏

　　"南陵水面漫悠悠，风紧云轻欲变秋"二句，写诗人在船中所见美丽的天光水色，这两句着重于刻画景物，但同时在景物的选择与描绘中，寄寓了作者的心境。"水面漫悠悠"这一意象，不仅表现出水面的平缓、水流的悠容自在，而且也透露出江上的空寂，既显示出舟行者的心情比较平静，也暗示出舟行者一丝羁旅的孤寂，写景传情，十分细腻，真是天衣无缝，浑然天成，了无痕迹。由"漫悠悠"到"风紧云轻"似乎有一段时间流程。前者是清风

徐来，波澜不惊，水波不兴，涟漪轻泛时的景象；后者则表现的是，过了一会儿，风逐渐增大，越来越紧，云儿因为风的吹送，变得稀薄而轻盈，天空显得十分高远，空气中也似乎一下子散发出秋天的凉意。"欲变秋"的一个"变"字，正巧妙地表现出时间推移、天气变化的这一动态的时间流程。由这两句的景物刻画，我们似乎可以感受到此刻旅人的心境，也由原来的相对平静变得有些骚动不安了；由原来的一丝淡淡的孤寂进而感到有些清冷落寞了。这便充分体现出诗人构思之妙、刻画景物之工巧了。

　　诗的后两句"正是客心孤迥处，谁家红袖凭江楼"，描绘了一幅色彩鲜明的图景。正当旅人触物兴感、心境孤迥的时候，忽见岸边的江楼上有红袖女子正在凭栏遥望。在客心孤迥之时，意绪本来有些索寞无聊，流目江上，忽然望见这样一幅美丽的图景，精神为之一爽，羁旅的孤寂在一时间似乎冲淡了不少。但这幅图景中凭楼而望的红袖女子，究竟是怀着闲适的心情眺望江上景色，还是如诗人词中所写的那位等待丈夫归来的女子那样，"梳洗罢，独倚望江楼"，这一点，江上舟行的旅人并不清楚，自然也无法向读者交代，只能浑涵地书其即目所见。但无论是闲眺还是望归，对旅人都会有所触动而引起各种不同的联想。在这里，"红袖凭江楼"的形象内涵的不确定，恰恰为联想的丰富、诗味的隽永创造了有利的条件。

闻①乐天授江州司马

（唐）元 稹

残灯无焰影幢幢②，此夕闻君谪九江。
垂死病中惊坐起，暗风吹雨入寒窗。

注 释

　　①闻：听说，得知。②幢幢：昏暗、摇曳不定的样子。

元和五年（810），元稹因弹劾和惩治不法官吏，同宦官刘士元冲突，被贬为江陵士曹参军，后来又改授通州（在今四川达县）司马。元和十年，白居易上书，请捕刺杀宰相武元衡的凶手，结果得罪权贵，被贬为江州司马。这首诗，就是元稹在通州听到白居易被贬的消息时写的。

诗的首尾两句是写景，形象地描绘了周围景物的暗淡凄凉，感情浓郁而深厚；诗的中间两句是叙事言情，表现了作者在乍一听到这个不幸消息时的陡然一惊，语言朴实而感情强烈。元稹贬谪他乡，又身患重病，心境本来就不佳。现在忽然听到挚友也蒙冤被贬，内心更是极度震惊，万般怨苦，满腹愁思一齐涌上心头。以这种悲凉的心境观景，一切景物也都变得阴沉昏暗了。诗中"垂死病中惊坐起"一语，是传神之笔。白居易曾写有两句诗："枕上忽惊起，颠倒着衣裳"，这是白居易在元稹初遭贬谪、前往江陵上任时写的，表现了他听到送信人敲门，迫不及待地想看到元稹来信的情状，十分传神。元稹此句也是如此。其中的"惊"，写出了"情"——当时震惊的感情；其中的"坐起"，则写出了"状"——当时震惊的模样。如果只写"情"不写"状"，不是"惊坐起"而是"吃一惊"，那恐怕就神气索然了。而"惊坐起"三字，正是惟妙惟肖地摹写出作者当时陡然一惊的神态。再加上"垂死病中"，进一步加强了感情的深度，使诗句也更加传神。既曰"垂死病中"，那么，"坐起"自然是很困难的。然而，作者却惊得"坐起"了，这样表明：震惊之巨，无异针刺；休戚相关，感同身受。元、白二人友谊之深，于此清晰可见。

此诗用悲剧气氛来衬托人物的环境和心情，极其出色。它使我们今天读后，也似乎置身其中，感受到诗人当时所感受的一切。这不只是由于作者高超的技巧，更主要的是由于他真挚深厚的感情。

凉州馆①中与诸判官②夜集

（唐）岑 参

弯弯月出挂城头，城头月出照凉州。
凉州七里③十万家，胡人④半解⑤弹琵琶。
琵琶一曲肠堪断，风萧萧⑥兮夜漫漫⑦。
河西⑧幕中多故人，故人⑨别来三五春。
花门楼⑩前见秋草，岂能贫贱⑪相看老。
一生大笑能几回，斗酒⑫相逢须醉倒。

注释

①馆：客舍。②判官：唐朝的一种官职。③里：一作"城"。④胡人：

中国古代对北方边地及西域各民族人民的称呼。⑤半解：半数人懂得。解，懂得，明白。⑥萧萧：指风声。⑦漫漫：形容黑夜漫长。⑧河西：汉唐时指今甘肃、青海两省黄河以西，即河西走廊与湟水流域。此处指河西节度使，治所在凉州。⑨故人：旧交；老友。⑩花门楼：这里即指凉州馆舍的楼房。⑪贫贱：贫苦微贱。⑫斗酒：比酒量。

鉴赏

　　这首诗作于诗人赴北庭途中。诗人经过凉州，正巧老朋友在此做官，于是欢聚夜宴。全诗格调豪迈乐观，不仅写到了凉州的边境风格及民俗风情，尤其把夜宴写得兴会淋漓，充满了盛唐的时代气象。

　　上六句很独特，诗人吸取了民歌的艺术因素，运用顶针句法，句句用韵，两句一转，构成轻快的、咏唱的情调，写出凉州的宏大、繁荣和地方色彩。最后一句"风萧萧兮夜漫漫"，用了一个"兮"字和迭字"萧萧""漫漫"，使节奏舒缓了下来。后面六句即正面展开对宴会的描写，不再句句用韵，也不再连续使用顶针句法。

　　"河西幕中多故人，故人别来三五春。"两句重复"故人"二字，见出情谊深厚。因为"多故人"，与各人离别的时间自然不尽相同，所以说"三五春"，下语是经过斟酌的。

　　"花门楼前见秋草，岂能贫贱相看老。""花门楼"在这里即指凉州馆舍的楼房。二句接"故人别来三五春"，意思是说：时光迅速，又到了秋天草黄的季节了。岁月催人，哪能互相看着在贫贱中老下去呢？言下之意是要赶快建立功业。

　　"一生大笑能几回，斗酒相逢须醉倒。"一个"笑"字，写出岑参和他朋友的本色。宴会中不时地爆发出大笑声，这样的欢会，这样的大笑，一生中也难得有几回，老朋友们端着酒杯相遇在一起，能不为之醉倒。

　　这首诗把边塞生活情调和强烈的时代气息结合了起来。全诗由月照凉州开始，在着重表现边城风光的同时，那种月亮照耀着七里十万家和城中荡漾的一片琵琶声，也鲜明地透露了当时凉州的阔大的格局、和平安定的气氛。至于诗所写的夜宴，更是兴会淋漓，豪气纵横，不是盛唐的人不能如此。

嫦　娥①

（唐）李商隐

云母屏风烛影深，长河②渐落晓星③沉。
嫦娥应悔偷灵药，碧海青天④夜夜心。

注释

①嫦娥：神话中的月中女神。②长河：指银河。③晓星：即启明星，金星。④碧海青天：指古人认为明月历经青天之后则入碧海，次日复出，夜夜如此。

鉴赏

本诗借写嫦娥的孤寂哀怨，抒发作者内心的寂寞悲苦之情。"云母屏风烛影深"，是对环境与时间的界定：广寒宫内，夜已入深，那扇光洁无比的云母雕琢成的屏风上，摇曳的烛光灯影，忽明忽暗，若隐若现，此处可有多种理解：既可以是作者想象中的嫦娥之所居，也可以是所思慕的佳人之所居，甚至也可以是作者自身当时所居之处。"长河渐落晓星沉"，是又一次表明时间。前句已借"烛光"一词点出是深夜，而此处又借银河已经西隐，启明星也随之沉落，点出时间的流动性：黑夜渐渐逝去，白昼悄悄来临，这是一个不眠之夜。前两句从室内陈设的明暗变化到屋外的斗转星移，构建了一个浩瀚、凄美的意境。对主人公未着一字，却将其孤独、寂寞、百无聊赖的心境表

达得淋漓尽致。嫦娥独处月宫，自然是孤寂难耐；被自己思慕的佳人也会为自己而相思，当然也是辗转不寐的；而作者身处于逆境，不能自拔，才志难申，又如何能够平静下来。孤寂苦闷之人的孤寂苦闷感会因黑夜而更为加重，所以这两句处处在渲染夜色。

　　"嫦娥应悔偷灵药，碧海青天夜夜心"二句改换了角度，从旁观者的立场揣测主人公的心思。猜想嫦娥女神此刻应在后悔当初偷吃了仙药，独自飞离了人间吧。那碧海一般的青天，无边无际，仿佛主人公孤寂的芳心，夜夜无休地哀怨。诗人从推想嫦娥悔吃长生不老之药，飞入广寒宫中，受尽孤寂的心理，发泄自身因向往高洁，不依攀权贵、营私结党，反而曲高和寡，被人误解，致使身陷困境而难以自拔的孤寂感伤。诗人在此寓情于景，即在歌咏某一事物、某一景象之时，将自己的身世遭遇与对人生的感受悄然融入，浑然一体，从而使诗意进一步升华。

　　作者在文字的安排上也很有特色，"烛影深"，强调夜深而人不寐；"晓星沉"，则是一夜未眠，难摆脱孤寂；"夜夜心"，这不仅是一夜的孤寂，而且是"夜夜"的心灵寂寞，叠字表情达意十分浑厚深沉。语言平和、婉约，而内心之孤寂落寞已跃然纸上。诗人借孤寂的嫦娥以自比，抒发自身怀异才而遭误解，长期处于逆境的郁闷情怀。

恨　别[①]

(唐) 杜　甫

洛城[②]一别四千里，胡骑[③]长驱五六年。
草木变衰行剑外[④]，兵戈阻绝老江边。
思家步月清宵立，忆弟看云白日眠。
闻道河阳近乘胜，司徒[⑤]急为破幽燕[⑥]。

注 释

①这是杜甫上元元年（674）在成都写的一首七言律诗。②洛城：洛阳。
③胡骑：指安史之乱的叛军。④剑外：剑阁以南，这里指蜀地。⑤司徒：指李光
弼，他当时任检校司徒。⑥破幽燕：直捣叛军老巢幽燕，以打破相持局面。

鉴 赏

这首诗作抒发了诗人流落他乡的感慨和对故园、骨肉的怀念，表达了他希
望早日平定叛乱的爱国思想，情真语挚，沉郁顿挫，扣人心弦。

首联领起"恨别"，点明思家、忧国的题旨。"四千里"，恨离家之远；
"五六年"，伤战乱之久。个人的困苦经历，国家的艰难遭遇，都在这些数量
词中体现出来。诗人写此诗时，距天宝十四年（755）十一月安史之乱爆发已
五六个年头。在这几年中，叛军铁蹄蹂躏中原各地，生灵涂炭，血流成河，这
是诗人深为忧虑的事。

颔联两句描述诗人流落蜀中的情况。"草木变衰"，这里是指草木的盛衰
变易，承上句的"五六年"，暗示入蜀已有多年，同时也与下一句的"老"相
呼应，暗比自己的飘零憔悴。诗人到成都，多亏亲友帮助，过着比较安定的
草堂生活，但思乡恋亲之情是念念不忘的。由于"兵戈阻绝"，他不能重返故
土，只好老于锦江之边了。"老江边"的"老"字，悲凉沉郁，寻味不尽。

颈联通过"宵立昼眠，忧而反常"（清代仇兆鳌《杜诗详注》）的生活细
节描写，曲折地表达了思家忆弟的深情。杜甫有四弟，名为颖、观、丰、占，
其中颖、观、丰散在各地，只有占随杜甫入蜀。此两句中的"思家""忆弟"
为互文。月夜，思不能寐，忽步忽立；白昼，卧看行云，倦极而眠。诗人这种
坐卧不宁的举动，正委婉曲折地表现了怀念亲人的无限情思，突出了题意的
"恨别"。诗人不是抽象言情，而是用具体生动的形象说话，让读者自己去体
会形象中所蕴含的忧伤之情。手法含蓄巧妙，诗意隽永，富有情致。

尾联回应次句，抒写诗人听到唐军连战皆捷的喜讯，盼望尽快破幽燕、平

叛乱的急切心情。上元元年（674）三月，检校司徒李光弼破安太清于怀州城下；四月，又破史思明于河阳西渚。这就是诗中"乘胜"的史实。当时李光弼又急欲直捣叛军老巢幽燕，以打破相持局面。杜甫盼望国家复兴，自己亦可还乡，天下可喜可乐事，孰有逾于此者乎？作品以充满希望之句作结，感情由悲凉转为欢快，显示诗人胸怀的开阔。这首七律用简朴优美的语言叙事抒情，言近旨远，词浅情深。诗人把个人的遭际和国家的命运结合起来写，每一句都饱含着浓郁的诗情，值得反复吟诵。

老将行

（唐）王 维

少年十五二十时，步行夺得胡马骑。
射杀山中白额虎，肯数①邺下黄须儿②。
一身转战三千里，一剑曾当百万师。
汉兵奋迅如霹雳③，虏骑奔腾畏蒺藜④。
卫青⑤不败由天幸，李广无功缘数奇⑥。
自从弃置⑦便衰朽，世事蹉跎⑧成白首。
昔时飞箭无全目⑨，今日垂杨生左肘⑩。
路旁时卖故侯瓜⑪，门前学种先生柳⑫。
苍茫古木连穷巷⑬，寥落寒山对虚牖⑭。
誓令疏勒⑮出飞泉⑯，不似颍川⑰空使酒。
贺兰山⑱下阵如云，羽檄⑲交驰日夕闻。
节使三河募年少，诏书五道出将军。
试拂铁衣如雪色，聊持宝剑动星文。
愿得燕弓射天将，耻令越甲鸣吾君。
莫嫌旧日云中守，犹堪一战取功勋。

①肯数：岂可只推。②邺下黄须儿：指曹彰，曹操第二子，须黄色，性刚猛，曾亲征乌丸，颇为曹操爱重，曾持彰须曰："黄须儿竟大奇也。"这句意为，岂可只算黄须儿才是英雄。邺下，地名，都邺（今河北临漳县西）。③霹雳：疾雷。④蒺藜：本是有三角刺的植物，这里指铁蒺藜，战地所用障碍物。⑤卫青：汉代名将，汉武帝皇后卫子夫之弟，以征伐匈奴官至大将军。⑥数奇：命运不好。⑦弃置：丢在一旁。⑧蹉跎：光阴虚度。⑨飞箭无全目：指射艺之精，能使飞雀双目不全。⑩垂杨生左肘：指双臂如生病瘤。典出《庄子·至乐》。⑪故侯瓜：故侯指秦朝东陵侯邵平，负责看管秦始皇生母赵姬之陵寝，后秦为汉灭，沦为布衣，于长安城东种瓜，瓜味鲜美，世称"东陵瓜"，亦称"故侯瓜"。⑫先生柳：晋陶渊明弃官归隐，自号"五柳先生"。⑬穷巷：深巷。⑭虚牖：空寂的窗。⑮疏勒：指汉疏勒城，在今天新疆喀什西北。⑯飞泉：喷出的泉水。相传后汉耿恭与匈奴作战时曾被断水源，耿恭穿井后又祈祷，泉水喷涌而出。⑰颍川：指汉朝颍川灌夫，他解除军职后，喝酒怒骂，抒发怨气。⑱贺兰山：在今宁夏中部，唐代常为战地。⑲羽檄：紧急军书，上插鸟羽，以示加速。

全诗大量使用典故，采用铺叙的方法，塑造了一个一心为国、英勇善战的老将军形象。他年轻时英勇无比，无端被弃也没有消沉，仍然心系国事。当战事再次爆发，他不计前嫌，披挂上阵，为国立功。本诗结构严谨，语言感人。

本诗开头写的是老将青壮年时代的战功和不公正的遭遇。先说他年少时就有李广将军的大智大勇。曾徒步夺得敌人战马，轻引强弓射杀过山林中最凶猛的白额虎。"肯数邺下黄须儿"是改用了曹彰的故事，写老将不仅智勇过人，而且有突出的武将美德，不争名不求利，面对不公，丝毫未动摇其报国之志。诗人借用这两个典故，描绘老将的智勇才德。接下去，以"一身转战三千里"，见其征战劳苦；"一剑曾当百万师"，见其功勋卓著；"汉兵奋迅如霹雳"，见其用兵神速，如迅雷之势；"虏骑奔腾畏蒺藜"，见其巧布铁蒺藜阵，克敌制胜。但这样难得的良将，却无寸功之赏，所以诗人又借用历史故事抒发自己的感慨。

接下来主要写老将被遗弃后的处境，生活的贫寒清苦并没改变其杀敌报国的一片丹心。"自从弃置便衰朽，世事蹉跎成白首"是写老将被弃后从外表到内心的变化：心情一直不佳，世路不平，头发都白了。"昔时飞箭无双目，今日垂杨生左肘"是写老将被弃后，一身本领也发生了变化：以前本领何等高超，弯弓搭箭射雀鸟专门射雀眼，使其双目不全，而现在双臂久不习武，如同长了疮瘤，不听使唤了。上句用后羿射箭的故事赞颂老将的本领非凡，下句是用寓言故事中滑介叔"俄尔柳生其左肘"（《庄子·至乐》），说明老将双臂日渐迟钝。"路旁时卖故侯瓜，门前学种先生柳"是写老将苦于求生，于是以耕作为业自给，见其生活窘迫。这里诗人连用两个典故："故侯"者，"召平"也（《史记·萧相国世家》）；"先生柳"指陶渊明。"苍茫古木连穷巷，寥落寒山对虚牖"写老将家居环境，门庭周边气氛也早已不是从前的样子，门庭冷落，少有宾客往来。但老将依旧想"誓令疏勒出飞泉"，得到上天眷顾，让匈奴以为有神助而自行退兵。"不似颍川空使酒"，是反用灌夫发脾气之典表明老将不是灌夫，不会因个人受罚饮辱而空发牢骚，写出他的胸怀、气量。

最后的十句是从又一视角写老将虽被弃、被冷落，但一直未失将军志，始终满怀杀敌立功的报国真情。"贺兰山下阵如云，羽檄交驰日夕闻"是说地处甘肃境内的贺兰山一带边疆告急的军事公文不断送往京师。与此同时，调兵遣将的公文也不断地急传边境，说明战事紧张，边防吃紧。"节使三河募年少，诏书五道出将军"是紧承上句所烘托出的战争气氛，以最精练的语言，高度地概括出统治者面对前方战事所做的应急措施，写出朝廷急切地从河南、河内、河东三地征兵和整编后紧急分五路出征的紧迫情形。当此之时，老将早已按捺不住内心那跃跃欲试之情，于是先把早年征战的铠甲摩得雪亮，然后挥舞三尺龙泉，练起武功，"试拂铁衣如雪色，聊持宝剑动星文"正是此情此景。"愿得燕弓射天将"中的一个"愿"字使读者更进一步明确了老将终生所追求的不是荣华富贵，只想为国捐躯，舍生取义，毫无争名夺利之嫌。"莫嫌旧日云中守，犹堪一战取功勋"是借汉朝魏尚的故事，更进一步公开表明：只要朝廷用我，我会置个人得失于不顾，远弃宿怨，勇敢杀敌，精忠报国。

这首诗的艺术特点：一是大量用典，二是连续对偶。另外，对比手法也是它的突出特点。在军功面前，与贵戚得势与失势的对比；被弃前后处境不同的对比；失势前后生活状况的对比；与自己有同样或类似情况的代表人物不同心情的对比等。对比中处处有"变"，而一心杀敌的报国之心一直未"变"。这一连串的对比融入全诗，对突出诗的主题和深化其主题都起到了补充、充实和升华的作用。

水调歌头

（宋）陈　亮

不见南师①久，漫说北群空②。当场只手，毕竟还我万夫雄。自笑堂堂汉使，得似洋洋河水，依旧只流东？且复穹庐③拜，会向藁街④逢。

尧之都，舜之壤，禹之封⑤。于中应有，一个半个耻臣戎。万里腥膻⑥如许，千古英灵安在，磅礴⑦几时通？胡运何须问，赫日自当中。

注释

①南师：指北伐之师。②北群空：韩愈《送温处士赴河阳军序》："伯乐一过冀北之野而马群遂空。"③穹庐：北方游牧民族所居毡帐，这里借指金廷。④藁街：本是汉长安城南门内"蛮夷邸"所在地，汉将陈汤曾斩匈奴郅支单于，并悬首于藁街。⑤尧之都，舜之壤，禹之封：这里主要是指北中国。尧、舜、禹都是上古明君，都、壤、封作"疆域"解。⑥腥膻：牛羊肉的气味，代指胡虏。⑦磅礴：长江。

宋孝宗淳熙十二年（1185）十一月，章森奉命出使金国，为金主完颜雍祝寿。作者深耻之，在友人章森出发之前，慨然赠以此词，气势磅礴，大有吞山河之意。

上阕为友人壮行。"不见南师久，漫说北群空。"虽然我兵久未北上，但并不代表无人可用、无师可调。意在强调宋朝还是有人才的，人才是谁呢？我们自然都知道，但胡虏并不知晓，所以才让你章森去给他们见识见识。此中一者励友，一者也露有微词。"当场"以下，以国家与民族的奇耻大辱激励章森。堂堂汉使拜穹庐，虽为形势所迫，但也希望章森能使于四方而不辱君命，不失国威。

下阕抒发作者胸中的郁慨。势如奇峰拔起，利剑腾空，慷慨激昂，使人投袂。堂堂中华难道无人吗？不！英雄豪杰多的是，不过未曾受朝廷重用而已。看到中原大地遍染膻腥，岂能不痛心？若一旦平起，则长江两岸必然一统。"胡运何须问，赫日自当中"，充满了对人民的信心。

此篇有开有阖，曲调高昂，充满北伐必胜的信心。但是我们从中也可以看到，这信心是建立在英雄豪杰的基础上的，而非他所在的朝廷，对于无能的皇帝，陈亮似乎已是不抱太大希望了。所谓人生就是如此，总是有得有失。于陈亮，他失去了建功立业的机会，可是于整个国家，失去的就是民族的气节、民族的精魂。

酹江月·秋夕兴元①使院作，用东坡赤壁韵

（宋）胡世将

神州沉陆，问谁是、一范一韩②人物？北望长安应不见，抛却关西半壁。塞马晨嘶，胡笳夕引，赢得头如雪。

三秦③往事，只数汉家三杰④。

　试看百二山河，奈君门万里，六师不发。阃外何人，回首处、铁骑千群都灭。拜将台敧，怀贤阁⑤杳，空指冲冠发。阑干拍遍，独对中天明月。

注 释

①兴元：秦时名为南郑，为汉中郡治所，今为陕西省汉中市。②一范一韩：指北宋时驻守西北边境的范仲淹与韩琦。③三秦：指关中，因为项羽入关后分秦地为三。④汉家三杰：指辅助刘邦夺取天下的张良、萧何与韩信。⑤怀贤阁：为纪念三国时北伐至此的诸葛亮而设。

鉴 赏

《酹江月》，又名《念奴娇》。词题含"秋夕兴元使院作"，意谓本诗由上胡世将作于自成都至兴元时，是一首爱国题材的词。当时南宋朝廷与金人达成了使宋受尽屈辱的和约，此词为感时而发，指斥和议之非，期待真有抱负才能的报国之士实现恢复大业。

词作上阕开篇首两句"神州沉陆，问谁是、一范一韩人物"，这里写北宋江山沦陷，山河破碎，有谁能够像当年北宋时驻守西北边境的范仲淹和韩琦一样保卫国家、抵抗侵略呢？"问谁是"这一问句，气势不凡，但又透露出一股苍凉的味道，显然这样的人物并没有出现，词人此时的感情定是悲愤沉郁的。"北望长安应不见，抛却关西半壁。塞马晨嘶，胡笳夕引，赢得头如雪"，写出西北战场特有的边塞气氛。向北望去已经望不到故国了，山河破碎，半壁江山沦陷。塞外战场上战马在晨风中嘶鸣，那胡笳的声音显得那样的悲凉。由于当时的战局南宋朝廷惨败，无心抵抗，并且与金人达成了屈辱条约，使得词人悲恨交加，头发变白。"三秦往事，只数汉家三杰"，这是词人在抚今追昔，想当年刘邦于秦亡后封为汉王，都于南郑。他听从萧何建议，在南郑为韩信筑坛拜将。刘邦后来出关东向，最终战胜项羽，主要就是依靠了张良、萧何、韩信这"汉家三杰"。如今没有这样的人物来振兴日益衰亡的宋王朝了，词人心中定然是极其凄清悲凉。

下阕开头描写宋王朝的现状。"试看百二山河，奈君门万里，六师不发"，如今山河破碎，国难当头，朝廷软弱无能，驻师不发，实在令人悲愤至极。"阃外何人，回首处、铁骑千群都灭。拜将台欹，怀贤阁杳，空指冲冠发"，这里词人又一次转入对以往圣贤勇士的追忆中。他们奋勇杀敌，保卫国家，踏平了入侵的铁骑千群。词人感慨如今这样的时势英雄已经没有了，即使有也是英雄无用武之地，得不到朝廷的重用。"阑干拍遍，独对中天明月"，"阑干拍遍"表现了词人内心无法平静的深深的忧愤。结尾写出词人心中的忧虑以及无可奈何的苍凉。面对这样一个懦弱的朝廷，面对着故国沦陷的现状，词人只能独自将一腔悲愤向明月。

秋风辞

（汉）刘　彻

秋风起兮白云飞，草木黄落兮雁南归。
兰有秀①兮菊有芳，怀佳人兮不能忘。
泛楼船兮济汾河②，横中流兮扬素波③。
箫鼓鸣兮发棹歌④，欢乐极⑤兮哀情多，
少壮几时兮奈老何。

注释

①秀：草本植物开花。芳：香气。②泛：漂浮。楼船：指有楼饰的游船。济：渡。汾河：水名。源出今山西宁武县管涔山，西南流到河津县入黄河。③中流：江中央水深流急之处。素波：白色的波浪。④箫鼓：箫与鼓，泛指乐奏。棹歌：船歌，摇桨时唱的歌。⑤极：尽。

鉴赏

诗开篇写道："秋风起兮白云飞，草木黄落兮雁南归。"阵阵秋风卸白云而飞，岸边的树木已不复葱郁，然而纷纷飘坠的金色的落叶，为秋日渲染了一幅斑斓的背景。大雁苍鸣，缓缓掠过檐桅……短短两句，清远流丽。

胡应麟《诗薮·内编》卷三："秋风百代情至之宗。"秋日乃惹人思情，虽有幽兰含芳，秋菊斗艳，然凋零的草木，归雁声声，勾起汉武帝对"佳人"不尽的思念之情："兰有秀兮菊有芳，怀佳人兮不能忘。"此句写得缠绵流丽乃一诗之精华，正如张玉谷《古诗赏析》卷三："此辞有感秋摇落系念仙意。怀佳人句，一篇之骨……""泛楼船兮济汾河，横中流兮扬素波。萧鼓鸣兮发棹歌"三句，竭力描写汉武帝泛舟中流、君臣欢宴景致。当楼船在汾河中流疾驶，潺湲的碧水，顿时扬起一片白色的波浪。在酒酣耳热之际，不禁随着棹橹之声叩舷而歌。

紧接着却出现了"欢乐极兮哀情多"。君临天下，当藐视一世，俯视天地之间，应慨然得意忘形尔。何来如此幽情哀音？王尧衢《古诗合解》卷一一语道破："乐极悲来，乃人情之常也。愁乐事可复而盛年难在。武帝求长生而慕神仙，正为此一段苦处难遣耳。念及此而歌啸中流，顿觉兴尽，然自是绝妙好辞。"原来，即便是君王也免不了生老病死，眼前的尊贵荣华终有尽时，人生老之将至，所有一切也会随着死亡不复存在，所以又怎能不因为"少壮几时兮奈老何"而忧伤呢？

《秋风辞》虽然是泛舟饮宴中的即兴之作，思致偏一波三折、毫无直泻无余之感：在清丽如画的写景中，轻轻拨动怀想"佳人"的思弦；于泛舟中流的欢乐饮宴，发为逸兴遄飞的放怀"栏歌"；然后又急转直下，化作年华不再的幽幽叹息。将这位一代雄主的复杂情思，抒写得曲折而又缠绵。《秋风辞》之所以能以清新流丽之辞，与苍莽雄放的《大风歌》相敌并同垂百世，原因正在于此。

马嵬（其二）①

（唐）李商隐

海外徒闻更九州②，他生未卜此生休③。空闻虎旅传宵柝④，无复鸡人报晓筹⑤。此日六军同驻马⑥，当时七夕笑牵牛⑦。如何四纪为天子⑧，不及卢家有莫愁⑨。

注 释

①马嵬：在今陕西兴平，是杨贵妃死处。②更：还（有）。徒闻：空闻，没有根据的传闻。九州：战国时的邹衍曾宣扬"大九州"之说，声言除了中国的九州，海外还有九州。③"他生"句：传说唐玄宗和杨贵妃曾约誓"世世

为夫妇", 这句是说不管来生怎样, 今生的夫妇缘分已经断绝了。卜: 预料。④虎旅: 指跟随唐玄宗赴蜀的卫军。宵柝: 指夜间巡逻报更用的梆子。⑤鸡人报晓筹: 汉代制度, 宫中不养鸡, 而用人传唱报晓。鸡人, 宫中掌握时间的卫士。筹, 敲击报时用的竹签, 这里代指时间。⑥此日: 指事变发生那天, 即天宝十五载 (756) 六月十四日。六军: 周制, 天子有六军, 一万二千五百人为一军。后泛指军队。⑦ "当时" 句: 唐玄宗和杨贵妃在发生 "马嵬事变" 五年前的七月七日发过山盟海誓, 他们对天上牛郎织女一年一度的会见还加以嘲笑。⑧四纪: 古代以木星绕日一周 (十二年) 为一纪, 四纪即为四十八年。唐玄宗当了四十五年皇帝, 故约略称 "四纪"。⑨ "不及" 句: 指不如普通百姓夫妻恩爱, 长相厮守。莫愁: 古时洛阳女子, 为卢家妇。南朝乐府《河中之水歌》道: "河中之水向东流, 洛阳女儿名莫愁。……莫愁十三能织绮, 十四采桑南陌头, 十五嫁为卢家妇, 十六生儿字阿侯。"

鉴赏

　　安史之乱潼关被攻破时, 唐玄宗逃往蜀地避难。随行军队行至马嵬驿哗变, 杀死奸臣杨国忠, 并要求杀死杨贵妃。唐玄宗不得已令杨贵妃自缢, 史称 "马嵬之变"。李商隐咏叹这一历史事件的诗有两首, 这是其中的第二首。唐人咏马嵬的诗很多, 但绝大多数是把罪责归给杨贵妃, 而为唐玄宗辩护。而李商隐的这首诗, 批判的锋芒直指唐玄宗。作者在尾联向世人发出冷峻的诘问: 为什么当了四十多年的皇帝唐玄宗反不如普通百姓能保住自己的妻子呢? 这一反问虽然含蓄却很有力, 包含强烈的对比, 启发世人记取唐玄宗沉迷情色, 荒废朝政, 致使国家陷于动荡、人民饱受战乱之苦的历史悲剧。

锦 瑟

（唐）李商隐

锦瑟①无端②五十弦，一弦一柱思华年③。
庄生晓梦迷蝴蝶④，望帝⑤春心托杜鹃。
沧海月明珠有泪，蓝田⑥日暖玉生烟⑦。
此情可待⑧成追忆，只是当时已惘然⑨。

注释

①锦瑟：装饰华美的瑟，为琴类拨弦乐器，通常二十五弦，此说五十弦，取断弦之义。②无端：无缘无故。③华年：盛年。④庄生晓梦迷蝴蝶：引庄周梦蝶的故事以言人生如梦，往事如烟之意。⑤望帝：战国时蜀王杜宇称帝，号望帝。⑥蓝田：山名，即玉山，在今陕西省蓝田县，该地出产美玉。⑦玉生烟：暗喻美好的往事如烟雾般消散无痕。⑧可待：岂待。⑨惘然：惆怅的样子。

鉴赏

"锦瑟无端五十弦，一弦一柱思华年"，由幽怨悲凉的锦瑟起兴，点明"思华年"的主旨。无端，无缘无故，没有缘由。这两句是说：绘有花纹的美丽如锦的瑟有五十根弦，我也快到五十岁了，一弦一柱都唤起了"我"对逝水流年的追忆。锦瑟本来就有那么多弦，这并无"不是"或"过错"，诗人却硬来埋怨它：锦瑟呀，你为什么要有这么多条弦？

"庄生晓梦迷蝴蝶，望帝春心托杜鹃。沧海月明珠有泪，蓝田日暖玉生烟"颔、颈二联，围绕一生怀才不遇这个中心，从各个不同侧面反复抒写理想破灭、抱负成虚、才华不展的深沉感慨与无穷遗恨。颔联"庄生晓梦迷蝴蝶，望帝春心托杜鹃"，诗句中的"晓梦"，指天将亮时做的梦；"迷蝴蝶"，指如庄子一样，对自己与蝴蝶之间的关系迷茫。一个"托"字，不但写了杜宇之托春心于杜鹃，也写了佳人之托春心于锦瑟，手挥目送之间，诗人妙笔挥写，于此已然达到一个高潮。诗人笔下美丽而凄凉的杜鹃已升华为诗人悲苦的心灵。深沉的悲伤，只能托之于暮春时节杜鹃的悲啼，这是何等的凄凉。颈联"沧海月明珠有泪，蓝田日暖玉生烟"，"沧海"句写琴声之悲苦，"蓝田"句则写琴声之缥缈朦胧，二句切合指琴声的迷幻、哀怨、清寥、缥缈，表达诗人因才华的见弃、理想追求的破灭所生发的难言的痛楚与悲凄。

"此情可待成追忆，只是当时已惘然"，"此情"二字，与开端的"华年"相为呼应，笔势未尝闪遁。诗句是说：如此情怀，岂待今朝回忆始感无穷怅恨，即在当时早已是令人不胜惘然了，诗人用两句话清楚地说明内心那种怅惘的苦痛之情。

这首《锦瑟》是李商隐的代表作，爱诗的无不乐道喜吟，堪称最享盛名；然而它又是最不易讲解的一篇难诗；究竟诗意何在，众说纷纭。

八声甘州·寄参寥子

（宋）苏轼

有情风万里卷潮来，无情送潮归。问钱塘江上，西兴①浦口，几度斜晖？不用思量今古，俯仰昔人非。谁似东坡老，白首忘机②。

记取西湖西畔，正春山好处，空翠烟霏。算诗人相得，如我与君稀。约他年，东还海道，愿谢公雅志莫相违③。西州路，不应回首，为我沾衣④。

注 释

①西兴：即西兴渡，是古时从萧山到杭州的重要港口，在今杭州市对岸，属于萧山县。②忘机：消除机心，无意于功名利禄，保持恬然淡定之心。③"约他年"三句：用谢安渴望隐居之典，《晋书·谢安传》："（谢安）东山之志始末不渝，每形于颜色。及镇新城，尽室而行，造泛海之装，欲须经略粗定，自江道还东。雅志未就，遂遇疾笃。"④"西州路"三句：用谢安外甥之典，《晋书》载："谢安有甥，名羊昙，凤为安所爱重，谢安既殁，羊昙行不由西州路，一日因醉偶至，左右告之，道恸哭而去。"

鉴 赏

此词当为苏轼临离杭州时的寄赠之作，作于宋哲宗元祐六年（1091）。参寥子，苏东坡的一位方外友人，即僧道潜，字参寥，能诗文。

上阕起势不凡，以钱塘江喻人世的聚散离合，"有情风万里卷潮来，无情送潮归"，表面上写钱塘江潮的涨落，但细细品味，就会感到"有情""无情"之间，"潮来""潮归"之际，暗含着很深的人世间盛衰离合的悲凉感慨，这里强调的是"无情送潮归"，突出了词人的离情。"问钱塘江上，西兴浦口，几度斜晖"，以发问的形式，写地上潮水无情而归，天上夕阳无情而下，这是以天地和自然万物的无情，衬托人之有情，把词人数十年往事纳入其中，所以首起两句写潮水是很有纪念意义的。"不用思量今古，俯仰昔人非"，由写潮转入直接议论，古今兴废，人事代谢，这都是历史的规律，不必替古人伤心，也不必为现实忧虑，必须超凡脱俗，"白首忘机"，无意功名，达到达观超旷、淡泊宁静的心境。

从上阕写钱塘江景，到下阕写西湖湖景，南江北湖，都是记述他与参寥子的游赏活动。"记取西湖西畔，正春山好处，空翠烟霏"，着力表现西湖静态之美，静中含动，于无情物中见出友情。如此良辰美景，岂可一人独享？于是词人想到了好友参寥子。"算诗人相得，如我与君稀"二句写出了友情之挚深而可贵。"约他年，东还海道，愿谢公雅志莫相违"，谢公指谢安，据《晋书·谢安传》载谢公之雅志乃归隐山林也，有一点宿命的味道。故东坡以一"愿"字与"莫相违"呼应，抒发成事在天之慨。"西州路，不应回首，为我沾衣"，又用一个谢安外甥的典故，借这一典故安慰友人：自己一定不会像谢安一样雅志相违，使老友恸哭于西州门下。也告诉老友要存一份达观心境，参透死生，不应为我而悲伤。

因为这首词是寄给老朋友的，所以写得感情深挚，蕴含着强烈的感人力量，充分表现了作者积极奋进的精神和达观洒脱的胸怀，同时交织着人生矛盾的悲慨和发扬蹈厉的豪情，给读者以深刻的启迪。

登鹳雀楼①

（唐）王之涣

白日依②山尽，黄河入海流。
欲穷③千里目，更上一层楼。

注释

①鹳雀楼：在今山西省蒲县西南，传说鹳雀经常栖息于此。
②依：依依难舍。③穷：穷尽，看尽。

鉴赏

诗歌是语言的艺术，是最具音乐性的一种文学样式，情韵美、意境美又是通过语言来表达的。四句诗两两对仗，相得益彰，整齐工致而又自然流畅，明白如话又美妙如画，字词调度与运用看似寻常而又十分精巧。

开头两句，诗人用写意手法，仅仅几笔，便勾勒出登鹳雀楼所见到的苍山落日、大河奔流的壮观景象。其豪迈壮阔，令人心往神驰；意境之壮美，无以复加。同时，它的情韵也十分隽美。"依"字准确而生动地描绘出晚山落日依依难舍的特征；"流"字用联想加长了目力，传达出大河奔涌、一泻千里的动势；"入海"二字使意境远远超出画面，"黄""白"二字给画面涂上了山河夕照的奇异色彩。

"欲穷千里目，更上一层楼"不仅描写出人们登高观景时所共有的那种不肯示弱、不甘后进的真实体会和情趣，而且与前面二句浑融无间，洋溢着豪情伟魄，寓含着只有站得高才能望得远的生活哲理，表达了奋发向上、不断发现新境界的进取精神。

三、四两句字面相互对仗，语意上下相承，如同大河流水，一脉贯通。这样精彩的流水对，使其蕴含的理趣，表现得警策而隽永，水乳交融，浑然一体。读之令人心扉顿开，过目成诵，不仅为诗人气吞寰宇的襟抱所感染，同时为祖国山川的雄伟壮丽而自豪，从而情不自禁地受到鼓舞，从中汲取到无穷无尽的精神力量！

从军行七首（其一）

（唐）王昌龄

烽火城①西百尺楼②，黄昏独坐海风秋。
更吹羌笛关山月，无那③金闺④万里愁。

注释

①烽火城：指设置烽火台的边城。古时边境上筑高城以御敌，一旦敌人入侵，便于城垛上燃狼粪或柴草，白天以烟、夜间以火来报警。②百尺楼：是指边地戍楼。③无那：无奈的意思，是指无法消除思亲之愁。④金闺：女子闺阁的美称，这里借指家室。

鉴赏

本诗表达了守卫边疆的士兵对于家乡亲人的怀念之情。

此诗笔法简洁而富有蕴意，写法上很有特色。诗人巧妙地处理了叙事与抒情的关系。前三句叙事，描写环境，采用了层层深入、反复渲染的手法，创造气氛，为第四句抒情做铺垫，突出了抒情句的地位，使抒情句显得格外警拔有力。

首句点明了写作的地点是在青海烽火城西的瞭望台上。荒寂的原野四顾苍茫，只有这座百尺高楼屹然挺立，这种环境很容易引起人的寂寞之感；时令正值秋季，凉气侵入，正是游子思亲、思妇念远的季节；时间又逢黄昏，这样的时间常常触发人们思念于役在外的亲人。而此时此刻，久戍不归的征人恰恰"独坐"在孤零零的戍楼上。一个"独"字，既写征人背井离乡、远涉边地之孤独，也暗合结句闺中人因征人不归而独

守空闺之孤独。

前两句所描写的还只是通过视觉来渲染，接着诗人写道："更吹羌笛关山月"，在寂寥的环境中，传来了阵阵呜咽的笛声，就像亲人在呼唤，又像是游子的叹息。这缕缕笛声，恰似一根导火线，使边塞征人积郁在心中的思亲感情，再也控制不住，终于来了个大爆发，引出了诗的最后一句——"无那金闺万里愁"。

作者从侧面表现出了诗人对亲人思念、对故土怀念的感情。而实际情形也是如此：妻子无法消除的思念，正是征人思归又不得归的结果。这一曲笔，把征人和思妇的感情完全交融在一起了。诚如清人李瑛所云："不言己之思家，而但言无以慰闺中思己，正深于思家也。"就全诗而言，这一句如画龙点睛，立刻使全诗神韵飞腾，而更具动人的力量了。

将赴吴兴①登乐游原②一绝

（唐）杜 牧

清时有味是无能③，闲爱孤云静爱僧。
欲把一麾④江海去，乐游原上望昭陵⑤。

注 释

①吴兴：即今浙江省湖州市。②乐游原：在长安城南，地势较高可以俯瞰长安城，是当时的游览胜地。③"清时"句：是说自己能有闲情登乐游原，是因为自己不堪重用。④一麾：旌旗。⑤昭陵：唐太宗的陵墓。

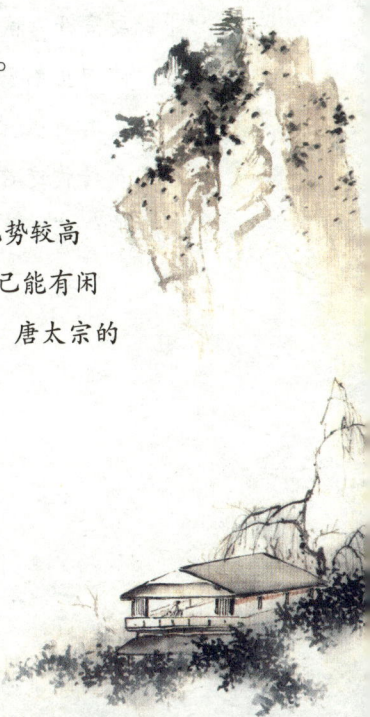

鉴赏

这首诗是作者于唐宣宗大中四年（850）将离长安到吴兴（今浙江湖州）任刺史时所作。杜牧不但长于文学，而且具有政治、军事才能，渴望为国家作出贡献，但是当时他只是在京城做个闲职，有志不能伸展，于是请求外放，得到允许后写下了这首诗。

首句写在这清平之时，自己无所作为是因为平庸，然而当时牛李党争正烈，宦官擅权，中央和藩镇及少数民族政权之间都有战斗，根本算不上"清时"。次句承上，点明"闲"与"静"就是上句所指之"味"。而以爱孤云之闲见自己之闲，爱和尚之静见自己之静，这就把闲静之味这样一种抽象的感情形象地显示了出来。

第三句是一个转折，由于在京城抑郁无聊，所以想手持旌麾，远去江海，表现出诗人得不到重用的郁闷。第四句又是一个转折，明明要离开京城了，却偏偏依依不舍地望向唐太宗的陵墓。那么多陵墓中，诗人独独望向唐太宗的陵墓是别有深意的。唐太宗是唐代、也是我国封建社会中杰出的皇帝。他建立了大唐帝国，文治武功，都很煊赫；而知人善任，惟贤是举，则是他获得成功的重要因素之一。这一句表现出作者心里仍然希望能够得到重用，但是事实却是唐太宗已经死去不能复活，自己也只是一个闲职，并且马上就要离开京城了。

诗句虽然只是以登乐游原起兴，说到望昭陵，戛然而止，不再多写一字，但其对祖国的热爱，对盛世的追怀，对自己无所施展的悲愤，无不包括在内。杜牧这首诗采用"托事于物"的兴体写法，称得上是一首"言在此而意在彼""言已尽而意有余"的名篇。

赠　婢

（唐）崔　郊

公子王孙①逐后尘②，绿珠③垂泪滴罗巾④。
侯门⑤一入深似海，从此萧郎⑥是路人。

①公子王孙：旧时贵族、官僚，王公贵族的子弟。②后尘：后面扬起来的尘土。指公子王孙争相追求的情景。③绿珠：西晋富豪石崇的宠妾，非常漂亮，这里喻指被人夺走的婢女。④罗巾：丝制手巾。⑤侯门：指权豪势要之家。⑥萧郎：原指梁武帝萧衍，南朝梁的建立者，风流多才，在历史上很有名气。后成为词中习用语，泛指女子所爱恋的男子。这里是作者自谓。

鉴赏

秀才崔郊的姑母有一婢女，生得姿容秀丽，与崔郊互相爱恋，后却被卖给显贵于頔。崔郊念念不忘，思慕无已。在一个寒食节，婢女偶尔外出与崔郊邂逅，崔郊百感交集，于是写下了这首诗。

此诗首句通过对"公子王孙"争相追求的描写突出女子的美貌，次句以"垂泪滴罗巾"的细节表现出女子深沉的痛苦。公子王孙的行为正是造成女子不幸的根源，然而这一点诗人却没有明白说出，只是通过"绿珠"一典的运用曲折表达的，对公子王孙的不满，对弱女子的爱怜同情，写得含蓄委婉，不露痕迹。

三、四两句说女子一进权势之门便视自己为陌路之

人，表面上是在责备婢女，但联系上文便能体会到作者真正讽刺的对象。全诗高度概括地写出诗人所爱者被劫夺的悲哀，反映了封建社会因门第悬殊而造成的爱情悲剧，寓意颇深，已超越了一己的悲欢而具有普遍的社会意义。

据说后来于顿读到此诗，便让崔郊把婢女领去，传为诗坛佳话。

幽居初夏

（宋）陆　游

湖山①胜处②放翁家，槐柳阴中野径③斜。
水满有时④观下鹭，草深无处⑤不鸣蛙⑥。
箨龙⑦已过头番笋，木笔⑧犹开第一花。
叹息老来⑨交旧⑩尽，睡来谁共午瓯⑪茶。

注　释

①湖山：湖水与山峦。②胜处：美好的地方。③野径：小路。④有时：
偶尔，有时候。⑤无处：指到处。⑥鸣蛙：指蛙鸣，比喻俗物喧闹。⑦箨龙：

竹笋的异名。⑧木笔：木名，又名辛夷花，是初夏常见之物。⑨老来：年老之后。⑩交旧：老朋友。⑪瓯：杯子。

鉴赏

　　这首诗是陆游晚年后居山阴时所作。八句诗前六句写景，后二句结情；全诗紧紧围绕"幽居初夏"四字展开，四字中又着重写一个"幽"字。景是幽景，情亦幽情，但幽情中自有暗恨。

　　首句"湖山"二字总领全篇，勾勒环境，笔力开张，在山关水色中透着一个"幽"字。次句写到居室周围，笔意微阖。乡间小路横斜，周围绿荫环绕，有屋于此，确不失为幽居。颔联紧承首联展开铺写。水满、草深、鹭下、蛙鸣，自是典型的初夏景色。白鹭不时自蓝天缓缓下翔，落到湖边觅食，人的视线随鹭飞儿从上至下，视野深远，是从纵的方面来写。"箨龙"就是笋，木笔，又名辛夷花，两者都是初夏常见之物。"箨龙"已经过去"头番笋"，则林中定然留有许多还没有完全张开的嫩竹；"木笔"才开放"第一花"，枝上定然留有不少待放的花苞。诗人展示给读者的是静止的竹和花，唤起读者想象的却是时时在生长变化的动态景物。

　　诗的前六句极写幽静的景色之美，显示诗人怡然自得之乐，读诗至此，真令人以为此翁完全寄情物外，安于终老是乡了。但结联陡然一转，长叹声中，大书一个"老"字，顿时古井中漾起微澜，结出诗情荡漾。原来，尽管万物欣然，此翁却心情衰减，老而易倦，倦而欲睡，睡醒则思茶。而一杯在手，忽然想到晚日旧交竟零落殆尽，无人共品茗谈心，享湖山之乐，于是，一种寂寞之感，袭上心头。四顾悯然，无人可诉说。志士空老，报国无成，言念至此，只能怅怅。所以说这首诗在幽情中自有暗恨。

题临安①邸②

（宋）林　升

山外青山楼外楼，西湖歌舞几时休③？
暖风熏④得游人醉，直⑤把杭州作汴州⑥。

注释

①临安：现在浙江杭州市，金人攻陷北宋首都汴京后，南宋统治者逃亡到南方，建都于临安。②邸：旅店。③几时休：什么时候休止。④熏：吹。⑤直：简直。⑥汴州：即汴京，今河南开封市。

鉴赏

北宋靖康元年（1126），金人攻陷北宋首都汴梁，赵构逃到江南，在临安即位。当政者只求苟且偏安，大肆歌舞享乐。这首诗就是针对这种黑暗现实而作的。

首句"山外青山楼外楼"点出临安城青山重重叠叠、楼台鳞次栉比的特征，首先描写了祖国大好山河。第二句"西湖歌舞几时休"是诗人面对国家的现实处境，触景伤情后的反问。一个"休"字，不但暗示了诗人对大好河山被金人占领的心痛，更为重要的是表现出诗人对当政者一味"休"战言和、不思收复中原失地、只求苟且偏安、一味纵情声色、寻欢作乐的愤慨之情。他此时是多么希望这样的歌舞快"休"了。

后两句"暖风熏得游人醉，直把杭州作汴州"更是直言讽刺。"游人"在这里不能仅仅理解为一般游客，它是主要特指那些忘了国难，苟且偏安，寻欢作乐的南宋统治阶级。其中，"暖风"一语双关，在诗歌中，既指自然界的春风，又指社会上淫靡之风。在诗人看在，正是这股"暖风"把"游人"的头脑吹得如醉如迷，忘记了自己的国家正处于危难之中。在这样的状态下，诗人为了进一步表现出"游人醉"，在结尾中写道："直把杭州作汴州"。宋朝原来建都于汴梁，现在已经为金侵占，当政者一点不想着收复失地，却在这里纵情声色，表现出作者极大的愤激以及对国家命运的担忧。

全诗构思巧妙，措词精当，冷言冷语的讽刺，偏从热闹的场面写起；愤慨已极，却不作谩骂之语：确实是讽喻诗中的杰作。

采莲子（其二）

（唐）皇甫松

船动湖光滟滟秋，贪看年少信①船流。
无端②隔水抛莲子，遥被人知半日羞。

注 释

①信：随意，任意。②无端：没有缘由地。

鉴 赏

采莲子，是唐代教坊曲名，一般多咏采莲。这首诗描写了采莲少女的初恋情怀。

首句"船动湖光滟滟秋"描写了秋色迷人，湖面波光粼粼，采莲的船儿在湖面上滑行。次句"贪看年少信船流"写采莲女出神地望着对面船上的英俊少年，以致忘了采莲，连船儿飘走了也浑然不知。读到这里，读者才恍然明白首句中的"船动"是怎么回事；读到这里，读者不禁对这位采莲女的大胆率真的举动留下深刻印象。然而，第三句"无端隔水抛莲子"所描写的是一个更为大胆的举动，这位采莲女抓起一把莲子向对面船上那位英俊的小伙子抛了过去。这一连串的动作，活画出这位采莲女的率真，对爱情的大胆追求。如果说以上动作的描写只写出这位采莲女性格的一个方面的话，那么，末句"遥被人知半日羞"的刻画则可以说是为采莲女丰富多彩而又细腻的性格添上了传神的一笔。姑娘毕竟是姑娘，即便她对爱情有着强烈的渴求，但终究是初恋的萌发，她对周围的反应是很敏感的，故而四周有人瞧见或是远处传来善意的嬉笑声，也会让她觉得非常羞惭和难为情的。果然，姑娘的举动被远处的人们知晓了，而采莲女也感觉到了，使得她不好意思了半天。这传神的一笔，丰富了采莲女的性格，传达出水乡少女初恋时特有的神韵。

　　诗歌把这富有情趣的一幕置放于景色迷人的秋天收获季节，很有赏心悦目的效果。它的清新爽朗，它的富有情趣，它的率直质朴，以及在用词特点上，如"莲"字谐"怜"，以表示爱恋等等，都具有十足的民歌风味。再者，诗歌在刻画人物、描摹情态上，也都十分传神，给读者以鲜明的印象。

昭君怨·咏荷上雨

（宋）杨万里

午梦扁舟①花底，香满西湖烟水②。急雨打篷声，梦初惊。

却是池荷跳雨，散了真珠③还聚。聚作水银窝，泛清波。

注释

①扁舟：小船。②烟水：雾霭迷蒙的水面。唐代孟浩然《送袁十岭南寻弟》诗："苍梧白云远，烟水洞庭深。"③真珠：露珠，水珠。五代成彦雄《露》诗："银河昨夜降醍醐，洒遍坤维万象苏，疑是鲛人曾泣处，满池荷叶捧真珠。"

鉴赏

这是一首小令，描写周围的自然环境，虽然语出平白自然，但是蕴含着淡淡的生活哲理的韵味。这首词写的是作者泛舟西湖之事，作者在舟中午睡，骤然而来的大雨惊醒了正在睡觉的词人，向船外望去，雨滴在荷叶上，滴滴生气十足。整首词的笔调较为轻松活泼，趣味浓厚，语言欢快清新。

上阕写作者梦中泛舟西湖花底，骤雨打舟篷，把他从梦中惊醒。"午梦扁舟花底，香满西湖烟水"，在午觉梦中，词人驾着小船在西湖荷花丛下游玩，淡淡的荷花香味就在西湖上氤氲飘荡。两句只是淡淡着墨，却随意勾勒出如仙境般的画面。正当此时，"急雨打篷声"，一阵疾风骤雨把睡梦中的作者

惊醒，美妙的梦境骤然消失，词人就此表现出深深的遗憾之情。

下阕是作者梦醒后所见的景象，是现实和梦境的巧妙衔接。"却是池荷跳雨，散了真珠还聚"。一个"跳"字，可见雨下得大而急。雨珠落在荷叶上，并没有随即消失，而是跃起，形似一颗颗珍珠。雨滴落在荷叶上散开了，在凹下的地方又重新聚合，其实可以想象在晶莹的水珠中是可以看见那荷叶青绿的叶子，整体颜色就变得明艳动人。"聚作水银窝，泛清波"，"水银"二字形象地写出水珠在荷叶上滚动聚合的形态。水珠在荷叶上越聚越多，荷叶不堪重负，不经意间倾翻，里面的水如同小巧精致的瀑布般倾泻而下。

江城子

（宋）卢祖皋

画楼帘幕卷新晴。掩银屏①，晓寒轻。坠粉飘香，日日唤愁生。暗数十年湖上路，能几度，著娉婷②？

年华空自感飘零。拥春醒③，对谁醒？天阔云闲，无处觅箫声④。载酒买花年少事，浑不似，旧心情。

注释

①银屏：银色屏风。②娉婷：姿态美好，此处借指美人。③醒：醉酒，此处借指酒。④箫声：传说扬州二十四桥有玉人教吹箫之事。

鉴赏

此词是一首惆怅述情之作。词人在青年时，生活极不稳定，等到终于在京师谋得一官半职，人已到中年。然而，却发现和少年时向往的浮华生活大不相同，努力了多年，得到的却只是一种幻灭感。

上阕起句描画出一派春日景象，但早春清晨，还有一丝微寒。"坠粉飘香"句中，"粉""香"皆借指花朵。"坠粉飘香"即指落花。日日看着花开花落，忧愁暗生，感叹人生在世，不过数十年，这一生中，又能有多少志得意满的时候呢？

下阕"年华空自感飘零"，是本词中心思想之所在，紧扣上阕末句，似承似转，转承兼备。接下来又提出新的疑问："拥春醒，对谁醒？"，"醒"，醉酒状。作者自问自答。"天阔云闲，无处觅箫声"暗用弄玉吹箫之典。《列仙传》载：萧史善吹箫，能以箫作鸾凤之音。秦穆公女弄玉亦好吹箫，穆公就将弄玉嫁给萧史，并筑凤台给他们居住。数年后萧史乘龙，弄玉跨凤，升天而去。这一句是说知音难觅。全词至此达到高潮。"载酒买花年少事"，词人终于悟出这一道理。此句又与上阕结句遥相呼应。

卢祖皋词颇多佳构，黄昇赞其词曰："其词甚工，字字可入律吕，浙东西皆歌。"这首《江城子》采用寻声暗问、自言自语的方式，写得轻淡而不着痕迹，隐隐露出词人迷茫的心境。全词音节和婉，句句守声，使情感的抒发和词的节奏配合得恰到好处，丝丝入扣。

回乡偶书二首

（唐）贺知章

其一

少小离家老大回，乡音无改鬓毛衰^①。
儿童相见不相识，笑问客从何处来。

其二

离别家乡岁月多，近来②人事③半消磨。
惟有门前镜湖④水，春风不改旧时波。

注释

①衰：稀疏的意思。②近来：在本诗中应该理解为近些年来。③人事：是指"访旧半为鬼"的人和"亲朋多沦沦"之事。④镜湖：山水风景区，在今浙江绍兴会稽山的北麓。

鉴赏

本诗是诗人八十六岁还乡后所作，用以感慨人生易老，世事沧桑。

第一首诗给人以妙手天成之感。生动逼真的生活场景，朴实无华的文字，自然流淌的感情，浑然一体。诗人对岁月的流逝，伤感却不消沉，无奈中有诙谐，表现出一种人生睿智。在第一、二句中，诗人置身于故乡熟悉而又陌生的环境之中，一路逶迤行来，心情颇不平静：当年离家，风华正茂；今日返归，鬓毛疏落，不禁感慨系之。首句用"少小离家"与"老大回"的句中自对，概括地写出了数十年久客他乡的事实，暗喻自伤"老大"之情。次句以"鬓毛衰"顶承上句，具体写出自己的"老大"之态，并以不变的"乡音"映衬变化了的"鬓毛"，从而为唤起下两句儿童不相识而发问做好了铺垫。

三、四句从充满感慨的一幅自画像，转而描写富于戏剧性的儿童笑问的场面。"笑问客从何处来"，在儿童这只是淡淡的一问，言尽而意止；在诗人却成了重重的一击，引出了他的无限感慨。全诗就在这有问无答之处悄然作结，而弦外之音却如空谷传响，哀婉备至，久久不绝。

第二首诗是第一首诗的续篇。两首诗意境和背景相同。在诗人回家后，通过与亲朋的交谈得知家乡人事的种种变化，在叹息久客伤老之余，又不免发出"人事无常"的感伤。"离别家乡岁月多"相当于第一首中的"少小离家老大回"。诗人不厌其烦地重复这个意思，无非是因为这一切感慨是由于数十年背井离乡而造成的，所以顺势转出下一句有关人事的议论。亲朋好友告诉他这些年来他所认识的旧友玩伴都去世了，有的也沉沦了，因此诗人发出了"近来人事半消磨"的沧桑之叹。用语看似抽象、客观，实则包含了触动心灵的相关事件。

接下来诗人宕开笔墨，目光从人事变化转到了对自然景物的描写上：只有门前的镜湖，没有改变在春风吹拂下泛起的阵阵水波。这实际是次句的岁月沧桑之叹，因为除了"湖波"未变之外，昔日的人和事都几乎变化尽了。"物是人非"的感触极其深刻。

这两首诗展现的是一片化境。作者的感情自然、逼真，语言仿佛从肺腑自然流出，朴实无华，读者在不知不觉中便被引入了诗歌的意境。像这种源于生活、发自于心底的好诗，是难能可贵的。

春题湖上

（唐）白居易

湖上春来似画图，乱峰①围绕水平铺。
松排②山面千重翠，月点③波心一颗珠。
碧毯线头抽④早稻，青罗裙带展新蒲⑤。
未能抛得杭州去，一半勾留⑥是此湖。

①乱峰：形容山峰很多。西湖三面环山，有南高峰、北高峰、葛岭等。乱，缤乱。②排：排列松树众多，故称"排"。③点：明月一轮，故称"点"。④线头：指毛毯上的绒头。抽：抽出、拔出。⑤裙带：裙子上的飘带。蒲：香蒲，湖上生长的一种水草。⑥勾留：稽留，耽搁。

鉴 赏

这是一首描写杭州西湖春景的诗。这首诗前六句写景，突出一个"绿"字，后两句写情，突出一个"恋"字，做到借景抒情，情景交融。后人评论此诗"以不舍意作结，而曰'一半勾留'，言外正有余情"。全诗不仅结构上曲折委婉，而且借景深化了诗旨。

西湖的春天，像一幅醉人的风景画，三面群山环抱中的湖面，汪汪一碧，水平如镜。群峰上，松树密密麻麻排满山面，千山万峰显得一派苍翠。一轮圆月映入水中，好像一颗明珠，晶莹透亮，跳荡悬浮。

早稻初生，似一块巨大的绿色地毯，上面铺满厚厚的丝绒线头；蒲叶披风，像少女身上飘曳的罗带裙袍。一幅格调清新的山水画图展现眼前，诗人不由发出对西湖风光的赞美。春色如此秀丽，作者不愿离开杭州回京，有一半因素就是舍不得这风景如画的西湖。

诗的前三联绘景，尾联抒情，全诗则情景交融，物我划一。首句鸟瞰西湖春日景色，谓其"似画图"。作者以具有如此浓重感情色彩的字眼入诗，并非偶然。在孩童时代，白居易曾立志要到杭州做官，心愿得酬，自然为之欣喜，其对杭州的深情于此可见一斑。此诗不仅是白居易山水诗中的佳构，亦是历代描写西湖诗中的名篇之一。

野 望

（唐）王 绩

东皋①薄暮②望，徙倚③欲何依。
树树皆秋色④，山山唯落晖。
牧人驱犊⑤返，猎马带禽⑥归。
相顾⑦无相识，长歌怀采薇。

注 释

　　①东皋：诗人隐居的东皋村，在其故乡龙门。水边高地曰"皋"。②薄暮：黄昏。③徙倚：徘徊。④秋色：指树木凋零衰落的景象。⑤犊：小牛。⑥禽：指猎获的禽、兽。⑦顾：回头看。

　　《野望》是一首五言律诗，是王绩隐居乡里时所作。写的是诗人在东皋观望山野秋景以及观望的心境。该诗文字质朴，写景如画，冲淡萧散而不无惆怅。

　　首联"东皋薄暮望，徙倚欲何依"点题，写出了地点：东皋，时间是薄暮，事指望、徙倚，情态是欲何依。"皋"是水边高地。诗人家在绛州龙门（今山西河津），自号东皋子，则东皋当是他家乡所在，也是其时时游眺之地。傍晚时分，漫步东皋，随意眺望。然而，"徙倚欲何依"，颇有彷徨之感。"徙倚"，是徘徊不前的意思。"欲何依"，乃反躬自问：想到哪里去呢？这正是作者落寞无着心理的反映。既求闲适，又怀惆怅，首联流露的复杂情感，构成了全诗基调。

　　二、三联紧扣"望"字，写傍晚秋原所见之物。树的"秋色"，写树木摇落变衰的景象。"落晖"，指落日的余晖。此联"树树""山山"重叠，可以看出诗人视线运动的轨迹，"皆"字与"唯"字的前后呼应，又显现出作者的心理感受。棵棵树都在变黄摇落，座座山都沉浸于惨淡的余晖中，萧瑟的山林在余晖的映照下，显得更加苍茫、空旷。在苍茫暮色中，诗人又看到牧人驱赶着小牛由远而近，猎人的马上亦挂着禽、兽满载而归。这是一个特写镜头，它不仅可以使人想象到牧人野散的情态、猎人得志的神情及犊鸣马嘶的情状，而且与上联搭配得非常和谐，使诗既有远景，又有近景；既有静态，又有动态，构成一幅有明有暗、有声有色、有形有神的山村秋晚图。

　　这几句诗，远景与近景，静态与动态，相得益彰。然而诗人却不能在这种田园生活中找到慰藉，希望能够追怀古代的隐士，与他们为友。这首诗首尾两联抒情言事，中间两联写景，深化诗意。

　　可以说王绩的《野望》，莫五言律诗之基，崛起于绮罗香泽之中，成熟于近体成型之先，号称名篇，岂虚语哉？

晚次^①乐乡县^②

（唐）陈子昂

故乡杳^③无际，日暮且孤征^④。
川原迷旧国^⑤，道路入边城^⑥。
野戍^⑦荒烟断，深山古木平。
如何此时恨，嗷嗷^⑧夜猿鸣。

注 释

①次：停留。②乐乡县：唐时属山南道襄州，故城在今湖北荆门北九十
里。③杳：遥远昏暗的样子。④征：远行。⑤旧国：指故乡。⑥边城：边远之
城。乐乡县在春秋战国时属楚国，相对于中原地区来说是边远之地。⑦戍：边
防戍区的营垒、城堡。⑧嗷嗷：猿猴的啼叫声。

鉴 赏

　　这首诗是诗人十九岁从家乡梓州射洪县（今四川射洪县）起身前往东都洛
阳途经乐乡县时写下的抒写旅途感触的五言律诗。
　　第一句写离故乡越来越远，连边际都看不到了。第二句写天色已晚，诗人
孤身一人仍然在赶路。这两句在开篇营造了一种孤独和伤感的氛围，这种氛围
笼罩全篇。三、四句看似写景，实际上是借写景来烘托诗人孤寂的情怀。前一
句写眼前的山川原野，都与故乡的不同，令人迷惘，于是一种流落异乡仍然怀
念故园的怅惘之情油然而生。后一句写诗人经过"孤征"劳累，终于到达乐乡
县，望见有一席栖息之地。到此离乡之情与别国之绪便交织在一起。
　　诗的五、六句以"荒烟断"和"古木平"来写夜色，以夜色衬托乡愁，诗人

运用白描的手法用十个字就把情景巧妙地交融在一起了，这就是其高明之处。诗的第七句是诗人自己的心里话。前六句重在对周围环境的描写，这一句是诗人主观感受的抒发。浓重的夜色笼罩万物，却没能压抑作者隐忍已久的孤独。一个"恨"字饱含了诗人一日的旅途劳累和孤苦寂寞，还有千般的离乡情和万般的别国意。最后一句没有直接写诗人内心的感受，而是借用沈约的诗句间接地表达了孤征的哀怨、离乡的惆怅，还有初登仕途的忧虑。

江城子

（宋）苏轼

湖上与张先同赋，时闻弹筝。

凤凰山①下雨初晴，水风清，晚霞明。一朵芙蕖②，开过尚盈盈。何处飞来双白鹭，如有意，慕娉婷。

忽闻江上弄哀筝，苦含情，遣谁听。烟敛云收，依约是湘灵③。欲待曲终寻问处，人不见，数峰青④。

注释

①凤凰山：在今杭州市。②芙蕖：也叫扶蕖，即指荷花。③湘灵：传说帝尧将两个女儿娥皇、女英嫁给舜，二人随舜南巡，后死于沅湘之间，成为湘水女神，故名。④"欲待"三句：化用唐人钱起《湘灵鼓瑟》中"曲终人不见，江上数峰青"的诗句。

鉴赏

"湖上与张先同赋"，张先字西野，乌程（今浙江吴兴）人，擅诗词，时居杭州，与苏东坡有诗酒唱和之谊。

开头三句写山色湖光，作为人物的背景画面。山在湖上江边，时雨初晴，清风徐来，晚霞澄明，置身此境，能不词情勃发？"晴""清""明"三字描绘雨霁天澄、江水微风、夕阳晚霞，也把读者引入到心旷神怡、身心超越的纯净境界。"一朵芙蕖，开过尚盈盈"，词人无意留恋四周空灵婉丽的景色，却着意于"一朵"荷花。"一朵芙蕖"既实写水面荷花，又以出水芙蓉比喻弹筝的美人，收到了双关的艺术效果。诗人何以独独钟情于此"一朵"？"开过"两字作了交代，原来这"一朵"已经接近凋谢，故曰"尚盈盈"，风韵犹存。词人由此联想到，花与人都有年华之盛壮，容光之极致，盛时已过，岂不发人怅然之思乎？词人写景，实为抒情。接下来"何处飞来双白鹭"三句，笔锋稍稍一转，一对白鹭也参加到词人特定的意境中来，自然界、人与植物、动物都融为一体，显出词人思考的专一虚静。"如有意，慕娉婷"，赋予白鹭以人情，白鹭和词人一样，也独钟情于此"一朵"。此处一个"双"字，既深一层写花之盈盈可怜，又巧妙点出词人与其友人张先"同赋"之意度。

下阕则重点写音乐，"忽闻江上弄哀筝"，把词人从上阕特定境界中引开去。与上阕主要通过视觉领悟不同，"闻"用听觉，题名"时闻弹筝"，故云"江上弄哀筝"，忽听得江上传来筝声。从乐曲总的旋律来写，故曰"哀筝"，从乐曲传达的感情来写，故言"苦含情"。"苦含情，遣谁听"两句乃词中着意之笔，乐曲哀伤，谁能忍听？"烟敛云收"两句，烟霭为之敛容，云彩为之收色。点出"湘灵"，用娥皇、女英之典故，把乐曲的哀伤动人一步一步地推向最高峰，似乎这样哀怨动人的乐曲非人间所有，只能是出自像湘水女神那样的神灵之手。然而是"依约"，比拟、揣测，无法坐实，坐实也索然无味。"人不见，数青峰"，如梦、如幻、如诗、如画，这正是词人惆怅心绪之写照，境界全出。

本词上阕写景，写白鹭之情与词人之情似有相通；下阕写筝人和筝曲。由词人自己的切身感受把上下阕有机地联系起来，产生深广的感人魅力。

逢雪宿芙蓉山①主人

（唐）刘长卿

日暮苍山②远，天寒白屋③贫。
柴门④闻犬吠⑤，风雪夜归⑥人。

注释

①芙蓉山：地名，在今江苏常州。②苍山：青黑色的山。③白屋：贫家的住所。房顶用白茅覆盖，或木材不加油漆叫白屋。④柴门：用树枝和柴火编制的简陋的门。后用来比喻穷苦人家。⑤吠：狗叫。⑥夜归：夜晚归来。

鉴赏

这首诗描绘的是一幅风雪夜归图。前两句写诗人投宿山村时的所见所感，后两句写诗人投宿主人家以后的情景。描画出一幅以旅客暮夜投宿，山家风雪人归为素材的寒山夜宿图。

前两句写诗人投宿山村时的所见所感。首句"日暮苍山远"，"日暮"点明时间正是傍晚。"苍山远"，是诗人风雪途中所见。青山遥远迷蒙，暗示跋涉的艰辛，急于投宿的心情。次句"天寒白屋贫"点明投宿的地点。"白屋"，主人家简陋的茅舍，在寒冬中更显得贫穷。"寒""白""贫"三字互相映衬，渲染贫寒、清白的气氛，也反映了诗人独特的感受。后两句写诗人投宿主人家以后的情景。"柴门闻犬吠"，诗人进入茅屋已安顿就寝，忽从卧榻上听到吠声不止。"风雪夜归人"，诗人猜想大概是芙蓉山主人披风戴雪归来了吧。这两句从耳闻的角度落墨，给人展示一个犬吠人归的场面。

就写作角度而言，前半首诗是从所见之景着墨，后半首诗则是从所闻之声下笔的。因为，既然夜已来临，人已就寝，就不可能再写所见，只可能写所闻了。"柴门"句写的应是黑夜中、卧榻上听到的院内动静："风雪"句应也不是眼见，而是耳闻，是因听到各种声音而知道风雪中有人归来。这里，只写"闻犬吠"，可能因为这是最先打破静夜之声，也是最先入耳之声，而实际听到的当然不只是犬吠声，应当还有风雪声、叩门声、柴门启闭声、家人回答声，等等。这些声音交织成一片，尽管借宿之人不在院内，未曾目睹，但从这一片嘈杂的声音足以构想出一幅风雪人归的画面。

独坐敬亭山①

（唐）李 白

众鸟高飞尽②，孤云③独去闲④。
相看两不厌，只有敬亭山。

注 释

①敬亭山：在今安徽宣城市北。②尽：没有了。③孤云：陶渊明《咏贫士诗》中有"孤云独无依"的句子。朱谏注："言我独坐之时，鸟飞云散，有若无情而不相亲者。独有敬亭之山，长相看而不相厌也。"④闲：形容云彩飘来飘去、悠闲自在的样子。

鉴 赏

本诗写的是作者将自己孤独落寞的情感寄予在敬亭山的欣赏之中，是其寻求宽慰的心理写照。

诗的一、二句通过对眼前景色的描写，抒发了自己的孤独之感，为作者展现了一幅这样的画面：天上几只鸟儿高飞远去，直至无影无踪；寥廓的长空还有一片白云，却也不愿停留，慢慢地越飘越远，似乎世间万物都在厌弃诗人。

其中，"尽""闲"两个字，把读者引入一个"静"的境界：仿佛是在一群山鸟的喧闹声消除之后格外感到清静；在翻滚的厚云消失之后感到特别的清幽平静。因此，这两句是写"动"见"静"，以"动"衬"静"。这种"静"，正烘托出诗人心灵的孤独和寂寞。这种生动形象的写法，能给读者以联想，并且暗示了诗人在敬亭山游览观望之久，勾画出他"独坐"时出神的形象，为下联"相看两不厌"作了铺垫。

诗的后半部分通过拟人的手法来展现作者对敬亭山的喜爱。鸟飞云去之后，静悄悄地只剩下诗人和敬亭山了。诗人凝视着秀丽的敬亭山，而敬亭山似乎也在一动不动地看着诗人。这使诗人很动情——世界上大概只有它还愿和我做伴吧！

其中，"相""两"二字同义重复，把诗人与敬亭山紧紧地联在一起，表现出强烈的感情。结句中"只有"两字也是经过锤炼的，更突出诗人对敬亭山的喜爱。这两句诗所创造的意境仍然是"静"的，写了诗人与敬亭山相对而视、脉脉含情的静谧场景。

本诗中，诗人通过山的"有情"来反衬人的"无情"，这是其孤寂凄凉处境的生动体现。

〔中吕〕醉高歌过摊破喜春来·旅中

（元）顾德润

长江远映青山，回首难穷望眼①。扁舟来往蒹葭②岸，人憔悴云林又晚。

篱边黄菊经霜暗，囊底青蚨逐日悭③。破清思、晚砧鸣，断愁肠、檐马④韵，惊客梦，晓钟寒。归去难！修⑤一缄，回⑥两字报平安。

注 释

①回首难穷望眼：回首，舟中回望。难穷望眼，目光无法穷尽。②蒹葭：芦苇。③青蚨逐日悭：青蚨，钱。悭，缺少。④檐马：屋檐下挂的风铃。⑤修：指修书，写信。⑥回：寄之意。

鉴 赏

此曲主要抒发了落魄士子在飘泊旅途中的穷愁和乡思。

前四句是〔醉高歌〕，描写作者在旅途中所见之景。开头两句"长江远映青山，回首难穷望眼"，描绘了长江远景，水天开阔，青山倒映，一望无际，含有无限眷恋之情。第三句"扁舟来往蒹葭岸"，扁舟一叶在江中漂泊，正是游子所在。紧接着"人憔悴云林又晚"一句，云林又晚，加上暮色苍茫，游子憔悴，更加渲染出迟暮悲凉的气氛，为下面的抒情埋下了伏笔，突出了作者迟暮潦倒、漂泊无依的状态，充满凄清苍凉的气氛。

"篱边"以下十一句是〔摊破喜春来〕。前两句"篱边黄菊经霜暗，囊底青蚨逐日悭"，进一步描绘旅途的秋色、刻画旅人的穷愁，表明沉郁的乡思。接下来是用六个句式颠倒的短句，通过听觉，着重抒写游子的思乡之情。"破清思、晚砧鸣"，天气日趋寒冷，人们日夜赶制寒衣，捣衣的砧杵之声，极易勾起游子的乡愁。"断愁肠，檐马韵"，屋檐下铁马声声，更是让游子愁肠寸断，难以入睡。"惊客梦，晓钟寒"，游子刚要入梦，又被寒风中送来一声声报晓的钟声惊醒。游子在这样的一个不眠之夜，不禁长叹"归去难"，把游子思乡又不能归去的复杂心情尽情道出："修一缄，回两字报平安。"全曲笼罩在漂泊无依、凄凉伤心的心境之下。

　　此曲最大的艺术特色是情景相融，相互衬托，景中见情，情中有景，情感刻画细腻真挚。

树

长亭怨慢

（宋）姜　夔

予颇喜自制曲，初率意为长短句，然后协以律，故前后阕多不同。桓大司马云："昔年种柳，依依汉南；今看摇落，凄怆江潭；树犹如此，人何以堪？"①此语予深爱之。

渐吹尽，枝头香絮，是处人家，绿深门户。远浦萦回，暮帆零乱向何许？阅人多矣，谁得似长亭树。树若有情时，不会得青青如此！

日暮，望高城不见，只见乱山无数。韦郎②去也，怎忘得玉环分付。第一是早早归来，怕红萼③无人为主。算空有并刀④，难剪离愁千缕。

①桓大司马：指桓温。《世说新语·言语》载：桓温北征，经金城，见前所种柳皆已十围，曰："木犹如此，人何以堪！"而题序所引"昔年种柳"以下六句均出庾信《枯树赋》，并非桓温之言，此或是姜夔偶然误记。②韦郎：指唐代韦皋。据《云溪友议》载，韦皋与玉箫女临别之际赠以玉指环，约七年再会，八年，不至，女绝食而殁。③红萼：红梅，喻恋人。④并刀：古代并州出产的剪刀，以锋利著称。

鉴 赏

姜夔二十三岁时，曾游安徽合肥，与此地的歌女姊妹二人相识，时日一长，往来酬唱，情投意合。无奈客子行色匆匆，终有一别。后来，作者屡次到合肥与二女相会，情意愈浓。光宗绍熙二年（1191），作者再次来到合肥，但不久就离去了，这首词大概作于离去之时，以寄托对二女的无尽眷念之情。

题序中所谓"桓大司马"指桓温，而题序中所引"昔年种柳"以下六句，均出庾信《枯树赋》，按此词是惜别言情之作，而题序中只言柳树，一来合肥的街巷都种柳树，因此作者写的有关合肥的情词，多借柳树发感。二来作者故意为之，以掩饰其孤寂之怀。

上阕是咏柳。开头说，春已深，柳絮吹尽，柳阴浓绿。这正是合肥巷陌情况。"远浦"二句点出行人乘船离去。"阅人"数句又回到说柳。长亭（古人送别之地）边，离人黯然销魂，而柳则无动于衷，依然"青青如此"。暗用李长吉诗"天若有情天亦老"句意，以柳之无情反衬自己惜别的深情。这半阕词用笔不即不离，写合肥，写离去，写惜别，而表面上却都是以柳贯穿，借做衬托。

下阕是写自己与爱人离别后的恋慕之情。"日暮"三句写离开合肥后依依不舍。唐代欧阳詹在太原与一妓女相恋，别时赠诗："高城已不见，况复城中人。""望高城不见"即用此事，正切合临行怀念爱人之意。临别时，向爱人表示，不忘玉环分付，自己必将重来，足见姜夔于此用情之深。末两句是情侣叮嘱之辞。虽有玉郎承意，但女子还是不放心，要姜夔早早归来。"怕红萼无人为主"，这正是"第一"加重所为。因为歌女社会地位低下，到时身不由己，恐也说不得了。这半片词写自己惜别之情，情侣属望之意，凄怆缠绵。

过故人庄

（唐）孟浩然

故人①具②鸡黍③，邀我至田家。
绿树村边合④，青山郭外斜⑤。
开轩面场圃⑥，把酒话桑麻⑦。
待到重阳日，还来就菊花⑧。

注释

①故人：是指老朋友。②具：准备。③黍：黄米。④合：环绕。⑤郭：城。斜：倾斜。⑥场圃：打谷场和菜园。⑦桑麻：桑树和麻，在本诗中泛指农事。⑧就菊花：意为欣赏菊花。就，靠近，在本诗中是欣赏的意思。

鉴赏

诗的首联如记事一般，用语极其平淡自然。故人"邀"而"我""至"，文字上毫无渲染，招之即来，简单而随便。以"鸡黍"相邀，既显出田家特有风味，又见待客之简朴。本诗的开头不甚着力，平静而自然，但对于将要展开的生活内容来说，却是极好的导入，显示了气氛特征，又有待下文进一步丰

富、发展。

颔联不但写出了层次分明的近景和远景，而且这围绕着村落的绿树与斜倚在绿树之外的青山，正是相映成趣地表现为一种和谐而单纯的美。那绿树像母亲的温柔，怀抱着这个村落；而那青山像一个岗哨，远远地也注视着这个村落。它们的心全在这个村落上，因而那城郭也就被冷落地丢在一边了。这里我们才明白，既然说"绿树村边合"，已经是在城郭之外了，为什么还要说"青山郭外斜"呢？这句正在于陪衬出城郭的不重要；青山、绿树、村落，那样水乳交融地连成一片，那城郭就只好若有若无地默默站在一边，这真是再亲切不过的一幅图画。与此同时，通过那青山远处的顾盼，通过那绿树近处的凝视，对于这个村落，我们感到多么熟悉啊，仿佛我们早就认识它们了。于是我们感受到每一块草地的绿色，每一片庄稼的成长，每一条小路上的泥土气息。这些，诗中都并没有写，它却存在于青山的一瞥与绿树的拥抱之中。而我们的诗人，像一个贫困的孩子，忽然到了真正心爱的乐园，他要东看西看，东问西问。

颈联的"开轩"二字也似乎是很不经意写入诗中的，此处叙述人在屋里饮酒交谈，轩窗一开，就让外景映入屋内，更给人以心旷神怡之感。对于这两句，人们比较注意"话桑麻"，认为是"相见无杂言"，忘情在农事上了，这诚然不错。但有了轩窗前的一片打谷场和菜圃，话桑麻就更让你感到田园生活的气息。于是，我们不仅能领略到更强烈的农村风味、劳动生产的气息，甚至仿佛嗅到场圃上的泥土味，看到庄稼的成长和收获，乃至地区和季节的特征。有这两句和前两句的结合，绿树、青山、村舍、场圃、桑麻和谐地混成一片，构成一幅优美宁静的田园风景画，而宾主的欢笑和关于桑麻的话语，都仿佛萦绕在我们耳边。不同于纯然幻想的桃花源，它更富有盛唐社会的现实色彩。

从尾联来看，孟浩然深深为农庄生活所吸引，于是临走时，向主人率真地表示将在秋高气爽的重阳节再来观赏菊花。淡淡两句诗，故人相待的热情，做客的愉快，主客之间的亲切融洽，都跃然纸上了。

踏莎行

（宋）晏 殊

小径红稀①，芳郊绿遍，高台树色阴阴见②。春风不解禁杨花③，濛濛乱扑行人面。

翠叶藏莺，朱帘隔燕，炉香静逐游丝转。一场愁梦酒醒时，斜阳却照深深院。

注释

①红稀：红花稀少了。②见：同"现"。③杨花：即柳絮。

鉴赏

晏殊的这首词描写的是晚春的景致，表达了作者面对时光匆匆流逝的无奈和忧伤，是一首伤春词。

词的上阕写的是郊外的春景。"小径红稀，芳郊绿遍，高台树色阴阴见"，近处，幽幽小路，点点红花；远方，漫漫绿草，茫茫天际；高台上绿树幽森掩映，地面处亭台楼阁并立。景色色彩的描写显示了春色将暮。"春风不解禁杨花，濛濛乱扑行人面"，词人说春风不懂得约束杨花，使得杨花随风飘荡，任意地扑打在行人的脸庞之上。词人责怪本来就无情无感的春风竟如此无情无意，这样便注入了词人强烈的主观情感，写得极富生趣和韵致。作者将情感注入这没有生命之物，是想告诉我们，美好的年华已经逝去，景致本无情，只是人太多情了。作者这种似怨似嘲的嗔怪，将内心的情感曲折地流露了出来，空空幽怨，悠长意久。

词的下阕是写身边的春景。"翠叶藏莺，朱帘隔燕"，这两句极为工整对仗的景物描写承上启下，翠绿的叶子藏住了黄莺，可见树叶确实是硕大蓊郁，照应上阕的"树色阴阴"；朱红的门帘隔断了燕子，引出了下文对室内之景的描绘。"炉香静逐游丝转"，静静的炉香随着游丝旋转。"逐""转"传神地将炉香缓缓上升的一系列变化描绘了出来，以此来反衬屋里的寂静，同时也是对自己的愁闷心情的表示。"一场愁梦酒醒时，斜阳却照深深院"，因为内心的闲愁，词人借酒消愁而陷入睡梦，酒醒之后，发现斜阳照在深深的庭院。此时已经是日暮时分了，由此说明，作者描写之景都是梦境，而梦境皆是由春愁引起，因此词人感觉愈加凄凉和孤寂。

此词清幽婉转，意蕴深厚，表达情怀含蓄深婉，对景致的描写也是传神细腻，不失为一首好词。

三闾庙①

（唐）戴叔伦

沅湘②流不尽，屈子怨何深③！
日暮秋风起，萧萧枫树林④。

注 释

①三闾庙：奉祀春秋时楚国三闾大夫屈原的庙宇，据《清一统志》记载，庙在长沙府湘阴县北六十里（今汨罗县境内）。此诗为凭吊屈原而作。②沅湘：指沅江和湘江，沅江、湘江是湖南的两条主要河流。③屈子怨何深：此处用比喻，屈原的怨恨好似沅江湘江深沉的河水一样。④日暮秋风起，萧萧枫树林：此处化用屈原的诗句，"袅袅兮秋风，洞庭波兮木叶下"（《九歌》），"湛湛江水兮上有枫，目极千里兮伤春心。魂兮归来哀江南！"（《招魂》）。

鉴赏

沅、湘是屈原诗篇中常常咏叹的两条江流。诗以沅湘开篇，既是即景起兴，同时也是比喻：沅水湘江，江流何似？有如屈子千年不尽的怨恨。骚人幽怨，何以形容？好似沅湘深沉的流水。前一句之"不尽"，写怨之绵长，后一句之"何深"，表怨之深重。两句都从"怨"字落笔，形象明朗而包孕深广，错综成文而回环婉曲。此诗首二句悬空落笔，直将屈子一生忠愤写得至今犹在，发端之妙，已称绝调。

然而，屈子为什么怨？怨什么？诗人自己的感情和态度又怎样？诗中并没有和盘托出，而只是描绘了一幅特定的形象图景，引导读者去思索。江上秋风，枫林摇落，时历千载而三闾庙旁的景色依然如昔，可是，屈子沉江之后，而今却到哪里去呼唤他的冤魂归来？"袅袅兮秋风，洞庭波兮木叶下"，"湛湛江水兮上有枫，目极千里兮伤春心。魂兮归来哀江南"，这是屈原的《九歌》和《招魂》中的名句，诗人抚今追昔，触景生情，借来化用为诗的结句："日暮秋风起，萧萧枫树林"，这种写法，称为"以景结情"或"以景截情"，画面明朗而引人思索，诗意隽永而不晦涩难解，深远的情思含蕴在规定的景色描绘里，使人觉得景物如在目前而余味无穷。清代施补华《岘佣说诗》评道："并不用意，而言外自有一种悲凉感慨之气，五绝中此格最高。"

诗歌是形象的艺术，也是最富于暗示性和启示力的艺术。明朗而不含蓄，明朗就成了一眼见底的浅水沙滩；含蓄而不明朗，含蓄就成了令人不知所云的有字天书。戴叔伦的《三闾庙》兼得二者之长，明朗处情景接人，含蓄处又唤起读者的想象。

送 别

(唐) 王之涣

杨柳东风①树，青青②夹御河③。
近来攀折④苦⑤，应为别离⑥多。

注 释

①东风：有的版本作东门。②青青：指杨柳的颜色。③御河：与皇帝有关的叫御，这里指京城护城河。④攀折："柳"和"留"谐音，因此古代有折柳送别的习俗。⑤苦：辛苦，这里指折柳不方便。⑥别离：离别。

鉴 赏

这是一首送别诗，前两句写景，后两句抒情。

"杨柳东风树，青青夹御河。"点明了送别的时间和地点，送别的地点在长安青门，"青青"表明杨柳的颜色已经很绿，表明时间是在暮春时节。"杨柳"是送别的代名词，一见杨柳，就让人想到离别，因此这两句还渲染出了浓厚的离别情绪。首句是远望，第二句是近观，在远与近的距离感中，诗人送友的身影得以体现，衬托出舍不得惜别却又不得不分别的心情。

"近来攀折苦，应为别离多。"这两句是抒情，通过侧面描写出送别人多。一个"苦"字，既是攀折杨柳而不便之苦，也是离别的愁苦。至于诗人自己折了杨柳没有却只字未提，更衬托出了诗人的送别的深情。后两句看似平淡，仔细咀嚼，意味深长，诗人折或者不折杨柳，内心的悲楚恐怕都已到了无以复加的地步。

这首送别诗短小精悍，言浅意深，依依惜别之意，跃然纸上。纵观全诗，字字未提送别却字字点题，其中的描写言简意赅，给人留下深刻印象。

秋下荆门

（唐）李 白

霜落荆门江树空，布帆无恙①挂秋风。
此行不为鲈鱼鲙②，自爱名山入剡中③。

注 释

①无恙：晋代大画家顾恺之在荆州刺史殷仲堪幕下作参军，请假东归，殷借布帆。路遇大风，信告殷"行人安稳，布帆无恙"。②鲈鱼鲙：据《晋书·张翰传》记载，晋朝张翰在洛阳做官时，"因见秋风起，乃思吴中菰菜、莼羹、鲈鱼鲙，曰：'人生贵得适志耳，何能羁宦数千里，以要名爵乎？'遂命驾而归"。张翰为思家乡之美味，便辞官回乡了，后来这个故事便形成了"莼鲈之思"这一成语典故。③剡中：浙江省嵊州市一带。

鉴 赏

全诗洋溢着积极而浪漫的热情。

首句是写景，同时点出题中的"秋"和"荆门"。由于山空，江面也显得更为开阔。这个"空"字非常形象地描绘出山明水净、天地清肃的景象。

次句紧承上句"江"字，并暗点题中"下"字。作者借用了"布帆无恙"这一典故，不仅说明诗人旅途平安，更有一帆风顺、天助人愿的意味。这种秋风万里送行舟的景象，生动地写出了诗人无比乐观欣慰的心情。

诗的第三句很自然地顺承了上句中的"秋风"。据说西晋时吴人张翰在洛阳做官，见秋风起而想到故乡的莼羹、鲈鱼鲙，说："人生贵得适志耳，何能羁宦数千里，以要名爵乎！"遂命驾便归。李白"此行"正值秋天，船又是向着长江下游驶行，这便使他联想到张翰的故事，不过他声明"此行不为鲈鱼鲙"，此行目的与张翰不同，自己是远离家乡。句中"自"字，与上一句中"不为"相呼应，两句紧相连贯，增强了感情色彩。

　　对于诗的第四句该如何解释呢？饱览剡中的名山佳水，诚然也是诗人所向往的，早在他出蜀之前这种兴趣就已经表露出来了，不过联系上一句来看，就不能仅仅局限于此了。这里的"自爱名山入剡中"，是在标榜诗人那种高人雅士的格调，是那种不同凡俗的生活情趣的一种艺术概括。这种乐观浪漫、豪爽开朗、昂扬奋发的精神，生动地表现了诗人的个性，以及盛唐时代的精神风貌。

　　全诗通过景、事、议的结合，集中地抒发了年轻诗人"仗剑去国"的热情，笔势变幻灵活，而又自然浑成。

黄鹤楼

（唐）崔　颢

昔人已乘黄鹤去，此地空余黄鹤楼。
黄鹤一去不复返，白云千载空悠悠。
晴川①历历②汉阳③树，芳草萋萋鹦鹉洲。
日暮乡关④何处是？烟波江上使人愁。

注释

①晴川：指太阳照射下的汉江。②历历：分明的样子。③汉阳：今湖北省武汉市汉阳区，位于长江、汉水夹角地带。④乡关：故乡。

鉴赏

此诗写得意境开阔，气魄宏大，风景如画，情真意切，且淳朴生动，一如口语，不能不令人叹为观止。这首诗不仅是崔颢的成名之作，也为他奠定了一世诗名的基础。《唐诗三百首》是清代人编的著名唐诗的选集，就把崔颢这首诗列为七律诗中的第一首。可见对此诗的器重。

全诗大意为：曾经的仙人已经乘着黄鹤飞走了，这里只留下一个空空的黄鹤楼。黄鹤飞走了再也不会飞回来，千年来只能看见悠悠白云。太阳照耀下的汉江树木十分清晰，鹦鹉洲上有一片片绿色的芳草。天已经要黑了，我的故乡在哪里？在浩渺的江上有一片雾霭笼罩，这种情景使人有着深深的思乡愁绪。

这首诗是写人从楼上眺望汉阳城、鹦鹉洲的芳草绿树并由此而引起的乡愁。此诗前四句看似随意，"黄鹤"二字两次出现，按照律诗格律规则来讲，这是大忌。在本诗中却因为其气势奔腾而下，使读者察觉不到此词的重复出现。值得说明的是，这里是作者依据诗以立意为要和"不以词害意"的原则去进行实践的，所以才写出这样七律中罕见的高唱入云的诗句。

第三联是此诗转折处，格调上由变归正，境界上与前联截然异趣，恰好符合律法的这个要求。叙昔人已乘着黄鹤飘然而去，给人以飘渺不可知的感觉；忽一变而为晴川草树，历历在目，萋萋满洲的眼前景象,这一对比,不但能烘染出登楼远眺者的愁绪,也使诗歌因此而有起伏波澜。《楚辞·招隐士》曰:"王孙游兮不归,春草生兮萋萋。"诗中"芳草萋萋"之语亦借此透露出结尾乡关何处、归思难禁的意思。末联以写烟波江上日暮怀归之情作结,使诗意重归于开头那种渺茫不可见的境界,这样能回应前面,也是很符合律诗法度的。

绿

问刘十九

（唐）白居易

绿蚁新醅酒[1]，红泥小火炉。
晚来天欲雪，能饮一杯无[2]？

注释

①绿蚁：指浮在新酿的没有过滤的米酒上的黄绿色泡沫。醅：没有过滤的酒。②无：表示疑问的语气词，相当于"么"或"吗"。

　　这首诗是白居易写给一个叫作刘十九的朋友的。

　　所谓"问"，实是邀请之意。作者先从自己新酿的酒写起，"绿蚁新醅酒"，所谓"绿蚁"，即新酿出的米酒，其未滤时，上面会浮起些酒渣，微呈黄绿色，细如蚁，故名，而且这时的酒味最为醇美，香甜可口，能醉人。作者在此只是作客观性的描述，但已给人以亲切的感觉。第二句作者继续这样进行客观性的描述，在亲切的感觉上，又添了一层温暖的感觉："红泥小火炉"，你看，酒是新醅的，取暖的火炉也是新的，而且泥土的色泽还十分鲜艳。红色，能给人以温暖、舒适的感觉。红绿相对，营造了一种亲切温暖的氛围。"小火炉"这一器具，不仅告诉人们这个火炉在造型上的小巧、精美，告诉人们时令已是隆冬。它还具有这样一种潜台词，那就是这小火炉仅够三两人取暖用，由此即可看出作者置备这么一个小炉子的用心了。

　　第三句作者不再描写邀请饮酒，而转写天气，点明此时天色已晚，且将下雪。试想，漫漫长夜，寒意阵阵，难免寂寞，能与一个知心好友拥炉对坐，细品醇醪，作彻夜长谈，这该是一件多么惬意的事啊。第三句虽不紧承上句的句意，看似远实而近，因为天气的缘故恰是作者置备酒与炉的动因，同时也自然引出了末句的点睛之笔："能饮一杯无"，由于有上面三句的层层铺垫，层层渲染，末句自然便水到渠成，呼之而出了。作者在此用了"能……无"这样的句式，给人以亲切、自然、富于情趣的感觉。"饮一杯"自是有别于"会须一饮三百杯"式的豪饮，而是细细品味的意思。

　　这首小诗虽清浅平易，所写的也是日常生活之寻常事，但诗人能发他人所未发，写得极富有情趣，蕴含了浓厚的诗意和情感。此外，这首诗写于作者被贬于江州司马任上，因此，在某种程度上还表现了诗人孤寂之时对友谊和温暖的需求。

重过圣女祠①

（唐）李商隐

白石岩扉②碧藓滋，上清③沦谪得归迟。
一春梦雨④常飘瓦，尽日灵风不满旗。
萼绿华⑤来无定所，杜兰香⑥去未移时。
玉郎⑦会此通仙籍，忆⑧向天阶问⑨紫芝⑩。

注释

①圣女祠：《水经注·漾水柱》中说："武都秦冈山，悬崖之侧，列壁之上，有神像，若图指状妇人之容，其形上下白，世名之曰'圣女神'。"②白石岩扉：指圣女祠的门。③上清：道教传说中神仙家的最高天界。④梦雨：迷蒙细雨。"梦雨"一句化用屈原《九歌》"东风飘兮神灵雨"。⑤萼绿华：仙女名。⑥杜兰香：仙女名。⑦玉郎：神仙名。⑧忆：此言向往、期望。⑨问：求取。⑩紫芝：传说中食用后可以成仙的神芝，在此比喻官职。

鉴赏

"白石岩扉碧藓滋，上清沦谪得归迟"，圣女祠前用白石建造的门扉旁已经长满了碧绿的苔藓，看来，这位从上清洞府谪降到下界的圣女沦落尘世已经很久了。第二句就是即目所见而引起的联想，正面揭出全篇主意。"沦谪得归迟"，是说沦谪下界，迟迟未能回归天上。

"一春梦雨常飘瓦，尽日灵风不满旗"，从对圣女祠门前的描写进而扩展到对圣女祠整体环境的描写。如丝春雨飘洒在屋瓦上，迷蒙飘忽，如梦似幻；习习灵风，轻轻吹拂着檐角的神旗，始终未能使它高高扬起。"一春梦雨常飘

瓦"也带上了象征的意味，幽居独处的圣女在爱情上有着朦胧的期待，而这种期待又总像梦一样的飘忽、渺茫。同样，"尽日灵风不满旗"中暗透出一种好风不满的遗憾和无所依托的幽怨。

"萼绿华来无定所，杜兰香去未移时"，由"沦谪"不归、幽寂无托的"圣女"，联想到处境与之不同的两位仙女。萼绿华、杜兰香都是道教传说中的仙女，萼绿华来去无定，经常到人间引导人升仙；杜兰香本来是渔人家收养的弃婴，长大后有青童自天而降带她升仙而去。以两位仙女的境遇，对比圣女困在尘世的身世遭遇。

"玉郎会此通仙籍，忆向天阶问紫芝"，遥想从前，职掌仙籍的玉郎仙官曾经与圣女相会，帮助她登上仙界，那时的圣女曾在天官的台阶上采取紫芝，过着悠闲自在的仙界生活，而如今却沦谪在尘世，过着寂寞的凡间生活。末句以"忆"字唤起今昔之情感，不明言却让读者感到黯然神伤。"天阶问紫芝"与"岩扉碧藓滋"构成了天上人间的鲜明对照。

这是一首性质类似无题的有题诗，意境扑朔迷离，寄托似有似无，比有些无题诗更费猜详。因此，读这首诗就好比一个侦探在面对一个很难破解的案件。

竹窗闻风寄苗发司空曙

（唐）李 益

微风惊暮坐，临牖①思悠哉。
开门复动竹，疑是故人来。
时滴枝上露，稍沾②阶下苔。
何当③一入幌④，为拂绿琴⑤埃。

注 释

①牖：窗。②沾：润泽。一作沿。③何当：何妨。④幌：布幔，此指窗帘。⑤绿琴：汉司马相如有琴名"绿绮"，后泛指良琴。

鉴 赏

诗题曰《竹窗闻风寄苗发司空曙》，诗中最活跃的形象便是傍晚骤来的一阵微风。风以寄思情，是古已有之的传统比兴，此诗亦然。这微风便是激发诗人思绪的触媒，是盼望故人相见的寄托，也是贯穿全诗的线索。

诗从"望风怀想"生发出来，所以从微风骤至写起。将风声误听为有人敲门，于是，诗人格外感到孤独寂寞，顿时激起对友情的渴念，盼望故人来到。不觉时已入夜，微风掠过竹丛，枝叶上的露珠不时地滴落下来，那久无人迹的石阶下早已蔓生青苔，滴落的露水已渐渐润泽了苔色。这是无比清幽静谧的境界，无比深沉的寂寞和思念。可惜这风太小了，未能掀帘进屋来。屋里久未弹奏的绿琴上，积尘如土。"何当"二字，既见出诗人依旧独坐室内，又表露不胜埋怨和渴望，双关风与故人，结出寄思的主题。

全篇紧紧围绕"闻风"二字进行艺术构思。前面写临风而思友、闻风而疑友来。"时滴"二句是流水对，风吹叶动，露滴沾苔，用意还是写风，是浪漫遐想。绿琴上积满尘埃，是由于寂寞无心绪之故，期望风来，拂去尘埃，重理丝弦，以寄思友之意。诗中傍晚微风是实景，"疑是故人"属遐想；一实一虚，疑似恍惚；一主一辅，交织写来，绘声传神，引人入胜。而于风着力写其"微"，于己极显其"惊""疑"，于故人则深寄之"悠思"。因微而惊，因惊而思，因思而疑，因疑而似，因似而望，因望而怨，这一系列细微的内心感情活动，随风而起，随风递进，交相衬托，生动有致。

全诗构思巧妙，比喻维肖，描写细致。可以说，这首诗的艺术魅力实际上并不在以情动人，而在以巧取胜，以才华令人赏叹。全诗共用了九个动词，或直接写风的动，或因风而动，如：惊、思、开、动、疑、滴、沾、入、拂。但

又都是以"寄（思）"为暗线的，如影之随形，紧紧相连。这正是诗人的匠心所在，也是此诗有极大的艺术魅力的重要原因之一。

琵琶仙①

（宋）姜　夔

《吴都赋》云："户藏烟浦，家具画船。"唯吴兴②为然。春游之盛，西湖未能过也。己酉岁，予与萧时父③载酒南郭，感遇成歌。

双桨来时，有人似、旧曲桃根桃叶④。歌扇轻约飞花，蛾眉⑤正奇绝。春渐远，汀洲自绿，更添了、几声啼鸩。十里扬州，三生杜牧⑥，前事休说。

又还是、宫烛分烟⑦，奈愁里、匆匆换时节。都把一襟芳思，与空阶榆荚。千万缕，藏鸦细柳，为玉尊、起舞回雪。想见西出阳关，故人初别。

注释

①琵琶仙：词牌名。姜夔自创曲，仅此一首。双调一百字。②吴兴：今浙江湖州。③萧时父：萧德藻之侄，作者内弟。④桃根桃叶：桃叶是晋代书法家王献之的爱妾，桃根是桃叶的妹妹，此处借指歌女。⑤蛾眉：眉细如蛾须，乃谓蛾眉。代指美人。⑥扬州、杜牧：指杜牧游扬州、狎妓赋诗事。三生：即"三世"，本佛教用语，指前生、今生、来生。黄庭坚《广陵早春》诗："春风十里珠帘卷，仿佛三生杜牧之。"⑦宫烛分烟：出自韩翃《寒食》

诗，指代寒食节。

鉴赏

这首《琵琶仙》写的是作者与友人邂逅，游于湖州，游春感遇，激发起回忆往日恋情。

起首四句名言，在迎面而来的小舟上，有两位丽人恍如朗夕相思的恋人，渐近则见歌扇轻盈，美人艳绝。触发起对昔日恋人的绵绵相思。

"春渐远"，作者转笔写眼前现境，同时暗喻美好往事缥缈如烟。春日迟暮，啼声悲。忆昔伤今，情何以堪？道出以"十年一觉扬州梦，赢得青楼薄幸名"的杜牧自喻，大有前尘往事不堪回首之感。

下阕作者展开这个可解又不可解的"三生"情愫。推进一层，由悲现时复回到伤往事，芳思只可付与空阶榆荚，美缘难再，只有空留遗恨。"千万缕，藏鸦细柳"，丝丝柳枝都在牵动"三生情愫"，所以下阕隐括唐人咏柳之诗，并非泛泛之辞。"三生杜牧，前事休说"，但作者却偏要细说，此正是词人表现词之"要眇宜修"处。"宫烛分烟"化用唐韩翃诗句"春城无处不飞花，寒食东风御柳斜"。此柳乃皇家之物于作者却是不大相同，故一笔带过，"奈愁里、匆匆换时节"。而"空阶榆荚"用韩愈诗"杨花榆荚无才思，惟解漫天作雪飞"之意，才真正道出了作者心中之柳。最后又用王维诗"西出阳关无故人"，道出虽是青青新柳，已渐淡渐远。

以杨柳为送别见证，情致绵绵不尽。由感遇到沉思，由当今到往昔。下笔精美，韵致妖媚多姿，令人品味不尽。

念奴娇·登建康赏心亭，呈史留守致道

（宋）辛弃疾

　　我来吊古，上危楼，赢得闲愁千斛①。虎踞龙蟠②何处是？只有兴亡满目。柳外斜阳，水边归鸟，陇上吹乔木。片帆西去，一声谁喷霜竹？

　　却忆安石③风流，东山岁晚，泪落哀筝曲。儿辈功名都付与，长日惟消棋局。宝镜难寻，碧云将暮，谁劝杯中绿④？江头风怒，朝来波浪翻屋。

注释

　　①千斛：计量单位，这里是形容数量之多。②虎踞龙蟠：描述南京地形的词，改自诸葛亮感慨的一句"钟山龙盘，石城虎踞"。③安石：谢安的字。谢安，东晋政治家、军事家，汉族，浙江绍兴人，祖籍陈郡阳夏（今河南太康），世称谢太傅、谢安石、谢相、谢公。④杯中绿：即美酒。古时有许多著名种类的绿酒。

鉴赏

　　这首词是作为赠词送给留守史致道，在历史上的地位却不是可有可无的。当时是词人登临赏心亭，面对眼前风物而吊古伤今。

　　上阕"我来吊古，上危楼，赢得闲愁千斛"，开篇就明确了作者的目的就是来吊古的，登上这亭子便心头涌起愁绪万千，也给全词定下了一个悲伤的基调。"虎踞龙蟠何处是？"词人以问句形式来问，曾经险要的都城哪里去了？"只有兴亡满目"，词人于此就到处找答案，六朝古都都已覆亡，眼前所能看到的只是废墟了。这里暗中谴责南宋朝廷不利用建康的有利地形抗击金兵、收复中原，表达出词人心中的不满以及对现实的无奈。"柳外斜阳，水边归鸟，陇上吹乔木。片帆西去，一声谁喷霜竹？"柳树成荫，有一方斜阳柔柔地照过来，水里的飞鸟归巢，一阵阵吹拂着树叶的风声传来。远处还有一只小船孤孤单单地向西飘去，哀怨的笛声也飘了过来。"斜阳""片帆""一声"，这些景物都带有苍茫悲凉的色彩，给人一种将要逝去的感觉，把开篇的悲伤之情渐渐加深。

下阕借历史人物表达自己的志向。"却忆安石风流，东山岁晚，泪落哀筝曲"，安石，即谢安，他曾经赢得历史上著名的以少胜多的淝水之战的胜利，是名有功绩的大将。但为何落泪呢？他也曾被小人陷害而得不到君王信任，在一次宴席上有人弹筝唱曹植的《怨诗》来替他表忠心。想到这些，怎能不落泪呢？谢安的遭遇与作者颇有相似之处，词人明着写谢安，事实上是要表现自己的苦闷，此处是古人与今人融为一体。"儿辈功名都付与，长日惟消棋局"，继续写谢安，其儿子谢石和侄子谢玄去率兵迎战，他则与客人下棋。这段历史本来说明谢安主持国事时的沉着稳重，词人则借以宣泄自己满心壮志未酬、虚度年华的愁苦。"宝镜难寻，碧云将暮，谁劝杯中绿？"词人想要得到那块可以为人洗掉冤屈的宝镜而不得，如今年纪已老，只能举杯消愁了。"江头风怒，朝来波浪翻屋"，江中风大浪急，似乎房屋都要被它推倒了，暗喻国势危急。尽管词人对国家的发展态势有着独到的见解，但是朝廷对待他的态度，却是以防为主，能不用就不用，所以词人是英雄无用武之地。

渔家傲

（宋）李清照

雪里已知春信至，寒梅点缀琼枝①腻。香脸半开娇旖旎②，当庭际，玉人浴出新妆洗。

造化可能偏有意，故教明月玲珑地。共赏金樽沈绿蚁③，莫④辞醉，此花不与群花比。

注释

①琼枝：覆雪悬冰的梅枝。②旖旎：本为旌旗随风飘扬的样子，引申为柔和美丽，多用来描写景物柔美、婀娜多姿的样子。③绿蚁：酒面的浮沫。白居易《问刘十九》："绿蚁新醅酒，红泥小火炉。"《历代诗话》引《古隽考略》："绿蚁，酒之美者，泛泛有浮花，其色绿。"④莫：不要。

鉴赏

这首《渔家傲》是李清照的六首咏梅词之一，格调轻快、明朗，写于与丈夫赵明诚屏居青州之时。

词作上阕写梅花盛开时娇洁的特点，赞美了梅花的韵味与风姿。"雪里已知春信至，寒梅点缀琼枝腻"，梅花开放于冬春之交，在一片白色的冰天雪地之中，飘着幽香的梅花带着春天的信息缓缓绽开。朵朵梅花点缀在枝头，愈显得光明润泽。人们于久寒严冬之后，满怀欣喜地迎接春回之时，对梅花愈发的喜爱。这里点明梅花为报春之花，同时也显示了梅花不畏严寒、傲然独放的高尚品性。"香脸半开娇旖旎，当庭际，玉人浴出新妆洗"，此三句运用拟人的手法，把初开的春梅比作刚刚出浴，洗去脂粉严妆，更显天然丽质的女子，亭亭玉立，惹人喜爱。这里即物即人，梅和人融成了一片，写出了梅花的娇美和冰清玉洁的特征。

下阕词人转笔到对月夜赏梅的欢悦场面的描写上，从侧面赞赏梅花，点出词人的爱梅之心。"造化可能偏有意，故教明月玲珑地"，梅花偏宜月下观赏，造物有意，故教月色玲珑剔透，使暗香浮动，疏影横斜。这里词人创造了一种优美的意境，赞美梅花娇洁的品性。"共赏金樽沈绿蚁，莫辞醉，此花不与群花比"，面对这美好的月夜美景，词人心境明净开朗，兴致大发，邀来诗朋酒侣，举杯畅饮，一起欣赏月色下的梅花。此处揭示词旨，含蓄得体，首尾相应，更显梅花的超群不凡，抒发词人的爱梅之情。

这首词充满着欢快、愉悦之情。上阕集中笔墨，采用衬托、比拟的手法，描绘梅花的远姿、近态，写出了梅花在风雪中傲然挺立的美好形象，侧重于表现梅花的娇美特征。下阕抒发词人对梅花的喜爱之情，赏梅而不知不觉已与梅为伴，可见梅花身上有词人美好理想的寄托。

哀江头

（唐）杜 甫

少陵野老①吞声哭，春日潜行曲江②曲。
江头宫殿锁千门，细柳新蒲为谁绿。
忆昔霓旌③下南苑④，苑中万物生颜色。
昭阳殿里第一人，同辇⑤随君侍君侧。
辇前才人带弓箭，白马嚼啮黄金勒⑥。
翻身向天仰射云，一笑正坠双飞翼。
明眸皓齿今何在？血污游魂⑦归不得。
清渭⑧东流剑阁深，去住彼此无消息！
人生有情泪沾臆，江草江花岂终极？
黄昏胡骑尘满城，欲往城南望城北。

①少陵野老：杜甫自号。②曲江：又名江池，故址在今西安城南五公里处，原为汉武帝所造。唐玄宗开元年间大加修整，池水澄明，花卉环列。其南有紫云楼、芙蓉苑；西有杏园、慈恩寺，是著名旅游胜地。③霓旌：一种皇帝仪仗用的霓虹般的彩色旌旗。④南苑：即芙蓉苑，因在曲江南而名。⑤辇：皇帝的车子。⑥勒：马衔的嚼口。⑦血污游魂：安史乱起，唐玄宗逃离长安，至马嵬驿（今陕西兴平县西）发生兵变，杨贵妃被缢死，年仅三十八。⑧清渭：马嵬驿南滨渭水，是杨贵妃死处。

唐玄宗天宝十五年（756）七月，安禄山攻陷长安。肃宗在灵武即位，改元至德。杜甫在投奔灵武途中，被叛军虏至长安。次年写此诗。诗旨在哀悼贵妃之死。因不敢直言，故借当年行幸江头以为题。

诗的开头首先写作者潜行曲江，忆昔日此地的繁华，而今却萧条零落，进而追忆贵妃生前游幸曲江的盛事。再转入叙述贵妃归天，玄宗上蜀，生离死别的悲惨情景。

全诗以"哀"字为核心。开篇第一句"吞声哭"，就营造出强烈的艺术氛围，接着写春日潜行是哀，睹物伤怀还是哀，最后，不辨南北更是极度哀伤的表现。"哀"字为题，以"哀"统领全文，笼罩全篇，沉郁顿挫，意境深远。

全诗的这种"哀"情，是复杂的、深沉的。诗人在表达出真诚的爱国激情的同时，也流露了对蒙难君王的伤悼。因此，我们说全诗是对国破家亡的深切巨恸，是李唐盛世的挽歌，也是国势衰微的悲歌。

诗的结构波折跌宕，纤曲有致。以"哀"起写，事事是哀。哀极生乐，写李、杨极度逸乐生活；又乐极生悲，写人死国亡，把哀恸推向高潮。这种由眼前到回忆，由回忆到现实的过程描述，给人造成一种波澜起伏、纤曲难伸、愁肠百结的感觉，情深情长，凄切哀悯，含隐无穷，读之令人肝肠寸断。

桂枝香

（宋）王安石

　　登临送目。正故国①晚秋，天气初肃，千里澄江似练②，翠峰如簇。征帆去棹③残阳里，背西风、酒旗斜矗④。彩舟云淡，星河⑤鹭起，图画难足。

　　念往昔、繁华竞逐。叹门外楼头，悲恨相续⑥。千古凭高对此，谩嗟⑦荣辱。六朝旧事随流水，但寒烟、芳草凝绿。至今商女⑧，时时犹唱，《后庭》遗曲。

注　释

①故国：指金陵（今江苏南京），为六朝古都。②练：白绸带。③棹：船

桨，代指船。④斜矗：斜立着。⑤星河：本指银河，这里比喻长江。⑥悲恨相
续：指南朝各个王朝的相继覆亡。⑦谩嗟：空叹。⑧商女：歌女。

鉴赏

　　这首《桂枝香》作于词人第二次被罢相出知江宁府之时，是一首登高怀古
的词作，词人登上六朝古都金陵，感叹历史兴亡，抒写了词人对国家的担忧。

　　上阕写景，写作者登高所见。"登临送目。正故国晚秋，天气初肃"，词
人登上城楼放眼望去，古都金陵正是晚秋，天气已经变得清凉。开篇三句即点
明登高之事以及登高之地——故国金陵，登高之时——肃朗晚秋。"千里澄江
似练，翠峰如簇"，巧妙化用前人"澄江静如练"的诗句，浩浩荡荡的千里长
江宛如一条银练，绵延起伏的翠色山峦好似簇拥在一块。接着词人集中笔力
描写江、岸之景，"征帆去棹残阳里，背西风、酒旗斜矗"，帆船在夕阳下
穿梭，西风吹起，斜插的旗帜也随之飘扬。"彩舟云淡，星河鹭起"，远远望
去，海天相接，江天一色，画船恰似在淡云中漂浮，白鹭好像在银河里飞舞，
即使是丹青妙笔也无法来描绘这壮丽的风景。"图画难足"道尽了词人内心对
美景的赞叹。

　　下阕怀古。以"念往昔"三字领起，开始抒发六朝兴亡的感慨。遥想当
年，金陵是那么繁荣，可叹的是在朱雀门外，六朝君主相继败亡，不禁令人悲
恨交加。"千古凭高对此，谩嗟荣辱"，自古多少人在此登高怀古，无不感
伤。这里从后人感怀的角度，将感叹的深度与力度推向了极致。"六朝旧事随
流水，但寒烟、芳草凝绿"，六朝往事都仿佛随流水而去，烟消云散，只剩下
寒烟笼罩下凝绿的芳草，巨大的历史感慨蕴于其中。"至今商女，时时犹唱，
《后庭》遗曲"，又一次巧妙化用杜牧"商女不知亡国恨，隔江犹唱《后庭
花》"诗句，词人寓情于景，笔法极其巧妙。

　　这首词境界开阔，词笔劲拔，正如周汝昌先生所言"其笔力之清道，其
境界之朗肃，两宋名家无二手，真不可及也"，深刻地表达了词人忧国忧民
的情怀。

贺新郎·送胡邦衡谪新州

（宋）张元幹

梦绕神州①路。怅秋风、连营画角，故宫离黍。底事②
昆仑倾砥柱，九地③黄流乱注。聚万落千村狐兔④。天意⑤
从来高难问，况人情老易悲难诉。更南浦⑥，送君去。

凉生岸柳催残暑。耿斜河⑦，疏星淡月，断云微度。
万里江山知何处？回首对床夜语。雁不到，书成谁与？
目尽青天怀今古，肯儿曹恩怨相尔汝⑧。举大白⑨，听
《金缕》。

注释

①神州：中原大地，这里特指未收复的中原。②底事：何事。③九地：遍
地。④狐兔：既实指人民流离失所，村落空墟，只剩野兽乱窜，又虚指每当国
家不幸陷于敌手之时，必然"狐兔"横行。⑤天意：指皇帝的圣旨。⑥南浦：
地名，古代表送别的典型地名。⑦斜河：银河斜
转。表示夜已经深了。⑧肯儿曹恩怨相尔汝：
化用韩愈《听颖师弹琴》："昵昵儿女语，恩
怨相尔汝。"词人不肯学小儿女的样，讲个人
恩怨，而是为了关注国事，展望天下而胸怀
古今。⑨大白：大酒杯。

鉴赏

张元幹这首名词作于绍兴十二年

（1142），有深刻的政治背景。南宋枢密院编修官胡铨（字邦衡），被佞臣秦桧除名，遣送新州编管。词人张元幹此时已到知天命之年，他支持胡铨，反对秦桧，为胡铨被"罪"而鸣不平，以此词相送。词中透露出词人的忧国愤时之情，平添了一层苍凉悲慨的况味。

全词以"梦绕神州路"开篇，气势抑塞而宏阔，形象生动地概括了北宋灭亡的历史事实。写词人不忘中原，对故国魂牵梦绕。"怅秋风、连营画角，故宫离黍"，承接上面"梦"字，极言北宋沦亡的黍离之悲。"怅"字点出国事不堪回首的深义，交代出送别胡铨和为他的遭贬表示惋惜。金秋时节，在萧萧的风声之中，一方面号角之声连绵不断，似乎武备军容，十分雄武，而一方面想起故都汴州，已是禾黍稀疏，一片荒凉。紧接着词人发出强烈的质问之声，"底事昆仑倾砥柱，九地黄流乱注。聚万落千村狐兔"，这里运用了三个比喻，以昆仑山天柱倒塌比喻北宋王朝沦落，以黄河洪水泛滥比喻金兵的猖狂进攻，以千万个村落满是狐兔比喻中原一片凄凉的情景。"天意从来高难问，况人情老易悲难诉。更南浦，送君去"，此四句开始大胆含蓄地发出了诘问。化用杜甫《暮春江陵送马大卿公恩命追赴阙下》中"天意高难问，人情老易悲"的诗句，写皇帝的旨意是最难问的，年老人易悲伤是人之常情，而我的悲伤更是难以倾诉的。只能在南浦，送君离去。心中充满了郁闷和悲伤。这里有悲慨谴责之意，以满腔悲愤的议论，表现出对宋高宗昏庸、物是人非的朝风的不满，并且紧扣"送客"主题。

词作下阕开头"凉生岸柳催残暑"，埋情过渡，转入对送别地点周围的惨淡景象描写。初秋残暑，水畔伐别，征帆既去。但不忍离去，伫立在江边直到柳枝随风飘起，产生一丝凉气。"耿斜河，疏星淡月，断云微度"，描写夜景，同时通过这些意象的描写，也暗喻了当时政局的悲凉。天空白云飘动。疏星淡月，银河斜转，夜色已深。"万里江山知何处"写别后，不知胡铨贬到什么地方呢？同时词人还感慨时局，如果统治者继续昏庸无能，卖国求荣，那江山社稷早晚会全部断送。"回首对床夜语"，写词人深夜孤独无依，对着床回忆以往之事。这里以旧事难忘，表现了词人送别的悲伤与无奈，也展现词人与胡铨之间深厚的友谊。"雁不到、书成谁与"，写宾鸿不至，书信将凭谁寄

付？揭示出贬地南荒之远，今后相隔两地的伤感悲凉。"目尽青天怀今古，肯
儿曹恩怨相尔汝"，悲从中来，纵使送别时有千言万语，但又怎肯像孩子们那
样，对个人恩怨私情耿耿于怀呢？这里是送别中深情的话别与互勉，情感真
挚，把抑塞昂奋的深情推向高潮。结尾"举大白，听金缕"，举起酒杯痛饮消
愁，听唱一曲词吧！更加点出送别的悲凉，词情悲壮，余韵不尽。

题金陵渡①

（唐）张　祜

金陵津渡②小山楼，一宿行人自可愁。
潮落夜江斜月里，两三星火是瓜洲③。

注　释

①金陵渡：渡口名，在今江苏镇江。②津渡：渡口。③瓜洲：
在长江北岸运河之口，与京口（即今江苏省镇江市）南北隔江相望。

鉴　赏

　　这是张祜漫游江南时写的一首小诗。这首诗抒发其
金陵待渡、夜宿江楼的羁旅愁思之情。
　　"金陵津渡小山楼"点题，轻灵妥帖。"小
山楼"是诗人当时寄居之地，点明写作地点；
"一宿行人自可愁"，"一宿"点明时间，"行
人"点明人物，前两句意为诗人客宿在金陵渡口
的小山楼上，满腹愁思，一夜未眠。这两句是引子，起笔平淡而
轻松。"潮落夜江斜月里"写景，诗人伫立在小山楼上眺望夜江，只

见天边月已西斜，江上寒潮初落。漆黑的江面之上，本无所见，而诗人却观赏到潮落之景。用一"斜"字好极，既有景，又点明了时间——将晓未晓的落潮之际；与上句"一宿"呼应，此句与第二句自然地沟通。诗人用笔轻灵而细腻，在精工镂刻中，又不显斧凿之痕，显得那么浑成无迹；落潮的夜江浸在斜月的光照里，在烟笼寒水的背景上，忽见远处有几点星火闪烁，诗人不由脱口而出："两三星火是瓜洲。"将远景一点染，这幅美妙的夜江画也告完成。试看"两三星火"，用笔何其潇洒空灵，动人情处不需多，"两三"足矣。以少胜多，点染有致，那"两三星火"点缀在斜月朦胧的夜江之上，显得格外明亮。"是瓜洲"三字对"两三星火"作了回答。这个地名与首句"金陵渡"相应，达到首尾圆合。

本诗中，诗人抓住潮水落尽、江流平缓、斜月出生这一系列低沉凄迷令人感伤的情景，以特定的时间、地点、景象，来烘托自己的旅愁，情韵独特，别具一格。

这首诗不仅文辞清雅端洁，而且情蕴隽永，尤以三、四句工整有致，历来脍炙人口，传诵经久不绝。

西江月·夜行黄沙道中

(宋) 辛弃疾

明月别①枝惊鹊，清风半夜鸣蝉。稻花香里说丰年，听取蛙声一片。

七八个星天外，两三点雨山前。旧时茅店②社林边，路转溪桥忽见③。

注 释

①别：飞离，越过。②茅店：乡村小客舍。③见：同"现"，显现，出现。

鉴赏

　　这首词是词人在经过江西上饶黄沙岭道时所作，宋孝宗淳熙八年（1181），辛弃疾因受奸臣排挤，被免罢官，开始到上饶居住，并在此生活了近十五年。在此期间，他虽也有过短暂的出仕经历，但以在上饶居住为多，因而在此留下了不少词作。词中所说的黄沙岭在上饶县西四十里，岭高约十五丈，深而敞豁，可容百人。下有两泉，水自石中流出，可溉田十余亩。此地景色宜人有山有泉，也利于水利灌溉。词人于此处景色的宁静怡人中享受着一份欢欣。

　　上阕先写到"明月别枝惊鹊，清风半夜鸣蝉"，点明此时已是夜晚。鹊儿惊飞不定地飞绕在横斜突兀的枝干之上。因为月光明亮，所以鹊儿被惊醒了。而鹊儿惊飞，自然也就会引起"别枝"摇曳。还伴着阵阵蝉声，在这有清风的夜晚听来十分清幽。"惊鹊"和"鸣蝉"两句动中寓静，把半夜"清风""明月"下的景色描绘得令人悠然神往。"稻花香里说丰年，听取蛙声一片"，则从嗅觉和听觉方面来进行描写。扑鼻而来的稻香很是醉人，词人从中闻出的还有"丰年"，可以想见此时的词人是与农民们一起在享受这份喜悦的。耳边同时也传来阵阵蛙声，相互传达着又是一个丰收年的喜讯。稻花飘香的"香"，固然是描绘稻花盛开，也是表达词人心头的甜蜜之感。丰年的主体，不是我们常用的鹊声，而是那一片蛙声。这正是词人匠心独到之处，令人称奇。在词人的感觉里，俨然听到群蛙在稻田中齐声喧嚷，争说丰年。先出"说"的内容，再补"声"的来源。以蛙声说丰年，是词人的创造。

下阕词人先运用对仗手法来继续写景。"七八个星天外，两三点雨山前"，疏疏落落的几颗星星在天边，"外"把境界一下子开阔了。这时下起了星星点点的雨，这里营造出的气氛仍然与上阕的宁静是一致的。词人享受于这一片宁静的美景之中，下雨了也还是要找个避雨处吧。"旧时茅店社林边，路转溪桥忽见"，在路的转角处喜遇了茅店。这茅店的分布本来是自己十分熟悉的，但词人因刚刚沉醉在了这蝉声、蛙声中而没有察觉到。一个"路转"和"忽见"把词人的情态也融入其中了，读来分明有一种欢欣洋溢其间。从表面上看，这首词的题材内容不过是一些看来极其平凡的景物，语言没有任何雕饰，没有用一个典故，层次安排也完全是听其自然，平平淡淡。然而，正是在看似平淡之中，却有着词人潜心的构思，淳厚的感情。在这里，我们也可以领略到稼轩词于雄浑豪迈之外的另一种风味。

临江仙

（宋）朱敦儒

直自凤凰城①破后，擘钗②破镜③分飞。天涯海角信音稀。梦回辽海④北，魂断玉关⑤西。

月解重圆星解聚，如何不见人归？今春还听杜鹃啼。年年看塞雁⑥，一十四番回。

注 释

①凤凰城：对汉唐长安的美称，这里则是借指宋都汴京。②擘钗：分钗。出自白居易《长恨歌》："钗留一股合一扇，钗擘黄金合分钿。"③破镜：出自孟棨《本事诗·情感》："陈太子舍人徐德言之妻，后主叔宝之妹，封乐昌

公主，才色冠绝。时陈政方乱，德言知不
相保，谓其妻曰：'以君之才容，国亡必入权
豪之家，斯永绝矣。倘情缘未断，犹冀相
见，宜有以信之，破一镜。'"④辽
海：泛指辽河流域以东的地区。⑤玉
关：玉门关。今甘肃敦煌西。泛指西
北地区。⑥塞雁：秋天雁从塞外飞向南
方，故称塞雁。

鉴赏

　　这首词大约作于靖康之变后十四年词人避乱南方的途中。词中对
离情别绪以及个人身世的抒写，寄寓了沉痛的家国沦落之悲，是一曲深沉
的时代哀歌。词境开阔，将国破家亡、到处流浪的种种切身经历浓缩于一
瞬，以深刻的富有强烈感情的笔触写出了这个时代的悲剧。

　　上阕写离别的痛苦。开篇点明历史背景，"直自凤凰城破后，擘钗破镜分
飞"，写汴京被金兵攻陷，残酷的侵略战争给北宋百姓带来了毁灭性的灾难，
家庭破碎，夫妻失散，骨肉分离。词人运用唐玄宗与杨贵妃之"擘钗"，徐德
言与乐昌公主之"破镜"的典故，用来反映主人公靖康之难中的遭遇，形象贴
切。"天涯海角信音稀"，因为战乱，主人公与家人失散，彼此去向不明，后
会无期，天涯海角，各处一方。词中"信音稀"一词表明了亲人离散，音信不
通，不知对方究竟流落何处。词中主人公的惨痛心境可想而知。"梦回辽海
北，魂断玉关西"，这是词人对亲人所处之处的设想，推测自己的妻子和亲人
可能被金人掳掠去遥远的北方。思念及此，不免牵肠挂肚，梦绕魂萦，希望在
梦中可以飞越万水千山去和亲人相会。以此来慰藉词人的思念之情，同时也暗
示出词人的深深牵挂与忧虑。

　　下阕写对重逢的向往。"月解重圆星解聚，如何不见人归"，这里借写
圆月与牛郎织女星来衬托词人内心的悲哀与思念。天上的月亮可以重圆，牛

郎和织女也可以一年相聚一次，而自己望穿双眼，仍是"不见人归"。这里也可以有另一种理解，就是战争何时才能结束，失地何时才能收复，自己何时才能回到故乡。这里"如何"领起问句，浸透着词人深深的失望。"今春还听杜鹃啼"，杜鹃年年都在声声叫着："不如归去。"词人与亲人分离已有十四年了，人生有限，归去无期，字里行间，透露出词人的辛酸与悲愤。结尾"年年看塞雁，一十四番回"，写十四年来，词人一次次地关注着那边塞飞来的大雁，焦急地等待着亲人的消息。而时光不断地飞逝过去，结果仍是"信音稀"。词人年年期望中的等待和等待中的失望，独自承受着这漂泊之苦，表现了词人对亲人的深切思念之情与对朝廷不能尽快收复失地的失望与悲愤。词人以自己的悲惨经历感受了人间妻离子散的痛苦，通过对定期团圆的月亮、牛郎织女、定期催归的杜鹃、定期南来的塞雁的感触，反映词人盼望归去团圆的心情，写出了一个大时代的哀曲。

题龙阳县①青草湖②

（元）唐 珙

西风吹老洞庭波，一夜湘君③白发多。
醉后不知天在水④，满船清梦压星河。

注 释

①龙阳县：今湖南汉寿。②青草湖：位于洞庭湖的东南部，因湖的南面有青草山而得名。"青草湖"与洞庭湖一脉相连，所以，诗中又写成了"洞庭湖"。③湘君：尧的女儿，舜的妃子，死后化为湘水女神。④天在水：天上的银河映在水中。

鉴赏

　　这是一首极富艺术个性的记游诗。

　　诗的前两句"西风吹老洞庭波，一夜湘君白发多"，把对历史的追忆与对眼前壮阔的自然景色描绘巧妙地结合了起来，以虚幻的神话，传递出真实的感情。秋风飒飒而起，广袤无垠的洞庭湖水，泛起层层白波，渺渺茫茫。那景象，与春日中轻漾宁静的碧水比较，给人一种深沉的逝川之感。诗人悲秋之情隐隐而出。但他故意不用直说，而塑造了一个白发湘君的形象，发人深省。

　　"醉后不知天在水，满船清梦压星河"两句对梦境的描写十分成功：入夜时分，风停了，波静涛息，明亮的银河倒映在湖中。湖边客船上，诗人从白天到晚上，手不释杯，一觞一咏，怡然自乐，终至于醺醺然醉了，睡了。诗人将梦境写得如此美好，有如童话般诱人。然而，"此曲只应天上有"，梦醒时，留在心上的只是无边的怅惘。一、二句写悲秋，未必不伴随着生不逢时、有志难伸的感慨；后两句记梦，写出对梦境的留恋，正从反面流露出他在现实中的失意与失望。所以三、四句看似与一、二句情趣各别，内里却是一气贯通、水乳交融的。

夜坐二首（其一）

（清）龚自珍

春夜伤心坐画屏，不如放眼入青冥①。
一山突起丘陵妒，万籁无言帝座灵。
塞上似腾奇女气，江东久殒少微星②。
从来不蓄湘累③问，唤出嫦娥诗与听。

注释

①青冥：天空。②少微星：太微座西有四星，代表处士、议士、博士、大夫。少微星明则贤士举，不明则反之。见张守节《史记正义》。此句谓人材凋敝，由来已久。③湘累：指屈原。屈原无辜被放，投湘水而死，故称。见扬雄《反离骚》。湘累问，指屈子名篇《天问》。

鉴赏

本诗作于道光三年（1823）秋，作者以内阁中书充国史馆校对官，又值第四次应会试落榜，孤愤之情、奇崛之意纷至沓来，夜坐难眠，遂有此神思飙发、想象突奔之篇章。诗的一开始即点出"伤心"二字，为本诗之关捩，而"不如放眼入青冥"则将视野放宽至无垠的夜空，借此来思索宇宙与人生，于是全诗基调顿时超越了一城一地的鸡虫得失，而是展现出广阔深邃的诗意图景与哲理意蕴。"一山"二句为定庵诗中奇语，与其说是遥望黑夜所见，毋宁说仍是展现了心灵化的"夜色"，"山""丘陵""万籁""帝座"等亦皆是人文化了的意象，其造势之峻峭、思想之锋锐曾为康有为等激赏。五六句以旧典隐微陈郁地表现作者对时政、尤其是人才问题的见解，一"似"字、一"久"字为匠心所在，充满指责愤激之意。"从来不蓄湘累问"一句反用杜甫《暮春江陵送马大卿公恩命追赴阙下》"天意高难问，人情老易悲"诗意，既然问天而无效，那便只有月中嫦娥能够听取自己的忧愤了！汹涌的失望孤独之情跃然于纸上。

鸟

题李凝幽居^①

（唐）贾 岛

闲居少邻并，草径入荒园。
鸟宿池边树，僧敲月下门。
过桥分野色，移石动云根^②。
暂去还来此，幽期不负言^③。

注释

①题：写。幽居：僻静的居所。②云根：古人认为"云触石而生"，故称石为云根。③幽期：再访幽居的期约。不负言：绝不食言。言，指期约。

142

鉴赏

"闲居少邻并，草径入荒园"，诗人用很简练的手法，描写了这一幽居的周围环境：一条杂草遮掩的小路通向荒芜不治的小园；近旁，亦无人家居住。淡淡两笔，十分概括地写了一个"幽"字，暗示出李凝的隐士身份。

"鸟宿池边树，僧敲月下门"，是历来传诵的名句。"推敲"两字还有这样的故事：一天，贾岛骑在驴上，忽然得句"鸟宿池边树，僧敲月下门"，初拟用"推"字，又思改为"敲"字，在驴背上引手作推敲之势，不觉一头撞到京兆尹韩愈的仪仗队，随即被人押至韩愈面前。贾岛便将作诗得句下字未定的事情说了，韩愈不但没有责备他，反而立马思之良久，对贾岛说："作'敲'字佳矣。"这样，两人竟做起朋友来。这两句诗，粗看有些费解。难道诗人连夜晚宿在池边树上的鸟都能看到吗？其实，这正见出诗人构思之巧，用心之苦。正由于月光皎洁，万籁俱寂，因此老僧（或许即指作者）一阵轻微的敲门声，就惊动了宿鸟，或是引起鸟儿一阵不安的躁动，或是鸟从窝中飞出转了个圈，又栖宿巢中了。作者抓住了这一瞬即逝的现象，来刻画环境之幽静，响中寓静，有出人意料之胜。倘用"推"字，当然没有这样的艺术效果了。

"过桥分野色，移石动云根"，是写回归路上所见。过桥是色彩斑斓的原野；晚风轻拂，云脚飘移，仿佛山石在移动。"石"是不会"移"的，诗人用反说，别具神韵。这一切，又都笼罩着一层洁白如银的月色，更显出环境的自然恬淡，幽美迷人。

最后两句是说，我暂时离去，不久当重来，不负共同归隐的约期。前三联从李凝幽居的近景写到居处，再写到远景，无不幽雅、清静、恬美。所以尾联也就水到渠成了。我暂且离去，不久还会再来，我们共同归隐的期约我绝不会食言。至此，全诗主旨已出，且契合自然，韵味深长。

归园田居（其一）

（东晋）陶渊明

少无适俗韵，性本爱丘山①。
误落尘网中，一去三十年②。
羁鸟恋旧林，池鱼思故渊③。
开荒南野际，守拙归园田④。
方宅十余亩，草屋八九间⑤。
榆柳荫后檐，桃李罗堂前⑥。
暧暧远人村，依依墟里烟⑦。
狗吠深巷中，鸡鸣桑树颠⑧。
户庭无尘杂，虚室有余闲⑨。
久在樊笼里，复得返自然⑩。

注 释

①适俗韵：适应世俗的气质、品性。性：禀性，本性。丘山：指大自然。
此两句意谓从小没有迎合世俗的兴趣，天性本来只爱山川自然。②尘网：世俗
的罗网，比喻仕途、官场。三十年：疑当为"十三年"。陶渊明从二十九岁初
仕江州祭酒，至辞彭泽令归田，前后恰好十三年。此两句意谓偶尔失足误落仕
途俗网，光阴虚度一去便是十三年。③羁鸟：被束缚在笼中的鸟。池鱼：养在
池塘中的鱼。以羁鸟、池鱼比喻自己过去在仕途生活中的不自由，以旧林、
故渊比喻田园。此两句意谓笼中的鸟儿思恋昔日的丛林，池里的鱼儿向往旧时
的清泉。④守拙：保持拙朴、愚直的本性。是说自己不肯投机逢迎，不善于做
官。此两句意谓在南郊野外垦辟出一块荒地，自守愚拙重回故乡田园。⑤方

宅：住宅方圆四周。此两句意谓在方圆十多亩的宅地上，盖起草屋陋居八九间。⑥荫：覆盖、遮盖。罗：排列。此两句意谓浓绿的榆柳覆盖着后檐，香艳的桃李罗列在堂前。⑦暧暧：昏暗不明的样子。依依：轻柔的样子。墟里：小村落。此两句意谓暮色中的远村隐隐约约，袅袅的炊烟依稀可辨。⑧颠：顶端。此两句化用汉乐府《鸡鸣行》"鸡鸣桑树颠，狗吠深巷中"，意谓深巷中传来几声狗叫，雄鸡啼鸣相唤在桑树枝间。⑨虚室：虚空闲寂的居室。比喻心室纯净而无名利之念。此两句意谓整洁的庭院一尘不染，空静的房室十分安闲。⑩樊笼：关鸟兽的笼子。比喻不自由的境地。此两句意谓我已被牢笼困得太久，如今终于重回自然。这首诗写诗人归隐田园后的生活情趣。诗中表现出对纯朴的田园劳动生活的热爱，同时也反映出对世俗仕宦生活的鄙弃。

鉴赏

只做了八十多天彭泽县令的陶渊明，已实在无法忍受官场污浊与世俗的束缚，他坚决地辞官归隐，投进自然的怀抱。此时他感受到人生的一种莫大轻松和欢悦，享受着自由的幸福。此诗将"久在樊笼里"的苦闷、懊悔，和"复得返自然"的欣喜、轻快两种不同的心情，非常真切地抒写出来；又由于两者构成了一种对照关系，更加衬托出强为"适俗"的不堪和随人本性生活的美好。显然，作者崇尚的自然不仅仅是指田园山林，也是兼指人的自然本性。农田、草屋、榆柳、桃李、暮色下暗淡的村落、袅袅飘拂的炊烟、狗吠、鸡鸣，都是乡村中最为习见的景色，诗人用素朴无饰、自然平易的语言将它们描绘成一幅远近相间、冷暖相谐、动静交错的优美图案，平凡中显出极不平凡，诗人对田园生活的挚爱通过这些景物画面也得到了尽情吐露。

喜迁莺·晓行

（宋）刘一止

晓光催角。听宿鸟未惊，邻鸡先觉。迤逦①烟村，
马嘶②人起，残月尚穿林薄。泪痕带霜微凝，酒力冲寒犹
弱。叹倦容、悄不禁③，重染风尘京洛。

追念，人别后，心事万重，难觅孤鸿托。翠幌娇
深，曲屏香暖，争念④岁寒飘泊。怨月恨花烦恼，不是
不曾经著。这情味，望一成消减，新来还恶⑤。

注释

①迤逦：弯弯曲曲。②嘶：马儿嘶鸣。③悄不禁：悄，浑也，
直也；禁，愿乐之辞。指真是不愿意的意思。④争念：即怎念。
⑤恶：甚，更加。

鉴赏

这首词词题"晓行"，指拂晓从驿舍上路时的所见所闻所
感，重点是写对妻子的怀念。词的上片写晓行景色，下片写怀
人情思。上下两片一因一果，一景一情，情景交融，天衣无缝，
写景、抒情相得益彰。

上片描写"晓行"所见所闻所感的情景。首句"晓光催
角"点明了时间，清晨时分，角声催促清晓，曙光开始到来。
"听宿鸟未惊，邻鸡先觉。迤逦烟村，马嘶人起，残月尚穿林
薄"，因为天未大亮，听那睡鸟还没有被惊醒，邻村邻户的雄鸡

先已觉醒起来，啼鸣声声，报告天明的消息。这是凌晨在驿站客舍所听到的情景，点明题中的一个"晓"字。词人在路上望见连绵而曲折的村落，一个"烟"字，说明晨雾未消。马儿在嘶鸣着，一弯残月，透过长林，隐约可见。这都是词人离开住地出门后的所见所闻。"泪痕带霜微凝，酒力冲寒犹弱"，此处写晓行的感触和感受。晨起词人在客店因伤感而流过泪，上路后被寒霜微微凝结。出门前为御寒而喝了一些酒，但是酒所给人的热力还不够抵抗天气的寒冷。由此看出天气之寒，词人心情之悲。"叹倦客、悄不禁，重染风尘京洛"，词人长期离乡背井，在外作客奔波，对行旅生活已感到厌倦，真是不愿意再次去京都，染上污浊的风尘。

词作上片写晓行之景，过渡到下片抒情，诉说词人对妻子的怀念。"追念，人别后，心事万重，难觅孤鸿托"，词人同妻子分别后，有千般眷恋，万般相思，种种恩爱缠绵之情，却难觅鸿雁传书，通报音讯。"翠幌娇深，曲屏香暖，争念岁寒飘泊"，写家庭生活的温馨。此处以家中的温暖和"岁寒飘泊"进行鲜明对比。"怨月恨花烦恼，不是不曾经著"，词人把这三番五次地与妻子离别的怨恨推给了月与花，如此羁旅情怀，一从习惯后，经过时间的推移，也可望渐渐消减。"这情味，望一成消减，新来还恶"，写夫妻别离的愁苦，这份无论是孤苦思念，想望心切，原希望渐渐消减淡化下来，却不料新近的心情更加悲凉了。

这首词写景生动传神，意境幽深，写心理活动细致入微，层次分明，感情真挚，情景交融，突出了倦客怀人、思念妻子的主题。

寄左省^①杜拾遗

（唐）岑 参

联步^②趋丹陛，分曹^③限紫微^④。
晓随天仗^⑤入，暮惹^⑥御香归。
白发悲花落，青云羡鸟飞。
圣朝无阙事^⑦，自^⑧觉谏书稀。

注释

①左省：门下省。杜甫曾任左拾遗。②联步：意为两人一起同趋，然后各归东西。联，同。③曹：官署。④紫微：比喻皇帝居所。⑤天仗：皇家的仪仗。⑥惹：沾染。⑦阙事：补阙和拾遗都是谏官，阙事指讽谏弥补皇帝的缺失。⑧自：当然。

鉴赏

诗人悲叹自己仕途的坎坷遭遇。诗中运用反语，名义上赞朝廷，实是暗含讥讽。肃宗在任期间此事甚多，岑参和杜甫对此都不满。只因不受器重，不得不少写谏书而已。表达了一代文人身处卑位而又惆怅国运的复杂心态。

诗题中的"杜拾遗"，即杜甫。岑参与杜甫在唐肃宗至德二年至乾元元年（757—758）初，同仕于朝；岑任右补阙，属中书省，居右署；杜任左拾遗，属门下省，居左署，故称"左省"。"拾遗"和"补阙"都是谏官。岑、杜二人，既是同僚，又是诗友，这是他们的唱和之作。

前四句是叙述与杜甫同朝为官的生活境况。诗人连续铺写"入仗""丹陛""御香""紫微"，表面看，好像是在炫耀朝官的荣华显贵；但揭开"荣华显贵"的帷幕，却使读者看到另外的一面：朝官生活多么空虚、无聊、死板、老套。每天他们总是（按规矩）煞有介事、诚惶诚恐地"趋"（小跑）入朝廷，分列殿庑东西。五、六两句，诗人直抒胸臆，向老朋友吐露内心的悲愤。"白发悲花落，青云羡鸟飞"这两句中，"悲"字是中心，一个字概括了诗人对朝官生活的态度和感受。诗人为大好年华浪费于"晓随天仗入，暮惹御香归"的无聊生活而悲，也为那种"联步趋丹陛，分曹限紫微"的木偶般的境遇而不胜愁闷。因此，低头见庭院落花而倍感神伤，抬头睹高空飞鸟而顿生羡慕。诗的结尾两句，是全诗的高潮。阙事，指缺点、过错。有人说这两句是吹捧朝廷，倘若真是这样，诗人就不必"悲花落""羡鸟飞"，甚至愁生白发。这"圣朝无阙事"，是诗人愤慨至极，故作反语；与下句合看，既是讽刺，也是揭露。只有那昏庸的统治者，才会自诩圣明，自以为"无阙事"，拒绝纳谏。

　　这首诗采用曲折隐晦笔法，寓贬于褒，表面赞颂，骨子里感慨身世遭际和倾诉对朝政的不满。用婉曲的反语来抒发内心忧愤，使人有寻思不尽之妙。

代悲白头翁

（唐）刘希夷

洛阳城东桃李花，飞来飞去落谁家？
洛阳女儿惜颜色，行逢落花长叹息。
今年落花颜色改，明年花开复谁在？
已见松柏摧为薪，更闻桑田变成海①。
古人无复洛城东，今人还对落花风。
年年岁岁花相似，岁岁年年人不同。
寄言全盛红颜子②，应怜半死白头翁。
此翁白头真可怜，伊昔③红颜美少年。
公子王孙④芳树下，清歌妙舞落花前。
光禄⑤池台文锦绣，将军楼阁画神仙。
一朝卧病无相识，三春行乐在谁边？
宛转蛾眉⑥能几时？须臾⑦鹤发乱如丝。
但看古来歌舞地，惟有黄昏鸟雀悲。

①桑田变成海：即沧海桑田。比喻世事的巨大变迁。②红颜子：是指年轻人。③伊昔：从前。④公子王孙：贵族子弟的统称。⑤光禄：官名，即光禄勋，是掌管宿卫侍从的官。⑥蛾眉：女子的秀眉，此处借指美女。⑦须臾：片刻，一会儿。

鉴 赏

《代悲白头翁》又题作《代白头吟》，是汉乐府相和歌楚调曲旧题，古辞写女子与负心男子毅然决裂。这首诗从女子写到老翁，咏叹青春易逝，富贵无常。诗人以柔丽婉转的笔调，抒发了文人迟暮之情。

开头两句以传统的比兴手法写景。"飞来飞去"的动态描写反衬出此时潜在并由后文展示的观察者的静思，并且把空间领域由"洛阳城东"陡然缩小到"谁家"。而一个"谁"字又将具体之"家"虚化、泛化，暗示了后文的情感波动。两重隐含的意义为全诗确定了比古乐府旧题更加恢宏阔大的基调；"洛阳女儿惜颜色，行逢落花长叹息"。由景及事，同时又是由花及人，人花相对，"颜色"一词便有双关含义，为下文埋下伏笔；"今年落花颜色改，明年花开复谁在？"一句将抽象的时间由"今年""明年"进一步具体化到花开花落这一典型事件，既形象鲜明，又承续前文而来，人花相对，由此产生出两重含义：一是时间变易，人事难测；二是联系上句"惜颜色"，可知由花衰念及人衰，进而人花互喻。这两种理解都可以导出朝不保夕的生命之喻；"已见松柏摧为薪，更闻桑田变成海。古人无复洛城东，今人还对落花风。"四句诗写的是松柏为薪，桑田变海，正是时间之轮碾碎了长盛不衰的迷梦。向读者反复展示了一种神秘又实在的力量：变化的永恒与永恒的虚无；"年年岁岁花相似，岁岁年年人不同"表达出了古往今来与人类有关的一切言之不尽的客观事实和永恒规律。年年岁岁，岁岁年年的回环往复恰到好处地对应着这些永恒无常的客观规律和意义，这种无奈令人悲恸，更让人警醒；"寄言全盛红颜子，应怜半死白头翁。此翁白头真可怜，伊昔红颜美少年"四句用"寄言"二字一转，明确提出一种主张：古今已隔，但古今理同；人我不同，但人我理同，自身的全盛红颜，他人的头白可怜，现在的红颜少年，将来的半死老头；"公子王孙芳树下，清歌妙舞落花前。光禄池台文锦绣，将军楼阁画神仙。一朝卧病无相识，三春行乐在谁边？"此六句写今之白头翁昔日也曾是翩翩美少年，花前树下，寻欢作乐，一朝年老卧病，则无欢乐可言。这是用生命换来的教训，沉痛不堪。结尾四句诗中，"蛾眉""鹤发"再次相对，"能几时"再次发出反问，"须臾"两字则概言前文中今年明年，少年老年，今人古人，沧海桑田之飞速变化，不可把捉。

全诗从红颜女子到白头老翁，抒发了一种青春易逝、富贵无常的感慨，以其深刻的内涵警示着后人。这首诗融进了汉魏歌行、南朝近体及梁、陈宫体的艺术元素，而脱落成别具一格的婉转风格。他汲取了乐府诗在叙事中发议论、古诗在叙事中抒情的手法，又巧妙地运用了各种对比手法，在艺术上取得了很突出的成就。

鹧鸪天①·元夕有所梦

（宋）姜　夔

肥水②东流无尽期，当初不合种相思。梦中未比丹青③见，暗里忽惊山鸟啼。

春未绿，鬓先丝，人间别久不成悲。谁教岁岁红莲夜，两处沉吟各自知。

注 释

①本词作于宁宗庆元三年（1197）元宵节，题为"元夕有所梦"。②肥水：源出安徽合肥紫蓬山，东南流经将军岭，至施口入巢湖。③丹青：颜料，代指画作。

鉴 赏

宋宁宗庆元三年元夕之夜，词人因思成梦，梦中又见到了旧日的情人，梦醒后写了这首缠绵悱恻的情词。这一年，上距初遇情人时已经二十多年了。

上阕开篇点明"肥水"（即淝水），交代了这段情缘的发生地，在东流无尽期的肥水，在这里既像是悠悠流逝的岁月的象征，又像是在漫长岁月中无穷无尽的相思和眷恋的象征。"种相思"的"种"字用得精妙无比，它不但赋予抽象的相思以形象感，而且暗示出它的与时俱增、无法消除，在心田中种下刻骨铭心的长恨。"梦中未比丹青见，暗里忽惊山鸟啼。"第三、四两句切题内"有所梦"，分写梦中与梦醒。刻骨相思，遂致入梦，但由于长期暌隔，梦中所见伊人的形象也恍惚迷离，觉得还不如丹青图画所显现的更为真切。

下阕开头写"春未绿"，又过一年，而春郊尚未绿遍，仍是春寒料峭。"鬓先丝"，说自己辗转江湖，蹉跎岁月，双鬓已斑斑如霜，纵有芳春可赏，其奈老何！接下来"人间别久不成悲"一句，是全词感情的凝聚点，饱含着深刻的人生体验和深沉的悲慨。"谁教岁岁红莲夜，两处沉吟各自知。"红莲夜，指元宵灯节，红莲指灯节的花灯。欧阳修《蓦山溪·元夕》"剪红莲满城开遍。"周邦彦《解语花·元宵》"露浥红莲，灯市花相射"。不仅由于元宵佳节容易触动团圆的联想，恐怕还和往日的情缘有关。古代元宵灯节，士女纵赏，正是青年男女结交定情的良宵。"两处沉吟各自知"，这是词人的相思悲缅之情，倒似李清照的"一种相思，两处闲愁"这种感情。可见与情人的分离，两人都是在相思无望中度过的，这样深沉的感情让人感慨！

金谷园①

（唐）杜 牧

繁华事散逐香尘②，流水无情草自春。
日暮东风怨啼鸟，落花犹似坠楼人③。

注 释

①金谷园：晋石崇的豪华宅第，故址在今河南洛阳。②香尘：石崇为教练家中舞姬步伐，碎沉香为屑于象牙床上，踏而无迹者赐以珍珠。③坠楼人：指石崇爱妾绿珠。《晋书·石崇传》载，石崇有妓名曰绿珠，美艳绝伦。孙秀求之不得，乃矫诏问罪。时石崇正宴于楼上，谓绿珠曰："我今为尔得罪。"绿珠泣曰："当效死于君前。"于是自投于楼下而死。

鉴 赏

此诗是诗人所作的一首咏春吊古的杰作。金谷园是西晋富豪石崇的别墅，繁荣华丽，极一时之盛。唐时园已荒废，成为供人凭吊的古迹。诗人来到金谷园，只见满目凄凉，不免联想起那繁华的往事。

"繁华事散逐香尘"，蕴含着诗人无限的慨叹。东晋王嘉《拾遗记》谓："石季伦（崇）屑沉水之香如尘末，布象床上，使所爱者践之，无迹者赐以真珠"，此即石崇当年奢靡生活之一斑。

"香尘"细微飘忽，去之迅速而无影无踪。金谷园的繁华，石崇的豪富，绿珠的香消玉殒，亦如香尘飘去，云烟过眼，不过一时而已。

"流水无情草自春"，水，指东南流经金谷园的金水。不管人世间的沧桑，流水照样潺湲，春草依然碧绿，它们对人事的种种变迁，似乎毫无感触。这是写景，更是写情，尤其是"草自春"的"自"字，与杜甫《蜀相》中"映阶碧草自春色"的"自"字用法相似。

　　后两句是说，傍晚，正当诗人对着流水和春草遐想的时候，忽然东风送来鸟儿的叫声。春天里的鸟鸣，本是令人心旷神怡的赏心乐事，但此时红日西斜，夜色将临，独处于荒芜的名园；鸟鸣在沉溺于吊古之情的诗人耳中就显得格外凄哀悲切，如怨如慕，仿佛在表露今昔之感。日暮、东风、啼鸟，本是春天的一般景象，一个简单的"怨"字，就使其蒙上了一层凄凉感伤的色彩。此时此刻，一片片惹人感伤的落花又映入诗人的眼帘。诗人把金谷园落花飘然下坠的形象，与曾在此处发生过的绿珠坠楼事件联想到一起，寄寓了无限情思。一个"犹"字则渗透着诗人沉重的追念、怜惜之情！诗人的这一联想，不仅使"坠楼"与"落花"外观上有可比之处，而且揭示了绿珠这个人和"花"在命运上有相通之处，诗人的想象与比喻贴切自然，意味隽永。

　　全诗比喻贴切，情景交融，意境悠远，情韵隽永。

南

在狱咏蝉

（唐）骆宾王

西陆①蝉声唱，南冠②客思深。
不堪玄鬓③影，来对白头④吟。
露重飞难进，风多响易沉。
无人信高洁，谁为表予心⑤？

注释

①西陆：秋天。②南冠：代指囚禁中。③玄鬓：蝉翼。④白头：白发人。
⑤予心：我的心。

　　此诗作于患难之中，情感充沛，意喻明确，用典自然，语意双关。全篇以蝉比兴，以蝉寓己，寄托遥深，蝉、人浑然一体，于咏物中寄情寓兴，由物到人，由人及物，达到了物我一体的境界，是咏物诗中的名作。

　　在本诗中，诗人的身世之慨寓于对蝉的描写中，充满了个人不能抒其高远志向的苦闷。诗中描写的对象是蝉，是作者在狱中所闻所感。全篇虽在写蝉，实则寄寓了作者苍凉的身世之慨，同时又没有因为当下的处境而哀叹自伤，反而更坚定以往所保持的操守。

　　诗的首联点明托喻之物和自己的对应关系，将作者悲苦、忧虑的心绪，借秋蝉宣泄而出，将秋蝉的生机将尽和作者朝不保夕的囚狱境遇联系在一起；颔联上句写蝉，下句写己，用描写蝉的"玄鬓"来对比自己的"白头"，写出了自己思国思民的忧虑之重。秋蝉生命将尽，自己前景难料，已堪哀痛，而秋蝉声声切切的嘶鸣，更引动人无限的怅惘。这一联在修辞上用的是流水对；颈联物我合一，表面是在写蝉，实则感发自己的处境，暗指自己仕途的不得志，就算自己空有才能，也有翼难振、心声难传；尾联则全然分不清是蝉是"我"，好像是赞美蝉的孤高贞洁，又似直抒胸臆，把自己的冤屈和为国忠贞之志，一并宣泄而出。

　　从骆宾王的《在狱咏蝉》所见到的具有强烈时代精神的文人的哀歌与愤怒

中，我们可以认为，从"初唐四杰"开始正视人生，敢于面对生命中的悲欢离合。骆宾王的《在狱咏蝉》把自己的人生感慨、悲愤沉痛都抒发于比兴之中，把客愁乡怨、人生苦短、壮志难酬，以及遭谗被诬的悲哀愤怒表现得淋漓尽致，很好地体现了"兴寄""风骨"的特色。骆宾王和"初唐四杰"的其他三位为后人作出了榜样，开唐代诗风之变。

从军行

（唐）李 白

百战沙场碎铁衣^①，城南已合数重围。
突营射杀呼延^②将，独领残兵千骑归。

注 释

①碎铁衣：指身上穿的盔甲都支离破碎，其中有着夸张的成分。②呼延：是匈奴四姓贵族之一，这里指敌军的一员悍将。

鉴 赏

本诗展示的是一位骁勇善战的将军，在敌众我寡、困难重重的情况下，仍为国家建立了不朽的功勋。

本诗的首句展示了将军的"铁衣"，它无言地诉说着将军的过去，写了将军过去的戎马生涯。伴随他出征的铁甲都已碎了，留下了累累的刀斑箭痕，以见证他征战时间之长和所经历的战斗之严酷。这句虽是从铁衣着笔，却等于从总的方面对诗中的主人公作了最简要的交代。

紧接着引出了诗的第二句，即敌军的"重围"，无言地宣告着形势的危急。战争在塞外进行，城南是退路。但连城南也被敌人设下了重围，全军已陷入可能彻底覆没的绝境。写被围虽只此一句，但却如千钧一发，使人为之悬心吊胆。

后两句表明了将军的勇冠三军以及他又完成了一次艰难的使命。呼延，是匈奴四姓贵族之一，这里指敌军的一员悍将。我方这位身经百战的英雄，正是选中他作为目标，在突营闯阵的时候，首先将他射杀，使敌军陷于慌乱，乘机杀开重围，独领残兵，夺路而出。"独领残兵千骑归"中的"独"字几乎有千斤之力，压倒了敌方的千军万马，给人以顶天立地之感。

所写的战争从全局上看，是一场败仗。但虽败却并不令人丧气，而是败中见出了豪气。诗中没有对这位将军进行肖像描写，但通过紧张的战斗场景，把英雄的精神与气概表现得异常鲜明而突出，给人留下难忘的印象。将这场惊心动魄的突围战和首句"百战沙场碎铁衣"相对照，让人想到这不过是他"百战沙场"中的一仗。这样，就把刚才这一场突围战，以及英雄的整个战斗历程，渲染得格外威武壮烈，让人感受到了这些从血泊中拼杀出来的英雄凛然可敬的精神。

读懂这首诗，可以窥知大诗人的巧于用笔和诗所蕴蓄的鼓舞力量。

清平乐

（宋）王安国

留春不住，费尽莺儿语。满地残红①宫锦污，昨夜南园风雨。

小怜②初上琵琶，晓来思绕天涯。不肯画堂朱户，春风自在杨花。

注 释

①残红：指落花。②小怜：北齐后主高纬宠幸的冯淑妃之名，此处指歌女。

鉴 赏

　　王安国的这首《清平乐》抒写了伤春惜春之情，虽然题材不是很新，但是笔法独特，颇具特色，情景交融，将自己的性格融入所写景色之中，堪称伤春词中的佳作。

　　词的上阕以倒装的形式进行描写，可谓别具一格。开头两句"留春不住，费尽莺儿语"，意思是说黄莺在耳边不停地歌唱，但无论如何还是无法将春天留住，这是词人从听觉入手所进行的描写。"满地残红宫锦污"，满地都是脏污的红锦落花，就像是一幅弄脏了的宫锦。究其原因却是"昨夜南园风雨"，即这样萧条的景色却是昨天夜里一场风雨所造成的。词人描绘了一幅暮春残花落地的萧条凄凉的景色，表达了词人惜春伤春的真挚感情。这种描写的手法，被称之为"卷帘法"，这样的描写颇具特色，将词人的伤感形象而又生动地表现了出来，抒写了词人对逝去的美好年华的惆怅。

　　这首词在写了"留春不住"以后，转过笔来抒写暮春伤逝的幽怨，内容很深刻，能反映作者本人的品格。

　　"小怜初上琵琶，晓来思绕天涯"是词人从听觉来进行的描写，小姑娘如今有资格成为正式演员，得到第一次正式表演的机会。她轻轻弹奏琵琶，其声音是如此的哀婉动人，引起了词人的无限遐想。在这即将逝去的春夜，有多少人辗转反侧，难以入睡，此时词人内心无法排遣的惆怅之情便跃然纸上。词的最后两句"不肯画堂朱户，春风自在杨花"则是词人从视觉角度进行描写，看那不肯进入豪门大户的杨花，在暮春之中自由自在地飞舞，这是何其的幸福，何其的自由。表达了词人不肯趋炎附势、不亲权贵的高尚品格。

　　全词借景抒情，情景交融，采用听觉与视觉交叉的方式为读者展现了一幅春残图，是一首著名的伤春词。

江南逢李龟年①

（唐）杜 甫

岐王②宅里寻常见，崔九③堂前几度闻。
正是江南好风景，落花时节又逢君④。

注 释

①李龟年：唐代著名的音乐家，受唐玄宗赏识，后流落江南。②岐王：唐玄宗的弟弟李范，他被封为岐王。③崔九：就是崔涤，当时担任殿中监。④君：指李龟年。

鉴 赏

本诗感伤世态炎凉。诗的开首二句是追忆昔日与李龟年的接触，寄寓诗人对开元初年鼎盛的眷怀；后两句是对国事凋零、艺人颠沛流离的感慨。仅仅四句却概括了整个开元时期（713—741）的时代沧桑，人生巨变。语极平淡，内涵却无限丰满。

李龟年是开元时期"特承顾遇"的著名歌唱家。杜甫初逢李龟年，正是在意气风发的少年时期，正值"开元盛世"。杜甫因才华卓著而受到岐王李范和秘书监崔涤的赏识，得以在他们的府邸欣赏李龟年的歌唱。在杜甫的

心目中，李龟年正是和鼎盛的开元时代，也和自己充满浪漫情调的青少年时期的生活紧紧联结在一起的。几十年后他们又在江南重逢。这时遭受了八年安史之乱的唐朝业已从繁荣昌盛转入衰落，他们二人的晚景也十分凄凉。这种会见，自然很容易触发杜甫胸中本已郁积的无限沧桑之感。这首诗跨越了几十年的时代沧桑，社会变迁，景物的描写寄寓了诗人对世道衰落的感慨。全诗情韵深厚，内涵丰富，举重若轻，具有高度的艺术成就。

四句诗从岐王宅里、崔九堂前的"闻"歌，到落花江南的重"逢"，"闻""逢"之间，联结着几十年的时代沧桑、人生巨变。正如同旧戏舞台上不用布景，观众通过演员的歌唱表演，可以想象出极广阔的空间背景和事件过程；又像小说里往往通过一个人的命运，反映一个时代一样。这首诗的成功创作表明：在具有高度艺术概括力和丰富生活体验的大诗人那里，绝句这样短小的体裁可以具有很大的容量，而在表现如此丰富的内容时，又能达到举重若轻、浑然无迹的艺术境界。

这首七言绝句脍炙人口，是杜甫晚年创作生涯中的绝唱，历代好评众多，如清代邵长蘅评价说："子美七绝，此为压卷。"清高宗敕编的《唐宋诗醇》也说，这首诗"言情在笔墨之外，悄然数语，可抵白氏（白居易）一篇《琵琶行》矣。……此千秋绝调也"。诗中抚今思昔，世境的离乱、年华的盛衰、人情的聚散、彼此的凄凉流落，都浓缩在这短短的二十八字中。语言极平易，而含意极深远，包含着非常丰富的社会生活内容。那种昔盛今衰，构成了尖锐的对比，使读者感到诗情的深沉与凝重。

封丘作①

（唐）高 适

我本渔樵孟诸②野，一生自是悠悠者。
乍可狂歌草泽中，宁堪作吏风尘下？
只言小邑无所为，公门百事皆有期。
拜迎长官心欲碎，鞭挞黎庶令人悲。
归来向家问妻子，举家尽笑今如此。
生事应须南亩田，世情尽付东流水。
梦想旧山安在哉，为衔君命日迟回。
乃知梅福③徒为尔，转忆陶潜归去来。

注释

①封丘作：本诗系诗人任封丘县尉时所作。②孟诸：古代沼泽名，故址在
今河南商丘东北。③梅福：西汉末隐者。

鉴赏

本诗写出了诗人任职期间在履行奉上欺下活动时内心的痛苦与矛盾，从侧
面反映了安史之乱前夕阶级矛盾的日益激化。

开头四句的意思是：我原本在孟诸的乡野间以捕鱼打柴为生，一辈子安闲
自得、无所牵挂，怎能够混迹于纷扰的世事之中，去充任一名向老百姓催租逼
赋的酷吏呢？诗人首先追溯自己的身世经历，继而表明自己所希冀的生活理
想。"乍可""宁堪"的转折句式，表达了诗人对"作吏"后的失望心情。开
头四句高亢激越，这是压抑已久的感情的迸发。县尉只不过是九品卑微之职，

主管的无非是捕盗贼、察奸宄一类差使。对一个抱负不凡的才志之士来说，怎甘堕落风尘，做个卑微的小吏呢！他不由怀念起当年在孟诸（古译薮名，故址在今河南商丘东北，这里泛指梁宋一带）混迹渔樵、自由自在的生活。"乍可""宁堪"相对，突出表现了诗人醒悟追悔和愤激不平的心情。不需要烦琐的描绘，一个忧愤满怀的诗人形象便突兀地站立在读者面前了。

"归来向家问妻子，举家尽笑今如此。生事应须南亩田，世情尽付东流水"，这四句写家人责备诗人愚笨、不通吏道的话，映照出世俗人们那麻木不仁的心理，并反衬出诗人心灵的纯真美好。诗人的痛苦在外不能倾诉，只好说给妻子儿女听，反而受到他们的耻笑，说现在的世事就是这样，我们要维持生计，有田要靠种田，无田可种只能进入公门，办事不要太认真了。这些话反映了封建吏治下人们心灵的自私和麻木，从这里我们可以看出诗人正直、淳朴的心灵，也可以看出诗人无力回天、无可奈何的心情。正是因为如此，诗人那种消沉、避世、退隐之心悄然而生。

"梦想旧山安在哉，为衔君命日迟回。乃知梅福徒为尔，转忆陶潜归去来"，这四句是说：诗人梦想回到故乡去躬耕"南亩田"却又无地可耕，况且自己又受命于皇上，这种矛盾的心情久久地纠缠着诗人。

抚今追昔，诗人突然彻悟了西汉末年梅福弃官的原因，想到东晋时"不为五斗米折腰"的陶渊明，他的《归去来辞》立刻又萦绕在耳畔。这里，诗人写出了忠君和退隐的矛盾与痛苦，含蓄地暗示了自己解脱矛盾的途径只有效仿前贤梅福、陶渊明。后来，高适果然弃封丘尉而去，转到河西节度使哥舒翰的幕下，但自此，他就平步青云，官运亨通。效仿前贤梅、陶的誓言，也就"尽付东流水"了。

这首诗歌感情真挚，刻画细腻，语言朴实，抒情具有内在的逻辑性，能够做到步步深入，层层展开，完整地塑造了心地善良、人格高尚的抒情主人公形象。"拜迎长官心欲碎"，揭示了诗人不愿摧眉折腰事权贵的品格；"鞭挞黎

庶令人悲"表现了诗人不忍心欺下的善良;"归来向家问妻子"几句,侧面描绘了诗人不谙吏道、求真向善的纯真心灵;"梦想""为衔"二句,表现了诗人选择退隐与忠于君命时心情之矛盾。

此外,这首诗结尾含蓄,扩大了诗歌的容量。诗以"乃知梅福徒为尔,转忆陶潜归去来"结束,既能使人想到西汉末年和东晋时期政治的腐败、社会的黑暗,从而与现实紧密联系,又能令人想到梅、陶人格的高洁;既有历史的广度,又有现实的深度,耐人寻味。

满江红

(宋)赵 鼎

惨结秋阴,西风送、霏霏①雨湿。凄望眼、征鸿几字,暮投沙碛②。试问乡关③何处是,水云浩荡迷南北。但一抹、寒青有无中,遥山色。

天涯路,江上客。肠欲断,头应白。空搔首④兴叹,暮年离拆。须信道⑤消忧除是酒,奈酒行⑥有尽情无极。便⑦挽取、长江入尊罍,浇胸臆。

注释

①霏霏:形容雨细密。②沙碛:沙漠。③乡关:故乡。④搔首:指人心烦意乱时用手挠头。⑤信道:知道,料知。⑥行:量词。表示斟酒的遍数。⑦便:直须。

鉴赏

根据这首词的题目可知，该词写于"丁未九月南渡"之时，也就是"靖康之变"的后一年。次年金军攻破汴京，皇帝徽宗、钦宗被掳。赵鼎的这首词便写于这一年"九月南渡""泊舟仪真江口"的途中，描写的是宋室南渡前夕的形势和宋皇室的心情。

上阕首两句写景"惨结秋阴，西风送、霏霏雨湿"。深秋的傍晚，阴云密集，西风惨烈，飘着细密的秋雨，给人一种压抑沉闷的感觉。词以"惨"字发调，暗示着词人风雨渡江中对时局前途的忧虑。"凄望眼、征鸿几字，暮投沙碛"，写举目长空，鸿雁南飞，它们排成"人"字或"一"字。傍晚将至，等待着它们的是广漠的沙石积成的河滩。这里不仅是描写深秋时分的江头情景，同时借北雁南飞暗喻自己此时的去国离乡，仓皇南渡。"沙碛"二字，暗含满眼荒寒。"试问乡关何处是，水云浩荡迷南北"，哪里可见自己的家园呢？抬头只见一片云水茫茫，一片凄迷，根本看不到故乡。"但一抹、寒青有无中，遥山色"，写词人极目远望，看到前方有一缕寒而青的远山。这里写山"寒"，是由于词人凄凉的心境所致，同时也暗示南宋王朝的前途吉凶，犹如迷雾中的远处寒山，仅给人一抹似有还无的青色，命运难卜。

下阕抒发词人对国难当头的深深忧虑。"天涯路，江上客"，词人此时正在这天涯路上奔命，漂泊在这浩渺江波上。着一"客"字，透露出词人此时远离故土的沉痛心境。"肠欲断，头应白。空搔首兴叹，暮年离拆"，直陈破国亡家之恨对自己的煎熬。在这不断漂泊中，词人伤痛深到愁肠已断、头发已白，只是空空留下了一些叹息，年华逝去而到暮年，报国无力了。"须信道消忧除是酒，奈酒行有尽情无极"，如此的愁苦只能借酒来消愁了啊，但这无穷尽的思念故国的情怀是借酒也消不了的。"便挽取、长江入尊罍，浇胸臆"，这里词人有一种执着的豪气在其中，既然消忧解愁除酒之外别无他物，那直须将这滔滔江水当作烈酒引入杯盏喝下，来洗刷心中的愁闷。感情真挚热烈，直抒思乡怀国之积郁，基调苍凉凄怆。

一剪梅

（宋）周文璞

风韵萧疏玉一团。更著梅花^①，轻袅云鬟。这回不是
恋江南。只是温柔，天上人间。

赋罢闲情共倚阑。江月庭芜，总是^②销魂。流苏^③斜掩
烛光寒，一样眉尖，两处关山^④。

注 释

①梅花：用陆凯赠范晔梅花事。②总是：概括了思妇凡所触目，无不伤情
之意。③流苏：指闺房中用羽毛或丝线做成的穗状垂饰，这里代指罗帐。④关
山：双关词。眉之黑者，有以山状之，如"眼是眉山横"等；二眉中断，
不能连接，犹关山之难越。而关山亦可用状眉之皱处峰起。

鉴 赏

开篇"风韵萧疏玉一团。更著梅花，轻袅云鬟"三句着
意描述女主人公美丽的容姿。直言其风韵潇娴，貌美如玉。
再加上高耸的云髻上插梅花，随风摇曳。可谓人面、梅花
两相映衬，使美人显得更加娇妩动人。一个"更"字突出
美人——闺中思妇着意折梅为饰的举动。主人公为何着意
于梅花，谈至下一句方始明白，原为词人在这里暗用"一
枝春"典故。据《太平御览》收《荆州记》记述，南朝陆
凯自江南折梅并赋诗寄赠远在长安的好友范晔。后常用此
代指对家乡和友人的怀念。故而词人在抒写思妇"更著梅

花"之后，明明白白地告诉读者，她"这回不是恋江南"。即言思妇这一次着意佩饰梅花并不是对江南故乡的思念。而"只是温柔，天上人间"之故。即只是因为曾经和自己恩爱谐处、度过一段神仙般的甜蜜生活的意中人已分手去了江南，而今自己是多么的孤苦寂寞！"温柔"二字是思妇"更著梅花"的真正原因。这正是她浓郁相思的情结所在。"天上人间"表明过去的温柔和现在的离索有如天壤之别。主人公对曾经有过的美好生活的珍惜、向往，全在后三句怅惘的情感中真挚质朴地流露出来。词的上阕表明主人公的情结所在。

接下来"赋罢闲情共倚阑"写女主人公赋诗完毕，带着闲愁倚栏凝望。赋诗、倚栏皆为排解闲愁之举，然而"剪不断，理还乱"，她看到的只是"江月庭芜，总是销魂"那令人销魂的一轮江月照耀着荒凉冷落的庭院之景。"总是"二字概括了思妇凡所触目，无不伤情之意。"江月"二句为全词抹上一层幽冷的色调。接着"流苏斜掩烛光寒"句，再一次为思妇空闺独守的环境的凄清色调浓抹一笔。流苏，指闺房中用羽毛或丝线做成的穗状垂饰，这里代指罗帐。这一句是说闺房内烛影摇曳，罗帐虚掩。一个"寒"字，把烛花绽满、烛光昏暗的闺房冷落气氛渲染到极点。结尾二句"一样眉尖，两处关山"，对主人公忧思郁结、双眉紧锁的情态加以描述。眉尖、关山取古代形容佳人眉如远山之说以刻画思妇的外部面貌。下阕对主人公解不开的情结加以表述。

全词从思妇插梅为饰写起，引出她对当年与她相亲相爱而今分手去江南的意中人无限留恋之情，以及别后的离索情怀。意脉断续自然，结构婉转流畅，颇能见出词人工致娴熟的填词技巧。

鱼

江　南

汉乐府

江南可采莲，莲叶何田田①，鱼戏莲叶间。
鱼戏莲叶东，鱼戏莲叶西，鱼戏莲叶南，
鱼戏莲叶北。

注释

①田田：形容莲叶的亭亭玉立。

鉴赏

　　此为汉代民歌，诗中大量运用重复的句式和字眼，表现了古代民歌朴素明朗的风格。诗歌以轻松的笔调，寥寥数笔就勾勒出了一幅江南的美景：江南水乡，碧水悠悠，亭亭玉立的莲叶之间绽放着一朵朵娇艳的荷花，露出一只只饱涨的莲蓬。几个荷花一样动人的女孩悠然地荡着小船隐映在莲叶、莲蓬、莲花之间。她们侧坐船艄，轻舒酥手，戏水采莲，那份惬意、那份美丽连鱼儿都想与之为伍。诗歌描绘了江南采莲的热闹欢乐场面，从穿来穿去、欣然戏乐的游鱼中，我们似乎也听到了采莲人的欢笑。

　　主体部分的三句，描绘江南采莲风光，实际着重于表现采莲人的快乐。开头"江南可采莲，莲叶何田田"，首先把读者引入一个碧叶鲜丽、小舟穿行的画面。"何田田"流露出感叹、赞美的语气，本身是带有情绪的。虽然没有写人，人已在其中。

　　它令我们想到：如此良辰美景，旖旎风光，采莲的人们自然免不了一场嬉闹。何况，采莲的活儿，习惯上总是由年轻的女孩子干的，她们平日拘束得紧，如今似鸟出笼，更兼结伴成群，欣喜活泼，自是如水荡漾。然而诗在这里逗了一逗，却不再写下去，转笔落到"鱼戏莲叶间"。戏，是嬉戏取乐。开头两句之后，本该有人的"戏"，作者却将它转嫁为鱼的"戏"。这就是移情的表现。但虽是写鱼，"戏"的情绪却是从上二句流贯而来的。所以，你不必想清楚这里暗蕴着什么，凭直感就能体味到采莲人的情趣正在其中。不过，这里也并不是比喻、象征的手法，"鱼戏"也是实景，是一个完整画面中的一部分。采莲人本是快乐的，看到成群的鱼儿倏忽往来，潜沉浮跃，似乎自己也同鱼一样，轻松活泼，自由自在，无挂无碍。

　　这诗实在是极简单极稚拙的，尽管可以指出它的许多好处，也不能说它具有特别高的艺术造诣。那么，为什么它令后人赞叹不已呢？就在于这样的诗完全是天机触发的结果，是人的美感本能的自然流露。而且，它的单纯、稚拙，是不容模仿的。于是这诗便能永远保持其独特与新鲜意味。后代《采莲曲》《江南弄》等乐府诗，都是它的流变，但要说表现手法，都只能另辟蹊径了。

渔家傲引

（宋）洪 适

子月①水寒风又烈，<u>巨鱼</u>漏网成虚设。圉圉②从它归丙穴③，谋自拙，空归不管旁人说。

昨夜醉眠西浦月，今宵独钓南溪雪。妻子④一船衣百结，长欢悦，不知人世多离别。

◆◆ **注 释**

①子月：农历十一月。②圉圉：鱼在水中游乐的样子。③丙穴：城口（今属四川）有丙穴，春社前嘉鱼出穴，秋社归。④妻子：妻子和儿女。

◆◆ **鉴 赏**

《渔家傲引》是宋代歌舞曲之一，是一种专咏体，以多首合咏一事。洪适的《渔家傲引》，共有词十二首，分咏渔家一年十二个月的生活情景，从"正月东风初解冻"起，至"腊月行舟冰凿鳞"止，词体与《渔家傲》无异。本次是对十一月渔夫生活场景的描绘。

本词生动地描写了词人回归自然后所见到的简单自在的农村生活。本词是词人洪适晚年"乞休归，家居十八年，以著述吟自娱"。归隐后的著述名《盘洲集》，而《渔家傲引》是《盘洲集》的代表作，描写的是词人归隐后和谐、恬静的生活。

　　上阕主要记叙了渔夫捕鱼空手而归这样一件事。开头首句"子月水寒风又烈"，既交代了故事发生在"子月"（即农历十一月），又交代了目前的天气很恶劣，水体寒冷，西风猛烈。在这样恶劣环境中苦苦等待，有巨鱼进网了，却又让它漏网而逃。渔夫辛辛苦苦的筹划竟成虚设，这样的事实让人惋惜且暗自懊恼。"谋自拙，空归不管旁人说。"渔夫面对此种情况，他并不认为是大鱼漏网而逃了，要怪的话就怪自己谋虑不当，计划不周，才会让大鱼有机可乘逃脱的。纵使是空手而归，不要管别人怎么说。渔夫这种豁达的情怀让人不禁肃然起敬，那是他们一家人的生计之所在，他却可以超然面对。这样的一个渔夫，谁人能以怜悯俗气看待呢？此处也可看出，词人对待这种旷达胸襟的敬仰之情。

　　下阕"昨夜醉眠西浦月，今宵独钓南溪雪"，昨天夜晚喝醉酒后，就昏昏大睡，今天就独自在南溪钓鱼。"昨夜""今宵"和"西浦月""南溪雪"，是通过时间与场景的迅速变换来表现渔人生活的狂放无拘。"妻子一船衣百结"则转写渔人全家的经济生活状。渔家的窘迫困顿，皆在词句。这也是当时渔民生活的真实写照，具有一定的社会代表性。词人对此怀有深深的同情之心。"长欢悦，不知人世多离别"，渔夫一家共享天伦，也不知有人世间的那种离别之苦。其实这里渔人的"不知"，正是作者所"深知"，这样一种对比不禁让人深思其中的寓意。事实上，词人是暗自揭露社会的现实，笔法之隐晦，让人感叹。

水调歌头·金山观月

（宋）张孝祥

　　江山自雄丽，风露与高寒。寄声月姊①，借我玉鉴②此中看。幽壑鱼龙悲啸，倒影星辰摇动，海气夜漫漫。涌起白银阙③，危驻紫金山④。

表独立⑤，飞霞珮，切云冠⑥。漱冰濯雪，眇视万里一毫端。回首三山⑦何处？闻道群仙笑我，要我欲俱还。挥手从此去，翳凤⑧更骖鸾⑨。

注释

①月姊：传说中的月中仙子、月宫嫦娥，借指月亮。②玉鉴：喻皎洁的月亮。③银阙：指代明月。④紫金山：镇江金山。⑤表独立：来自屈原《九歌·山鬼》中的"表独立兮山之上"。⑥切云冠：来自屈原《涉江》中的"冠切云之崔嵬"。⑦三山：古代传说海上有三座神山，即方丈、蓬莱、瀛洲。⑧翳凤：本谓以凤羽为车盖，后用为乘凤之意。⑨骖鸾：谓仙人驾驭鸾鸟云游。

鉴赏

这是一首咏物之词，吟咏的是镇江金山寺。这是闻名的古刹，唐宋以来吟咏者甚多。苏轼在《游金山寺》诗中更以矫健的笔力，描绘其空旷幽优的晚景。词人张孝祥则以超尘的艺术幻觉来构建了一种独特的审美与艺术空间，给人一种不平常却又有如仙境般的感觉，使读者读此词有一种在其中神游的感触。

词的上阕描写秋夜壮丽的长江，天空倒影在江水中，呈现出一种奇幻的自然景象。"江山自雄丽，风露与高寒"，写秋夜江边金山的雄伟壮丽。"寄声月姊，借我玉鉴此中看"，带有浓烈的感情色彩，赋予月亮生命，形象生动。"幽壑鱼龙悲啸，倒影星辰摇动，海气夜漫漫"，月光映照下的江面奇态百生，如"鱼龙"，犹"星辰"，随波呈现种种形态，穿过雾气横生的江面，好像听到了深水中鱼龙呼啸哀号的声音。"涌起白银阙，危驻紫金山"，江上涌起滚滚白浪，在月光下好像一座座仙宫，和旁边的镇江山相映成趣，给人既写实又虚幻的感受。

下阕写作者享受美景，继而飘然出尘。"表独立，飞霞珮，切云冠"，借用屈原的词句表现江上美景。"漱冰濯雪，眇视万里一毫端"，写出作者的内心感受，作者浸沉在冰雪般洁白的月光里，仿佛能透视万里之外的细微景物。"回首"以下五句，作者超常的构思，充满浪漫而神秘的色彩。似乎神仙在向自己微笑，邀约一同前往。后面展现乘坐凤羽做的华盖，用鸾鸟来驾车的情景，富有仙气意味。

本词中所抒写超然脱俗的情思，显示出作者开阔的胸襟，也反映了他的个性特征和品格。

兰溪①棹歌②

（唐）戴叔伦

凉月③如眉挂柳湾，越中④山色镜中看。
兰溪三日桃花雨⑤，半夜鲤鱼来上滩。

注 释

①兰溪：兰溪江，也称兰江，浙江富春江上游一支流。在今浙江省兰溪县西南。②棹歌：船家摇橹时唱的歌。③凉月：新月。④越中：古代东南沿海一带称为越。⑤桃花雨：江南春天桃花盛开时下的雨。

鉴 赏

这是一首富于民歌风味的船歌。此篇独出心裁，选取夜间作背景，歌咏江南山水胜地另一种人们不大注意的美。这是它在取材、构思上的一个显著特点。

"凉月如眉挂柳湾"，首句写舟行所见岸边景色：一弯如眉的新月，映射着清冷的光辉，正低挂在水湾的柳梢上。眉月新柳，相映成趣，富于清新之感。

"越中山色镜中看"，次句转写水色山影。"山色镜中看"，描绘出越中一带水清如镜，两岸秀色尽映水底的美丽图景。句内"中"字复迭，既增添了民歌的咏叹风味，又传递出夜间行舟时于水中一边观赏景色，一边即景歌唱的怡然自得的情趣。

"兰溪三日桃花雨，半夜鲤鱼来上滩"，船继续前行，不觉意间已从平缓如镜的水面驶到滩头。听到滩声哗哗，诗人才联想到连日春雨，兰溪水涨，滩声听起来也变得更加急骤了。在滩声中，似乎时不时听到鱼儿逆水而行时发出的声音，由此可见诗人观察事物描写景物的真切。夜中行舟，夜色本来比较黯淡朦胧，这里特意选用"桃花雨"的字眼，感觉印象中便增添了明艳的春天色彩；夜间本来比较宁静，这里特意写到鲤鱼上滩的声响，遂使静夜增添了活泼的生命跃动气息。实际上，这里所写的"三月桃花雨"与"鲤鱼来上滩"都不是目接之景，都是诗人的想象之景。正因为多了这一层想象的因素，诗情便显得更为浓郁。

通观全诗，可以发现，这首船歌虽然以兰溪之夜作为背景，但它着重表现的并非夜的静谧朦胧，而是兰溪夜景的清新澄澈，生趣盎然。而这正体现出本诗独特的民歌气韵。

清平乐

（宋）晏 殊

红笺①小字，说尽平生意。鸿雁在云鱼在水，惆怅②此情难寄！

斜阳独倚西楼，遥山恰对帘钩③，人面不知何处，绿波依旧东流。

注释

①红笺：红色信纸。②惆怅：伤感。③帘钩：此处指窗户。

鉴赏

晏殊的这首《清平乐》是念远怀人之作，抒写了作者对远方情人的思念，为其名篇之一。此词上阕抒情，下阕写景，抒发了对远方情人的无尽相思之情，笔法细腻雅致，韵味悠长。

词的上阕抒写了女子对情人的一片深情。开头两句"红笺小字，说尽平生意"，为倾诉一番情意、一片相思，便希望修一封红笺。从"小""说尽"等字眼中，可以想象那"红笺"之上密密麻麻地布满了诉说衷肠的话语，可见情之笃、意之浓。"鸿雁在云鱼在水，惆怅此情难寄"，写好的情书却无法传递，即使天上有鸿雁、水中有游鱼，也都不能帮上忙。此处作者化用故人"雁足传书""鱼传尺素"的说法，用典出新，说明无法驱遣它们去传递信书，颇有韵致。

词的下阕着重渲染主人公的孤独和寂寞，点明相思之意。"斜阳独倚西楼，遥山恰对帘钩"，下阕一反常态，首句便转至写景，红日偏西，斜晖照在登楼远望的孤影中，景象凄清，远方的山正对着窗户。作者在此处的景物描写营造出一个充满了离愁别恨的意境。词的结尾两句"人面不知何处，绿波依旧东流"，巧妙化用唐代诗人崔护《题都城南庄》中的诗句"人面不知何处去，桃花依旧笑春风"，曾经映照过佳人的"绿波"依旧东流而去，而佳人却不知已在何处，同时，也将李煜"一江春水向东流"的名句化用，比喻成无限愁思。如今的流水如故，但是此时不知道人在何处，只剩下这幽幽的情思随着流水东去，浓浓的相思此时化开。

该词不同于传统的情景交融的写作方法，语言淡而情深，情调隽永含蓄，是非常能够代表晏殊词风的作品。

渔歌子①

（唐）张志和

西塞山前白鹭飞②，桃花流水鳜鱼肥③。
青箬笠④，绿蓑衣，斜风细雨不须归。

注释

①渔歌子：词牌名。此调原为唐教坊曲，又名《渔父》。分单调、双调二体。单调二十七字，平韵，以张志和此调最为著名。双调，五十字，仄韵。②西塞山：即道士矶，在湖北大冶县长江边。③鳜鱼：俗称"花鱼""桂鱼"。色青黄，有黑斑，是江南名产之一。④箬笠：用竹篾编成的斗笠。

鉴赏

张志和的《渔歌子》词共五首，分咏西塞山、钓台、松江、雪溪、青草湖，泛言江湖渔钓之乐。这首词在秀丽的水乡风光和理想化的渔人生活中，寄托了作者爱自由、爱自然的情怀。词中更吸引我们的不是一蓑风雨、从容自适的渔父，而是江乡二月桃花汛期间春江水涨、烟雨迷蒙的图景。雨中青山，江上渔舟，天空白鹭，两岸红桃，色泽鲜明但又显得柔和，气氛宁静但又充满活力。而这既体现了作者的艺术匠心，也反映了他高远、冲澹、悠然脱俗的意趣。

夏

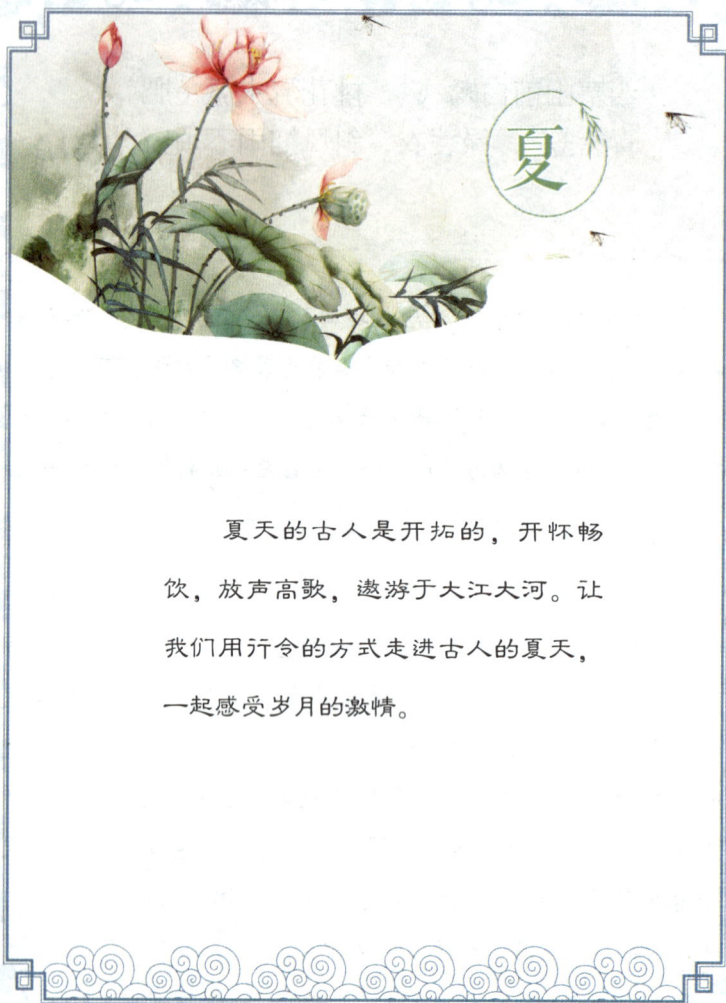

　　夏天的古人是开拓的，开怀畅
饮，放声高歌，遨游于大江大河。让
我们用行令的方式走进古人的夏天，
一起感受岁月的激情。

飞花令

里读诗词

冬

feihualing

孙立权　李继英　主编

吉林出版集团股份有限公司

全国百佳图书出版单位

图书在版编目（CIP）数据

飞花令里读诗词：全4卷. 冬 / 孙立权，李继英主编.-- 长

春：吉林出版集团股份有限公司，2020.5（2022.7重印）

ISBN 978-7-5581-8587-8

Ⅰ.①飞… Ⅱ.①孙… ②李… Ⅲ.①古典诗歌—诗

歌欣赏—中国 Ⅳ.①I207.2

中国版本图书馆CIP数据核字（2020）第069960号

飞花令里读诗词

FEIHUALING LI DU SHICI

主　　编：孙立权　李继英

责任编辑：矫黎晗

封面设计：尚世视觉

出　　版：吉林出版集团股份有限公司

发　　行：吉林出版集团青少年书刊发行有限公司

电　　话：0431-81629808

印　　刷：鸿鹄（唐山）印务有限公司

开　　本：710mm×1000mm　　1/16

字　　数：564千字

印　　张：45

版　　次：2020年6月第1版

印　　次：2022年7月第5次印刷

书　　号：ISBN 978-7-5581-8587-8

定　　价：168.00元（全4卷）

如发现印装质量问题，影响阅读，请与印刷厂联系调换。022-69380901

前言

　　"飞花令"是我国古代的一种行酒令，原本在现代几乎销声匿迹了，但随着《中国诗词大会》等节目的热播，这一古代饮酒助兴的游戏又在现代重现，并唤起了人们对古典诗词的共同记忆与热爱。

　　我国是一个诗词大国，在三千多年的诗词发展历史中，涌现出了无数的经典诗词。《诗经》中的"关关雎鸠，在河之洲"，《离骚》中的"路漫漫其修远兮，吾将上下而求索"，《古诗十九首》中的"同心而离居，忧伤以终老"，还有无数我们耳熟能详的唐诗宋词、明清佳句，这些古老的诗篇形成了中国人的共同记忆，穿越了漫长的岁月，至今还在影响着我们的情感，塑造着我们的精神和品格。

　　可以说，世界上没有哪一个民族能有我们这样热爱诗词——"飞花令"的火爆就是证明。

　　"飞花令"得名于唐代诗人韩翃《寒食》中的名句"春城无处不飞花，寒食东风御柳斜"。"飞花"是在写长安城中柳絮纷飞的景象，意境唯美，而"飞"字又有"传递"之意，符合行酒指令，因此文人墨客便将这种文字游戏称为"飞花令"。行"飞花令"时，由行令人吟出第一句带有"花"字的诗句（也可以用词或曲，一般不超过

七个字），对令人随即对出格律一致、"花"字确定的下一句，如果对不上，就要罚酒。因为格调高雅，又可以展现文人墨客的机敏与学识，"飞花令"在诗歌繁荣的唐代十分盛行。

时至今日，仅仅一个"花"字已经不能满足人们表达的需求，而格律的限制也让普通人很难参与到"飞花令"这一游戏当中。有鉴于此，我们对"飞花令"进行了改良，除了"花"字，我们还依据现代人的审美习惯，选取了诗词中经常出现的春、夏、秋、冬、江、河、湖、海等字，每一个字都依据"飞花令"的规则对应数句诗词，而对于现代人很难考虑到的格律，我们也放宽了限制。为了易于理解，我们把这些从中国诗词历史长河中精心选取的诗句或词句，都重新"归还"到了原诗或原词当中，还配上意境吻合的插画，诗词的最后再辅以注释和鉴赏，最终形成了这套我们精心制作的《飞花令里读诗词》。

诗词在中国的历史已经超过三千年了，在漫长的岁月里涌现出无数篇章，它们彰显着性灵的飞扬，表达着生命的忧思，充满了历史的感喟。历史滚滚向前如同大浪淘沙，一些诗篇消失不见了，一些诗篇零碎地散乱在沙滩上，像珍珠一样熠熠生辉，等待有人把它们串起来，制作成精美的"项链"。"飞花令"就是串起"珍珠"的那条线，但是只串起这些"珍珠"毫无意义，想要这精美的"项链"变得更有意义，还需要读者的参与。

你做好准备了吗？让我们一起走进诗词的世界，去重温那些历久弥新的经典诗句，跟随古人的眼睛去看青山绿水，江山多娇，跟随古人的心去欣赏寒来暑往间诗与季节的互相成就而绽放的光芒，跟随古人的情怀去咏叹直教人生死相许的爱情最美的模样，跟随古人的壮志去致敬征战沙场的英雄，致敬孕育英雄之气的天地山河。让我们一起吟诵千古佳句，一起感受中华文化的独特美丽吧。

目 录

4

年

冬

上　邪

汉乐府

上邪！①
我欲与君相知②，长命③无绝衰。
山无陵④，江水为竭，
冬雷震震⑤，夏雨雪⑥，
天地合⑦，乃敢⑧与君绝！

注释

①上邪：犹言"苍天啊"，也就是对天立誓。上，指天。邪，音义同
"耶"。②相知：相爱。③命：古与"令"字通，使。这两句是说，我愿与
你相爱，让我们的爱情永不衰绝。④陵：大土山。⑤震震：雷声。⑥雨雪：降

雪。⑦天地合：天与地合而为一。⑧乃敢：才敢。"敢"字是委婉的用语。

赏析

　　本篇是汉乐府民歌《饶歌》中的一首情歌，是一位痴情女子对爱人的热烈表白，在艺术上很见匠心。诗的主人公在呼天为誓，直率地表示了"与君相知，长命无绝衰"的愿望之后，转而从"与君绝"的角度落墨，这比平铺更有情味。主人公设想了三组奇特的自然变异，作为"与君绝"的条件："山无陵，江水为竭"——山河消失了；"冬雷震震，夏雨雪"——四季颠倒了；"天地合"——再度回到混沌世界。这些设想一件比一件荒谬，一件比一件离奇，根本不可能发生。这就把主人公至死不渝的爱情强调得无以复加，以至于把"与君绝"的可能从根本上排除了。这种独特的抒情方式准确地表达了热恋中人特有的绝对化心理。深情奇想，确实是"短章之神品"。

　　与文人诗词喜欢描写少女初恋时的羞涩情态相反，在民歌中最常见的是以少女自述的口吻来表现她们对于幸福爱情的无所顾忌的追求。这首诗属于汉代乐府民歌中的《鼓吹曲辞》，是一位心直口快的北方姑娘向其倾心相爱的男子表述爱情。由于这位姑娘表爱的方式特别出奇，表爱的誓词特别热烈，致使千载之下，这位姑娘的神情仍能活脱脱地从纸上传达出来。

　　这首古诗对后世的影响很大。敦煌曲子词中的《菩萨蛮》在思想内容和艺术表现手法上明显受到它的启发："枕前发尽千般愿，要休且待青山烂。水面上秤锤浮，直待黄河彻底枯。白日参辰现，北斗回南面，休即未能休，且待三更见日头。"不仅对坚贞专一的爱情幸福的追求是如出一辙的，并且连续用多种不可能来说明一种不可能的艺术构思也是完全相同的。

　　《上邪》是热恋中的情人对于爱情的誓言。它语言质朴、参差不齐、全无修饰，却有令人惊心动魄的力量。诗中主人公连用了五种绝不可能出现的自然现象，直言爱对方一直要爱到世界末日。这首诗充分体现了汉乐府民歌感情激烈而直露的特色。

渡汉江①

（唐）宋之问

岭外音书②断，经冬复③历春。
近乡情④更怯，不敢问来人。

注释

①汉江：指襄阳附近的一段汉水。②音书：书信，消息。③复：又，再。④情：心情。

鉴赏

这首诗是作者获罪被贬到岭南泷州（今广东罗定县），逃归途中经过汉江时写的（此诗一说为李频作，首句"断"作"绝"）。

诗歌的前两句追述岭南往事。贬谪荒蛮之地，和家人音信隔绝，彼此存亡未卜，时光流转，经冬历春，诗人依次层递，表现出异乡游子那种贬居荒蛮期间孤独、苦闷的感情和对家乡、亲人的思念。由"断"字可以体会到诗人寂寞孤单的精神痛苦；由"复"字又能品味出他因生活枯燥而度日如年，备感时光久远漫长的心境。为后两句"近乡情更怯"的描述提供了背景，作了铺垫。

有了第一联的背景，第二联的抒情就显得字字有根了。二联叙述这时的心情，越是接近家乡，越是不敢向从家乡来的人打听家乡的消息。其实，宋之问的家乡离汉江还比较远，所谓"近乡"，充其量只是一种心理习惯，更何况此次宋之问并未逃归家乡，而是隐居到了洛阳城中。按照常理，应该是越接近家乡，越着急打听家乡的情况，但是仔细一想，又似乎只有像作者那样才更合乎情理，因为作者长期贬居岭南，家人音讯全无，他非常担心他们的命运，怕因为自己而使他们遭受什么不幸。时间越长，这种对家人的思念和担心越朝两极发展，到最后既期盼消息，又害怕得到什么不好的消息。现在到了接近家乡的地方，这种矛盾重重的心理更是有了戏剧化的发展。作者生怕自己原来的担心、不详的预感在路上通过家乡来的人得到验证，从而变成活生生的残酷现实。所以，原本该是"情更切"变成了"情更怯"，而"急欲问来人"变成了"不敢问来人"，透过这一联，读者的心理仿佛也随作者感觉到了焦急和折磨，这种抒写，是真切、实在和耐人寻味的。

这首诗所表现的长期客居异乡、久无家中音讯的游子，在行近家乡时所产生的那种忐忑不安、复杂微妙的特殊心理感情，具有很大的典型性与普遍性。这种具有典型性的精微表现，是这首诗脍炙人口、流传千古的魅力之所在。

贺新郎·寄辛幼安和见怀韵

（宋）陈 亮

老去凭谁说？看几番、神奇臭腐①，夏裘冬葛②。父老长安今余几？后死无仇可雪。犹未燥③、当时生发。二十五弦④多少恨，算世间、那有平分月。胡妇弄，汉宫瑟。

树犹如此堪重别，只使君、从来与我，话头多合。行矣置之无足问，谁换妍皮痴骨。但莫使、伯牙弦绝。九转丹砂牢拾取，管精金、只是寻常铁。龙共虎，应声裂。

注 释

①神奇臭腐：语出《庄子·知北游》中"臭腐复化为神奇，神奇复化为臭腐"，腐朽和神奇相互变幻。此为善恶不分。②夏裘冬葛：语出《淮南子》"冬日之葛""夏日之裘"，本应冬裘夏葛，此用指办事颠倒，不分是非。

③未燥：心中的激动烦躁。④二十五弦：指瑟。声多悲。

鉴赏

　　陈亮与辛弃疾（字幼安）同为南宋前期著名的爱国词人。二人志同道合，意气相投，感情至深，但各以事牵，相见日少。淳熙十五年（1188）冬，陈亮先由浙江东阳到江西上饶，访问了罢官闲居带湖的辛弃疾。别后，辛弃疾惆怅怀思，乃作《虞美人》一首以寄意。时隔五日，恰好收到陈亮索词的书信，弃疾便将《虞美人》录寄。

　　上阕是议论国家大事，可见二人的感情真挚、志同道合。首句"老去凭谁说"，写知音难觅，而年已老大，不唯壮志莫酬，甚至连找一个可以畅谈天下大事的同伴都不容易。然后是感叹世事难料，"父老长安今余几？"南渡已数十年了，那时留在中原的父老，活到今天的已所剩无几。朝廷数十年偏居江南，不图恢复，对人们心理有极大的麻痹作用。经历过"靖康之变"的老一辈先后谢世，后辈人却从"生发未燥"的婴孩时期就习惯于南北分立的现状，并视此为固然，他们势必早已形成了"无仇可雪"的错误认识。这才是令人忧虑的问题。词以"二十五弦"之瑟，兼寓分破与悲恨两重意思。"胡妇弄，汉宫瑟"，承上"二十五弦"，补出"多少恨"的一个例证。同时对南宋朝廷屡次向金人卑躬屈膝，恢复大业坐失良机的现实，也就有所揭露、鞭挞。

　　下阕转入抒情，重叙友谊。"只使君、从来与我，话头多合。"辛陈二人之交与众不同，二人境遇、意气、文采俱相类，因而当世与之契合者无过于辛弃疾，故而二人唱和之词也最多。"但莫使、伯牙弦绝"，将两人的关系比作俞伯牙、钟子期，可见两人感情的深厚，如此交情又遇离别，独自怅惘可知。然而二人都是有英雄气概的人，又怎会久沉于儿女情长？故转而论大事：如今虽是天各一方，但只要双方初衷不改，那又有什么关系呢？最后，词人以"九转丹砂"与辛共勉，炼丹虽难，但只要你我恒心齐力，炼丹成功是指日可待的。

早 梅

（唐）张 谓

一树寒梅白玉条，迥①临村路傍②溪桥。

不知近水花先发③，疑是经冬雪未销。

注 释

①迥：远，距离远。②傍：靠近。③发：开放，指花儿的绽放。

鉴 赏

张谓这首《早梅》诗，立意咏赞早梅的高洁，但作者并没有发一句议论和赞语，却将早梅的高洁品格和诗人的赞美之情清晰地刻画出来。

"一树寒梅白玉条"描写早梅花开的娇美姿色。"一树"实为满树，形容花开之密集而缤纷；"寒梅"指花开之早，还在冬末春初的寒冷季节，紧扣"早"字；"白玉条"生动地写出梅花洁白娇美的姿韵，像一块白玉似的晶莹醒目。这是对梅花外貌的描写，有形有神，令人陶醉。"迥临村路傍溪桥"，从生长环境中表现早梅的高洁品格。花草本无知，不会选择生长环境，但这里诗人在真实的景物中，融入人的思想意念，仿佛寒梅是有意远离村路，而到偏僻的傍溪近水的小桥边，独自悄悄地开放。这就赋予早梅以不竞逐尘世、无哗众取宠之心的高尚品格。这样就使诗的意境显得开阔，进一步突出了早梅的高洁。

梅与雪常常在诗人笔下结成不解之缘，如许浑《早梅》诗云："素艳雪凝树"，这是形容梅花似雪，而张谓的诗句则是疑梅为雪，着意点是不同的。对寒梅花发，形色的似玉如雪，不少诗人也都产生过类似的疑真的错觉。宋代王安石有诗云："遥知不是雪，为有暗香来"，也是先疑为雪，只因暗香袭来，才知是梅而非雪，和此篇意境可谓异曲同工。而张谓此诗，从似玉非雪、近水先发的梅花着笔，写出了早梅的形神，同时也写出了诗人探索寻觅的认识过程。并且透过表面，写出了诗人与寒梅在精神上的契合。
读者通过转折交错、首尾照应的笔法，自可领
略到诗中悠然的韵味和不尽的意蕴。

古诗十九首（其七）

汉乐府

明月皎夜光，促织①鸣东壁。
玉衡指孟冬②，众星何历历③。
白露沾野草，时节忽复易④。
秋蝉鸣树间，玄鸟逝安适⑤？
昔我同门友⑥，高举振六翮⑦。
不念携手好，弃我⑧如遗迹。
南箕北有斗⑨，牵牛不负轭⑩。
良无盘石固⑪，虚名复何益？

注释

①促织：蟋蟀。②玉衡：指北斗七星中的第五至七星。北斗七星形似酌
酒的斗：第一星至第四星成勺形，称斗魁；第五星至第七星成一条直线，称斗
柄。由于地球绕日公转，从地面上看去，斗星每月变一方位。古人根据斗星所
指方位的变换来辨别节令的推移。孟冬：冬季的第一个月。这句是说由玉衡
所指的方位，知道节令已到孟冬夏历的七月。③历历：分明貌。一说，历历，
行列貌。④易：变换。⑤玄鸟：燕子。安适：往什么地方去？燕子是候鸟，
春天北来，秋时南飞。这句是说天凉了，燕子又要飞往什么地方去了？⑥同门
友：同窗，同学。⑦翮：鸟的羽茎。据说善飞的鸟有六根健劲的羽茎。这句是
以鸟的展翅高飞比喻同门友的飞黄腾达。⑧"弃我"句：是说就像行人遗弃

7

脚印一样抛弃了我。⑨南箕：星名，形似簸箕。北斗：星名，形似斗酌酒器。
⑩牵牛：指牵牛星。轭：车辕前横木，牛拉车则负轭。"不负轭"是说不拉
车。这二句是用南箕、北斗、牵牛等星宿的有虚名无实用，比喻朋友的有虚名
无实用。⑪盘石：同"磐石"，大石。

赏析

　　此诗之开篇"明月皎夜光，促织鸣东壁"，读者可以感觉到诗人此刻正浸
染着一派月光。这里皎洁的月色，蟋蟀的低吟，交织成一曲无比清切的夜之旋
律。再看夜空，北斗横转，那由"玉衡"北斗第五星、"开阳""摇光"三星
组成的斗柄杓，正指向天象十二方位中的"孟冬"。闪烁的星辰，更如镶嵌天
幕的明珠，把夜空辉映得一片璀璨。一切似乎都很美好，包括那披着一身月光
漫步的诗人。但是"此刻"究竟是什么时辰？"玉衡指孟冬"。据金克木先生
解说，"孟冬"在这里指的不是初冬节令，因为下文明说还有"秋蝉"，而是
指仲秋后半夜的某个时刻。仲秋的后半夜——如此深沉的夜半，诗人却还在月
下踽踽独步，确实有些反常。倘若不是胸中有着缠绕不去的忧愁，搅得人心神
不宁，谁也不会在这样的时刻久久不眠。明白了这一层，人们便知道，诗人此
刻的心境非但并不"美好"，简直有些凄凉。由此体味上述四句，境界就立为
改观——不仅那皎洁的月色，似乎变得幽冷了几分，就是那从"东壁"下传来
的蟋蟀之鸣，听上去也格外到哀切。从美好夜景中，抒写客中独步的忧伤，那
"美好"也会变得"凄凉"的，这就是艺术上的反衬效果。

邯郸冬至夜思家

（唐）白居易

　　邯郸①驿②里逢冬至③，抱膝灯前影伴身。
想得家中夜深坐，还应说着远行人。

注 释

①邯郸：唐县名，今河北邯郸市。②驿：驿站，客店，古代的传递公文、转运官物或出差官员途中歇息的地方。③冬至：农历二十四节气之一。在十二月下旬，这一天白天最短，夜晚最长。古代冬至有全家团聚的习俗。

鉴 赏

这首诗写于贞元二十年（804）岁末，作者任秘书省校书郎，时年33岁。在唐代，冬至是个重要节日，朝廷里放假，民间互赠饮食，穿新衣，贺节，一切和元旦相似，这样一个佳节，在家中和亲人一起欢度，才有意义。而白居易写这首诗时，正宦游在外，夜宿于邯郸驿舍中。

第一句的句意与诗题相近，是叙说自己远离故乡，客居驿站，令人难堪的是客中逢佳节。冬至佳节，在家中和亲人一起欢度，才有意思。如今远在邯郸的客店里，将怎样度过呢？只能抱着膝坐在孤灯前，在静夜中，唯有影子相伴。第一句叙客中度节，已植"思家"之根。第二句顺势写来，正面叙写自己思家的情形，诗人在此抓住一个细节，"抱膝灯前影伴身"，冬至之夜，独自一人抱膝枯坐灯前，相伴的只有自己的影子，抱膝这一动作，活画出客居他乡游子的百无聊赖，"灯前"，说明是冬至之夜，而"影伴身"，则更进一步写出其形影相吊的孤寂之感。

接下来两句如果按照正常的思路来写，应当是描写自己如何思念故里，思念亲人，但诗人却说"想得家中夜深坐，还应说着远行人"。他不直说自己思念亲人，而用家人深夜在想念自己这一想象的情景来表现。三、四两句十分感人，也颇耐人寻味：诗人在思家之时想象出来的那幅情景，却是家里人如何想念自己。至于"说"了些什么，则给读者留下了驰骋想象的广阔天地。每一个人都可以根据

自己的生活体验，给予补足。

　　构思精巧别致。首先，诗中无一"思"字，只平平叙来，却处处含着"思"情；其次，写自己思家，却从对面着手。以直率质朴的语言，道出了人们常有的一种生活体验，感情真挚动人。

浣溪沙

（宋）苏 轼

元丰七年十二月二十四日，从泗州刘倩叔游南山。

细雨斜风作晓寒，淡烟疏柳媚晴滩。入淮清洛①渐漫漫。

雪沫乳花浮午盏②，蓼茸蒿笋试春盘③。人间有味是清欢。

注释

①淮：淮河。洛：洛河。②雪沫乳花：煎茶时浮现在水面上的泡沫。午盏：午茶。③蓼茸、蒿笋：均是鲜嫩的春菜。春盘：旧俗立春用鲜菜、水果、饼饵等装盘，馈送亲友，故称。

鉴赏

　　这首记游词，是神宗元丰七年（1084），苏轼赴汝州（今河南汝县）任团练使途中，路经泗州（今安徽泗县）时，与泗州刘倩叔同游南山时所作。

　　上阕写早春景象，起句"细雨斜风作晓寒"，清晨风斜雨细，瑟瑟寒侵，这残冬腊月是很难耐的，可是以"作晓寒"三字表现了一种不太在乎的态度。"淡烟疏柳媚晴滩"，雨脚渐收，烟云淡荡，河滩疏柳，尽沐晴晖，一个"媚"字，极富动感地传出作者喜悦的心声，把淡烟疏柳在晴滩上的妩媚神态写活了，似乎淡烟疏柳也懂得献媚"晴滩"似的。所谓"晴滩"，联系起句"细雨"来看，是作者上路时还下着小雨，说明在途中雨止初晴，和煦的阳光洒满大地，一片明媚春光，这是近景。"入淮清洛渐漫漫"，是远景，随着词人镜头的推移，聚焦在那流入淮河的洛水，清澈而浩荡地往前奔流，越去越远了。以虚摹的笔法，从眼前的淮水联想到上游清碧的洛涧，当它汇入浊淮以后，就变得混混沌沌一片浩茫了。

　　下阕写他们游山时清茶野餐的风味及其欢快的心情。"雪沫乳花浮午盏，蓼茸蒿笋试春盘"，生活中的小事，却写得清新巧妙，刻画入微。雪沫乳花，状煎茶时上浮的白沫，以雪、乳来形容它的颜色白，既是比喻，又是夸张，形象鲜明。"蓼茸蒿笋试春盘"，让人仿佛看到那装在菜盘里的绿色的蓼茸蒿笋，嗅到醉人的芳香。这里，作者巧妙地把摆在他们面前的白绿相间、色泽鲜明的食品再现出来，可口悦目，味色相兼。其高明之处在于把生活形象熔铸成艺术形象，让读者也享受到他品茗尝鲜而来的喜悦之情。在上面写实的基础上，宕开一笔："人间有味是清欢"，这是一个具有哲理性的命题，人间最有意味的，莫过于能有清幽的欢愉，但这并不是人生的真谛，人生于世，当为国为民而贡献自己的力量。当时苏轼正被贬，他发出这样的论调，正是一种不满之言。这样的结尾，既能收住全文，又有理趣，有诗味，给读者留下了深刻的印象。

逢雪宿芙蓉山①主人

（唐）刘长卿

日暮苍山②远，天寒白屋③贫④。
柴门闻犬吠⑤，风雪夜归⑥人。

注释

①芙蓉山：地名。在今江苏常州。芙蓉山有几处：今山东临沂专区，福建闽侯，湖南桂阳、宁乡，广东曲江等地均有芙蓉山。从诗中所写风雪来看，只有山东和湖南才有可能出现。②苍山：青黑色的山。③白屋：贫家的住所。房顶用白茅覆盖，或木材不加油漆叫白屋。④贫：穷。⑤吠：狗叫。⑥夜归：夜晚归来。

鉴赏

此诗当是刘长卿漂泊湘楚期间所作。时间大约在代宗大历四年冬。因为大历五年（770）左右，刘又回到吴中去了。这首诗用极其凝练的诗笔，描画出一幅以旅客暮夜投宿、山家风雪人归为素材的寒山夜宿图。诗是按时间顺序写下来的。

诗一开始就拉开一个远镜头，苍茫的暮色笼罩着远处的千峰百嶂，四围山色逐渐暗淡，这正是黄昏山野的景象。诗句中并没有明写人物，直抒情思，但使读者感到其人呼之欲出，其情浮现纸上。这里，点活画面、托出诗境的是一个"远"字。它给人以暗示，引人去想象。一个跋山越岭，经过了一天劳碌奔波的行旅之人在暮色苍茫中踽踽独行。一种寂寞、冷落、孤单的感觉立刻涌上心头。景色的描写与人物的心境是和谐统一的。

接着，镜头由远处移向近处，"天寒白屋贫"。四围山色黯淡，已够凄凉，更加以寒气袭人，在荒凉的山村唯一可以投宿的就是这所"白屋"。这不能不使羁旅行役之人感到欣慰。因为这虽是"白屋"，毕竟有栖身之所，聊胜于无。一个"贫"字，应当是从遥遥望见茅屋到叩门入室后形成的印象。诗句是纪实的。这一句里的"天寒"两字，还有其承上启下作用。承上，是进一步渲染日暮路遥的行色；启下，是作为夜来风雪的伏笔。第一、二句为工整的对偶句，合起来只用了十个字，已经把山行和投宿的情景写得神完气足了。

第三、四句"柴门闻犬吠，风雪夜归人"是紧承前二句来的。写的是借宿山家以后的事。"夜归人"指谁？是指作者自己，还是另一个人？"日暮"只是黄昏时候，尚未入夜；而且"归"即使解为"归宿"，毕竟与投宿的概念不同，归宿不等于投宿。笔者认为"夜归人"当指白屋主人。诗人出人意外地展现了一个在万籁俱寂中忽见喧闹的犬吠人归的场面。这就在尺幅中显示变化，给人以平地上突现奇峰之感。白天在风雪中奔走了一整天的旅人在夜深人静之后本当入睡，忽听柴门外声声犬吠，打破了山乡之夜的宁静，原来是白屋主人冒着风雪回家来了。有所闻当有所感。作者漂流湘楚，为一官而奔走，为生活而劳碌，已多感慨。而白屋主人冲寒冒雪，深夜归家，无非也是为生活而奔忙。世路艰难，谋生不易，作者从他身上找到了某种共同点。因而引发了同感。但这层意思只是弦外之音，含而不露。从艺术角度看，不露比直露好得多。

前半首诗是从所见之景着墨，后半首诗则是从所闻之声下笔的。声音交织成一片，尽管借宿之人不在院内，未曾目睹，但从这一片嘈杂的声音中足以构想出一幅风雪人归的画面。诗写到这里，含意不伸，戛然而止，没有多费笔墨去说明倾听这些声音、构想这幅画面的借宿之人的感想，但从中透露的山居荒寒之感，由此触发的旅人静夜之情，都不言自见，可想而知

了。这首诗在用词造境上很讲究前后呼应。如"日暮"与"夜","天寒"与"风雪","白屋""柴门"与"贫",和谐一致,意境完整。清施补华《岘佣说诗》评此诗:"较王、韦稍浅,其清妙自不可废。"

清平乐

（宋）李清照

年年雪里,常插梅花醉。捋尽梅花无好意①,赢得满衣清泪②。

今年海角天涯,萧萧两鬓生华③。看取晚来风势,故应难看梅花。

注释

①好意:好兴致。②清泪:眼泪。宋曾巩《秋夜》诗:"清泪昏我眼,沉忧回我肠。"明沈德符《野获编·佞幸·佞人涕泣》:"乃以数行清泪,再荷收录,终以爱弛。"③华:即"花",花白的头发。

鉴赏

这是一首典型的赏梅词作,写于词人晚年流徙南国之时。词意含蓄蕴藉,感情悲切哀婉,以赏梅寄寓自己的今苦之感和亡国之忧,抒发南渡前后的今昔之感。

上阕回忆了词人两个生活阶段赏梅时的不同情景和心情。"年年雪里,常插梅花醉",此处通过生活细节的描写生动地再现了词人早年赏梅的情景和兴致,表现出少女的纯真、欢乐和闲适。过去每年当梅花盛开的时候,词人都会来到雪地里赏梅。雪里梅开,春天即将来临,词人忍不住把它折下来插在发梢。梅的清香环绕在周围，闻香而醉。"醉"字有两层意思，一方面是词人沉醉于梅花的娇态和花香，另一方面是词人借酒助兴而醉了。"挼尽梅花无好意，赢得满衣清泪"，词人饮酒又不能浇愁，此时也无好心情去赏玩，只是漫不经心地揉搓着梅花。那片片的梅花，如同串串泪珠，洒满少女的衣襟。花还是和昔日一样美丽，却物是人非，不由悲从中来。李清照婚后，夫妻志同道合，生活美满幸福。但由于种种原因他们常常离居两地，两家各发生变故，尤其是丈夫的不幸离世使她识尽离愁别苦。由此这两句中所包含词人的忧伤以及怨恨的情绪可见一斑。

下阕伤今。"今年海角天涯，萧萧两鬓生华"，写南渡后词人的沧桑形象。由于词人经历了国破家亡、丈夫离世等重大变故，漂泊海角，风烛残年。生活的折磨使词人很快变得憔悴苍老，头发稀疏，两鬓花白。这里面包含着几多辛酸和哀愁。"看取晚来风势，故应难看梅花"，一语双关，既写人的两鬓生华，梅花芳颜难以再睹，又指国家情势恶劣。词人感慨人世遭遇和国家的遭难，把身世之苦、国家之难糅合在一起，词境升华。

这首词借不同时期的赏梅感受写出了词人的心路历程：少年的欢乐，中年的幽怨，晚年的沦落，都约略可见。运用对比手法，写梅传神入骨，感情真切，表现出词人生活的巨变，尤其是晚年飘零和国破家亡之遭遇，悲深凄切。

征人怨

（唐）柳中庸

岁岁①金河②复玉关③，朝朝马策④与刀环⑤。
三春⑥白雪归青冢⑦，万里黄河绕黑山⑧。

注释

①岁岁：指年年月月，下文的"朝朝"同义。②金河：即黑河，在今呼和浩特市城南。③玉关：玉门关的简称。④马策：马鞭。⑤刀环：刀柄上的铜环，喻征战事。⑥三春：春季的三个月或暮春，此处为暮春。⑦青冢：汉王昭君墓，在今内蒙古呼和浩特之南。⑧黑山：一名杀虎山，在今内蒙古呼和浩特市东南。

鉴赏

这是一首传诵极广的边塞诗，一说李益作，题为《夜上受降城闻笛》，写的是一个隶属于单于都护府的征人的怨情。全诗四句，一句一景，表面上似乎不相连属，实际上却统一于"征人"的形象，都紧紧围绕着一个"怨"字铺开。

前两句就时记事，"岁岁""朝朝"相对，"金河""玉关""马策""刀环"并举，又加以"复""与"字，给人以单调困苦、无尽无穷之感，怨情自然透出。

三句写时届暮春，在苦寒的塞外却"春色未曾看"，肃杀如此，令人凄绝。末句写边塞的山川形势。这两句写景，似乎与诗题无关，其实都是征人常见之景，因而从白雪青冢与黄河黑山这两幅图画里，读者不仅看到征戍之地的苦寒与荒凉，也可以感受到征人转战跋涉的辛苦。

这首诗通篇不着一个"怨"字，却又处处弥漫着怨情。诗人抓住产生怨情的缘由，从时间和空间两方面落笔，让"岁岁""朝朝"的戎马生涯以及"三春雪"与"黄河""黑山"的自然景象去现身说法，收到了"不著一字，尽得风流"的艺术效果，可谓妙绝。全诗对仗精工，巧于炼字，别具情韵。

念奴娇·赤壁怀古^①

（宋）苏 轼

大江东去，浪淘尽、千古风流人物。故垒^②西边，人道是、三国周郎^③赤壁。乱石穿空，惊涛拍岸，卷起千堆雪。江山如画，一时多少豪杰！

遥想公瑾当年，小乔^④初嫁了，雄姿英发。羽扇纶巾^⑤，谈笑间、樯橹灰飞烟灭。故国神游^⑥，多情应笑我、早生华发。人生如梦，一樽还酹^⑦江月。

注 释

①赤壁怀古：元丰五年（1082）七月，苏轼在黄州所作。公元208年，周瑜联合刘备、诸葛亮以少数兵力大败曹操大军于赤壁，遂成三国鼎立的局势。苏轼所游为黄州赤壁矶，曾被讹传为赤壁之战地。②故垒：旧时的营垒。③周郎：指周瑜，字公瑾，赤壁之战时吴军的主将，吴主孙策授以"建威中郎将"时年仅二十四岁，吴中呼为周郎。④小乔："乔"本作"桥"，东吴桥玄有两个女儿，称为二乔，大乔嫁给孙策，小乔嫁给周瑜。⑤羽扇纶巾：用长羽毛做的扇和配有青丝带的头巾，古代文人、儒将的服饰。此指周瑜。⑥神游：心神向往，如亲游其境。《列子·黄帝》："昼寝而梦游于华胥氏之国。华胥氏之国在弇州之西，台州之北，不知斯齐国几千万里，盖非舟车足力之所及，神游

而已。"⑦酹：以酒浇地，以表祭奠。

鉴赏

　　这首被誉为"千古绝唱"的名作，是宋词中流传最广、影响最大的作品之一，也是豪放词最杰出的代表。

　　开篇借景抒情，首句"大江东去"四字极富有艺术表现力，浩瀚的长江滚滚东流，奔涌向前，展现一幅开阔壮观之景致，"浪淘尽，千古风流人物"，历史的长河"淘尽"了一代又一代的"风流"人物，时越古今，地跨万里，把倾注不尽的大江与名高累世的历史人物联系起来，布置了一个极为广阔而悠久的空间、时间背景。在如此辽阔的时空中，自己的贬谪又算得了什么呢？作者从中便又有一种释然，在人类的悲戚中得到一种超然，气魄超凡。"故垒"两句，点出这里是传说中的古赤壁战场，借怀古以抒感。"人道是"，下笔极有分寸。"周郎赤壁"，既是映合词题，又是为下阕缅怀公瑾预伏一笔。以下"乱石"三句，"穿""拍""卷"等词都富于动感，形声兼备地勾勒出惊心动魄的奇伟景观，隐喻周瑜的非凡气概，并为众多英雄人物的出场渲染气氛，为下文的写人、抒情做好铺垫。"穿""拍"二字，总述上文，带起下阕，"江山如画"四字对景物进行整体性的描写和赞美，如画的江山孕育了多少豪杰，也引无数英雄竞折腰，为下文对周瑜的进一步描写奠定基础。

　　上阕重写景，下阕则由"遥想"领起五句，集中塑造青年将领周瑜的形象。赤壁之战前，插入"小乔初嫁了"这一生活细节，以美人烘托英雄，更见周瑜的风姿潇洒、年轻有为，令人艳羡。"雄姿英发。羽扇纶巾"，从肖像仪态上描写周瑜束装儒雅，风度翩翩，展现出作为指挥官的周瑜临战潇洒从容。"谈笑间，樯橹灰飞烟灭"，抓住了火攻水战的特点，精确地概括了整个战争的胜利场景。以下三句，由凭吊周郎而联想到作者自身，表达了词人壮志未酬的郁愤和感慨，"多情应笑我，早生华发"为倒装，实为"应笑我多情，早生华

发"，感慨身世，极言生命短促，人生无常，深沉、痛切地发出了年华虚掷的悲叹。"人生如梦"，抑郁沉挫地表达了词人对坎坷身世的无限感慨。"一樽还酹江月"，借酒抒情，思接古今，感情沉郁，是全词余音袅袅的尾声，词人以酒洒地，逐渐摆脱苦闷，超然物外，其潇洒旷达可见一斑。

这首词融景物、人事感叹、哲理于一体，感慨古今，雄浑苍凉，大气磅礴，昂扬郁勃，把人们带入江山如画、奇伟雄壮的景色和深邃无比的历史沉思中，唤起读者对人生的无限感慨和思索，给人以撼魂荡魄的艺术力量。

晚 春

（唐）韩 愈

草树知春不久归①，百般红紫斗芳菲。
杨花②榆荚③无才思④，惟解漫天作雪飞。

注释

①不久归：将结束。②杨花：指柳絮。③榆荚：亦称榆钱。榆未生叶时，先在枝间生荚，荚小，形如钱，荚老呈白色，随风飘落。④才思：才华和能力。

鉴赏

这首诗用拟人化的手法描绘了晚春的繁丽景色，其中，它还寄寓着人们应该乘时而进，抓紧时机去创造有价值的东西这一层意思。

诗人不写百花稀落、暮春凋零，却写草木留春而呈万紫千红的动人情景：花草树木探得春将归去的消息，便各自施展出浑身解数，吐艳争芳，

色彩缤纷，繁花似锦，就连那本来乏色少香的杨花、榆荚也不甘示弱，而化作雪花随风飞舞，加入了留春的行列。诗人体物入微，发前人未得之秘，反一般诗人晚春迟暮之感，摹花草灿烂之情状，展晚春满目之风采。寥寥几笔，便给人以满眼风光、耳目一新的印象。

　　这首诗平中翻新，颇富奇趣、想象之奇。"草木"本属无情物，竟然能"知"能"解"还能"斗"，而且还有"才思"高下有无之分。末二句尤其耐人咀嚼，读者大可根据自己的生活体验进行毫无羁绊的大胆想象，使人思之无穷，味之不尽。

　　此诗之寓意，见仁见智，不同的人生阅历和心绪会有不同的领悟。

村　夜

（唐）白居易

霜草苍苍虫切切，村南村北行人绝。
独出门前望野田，月明荞麦花如雪。

赏析

　　白居易这首诗没有惊人之笔，也不用艳词丽句，只以白描手法画出一个常见的乡村之夜。诗人只是选择了几个乡村常见的画面，巧妙剪接而成，从而呈现出一种淡雅简朴的意境。

　　"霜草苍苍虫切切，村南村北行人绝"。诗歌一开首，诗人就描绘了一幅典型的乡村秋景。苍苍霜草，点出秋色的浓重；切切虫吟，渲染了秋夜的凄清。行人绝迹，万籁无声，两句诗鲜明勾画出村夜的特征。这里虽是纯然写景，却如王国维《人间词话》所说："一切景语皆情语"，萧萧凄凉的景物透露出诗人孤独寂寞的感情。这种寓情于景的手法比直接抒情更富有韵味。一个

"绝"字，不仅补足了万籁无声的句意，同时也隐隐流露出诗人此时孤寂的心境。

"独出门前望野田，月明荞麦花如雪"。第三句，诗人似对这深秋夜景产生了浓厚的兴趣，他还要出门去看看村外田野的景致，显然这句是为第四句作好铺垫。"独"字，既照映了前面所说的四野无人，也使人窥探到了诗人此时要对大自然景色探寻个究竟的心态。第四句就是诗人步出前门所看到的令人耳目一新的情景：皎洁的月光朗照着一望无际的荞麦田，远远望去，灿烂耀眼，如同一片晶莹的白雪。这画面可说是素淡雅洁，给人以清爽、心旷神怡和超脱的感觉。诗歌至此，整个画面由幽暗而透出光亮，表明诗人此刻的心境似也随着画面的变化而变得平静和闲淡起来。这奇丽壮观的景象与前面两句的描写形成强烈鲜明的对比。诗人匠心独运地借自然景物的变换写出人物感情变化，写来灵活自如，不着痕迹；而且写得朴实无华，浑然天成，读来亲切动人，余味无穷。

诗人以白描的手法描绘乡村夜景，于清新恬淡中蕴含了浓浓的诗意。诗中描写村夜，既有萧瑟凄凉，也有奇丽壮观，对比中构成乡村夜景。《唐宋诗醇》评价这首诗是"一味真朴，不假妆点，自是苍老之致，七绝中之近古者"。

相思令

（宋）张 先

蘋满溪，柳绕堤。相送行人溪水西。回时陇月①低。

烟霏霏②，风凄凄③。重倚朱门④听马嘶。寒鸥相
对飞。

注释

①陇月：明月。②霏霏：形容雨连绵不断的样子。③凄凄：形容寒冷的样
子。④朱门：红漆大门，指贵族富豪之家。

鉴赏

这是一首送别词，用唐代《相思令》作为词牌名，意在切近相思之主旨，

此词语言精巧干练，但词人描绘的意境开阔悠远，送别之离思深切。

上阕主要写的是送别离人的景象，描写简短，但意境开阔，情感的表达到位，颇得精妙。"蘋满溪，柳绕堤。相送行人溪水西。回时陇月低"，溪水浉浉，涨满了小堤，柳树在堤坝处茂盛繁密，相送的行人在溪水边。等到回去时天上那一陇明月已经低垂。送别之景本来是一幅悲情色彩浓郁的画面，但作者开头却以春意盎然的景色入词，这一方面是与送别的悲情伤感形成鲜明的对比，另一方面是为反衬送别行人的离情别意，深厚浓烈，直到月陇低垂才得归家，这是何等的留恋呢！

下阕写景之意更为浓厚，而感情的抒发则侧重于对离别后的相思之情。"烟霏霏，风凄凄。重倚朱门听马嘶。寒鸥相对飞"，烟雨霏霏，风儿凄凄。再次倚着那红色的大门听着庭院外的马嘶声。寒鸥都成双成对地飞去了。景物的描写就在于烘托相思之情，"烟霏霏，风凄凄"这是一幅凄婉的景象，与词人此时的心境正好吻合；"寒鸥相对飞"反衬词人现在自己孑然孤影，这样的描写使得此词在结尾处留下了浓浓的凄凉之意。

整首词充满了离情别意。词人在描写景物时并没有直接进行情感寄托，而是将对景物的描写与词人要抒发的情感形成鲜明对比，以此引出更为浓烈的情感表达。"回时陇月低""烟霏霏""风凄凄""听马嘶""相对飞"，这些都与词人的心境形成一定的对比，主要的作用是利用景物进行情感的对比，从而使得情感的抒发更浓烈，具有伤感色彩。

送魏二

（唐）王昌龄

醉别江楼橘柚香，江风引雨入舟凉。
忆君遥在潇湘①月，愁听清猿②梦里长。

注释

①潇湘：水名，在今湖南省。湘水源出广西兴安县，至湖南零陵县西部与潇水汇合，称为潇湘。②清猿：凄清的猿猴啼叫声。

鉴赏

首句通过叙事写景来表达作者与朋友的依依惜别之情。送别魏二是在一个清秋的日子（从"橘柚香"见出）。饯宴设在靠江的高楼上，空中飘散着橘柚的香气，环境幽雅，气氛温馨。

次句字面上只说风雨入舟，却兼写出行人入舟；逼人的"凉"意，虽是身体的感觉，却也双关着心理的感受。"引"字与"入"字呼应，有不疾不徐、飒然而至之感，善状秋风秋雨特点。此句寓情于景，句法字法运用皆妙，耐人涵咏。

从后两句来看，诗人为行人虚构了一个境界：在不久的将来，朋友夜泊在潇湘之上，那时风散雨收，一轮孤月高照，环境如此凄清，行人恐难成眠吧。即使他暂时入梦，两岸猿啼也会一声声闯入梦境，令他睡不安恬，因而在梦中也摆不脱愁绪。诗人从视（月光）、听（猿声）两个方面刻画出一个典型的旅夜孤寂的环境。月夜泊舟已是幻景，梦中听猿，更是幻中有幻。所以诗境颇具几分朦胧美，有助于表现惆怅别情。末句的"长"字状猿声相当形象，使人想起《水经注·三峡》关于猿声的描写："常有高猿长啸，属引凄异，空谷传响，哀转久绝。""长"字作韵脚用在此诗之末，更有余韵不绝之感。

诗的前半写实景，后半乃虚拟。它借助想象，扩大意境，深化主题。通过造境的手法，在艺术构思上是颇有特色的。

曲江二首

（唐）杜 甫

一片花飞减却春①，风飘万点②正愁人。
且③看欲尽花经眼，莫厌伤④多酒入唇。
江上小堂巢翡翠，苑⑤边高冢卧麒麟。
细推⑥物理⑦须行乐，何用浮荣⑧绊此身？

朝回⑨日日典春衣，每日江头尽醉归。
酒债寻常行处有，人生七十古来稀。
穿花蛱蝶深深见，点水蜻蜓款款飞。
传语风光共流转，暂时相赏莫相违。

注 释

①减却春：减掉春色。②万点：形容落花之多。③且：暂且。④伤：伤感，忧伤。⑤苑：指曲江胜境之一芙蓉花。⑥推：推究。⑦物理：事物的道理。⑧浮荣：虚名。⑨朝回：上朝回来。

鉴 赏

这两首诗总的特点，用我国传统的美学术语说，就是"含蓄"而有"神韵"。所谓"含蓄"与有"神韵"，就是留有余地。抒情、写景，力避倾困倒廪，而要抒写最典型最有特征性的东西，从而使读者通过已抒之情和已写之景去玩味未抒之情，想象未写之景。"一片花飞""风飘万点"，写景并不工细。然而"一片花飞"，最足以表现春减；"风飘万点"，也最足以表现春暮。一切与春减、春暮有关的景色，都可以从"一片花飞""风飘万点"中去冥观默想。比如说，从花落可以想到鸟飞，从红瘦可以想到绿肥……"穿花"

一联，写景可谓工细；但工而不见刻削之痕，细也并非尽无遗。例如只说"穿花"，不复具体地描写花，只说"点水"，不复具体地描写水，而花容、水态以及与此相关的一切景物，都宛然可想。

就抒情方面说，"何用浮荣绊此身""朝回日日典春衣"，其"仕不得志"是依稀可见的。但如何不得志，为何不得志，却秘而不宣，只是通过描写暮春之景抒发惜春、留春之情；而惜春、留春的表现方式，也只是通过喝酒、赏花玩景来及时行乐。诗中的抒情主人公"每日江头尽醉归"。从"一片花飞"到"风飘万点"，已经目睹感受了春减、春暮的全过程，还"传语风光共流转，暂时相赏莫相违"，真可谓乐此不疲了！然而仔细探索，就发现本诗言外有意，味外有味，景外有景，情外有情，"测之而益深，穷之而益远"，真正体现了"神余象外"的艺术特点。

望洞庭①

（唐）刘禹锡

湖光秋月两相②和③，潭面④无风镜未磨⑤。
遥望洞庭山水色⑥，白银盘⑦里一青螺⑧。

注释

①洞庭：湖名，今位于湖南省北部。②相：相互。③和：和谐，这里指水色与月光融为一体。④潭面：泛指水面。⑤镜未磨：古人的镜子用铜制作磨成。这里一说是水面无风。⑥山水色：青山湖水翠绿之色。⑦白银盘：形容平静而又清晰的洞庭湖。⑧青螺：青色田螺，这里用来形容洞庭湖中的君山像青螺一样。

鉴赏

《望洞庭》是刘禹锡的一首山水小诗，该诗通过对洞庭湖高旷清超的描写，充分表现出诗人的奇思异想。

第一句从水光月色的交融不分写起，表现湖面的开阔寥远。秋夜，皎皎明月下的洞庭湖水是澄澈空明的。与素月的清光交相辉映，俨如琼田玉鉴，是一派空灵、缥缈、宁静、和谐的境界。这就是"湖光秋月两相和"一句所包蕴的诗意。"和"字下得工炼，表现出了水天一色、玉宇无尘的融和的画境。而且似乎还把一种水国之夜的节奏——荡漾的月光与湖水吞吐的韵律，传达给读者了。接下来描绘湖上无风，迷迷蒙蒙的湖面宛如未经磨拭的铜镜。"镜未磨"三字十分形象贴切地表现了千里洞庭风平浪静的安宁温柔景象，在月光下别具一种朦胧美。"潭面无风镜未磨"以生动形象的比喻补足了"湖光秋月两相和"的诗意。因为只有"潭面无风"，波澜不惊，湖光和秋月才能两相协调。否则，湖面狂风怒号，浊浪排空，湖光和秋月便无法辉映成趣，也就无有"两相和"可言了。

第三句写远望湖中君山翠绿的色彩，这里的"山水"实际只是指山，即湖中的君山。用"山水"属于古代汉语中"偏义复词"的用法。第四句再用一个比喻，将浮在水中的君山比作搁在白银盘子里的青螺。全诗纯然写景，既有细致的描写，又有生动的比喻，读来饶有趣味。

渔家傲①

（宋）范仲淹

塞下②秋来风景异，衡阳雁③去无留意。四面边声④连角起。千嶂里，长烟落日孤城闭。

浊酒一杯家万里，燕然⑤未勒归无计。羌管⑥悠悠霜满地。人不寐⑦，将军白发征夫泪。

①渔家傲：双调，六十二字，仄韵。②塞下：指西北边疆。塞，边塞的意思。③衡阳雁：南飞的大雁。据传秋雁南飞，到衡阳就不再南飞。④边声：边地上的各种悲凉的声响。⑤燕然：山名，今内蒙古杭爱山。⑥羌管：羌笛。⑦寐：睡。

鉴赏

这是宋代最早的边塞词，它既反映了作者反对入侵与巩固边防的志愿，又描写了外患未除，功业未建，以及久戍边防士兵思乡等复杂矛盾的心情。这一切又都与北宋王朝对内对外一系列错误政策密切相关。

词的上阕描写了塞外景致，景中有情，情景交融。词的前两句"塞下秋来风景异，衡阳雁去无留意"，意思是说塞外的秋天分外萧瑟，景物萧然，不同以往。大雁头也不回地飞向衡阳，对这里没有丝毫眷恋。这两句指明了时间及地点，写出了作者对眼前景物的异样感受。"无留意"实际上是以物来写人，南飞的大雁尚且如此，更何况是人呢？描绘了边地的凄凉之景。接下来"四面边声连角起。千嶂里，长烟落日孤城闭"，更是给人一种悲凉的感觉，"孤城闭"突出了守边军人的戒备之森严，更是凄凉，使读者仿佛看到人烟稀少的边塞，光秃的山峰重重叠叠，上空飘浮着一缕缕的青烟，悲壮的号角和着杂乱的边声在四野回荡，此情此景令人深感凄凉，能够引起读者的广泛共鸣。如此之雄浑悲凉的境界，为下文的描写埋下了伏笔。

词的下阕是抒情，"浊酒一杯家万里，燕然未勒归无计"，一杯浊酒怎能消解自己心中的忧愁呢？词人将将士们的军旅生活描写得淋漓尽致。离家

万里，远戍边疆，想家不能回，本想借酒消愁，哪知借酒消愁愁更愁。远处传来幽怨的笛声，更是让人难以入眠，于是词人发出了"将军白发征夫泪"的慨叹，道出了将军战士们的感伤，同时也诉说了他们心中的苦闷。

全词的意境开阔悲凉，形象而又生动的描写，令将士们的军旅生活跃然纸上，表达了词人抵御外患、报国立功的壮烈情怀，同时也表达了作者自己和戍边将士们的内心悲伤苦闷的真实感情，感人至深，使人不禁潸然泪下，也表现了边地的荒寒及将士们的劳苦，表露将士们内心的凄苦及对家乡的思念之情。

倾　杯①

（宋）柳　永

鹜②落霜洲，雁横烟渚，分明画出秋色。暮雨乍歇，小楫③夜泊，宿苇村山驿。何人月下临风处，起一声羌笛。离愁万绪，闲岸草、切切④蛩⑤吟似织。

为忆芳容别后，水遥山远，何计凭鳞翼。想绣阁深沉，争知憔悴损，天涯行客。楚峡云归，高阳人散，寂寞狂踪迹。望京国⑥，空目断、远峰凝碧。

注释

①倾杯：双调，仄韵。②鹜：野鸭。③楫：船桨。④切切：虫的鸣叫声。⑤蛩：蟋蟀。⑥京国：汴京。

鉴赏

柳永在其词作中善于描写景物，也描摹过大量的山水风物。其一生漂泊浪迹、羁旅天涯，其中的苦涩只有作者心里最清楚。

词的上阕描写了一幅有声有色的秋天暮景图。"鹜落霜洲，雁横烟渚，分明画出秋色"，开篇作者以对仗的形式刻画出了鹜鸟飞落霜洲之上，大雁横排于烟渚的画面。这样的描述，画面感极强，确实如同"画出秋色"。"落"与"横"描写野鸭和大雁的飞翔姿态，极为传神，给画面增添了优雅的动态美。"暮雨乍歇，小楫夜泊，宿苇村山驿"，暮雨刚刚停歇，小船在夜色中泊于"苇村山驿"。这部分增添了秋色的萧疏和凄冷。写完秋景，作者也不忘描绘出听到的秋声，"何人月下临风处，起一声羌笛。离愁万绪，闲岸草、切切蛩吟似织"，是词人夜宿"苇村山驿"之后所闻之声，月下的悠悠羌笛惹起万般离愁思绪，岸间的切切蛩吟急切烦躁，添加千缕不宁心绪，景中含情却不动声色。

当作者将自己的离愁别绪暗暗引出之时，词篇就自然过渡到下阕的怀人之思。"为忆芳容别后，水遥山远，何计凭鳞翼"，作者触景生情，由暮景秋色中的悲凉联想到自己旧时的佳人，叹息天各一方，无从通信，感情真挚强烈。"想绣阁深沉，争知憔悴损，天涯行客"，从对方入手，词人设想深居绣阁的佳人，是无法理解远方行人的艰辛和憔悴的，这销魂黯然的一幕使得情感的抒发更进一步。"楚峡云归，高阳人散，寂寞狂踪迹"，作者感叹"幽欢佳会"的佳人现在早已经没有了踪迹，只有寂寞默默跟随着自己。"望京国，空目断、远峰凝碧"，往日的欢聚已经消散难逢，一切的繁华都归于寂寞，处于寂寞中的词人只能遥望京城，来寄托对心上人的思念。然而目光过处，只有"远峰凝碧"，一个"空"字使作者的失望和惆怅之情尽显无余。

江南春

（唐）杜 牧

千里莺啼①绿映红，水村山郭②酒旗③风。
南朝④四百八十⑤寺，多少楼台⑥烟雨中。

注释

①莺啼：即莺啼燕语。②郭：外城。此处指城镇。③酒旗：一种挂在门前以作为酒店标记的小旗。④南朝：指先后与北朝对峙的宋、齐、梁、陈政权。⑤四百八十：虚数，非实指。⑥楼台：楼阁亭台。此处指寺院建筑。

鉴赏

　　"千里莺啼绿映红，水村山郭酒旗风"，诗一开头，就像迅速移动的电影镜头，掠过南国大地：辽阔的千里江南，黄莺在欢乐地歌唱，丛丛绿树映着簇簇红花；傍水的村庄、依山的城郭、迎风招展的酒旗，一一在望。摇荡的原因，除了景物的繁丽外，恐怕还由于这种繁丽，不同于仅局限于一个角落某处园林名胜，而是由于这种繁丽是铺展在大块土地上的。

　　"南朝四百八十寺，多少楼台烟雨中。"从前两句看，莺鸟啼鸣，红绿相映，酒旗招展，应该是晴天的景象，但这两句明明写到烟雨，这是因为千里范围内，各处阴晴不同，也是完全可以理解的。不过还需要看到的是，诗人运用了典型化的手法，把握住了江南景物的特征。江南特点是山重水复，柳暗花明，色调错综，层次丰富而有立体感。诗人在缩千里于尺幅的同时，着重表现了江南春天掩映相衬、丰富多彩的美丽景色。诗的前两句，有红绿色彩的映衬，有山水的映衬，有村庄和城郭的映衬，有动静的映衬，有声色的映衬。但光是这些，似乎还不够丰富，还只描绘出江南春景明朗的一面。所以诗人又加上精彩的一笔，"南朝四百八十寺，多少楼台烟雨中"。金碧辉煌、屋宇重重的佛寺，本来就给人一种深邃的感觉，现在诗人又特意让它出没掩映于迷蒙的烟雨之中，这就更增加了一种朦胧迷离的色彩。这样的画面和色调，与"千里莺啼绿映红，水村山郭酒旗风"的明朗绚丽相映，就使得这幅"江南春"的图画变得更加丰富多彩。"南朝"二字更给这幅画面增添悠远的历史色彩。"四百八十"是唐人强调数量之多的一种说法。诗人先强调建筑宏丽的佛寺非止一处，然后再接以"多少楼台烟雨中"这样的唱叹，特别引人遐想。

山 行①

（唐）杜 牧

远上寒山②石径③斜，白云生处④有人家。
停车坐⑤爱枫林晚，霜叶红于⑥二月花。

注 释

①山行：在山中行走。②寒山：指深秋时节的山。③石径：石头小路。
④白云生处：白云缭绕而生的地方。⑤坐：因为、由于。⑥红于：比……红。

赏 析

这是一首写景名作，描绘的是秋之色，展现出一幅动人的山林秋色图。

"远上寒山石径斜"，写山与山中小路。一条弯弯曲曲的小路蜿蜒伸向山林深处。"远"字写出了山路的悠长，"寒山"二字，一者点明季节时令，与下文之"霜"字遥相呼应；再者，即暗示秋山之颜色。秋山林木，并非只有黄叶如金，枫树似火，更有经霜不凋之苍松翠柏，纷然杂错，相互映衬，而此景此色，非秋不现。"斜"字与"上"字呼应，写出了高而缓的山势，写出了小路屈曲盘旋的特点。

"白云生处有人家"，写人家。诗人的目光顺着这条山路一直向上望去，在升起如云炊烟的地方，有几户人家的居所掩映在山林之中，"白云"之下。一个"生"字，既有飘浮缭绕之动态，又有滋长不息之生机，为山岭增色不少，一作"深"，不逮此"生"字远甚。这里的"人家"照应了上句的"石径"，这斜长悠远的山间小路，和那几户人家应该有关，这就把两种景物有机地联系在了一起。

"停车坐爱枫林晚"是写诗人的行为变化，走着走着，诗人停下来了，原因在于那些"红于二月花"的"霜叶"，那枫叶经过秋霜的洗礼之后，特别的鲜艳火红，连二月的鲜花也比不上。那山路、那白云、那人家都没有使诗人动心，而恰恰是这枫林晚景却令诗人惊喜到停下来观赏，顾不得驱车赶路，可见枫林晚景的美丽程度。

"霜叶红于二月花"在补充说明诗人停车的原因的同时，也把一片深秋枫林美景具体鲜明地展现在我们面前。深秋的枫林原本就鲜红耀眼，此时在夕阳余晖的照耀下，就更显得晶莹剔透，红艳如霞，丹阳满山，比江南二月的春花还要火红，还要艳丽。"霜叶红于二月花"，系小杜名句。此句之所以为人传诵，非只因其精巧明丽，更因其富有哲理意味，能够以之说明具有普遍意义之事理。

诗人采取了疏密、虚实、浓淡、显隐、远近、高低、冷暖等对称的艺术手法，组成了一个既丰富多彩又和谐统一的整体，枫叶的神采，诗人的感情，诗的主题，都在这个对立统一的画面中表现出来了。

题小柏

（唐）李商隐

怜^①君孤秀植庭中，细叶轻阴满座风。

桃李盛时虽寂寞，雪霜多后始青葱。

一年几变枯荣^②事，百尺方资柱石功。

为谢西园车马客^③，定悲摇落尽成空。

注　释

①怜：爱、欣赏。②枯荣：草木的盛衰。③西园车马客：指达官贵人。

鉴　赏

这是一首咏物诗，咏物言志，借小柏写自己的傲然高洁，抒发自己仕途坎坷的郁闷不平。

第一联写一株小柏挺拔秀丽生长在庭院之中，令人爱怜。植株小小，针叶细细，只有些许树荫遮抚地面，轻风吹来，一株小柏虽掀不起万顷波涛，但它也是轻风习习，至令满座神怡。

第二联描述春暖之时，桃李繁花似锦，令人眩然，人们都在欣赏桃李，没有谁眷顾小柏，小柏是寂寞的。但是冬日一到，满天霜雪，万物凋零，这时的小柏依然青葱碧绿。"岁寒，然后知松柏之后凋也。"这正是李商隐的写照。

第三联写一年之间，许多草木几度枯荣，外界环境深深地影响着它们；而小柏不管寒来暑往，永远葱绿，时时生长，总有一天它会长成百尺高松，成为凌云出世的栋梁之材。"一年几变"之句很容易让人想起牛李党争。仕途宦海，沉浮莫辨，几多人物追风逐浪。李商隐虽一生为牛李党争所苦，但他并未"折腰"，并

没有放弃自己的理想，他不是追风逐浪之人，他只愿凭着自己的内在姿质长成凌云乔木，参天高柏。

最后一联是说，如果对西园车马客的光顾抱有希望，并对之表示谢意，认为他们能培植帮助自己的话，那么结果只能是凋零，只能是悲伤，只能是一场空。李商隐对于"西园车马客"的认识是清醒而深刻的，这认识是植根于他那坎坷的际遇之中的。这尾联透露的感情尽管有郁郁不平，但更有一份属于李商隐的卓然高傲。

李商隐有许多诗呈现着一派朦胧迷茫，这首却不然，它是清晰易感的。

长安秋望①

（唐）杜 牧

楼倚②霜树③外④，镜天⑤无一毫⑥。
南山⑦与秋色，气势两相高。

注 释

①秋望：在秋天远望。②倚：靠着，倚立。③霜树：指深秋时节的树。④外：上。⑤镜天：像镜子一样明亮、洁净的天空。⑥毫：非常细小的东西。⑦南山：即终南山。

鉴 赏

"楼倚霜树外"的"倚"，是倚立的意思，重在强调自己所登的高楼巍然屹立的姿态；"外"，是"上"的意思。秋天经霜后的树，多半木叶黄落，越发显出它的高耸挺拔，而楼又高出霜树之上，在这样一个立足点上，方能纵览长安高秋景物的全局，充分领略它的高远澄洁之美。所以这一句实际上是全诗的出发点和基础，没有它，也就没有"望"中所见的一切；"镜天无一毫"，是说天空明净澄洁得像一面纤尘不染的镜子，没有一丝阴暗云彩。这正是秋日天宇的典型特征。这种澄洁明净到近乎虚空的天色，又进一步表现了秋空的高远寥廓，同时也写出了诗人当时那种心旷神怡的感受和高远澄净的心境。"南山与秋色，气势两相高"这一句转笔写到远望中的终南山。将它和"秋色"相比，说远望中的南山，它那峻拔入云的气势，像是要和高远无际的秋色一赛高低。南山是具体有形的个别事物，而"秋色"却是抽象虚泛的，是许多带有秋天景物特点的具体事物的集合与概括，二者似乎不好比拟。而此诗却别出心裁地用南山衬托秋色。秋色是很难描写的，它存在于秋天的所有景物里，而且不同的作者对秋色有不同的观赏角度和感受，有的取其凄清萧瑟，有的取其明净澄洁，有的取其高远寥廓。这首诗的作者偏于欣赏秋色之高远无极，这是从前两句的描写中可以明显看出的。但秋之"高"却很难形容尽致，特别是它那种高远无极的气势更是只可意会，难以言传。在这种情况下，以实托虚便成为有效的艺术手段。具体有形的南山，衬托出了抽象虚泛的秋色，读者通过"南山与秋色，气势两相高"的诗句，不但能具体地感受到"秋色"之"高"，而且连它的气势、精神和性格也若有所悟了。

这首五言短章写得意境高远，气势健举，和盛唐诗人王之涣的《登鹳雀楼》有神合之处，尽管在雄浑壮丽、自然和谐方面还不免略逊一筹，但也堪称佳作。

永遇乐

（宋）苏　轼

彭城夜宿燕子楼，梦盼盼，因作此词。

明月如霜，好风如水，清景无限。曲港跳鱼，圆荷泻露，寂寞无人见。纮如①三鼓，铿然一叶，黯黯梦云惊断②。夜茫茫、重寻无处，觉来小园行遍。

　　天涯倦客，山中归路，望断故园心眼③。燕子楼④空，佳人何在，空锁楼中燕。古今如梦，何曾梦觉，但有旧欢新怨。异时对、黄楼⑤夜景，为余浩叹。

注 释

　　①纵如：形容击鼓之声。②黯黯：心绪黯然的样子。梦云：用楚王梦朝云之典，宋玉《高唐赋》中有："巫山神女自荐席于楚王，去而辞曰：'妾在巫山之阳，高丘之阻。旦为朝云，暮为行雨。'"③故园心眼：杜甫《秋兴八首》中有"孤舟一系故园心"。④燕子楼：在今江苏徐州市，相传唐代贞元时尚书张建封为爱妾关盼盼而建，张死后，盼盼因念旧爱不嫁，在此居住十余年。⑤黄楼：苏轼在徐州所建。

鉴 赏

　　这首词写于元丰元年（1078）苏轼任徐州知州时。词中即景抒情，情理交融，描写燕子楼小园清幽夜景，抒燕子楼惊梦后萦绕于怀的惆怅之情，表达词人由人去楼空而悟得的"古今如梦，何曾梦觉"之理。

　　上阕写夜宿燕子楼的四周景物和梦。"明月如霜，好风如水，清景无限"，描绘出一幅夜色清凉的景象，把人引入了一个无限清幽的境地，接着由大入小，由静变动，"曲港跳鱼，圆荷泻露，寂寞无人见"，以动衬静，写鱼跳暗点人静，写露泻可见夜已深沉。以下转从听觉写夜之幽深、梦之惊断：三更鼓响，秋夜深沉；一片叶落，铿然作声。以声点静，更加重加浓了夜之清绝和幽绝，备觉黯然心伤。阕末"夜茫茫、重寻无处，觉来小园行遍"，写词人梦断后之茫然心情：词人梦醒后，尽管想重

新寻梦，也无处重睹芳华了，把小园行遍，也毫无所见。只有一片茫茫夜色，心也茫茫。

　　下阕是醒来的现实，直抒感慨，深感人生如梦，劝人们赶快从梦中醒来。"天涯倦客，山中归路，望断故园心眼"，天涯漂泊感到厌倦的游子，想念山中的归路，心中向往一直到望断故园，极言思乡之切。此句道出了词人无限的怅惘和感叹。"燕子楼空，佳人何在，空锁楼中燕"，当年的关盼盼苦守在燕子楼，如今则人亡楼空。"古今如梦，何曾梦觉，但有旧欢新怨"，由古时的盼盼联系到现今的自己。由盼盼的旧欢新怨，联系到自己的旧欢新怨，发出了人生如梦的慨叹，表达了作者无法解脱而又要求解脱的对整个人生的厌倦和感伤。结尾"异时对、黄楼夜景，为余浩叹"，从燕子楼想到黄楼，从今日又思及未来。词人设想后人见黄楼凭吊自己，会不会也同今日自己见燕子楼思盼盼一样发出浩然长叹？词人把对历史的咏叹，对现实以至未来的思考，巧妙地结合一起，终于挣脱了由政治波折而带来的巨大烦恼，精神获得了解放。

商山①早行

（唐）温庭筠

晨起动征铎②，客行悲③故乡。

鸡声茅店④月，人迹板桥霜。

槲⑤叶落山路，枳⑥花明驿⑦墙。

因思杜陵⑧梦，凫雁满回塘⑨。

注释

　　①商山：也叫楚山，在今陕西商县东南。②铎：铃铎，指挂在马颈下的响铃。③悲：思念。④茅店：简陋的山村客店。⑤槲：一种落叶乔木。⑥枳：一种落叶灌木或小乔木，花白色，果实似橘而小，味涩苦。⑦驿：古代传递政

府文书的人中途更换马匹或休息、住宿的地方。⑧杜陵：地名，在陕西西安东南，汉宣帝筑陵于东原上，因名杜陵。⑨回塘：圆而曲折的池塘。

赏析

"晨起动征铎，客行悲故乡"，概括性极强，真切地表现了"早行"的场景。清晨起来，一片车马的铃声表明旅行的人们正准备上路，诗人自己也该上路了。离开家乡越来越远，一种思乡之情在诗人心头油然而生。"晨起"以听觉概括"早行"的氛围，连带起自己的思乡之情，开篇点题，突出"悲"的心绪，是下面写景的情感指向。

"鸡声茅店月，人迹板桥霜"，历来是脍炙人口的名句。鸡鸣声伴着屋顶的残月，足迹已踏乱桥上的新霜。这两句诗可分解为代表十种景物的十个名词：鸡、声、茅、店、月、人、迹、板、桥、霜。虽然在诗句里，"鸡声""茅店""人迹""板桥"都结合为"定语加中心词"的偏正词组，但由于作定语的都是名词，所以仍然保留了名词的具体感。这两句诗体现了"意象叠加"的典型诗歌特色。意象是注入了诗人情感的物象，这两句诗中的意象既是典型的"早行"景物，又有一种凄凉孤寂的意绪，是对上句中"悲"的延伸。

"槲叶落山路，枳花明驿墙"，开始写刚上路时的景色。槲树的叶片很大，冬天虽干枯，却存留枝上；直到第二年早春树枝将发嫩芽的时候，才纷纷脱落。而此时枳树的白花已在开放。由于这时的天还没有大亮，所以驿墙旁边的白色枳花比较显眼，因此诗人用了个"明"字。可以看出，诗人始终没有忘记"早行"二字。

"因思杜陵梦，凫雁满回塘"，回想夜里甜蜜的故乡梦，满眼是凫雁散布在池塘。旅途早行的景色，使诗人想起了昨夜在梦中出现的故乡景色："凫雁满回塘"。春天来了，故乡杜陵回塘水暖，凫雁自得其乐；而自己却离家越来越远，在茅店里歇脚，在山路上不停奔波。这两句以"因思"顺势一转，回想春天水暖禽嬉的欢快之景，这同旅途中的景色形成了鲜明的对比，也照应了第二句的"客行悲故乡"。纵观全诗，诗人于景于情，可谓意象具足。

归朝欢

（宋）柳 永

　　别岸扁舟三两只，葭苇①萧萧风淅淅。沙汀宿雁破烟飞，溪桥残月和霜白。渐渐分曙色。路遥山远多行役②。往来人，只轮双桨③，尽是利名客。

　　一望乡关烟水隔，转觉归心生羽翼。愁云恨雨两牵萦，新春残腊相催逼。岁华都瞬息。浪萍风梗诚何益。归去来，玉楼④深处，有个人相忆。

注 释

　　①葭苇：芦苇。②行役：指行旅之事。③只轮双桨：乘船坐车。④玉楼：华丽的楼。

鉴 赏

　　此词又是柳永表达厌倦羁旅游宦生活的一首代表作。词人善于铺叙，尤其对于景物的描写手法更是细腻。上阕中词人仍然是对景物以白描的方式进行描写。"别岸扁舟三两只"，远处江岸上停靠着三两只船。"葭苇萧萧风淅淅。沙汀宿雁破烟飞"，岸边的芦苇在淅淅的风中发出萧萧的响动，沙汀上的宿雁冲破晓烟飞去。"溪桥残月和霜白。渐渐分曙色。路遥山远多行役"，残月和晨霜映衬着溪边的小桥，一片洁白。作者在上阕中以白描的手法对景物进行了诸多的描写，刻画了一幅冬日萧条的景色。这些景物极其凄清，染上了词人自身浓重的感情色彩，而最后一句的"渐渐分曙色"则点明时间的推移，承上启下，既对上面所写之景进行总结，又开启下面对渐渐天亮后

的景致的描绘。

下阕中词人开始转入抒情阶段。"一望乡关烟水隔，转觉归心生羽翼"，词人极目远望，可是乡关未见，烟水相隔，心中那思归之意如生羽翼般无法阻挡。作者下阕第一句就将自己的感情完全抒发，使得词作离愁萦绕，情深意长。"愁云恨雨两牵萦，新春残腊相催逼。岁华都瞬息"，词人还嗟叹岁月如梭，仿佛新春刚过，腊月就相随，瞬息之间年华便逝。这是作者的内心独白，词人的宦游生涯孤寂凄凉，到老仍然一事无成，不禁叹老嗟悲。"浪萍风梗诚何益。归去来，玉楼深处，有个人相忆"，词人一生浪迹，如同飘萍。风梗，漂泊无所，"诚何益"为千钧般的叹息，在游宦生涯中词人体会到了名利对人的摧残，感到牺牲自己渴望的幸福而追求这种虚无的名利毫无意义，遂产生归隐之意。"归去来，玉楼深处，有个人相忆"，这是作者归隐之意的描述，意蕴悠长，由此也可以看出柳永把感情当作人生的归宿。

阮郎归

（宋）晏几道

天边金掌露成霜，云随雁字长。绿杯红袖①趁重阳，人情似故乡。

兰佩紫，菊簪黄，殷勤理旧狂②。欲将沉醉换悲凉，清歌莫断肠。

注释

①红袖：指女子。②旧狂：昔日的疏狂。

晏几道晚年的生活比较落魄、潦倒不堪。这首词便是他晚年在汴京所作，描绘的是重阳佳节宴饮之时的情景与感受，浸透作者尝尽了世态炎凉、悲欢离合后的凄凉之感。

词的上半部分写景，借景抒情。开头两句"天边金掌露成霜，云随雁字长"写景，汴京已白露成霜，云层之间，鸿雁正在飞向远方。这句话源自汉武帝在长安铸造铜人仙掌承露的典故，点明了时间与地点，为读者展出了一幅凄冷的秋景图。其意境十分悲凉，给人营造了一种悲凉的气氛。"绿杯红袖趁重阳，人情似故乡。"在重阳佳节之时，由于佳人捧着泛绿的酒杯热情地劝饮，词人也就趁此佳节把酒狂欢，感觉这里仿佛是自己的故乡，表达了词人对家乡的深深思念之情以及对友情的赞美，笔法细腻，感人至深，堪称佳句。

词的下半部分抒情。"兰佩紫，菊簪黄，殷勤理旧狂"，当此佳节之际，佩戴紫红色的兰花、插上黄菊，词人殷勤地整理旧日的疏狂。这里一个"旧"字，隐含了一种彻骨深沉的感慨和痛彻肌肤的剧痛。正如周颐释曰："狂者，所谓'一肚皮不合时宜'，发见于外者也。狂已旧矣，而理之，而殷勤理之，其狂若有甚不得已者。"最后两句"欲将沉醉换悲凉，清歌莫断肠"，他重理疏狂是为了得以沉醉，以沉醉来麻木内心的悲凉，获得暂时的解脱，这是词人的自我安慰。"悲凉"二字便是此篇的情感底蕴。但是这悲凉已深入骨髓，这种换法谈何容易？词人自己也有些心虚，便叮嘱歌妓不要唱那忧伤凄凉的歌曲，以免又一次引起自己内心的悲凉、沉痛与凄冷。

全词笔法细腻，情感真挚，风格厚重，凄凉而又哀婉，耐人寻味。

寒　塘

（唐）赵　嘏

晓发梳临水，寒塘坐①见秋。
乡心正无限，一雁度南楼。

注释

①坐：因为。

鉴赏

这首诗取句中"寒塘"二字为题，实写客中秋思。

"晓发梳临水，寒塘坐见秋"，前两句诗写诗人早晨起来临水梳发而感秋意。这两句诗倒文。秋晨已很有凉意，临水梳发，以水为镜，正是羁旅困顿的

写照。句子倒装所形成的"梳发见秋"意，令人自然想到李白"羞将白发照渌水"的诗句，因而诗人不写之写的人生迟暮感慨也就托笔而出了。秋天最易牵动离情，"见秋"就暗含思乡之意，与后文"乡心"关合。这种通过人物感受间接写景的方法，化景为情的效果，把诗人此时此地的心迹，描绘得一一如见。这两句诗在似平实曲的叙述中，在似淡实浓的抒情中，将思乡之情作了步步蓄势铺垫。

后两句诗抒发了诗人的思乡之情。"乡心正无限"承上句，正面点出诗人身在客乡。"无限"，极言乡思乡愁无边无际，而一个"正"字，使诗句顿挫有力，刻画出诗人在刹那间乡思陡增，不能自持。诗人正在乡心无限之时，"一雁度南楼"，雁使人想到乡情，突如其来的强刺激，诗人将如何呢?诗在最高潮时戛然而止，余音袅袅，留给人无限想象回味的余地。这种结构上的开阖起伏，使诗篇在短小起伏中具有摇曳顿挫之美。"一雁"之"一"字，极有表现力，诗人着一"一"字，清冷孤独之境界全出，造境之精，令人叹服。这结构，把强烈的感情用景语出之，含蓄隽永，极有韵致。这一句成为脍炙人口的名句，后人的一些诗句由此化出。

本诗情景交融，将客中的秋思、乡思在景中婉转蔓延、渐趋高涨，耐人寻味。

题菊花

（唐）黄　巢

飒飒①西风满院栽，蕊寒香冷蝶难来。
他年我若为青帝②，报与桃花一处开。

注释

①飒飒：象声词。形容风吹动树木枝叶等发出的声音。②青帝：我国古代神话中的五天帝之一。

鉴赏

第一句写满院菊花在飒飒秋风中开放。"西风"点明节令，逗起下句；"满院"极言其多。说"栽"而不说"开"，是避免与末句重韵，同时"栽"字本身也给人一种挺立劲拔之感。写菊花迎风霜开放，以显示其劲节，这在文人的咏菊诗中也不难见到；但"满院栽"却不同于文人诗中菊花的形象。无论是表现"孤标傲世"之情、"孤高绝俗"之态或"孤子无伴"之感，往往脱离不了一个"孤"字。黄巢的诗独说"满院栽"，是因为在他心目中，这菊花是劳苦大众的象征，与"孤"字无缘。

菊花迎风霜开放，固然显出它的劲节，但时值寒秋，"蕊寒香冷蝶难来"，却是极大的憾事。在旧文人的笔下，这个事实通常总是引起两种感情：孤芳自赏与孤子不偶。作者的感情有别于此。在他看来，"蕊寒香冷"是因为菊花开放在寒冷的季节，他不免为菊花的开不逢时而惋惜不平。

三、四两句正是上述感情的自然发展，揭示环境的寒冷和菊花所遭受命运的不公平。作者想象有朝一日自己做了"青帝"（司春之神），就要让菊花和桃花一起在春天开放。这一充满强烈浪漫主义激情的想象，集中地表达了作者的宏伟抱负。统观全诗，寓意是比较明显的。诗中的菊花，是当时社会上千千万万处于底层的人民的化身。作者既赞赏他们迎风霜而开放的顽强生命力，又深深为他们所处的环境、所遭的命运而愤激不平，立志要彻底加以改变。所谓"为青帝"，不妨看作建立农民革命政权的形象化表述。

这是因为诗中成功地运用了比兴手法，而比兴本身又融合着作者对生活的独特感受与理解的缘故。

捣练子①

（南唐）李　煜

深院静，小庭空，断续<u>寒砧</u>②断续风。无奈夜长人不寐，数声和月到帘栊③。

注　释

①捣练子：单调二十七字，平韵。②砧：指捣衣声。③帘栊：指有竹帘的门窗。

鉴　赏

这首词的词牌为《捣练子》，看似与本词所言之情不相符，其实是密切相关的。《捣练子》的由来是因为每逢秋季，古代妇女就用砧杵捣絮制作寒衣，寄给在外的征人、游子，这触发文人骚客的思家恋归之情、羁旅漂泊之感。在历代文人的诗词歌赋中不难见捣练子的情景描写。此词也是借捣练子的景象来反映作者对于这种离愁别恨之感。

"深院静，小庭空，断续寒砧断续风"，在深院幽静的气氛中，小庭处空空如也，这种非常简单的描写手法在此处的运用可谓恰到好处，这是一幅凄凉晚景的景象，门庭萧萧，而简单的描述手法易于在此处烘托出寂静恍叹的悲凉景状，可谓独具匠心。"断续寒砧断续风"，断断续续的"寒砧"之声随着断断续续的晚风阵阵飘入作者耳中，使得作者心中浮起一种难以名状的苦痛。时断时续的"寒砧"声与阵阵晚风相应，将作者的相思离愁卷裹在一起，会给读者怎样的一种情景？会多么刺激读者敏感的感官？这种具象的描写引起了作者对于游子在外的那种离愁的苦痛与哀思，而词中不断以"断续"加强对气氛的渲染使得词中对于这种哀思愈加沉重。"无奈夜长人不寐，数声和月到帘栊"，夜之长，难耐作者无法入睡，那断断续续的"寒砧"之声不绝于耳，更加使得漫漫长夜显得孤独和寂寞。在月色洒过的帘枕处，和着这断断续续的声音，都使得词人感到人世之凄苦悲凉，寓情于景，婉转动人。

寒食夜

（唐）韩 偓

恻恻轻寒翦翦风，小梅飘雪杏花红。
夜深斜搭秋千索，楼阁朦胧烟雨中。

鉴赏

这首诗描画的是一个春色浓艳而又意象凄迷的细雨尖风之夜。细加玩绎，它的字里行间不仅浮现着流连怅惘之情，还似隐藏着温馨缠绵之事。

"恻恻轻寒翦翦风，小梅飘雪杏花红。"诗的前两句纯系景语，首句先使诗篇笼罩一层凄迷的气氛；次句更为诗篇涂抹一层浓艳的色彩。然而景中含情，透过那凉飕飕的夜风，那如雪片般纷纷飘坠的花瓣，我们不是可以分明地感受到诗人那番孤寂落寞的心情吗？

"夜深斜搭秋千索，楼阁朦胧烟雨中。"这两句看起来仍是纯粹写景，然而不仅景中含情，而且景中有人。整首诗中，特别值得拈出的是第三句——"夜深斜搭秋千索"。这是一个点破诗题、透露全诗消息的关键句。秋千是寒食的应景之物，于寒食诗中标出秋千，自然属扣题之笔。当然，诗人之写到秋千，绝不仅仅是为了点题，主要因为在周围景物中对他最有吸引力而且最能寓托他的情意的正是秋千。但此时已"夜深"，又在"烟雨中"，不会有人在"为秋千戏"，如句中所说，只有秋千索空悬在那里罢了。而诗人为什么对空悬在那里的秋千索有特殊的感情并选定它作为描写的对象呢？看来，诗人在深夜、烟雨中还把视线投向秋千索，也正因为它曾为"纤手"所握，不禁想起日间打秋千的场面和打秋千的人。"楼阁"一句仍顺势写怀人之意：今夜细雨凄迷，自然无法再为秋千之戏，诗人与他所思念的女子也就无由相见了。"朦胧烟雨"所传递给读者的，不正是诗人的惆怅之情、缠绵之意吗？

如果从整首诗来看，全诗四句，组成为一个整体。整首诗从夜深风寒到秋千斜搭，从风中落花到雨中楼阁，句句写实，语语逼真，然而诗人的真正用意却全不在于写景。借助景物以引发联想，命意极深曲而用笔极委婉，是这首诗表现手法上的可贵之处，也是韩诗的艺术特色之一。

长信秋词五首（其三）

（唐）王昌龄

奉帚平明金殿开^①，且将团扇^②共徘徊。
玉颜不及寒鸦色，犹带昭阳^③日影^④来。

注释

①"奉帚"句：意为清早殿门一开，就捧着扫帚来打扫。②团扇：相传班婕妤曾作《团扇赋》。③昭阳：汉宫殿名，《三辅黄图·未央宫》："武帝时，后宫八区，有昭阳……等殿。"班固《西都赋》："昭阳特盛，隆于孝成。"吕向注："昭阳，殿名，成帝作也。"汉成帝时赵飞燕得宠，先为婕妤，后为皇后，居昭阳殿，平帝即位后被废为庶人，自杀。④日影：这里也指皇帝的恩宠。

鉴赏

本诗被称为宫怨诗中的代表性作品。

前两句为我们展现了一幅画面：天色方晓，金殿已开，就拿起扫帚，从事打扫，这是每天刻板的工作和生活；打扫之余，别无他事，就手执团扇且共徘徊，这是一时的偷闲和沉思。徘徊，写心情之不定；团扇，喻失宠之可悲。说"且将"则更见出孤寂无聊，唯有袖中此扇，命运相同，可以徘徊与共而已。

后两句进一步用一个巧妙的比喻来发挥这位宫女的怨情，仍承用班婕妤故事。昭阳，汉殿名，即赵飞燕姊妹所居。时当秋日，故鸦称寒鸦。古代以日喻帝王，故日影即指君恩。寒鸦能从昭阳殿上飞过，所以它们身上还带有昭阳日影，而自己深居长信，君王从不一顾，则虽有洁白如玉的容颜，倒反而不及浑身乌黑的老鸦了。她怨恨的，是自己不但不如同类的人，而且不如异类的物——小小的、丑陋的乌鸦。

按照一般情况，"拟人必于其伦"，也就是以美的比美的，丑的比丑的，可是玉颜之白与鸦羽之黑，极不相类；不但不类，而且相反，拿来作比，就增强了读者心理冲击力。因为如果都是玉颜，则虽略有高下，未必相差很远，那么，她的怨苦，她的不甘心，就不会如此深刻了，而上用"不及"，下用"犹带"，以委婉含蓄的方式表达了其实是非常深沉的怨愤。

调啸词·效韦苏州

（宋）苏 辙

之一

渔父，渔父，水上微风细雨。青蓑黄箬①裳衣，红酒白鱼暮归。暮归，暮归，归暮，长笛一声何处。

之二

　　归雁，归雁，饮啄②江南南岸。将飞却下盘桓，塞北春来苦<u>寒</u>。苦寒，苦寒，寒苦，藻荇③欲生且住。

注释

　　①青蓑：青色的蓑衣。黄箬：黄色的箬笠。②啄：啄食。③藻：水藻。荇：荇菜。均为雁的食物。

鉴赏

　　韦应物曾经写过《调啸词》（又云《调笑令》），内容为："胡马，胡马，远放燕支山下。跑沙跑雪独嘶，东望西望路迷。迷路，迷路，边草无穷日暮。"苏辙在《调啸词》题下言："效韦苏州"，可见这两首为仿效韦应物之词而作，但词人又有所更改。比如以体制而言，韦词为八句，而苏词有九句；韦词中的"迷路，迷路"是前一句"东望西望路迷"中后两字的倒装，而苏词中"暮归，暮归"却未作倒装，到第八句的"归暮"处才倒装。

　　第一首是刻画渔父的形象。"渔父，渔父，水上微风细雨"，三句总写渔父的生活状态，渔父终日生活在水上，微风为依，细雨为伴，给人一种自由潇洒、无忧无虑之感。"青蓑黄箬裳衣，红酒白鱼暮归"两句从衣着和食物进一步写渔父，渔父着青色蓑衣，戴黄色箬笠，饮红酒，吃白鱼，直至天暮之时才归去。"暮归，暮归"是对前一句中末两字的重复，"归暮"是对"暮归"的倒装。"长笛一声何处"，渔父归来之后，悠然自吹长笛，渔父的个人情致、性情得到了进

一步的刻画，可见渔父精神状态的佳妙。

第二首是描写一只鸿雁。"归雁，归雁，饮啄江南南岸"，南来的鸿雁，在江南的南岸适意饮啄。"将飞却下盘桓，塞北春来苦寒"，春分之后，本应北归的鸿雁却仍停留在南方，将要飞去却又盘桓不定，害怕塞北的春天依然苦寒不堪忍受。"苦寒，苦寒，寒苦"，三个两字句强调塞北春天的特点及鸿雁不愿北归的原因。"藻荇欲生且住"，鸿雁徘徊之后决定不再回北方，依然在南方的水草间且生且住。

词人笔下的渔父、鸿雁都不仅仅是客观化的形象，而是满含了作者自身的强烈情感，是词人自身形象的象征与寄托，内容深刻，情感深挚而又含蓄。渔父是词人久经仕途沉浮之后渴望归隐的寄托，词人渴望摆脱备受拘束的官场，回归到自然诗意的生活，而渔父的生活状态便是词人的一种良好设想。词人一生多遭贬谪，仿佛就是那不得不南北来回飞翔的鸿雁。而鸿雁的矛盾、抉择实则是词人自身的矛盾、抉择，可以说鸿雁也是词人自身人格的反映。

苏辙这两首词写一位被改造了的渔父，一只被人格化的鸿雁，二者均与作者融为一体，同处于现实生活的各种关系当中，受到了客观事物的种种限制。因此，不管是超然于尘世之外的渔父，还是饮啄于江南塞北的鸿雁，都不是与"我"毫不相干的自然之物。作者写渔父，写鸿雁，实际上正是写自己。在仕途中，苏辙与其兄苏轼一样，都很不得意。苏氏二兄弟与王安石政见不和，被迫离开京都，到地方上做官，但还是一再受排斥，一再遭贬官。苏轼由杭州通判，被派往密州、徐州等穷困地方任职，苏辙也北迁陈州（在今河南淮阳）。他们对于宦海风波已是十分畏惧，两人皆"浩然有归志"。所以，苏氏二兄弟十分羡慕江上渔父自由自在的渔钓生涯，只是因为受到官场上的种种约束，"常恨此身非我有"，不得自主，才要像鸿雁那样，南北奋飞。这两首词，充分体现了作者的这一内心冲突及其极痛苦的思想情绪，明心见志，内容极为深刻，当细加品味。

小寒食舟中作

（唐）杜 甫

佳辰强饮①食犹<u>寒</u>，隐几萧条戴鹖冠②。
春水船如天上坐，老年花似雾中看。
娟娟戏蝶过闲幔③，片片轻鸥下急湍④。
云白山青万馀里，愁看直北是长安。

注 释

①强饮：指多病之身不耐酒力。②鹖冠：传为楚隐者鹖冠子所戴的鹖羽所制之冠，点出作者失去官职不为朝廷所用的身份。③闲幔：闲卷的布幔。④急湍：指江水中的急流。

鉴 赏

这首诗写在诗人去世前半年多，即大历五年（770）春淹留潭州（今长沙）的时候，表现他暮年落迫江湖而依然深切关怀唐王朝安危的思想感情。

小寒食是指寒食的次日，清明的前一天。从寒食到清明三日禁火，所以首句说"佳辰强饮食犹寒"，逢到节日佳辰，诗人虽在老病之中但还是打起精神来饮酒。"强饮"不仅说多病之身不耐酒力，也透露着漂泊中勉强过节的心情。这个起句为诗中写景抒情，安排了一个有内在联系的开端。第二句刻画舟中诗人的孤寂形象。"鹖冠"传为楚隐者鹖冠子所戴的鹖羽所制之冠，点出作者失去官职不为朝廷所用的身份。穷愁潦倒，身不在官而依然忧心时势，思念朝廷，这是无能为力的杜甫最为伤情之处。首联中"强饮"与"鹖冠"正概括了作者此时的身世遭遇，也饱含着一生的无穷辛酸。

第二联紧接首联，十分传神地写出了诗人舟中的所见所感，是历来为人传诵的名句。春来水涨，江流浩漫，所以在舟中漂荡起伏犹如坐在天上云间；诗人身体衰迈，老眼昏花，看岸边的花草犹如隔着一层薄雾。"天上坐""雾中看"非常切合年迈多病舟居观景的实际，给读者的感觉十分真切。第三联两句写舟中江上的景物。第一句"娟娟戏蝶"是舟中近景，故曰"过闲幔"。第二句"片片轻鸥"是舟外远景，故曰"下急湍"。这里表面看似乎与上下各联均无联系，实则不然。这两句承上，写由舟中外望空中水面之景。"闲幔"的"闲"字回应首联第二句的"萧条"，布幔闲卷，舟中寂寥，所以蝴蝶翩跹，穿空而过。

尾联两句总收全诗。云而曰"白"，山而说"青"，正是寒食佳辰春来江上的自然景色，"万馀里"将作者的思绪随着层叠不断的青山白云引开去，为结句做铺垫。"愁看"句收括全诗的思想感情，将深长的愁思凝聚在"直北是长安"上。这首七律于自然流转中显出深沉凝练，很能表现杜甫晚年诗风苍茫而沉郁的特色。

十五夜^①望月

（唐）王 建

中庭^②地白^③树栖^④鸦，冷露无声湿桂花。
今夜月明人尽望，不知秋思^⑤落谁家？

注 释

①十五夜：指农历八月十五的夜晚。②中庭：即庭中，庭院中。③地白：
地上的月光。④栖：鸟停在树上。⑤秋思：秋天的情思，这里指怀人的思绪。

鉴 赏

这是一首以中秋月夜为内容的七言绝句。以两句为一层意思，分别写中秋
月色和望月怀人的心情。

"中庭地白树栖鸦，冷露无声湿桂花"两句是写月上中天时庭院的景色。如洗乳般的月华静静地泻在庭院中，地上好像铺上了一层微雪，聒噪了一天的鸦鹊也逐渐消停下来，仿佛不忍惊扰这安详的夜色，悄悄地隐栖在树上。夜渐渐深了，清冷的秋露润湿了庭中的桂花，散发着氤氲的馨香。诗人写院中的月色，只用了"地白"二字，却给人澄澈、空明之感，让人不由得沉浸在清净悠远的意境中，躁动不安的心也慢慢沉静下来。"树栖鸦"是为了押韵而使用的倒装，树上的乌鸦已经安静栖息，暗示夜已经深了，周围一片寂静。这三个字，简洁凝练，既写了鸦鹊栖树的情状，又烘托了月夜的寂静。这是从视觉和听觉的角度来写的。秋浓、夜深、露重，甚至连盛放的桂花也被润湿了。夜深而人不寐，究竟是为什么呢？皓月当空，难道只有诗人独自在那里凝神遐思吗？此时此刻，有谁不在徘徊赏月，神驰意往呢？两句景语，自然引出下面两句的人事活动来："今夜月明人尽望，不知秋思落谁家？"人们都在望着今夜的明月，尽情享受这团圆的天伦之乐，但这秋夜的愁思究竟会落到哪户人家呢？全诗以问句作结，给人以无限的想象空间：中秋之夜，人们都会望月寄情，但是每个家庭成员的离合聚散却不相同。如果哪家有人外出，哪个游子背井离乡，那么怀念之情就会像秋露一样，更浓更重地落在这户人家、这位游子身上。普遍性的情绪，体现在个别人身上，而这个别人也包括诗人自己，明明是自己在怀人，偏偏说"秋思落谁家"，这就将诗人望月怀远的情思表现得蕴藉深沉。

"落"字新颖妥帖，不同凡响，给人以动感，仿佛思念随着银月的清辉一起洒落人间，同时也与"无声"相契合，凸显月夜的静。此诗先突出中秋夜深夜静，然后以深夜不寐、望月怀人，烘托出具有普遍意义的怀念之情。景语引出情语，反过来又给景语增添感情，加上一个情深意曲的结尾，将别离思聚的情意表现得委婉动人。

如梦令

(宋)秦 观

莺嘴啄花红溜①，燕尾点波绿皱。指冷玉笙寒，吹彻小梅春透②。依旧，依旧，人与绿杨俱瘦。

注释

①红溜：形容鲜艳欲滴的样子。②小梅：指《小梅花》曲子。

鉴赏

这首词诸本题作"春景"，乃因伤春而作怀人之思。虽然篇幅短小，但是笔法顿挫、情感跌宕，而这种起伏转腾的笔法中依然是"气骨不衰，清丽中不断意脉""咀嚼无滓，久而知味"（宋代张炎《词源》）。

首二句直笔写春，"莺嘴啄花红溜，燕尾点波绿皱"，开篇两句以极为齐整的对偶形式描绘了一幅秾丽无比的春色图，旨在突出自然春光之美好。莺儿啄食着红艳欲滴的花朵，那秾艳的花瓣在天地间优美地滑下一道道弧线；燕儿低低地飞过澄澈湛碧的江面，那碧绿的江波漾起了微微涟漪，忙碌的莺儿、舞动的燕儿、红溜的花儿、绿皱的波儿，或动或静，或歇或停，或红或绿，共同构成绝美的春景，美得令人心醉。这两句可见词人用词极具雕绘之功，"溜"字把花的娇艳写到了极致，"皱"字把绿波微漾的情态极为生动又极为精巧地描绘出来了。

后两句"指冷玉笙寒，吹彻小梅春透"却转作悲苦语，笔法腾跃突转，由艳之极到凉之极，冷指持寒笙，吹出一曲寒凉的《小梅花》，"冷""寒""彻""透"等字眼写尽了凉意，词中主人公内心的凄凉可见一斑。此词的前两句与后两句形成了极大的反差，"以乐景写哀，以哀景写乐，一倍增其哀乐"（王夫之《姜斋诗话》），此处便是以乐景写哀情的绝佳代表，情景如此秾艳美好更反衬出女子冰凉凄苦的心境。

"依旧，依旧，人与绿杨俱瘦"，委婉地道出了女子与明媚春光格格不入的原委，柳絮渐渐"消瘦"，意味着春光也将慢慢消逝，这是无法逃避的规律，女子在春光极盛之时却深深地忧虑它的凋残，那份惜春伤春之情更显得深挚，而这极盛的春光也正是女子绝妙年华的象征，春光的消逝便也意味着自己的迟暮与憔悴，以生动的形象表达感情，而"为伊消得人憔悴"的含意自在其中，直让人想象到一幅花落絮飞，佳人对花兴叹、怜花自怜的图画。

杳杳寒山道

（唐）寒　山

杳杳①寒山道，落落②冷涧滨③。
啾啾④常有鸟，寂寂⑤更无人。
淅淅⑥风吹面，纷纷⑦雪积身。
朝朝⑧不见日，岁岁⑨不知春。

注释

①杳杳：形容颜色幽暗。②落落：形容山涧的空旷之感。③涧滨：山涧的边缘。④啾啾：鸟叫的声音。⑤寂寂：本诗中指山涧没有任何声音。⑥淅淅：描写风的动态之感。⑦纷纷：特指雪的飞舞状态。⑧朝朝：指时间，较"岁岁"短。⑨岁岁：亦指时间，但比"朝朝"长。

鉴赏

寒山是唐代一位带有传奇色彩的诗僧，贞观年间隐于寒岩（《三隐集记》）。本诗主要写他居住天台山寒岩时亲眼所见山路及其周围的景致。首二句"杳杳寒山道，落落冷涧滨"，即描述这条山道的形势和位置。一条幽深莫测、寒气侵人的山路，盘绕在寂寥冷落的山涧边。"杳杳""落落"的叠字连用，把人引入冷森森的奇特境界。"啾啾常有鸟，寂寂更无人。"这是从声音上描摹寒山道的静寂宁远。诗中连用"啾啾""寂寂"两个叠字句，更富于变化。"啾啾"言有声，以轻细的鸟语反衬出山路的清幽，"寂寂"指无声，以杳无声迹的冷寂说明人迹罕至。"啾啾""寂寂"的强烈对比，与前人的"鸟鸣山更幽"有同样的艺术效果。如果说前四句以写山路的静态为主，那么以下两句"淅淅风吹面，纷纷雪积身"则已转向动态描画，着意表现顶风冒雪的自我形象。"淅淅"，指风吹时的形貌；"纷纷"，写雪飞时的情状，两者都处于流动飘舞之中。随着迎风踏雪而来的诗人，山路周围顿时充满生机，从而打破一直凝滞不动的氛围。"风吹面""雪积身"，表明诗人正沿着这条寒山路攀登，进入深山，直上高峰。

最后两句"朝朝不见日，岁岁不知春"，以抒写诗人的情怀作结，情中见景。"朝朝""岁岁"，属长短不同的时间概念，而叠字连用，同样可言时间之悠长。也就是说，诗人长期置身于深山密林之中，经常见不到阳光，因而不知时序的变化，甚至分辨不出春去秋往，以示其超然物外的冷漠心情，与前面孤寂幽深的山路描写很自然地融合为一体。如果说前面六句是景中含情，那么结尾两句则是情中寓景。两种表现手法巧妙结合，正是本诗的一个艺术特色。

本诗使用叠字的效果，大抵像使用对偶排比一样，能获得整齐的形式美，增进感情的强度，寒山这首诗中的叠字，大都带有一种幽冷寂寥的感情色彩，接连使用，使诗笼罩着一层浓烈的气氛。再如，"朝""岁"，单个的名词本来不带感情色彩，但一经叠用，出现在上述特定的气

氛中，就显得时间的无限延长，心情的守一、执着，也就加强了诗意，具有感情色彩了。

　　本诗语言通俗浅显，口语俚词皆可入诗，具有素朴的特点。寒山所创作的诗歌在内容上主要以演绎佛理禅机、揭露世态人情为主，某些侧重景物描写的山水诗也别具意境。这首《杳杳寒山道》即可视为佳作。

天净沙·夏

（元）白　朴

　　云收雨过波添，楼高水冷瓜甜①，绿树阴垂画檐。纱幮藤簟②，玉人罗扇轻缣③。

注释

　　①水冷瓜甜：形容高楼上玉人的感受。②纱幮藤簟：幮，指古代一种像橱一样的帐子。藤簟，指用藤或竹制成的凉席。③玉人罗扇轻缣：玉人，佳人。轻缣，轻而薄的丝绢衣衫。

鉴赏

　　这是元代曲作家白朴创作的一首描写夏天景物的曲子。在这首曲子中，作者根据自己的观察和体验，勾勒出了一幅情趣盎然、充满生活气息的盛夏图景。"云收雨过波添"，写雨过天晴，碧空如洗，河水荡漾，一派清新美好的气息。"楼高水冷瓜甜"，写雨后，楼屋里的人呼吸着清新的空气，吃着多汁而甘甜的西瓜，感到分外舒畅。"绿树阴垂画檐"，写屋前的景物，绿树成荫，枝蔓一直垂到了画檐前面，遮住了炎炎烈日。"纱幮藤簟，玉人罗扇轻缣"，写纱帐中的藤席上，一位穿着丝绢做成的轻薄衣衫的美人儿坐在那儿，

轻摇着罗扇，享受着夏日宜人的时光。不管是写室外的景物，还是写室内的陈设和人物，都紧紧抓住了夏天的特色。

这首曲子，由远及近，由外到内，层次清晰，结构合理，意象选取鲜明，营造了一种幽静、凉爽的氛围。文笔朴实清新，格调高雅。

卜算子·黄州定慧院寓居作

（宋）苏　轼

缺月挂疏桐，漏断①人初静。谁见幽人②独往来，缥缈孤鸿影。

惊起却回头，有恨无人省③。拣尽寒枝不肯栖，寂寞沙洲冷。

注释

①漏断：漏壶中的水已经滴尽，表明夜深。"漏"，古代的计时器，以漏壶滴水计算时间。②幽人：指幽居之人，此处是词人自指。③省：察觉、理解。

鉴赏

这首词是元丰五年（1082）十二月苏轼初贬黄州寓居定慧院时所作。词中借月夜孤鸿这一形象托物寓怀，表达了词人孤高自许、蔑视流俗的心境。

首二句"缺月挂疏桐，漏断人初静"写夜深，月挂疏桐的孤寂氛围，用"缺""疏""断"几个字极写幽独凄清的心境，为幽人、孤鸿的出场做铺垫。"谁见"两句，点出一位独来独往、心事浩茫的"幽人"形象，随即轻灵飞动地由"幽人"而孤鸿，"幽人"指作者自己，是主；"孤鸿"是对"幽人"的衬托，是宾。这两个意象产生对应和契合，让人联想到"幽人"那孤高的心境，不正像缥缈若仙的孤鸿之影吗？这两句既是实写，又通过人、鸟形象的对应、嫁接，极富象征意味和诗意之美地强化了"幽人"的超凡脱俗。

下阕专写孤鸿遭遇不幸，写"孤鸿"也就是写词人自己，心怀幽恨，惊恐不已，拣尽寒枝不肯栖息，只好落宿于寂寞荒冷的沙洲。用"惊""恨""寒""寂寞""冷"这许多字眼，更明显地写出作者在患难之中"忧谗畏讥"的情绪。在这种战战兢兢的境遇里，即使有高枝好栖，还是拣来拣去"不肯栖"，只好宿在沙洲里，耐寂寞，耐寒冷。词人以象征手法，匠心独具地通过鸿的孤独缥缈，惊起回头、怀抱幽恨和选求宿处，表达了作者贬谪黄州时期的孤寂处境和高洁自许、不愿随波逐流的心境。作者与孤鸿惺惺相惜，以拟人化的手法表现孤鸿的心理活动，把自己的主观感情加以对象化，显示了高超的艺术技巧。

这是一首很好的有寄托的咏物词，也是苏词名作之一，这首词的境界，确如黄庭坚所说："语意高妙，似非吃烟火食人语，非胸中有万卷书，笔下无一点尘俗气，孰能至此！"这种高旷洒脱、绝去尘俗的境界，得益于高妙的艺术技巧。作者"以性灵咏物语"，取神题外，意中设境，托物寓人；对孤鸿和月夜环境背景的描写中，选景叙事均简约凝练，空灵飞动，含蓄蕴藉，生动传神，具有高度的典型性。

水调歌头·呈汉阳使君

(宋)王以宁

　　大别①我知友，突兀②起西州③。十年重见，依旧秀色④照清眸⑤。常记鹄碕狂客⑥，邀我登楼雪霁，杖策拥羊裘⑦。山吐月⑧千仞，残夜水明楼⑨。

　　黄粱梦，未觉枕，几经秋。与君邂逅，相逐飞步碧山头。举杯一觞今古，叹息英雄骨<u>冷</u>，清泪不能收。鹦鹉更谁赋⑩，遗恨满芳洲。

注 释

　　①大别：山名。在汉阳东北。②突兀：高高的样子。③西州：意指西面的方位。④秀色：山的秀丽。⑤清眸：登山者清亮明净的眼眸。⑥鹄碕狂客：指豪逸狂放的汉阳使君。⑦杖策拥羊裘：拄着杖穿着羊裘，一派隐士装束。这里特指朋友的装束打扮。⑧山吐月：月亮从山头冒出来。⑨水明楼：明月照水，水光反映于楼台的样子。⑩鹦鹉更谁赋：来自祢衡作《鹦鹉赋》的故事，东汉末祢衡不被曹操所容，后来终为黄祖杀害，他曾在汉阳的鹦鹉洲写下《鹦鹉赋》，抒发怀才不遇的愤慨。这里说的是还有谁作《鹦鹉赋》呢！

鉴 赏

　　这首词是词人为献给老朋友汉阳使君而作。词中记叙了两人的深厚情谊，豪迈粗犷之中见真情，再现了大别山纵横辽阔、莽莽苍苍的雄浑境界，体现了一种慷慨苍凉的感情。

　　词作上阕首句"大别我知友"，使大别山是词人的"知友"，这里采用拟人的修辞手法，生动形象。"突兀起西州"，这里呈现出大别山挺拔耸立的样子。"十年重见，依旧秀色照清眸"，阔别了十年，如今又在大别山重逢，这里的景色却依然清秀如故亲切自然。接着词人笔锋转入对十年前的往事的回忆。"常记鲐碕狂客，邀我登楼雪霁，杖策拥羊裘"，写词人至今还记得老朋友汉阳使君性格豪逸狂放，曾在雪晴的时候邀请"我"登楼，那时他拄着杖穿着羊裘，一派隐士装束。寥寥几笔，朋友的豪放性格又鲜明地呈现在读者面前。"山吐月千仞，残夜水明楼"，这里写大别山的雪后夜景。化用了杜甫的《月》诗："四更山吐月，残夜水明楼。"在千仞群山中，月亮慢慢露出，月光照着清澈的湖水，水光又映入楼台，意境优美。词人描写十年前的一些场景，如历历在目，可见他十分珍惜与老朋友之间的友谊，感情真切，自然豪放。

词作下阕写别后重逢，着重抒情。"黄粱梦，未觉枕，几经秋"，写人生如梦，十年的漫长岁月倏忽而过，感慨良多。但是这次重游大别山，词人虽然经历很多挫折，但却更加成熟深沉。"与君邂逅，相逐飞步碧山头"，这次老友偶然相逢，登大别山的兴致依然不减当年，相互追逐飞跑着登上碧山头。"举杯一筋今古，叹息英雄骨冷，清泪不能收"，与老朋友相聚，举杯畅饮，畅谈今古，感慨万千，不禁让人泪水横流。紧接着词人以"鹦鹉更谁赋，遗恨满芳洲"结束全词。从这芳草萋萋汉阳鹦鹉洲的眼前景致联想到祢衡作《鹦鹉赋》的故事，词人借《鹦鹉赋》为喻，表现了怀才不遇的悲愤之情，抒发了胸中的郁积与满腔遗恨。

霜　月①

（唐）李商隐

初闻征雁已无蝉，百尺楼高水接天②。

青女③素娥④俱耐冷，月中霜里斗婵娟⑤。

注 释

①霜月：《礼记·月令》中记载："孟秋之月寒蝉鸣，仲秋之月鸿雁来，季秋之月霜始降。"②水接天：一说指"霜月之光"，即"言月华如水"。则此句乃言秋空明净，月色澄清。③青女：主霜雪的女神。④素娥：月中嫦娥。⑤婵娟：左思《吴都赋》："檀药婵娟，玉润碧藓。"

赏 析

"初闻征雁已无蝉"，该句在写景的同时交代了时间。此时暑气消尽，秋意渐浓，树枝上已听不到聒噪的蝉鸣，辽阔的长空里，时时传来的是雁阵惊寒的声音。"无蝉""征雁"都表明此时时节已为秋天。按大雁的特性，春季北下的雁为归雁，秋来南去的雁则为"征雁"。次句"百尺楼高水接天"，在写景的同时点出地点。诗人站在高高的楼阁之上，放眼向远方望去，只见月白霜清水天一色，诗人身处此境，心胸不免为之开朗，思绪也变得异常活跃。

"青女素娥俱耐冷，月中霜里斗婵娟"，是诗人对自己一时神奇思绪的捕捉。青女，神话中主管霜雪之神女。诗人在此以青女代指寒露白霜。素娥，嫦娥，神话中主管月宫之女神。尽管"琼楼玉宇，高处不胜寒"，可是冰肌玉骨的绝代佳人，愈是在宵寒露冷之中，愈是见出雾鬓风鬟之美。她们的绰约仙姿之所以不同于庸脂俗粉，是因为她们经得起寒冷的考验。

该诗在艺术手法上有一点值得注意，诗人的笔触完全在空际点染盘旋，诗境如海市蜃楼，弹指即逝；诗人将幻想和现实交织在一起而构成完美的整体。深秋时节，树枝上已听不到聒噪的蝉鸣，辽阔的长空里，时时传来雁阵惊寒的

声音。在月白霜清的宵夜，高楼独倚，水光接天，望去一片澄澈空明。"初闻征雁已无蝉"二句，是实写整体的环境氛围，该环境是美妙想象的摇篮，它唤起人们绝俗离尘的意念。正是在这个意境之中，诗人的灵魂飞进月地云阶的神话世界中去了。后两句想象中的意境，是诗人着意要表述的，诗人用青女与素娥两个神话中的神女，指代大自然中的霜与月，歌颂她们在寒冷的气候中的潇洒欢快，意在宣扬为人应有不怕清苦、超凡脱俗的坚强性格。

露

暮江吟

（唐）白居易

一道残阳铺水中，半江瑟瑟半江红。
可怜①九月初三夜，露似真珠月似弓。

注 释

①可怜：可爱。

鉴 赏

这是白居易一首著名绝句，诗人选取了红日西沉到新月东升这一段时间里的两组景物进行描写，这也正是全诗构思妙绝之处，两幅幽美的自然界的画面，加以组接。一幅是夕阳西沉、晚霞映江的绚丽景象，一幅是弯月初升、露珠晶莹的朦胧夜色。两者分开看各具佳景，合起来读更显妙境。

前两句写夕阳落照中的江水。"一道残阳铺水中"，残阳照射在江面上，不说"照"，却说"铺"，这是因为"残阳"已经接近地平线，几乎是贴着地面照射过来，而且余晖染红了整个天际，火红的晚霞又降落、铺展在静谧的江面上。这个"铺"字也显得平缓，写出了秋天夕阳的柔和，给人以亲切、安闲的感觉。"半江瑟瑟半江红"承接上句斜阳铺照之景，写受光多的部分，呈现一片"红"色；受光少的地方，呈现出深深的碧色。"瑟瑟"写碧波粼粼，似有动感，"半江红"则给人静态的视觉感受。

"可怜九月初三夜，露似真珠月似弓"这两句是写夜里弯月初升的景象。月亮已经出来了，正是上弦月的时候，细细的、弯弯的。九月已似深秋时节，昼夜温差很大。到了夜里，草叶上就凝结了一层细密的露珠。这本来是很常见的现象，但在诗人眼里，这些很常见的景物却显得与众不同。

诗人通过"露""月"视觉形象的描写，以珍珠和弓这样新颖巧妙的比喻来精心为大自然敷彩着色，描容绘形，令人叹绝。由描绘暮江，到赞美月露，这中间似少了一个时间上的衔接，而"九月初三夜"的"夜"无形中把时间连接起来，它上与"暮"接，下与"露""月"相连。诗人就在这江边流连，欣赏着日落月升的美景，洋溢着对大自然的喜悦、热爱之情。

仔细品味这首七绝，我们不能不感叹诗人能用如此通俗的语言描绘出如此精美的画面，也不能不感叹诗人的比喻之新奇贴切。

日　暮

（唐）杜　甫

牛羊下来①久，各已闭柴门。
风月自清夜，江山非故园。
石泉流暗壁，草露滴秋根。
头白灯明里，何须花烬繁②。

①下来：牛羊归圈。②烬繁：花朵掉落，开败。

鉴赏

大历二年（767）秋，杜甫在流寓夔州瀼西东屯期间，写下了这首诗。瀼西一带，地势平坦，清溪萦绕，山壁峭立，林寒涧肃，草木繁茂。黄昏时分，展现在诗人眼前的是一片山村寂静的景色。

"牛羊下来久，各已闭柴门。"夕阳的淡淡余晖洒满偏僻的山村，一群群牛羊早已从田野归来，家家户户深闭柴扉，各自团聚。首联从《诗经·君子于役》中"日之夕矣，羊牛下来"句点化而来。这就隐隐透出一种思乡恋亲的情绪。皓月悄悄升起，诗人凝望着这宁静的山村，禁不住触动思念故乡的愁怀。

"风月自清夜，江山非故园。"秋夜，晚风清凉，明月皎洁，瀼西的山川在月光覆照下明丽如画，无奈并非自己的故乡风物！淡淡二句，有着多少悲郁之感。"自"与"非"是句中关键字眼，一拗一救，显得波澜有致，正是为了服从内容的需要：江山美丽，却非故园，隐含着一种无可奈何的情绪和浓重的思乡愁怀。

夜愈深，人更静，诗人带着乡愁的眼光观看山村秋景，仿佛蒙上一层清冷的色彩。"石泉流暗壁，草露滴秋根"，这两句词序有意错置，意境是多么凄清而洁净！给人以悲凉、抑郁之感。词序的错置，不仅使声调更为铿锵和谐，而且突出了"石泉"与"草露"，使"流暗壁"和"滴秋根"所表现的诗意更加奇逸、浓郁。从凄寂幽邃的夜景中，隐隐地流露出一种迟暮之感。

景象如此冷漠，诗人不禁默默走回屋里，挑灯独坐，更觉悲凉凄怆："头白灯明里，何须花烬繁。"诗人不但不觉欢欣，反而倍感烦恼，"何须"一句，说得幽默而又凄婉，表面看来

好像是宕开一层的自我安慰，其实却饱含辛酸的眼泪和痛苦的叹息。

"情语能以转折为含蓄者，唯杜陵居胜。"清代王夫之《姜斋诗话》中对杜诗的评语也恰好阐明本诗的艺术特色。这样写确实婉转曲折，含蓄蕴藉，耐人寻味，给人以更鲜明的印象和深刻的感受，艺术上可谓达到炉火纯青的境地。

宿王昌龄隐居

（唐）常 建

清溪深不测，隐处唯孤云。
松际露微月，清光犹为君。
茅亭宿①花影，药院滋苔纹。
余亦谢时②去，西山鸾鹤③群④。

注释

①宿：比喻夜静花影如眠。②谢时：辞去世俗之累。③鸾鹤：古常指仙人乘坐的禽鸟。④群：与……为伍。

鉴赏

这是一首写山水的隐逸诗。

首联写王昌龄隐居所在。"深不测"一作"深不极"，并非指水的深度，而是说清溪水流入石门山深处，见不到头。王昌龄隐居处便在清溪水流入的石门山上，望去只看见一片白云。齐梁隐士、"山中宰相"陶弘景对齐高帝说："山中何所有？岭上多白云。只可自怡悦，不堪持赠君"，因而山中白云便沿为隐者居处的标志，清高风度的象征。但陶弘景是著名隐士，白云多；王昌龄却贫穷，云也孤，而更见出清高。

中间两联即写夜宿王昌龄隐居处所见所感。王昌龄住处清贫幽雅，一座孤零零的茅屋。屋前有松树，屋边种花，院里莳药，见出他的为人和情趣，遁世而爱生活。常建夜宿此地，举头望见松树梢头，明月升起，清光照来，格外有情，而无心可猜。想来明月不知今夜主人不在，换了客人，依然多情来伴，故云"犹为君"。夜宿茅屋是孤独的，而抬眼看见窗外屋边有花影映来，也别具情意。到院里散步，看见王昌龄莳养的药草长得很好。因为久无人来，路面长出青苔，所以茂盛的药草却滋养了青苔。这又暗示主人不在已久，更在描写隐逸情趣的同时，流露出一种惋惜和期待的情味，表现得含蓄微妙。

末联便写自己的归志。这里用了一个"亦"字，很妙，实际上这时王昌龄已登仕路，不再隐居。这"亦"字是虚晃，故意也是善意地说要学王昌龄隐逸，步王昌龄同道，借以婉转地点出讽劝王昌龄坚持初衷而归隐的意思。其实，这也就是本诗的主题思想。题曰"宿王昌龄隐居"，旨在招王昌龄归隐。

诗人在平易地写景中蕴含着深长的比兴寄喻，形象明朗，诗旨含蓄，而意向显豁，发人联想。在构思和表现上，"唯论意表"的特点更为突出，终篇都赞此劝彼，意在言外，而一片深情又都借景物表达，使王昌龄隐居处的无情景物都充满对王昌龄的深情，愿王昌龄归来。但手法又只是平实描叙，不拟人化。所以，其动人在写情，其悦人在传神，艺术风格确实近王维、孟浩然一派。

溪 居

（唐）柳宗元

久为簪组①累，幸此南夷②谪③。
闲依农圃邻，偶似山林客。
晓耕翻露草，夜榜④响溪石。
来往不逢人，长歌楚天⑤碧。

注释

①簪组：古代官吏的服饰，此指官职。②南夷：这里指当时南方的少数民族地区。③谪：流放。④夜榜：夜航。⑤楚天：永州古属楚地。

鉴赏

这是柳宗元谪居永州时所写的一首抒情小诗，诗歌在貌似悠闲、强作平和中隐含着浓郁的被遗弃的孤愤。

"久为簪组累，幸此南夷谪"，全诗的解题关键在一"幸"字，既是对以往宦海浮沉的总结，又总领全诗，引出下文。但"幸"字在这里表达的思想感情是极为复杂的，贬官本是不如意的事，诗人却以反意着笔，说什么久为做官所"累"，而为这次贬窜南荒为"幸"，实际上是含着痛苦的笑。"幸"字下用一"谪"字，难言的苦涩顿时生起。此句虽是怨言，却因一"幸"字而不见怨意；"闲依农圃邻，偶似山林客"，诗人开始写自己谪居愚溪后的"悠闲"生活，这一句貌似闲适旷达，其实不然，在字里行间总有一种贬谪生活中无所适从的心态的流露；"晓耕翻露草，夜榜响溪石"，此句承上句意思，继续诉说自己的"悠闲"，用笔清峭，写景状物动静有度，颇具神态。其真切自然之美，很有田园诗的风采。其中"草"是静物，"露"却有晶莹欲滴之态，一个"翻"字，其景如在眼前。"石"是静止的，"溪"是流动的，而一个"响"字，便如听到船桨击水的声响，由此更反衬出愚溪之夜的静谧；"来往不逢人，长歌楚天碧"这一句，写自己所选择的居处远离闹市，过于偏僻，所以，不论是出游还是劳作，很少能碰见其他人，即使吟诗作赋，也只能是面对碧蓝辽阔的"楚天"独自吟诵而已。

这首诗表面上似乎写溪居生活的闲适，然而字里行间隐含着孤独的忧愤。如开首二句，诗意突兀，耐人寻味。贬官本是不如意的事，诗人却以反意着

笔，说什么久为做官所"累"，而以这次贬窜南荒为"幸"，实际上是含着痛苦的笑。"闲依""偶似"相对，也有强调闲适的意味，"闲依"包含着投闲置散的无聊，"偶似"说明他并不真正具有隐士的淡泊、闲适，"来往不逢人"句，看似自由自在，无拘无束，但毕竟也太孤独了。这里也透露出诗人是强作闲适。

蝉

（唐）虞世南

垂緌①饮清露②，流响③出疏桐④。
居高⑤声自远，非是藉秋风。

注 释

①垂緌：緌是古人结在颔下的帽带下垂部分。蝉的头部有伸出的触须，形状似下垂的冠缨，所以称其为"垂緌"。②饮清露：古人认为蝉栖身高树，只喝清洁的露水，故说蝉是"饮清露"。在本首诗中用"饮清露"象征人的品格高洁。③流响：是指蝉鸣叫的声音时高时低而且时间很长，像流水的响声一样，故称其为"流响"。④疏桐：指稀疏的梧桐树。梧桐在古人的心目中是一种高贵而灵异的树，诗人以蝉自比，则其鸣声也就不同凡响。⑤高：在诗中有两层含义：一是实指蝉所居的梧桐树高，二是暗指"饮清露"的品格之高。

鉴 赏

这是一首托物寓意的小诗，是唐人咏蝉诗中时代最早的一首，很为后世人称道。

　　诗中句句写的是蝉的形体、习性和声音，而句句又暗示着诗人高洁清远的品行志趣。

　　首句"垂緌饮清露"表面上是写蝉的形状和食性，实际上是运用比兴的手法暗示自己的显要身份和清廉的品质。"垂緌"是古代官帽打结下垂的带子，暗示达官显贵的身份。显宦的身份和地位在老百姓的心目中和"清"是有矛盾的，甚至是水火不相容的。但在作者的笔下，却把二者完美地统一在"垂緌饮清露"的蝉的形象中了。此句中"贵"与"清"的统一也为三、四句中的"清"无须依靠"贵"做了反铺垫，用笔非常巧妙。

　　第二句"流响出疏桐"写蝉的鸣叫声。梧桐在古人的心目中是一种高贵而灵异的树，而且梧桐是高树，其前加一个"疏"字，更见其枝干的清高挺拔，并与末句中的"秋风"相呼应。"流响"二字形容蝉声的抑扬顿挫和长鸣不已；"出"字把蝉声远播的意态形象化了，让人感受到了蝉鸣的响度和力度。这一句虽只写蝉声，但读者从中却可想见人格化了的蝉那种清华隽朗的高标逸韵。有了这一句对蝉声远传的生动描写，三、四两句的发挥才字字有根。

　　三、四句"居高声自远，非是藉秋风"，这是全篇的比兴寄托的点睛之笔。是在前两句的基础上引发出来的诗的议论。蝉鸣的声音向远处传播，一般人往往认为是借助秋风的传送，诗人却别有会心，强调这是由于"居高"而自然能向远处传播。这种独特的意境为读者解释了一个真理：品格高洁的人，并不需要某种外在的凭借（比如权势地位、有能力者的帮助），自然能声名远扬。这里所突出强调的是人格美的力量。两句中的"自"字、"非"字，一正一反，相互呼应，表达出对人内在品格的热情赞美和高度自信，表现出一种雍容不迫的风度气韵。

　　正如曹丕在《典论·论文》中所说的那样："不假良史之辞，不托飞驰之势，而声名自传于后。"此诗意由己出，不因袭落俗，十分可贵，为唐代咏物诗开创了一个不俗的风气。

下第后上永崇高侍郎^①

（唐）高　蟾

天上碧桃和露种，日边红杏倚云栽^②。
芙蓉生在秋江上，不向东风怨未开。

注释

①永崇：唐时长安的坊名。高侍郎：一作"马侍郎"。②天上、日边：象征着得第者"一登龙门则身价十倍"，地位不寻常。

鉴赏

　　此诗一开始就用"天上碧桃""日边红杏"来作比拟。"天上""日边"，象征着得第者"一登龙门则身价十倍"，地位不寻常；"和露种""倚云栽"比喻他们有所凭恃，特承恩宠；"碧桃""红杏"，鲜花盛开，意味着他们春风得意、前程似锦。这两句不但用词富丽堂皇，而且对仗整饬精工，正与所描摹的得第者平步青云的非凡气象悉称。"天上碧桃""日边红杏"所以非凡，就在于其所处地势"凌霄"。这里可以体会到诗句暗含的另一重意味。唐代科举惯例，举子考试之前，先得自投门路，向达官贵人"投卷"（呈献诗文）以求荐举，否则没有被录取的希望。这种所谓推荐、选拔相结合的办法后来弊端大启，晚唐尤甚。高蟾下第，自慨"阳春发处无根蒂"，可见当时靠人事"关系"成名者大有人在。这正是"碧桃"在天，"红杏"近日，方得"和露""倚云"之势，则不是僻居于秋江之上无依无靠的"芙蓉"所能比拟的。

　　第三句中的秋江芙蓉是作者自比。作为取譬的意象，芙蓉是由桃杏的比喻连类生发出来的。虽然彼此同属名花，但"天上""日边"与"秋江"之上，所处地位极为悬殊。末句"不向东风怨未开"，话里带刺。表面只怪芙蓉生得不是地方（生在秋江上）、不是时候（正值东风），却暗寓自己生不逢辰的悲慨。与"阳春发处无根蒂，凭仗东风次第吹"同样"怨而切"，只不过此诗全用比体，寄兴深微。

诗人向"大人物"上书，不卑不亢，毫无胁肩谄笑的媚态，这在封建时代是较为难得的。说"未开"而非"不开"，这是因为芙蓉开花要等到秋高气爽的时候。这里似乎表现出作者对自己才能的自信。

〔中吕〕阳春曲·赠茶肆

（元）李德载

金芽嫩采枝头露①，雪乳香浮塞上酥②。我家③奇品世间无。君听取，声价彻皇都。

注释

①金芽嫩采枝头露：指清晨采摘茶树的嫩芽，连露珠一起采下。②雪乳香浮塞上酥：形容茶香。塞上酥，塞外少数民族饮的奶茶。③我家：指这个"茶肆"。

鉴赏

此曲侧重描述茶的稀有名贵以及诱人的味道，主要是向人们介绍和盛赞茶的功能与价值。

首句"金芽嫩采枝头露"生动而形象地描绘了采茶时的情景：破晓时分，晨曦方降，枝头的露珠尚存，茶叶的芽很嫩，色泽金黄诱人。茶叶以和露采下的嫩尖最为名贵，作者在渲染物美之中，表现出茶叶的品级档次极高。

紧接着第二句"雪乳香浮塞上酥"，抒写了茶香。烹茶时，茶面上堆起的泡沫，像晶莹洁白的雪乳，香味浮动诱人馋涎。作者以塞外少数民族饮用的奶

茶作为比喻，唤起读者的联想，既突出了它的香气，又调动起人们强烈的品茶欲望，符合元代的时代特色。如此珍贵的名茶世上也只有我一家，旨在吸引茶客们快来饮茶。"君听取，声价彻皇都"是对前句的补充，意思是说，你如能听取我的邀请，踏进茶肆尝一尝这稀世珍品的茶，便知道它响彻京都的盛名不掺半点儿虚假。作者用语夸张，口气夸大，字里行间充满了溢美之词。

这首曲子语言流畅，形象生动，言简意赅，风格清新活泼。

灵隐寺①

（唐）宋之问

鹫岭②郁岧峣③，龙宫④锁寂寥。
楼观沧海日，门对浙江潮。
桂子月中落，天香⑤云外飘。
扪萝⑥登塔远，刳木⑦取泉遥。
霜薄花更发，冰轻叶未凋。
夙龄⑧尚遐异，搜对涤烦嚣。
待入天台⑨路，看余度石桥。

注释

①灵隐寺：在今杭州市，是西湖胜景之一，该寺庙始建于东晋。②鹫岭：是印度灵鹫山之小岭，此处借指西湖边飞来峰。③岧峣：形容山势高峻。④龙

宫：相传龙王曾经请佛祖到龙宫讲经说法，这里借指灵隐寺。⑤天香：是指灵隐寺中祭祀神佛所燃的香。⑥扪萝：是手扶藤萝的意思。⑦刳木：是一种用木头制成的取水工具。⑧夙龄：是指过去的日子。⑨天台：是佛教天台宗的发源地天台山，坐落在今浙江省天台县。

鉴赏

这是一首记游写景的诗作，是诗人在中宗时贬越州长史时之作。

诗歌的前两句写的是作者笔下的灵隐寺。这两句借用佛教掌故写山写寺，以显示其不凡，一个"郁"字突显了高峻山峰的郁郁葱葱；前一句写飞来峰山势高峻，树木葱茏；后一句写灵隐寺肃穆宁静，一个"锁"字更显空寂。

接下来的两句写的是：人在灵隐寺，登楼可以观沧海日出，出门便可见到浙江潮起，至此灵隐寺的佳景可谓登峰造极，而诗人的发现和描绘也堪称独具慧眼，妙笔生花。

"桂子月中落，天香云外飘"两句进一步表现出了灵隐寺的飘逸、神奇。此句中再一次引用了动人的传说：在灵隐寺和天竺寺，每到金秋送爽的时刻，常常有似豆的颗粒从天而降，据说那是从月宫中飘落下来的桂子。这两句诗一写桂子从天而降，一写佛香直飘云霄，景象奇妙而神奇，使得这一佛教圣地更添一种空灵神奇。

本诗后半部分的前四句又为读者叙写了另一番景象："扪萝登塔远，刳木取泉遥。霜薄花更发，冰轻叶未凋。"诗人游览了灵隐寺，描绘了它的奇妙、壮丽的景象，然后又怀着极大的兴趣在灵隐山一带寻幽搜胜。

由此转到"夙龄尚遐异，搜对涤烦嚣"，他自幼向往各处的奇山胜景，这次寻幽访胜如愿以偿了，使他忘了人世间的烦恼和焦躁。最后一联"待入天台路，看余度石桥"，这是写诗人的幻觉，他已经沉醉了，误把灵隐当作天台，竟有点飘飘欲仙了。

全诗以想象中的寻访胜景结束，不但给人以艺术表达上的新鲜感，同时也从另一侧面巧妙地烘托了全诗所歌咏的灵隐寺。

饮马长城窟行①

（南北朝）张正见

秋草朔风惊。饮马出长城。
群惊还怯饮，地险更宜行。
伤冰敛冻足，畏冷急寒声。
无因度吴坂，方复入羌城。

注释

①《饮马长城窟行》是乐府《相和歌辞·瑟调曲》的曲名，多写征戍之苦。这首诗写深秋征戍北国边地的苦辛。

鉴赏

张正见的诗，在陈代颇负盛名。"其五言诗尤善，大行于世"（《陈书·张正见传》）。陈代名士多喜文会赋诗，太建初，徐伯阳与张正见等十余人，"游宴赋诗，勒成卷轴"，徐伯阳集而序之，传为文坛佳话，其中张正见诗留传最多。今存诗八十余首，大多为拟古乐府。这首《饮马长城窟行》是其中的代表作之一。诗中，用"秋草""朔风""长城""地险""冰""冻""寒声"，描绘出一幅北国边地秋景图，渲染了戍边将士的苦辛。化用了一些前人诗作的语意，创造出更为悲凉、险峻的意境。诗作语言清美，讲究声律对仗，比永明诗人的作品更接近于"近体诗"。

听颖师弹琴

（唐）韩　愈

昵昵①儿女语，恩怨相尔汝②。

划然③变轩昂，勇士赴敌场。

浮云柳絮无根蒂，天地阔远随飞扬④。

喧啾百鸟群，忽见孤凤凰。

跻攀分寸不可上，失势一落千丈强⑤。

嗟余有两耳，未省⑥听丝篁。

自闻颖师弹，起坐⑦在一旁。

推手遽⑧止之，湿衣泪滂滂。

颖乎尔诚能，无以冰炭置我肠⑨！

注　释

①昵昵：亲热。②尔汝：挚友之间不讲客套，以你我相称。这里表示亲近。③划然：突然。④"浮云"两句：形容音乐飘逸悠扬。⑤"喧啾"四句：形容音乐既有百鸟喧哗般的丰富热闹，又有主题乐调的鲜明嘹亮。⑥未省：不懂得。⑦起坐：忽起忽坐，激动不已的样子。⑧遽：急忙。⑨冰炭置我肠：形容自己完全被琴声所左右，一会儿满心愉悦，一会儿心情沮丧。犹如说水火，两者不能相容。

鉴　赏

全诗从演奏的开始起笔，到琴声的终止完篇。诗人首先运用多种手法刻画了音乐形象，然后诗人又写了音乐效果，以自己当时的坐立不安、泪雨滂沱和冰炭塞肠的深刻感受，说明音乐的感人力量。形象的刻画为音乐效果的描写提供了根据，而效果的描写又反证了形象刻画的真实可信，二者各尽其妙，交互为用，相得益彰。

　　全诗分两部分，前十句正面摹写声音。起句不同一般，它没有提及弹琴者，也没有交代弹琴的时间和地点，而是紧扣题目中的"听"字，单刀直入，把读者引进美妙的音乐境界里。琴声袅袅升起，轻柔细屑，仿佛小儿女在耳鬓厮磨之际，窃窃私语，互诉衷肠。中间夹杂些嗔怪之声，那不过是表达倾心相爱的一种不拘形迹的方式而已。正当听者沉浸在充满柔情蜜意的氛围里，琴声骤然变得昂扬激越起来，就像勇猛的将士挥戈跃马冲入敌阵，显得气势非凡。

　　蓦地，百鸟齐鸣，啁啾不已，安谧的环境为喧闹的场面所代替。在众鸟骗跹之中，一只凤凰翩然高举，引吭长鸣。"跻攀分寸不可上，失势一落千丈强。"这只不甘与凡鸟为伍的孤傲的凤凰，一心向上，饱经跻攀之苦，结果还是跌落下来，而且跌得那样快，那样惨。这里除了用形象化的比喻显示琴声的起落变化外，似乎还另有寄托。联系后面的"湿衣泪滂滂"等句，它很可能包含着诗人对自己境遇的慨叹。他曾几次上奏章剖析政事得失，希望当局能有所警醒，从而革除弊端，励精图治，结果屡遭贬斥，心中不免有愤激不平之感。

　　后八句写自己听琴的感受和反应，从侧面烘托琴声的优美动听。"嗟余"二句是自谦之辞，申明自己不懂音乐，未能深谙其中的奥妙。尽管如此，还是被颖师的琴声所深深感动，先是起坐不安，继而泪雨滂沱，浸湿了衣襟，犹自扑扑簌簌滴个不止。

　　全篇诗情起伏，波涛汹涌，层见迭出，变化无穷。上联与下联，甚至上句与下句，都有较大的起落变化。韩愈是一位极富创造性的文学巨匠。他写作诗文，能够摆脱拘束，自辟蹊径。这首诗无论造境或遣词造句都有独到之处。

念奴娇·过洞庭

（宋）张孝祥

　　洞庭青草①，近中秋、更无一点风色。玉鉴②琼田③三万顷，着④我扁舟一叶。素月分辉，明河共影，表里俱澄澈。悠然⑤心会，妙处难与君说。

应念岭表⑥经年，孤光⑦自照，肝胆皆冰雪。短发萧疏襟袖冷，稳泛沧溟⑧空阔。尽吸⑨西江⑩，细斟北斗⑪，万象为宾客。扣舷独啸，不知今夕何夕。

注释

①青草：指与洞庭湖相连的青草湖。②玉鉴：玉镜。③琼田：琼是美玉，琼田就是玉田。④着：犹着，或释为附着。⑤悠然：闲适自得的样子。⑥岭表：五岭以外，今两广一带。⑦孤光：月光。苏轼《西江月》"中秋谁与共孤光，把盏凄然北望"就曾用孤光来指月光。⑧沧溟：本指海水，这里指洞庭湖水的浩渺。⑨挹：舀。⑩西江：西来的长江。⑪北斗：星座名，由七颗星排成像舀酒的斗的形状。

鉴赏

这是张孝祥借景抒情的名作。上阕是词人在过洞庭的时候，对洞庭湖月下的美景进行的生动的描述，下阕主要是抒情。

词从写洞庭湖月下的景色起笔，开头"洞庭青草，近中秋、更无一点风色"，开篇即点明了洞庭湖与青草湖，表明了写景的对象是两个湖，并且点明了时节特点，表明所写之景的时节是近中秋时节。"更无一点风色"表明词人在月下看见洞庭湖的总体印象是秋高气爽、玉宇澄清的景色。开篇短短的几句话，就给了我们这样一个大观，感觉十分不错。紧接着词人用"玉鉴琼田"来形容湖水十分澄净，这个比喻用得很妙，

因为无论是玉鉴还是琼田，都与玉脱离不了关系，借玉的纯净与高雅来形容湖水的清澈。紧接着词人写在三万顷的湖面上，只有"我"的一叶扁舟。在一望无际的平静澄净得像玉一般的湖面上，就只有一叶扁舟，一种豪迈的情调油然而生。"素月分辉，明河共影，表里俱澄澈。"刚才的画面还没有结束，这是一片水天相接、万物融为一体的开阔之景，有一种心旷神怡的视觉感。词人此时的心境是澄澈和闲适的，物境与心境悠然相会，其妙处难以用语言表达出来。在这样的环境中，也只有拥有这样的心境才会有这样的豪迈之举。

下阕主要是抒情，书写自己内心的澄澈。下阕开头"应念岭表经年，孤光自照，肝胆皆冰雪"，写的是回忆，想起在岭南一年的生活，那是同样的光明磊落，肝胆忠义之心就像冰雪一样，澄净可照人。接着又回到了现实，写自己头发已经变得稀少如同秋之草木一样，但自己依然安稳地泛舟于浩渺的洞庭湖之上，心神没有一点动摇。一种豪迈之气游荡于词句之间。接着进入全词抒情的高潮，让万象与自己一起饮酒，最后轻松收尾，结束全词。

水调歌头

（宋）苏 轼

欧阳文忠①公尝问余：琴诗何者最善？答以退之②听颖师琴诗最善。公曰：此诗最奇丽，然非听琴，乃听琵琶也③。余深然之。建安章质夫家善琵琶者，乞为歌词。余久不作，特取退之词，稍加隐括，使就声律，以遗之云。

昵昵儿女语，灯火夜微明。恩冤尔汝④来去，弹指泪和声。忽变轩昂⑤勇士，一鼓阗然⑥作气，千里不留行。回首暮云远，飞絮搅青冥⑦。

众禽里，真彩凤，独不鸣。跻攀①寸步千险，一落百寻⑨轻。烦子指间风雨，置我肠中冰炭，起坐不能平。推手从归去，无泪与君倾。

注释

①欧阳文忠：指欧阳修（谥"文忠"）。②退之：指韩愈，韩愈字退之，曾有《听颖师弹琴》一诗："昵昵儿女语，恩怨相尔汝。划然变轩昂，勇士赴敌场。浮云柳絮无根蒂，天地阔远随飞扬。喧啾百鸟群，忽见孤凤凰。跻攀分寸不可上，失势一落千丈强。嗟余有两耳，未省听丝篁。自闻颖师弹，起坐在一旁。推手遽止之，湿衣泪滂滂。颖乎尔诚能，无以冰炭置我肠！"③"公曰"以下三句：欧阳修认为韩诗像听琵琶的诗，其实未必恰当。④尔汝：均为"你"的意思，以"尔汝"相称表示亲切。⑤轩昂：气宇浩大、不凡。⑥填然：形容鼓声。⑦青冥：指天空。⑧跻攀：攀登。⑨寻：八尺为一寻，古代的长度单位。

鉴赏

此词是根据唐朝诗人韩愈写音乐的名作《听颖师弹琴》改写的，大约作于苏轼元祐二年（1087）京师任翰林学士、知制诰时，为酬赠友人章质夫的琵琶演奏而作。对韩诗"稍加隐括，使就声律"，即按照词牌的格式和声律来"矫制"韩诗，一则增添新内容，二则减去原作中的部分诗句，三则利用原诗句稍加变化，以创新意。

起句"昵昵儿女语"移用韩诗原辞，写出乐声初奏，低低切切的像是小儿、小女之间的喁喁情话。次句以补叙弹奏的时间在灯火微明的夜晚。"恩怨尔汝来去"乃"使就声律"（使符合词调有关平仄、句式、韵、字等方面要求），写出乐声如怨如慕、如泣如诉和宛转翻覆的形象。"弹指泪和声"，把演奏者自身的感情烘托出来。"忽变轩昂勇士"三句写曲调由低抑到高昂，犹如气宇轩昂的勇士，在鼓声中，跃马驰骋，不可阻挡，与前面所描绘的低回、亲切声响形成鲜明的对照，出现了巨大的声音差和情感差。"回首暮云远，飞絮搅青冥"中"回首"一词，既合乎勇士形象，使词的架构愈趋缜密，又添加了几许隽逸。

"众禽里，真彩凤，独不鸣"，词人继续描绘所听到的音乐形象，强调出凤之"真"、凤之"彩"和凤之"不鸣"。显然，这里面注入了词人对仕途的感受，把审美主体的情志融进作品，更加强了词的艺术感染力。"跻攀寸步千险"两句描绘演奏近结束前出现的高音、险涩音和滑坠音。最后五句，从听者心情的激动，反映出成功的弹奏所产生的感人艺术效果。"指间风雨"，写弹奏者技艺之高，能兴风作浪；"肠中冰炭"，写听者感受之深，肠中忽而高寒、忽而酷热；并以"烦子""置我"等语，把双方紧密结合起来。音响之撼人，不仅使人坐立不安，而且简直难以承受，由于涟涟泣下，再没有泪水可以倾洒了。

词人让我们感受到了听觉的音乐美，又运用男女谈情说爱、勇士大呼猛进、飘荡的晚云飞絮、百鸟和鸣、攀高步险等自然景观和生活现象，极力摹写音声节奏的抑扬起伏和变化，借以传达乐曲的感情色调和内容。含义丰富的比喻，变抽象为具体，把诉诸听觉的音节组合，转化为诉诸视觉的生动形象，唤起一种类比的联想，从而产生动人心弦的感染力。

卖炭翁

（唐）白居易

卖炭翁，伐薪①烧炭南山中。
满面尘灰烟火色，两鬓苍苍②十指黑。
卖炭得钱何所营③？身上衣裳口中食。
可怜身上衣正单，心忧炭贱愿天寒。
夜来城外一尺雪，晓驾炭车辗冰辙④。

牛困⑤人饥日已高，市南门外⑥泥中歇。
翩翩两骑⑦来是谁？黄衣使者白衫儿⑧。
手把文书口称敕⑨，回车叱牛牵向北⑩。
一车炭，千余斤，宫使驱将惜不得。
半匹红纱一丈绫，系向牛头充炭直。

注释

①伐：砍伐。薪：柴。②苍苍：灰白色。③得：得到。何所营：做什么用。营，经营。④辗：同"碾"，轧。辙：车轮辗出的痕迹。⑤困：困倦，疲乏。⑥市南门外：唐代长安商业区在城南，商货多集中于市南门外。⑦翩翩：轻快洒脱的情状。这里形容得意忘形的样子。骑：马和骑马的人。⑧黄衣使者白衫儿：黄衣使者，指皇宫中采办宫市的太监。白衫儿，指太监手下的爪牙。⑨把：拿。敕：皇帝的命令或诏书。⑩回：调转。叱：吆喝。牵向北：唐代皇帝的宫殿在长安的北边，牵向北，指把炭车赶向皇宫。

鉴赏

全诗共分为三个部分。前六句为第一部分，总的概括介绍卖炭翁。前两句说卖炭翁在终南山自己伐薪、自己烧炭，然后又自己去卖炭，全靠自己的艰辛劳动维持生计。三、四句对他的外貌进行刻画，长年的辛苦和贫困，使他"满面尘灰烟火色，两鬓苍苍十指黑"。年纪老迈的他只能靠烧炭卖炭这样辛苦的劳动来维持起码的"身上衣裳口中食"。

第二部分是第七至第十二句，写卖炭翁赶车上市的情况。卖炭翁衣服单薄，本应渴望天气暖和。但他为了能多卖几个炭钱，却宁可忍受严寒，希望天气更冷些。"衣正单"的状况，与"愿天寒"的心理，形成强烈的矛盾，这种矛盾的心情源于"心忧炭贱"。倘若天暖炭贱，他就连最起码的生存都不能维持了。"夜来"下雪，"晓"则驾车去卖炭，正是想趁着天冷能多买几个炭钱。我们能想到，此时他是多么寒冷。但他心中怀着希望，便将寒冷置之度外了。路上是"一尺雪"的"冰辙",艰险难行。他拉着牛车一路从"晓"走到"日已高","牛困人饥"也只能倚在泥地里歇息。

第三部分写卖炭翁的厄运。在焦急企盼售炭的时刻,遇上"宫市",即宫市使到集市上去为皇宫采购物品,名曰"采购",实际给价只有货品本价的几十分之一,甚至分文不给,于是一牛车千余斤木炭——山中多日伐薪烧炭的劳动成果遭劫,将全诗推向最富感染力的高潮。"翩翩两骑",来了两名司"宫市"的宦官,"黄衣使者"是品级高宦官,"白衫儿"则无品位。这二位手把文书,口称皇帝敕令,"回车叱牛牵向北",长安皇城在城北,东西两市在南,故云。"半匹红纱一丈绫,系向牛头充炭值"诗到此戛然而止。

牛困人饥,"身上衣裳口中食"怎么办?一概没有答案,任凭读者去揣摩想象。卖炭翁会有怎样的反应呢?也没写。他会不会像卖柴的农夫那样"今有死而已"对宦者抱以老拳?

谒 山^①

（唐）李商隐

从来系日乏长绳,水去^②云回^③恨不胜^④。
欲就麻姑^⑤买沧海,一杯春露冷如冰。

注释

①谒山:指谒奠蓝田玉山,诗人之妻王氏葬于此。②水去:引用自《论语·子罕》"子在川上曰:'逝者如斯夫,不舍昼夜'"的典故。③云回:化用成公绥《云赋》"去则灭轨以无迹,来则幽暗以杳暝",写云气的无形无迹。④胜:尽。⑤麻姑:神话中的仙女。

　　"从来系日乏长绳"，此为化用语典写时光易逝。傅休奕《九曲歌》"岁暮景迈群光绝，安得长绳系白日"。傅休奕采用"安得"的疑问句式，本诗作者却运用肯定句式说"从来系日乏长绳"，这就把光阴难留、时光易逝的感慨抒发出来。正因时光易逝，所以下句道："水去云回恨不胜"，表达了时光如水东去，死者无法复生的怅恨。此句化用典故，"水去"点出"逝"字。"云回"写云气的无形无迹，以此表现时光流逝无存，死者长已矣之意。"恨"字表面上是对时光流逝的怅恨，同时亦抒发了诗人失去爱妻的悲痛。

　　"欲就麻姑买沧海"句使诗意转入高峰。这里化用神话故事，表达了挽回时光的遐想。诗人以此神话联想，想象东逝之水一定汇到沧海之中，沧海属于麻姑，于是有向麻姑买沧海的异想，借以挽回东流水，挽住逝去的时光，借此表达对过去幸福安定的生活又重回到身边的向往。诗人仕途生活虽然坎坷不幸，然而家庭生活还是美满的。他才三十九岁，壮年丧妻对他的打击太沉重了，怎能不令诗人悲痛万分。然而"买沧海"想留住那流去的水，逝去的时光，不再有"水去云回"之恨，只能是幻想而已。

　　"一杯春露冷如冰"化用麻姑到蓬海时，看见水又浅到一半。沧海又将变成陆地的神话，并展开奇异的想象，想象这无边无际的沧海，瞬间变成一杯春露，而且也将消失。那么"水去云回"之恨，死者长已之痛也就永远无法消除了。而且这"一杯春露冷如冰"的形象中更有比附作用，正如清人屈复所说："杯露之微，其冷如冰，不能回春，况沧海之大乎？不能买也。"此诗构思奇特，虽写悼念亡妻之情，但并未直接写人与事，或以物喻之，而是全力抒发时光不再之恨，在行文中有起伏转折之效果。但终以"冷如冰"作结，表达了深哀极怅之情。

拜新月

（唐）李 端

开帘见新月①，即便②下阶③拜。
细语人不闻，北风吹罗带④。

注释

①新月：农历每月初出的弯形的月亮。亦指农历月逢十五日新满的月亮。
②即便：马上。③阶：台阶。④罗带：丝织的衣带。

鉴赏

　　唐代拜月的风俗流行，不仅宫廷及贵族间有，民间也有。这首描写拜月的小诗，清新秀美，似乐府民歌。

首联一句，揣摩语气，开帘前似未有拜月之意，然开帘一见新月，即便于阶前随地而拜，如此不拘形式，可知其长期以来积有许多心事，许多言语，无可诉说之人，无奈而托之明月。以此无奈之情，正见其拜月之诚，因诚，固也无须兴师动众讲究什么拜月仪式。"即便"二字，于虚处传神，为语气、神态、感情之转折处，自是欣赏全诗的关键所在：一以见人物的急切神态，二以示人物的微妙心理。"细语"二字，惟妙惟肖地表现出少女娇嫩含羞的神态。少女内心隐秘，本不欲人闻，故于无人处，以细声细语出之，诗人亦不闻也。其实，少女内心隐秘，非愁怨即祈望，直书反失之浅露。现只传其含情低诉，只传其心绪悠远，诗情更醇，韵味更浓。庭院无人，临风拜月，其虔诚之心，其真纯之情，其可怜惜之态，令人神往。即其于凛冽寒风之中，发此内心隐秘之喃喃细语，已置读者于似闻不闻、似解不解之间，而以隐约不清之细语，配以风中飘动之罗带，似纯属客观描写，不涉及人物内心，但人物内心之思绪荡漾，却从罗带中断续飘出，使人情思萦绕，如月下花影，拂之不去。后两句呕心沥血，刻意描绘，而笔锋落处，却又轻如蝶翅。

李端这首《拜新月》，表面看似即写作者之所见所闻，又全用素描手法，只以线条勾勒轮廓：隐秘处仍归隐秘，细节处只写细节。通过娴美的动作、轻柔的细语和亭立的倩影，人物一片虔诚纯真的高尚情感跃然纸上，沁人肌髓。这正是诗人高超的艺术功力所在。

秋兴八首（其四）

（唐）杜　甫

闻道长安似弈棋①，百年②世事不胜悲③。
王侯第宅皆新主，文武衣冠异昔时。
直北④关山金鼓震，征西车马羽书驰。
鱼龙寂寞⑤秋江冷，故国⑥平居有所思。

①弈棋：比喻权力争夺不休，局势变化不定。②百年：此处既指自己一辈子，也指唐代社会。③不胜悲：是指国运民生和自己宦海浮沉身世所生的感慨。④直北：指长安以北。⑤鱼龙寂寞：相传龙类在秋季后蛰伏水底。⑥故国：指长安。

本首诗以安史之乱为中心描写长安近况，是八首的枢纽。

首联因听说长安政局变化很大即长安先破于安史，后陷于吐蕃，诗人因而反思国家和个人所经历的动乱与流亡，有说不尽的悲哀。"弈棋"言中央政权彼此争夺，反复不定，变化急促，比喻贴切而形象。"百年"此处既指自己一辈子，也指唐代社会。"不胜悲"是指由国运民生和自己宦海浮沉身世所生的感慨。中四句承首联，皆"闻道"之事，具体写"似弈棋"的内容。颔联感慨世道的变迁，时局的动荡，着重内忧，国运今非昔比，老一辈文武官员都换成新主。中央的典章、文物、制度都已废弃，在政治上自己已经是一个被遗忘的人了。颈联忽然纵笔大开，大起波澜，侧重外患。"直北"即正北，"愁看直北是长安"，夔州的正北是长安、洛阳，亦即陇右关辅中原一带，此指长安以北。"直北""征西"互文，"金鼓震""羽书驰"言西北多事，吐蕃曾攻陷长安，后回纥入寇，党项、羌又犯同州，浑奴刺寇周至，故云。报军情的文件来往驰送，时局危急。

尾联写在这国家残破、秋江清冷、身世凄苦、暮年潦倒的情况下，昔日在长安的生活常常呈现在怀想之中。第七句"鱼龙寂寞秋江冷"结到"秋"字，《水经注》："鱼龙以秋冬为夜。"写秋江即指诗人当前身在夔州之处境。第

八句结到"思"字，领起下面洋洋洒洒四首律诗，写故国平居，均由"思"字生出，故国思与前面的故园心一脉相承，承上启下，大合大开，气势流转，笔有千钧之力。

秋登宣城谢朓①北楼

（唐）李 白

江城②如画里，山晚望晴空。
两水③夹明镜④，双桥落彩虹。
人烟寒橘柚，秋色老梧桐。
谁念北楼上，临风怀谢公。

注释

①谢朓：是李白很佩服的南齐杰出诗人。谢朓北楼，即谢朓楼，为谢朓任宣城太守时所建，是宣城的登览胜地。这首诗作于天宝十三年（754），李白在长安为权贵所排挤，弃官而去，政治失意，漂泊流荡。②江城：泛指水边的城。③两水：是指句溪和宛溪。④夹明镜：是指两水绕城，水如明镜。

鉴赏

本诗通过对景色的描写，将自己的感情寄寓在写景之中。

开头两句总摄全篇，诗人把他登览时所见景色概括地写了出来，将读者一同带进诗的意境中。

中间四句是具体的描写。这四句诗里所塑造的艺术形象，都是从上面的一个"望"字生发出来的。从结构的关系来说，上两句写"江城如画"，下两句写"山晚晴空"；四句是一个完整的统一体，而又是有层次的。"两水"指句溪和宛溪。宛溪源出峄山，在宣城的东北与句溪相会，绕城合流，所以说"夹"。因为是秋天，溪水更加澄清，它平静地流着，波面上泛出晶莹的光。用"明镜"来形容，是最恰当不过的。"双桥"指横跨溪水的上、下两桥。上桥叫作凤凰桥，在城的东南泰和门外；下桥叫作济川桥，在城东阳德门外，都是隋文帝开皇年间（581—600）的建筑。

秋天的傍晚，原野是静寂的，山冈一带的丛林里冒出人家一缕缕的炊烟，橘柚的深碧，梧桐的微黄，呈现出一片苍寒景色，使人感到是秋光渐老的时候了。我们不难想象，当时诗人的心情完全沉浸在他的视野里，他的观察是深刻的、细致的；而他的描写又是毫不黏滞的。他站得高，望得远，抓住了一刹那的感受，用极端凝练形象的语言，在随意点染中勾勒出一个深秋的轮廓，深深地透露出季节和环境的气氛。他不仅写出秋景，而且写出了秋意。如果我们细心领会一下，就会发现他在高度概括之中，用笔是丝丝入扣的。

末尾两句与开头呼应，点明登览的地点是在"北楼上"；这北楼是谢朓所建的，从登临到怀古，李白就不免顺便说一句怀念古人的话罢了。这两句的意思，是慨叹自己"临风怀谢公"的心情没有谁能够理解。其中，"怀谢公"的"怀"，是李白自指，"谁念"的"念"，是指别人。

送友人

（唐）李 白

青山横北郭①，白水绕东城。
此地一为别②，孤蓬③万里征。
浮云④游子意，落日故人⑤情。
挥手自兹去，萧萧⑥班⑦马鸣。

注 释

①北郭：北城外。②为别：作别之意。③孤蓬：蓬是指蓬草，常常随风飘转，多用来比喻漂泊的人，孤蓬就是孤身漂泊的人。④浮云：飘浮不定的云，用来比喻友人。⑤故人：在本诗中是指诗人自己。⑥萧萧：是马嘶鸣的声音。⑦班：意为分别。

鉴 赏

本诗表达了作者送别之时对友人的依依惜别之情。

首联交代了诗人与友人告别的地点。诗人已经送友人来到了城外，然而两人仍然并肩缓辔，不愿分离。其中，"青山"对"白水"，"北郭"对"东城"，别开生面；而且"青""白"相间，色彩明丽。"横"字勾勒青山的静姿，"绕"字描画白水的动态。诗笔挥洒自如，描摹出一幅寥廓秀丽的图景。

就颔联的内容而言，主要表述了诗人与作者此地一别，离人就要像蓬草那样随风飞转，到万里之外去了。这两句表达了对朋友的深切关怀。落笔如行云流水，舒畅自然，不拘泥于对仗，别具一格。

颈联遣词造句特别值得考究，很有技巧性。其中，"浮云"对"落日"，"游子意"对"故人情"。同时，诗人又巧妙地用"浮云""落日"作比，来表明心意。天空中一抹白云，随风飘浮，象征着友人行踪不定，任意东西；远处一轮红彤彤的夕阳徐徐而下，似乎不忍遽然离开大地，隐喻诗人对朋友依依惜别的心情。在这山明水秀、红日西照的背景下送别，特别令人留恋而感到难舍难分。这里既有景，又有情，情景交融，扣人心弦。

尾联表达了诗人对于友人的真情惬意。其中，"挥手"，是写了分离时的动作，那么内心的感觉如何呢？诗人没有直说，只写了"萧萧班马鸣"的动人场景。班马，离群的马。诗人和友人马上挥手告别，频频致意。那两匹马仿佛懂得主人心情，也不愿脱离同伴，临别时禁不住萧萧长鸣，似有无限深情。马犹如此，人何以堪！

诗中描述了一幅精彩的画面：山岭、流水、落日、浮云等云集在一起，相互映衬，色彩璀璨。各种美交织在一起，洋溢着乐观畅快之情。

送魏大①从军

（唐）陈子昂

匈奴犹未灭，魏绛②复从戎。
怅别三河道③，言追六郡雄④。
雁山⑤横代北，狐塞⑥接云中。
勿使燕然⑦上，惟留汉将功。

注释

①魏大：姓魏，在兄弟中排行老大，即将出征，他是作者的友人。②魏绛：春秋时代晋国的谋臣，曾以"和戎"（与北方的少数民族讲和）政策消除了边患。③三河道：在"三河"的道路口。古称以黄河为基准，有河东、河内、河南之称，且皆设立郡，大致是指黄河中游一带。④六郡雄：本指六郡一带的豪杰，在这里专指西汉时在这一带立过战功的英雄赵充国。⑤雁山：是指陕西的雁门山，横亘在代州的北面。⑥狐塞：是指飞虎塞遥遥地与云中郡相连接。飞虎塞是河北境内的要塞，形势十分险峻。⑦燕然：是指燕然山，即今蒙古国境内的杭爱山。

鉴赏

这是一首慷慨壮志的赠别诗。作者在送友人魏大从军时鼓励他学习先贤，立功沙场。

开头两句写出了唐代北方边境上军情紧急，让人感到作者鼓励请缨杀敌而

激烈跳动的脉搏，读来震撼人心。首句暗用西汉威震敌胆的将军霍去病"匈奴未灭，何以家为"的典故，抒发了"以天下为己任"的豪情。次句把春秋时期消除了晋国北方边患的魏绛比作魏大。变"和戎"为"从戎"，典故活用，鲜明地表现出作者对这次出征的看法。

接着，"三河道"写明了送别的地点。用"六郡之雄"的赵充国将军来鼓励魏大，意思是我与你分别于三河之中的繁华帝都，彼此心里都不免有些惆怅和依恋；但为国效力，责无旁贷。你要像汉代名将、号称六郡雄杰的赵充国那样去驰骋沙场，杀敌立功。言语中虽然带有惆怅之情，但同时有着十分雄壮的气概。

五、六句写魏大从军所往之地形势的险要。一个"横"字描写出了雁门山地理位置的重要，一个"接"字勾画出了飞虎塞雄奇险峻的要塞位置，暗示了魏大此行环境之艰苦和责任之重大，为尾联作了良好的铺垫。

诗的结尾又一次鼓励友人，希望他扬名塞外，不要使燕然山上只留下西汉将军的姓名，也要在那里刻上我大唐将士，特别是你魏大的赫赫战功。这在语意上和首联相互呼应，加深了送别之旨。

全诗一气呵成，充满了奋发向上的激励之情。作者感情豪放激扬，语调慷慨悲壮，英气逼人，读来如同听见了战鼓轰鸣，气壮山河。

渡湘江

（唐）杜审言

迟日^①园林悲昔游^②，今春花鸟作边愁^③。
独怜京国^④人南窜，不似湘江水北流。

注释

①迟日：出得比较晚的太阳。②悲昔游：作者旧游之地，因为被放逐再次经过的时候感到悲伤。③边愁：因为流放边远地区而产生的愁绪。④京国：京都、京城。

鉴赏

全诗描写作者在渡过湘江南下时，正值春临大地，花鸟迎人，看到滔滔江水正朝着与他们相反的方向北去，不禁想到自己的遭遇，追思昔游，怀念京都，悲思愁绪，不可遏制。杜审言是诗圣杜甫的祖父，曾经两次被贬官。此诗就是他在贬谪途中写的。

本诗的开头写由眼前的春光回忆起往昔的春游。在此作者用了一个"悲"字，这个"悲"字，是今天的悲，是从今天的悲追溯昔日的乐；也可以说正因为想起当时的游乐，更觉得当前处境的可悲。用现在的情移于过去的境，为昔日的欢乐景物注入了今天的悲痛之情。

接着写从昔日的游乐回忆到今天的边愁。在这首诗中，鸟语花香这些令人欢乐的景物却使作者回想起自己正在被流放去南国的边疆途中。这些景物只是在诗人的心中构成了远去边疆的哀愁。这是以心中的情移于眼前的景。"花鸟"和"边愁"形成对比，从反面来衬托边愁。

第三句"独怜京国人南窜"是整首诗的中心，起承上启下作用。上两句，忆昔游而悲，见花鸟成愁，以及下一句为江水北流而感叹，这一句才交代出原因，这一切只因为诗人被贬南下。对于京国，诗人心中有太多的不舍。被贬途中总是悲苦的，特别是想到远离家国，狼狈奔赴无法预知的荒蛮之地，这种愁上心头的感情尤其强烈。

末句直接点出了所渡之"湘江"，而以"北水流"来衬托"人南窜"，也是用了反衬来加强第三句的中心内容。

纵观全诗，诗人通篇运用反衬、对比的手法。诗的前两句是今与昔的衬比，哀与乐的衬比，以昔日对照今春，以园游对照边愁；诗的后两句是人与物的衬比，南与北的衬比，以京国逐客对照湘江逝水，以斯人南窜对照江水北流。这是一首很有艺术特色的诗，而出现在七言绝句刚刚定型、开始成熟的初唐，尤其难能可贵。

燕歌行

（唐）高 适

开元二十六年(738)，客有从御史大夫张公出塞而还者，作《燕歌行》以示适，感征戍之事，因而和焉。

汉家烟尘①在东北，汉将辞家破残贼。
男儿本自重横行②，天子非常赐颜色③。
拟④金伐鼓下榆关，旌旆⑤逶迤碣石间。
校尉⑥羽书飞瀚海，单于⑦猎火照狼山。
山川萧条极⑧边土，胡骑凭陵⑨杂风雨。
战士军前半死生，美人帐下犹歌舞。
大漠穷秋塞草腓⑩，孤城落日斗兵稀⑪。
身当恩遇恒轻敌，力尽关山未解围。
铁衣远戍辛勤久，玉箸⑫应啼别离后。
少妇城南欲断肠，征人蓟北空回首。
边庭飘飖那可度⑬，绝域苍茫更何有。
杀气三时作阵云⑭，寒声一夜传刁斗。
相看白刃血纷纷，死节⑮从来岂顾勋。
君不见沙场征战苦，至今犹忆李将军。

注 释

①烟尘：代指战争。②横行：任意驰走，无所阻挡。③非常赐颜色：超过平常的厚赐礼遇。④拟：敲击。⑤旌旆：旌是竿头饰羽的旗；旆是末端状如燕尾的旗。这里泛指各种旗帜。⑥校尉：次于将军的武官。⑦单于：匈奴首领的称号，也泛指北方少数民族首领。⑧极：到……的尽头。⑨凭陵：仗势侵凌。⑩腓：指枯萎。⑪斗兵稀：作战的士兵越来越少了。⑫玉箸：比喻思妇的眼

泪。⑬度：越过相隔的路程，回归。⑭阵云：战场上象征杀气的云。⑮死节：指为国捐躯。

鉴赏

《燕歌行》不仅是高适的"第一大篇"，而且是整个唐代边塞诗中千古传诵的杰作。

诗的主旨是谴责在皇帝鼓励下的将领因骄傲轻敌，荒淫失职，造成战争失败，使广大兵士遭受极大的痛苦，甚至牺牲。诗人写的是边塞战争，但重点不在于民族矛盾，而是同情广大兵士，讽刺和愤恨不恤兵士的将军。

全诗以浓缩的笔墨，写了一个战役的全过程：第一段八句写出师，第二段八句写战败，第三段八句写被围，第四段四句写死斗的结局。各段之间，脉理绵密。

诗的发端两句便指明了战争的方位和性质，有感而发。"男儿本自重横行，天子非常赐颜色"，貌似欲扬汉将去国时的威武荣耀，实则已隐含讥讽，预伏下文。这"横行"的由来，就意味着恃勇轻敌。紧接着描写行军："摐金伐鼓下榆关，旌旆逶迤碣石间。"透过这金鼓震天、大摇大摆前进的场面，可以揣知将军临战前不可一世的骄态，也为下文反衬。战端一启，"校尉羽书飞瀚海"，一个"飞"字警告了军情危急："单于猎火照狼山"，犹如"看明王宵猎，骑火一川明，笳鼓悲鸣，遣人惊！"（南宋张孝祥《六州歌头》）不意"残贼"乃有如此威势。从辞家去国到榆关、碣石，更到瀚海、狼山，八句诗概括了出征的历程，逐步推进，气氛也从宽缓渐入紧张。

第二段写战斗危急而失利。落笔便是"山川萧条极边土"，展现开阔而无险可凭的地带，带出一片肃杀的气氛。"胡骑"迅急剽悍，像狂风暴雨卷地而来。汉军奋力迎敌，杀得昏天黑地，不辨死生。然而，就在此时此刻，那些将军们却远离阵地寻欢作乐："美人帐下犹歌舞"，这样残酷的事实对比，有力地揭露了汉军中将军和兵士的矛盾，暗示了必败的原因。所以紧接着就写力竭兵稀，重围难解，孤城落日，衰草连天，有着鲜明的边塞特点的阴惨景色，

烘托出残兵败卒心境的凄凉。"身当恩遇恒轻敌，力尽关山未解围"，回应上文，汉将"横行"的豪气业已灰飞烟灭，他们的罪责也确定无疑了。

第三段写士兵的痛苦，实际是对汉将更深的谴责。应该看到，这里并不是游离于战争进程外的泛写，而是处在被围困的险境中的士兵心情的写照。"铁衣远戍辛勤久"以下三联，一句征夫，一句征夫悬念中的思妇，错综相对，离别之苦逐步加深。城南少妇，日夜悲愁，但是"边庭飘飖那可度"，蓟北征人徒然回首，毕竟"绝域苍茫更何有"，相去万里，永无见期，"人生到此，天道宁论"！更那堪白天所见，只是"杀气三时作阵云"；晚上所闻，唯有"寒声一夜传刁斗"，如此危急的绝境，真是死在眉睫之间，使人不由想到：把他们推到这绝境的究竟是谁呢？这是深化主题的不可缺少的一段。

最后四句总束全篇，淋漓悲壮，感慨无穷。"相看白刃血纷纷，死节从来岂顾勋"，最后士兵们与敌人短兵相接，浴血奋战，那种视死如归的精神，岂是为了取得个人的功勋！他们是何等质朴、善良，何等勇敢，然而又是何等可悲啊！

全诗气势畅达，笔力矫健，经过惨淡经营而至于浑化无迹。气氛悲壮淋漓，主旨深刻含蓄。

横塘路①

（宋）贺　铸

凌波②不过横塘路，但目送，芳尘去。锦瑟年华谁与
度？月台花榭，琐窗朱户，只有春知处。

碧云冉冉蘅皋③暮，彩笔新题断肠句④。试问闲愁都几
许？一川烟草，满城风絮，梅子黄时雨。

注释

①横塘路：即《青玉案》。横塘，在苏州盘门外，水上有桥。风景胜殊，
贺铸居此。②凌波：出自曹植《洛神赋》："凌波微步，罗袜生尘。"③蘅
皋：长满香草的沼泽。④彩笔：《南史·江淹传》谓江淹梦郭璞向其索笔，江
淹取怀中五色笔授与，从此诗作再无佳句。

鉴赏

此词为作者晚年退隐苏州期间的作品。词中明写相思之情，实则借怀思美人抒发自己的苦闷闲愁和迷惘心境。

上阕以偶遇美人而不得见发端。"凌波不过横塘路，但目送，芳尘去"，美人的脚步在横塘前匆匆走过，词人遥遥地目送她的倩影渐行渐远，随之展开丰富的想象，推测那位美妙的佳人是怎样生活的。"锦瑟年华谁与度"自问自答，"月台花榭，琐窗朱户，只有春知处"，用无限惋惜的笔调写出陪伴美人度过如锦韶华的，除了没有知觉的华丽住所，就是一年一度的春天了，无人能至，自己当然也无从寄予相思、相惜之情。而词人自己同样幽居独处，对美人的思恋十分殷切。这种跨越时空的想象，既属虚构，又合实情。

下阕承上阕词意写忧思，遥想美人独处幽闺的怅惘情怀。"碧云冉冉蘅皋暮"，暮云冉冉，舒卷移动，美人伫立良久，直到暮色四合，笼罩了周围的景物，才蓦然醒觉。不由悲从中来，提笔写下柔肠寸断的诗句。蘅皋代指美人的住处，用彩笔代指美人才情高妙。那么，美人何以题写"断肠句"？于是有下一句"试问闲愁都几许"，愁苦之情到此已抒写得极为委婉深切，但词人仍继续用江南暮春常见的三种具体物象来烘托浓重的闲愁。清代刘熙载云："贺方回《青玉案》词收四句云：'试问闲愁都几许？一川烟草，满城风絮，梅子黄时雨。'其末句好处全在'试问'句呼起，及与上'一川'二句并用耳。""试问"一句的好处还在一个"闲"字。"闲愁"，即不是离愁，不是穷愁，也正因为"闲"，所以才漫无目的，漫无边际，捉摸不定，却又无处不在，无时不有。这种若有若无、似真还幻的形象，只有那"一川烟草，满城风絮，梅子黄时雨"差堪比拟。妙笔一点，用博喻的修辞手法将无形变有形，将抽象变形象，变无可捉摸为有形有质，显示了超人的艺术才华和高超的艺术表现力。

杂诗三首（其二）

（唐）王 维

君自故乡来，应知故乡事。
来日①绮窗②前，寒<u>梅</u>著花③未。

注释

①来日：指动身前来的那天。②绮窗：雕饰精美的窗子。③著花：
开花。

鉴赏

这是一首抒写怀乡之情的诗。用一个向从故乡来的人探问家乡近况的口
吻，表达诗人对故乡的怀念。

首二句说，你从故乡来，该知道故乡的事情吧。语言极通俗，口吻极亲
切，娓娓如诉。诗中的抒情主人公是一个久在异乡的人，忽然遇上来自故乡的
旧友，首先激起的自然是强烈的乡思，是急欲了解故乡风物、人事的心情。从
口气上来看，是紧承《杂诗》的第一首："家住孟津河，门对孟津口。常有江
南船，寄书家中否？"总的基调是"乡思"，而以第二首最为精彩。诗的主人
公在听到"寄书家中否？"的回答后，接着就迫不及待地询问家中的情况，这
也符合人之常情。"故乡"一词迭见，正表现出乡思之殷；"应知"表现出了
解乡事之情的急切，透露出一种儿童式的天真与亲切。

"来日绮窗前，寒梅著花未？"是问话的具体内容。"你来的那一天，窗
前的梅花开了没有？"问话平常，而意蕴无穷。仿佛故乡之值得怀念，就在于
窗前那株寒梅。这就很有些出乎常情。但又绝非故作姿态。读者不难想到，有
关家乡的人和事有很多，为什么他对窗前的"寒梅"这样关注呢？"寒梅"可
能与他在家乡的生活有密切关系，既可能是他风雅往事的见证，也可能"寒

梅"代表了他的心志或志趣，读者无法断言，仍能体会到这两句诗的意蕴委婉。"寒梅"已经被诗化、典型化了。因此这株寒梅也自然成了"我"的思乡之情的集中寄托。从这个意义上去理解，独问"寒梅著花未"是完全符合生活逻辑的。

这首诗诗味醇厚而语言平易，质朴到似乎不用任何技巧，实际上却包含着最高级的技巧。这首诗中的独问寒梅，就不妨看成一种通过特殊体现一般的典型化技巧，而这种技巧却是用一种平淡质朴得如叙家常的形式来体现的。这正是所谓寓巧于朴。

桃源忆故人

(宋) 秦 观

玉楼深锁薄情种①，清夜悠悠谁共？羞见枕衾鸳凤②，闷则和衣拥。

无端画角严城动③，惊破一番新梦。窗外月华霜重，听彻《梅花弄》④。

注释

①薄情种：夫君。②羞：怕。枕衾鸳凤：绣有鸳鸯的衾被和绣有凤凰的枕头。③无端：无缘由。画角：古代乐器，军中常用来报知昏晓、报警戒严等。严城：戒备森严的高峻城垣。④彻：完。梅花弄，于汉代之时为《横吹曲》名，相传是根据晋代桓伊笛曲改编而来，后为琴曲，总共三叠，故称《梅花三弄》。

　　这首词描写思妇长夜孤苦难耐、夜不能寐的情状，当为作者前期作品。

　　上阕写思妇的室内生活，"玉楼深锁薄情种"，意谓词中女子被薄情郎深锁于玉楼之中。"清夜悠悠谁共"以情语抒写长夜难眠的心境，悠悠清夜，闺人独处，倍觉凄凉。而着以"谁共"二字，则更加突出了人物孤栖之苦，又以问句出之，便渐渐逗出相思之意。此时她唯见一床绣有鸳鸯的锦被、一双绣有凤凰的枕头。凤凰、鸳鸯皆为偶禽，而如今伊人独对旧物，形成强烈的对比，辛辣的讽刺。因此词中说是"羞见"，用得特别好，既通俗，又准确。以"羞见枕衾鸳凤"烘托人物的内心活动，也极为贴切。歇拍"闷则和衣拥"，清人彭孙遹《金粟词话》评曰："词人用语助入词者甚多，入艳词者绝少。惟秦少游'闷则和衣拥'，新奇之甚。用'则'字亦仅见此词。"他说的是用"则"字这个语助词写艳词，以少游最为新奇。"则"是俚语，这里用得真挚、贴切，富有生活气息。"闷"字这里更具深意，主人翁因为被玉楼深锁，因为无人共度长夜，更怕见到成双作对的"枕衾鸳凤"而更感孤单，所以心头感到很闷。

　　下阕写思妇的室外见闻。开始二句"无端画角严城动，惊破一番新梦"，主人公刚刚入梦，就被城门楼上传来的画角声惊醒了。梦醒之后又如何呢？词人宕开一笔，从室内写到室外。室外的景象，同样写得很清冷，但语言却变得更为雅丽一些。此刻已到深夜，月亮洒下一片清光，地上铺着浓重的白霜。此境界中，刚听罢严城中传来的凄厉画角声的主人公又听到一阵哀怨的乐曲"梅花弄"。着一"彻"字，说明从头至尾听到最后一遍，其耿耿不寐。结尾二句，紧承"梦破"句意，从视觉和听觉两方面刻画主人公长夜不眠的情景，语言清丽，情致雅逸。

　　此词细致地刻画了思妇特定环境下的特有心神情怀。先写室内，再写室外，传神地描写了思妇长夜孤苦难寐的情景。整首词层次分明，宕而有致，俗雅并胜，别具韵味。

清平乐

（南唐）李 煜

别来春半，触目柔肠①断。砌②下落梅如雪乱，拂了一身还满。

雁来音信无凭，路遥归梦难成。离恨恰如春草，更行更远还③生。

注 释

①柔肠：忧愁的心结。②砌：台阶。③还：同"旋"，立即，马上之意。

鉴 赏

这首词表现的是春日里思念远方友人或情人的主题。该词相传是由于李煜思念其弟李从善入宋后不归而作，表达了对其弟的深深思念，并巧妙地利用春景来描写自己的思念之情。"别来春半，触目柔肠断"，"春半"即是二月中旬，作者与其弟也有"春半"之久，无言的思念和愁思都在一时间涌上心头，使得作者满目所见都是离愁，无法排解。词人用"愁肠已断"生动描写出自己的离愁之深，为后面的抒情奠定了凄婉悲怆的氛围，也为作者充分抒情的手法作了一点前瞻性的铺垫。"砌下落梅如雪乱，拂了一身还满"，此句是描写作者心绪烦乱，无法梳理清楚的比喻，是作者自身心情的生动写照，正所谓"一切景语皆情语"，作者烦闷和紊乱的心思用"落梅"的"砌下""如雪乱"等词彰显了出来，后句一动作则更加细致准确地描写出作者心里的烦闷和嘈杂。"拂了一身还满"中的"还"十分恰当地抒写了作者溢满的思念不仅已经无法释怀，反而更加烦乱。该词上阕以景抒情，寓情于景，准确地描绘了作者思念故人的情状，同时也交代了作者心绪烦乱的原因。语言描写生动含蓄，叙事委婉动情，通篇开头点题，形象生动而又贴切。

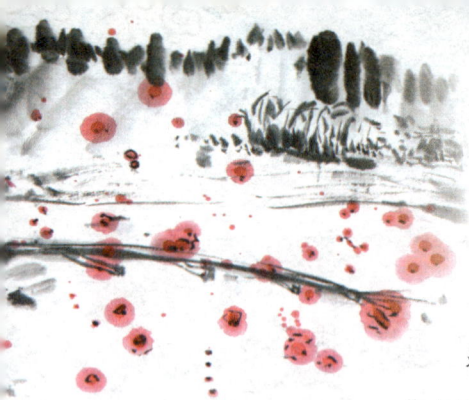

下阕作者直接抒发自己的思念之情，表达直白贴切，情感流露真实感人。"雁来音信无凭，路遥归梦难成"，形象刻画了一幅离情别景，那种痛彻心扉的愁闷再加上鸿雁已来而音信全无的景象，将作者的思念之情提升到了一个更高的程度。尤其当作者渴望入梦而梦境难成的心理落差出现时，那相思之苦、离愁之深更甚。下阕末句"离恨恰如春草，更行更远还生"更加是形象生动的比喻，将"春草"喻"离恨"，那随地而生、繁芜浓密的春草恰似词人此时此刻愁肠百结、绵延千里的离恨，比喻新颖而又到位，而其中的三个副词——两个"更"字一个"还"字把这份欲罢不能的离愁渲染得更加绵绵无期！

该词是抒发作者思念之情的动情之作，在行文中比喻手法的运用恰到好处，显示了李煜作为一代婉约派词人的魅力。离别作为一种情感，在李煜的词中却能够产生更为沉重的积淀，那种深沉美丽、婉转感人的场面不会因这首词的结束而结束。

好事近

（宋）郑 獬

把酒对江梅，花小未禁风力。何计不教零落，为青春留得？

故人莫①问在天涯，尊前苦相忆。好把素香收取，寄江南消息②。

注释

①莫：不要。②好把素香收取，寄江南消息：典故之一，北魏陆凯曾给好友范晔寄梅花，后人以此表达对亲朋的思念和问候。

词作的上阕写的是词人把酒对红梅，抒发自己感慨和伤怀的感情。"把酒对红梅，花小未禁风力"，词人描写的是早春时节，红梅轻轻绽放。而此刻词人携酒花下，看见那风中娇羞的花朵刚开放便在这惨风冷雨中香销陨落，不禁触发词人伤春感怀的细细情怀。词人善抓细节的描写，对花儿描摹中一个"小"字，既描写出梅花的姿容清癯瘦弱，玲珑娇小，也从侧面抒发出风势的强劲。"何计不教零落，为青春留得"，词人期望着梅花能够为那青春挽留，能够不让花儿陨落。而词人感叹这其实是个无法实现的梦想。春去秋来，花开花落，都是自然的规律，虽然词人满腔热情地挽留和怜惜，但是也无法阻止住那春天匆匆流逝的脚步。上阕中的情景描述，抒发了词人诸多的无奈和惋惜。

词的下阕是由花儿的零落和凋散而联想到故人的飘零。"故人莫问在天涯，尊前苦相忆"，千万不要再提故人身在天涯何处。词人苦苦追忆，足见心中饱受着深深的痛楚。"莫问"即"毋须再问"的意思，其中是想说明故人已经离去了很久，而现今归期难料，山川阻隔，相聚把欢那是无法实现的希冀。"苦"字言极相思情重。"好把素香收取，寄江南消息。"这是词人对故人的嘱咐，一定要把我送给你的素梅放好啊，也要给我寄回你江南的消息。词人无法传递对故人的相思，只能用梅花的寄托来表达自己的感情。词人在这里借用陆凯"寄梅"的典故，聊以自慰地说道：且让我采一束梅花赠给天涯的故人，以此来寄托我的思念吧！

踏莎行·春暮

(宋) 寇 准

春色将阑①，莺声渐老，红英落尽青梅小。画堂人静雨蒙蒙，屏山②半掩余香袅。

密约沉沉，离情杳杳。菱花③尘满慵将照。倚楼无语欲销魂④，长空黯淡连芳草。

注释

①阑：残，尽。②屏山：屏风上所画的山峦。③菱花：指镜子。④销魂：黯然神伤，十分伤心。

鉴赏

寇准的这首《踏莎行》表达了在暮春之时伤别怀远的情感，整首词以相思为主线，表达的是主人公细腻的爱情。"春色将阑，莺声渐老，红英落尽青梅小"写的是春天将尽之际的景象，通过对莺啼等暮春景象的描写，表现了作者那神思恍惚的伤心状态。黄莺的啼叫声渐渐衰绝，红花不断凋残落尽，如豆般微小的青梅也悬挂枝头，室外一派暮春的景象，从这里的描写读者可以看出，此文的基调定在这样的暮春季节里正好与作者此时的心境相符合。"画堂人静雨蒙蒙，屏山半掩余香袅"，"画堂"是墙上绘有图案的堂屋，在这样的堂屋下，一个人孤独地守在这里，没有声音，只有那窗外淅淅沥沥的雨声淹没在女子的心底。一幅凄然的景象，令人神伤。"屏山半掩余香袅"，"屏山"是指屏风上画的山，"余香"指的是香熄灭之后在空气中残留的香气。那香气缭绕，情意绵绵，渲染出一幅沉寂空灵的画面，将女子的哀怨、神伤和沉闷，细腻地表达了出来。"密约沉沉，离情杳杳"，爱情的誓约庄重肃穆，但自从那时别离至今杳无音信。这两句的描述，将二人真挚的爱情充分地表现出来，读者可以领略到那坚贞的爱情是多么令人动容。"密约"指的是男女之间的爱情誓约。"沉沉"表达出离情的伤痛和无期的等待。"菱花尘满慵将照"，梳妆柜上放的镜子早已经落满了灰尘，无心再看，只因行人远去，心情怅然。女子的忠贞、专情不言而喻。"菱花"指的是镜子；"慵"就是懒的意思，表达了女子因对行人的思念而无心妆容打扮。"倚楼无语欲销魂，长空黯淡连芳草"，内心的愁苦无法排解，只得独上高楼眺望远方，只见长空黯淡，芳草连绵，直至那遥远的天际。"销魂"指的是极度悲伤。

在作者的意象中，因为心情极度悲伤，所以眼前的天空和大地都显得一片黯淡，看不见光明。

拟行路难之三

（南北朝）鲍　照

璇闺玉墀上椒阁①，文窗绣户垂绮幕②。
中有一人字金兰，被服纤罗蕴芳藿③。
春燕差池风散梅④，开帏对景弄春爵⑤。
含歌揽涕恒抱愁⑥，人生几时得为乐？
宁作野中之双凫⑦，不愿云间之别鹤⑧。

注　释

①璇闺玉墀：用美玉建筑的闺房和台阶。璇，美玉。墀，台阶上的空地。椒阁：即椒房。汉代后妃贵妇的住处用椒末和泥涂壁，取其芳香温暖，叫做椒房。②文窗绣户：装饰着花纹的窗户。绮幕：用绮罗做的帏幕。③纤罗：细罗。蕴：积聚。藿：藿香，一种香草。这句是说金兰穿着的细罗衣服充满藿香的芬芳。④差池：一本作"参差"，不齐。这里是说燕子飞时尾翼张舒的样子。风散梅：风吹落了梅花。⑤开帏：掀开帏幕。景：指日光。爵：古代的一种酒器。这句是说掀开帏幕对着大好春光饮酒自遣。⑥含歌：歌声含而不发。揽涕：收泪。这二句是说人生哪有快乐的时候呢？就是忍住悲歌、止住

眼泪也还是悲愁不已。⑦凫：野鸭子，是鸟中之低贱者。⑧别鹤：失掉配偶的鹤，鹤是一种高贵的鸟。这二句是说宁肯在一起受贫穷，也不愿富贵而孤独。

赏析

这也是一首以女子口吻言情之作，不过抒写的并非失恋的哀痛，而是爱情渴求得不到满足的苦闷。

诗篇在叙述上采取由远及近、由物及人的写法，有点类似今天电影里的推移镜头。最初呈露在读者眼前的，是主人公居处的整个外景——一所豪华富丽的建筑物。漂亮的宅门、白玉的台阶，将读者的视线迤逦引上了用香椒涂壁的楼阁。这是一个贵家妇女的卧室。镜头逐渐由室外转向室内：雕花的窗子，精绣的门户，垂挂着轻绮织成的帘幕。那气派与房屋的外观一样，进一步确认了室中人的身份。于是，摄影机开始聚焦到了女主人的身上，她通体裹服在精制的绫罗绸缎之中，手里却在把玩着几株香草。佩用香草，这本是古代贵族女子的一种爱好，就像今天的女士们用香水一样。不过依据当时习俗，香草又常用作赠送情人的礼物。那么，这位女主人的手采芳荭，除修饰自身以外，也可能另有所指。诗中还点出她的名字叫"金兰"。按之《周易》："二人同心，其利断金；同心之言，其臭同嗅如兰。""金兰"二字后来就被当作"同心"的代名词使用。作者特地给主人公取了这么个芳名，也是极富于启示性的。最后两句单刀直入，一下子点明了题意，但为了避免过分裸露，仍采用了喻体修辞手法。"双凫"，指成双结对的野鸭；"别鹤"，指失去伴侣的孤鹤。在习惯上，鹤被认作高贵的鸟，凫则低贱得多。而女主人却用决绝的语气表白：她宁愿像水鸭双栖草野，不愿如别鹤高翔云间。贫贱而充满爱情的生活，远胜于富贵而孤独的囚笼。结尾处这一响亮的宣言，犹如闪电一般照亮了前文各个意象的底蕴，整个诗章也就于此戛然休止。

松

御街行·别东山

（宋）贺 铸

松门石路秋风扫，似不许，飞尘到。双携纤手①别烟萝②，红粉清泉相照。几声歌管，正须陶写③，翻作伤心调。

岩阴暝色归云悄，恨易失，千金笑。更逢何物可忘忧，为谢江南芳草。断桥孤驿，冷云黄叶，相见长安道。

注释

①纤手：亦作"纤手"，指女子柔细的手。②萝：指能爬蔓的植物。③陶写：写，泄，即陶冶性情，排除忧闷。

　　《御街行》又名《孤雁儿》，以范仲淹词为正格。此词表达的是对亡者的悼念，亡者是谁呢？较为认可的说法是贺铸的妻子赵氏夫人。题目是"别东山"，而据贺铸墓志记载，赵氏死后葬在宜兴县清泉乡东岭之原，那么词中的东山即是此地。

　　上阕写词人到妻子墓地祭扫悼亡时的见闻和感伤情绪。"松门石路秋风扫，似不许，飞尘到"写墓地的环境，苍松两排，挺立如门，青石铺路，平平展展，秋风吹扫，不染飞尘。洁静、清幽，犹如冷寂的仙境。既写出了墓地的特点，又点出了死者在词人心目中所占的位置。正是由于这位置的重要和非同一般，词人才把她的安息地描绘得如此幽静和庄严肃穆。显示了词人对死者的崇敬与哀伤。"双携纤手别烟萝，红粉清泉相照"写词人在墓地的情绪和心态。面对墓丘，睹物思人，极度悲苦，过分痛伤，使词人的情绪进入了似梦非梦、似幻非幻的状态。他好像又和妻子双手相牵，告别了那烟雾迷蒙，萝蔓丛生的墓地，在清澈的泉水边去映照红润粉嫩的面庞。这里所写的情状，均是生前生活的写照，两人的感情是那样浓郁、真挚、深厚，依依难舍，如胶似漆。正因为生前有如此之深情，悼亡时才会出现如此之幻觉。看似浪漫，实则真实，读来十分感人。"几声歌管，正须陶写，翻作伤心调"写乐声惊醒幻梦之后的感情。"写"者，"泄"也。在幻觉中，词人的痛苦和忧闷正要得到排除和发泄，突然之间，远处传来了笙、箫、笛等"歌管"演奏的声音，这声音使词人如梦方醒，从幻境回到了现实。于是，又坠入了痛苦和忧闷的深渊之中。心潮起伏变化，达情委婉曲折，蕴涵丰厚，耐人寻味。

　　下阕写东山周围的景物，进一步抒发失去妻子之后无法忘怀的忧苦。"岩阴暝色归云悄，恨易失，千金笑"，东山的山岩、峰峦慢慢地暝色四合，云雾聚集，夜幕悄悄就要到来了，痛苦再次袭上心头，他清醒地懂得，这魂牵梦绕、挥之不去的悲痛，皆因失去"千金笑"。外景外物，对悼亡者都有尖锐的刺激，揉搓着他敏感的神经，再不知"更逢何物可忘忧"了。抬头四望，映入眼帘的是茫茫无际、肥嫩丰茂、绿遍江南的芳草。面对多姿多情的芳草，词人只能"为谢"，拒而不纳，因为美好景物非但不能解除或减轻胸中的恨和

忧，反而加重它的分量。"断桥孤驿，冷云黄叶，相见长安道"作结语，点破题目，落到了"别东山"上，"断桥""孤驿""冷云""黄叶"，都是东山墓地周围的景物，何其寂寞，何其孤冷，何其颓败，何其萧瑟。这固然是对景物的客观描绘，更多的则是词人的主观感受。即将离开墓地，最后这一眼，叫人目不忍睹了。"相见长安道"既是对往昔生活的回忆，又是对亡灵进行的安慰。词境高旷，音调响凝，笔锋道炼，可与苏轼悼念亡妻的《江城子》并称为悼亡词的双璧。

蜀道难

(唐) 李 白

噫吁①嚱，危乎高哉！
蜀道之难难于上青天！
蚕丛及鱼凫②，开国何茫然！
尔来四万八千岁③，不与秦塞④通人烟。
西当太白⑤有鸟道，可以横绝峨眉巅。
地崩山摧壮士死⑥，然后天梯石栈相钩连。
上有六龙⑦回⑧日之高标⑨，下有冲波逆折之回川。
黄鹤之飞尚不得过，猿猱欲度愁攀援。
青泥⑩何盘盘，百步九折萦岩峦。
扪参历井仰胁息⑪，以手抚膺坐长叹。
问君西游何时还？畏途巉岩⑫不可攀。
但见悲鸟号古木，雄飞雌从绕林间。
又闻子规⑬啼夜月，愁空山。
蜀道之难难于上青天，使人听此凋朱颜⑭！
连峰去天不盈尺⑮，枯松倒挂倚绝壁。

飞湍瀑流争喧豗⑯，砯⑰崖转石万壑雷。

其险也如此，嗟尔远道之人，胡为乎来哉！

剑阁⑱峥嵘⑲而崔嵬，一夫当关，万夫莫开。

所守或匪亲，化为狼与豺。

朝避猛虎，夕避长蛇。

磨牙吮血，杀人如麻。

锦城⑳虽云乐，不如早还家。

蜀道之难，难于上青天，侧身西望长咨嗟！

注 释

①噫吁：惊叹声。②蚕丛、鱼凫：是传说中的古蜀国的两个国王。③四万八千岁：是夸张的说法，极言时间的漫长。④秦塞：指秦地，即今陕西省中部地区，为古代秦国的发源地。⑤太白：是指太白山。⑥地崩山摧壮士死：《华阳国志》中"五丁开山"的典故。⑦六龙：是传说中太阳神的车子，由羲和驾着六条龙，每天在空中行驶。⑧回：迂回、绕道。⑨高标：指山中最高而为一方标志者，极言蜀山之高，成为羲和回车的标志。⑩青泥：山岭名，位于今甘肃、陕西两省界上，是入蜀的要道，其岭悬崖万仞，上多云雨，行人常常碰上泥淖，故得名。⑪参、井：为星宿名，分别是蜀、秦的分野。⑫巉岩：险峻的山岩。⑬子规：杜鹃鸟。⑭朱颜：美好的容颜。⑮不盈尺：不到一尺。⑯喧豗：咆哮喧腾。⑰砯：冲击。⑱剑阁：又名剑门关，今四川省剑阁县以北，在大剑山和小剑山之间有一条三十里长的栈道，群峰如剑，连山耸立，峭壁中断如门，形成天然要塞。⑲峥嵘：形容山的高峻突兀。⑳锦城：即锦官城，成都的别称。成都以盛产锦著名，古代曾经设锦官于此，专理其事，故称之锦官城。

鉴 赏

　　本诗表达的是诗人对自己不能够受到当朝统治者赏识的悲愤，通过写蜀道

的艰险，来暗示自己仕途的坎坷。

全诗可以分为三个层次。从诗的开头到"然后天梯石栈相钩连"是第一个层次。其中，首句连用三个惊叹词，紧接着又用两个形容词加两个感叹词，点出了蜀道的两大特点：危、高。然后推出了本诗的主旨：蜀道难。以下四句从蜀国古代史讲起，间接地向读者说明了蜀道的险峻。"西当"四句，引用了两个神话传说，一个从秦蜀隔绝的角度言蜀道之艰险，一个从开山时付出重大牺牲的角度言蜀道之艰难。

"上有六龙回日之高标"到"胡为乎来哉"是本诗的第二个层次，主要描述攀登蜀道的艰难。"上有六龙回日之高标"一句极写山势之高；接着诗人又以"黄鹤之飞尚不得过"句反衬其山高；"猿猱欲度愁攀援"句反衬其路险，紧扣"危""高"二字，用夸张的手法把绵延于崇山峻岭、峭壁山岩之间的蜀道写得令人惊心动魄、望而生畏。"青泥"四句抓住此地的特点写出了道路曲折盘旋之危险。"扪参历井仰胁息，以手抚膺坐长叹"，从行人感受的角度衬托蜀道之"高""危"。"问君西游何时还"八句向读者透露出赠行的意旨，从旅愁的角度写蜀道之难。诗人用"悲""号""啼""愁"这种主观色彩极为强烈的字眼描写自然景观，有力地渲染出悲凉荒寂的环境气氛，进而又反过来作用于人的心理，"使人听此凋朱颜"。接下来的四句从正面实写行人眼中的蜀道山水："连峰去天""枯松倒挂""飞湍瀑流""砯崖转石"。这四句写得有声有色，淋漓尽致，具有排山倒海之势，此时诗人的感情也发展到高潮。不禁大声发问："其险也如此，嗟尔远道之人，胡为乎来哉！"

从"剑阁峥嵘而崔嵬"到结尾为本诗的第三个层次。在这部分，诗人在对剑阁险要形势的描写中，融汇了前人的诗句，晋人张载的《剑阁铭》中写道："一夫荷戟，万夫趑趄，形胜之地，匪亲勿居。"诗人化用此意，从军事和政治的角度着笔，劝告行人"锦官虽云乐，不如早还家"，既扣合送人的题旨，又突出了蜀道之难的主题。

本诗中充满了诗人奇特的想象、壮丽的描写以及浪漫激情的洋溢，是李白极具代表性的作品之一。

山 石①

（唐）韩 愈

山石荦确②行径微，黄昏到寺蝙蝠飞。

升堂③坐阶新雨足，芭蕉叶大栀子肥。

僧言古壁佛画好，以火来照所见稀④。

铺床拂席置⑤羹饭，疏粝⑥亦足饱我饥。

夜深静卧百虫绝，清月出岭光入扉。

天明独去无道路⑦，出入高下穷烟霏⑧。

山红涧⑨碧纷烂漫，时见松枥⑩皆十围。

当流赤足踏涧石，水声激激风吹衣。

人生如此⑪自可乐，岂必局束为人靰⑫？

嗟哉吾党二三子，安得至老不更归！

◆ 注 释

①山石：这是取诗的首句开头两字为题，乃旧诗标题的常见用法，它与诗的内容无关。②荦确：指山石险峻不平的样子。③升堂：进入寺中厅堂。④稀：依稀，模糊，看不清楚。一作"稀少"解。所见稀：即少见的好画。⑤置：供。⑥疏粝：糙米饭。这里是指简单的饭食。⑦无道路：指因晨雾迷茫，不辨道路，随意步行的意思。⑧霏：氛雾。穷烟霏：空尽云雾，即走遍了云遮雾绕的山径。⑨山红涧：即山花红艳、涧水清碧。⑩枥：即栎树，落叶乔木。⑪人生如此：指上面所说的山中赏心乐事。⑫靰：马的缰绳，比喻受人牵制。

◆ 鉴 赏

诗以开头"山石"二字为题，却并不是歌咏山石，而是一篇叙写游踪的

诗。这诗汲取了散文中具有悠久传统的游记文的写法，按照行程的顺序，叙写从"黄昏到寺""夜深静卧"到"天明独去"的所见、所闻和所感，是一篇诗体的山水游记。

全诗主要记游山寺，一开头，只用"山石荦确行径微"一句，概括了到寺之前的行程，而险峻的山石，狭窄的山路，都随着诗中主人公的攀登而移步换形。这一句没有写人，但第二句"黄昏到寺蝙蝠飞"中的"到寺"二字，就补写了人，那就是来游的诗人。时间在流逝，雨后的芭蕉枝粗叶大，山栀更加肥壮。于是热情的僧人便凑过来助兴，夸耀寺里的"古壁佛画好"，并拿来火把，领客人去观看。这时候，菜饭已经摆上了，床也铺好了，连席子都拂拭干净了。寺僧的殷勤，宾主感情的融洽，也都得到了形象的体现。"疏粝亦足饱我饥"一句，图画性当然不够鲜明，但这是必不可少的。它既与结尾的"人生如此自可乐，岂必局束为人鞿"相照应，又说明主人公游山，已经费了很多时间，走了不少路，因而饿得很。

写夜宿只用了两句。"夜深静卧百虫绝"，表现了山寺之夜的清幽。"夜深"而百虫之声始"绝"，那么在"夜深"之前，百虫自然在各献特技，合奏夜鸣曲，主人公也在欣赏夜鸣曲。正像"鸟鸣山更幽"一样，山寺之夜，百虫合奏夜鸣曲，就比万籁俱寂还显得幽静，而静卧细听百虫合奏的主人公，也自然万虑俱消，心境也空前清静。夜深了，百虫绝响了，按踵而来的则是"清月出岭光入扉"，主人公又兴致勃勃地隔窗赏月了。他刚才静卧细听百虫鸣叫的神态，也在"清月出岭光入扉"的一刹那显现于读者眼前。

"天明"以下六句，写离寺早行，跟着时间的推移和主人公的迈步向前，画面上的光、色、景物在不断变换，引人入胜。"天明独去无道路"，"无道路"指天刚破晓，雾气很浓，看不清道路，所以接下去，就是"出入高下穷烟霏"的镜头。主人公"天明"出发，眼前是

一片"烟霏"的世界，不管是山的高处还是低处，全都浮动着蒙蒙雾气。

结尾四句，总结全诗。"人生如此"，概括了此次出游山寺的全部经历，然后用"自可乐"加以肯定。后面的三句诗，以"为人靰"的幕僚生活作反衬，表现了对山中自然美、人情美的无限向往，从而强化了全诗的艺术魅力。

〔双调〕沉醉东风

（元）卢 挚

挂绝壁松枯倒倚①，落残霞孤鹜齐飞②。四周不尽山，一望无穷水。散西风满天秋意③。夜静云帆月影低④，载我在潇湘画里⑤。

注 释

①挂绝壁松枯倒倚：此句出于李白的《蜀道难》："连峰去天不盈尺，枯松倒挂倚绝壁。"极言景物奇绝险怪。②落残霞孤鹜齐飞：化用王勃"落霞与孤鹜齐飞"的名句。鹜，野鸭。③散西风满天秋意：言"西风"无形，"秋意"无迹，然而又确实有"意"可感。④云帆：白色的船帆。月影低：是说帆影在初升的月亮的照映下，显得低而长。⑤潇湘：湖南境内两条水名。湘水流至零陵县和潇水合流，世称潇湘。

鉴 赏

这首曲子大致作于卢挚在元成宗大德初年（1297）为湖南宪使时，通过对如梦如画的湘江秋景的描写，表现了作者幽静闲适又略带萧瑟的心情。曲中前四句对仗工整，前面特写，后面淡描秋景。"挂绝"两句，写作者独坐船中，沿江而行，首先映入眼帘的是两岸的悬崖峭壁和倒挂的枯枝，这种苍凉的景致

为全曲奠定了凄清孤冷的基调。这两句也将江边的景致尽收眼底。"四周不尽山，一望无穷水"表现了江景的壮阔。周围没有山影遮蔽视野，映入眼帘的只有一望无际的流水。流水飞逝，凄凉之感随着萧瑟的秋风袭上心头。"散西风满天秋意"，秋风无影，秋意无形，偏偏秋风裹着秋意四处吹散，这就给画面增添了几分悲凉的色彩。结尾两句，将笔锋一转，减轻了先前的沉重感，描绘出了一幅安详宁静的潇湘夜景图。"载我在潇湘画里"让人怦然心动，将人与自然的和谐表达得恰如其分，此时再无苍凉萧瑟之感，取而代之的是一片澄澈明净的心境。这里作者将散曲与绘画的意境融为一体，意境悠远绵长，回味无穷。

长相思

（宋）康与之

南高峰，北高峰，一片湖光烟霭中，春来愁杀侬①。
郎意浓，妾意浓，油壁车轻郎马骢，相逢九里松②。

注释

①愁杀侬：让我愁杀，极度的愁思让人低沉绝望。②九里松：地名。在浙江省杭州市西湖北。唐刺史袁仁敬守杭时，于行春桥至灵隐、三天竺间植松，左右各三行，凡九里，苍翠夹道，人称"九里松"。后即以"九里村"名其地。

鉴赏

这是一首别有情致的小令，以西湖的湖光雨霁和春意朦胧为背景，描绘了一对恋人相爱、相思和相会的情景，两人情谊真挚，整个画面就显得温馨而美好。

上阕主要是描写西湖美景，包括南北高峰的美景、烟笼湖色的朦胧美，这里是用情景之美衬托爱情的美好。这首词上阕以"南高峰，北高峰"起，开始即有一种很开阔的意境，这是以南北两高峰为主的湖光山色。杭州著名一景，便是南北高峰。可见这是一个极佳的地方，风景极其优美。接着词人继续描写湖光山色，这是烟雾笼罩下的西湖，有一种朦胧之美。在这样一个有如人间仙境的地方，将会出现怎样的奇遇？

"春来愁杀侬"，在西湖这样一个如诗如画的充满了朦胧感的地方，词人突然发出了这样一声感慨。实在让人匪夷所思，难道是西湖的春景勾起了他心中袅袅情愫？为何而愁呢？原来是情人间的相思之苦。

词的下阕，直抒胸臆，实现了景情相融，寓情于景。首句"郎意浓，妾意浓"即点明这对情人的浓情，两个"浓"，把男女双方彼此的情真意切，表达得极为通俗。"油壁车轻郎马骢，相逢九里松"，一个"轻"字，既表示了车的轻快，更把恋人相逢前的快乐与欣喜刻画得淋漓尽致，两人在九里松相逢约会。其实这里不是单指车的轻快，更是表现恋人内心的轻快，情人见面氛围愉快。一种韵味伴随着词中的句子逐渐表现出来了，浓浓的韵味，是一种可以"愁杀侬"的相思；是一种在春天这个特定的季节里，在西湖这个如诗如画般的地方可以蕴含出的韵味。词人见到其他恋人之间的情谊，似乎也勾起自身的美好回忆，心中自是百感交集。

南山田中行

（唐）李　贺

秋野明①，秋风白，塘水潋潋②虫喷喷③。

云根苔藓山上石，冷红泣露娇啼色。

荒畦④九月稻叉牙，蛰萤低飞陇⑤径⑥斜。

石脉水流泉滴沙，鬼灯如漆点松花。

鉴赏

诗歌开头三句吸收古代民间歌谣起句形式，运用了"三、三、七"的句法。连出两个"秋"字，语调明快轻捷；长句连用两个叠音词，一清一浊，有抑有扬，富于节奏感。令读者读后仿佛置身空旷的田野，皓月当空，秋风万里，眼前塘水深碧，耳畔虫声轻细，有声有色，充满诗情画意。四、五句写山。山间云绕雾漫，岩石上布满了苔藓，娇弱的红花在冷风中瑟缩着，花瓣上的露水一点一点地滴落下来，宛如少女悲啼时的泪珠。写到这里，那幽美清朗的境界蓦然升起一缕淡淡的愁云，然后慢慢向四周铺展，轻纱般笼罩着整个画面，为它增添了一种迷幻的色调。六、七句深入一层，写田野景色："荒畦九月稻叉牙，蛰萤低飞陇径斜。"深秋九月，田里的稻子早就成熟了，枯黄的茎叶横七竖八地叉着丫，几只残萤缓缓地在斜伸的田埂上低飞，拖带着暗淡的青白色的光点。八、九句再深入一层，展示了幽冷凄清甚至有点阴森可怖的境界：从石缝里流出来的泉水滴落在沙地上，发出幽咽沉闷的声响，远处的磷火闪烁着绿荧荧的光，像漆那样黝黑发亮，在松树的枝丫间游动，仿佛松花一般。泉水是人们喜爱的东西，看着泉水流淌，听着它发出的声响，会产生轻松欢快的感觉。人们总是爱用"清澈""明净""凉凉""潺潺""叮咚"之类的字眼来形容泉水。李贺却选用"滴沙"这样的词语，描摹出此处泉水清幽而又滞涩的形态和声响，富有艺术个性，色调也与整个画面和谐一致。末句描写的景是最幽冷不过的了。"鬼灯如漆"阴森得令人毛骨悚然；"点松花"三字，又多少带有生命的光彩，使读者在承受"鬼气"重压的同时，又获得某种特殊的美感，有一种幽冷清绝的意趣。

诗人用富于变幻的笔触描绘了这样一幅秋夜田野图：它明丽而又斑驳，清新而又幽冷，使人爱恋，却又叫人忧伤，突出地显示了李贺诗歌的独特风格和意境。

沁园春

（宋）辛弃疾

灵山①齐庵赋，时筑偃湖未成。

叠嶂西驰，万马回旋，众山欲东。正惊湍直下，跳珠倒溅；小桥横截，缺月初弓。老合投闲，天教多事，检校②长身十万松。吾庐小，在龙蛇影外，风雨声中。

争先见面重重，看爽气朝来三数峰。似谢家子弟，衣冠磊落；相如庭户，车骑雍容。我觉其间，雄深雅健，如对文章太史公。新堤路，问偃湖何日，烟水濛濛？

注释

①灵山：位于上饶境内。②检校：巡查、查核，此处引申为管理。

　　这首词主要描写上饶西部的灵山山水，作于词人落职闲居之时。不仅写出了山的姿态多种多样，还刻画出了山的神态。

　　上阕写灵山总体环境之美。头三句写灵山群峰，是远景。再写近景："正惊湍直下，跳珠倒溅；小桥横截，缺月初弓。"这里有飞瀑直泻而下，倒溅起晶莹的水珠，如万斛明珠弹跳反射。还有一弯新月般的小桥，横跨在那清澈湍急的溪流上。词人犹如一位高明的画师，在莽莽苍苍丛山叠嶂的壮阔画面上，重抹了几笔韶秀温馨的情韵。"老合投闲，天教多事，检校长身十万松。"辛弃疾面对这无边无垠的高大、葱郁的松树林，不由浮想联翩：这些长得高峻的松树，多么像英勇善战、所向无敌的战士。想自己"壮岁旌旗拥万夫"，何等英雄，如今人老了，该当过闲散的生活，可是老天爷不放"我"闲着，又要"我"来统率这支十万长松大军呢！"在龙蛇影外，风雨声中。"每当皓月当空，可以看到状如龙蛇般盘屈的松影，又可以听到声如风雨的万壑松涛，别有一番情趣啊！

　　下阕则是词人抒写自己处于大自然中的感受了。"争先见面重重，看爽气朝来三数峰"，词人抬头可见无数的山峰在眼前，可感觉到山中清新的空气。山的姿态千奇百怪。辛弃疾处于这占尽风光的齐庵中，举目四望，无边的青山千姿百态。拂晓，在清新的空气中迎接曙光，东方的几座山峰，像天真活泼的孩子，一个接着一个从晓雾中探出头来，争相同"我"见面，向"我"问好。红日升起了，山色清明，更是气象万千。那边一座山峰拔地而起，峻拔而潇洒，充满灵秀之气。它那美少年的翩翩风度，不就像芝兰玉树般的东晋谢家子弟吗？再看那座巍峨壮观的大山，苍松掩映，奇石峥嵘，它那高贵亮丽的仪态，不就像司马相如赴临邛时那种车骑相随、华贵雍容的气派吗？词人惊叹：大自然的美是掬之不尽的，置身于其中的感受如同阅读太史公的文章一样舒畅。最后，以景结情，似问非问，姿态、情韵兼备了。

〔双调〕沉醉东风·村居（三首之三）

（元）曹　德

　　枫林晚家家步锦[1]，菊篱秋处处分金[2]。羞将宝剑[3]看，醉把瑶琴[4]枕，没三杯著甚消任[5]？若论到机[6]深祸亦深，却不是渊明好饮。

注释

　　①步锦：步，步入。锦，美好的图景。②分金：分别堆着的耀眼的金子。③宝剑：代指为国效劳的工作。④瑶琴：个人消遣的一种方式。⑤消任：消受、受用，这里是抒发作者的无限痛苦，强调多饮才能消受。⑥机：这里指的是能力与智慧。

菊

此曲抒发作者怀才不遇，为避祸从而寓情于酒的苦闷心情。

开头二句"枫林晚家家步锦，菊篱秋处处分金"，刻画出了一派醉人的农村景色。在晚霞的辉映下，红艳艳的枫林旁，一户户农家好像是在锦绣的图画之中，令人心醉；在明净的秋色中，篱边菊花一片金黄，好像是到处分堆着的黄灿灿的金子，生气勃勃。

中间"羞将宝剑看，醉把瑶琴枕，没三杯著甚消任"三句，抒发了作者的心情。宝剑是驰骋疆场、保家卫国的武器，而瑶琴则是文人雅士消遣述怀的工具。此处作者运用借代和对比的手法，委婉抒发自己空有报效国家的雄心壮志和才华，而英雄无用武之地的郁闷与忧愁，表达出作者无法为国出力的痛苦，因此羞于再看宝剑，只能饮酒弹琴，消磨时光。

结尾两句"若论到机深祸亦深，却不是渊明好饮"，作者以陶渊明自比，点明自己饮酒是为了避祸，也是说明自己认识了"机"与"祸"的关系后，为了避祸，才饮这么多酒。曹德敢于触犯当朝宰相、正义直言，可见其正义感和治国安邦的远大理想。

此曲以鲜明的自然色彩来反衬自己的忧愤和苦闷，很有特色，而这种运用借代和对比的修辞方法，渲染了曲子的凄凉氛围，意蕴深长。

鹧鸪天

（宋）黄庭坚

座中有眉山隐客史应之和前韵，即席答之。

黄菊枝头生晓寒。人生莫放①酒杯干。风前横笛斜吹雨，醉里簪花倒著冠。

身健在，且加餐②。舞裙歌板尽清欢。黄花白发相牵挽，付与时人冷眼看③。

注释

①莫放：莫使。②加餐：慰劝
之辞。谓多进饮食保重身体。③冷眼：
轻蔑的眼光。

鉴赏

此词是黄山谷与甘居山野、不求功名的"眉山隐客"史应之互相酬唱之
作，全词通过一个"淫坊酒肆狂居士"的形象，展现了作者从坎坷的仕途得来
的人生体验，抒发了自己胸中的苦闷和激愤。词中所塑造的狂士形象，是作者
自己及其朋友史应之的形象，同时也是那个时代中不谐于俗而怀不平傲世之心
的文人的形象。

上阕是劝酒之辞，劝别人，也劝自己到酒中去求安慰，到醉中去求欢乐。
首句"黄菊枝头生晓寒"是纪实，点明为重阳后一日所作，同时，说出自己的
心情。重阳时节，本是饮酒赏菊的时日。但在作者看来，那黄色菊花的枝头却
已露出一丝寒意。酒中自有欢乐，自有天地，应让杯中常有酒，应该长入酒中
天。"风前横笛斜吹雨，醉里簪花倒著冠"，作者着意写出酒后的浪漫举动和
醉中狂态，表明酒中自有另一番境界。横起笛子对着风雨吹，头上插花倒戴
帽，都是不入时的狂放行为，只有酒后醉中才能这样放肆。

下阕则是对世俗的侮慢与挑战。"身健在，且加餐。舞裙歌板尽清欢"仍
是一种反常心理，其含意于世事纷扰，是非颠倒，世风益衰，无可挽回。只愿
身体长健，享眼前快乐，别的一无所求。这是从反面立言。"黄花白发相牵
挽，付与时人冷眼看"则是正面立言，菊花傲霜而开，用以比喻人老而弥坚，
故有黄花晚节之称。这里说的白发人牵挽着黄花，明确地表示自己要有御霜之
志，绝不同流合污，而且特意要表现给世俗之人看。这自然是对世俗的侮慢，
不可能为时人所理解和容忍。

这首词生动形象地勾勒出一个狂人的形象，抒写了黄山谷久抑胸中的愤懑，表现出对黑暗、污浊的社会现实无言的反抗。词中的主人公，自乐自娱、放浪形骸、侮世慢俗，发泄心中郁结的愤懑与不平，体现了词人挣脱世俗约束的情感。

水调歌头·又水洞

（宋）韩元吉

今日俄重九，莫负菊花开。试寻高处，携手蹑屐①上崔嵬②。放目苍岩千仞，云护晓霜成阵，知我与君来。古寺倚修竹，飞槛绝纤埃。

笑谈间，风满座，酒盈杯。仙人跨海，休问随处是蓬莱。落日平原西望，鼓角秋深悲壮，戏马③但荒台。细把茱萸看，一醉且徘徊。

注释

①蹑屐：穿上方便爬山的草鞋。②崔嵬：险峻的高山。③戏马：即戏马台，在今江苏徐州铜山区南部，是项羽当年掠马处，亦为楚汉相争时的战场。

鉴赏

这首词是词人在重阳节与好友一起登高赏景抒发感慨之作，豪迈中也有凄清悲凉之感。九月九日重阳节历来引起文人墨客无数的感叹，本词语言简练直白，道出词人真挚感情。

上阕主要是写重阳节之景。开头"今日俄重九，莫负菊花开"点明重阳节又到来了，正是菊花盛开之时，正适合赏菊，千万不要辜负了秋光。一个

"莫负"，表明了词人心中的真实意图，其实这里是词人以物代人的写法，不仅是不要辜负大好的秋光，更是不要辜负一段美好的朋友情谊。紧接着词人写了重阳节登高赏菊，要结伴同游。接着词人开始写景，写登上高山以后所看到的景色，有苍灰色的石崖壁立千仞，遍地晓霜云雾缭绕。"知我与君来"这一句很妙，一个"知"字把石崖、云气都显得有灵气，是拟人化的写法，将物体人格化。

下阕主要抒情。开头"笑谈间，风满座，酒盈杯"写词人与友人登高畅饮，欣赏美景，陶醉于美景美酒中。"风满座"让人不禁猜想，与词人相伴的或许不是宾客满座，但是对他而言，朋友不在多，而在于知心，一种豪气从中而生。"仙人跨海，休问随处是蓬莱"，这两句仿佛有种飘飘欲仙的感觉，事实上，是词人酒醉时的一种倾诉，他就是将自己的真情实感融入一种缥缈的意境中，很契合以虚写实的笔法。最后词人在抚古惜今的思绪中平静下来，一种悲伤的论调就充斥其中，其实词人之悲不在个人，而在于天下苍生、故国家园。大有范仲淹"先天下之忧而忧，后天下之乐而乐"的风范。

过故人庄

（唐）孟浩然

故人①具②鸡黍③，邀我至田家。
绿树村边合④，青山郭外斜⑤。
开轩面场圃⑥，把酒话桑麻⑦。
待到重阳日，还来就菊花⑧。

注释

①故人：是指老朋友。②具：准备。③黍：黄米。④合：环绕。⑤郭：城。斜：倾斜。⑥场圃：打谷场和菜园。⑦桑麻：桑树和麻，在本诗中泛指农

事。⑧就菊花：意为欣赏菊花。就，靠近，在本诗中是欣赏的意思。

鉴赏

　　诗的首联如记事一般，用语极其平淡自然。故人"邀"而"我""至"，文字上毫无渲染，招之即来，简单而随便。以"鸡黍"相邀，既显出田家特有风味，又见待客之简朴。本诗的开头不甚着力，平静而自然，但对于将要展开的生活内容来说，却是极好的导入，显示了气氛特征，又有待下文进一步丰富、发展。

　　颔联不但写出了层次分明的近景和远景，而且这围绕着村落的绿树与斜倚在绿树之外的青山，正是相映成趣地表现为一种和谐而单纯的美。那绿树像母亲的温柔，怀抱着这个村落；而那青山像一个岗哨，远远地也注视着这个村落。它们的心全在这个村落上，因而那城郭也就被冷落地丢在一边了。这里我们才明白，既然说"绿树村边合"，已经是在城郭之外了，为什么还要说"青山郭外斜"呢？这句正在于陪衬出城郭的不重要；青山、绿树、村落，那样水乳交融地连成一片，那城郭就只好若有若无地默默站在一边，这真是再亲切不过的一幅图画。这里难道没有农家的心吗？与此同时，通过那青山远处的顾盼，通过那绿树近处的凝视，对于这个村落，我们将感到多么熟悉啊，仿佛我们早就该认识它们了。于是我们感受到每一块草地的绿色，每一片庄稼的成长，每一条小路上的泥土气息。这些，诗中并没有写，它却存在于青山的一瞥与绿树的拥抱之中。而我们的诗人，像一个贫困的孩子，忽然到了真正心爱的乐园，他要东看西看，东问西问。

　　颈联的"开轩"二字也似乎是很不经意写入诗中的，此处叙述人在屋里饮酒交谈，轩窗一开，就让外景映入屋内，更给人以心旷神怡之感。对于这两句，人们比较注意"话桑麻"，认为是"相见无杂言"，忘情在农事上了，这诚然不错。但有了轩

窗前的一片打谷场和菜圃，话桑麻就更让读者感到田园生活的气息。于是，我们不仅能领略到更强烈的农村风味、劳动生产的气息，甚至仿佛可以嗅到场圃上的泥土味，看到庄稼的成长和收获，乃至地区和季节的特征。有这两句和前两句的结合，绿树、青山、村舍、场圃、桑麻和谐地混成一片，构成一幅优美宁静的田园风景画，而宾主的欢笑和关于桑麻的话语，都仿佛萦绕在我们耳边。它不同于纯然幻想的桃花源，而是更富有盛唐社会的现实色彩。

从尾联来看，孟浩然深深为农庄生活所吸引，于是临走时，向主人率真地表示将在秋高气爽的重阳节再来观赏菊花。淡淡两句诗，故人相待的热情，做客的愉快，主客之间的亲切融洽，都跃然纸上了。

鹧鸪天

（宋）李清照

寒日萧萧上琐窗①，梧桐应恨夜来霜。酒阑②更喜团茶③苦，梦断偏宜瑞脑④香。

秋已尽，日犹长，仲宣⑤怀远更凄凉。不如随分尊前醉，莫负东篱菊蕊黄。

注释

①琐窗：雕有连琐图案的窗棂。②酒阑：饮酒结束的时候。③团茶：即茶饼，宋代有为进贡而特制的龙团、凤团，印有龙凤纹，最为名贵。④瑞脑：熏香名，又名龙脑，以龙脑木蒸馏而成。⑤仲宣：王粲，字仲宣，山阳高平（今山东邹县）人，十七岁时因避战乱，南至荆州依刘表，不受重视，曾登湖北当阳县城楼，写了著名的《登楼赋》，抒发了滞留他乡、怀才不遇之情。

　　这首词是李清照南渡之后的作品。词人和大批的中原人士一起仓皇南奔之后，颠沛流离，丈夫赵明诚又急病亡故。词人在失去了故国和至亲后，痛苦不已。全词弥漫着悲伤的氛围，词人将写景、叙事、怀古相结合，抒发了沉重的离乡之愁。

　　上阕寄情于物，词人把自己深深的愁绪与痛苦，寄托于物事的描写上，含蓄隽永。首二句"寒日萧萧上琐窗，梧桐应恨夜来霜"，写的是深秋典型的景色。带着寒意的阳光透过琐窗，洒落在室内。词人此时尚在闺阁，透过窗棂，目光落到庭院中的梧桐树，看到在瑟瑟秋风中对抗夜晚的秋霜。"萧萧"一词形容这秋天的日光，这黯淡凄清的秋阳表现出词人内心的寒冷。词中还运用移情的手法写"梧桐"怨恨秋夜的寒霜，抒发词人悲秋的心境。"酒阑更喜团茶苦，梦断偏宜瑞脑香"，词人写昨夜以酒浇愁，喝得过多，今晨醒来，便思饮浓酽的团茶。醒来梦断，闻到瑞脑的香味，感到很是惬意。从前面的"酒阑""梦断"后词人的空虚、寂寞以及饮茶、嗅香以自慰的闲愁来看，这里实际上是在以乐写愁，用反衬的手法，委婉含蓄地抒发词人内心难以排遣的乡愁与怀人的愁苦，耐人寻味。

　　下阕"秋已尽，日犹长，仲宣怀远更凄凉"，写暮秋时分阴冷漫长的白昼。其实按照常识来讲，秋日应该是渐渐变短了，但词人仍觉"日犹长"，反映出词人的百无聊赖以及孤寂愁闷的心境。接着词人以王粲登楼思乡的典故，以古喻今，寄托了自己生逢乱世、流徙他乡的思乡之情。"不如随分尊前醉，莫负东篱菊蕊黄"，这里化用李白、陶渊明尊前篱下的典故。不如潇洒一点，暂时抛开眼前的烦恼，沉醉于菊酒以解忧愁。词人不想辜负了这眼前盛开的菊花，聊以自慰，其中那思乡的愁滋味并未消除，反而更加的浓厚。

水调歌头·隐括杜牧之齐山诗

（宋）朱 熹

江水浸云影，鸿雁欲南飞。携壶结客，何处空翠渺烟霏①。尘世难逢一笑，况有紫萸黄菊，堪插满头归。风景今朝是，身世②昔人非。

酬佳节，须酩酊，莫相违。人生如寄，何事辛苦怨斜晖。无尽今来古往，多少春花秋月，那更有危机。与问牛山客，何必独沾衣。

注 释

①烟霏：云烟弥漫。宋欧阳修《秋声赋》："盖夫秋之为状也，其色惨淡，烟霏云敛。"②身世：人生的经历，此处大有感慨叹惋之意。

鉴 赏

杜牧的《九日齐山登高》："江涵秋影雁初飞，与客携壶上翠微。尘世难逢开口笑，菊花须插满头归。但将酩酊酬佳节，不用登临恨落晖。古往今来只如此，牛山何必独沾衣。"此诗以旷达之意来消解人生多忧、生死无常的悲哀。

上阕开篇写"江水浸云影，鸿雁欲南飞"，江水上映着碧空中的白云，鸿雁正准备飞往温暖的南方。此句将杜牧诗中的"江涵秋影雁初飞"一分为二，"携壶结客，何处空翠渺烟霏"，在这样秋高气爽时节，词人提着酒壶和好友共饮，豪迈旷达之情就此溢于言表。"何处空翠渺烟霏"，哪一个地方风景优美，群山染翠，倒映在浩渺的烟波之上呢？其实词人的要求并不是很高，后一句中就可以看出，"尘世难逢一笑，况有紫萸黄菊，堪插满头归"。人世间知己难求，感情淡薄，世态炎凉，在世俗中难得一个真心的笑脸，他希望有个地

方能够自由阔达，采撷紫萸黄菊戴在身上，随意地放松自己。

下阕接着上阕从酒席间出发，作者强作欢乐，劝座上的朋友不要推却美酒，只管尽情而饮，所谓"酬佳节，须酩酊，莫相违"。此一句话自"但将酩酊酬佳节"。"人生如寄，何事辛苦怨斜晖"，人生短促，只是暂时寄居在世上罢了，何必太多的怨天尤人，人生的旷达的意境就显现出来了。词人以古鉴今，"无尽今来古往，多少春花秋月，那更有危机"，回首历史，兴亡变化，已经被埋在了岁月的烟尘中。"与问牛山客，何必独沾衣"，词人在古今的沉浮中变得旷达超脱了。

菊　花

（唐）元　稹

秋丛绕舍似陶家①，遍绕篱边日渐斜。
不是花中偏爱菊，此花开尽更无花。

注　释

①陶家：用陶渊明"采菊东篱下，悠然见南山"之典。

鉴　赏

吟咏菊花，往往要说菊花的可爱，但诗人既没列出"金钩挂月"之类的形容词，也未描绘争芳斗艳的景象。而是用了一个比喻——"秋丛绕舍似陶家"。一丛丛菊花围绕着房屋开放，好似到了陶渊明的家。秋丛，即丛丛的秋菊。东晋陶渊明最爱菊，家中遍植菊花。"采菊东篱下，悠然见南山"（《饮酒》）是他的名句。这里将植菊的地方比作"陶家"，秋菊满院盛开的景象便不难想象。如此美好的菊景怎能不令人陶醉？故诗人"遍绕篱边日渐斜"，完全被眼前的菊花所吸引，专心致志地绕篱观赏，以至于太阳西斜都不知道。"遍绕""日斜"，把诗人赏菊入迷、流连忘返的情景真切地表现出来，渲染了爱菊的气氛。

诗人为什么如此着迷地偏爱菊花呢？三、四两句说明喜爱菊花的原因："不是花中偏爱菊，此花开尽更无花。"菊花在百花之中是最后凋谢的，一旦菊花谢尽，便无花景可赏，人们爱花之情自然都集中到菊花上来。因此，作为后凋者，它得天独厚地受人珍爱。诗人从菊花在四季中谢得最晚这一自然现象，引出深微的道理，回答了爱菊的原因，表达了诗人特殊的爱菊之情。这其中当然也含有对菊花历尽风霜而后凋的坚贞品格的赞美。

历代写菊的诗不胜其数，要想写出新意实非易事，但元稹这首咏菊诗却写得不落俗套，能于寻常之中挖掘出新意与哲理，是一首发自真情的好诗。此外，诗歌的构思也颇为巧妙，先渲染爱菊之情，最后再道出爱菊的缘由，给人以顿悟和启发。在用词上，诗人连用两个"绕"，三个"花"，不仅没有给人以累赘堆砌的感觉，反倒有韵律优美之感。

竹

房兵曹^①胡马

（唐）杜 甫

胡^②马大宛^③名^④，锋棱^⑤瘦骨成。
竹批^⑥双耳峻^⑦，风入四蹄轻。
所向无空阔，真堪^⑧托死生^⑨。
骁腾有如此，万里可横行。

注 释

①兵曹：兵曹参军的省称，是唐代州府中掌管军防、驿传等事的小官。房
兵曹人名不详。②胡：此指西域。③大宛：汉代西域国名，其地在今乌兹别克
斯坦境内，盛产良马。④名：大宛国的好马。⑤锋棱：锋利的棱角。形容马的
神骏健悍之状。⑥竹批：形容马耳尖如竹尖。⑦双耳峻：马双耳直峻峻，十分
的精神。⑧堪：可以，能够。⑨托死生：马值得信赖，对人的生命有保障。

鉴赏

此诗约作于玄宗开元二十九年（741），正值诗人漫游齐赵、裘马清狂的一段时期。杜甫本善骑马，也很爱马，写过不少咏马诗。此诗"前半论骨相，后半并及性情"（清代沈德潜《唐诗别裁》），可谓传神写意，自寓抱负，所以前人说是"为自己写照"（清代浦起龙《读杜心解》）。首联写其出身不凡，傲骨铮铮；次联写其峻健敏捷；第三联写其忠诚勇猛的品性；尾联期望骏马立功于万里之外，当是与房兵曹共勉之意。整首诗写得矫健豪放，沉雄隽永。清代仇兆鳌《杜诗详注》引明张綖语："此四十字中，其种其相，其才其德，无所不备，而形容痛快。"

这是一首咏物言志诗。诗的风格超迈遒劲，凛凛有生气，反映了青年杜甫锐意进取的精神。

诗人以极为精练的语言，对骁勇善战、义干青云的胡马进行了栩栩如生的刻画，使读者不仅欣赏到胡马俊健的体形，更为它所呈现出的精神感奋不已。前四句重在写实，写马的形态。首句交代胡马的产地，来自"大宛"。二句写好马的形象、特征（瘦），"锋棱瘦骨"，把与人相若、神健气清、并夹裹着凌厉之风的神骏形象摆在读者面前。接着，三、四句从静动两方面续写马的形态，尖耳、蹄轻，生动地描写出马体态的俊健。后四句重在写虚，写马的精神。第五句写胡马勇往直前、所向无前，视空阔为无物的精神。这样一种凛然无畏的气度，有了它，人就可以临危不惧，可以生死相托了（第六句）。至此，马的豪迈之气，作者的赞许之心，便表露无遗。末句是有力的收束，总揽上文，给读者以阔大的想象空间。此诗章法有序，布局井然。一、二句写其骨相不凡，三、四句写其体态雄奇，五、六句写其气概品质，七、八句总揽全篇，揭示主旨，而重点在于胡马的"不凡"，以此为主脉，描刻形容，不即不离。同时，句句写马，而又处处关人，以健马喻人、喻猛士，以马的大气象、大志向，来喻人的精神，喻杜甫的品格与志向——尽职尽忠和对家国的责任感、使命感，豪迈之情溢于言表。体现了杜甫咏物诗"遗形取貌"的特点。

如梦令

（宋）王之道

一饷①凝情无语，手撚②梅花何处。倚竹不胜愁，暗想
江头归路。东去，东去，短艇③淡烟疏雨。

注释

①一饷：短时间，一会儿。②撚：攀折。③短艇：小船。

鉴赏

这首词短小精悍，描写了女子盼望心爱的人从远方归来的殷切情怀，人物内心活动刻画细致入微。张炎在《词源》卷下给予了这首词很高的评价，"词人难于令曲，如诗之难于绝句，不过十数句，一句一字闲不得。末句最当留意，有有余不尽之意始佳"，用词讲究，构思巧妙，耐人寻味。

首句"一饷凝情无语"，写女子触景生情，惆怅不已，很长时间默默无言，看来她已经陷入了对心上人思念的深深愁绪之中。次句"手撚梅花何处"，写女子攀折了梅花，却不知道梅花寄往何处。由此我们可以推测，女子看到这梅花，定是想起了远在他乡的心上人，想寄一枝梅花给他，以表达自己的思念之情。可是心上人居无定所，四处漂泊，有欲寄无由寄。于是触景生情，引发了女子的担忧与思念。"倚竹不胜愁，暗想江头归路"，女子承受不住这思念的煎熬，倚靠在竹子上，想到心上人离开很久了，应该要回来了吧。这里表现出女子对心上人的痴情以及她的思念之重，已经让她不堪承受了。"东去，东去，短艇淡烟疏雨"，写的是心上人离开时的情景。他就

乘着一叶行舟在烟淡雨疏的江头离她东去，景象凄迷悲凉。这里措辞婉转，表现出女子对心上人浓浓的相思之情，以及期盼心上人归来的悲凉的心境，言有尽而意无穷，饶有韵味。

忆旧游

（宋）周邦彦

记愁横浅黛，泪洗红铅^①，门掩秋宵。坠叶惊离思，听寒螀夜泣，乱雨潇潇。凤钗半脱云鬓，窗影烛光摇。渐暗竹敲凉，疏萤照晚，两地魂销。

迢迢，问音信，道径底花阴，时认鸣镳。也拟临朱户^②，叹因郎憔悴，羞见郎招。旧巢更有新燕，杨柳拂河桥。但满目京尘，东风竟日吹露桃。

注释

①铅：古代的化妆品。②朱户：借指歌楼。

鉴赏

该词描写一个多情的风尘女子对心上人刻骨相思的情景。通过愁容、愁态、动作行为的勾画，把人物因相思不得见的焦急、矛盾到伤感、到怕被遗弃的复杂心情充分展现了出来，语言生动细腻。全词写景抒情，笔调细腻，变化有致，遣字用语极尽含蓄。

上阕主要写女主人公的愁容、愁苦的心态，渲染了一种忧愁的氛围。"记愁横浅黛，泪洗红铅，门掩秋宵"，这几句是人物描写。词人先从回忆写起，黛石淡扫的蛾眉愁锁，莹莹泪水冲洗着面颊上的红粉，皆因要离别。秋夜深

沉，闺门已经掩上，女主人公要休息了。"坠叶惊离思，听寒螿夜泣，乱雨潇潇"写出欲睡不能的情态。窗外能够听得见秋叶落到地上的声音，寒蝉凄切入耳，雨声沙沙，把词人心头的愁绪淋漓尽致地表现了出来。"凤钗半脱云鬓，窗影烛光摇"，她无心再整晚妆，如云的乌发蓬蓬松松也已插不住金钗；痴呆地不能成眠，眼睁睁注视着"窗影烛光摇"，随着摇曳的烛光，何时才能与情人共剪这西窗烛啊。"渐暗竹敲凉，疏萤照晚，两地魂销"，进一步渲染环境凄凉，正是夜色沉沉，凉风吹得竹子铿然有声，还有一点流萤划破夜色，人分两地相思不见，对此寂寞黯然失魂。上阕写女主人公对心上人的思念，一层层摹形状态，栩栩如生。

下阕写女主人公对心上人的相思，侧重在心理活动的描写。首句"迢迢"二字，点出了千里相思之苦。"问音信，道径底花阴，时认鸣镳"，心上人已离她远去，欲探寻离人的消息，只能去道路旁、花荫下，仔细辨听来往奔走的骑马人中，有没有自己熟悉的骏马的嘶鸣。"也拟临朱户，叹因郎憔悴，羞见郎招"，也曾想过亲自登上高大的朱门去与心上人相会，但可叹因心上人而容貌憔悴的她，却又羞于去见自己的心上人。这是多么矛盾、真实而又复杂的心情，词人把它生动地刻画出来。"旧巢更有新燕，杨柳拂河桥"，旧年的燕巢里也会飞进新燕，远去的薄人是否又觅新欢？垂柳有意流水无情，不见那千丝万缕的柳丝轻柔地吻着桥下那匆匆流去的水波！充分地体现了女主人公内心的痛苦挣扎与猜测。"但满目京尘，东风竟日吹露桃"，但见满眼飘自京都的飞尘，被东风卷裹着从早到晚地吹弄着带有露水的薄命桃花。通过这些景物的描写，可以体会出女主人公内心的凄苦，即便是如她猜测的那样，女主人公还是对心上人情有独钟，塑造了一个痴情的日夜思念心上人的风尘女子形象。

夜 雪

（唐）白居易

已讶①衾枕冷，复②见窗户明。

夜深知雪重，时闻折竹声。

注释

①讶：惊讶。②复：又。

鉴赏

　　这首诗是白居易谪居江州时所写，如题所示，该诗是吟咏夜雪的，它在立意和构思上都有其独到之处，读后能给人留下深刻的印象，使人获得美的享受。

　　开篇先从触觉写起："已讶衾枕冷"，诗人在睡梦中被冻醒，惊讶地发现盖在身上的被子竟有些冰冷。疑惑之间，抬眼望去，只见窗户被映得很明亮，将触觉描写转移到视觉上来。这两句还没有出现诗的主角"雪"，但每一句写的都是夜雪的情状。"讶"字，暗指落雪是在不经意间。"冷"字，则点出落雪已多时。起初浑然不觉，待寒冷袭来才忽然醒悟，生动形象地体现了雪落地无声的特点。

　　第二句"复见窗户明"，"复见"承接上句"已讶"，无论在句式上还是诗人的感觉动作上都与上文承接连贯。由于是夜里，再加上雪落无声，诗人没有感觉到天气的骤变，待到他觉察"衾枕冷"时，才举头向窗外望去，只见窗户已被映得雪亮。此刻是夜深之时，而窗户却有亮光，说明这雪下得非常大，也照应了前文的"冷"。

第三、四句"夜深知雪重，时闻折竹声"，这两句在句意上的顺序是颠倒的，应当是先闻折竹声，而后才做出判断知是夜深雪重，但作者为了突出此时雪重的效果，而有意识地调整了语序。"时闻折竹声"仍不直接写雪，继续采用侧面描写的手法，从听觉的角度展现夜雪之重。诗人选取"折竹"这一细节，衬托出"重"字。竹子本是很有韧性的植物，通过积雪压折竹枝的声音，可见雪之大，且雪势有增无减。"折竹声"于"夜深"而"时闻"，又显示出雪夜的宁静，同时也透露出诗人谪居江州时心情的孤寂。

诗人先写被子内的感觉，次写窗上之所见，再写房外之所闻，即先写触觉，次写视觉，再写听觉，而后才自然地得出深夜雪重的结论。且全诗自然天成，平易熨帖，获得了更佳的艺术效果。

佳 人

（唐）杜 甫

绝代①有佳人，幽居②在空谷。
自云良家子，零落依草木。
关中昔丧乱，兄弟遭杀戮。
官高何足论，不得收骨肉。
世情恶衰歇，万事随转烛③。
夫婿轻薄儿，新人④美如玉。
合昏⑤尚知时，鸳鸯⑥不独宿。
但见新人笑，那闻旧人⑦哭。
在山泉水清，出山泉水浊。
侍婢卖珠⑧回，牵萝⑨补茅屋。
摘花不插发，采柏⑩动盈掬。
天寒翠袖薄，日暮倚修竹。

注释

①绝代：冠绝当代，举世无双。②幽居：静处闺室，恬淡自守。③转烛：烛火随风转动，比喻世事变化无常。④新人：指丈夫新娶的妻子。⑤合昏：即夜合花，其花朝开夜合，故曰"尚知时"。⑥鸳鸯：水鸟，雌雄成对，日夜形影不离。⑦旧人：佳人自称。⑧卖珠：因生活穷困而卖珠宝。⑨牵萝：拾取树藤类枝条。也是写佳人的清贫。⑩采柏：采摘柏树叶。

鉴赏

本首诗作于乾元二年（759）秋季，安史之乱发生后的第五年。在此之前，杜甫被迫辞掉华州司功参军职务，为生计所迫，携带妻子，翻山来到边远的秦州。在那里负薪采橡栗，自给度日，《佳人》就写于这一年的秋季。杜甫对大唐朝廷竭忠尽力，丹心耿耿，最后却落得弃官漂泊的窘境。即便是在关山难越、饥寒交迫的情况下，仍始终不忘国家民族的命运。这样的不平际遇，这样的高风亮节，和诗中女主人公是很相像的。因此，本诗既反映客观存在的社会问题，又体现了诗人的主观寄托。

杜甫很少写专咏美人的诗歌，《佳人》却以其格调之高而成为咏美人的名篇。山中清泉见其品质之清，侍婢卖珠见其生计之贫，牵萝补屋见其隐居之志，摘花不戴见其朴素无华，采柏盈掬见其情操贞洁，日暮倚竹见其清高寂寞。诗人以纯客观叙述方法，兼采夹叙夹议和形象比喻等手法，描述了一个在战乱时期被遗弃的上层社会妇女所遭遇的不幸，并在逆境中揭示她的高尚情操，从而使这个人物形象更加丰满。

这首五言古体诗，从开篇一路下来，都是"说"，到了结尾两句，才以一幅画面忽然结束。作者的高明之处就在这里。他没有用一个结局去迁就读者的胃口，而是用一个悬念故意吊着读者的胃口。读过这首诗的人，一闭上眼睛，就会在脑海里浮现出这样的画面：一位绝世美貌却格外不幸的佳人，在秋风中，在黄昏里，衣裳单薄，孤零零地站在那里，背靠着一丛竹，眼里流露着哀愁。

全诗文笔委婉，缠绵悱恻，绘声如泣如诉，绘影楚楚动人，"在山泉水

清，出山泉水浊”，深寓生活哲理。“佳人”并非写实，只是一种寄托，是诗人自己的身影。虽时世艰难，多遭不幸，仍不愿入染浊流。

茅屋为秋风所破歌

(唐) 杜 甫

八月秋高①风怒号，卷我屋上三重茅。

茅飞渡江洒江郊，高者挂罥②长林梢，下者飘转沉塘坳③。

南村群童欺我老无力，忍能对面为盗贼④。

公然抱茅入竹去⑤，唇焦口燥呼不得，归来倚杖自叹息。

俄顷⑥风定云墨色，秋天漠漠向昏黑⑦。

布衾多年冷似铁，娇儿恶卧踏里裂。

床头屋漏无干处，雨脚如麻⑧未断绝。

自经丧乱少睡眠，长夜沾湿何由彻？

安得广厦千万间，大庇天下寒士俱欢颜，风雨不动安如山！

呜呼！何时眼前突兀⑨见此屋，吾庐独破受冻死亦足！

注释

①秋高：秋深。②挂罥：挂着，缠绕。罥，挂。③沉塘坳：沉到池塘水中。塘坳，低洼积水的地方（即池塘）。坳，水边低地。④忍能对面为盗贼：竟忍心这样当面做“贼”。能，如此。⑤入竹去：走进竹林。竹，竹林。⑥俄顷：不久，一会儿，顷刻之间。⑦秋天漠漠向昏

黑：指秋季的天空浓云密布，一下子就昏暗下来了。漠漠，阴沉迷蒙的样子。向，渐近。⑧雨脚如麻：形容雨点不间断，像下垂的麻线一样密集。雨脚，雨点。⑨突兀：高耸的样子。

鉴赏

安史之乱，杜甫流离成都。公元760年，经亲友帮助，在成都浣花溪边盖起了一座茅屋，总算有了一个栖身之所。不料到了第二年八月，大风破屋，大雨又接踵而至。诗人长夜难眠，感慨万千，写下了这篇脍炙人口的诗篇。

第一节共五句。"八月秋高风怒号，卷我屋上三重茅。"起势迅猛，"风怒号"三字，音响宏大，犹如秋风咆哮。一个"怒"字，把秋风拟人化，从而使下一句不仅富有动作性，而且富有浓烈的感情色彩——面对风雨飘摇中的茅屋，诗人感到焦急万分。

第二节中共有五句，这是前一节的发展，也是对前一节的补充。

前一节写"洒江郊"的茅草无法收回，除此以外，还有落在平地上可以收回的茅草，但却被"南村群童"抱跑了。"欺我老无力"五字着眼，如果诗人不是"老无力"，而是年当壮健有气力，自然不会受这样的欺侮。"忍能对面为盗贼"，意思是，群童竟然忍心在他的眼前做盗贼。所以，"唇焦口燥呼不得"，也就无可奈何了。

"归来倚杖自叹息"总收一、二两节。诗人大约是一听到北风狂叫，就担心盖得不够结实的茅屋发生危险，因而就拄杖出门，直到风吹屋破，茅草无法收回，这才无可奈何地走回家中。

第三节共八句，写屋破又遭连夜雨的苦况。"俄顷风定云墨色，秋天漠漠向昏黑"两句，用饱蘸浓墨的大笔渲染出暗淡愁惨的氛围，从而烘托出诗人凄苦的心境，而密集的雨点即将从漠漠的秋空洒向地面，已在预料之中。"布衾多年冷似铁，娇儿恶卧踏里裂"两句，没有穷困生活体验的作者是写不出来的。值得注意的是这不仅是写布被又旧又破，而是为下文写屋破漏雨蓄势。

"自经丧乱少睡眠，长夜沾湿何由彻"两句，一纵一收。一纵，从眼前的处境扩展到安史之乱以来的种种痛苦经历，从风雨飘摇中的茅屋扩展到战乱频繁、残破不堪的国家；一收，又回到"长夜沾湿"的现实。忧国忧民，加上"长夜沾湿"，诗人自然不能入睡。于是诗人由个人的艰苦处境联想到其他人的类似处境，水到渠成，自然而然地过渡到全诗的结尾。

"安得广厦千万间，大庇天下寒士俱欢颜，风雨不动安如山"，前后用七字句，中间用九字句，句句蝉联而下，而表现阔大境界和愉快情感的词如"广厦""千万间""大庇""天下""欢颜""安如山"等等，又声音洪亮，从而构成了铿锵有力的节奏和奔腾前进的气势，恰当地表现了诗人从"床头屋漏无干处""长夜沾湿何由彻"的痛苦生活体验中迸发出来的奔放激情和火热希望。表现了作者推己及人、舍己为人的高尚风格，诗人的博大胸襟和崇高理想，至此表现得淋漓尽致。

听张立本女吟

（唐）高 适

危冠广袖楚宫妆①，独步闲庭②逐夜凉。
自把玉钗敲砌竹，清歌一曲③月如霜。

注释

①危冠广袖楚宫妆：是一种高冠宽袖窄腰的南方贵族女装。②闲庭：反衬出少女的悠然神情。③清歌一曲：指张立本女吟之诗。

鉴赏

诗的内容似无深意，却创造了一种清雅空灵的意境。暗蓝色的天幕上一轮秋月高悬，凉爽的闲庭中幽篁依阶低吟。清冷的吟诗声和着玉钗敲竹的节拍，飘荡在寂静的夜空，在冰冷如霜的月光下勾勒出一个峨冠广袖的少女身影。意境是情与景的融合。

在这首诗里，景色全由人物情态写出，而人物意趣又借极简练的几笔景物点缀得到深化。由情见景，情景相生，是形成此诗佳境的显著特点。"危冠广袖楚宫妆"是一种高冠宽袖窄腰的南方贵族女装，这身典雅的装束令人清楚地想见少女亭亭玉立的风姿；从"独步"可见庭院的空寂幽静和她清高脱俗的雅趣，而"闲庭"又反衬出少女漫步低吟的悠然神情。"逐夜凉"则借其纳凉的闲逸烘染了秋爽宜人的夜色。夜静启开了少女的慧心，秋凉催发了少女的诗思。她情不自禁地从发髻上拔下玉钗，敲着阶沿下的修竹，打着拍子，朗声吟唱起来。以钗击节大约是唐宋人歌吟的习惯，晏几道《浣溪沙》词有"欲歌先倚黛眉长，曲终敲损燕钗梁"句，写的是一位歌女在"遏云声里送离觞"的情景，也颇妩媚。高适此诗中的少女，孤芳自赏，信手击竹，对月自吟，那种心声和天籁的自然合拍似更觉曼妙动听。诗题为"听张立本女吟"，故"清歌一曲"实是吟诗一首。古诗本来能吟能唱，此处直题"清歌"二字，可见少女的长吟听来必如清朗的歌声般圆转悦耳。前三句不写月色，直到一曲吟罢，方点出"月如霜"三字，不但为开拓诗的意境添上了最精彩的一笔，也渲染了少女吟诗的音乐效果。

诗人以满目如霜的月色来烘托四周的沉寂，使"霜"字与"夜凉"相应，并以此透露少女吟罢后心境的清冷和吟声给听者带来的莫名惆怅，从而在结尾形成"此时无声胜有声"的境界，留下了无穷的韵味。抒情的画意美和画面的抒情美融为一体，是盛唐许多名篇的共同特点。这首诗写女子洗尽脂粉香艳气息，更觉神清音婉，兴会深长，超尘拔俗，天然淡雅，在盛唐诗中也是不可多得的佳作。

忆秦娥①

（唐）李 白

萧声咽②，秦娥梦断③秦楼月。秦楼月，年年柳色，灞
陵④伤别⑤。

乐游原⑥上清秋节⑦，咸阳古道⑧音尘⑨绝。音尘绝，西
风残照⑩，汉家⑪陵阙⑫。

注 释

①此词作者有些争论。两宋之交邵博《邵氏闻见后录》始称之为李白之
作。南宋黄升《唐宋诸贤绝妙词选》亦录于李白名下。明代以来屡有质疑者。
②咽：呜咽，形容箫管吹出的曲调低沉而悲凉，呜呜咽咽如泣如诉。③梦断：
梦被打断，即梦醒。④灞陵：在今陕西省西安市东，是汉文帝的陵墓所在地。
当地有一座桥，为通往华北、东北和东南各地必经之处。⑤伤别：为别离而伤

心。⑥乐游原：又叫"乐游园"，是汉宣帝乐游苑的故址，在唐代是游览之地。⑦清秋节：指农历九月九日的重阳节，是当时人们重阳登高的节日。⑧咸阳古道：咸阳，秦都，唐人常以咸阳代指长安，"咸阳古道"就是长安道。⑨音尘：既是指消息，也是指车行走时发出的声音和扬起的尘士。⑩残照：指落日的光辉。⑪汉家：汉朝。⑫陵阙：皇帝的坟墓和宫殿。

鉴赏

　　此词描绘了一个女子思念爱人的痛苦心情，读来凄婉动人。古人对它评价很高，把它与《菩萨蛮·平林漠漠烟如织》一起誉为"百代词曲之祖"。

　　"箫声咽，秦娥梦断秦楼月。"词人落笔就写一个京城女子，在一个月照高楼的夜晚，被凄凉呜咽的箫声惊醒了好梦。"秦娥"，泛指京城长安的一个美丽的女子。"梦断"，谓梦被箫声所惊醒。这里反用《列仙传》所载萧史与弄玉的故事，因为善吹箫的萧史被秦穆公的女儿爱上，终于结为夫妻，一起乘龙、跨凤而去，那该是多么美好；可这位秦娥呢，单身独宿，只能在梦中与爱人相聚，偏偏好梦被那凄切箫声所打断，醒来一看空剩清冷的月色，心里又该是多么悲伤！一个"咽"字，渲染出境界之凄凉；一个"断"字，烘托出秦娥内心的失望。开头两句就这样以流丽之艳语而描写出哀婉欲绝之情思。

　　"秦楼月，年年柳色，灞陵伤别。"秦娥从梦中惊醒，眼前只有照着楼台的月色；借着月色向楼下看，只见杨柳依旧青青，一如既往，不禁勾起往年在灞桥折柳，送别爱人那种悲伤情景的回忆。"秦楼月"之反复，本是这个词调的要求；而在这首小令之中，不仅起到由月色而见柳色的承上启下的作用，而且加强了对于孤独凄凉的环境气氛的渲染。"灞陵伤别"，是由柳色触发的对当时分别情景的回忆，它既补明了"梦断"之"梦"乃是与远别爱人相聚的好梦，更为下阕结句的描写埋下了伏笔。这一"伤别"，本写秦娥之离愁别恨，而以年年贯之，则把多少年、多少代人间共有的悲剧一同说出，境界顿然阔大起来，赋予了普遍的意义。

　　"乐游原上清秋节，咸阳古道音尘绝。"这两句紧承"伤别"，描写秦娥登原望信而不得的景象。"清秋节"，点明是清凉的秋季，既补写上阕没有明

写的时间，又点染冷清寂寥的气氛。此时此地，秦娥满怀愁绪，眼望爱人由此离去的咸阳古道，苦苦等着，然而尘埃不起，音信全无。"音尘"本谓声音与尘埃，后借指信息；"绝"，断绝。这三字，不仅写尽咸阳古道寂静冷落的景象，更把秦娥孤独无望、欲哭无声的心境写绝，其"伤别"之情可谓极矣！

"音尘绝，西风残照，汉家陵阙。"词人依词调的要求，将"音尘绝"三字加以反复，进一步强调从乐游原上远望咸阳古道的悲凉景象，和秦娥哀婉凄切的心境，而引出秦娥眼前之所见，只有在肃杀的秋风之中，一轮落日空照着汉代皇帝陵墓的荒凉图景。从年年伤别的怀念远人，到残照陵阙的怀古伤今，气象突然为之开阔，意境也就愈显深远。

除夜宿石头驿①

（唐）戴叔伦

旅馆谁相问②？寒灯独可亲。
一年将尽夜，万里未归人。
寥落悲前事，支离③笑此身。
愁颜与衰鬓，明日又逢春。

注释

①除夜：农历除夕之夜。石头驿：在今江西新建县赣江西岸。②问：寻问、安慰。③支离：此为残缺而不中用。

　　此诗当作于诗人晚年任抚州刺史时期，当时他正寄寓石头驿。"旅馆谁相问？寒灯独可亲"起句突兀，却在情理之中。除夕之夜，万家团聚，自己却还是浮沉宦海，奔走旅途，孤零零地在驿馆中借宿。人无可亲，眼下就只有寒灯一盏，摇曳做伴。"谁相问"，用设问的语气，更能突出旅人凄苦不平之情。"寒灯"，点出岁暮天寒，更衬出诗人思家的孤苦冷落的心情。

　　一灯相对，自然会想起眼前的难堪处境："一年将尽夜，万里未归人。"出句明点题中"除夜"，对句则吐露与亲人有万里相隔之感。"万里"，指的不是两地间的实际路程，而是就心理上的距离说的。这一联，摒弃谓语，只用两个名词性词组，连同前面的定语"一年将尽""万里未归"，构成对仗，把悠远的时间性和广漠的空间感，对照并列在一起，自有一种暗中俯仰、百感苍茫的情思和意境，显示出诗人高超的艺术概括力，具有深沉的形象感染力。

　　"寥落悲前事，支离笑此身"，写出了沉思追忆和忆后又回到现实时的自我嘲笑。"支离"，道出作者流离多病。诗人一生行事，抱有济时之志，而此时不但没能实现，反落得病骨支离，江湖漂泊，这不能不感到可笑。这"笑"，蕴含对不合理现实的愤慨不平，是含着辛酸眼泪的无可奈何的苦笑。一个"又"字，写出诗人年年待岁，迎来的只能是越来越可怜的老境，一年不如一年的凄惨命运。这个结尾，给人以沉重的压抑感和不尽的凄苦况味。全诗写情切挚，寄慨深远，一意连绵，凄恻动人，自非一般无病呻吟者可比。

贫　女

（唐）秦韬玉

蓬门未识绮罗香①，拟托良媒益自伤。
谁爱风流②高格调，共怜时世俭梳妆。
敢将十指夸针巧，不把双眉斗②画长。

苦恨年年压金线④，为他人作嫁衣裳！

注释

①蓬门：用蓬茅编扎的门，指穷人家。绮罗：丝织品。这里指富贵妇女的华丽衣裳。②风流：指意态娴雅。③斗：比。④苦恨：深恨。压金线：用金线绣花。

鉴赏

"蓬门未识绮罗香，拟托良媒益自伤"，这句主人公的独白从姑娘们的家常——衣着谈起，说自己生在蓬门陋户，自幼粗衣布裳，从未有绫罗绸缎沾身。开头第一句，便令人感到这是一位纯洁朴实的女子。因为贫穷，虽然早已是待嫁之年，却总不见媒人前来问津。抛开女儿家的羞怯矜持请人去做媒吧，可是每生此念头，便不由加倍地伤感。这又是为什么呢？

"谁爱风流高格调，共怜时世俭梳妆"，如今，人们竞相追求时髦的奇装异服，有谁来欣赏我不同流俗的高尚情操？就主观而论："敢将十指夸针巧，不把双眉斗画长"。'我'所自恃的是，凭一双巧手针黹出众，敢在人前夸口；决不迎合流俗，把两条眉毛画得长长的去同别人争妍斗丽。

"苦恨年年压金线，为他人作嫁衣裳"，这一句写个人的亲事茫然无望，却要每天压线刺绣，不停息地为别人做出嫁的衣裳！月复一月，年复一年，一针针刺痛着自己伤痕累累的心！独白到此戛然而止，女主人公忧郁神伤的形象跃然呈现在读者的面前。

"谁爱风流高格调"，俨然是封建文人独清独醒的寂寞口吻；"为他人作嫁衣裳"，则令人想到那些终年为上司捉刀献策，自己却久屈下僚的读书人——或许就是诗人的自叹吧？诗情哀怨沉痛，反映了封建社会贫寒士人不为世用的愤懑和不平。

这首诗以语意双关、含蕴丰富而为人传诵。全篇都是一个未嫁贫女的独白，倾诉她抑郁惆怅的心情，而字里行间却流露出诗人怀才不遇、寄人篱下的感恨。

春江花月夜

（唐）张若虚

春江潮水连海平，海上明月共潮生。

滟滟①随波千万里，何处春江无月明。

江流宛转绕芳甸②，月照花林皆似霰③。

空里流霜④不觉飞，汀上白沙看不见。

江天一色无纤尘，皎皎空中孤月轮。

江畔何人初见月？江月何年初照人？

人生代代无穷已⑤，江月年年只相似。

不知江月待何人，但见长江送流水。

白云一片去悠悠，青枫浦⑥上不胜愁。

谁家今夜扁舟子？何处相思明月楼？

可怜楼上月徘徊，应照离人妆镜台。

玉户帘中卷不去，捣衣砧上拂还来。

此时相望不相闻，愿逐月华流照君。

鸿雁长飞光不度，鱼龙潜跃水成文⑦。

昨夜闲潭梦落花，可怜春半不还家。

江水流春去欲尽，江潭落月复西斜。

斜月沉沉藏海雾，碣石潇湘⑧无限路。

不知乘月几人归，落月摇情满江树。

注 释

①滟滟：水波摇动的样子。②甸：原野。③霰：从天空中降落的小雪块儿或小冰粒。④空里流霜：是指月光在空中向大地撒下一片像霜露一样的银灰色。⑤已：停止。⑥青枫浦：地名。又名双枫浦。在今湖南省浏阳县南，是古浏阳八景之一。⑦文：同"纹"，波纹、涟漪。⑧碣石潇湘：碣石在海边，一

般是指秦皇岛外海边的巨石；潇湘即潇水和湘水，在内陆，指湖南境内的长江二支流。碣石潇湘连在一起用，比喻天各一方，路途遥远。

鉴 赏

《春江花月夜》，一千多年来使无数读者为之倾倒，被闻一多先生誉为"诗中的诗，顶峰上的顶峰"。张若虚在唐代诗坛并不太有名气，要不是《乐府诗集》收入了此诗，他的才气很有可能被历史淹没。

单看诗的题目就十分令人心驰神往，春、江、花、月、夜，这五种事物集中体现了世间最为动人的良辰美景，构成了诱人奇妙的艺术境界。

诗的开头为读者勾勒出了一幅春江花月夜的壮丽画面：江潮连海，月共潮生。一个"生"字，就赋予了明月与潮水以活泼的生命。江水弯弯曲曲地绕过花草遍生的春之原野，月色洒在花树上，就像撒上了一层洁白的雪一样。月光荡涤了世间万物的五光十色，将大千世界浸染成梦幻一样的银灰色。因而"流霜不觉飞"，"白沙看不见"，浑然只有皎洁明亮的月光存在。诗人细腻的笔触，创造了一个神话般美妙的境界，使得春江花月夜显得格外优美恬静。这八句诗，由大到小，由远及近，笔墨逐渐凝聚在一轮孤月上。

接着续写春江花月夜的景色之美并引出了"人"。清明澄澈的天地宇宙，仿佛使人进入了一个纯净的世界，也引起了作者的遐思冥想：江边的什么人最先见到月光，月光最先照见的又是什么人？诗人神思活跃，但又紧紧联系着人生，个人的生命是短暂即逝的，而人类的生存却是绵延长久、代代无穷的。这是诗人从大自然的美景中感受到的一种欣慰。"江月待何人"是紧承上句"只相似"而来的。既然人生代代相继、江月年年如此，那么江月徘徊中天，像是在等待什么人似的这一愿望，是永远也不能实现的。随着江水的奔流，诗篇亦生波澜，将诗歌推向更高的境界。江月有限，流水无情，作者很自然地把笔触引到了下半篇男女相思的离愁别绪上了。

接下来的四句，即"白云一片去悠悠"四句，是总写春江花月夜中思妇与游子的两地相思之情。"白云""青枫浦"是诗人托物寓情。白云飘忽，象征着"扁舟子"的行踪不定。"谁家""何处"二句互文见义，正是因为不止一家、一处有离愁别绪，诗人才提出这样的设问。诗人用一种相思，牵出两地离愁，一往一复，诗情荡漾，曲折有致。

"可怜楼上月徘徊"八句承接"何处"句，写闺妇对离人"扁舟子"的思念。作者紧扣主题，用"月光徘徊"和"鸿雁不度"来间接烘托她的思念之情，悲泪自出。"徘徊"二字极其传神：一是浮云流动，故光阴明灭不定；二是月光怀着对思妇的怜悯之情，在楼上徘徊不肯离去。这里的"卷"和"拂"两个痴情的动作，生动地表现出思妇内心的惆怅和迷惘。共望月光也无法相知，只好托付明月遥寄相思之情。望长空，鸿雁远飞，飞不出月的光影，飞也徒劳；看江面，鱼在跳跃，跃不过三尺江面，只是激起阵阵波纹，跃也无用，这就更平添了几重痛苦和愁闷。

诗人在最后八句中用落花、流水、残月来烘托游子跋涉他乡，连做梦也在念叨归家。"沉沉"二字加重渲染了诗人的孤寂；"无限路"无限加深了他的乡思之情。他在想：在这美好的春江花月夜，不知道有几人能乘月回到自己的故乡。这种无着无落的离情伴着残月之光洒满了江边的树林，也洒在了读者的心上，情韵袅袅，摇曳生姿，令人陶醉。

本诗中间夹叙闺情别绪，增加了哀怨缠绵的感情，突破了哲理诗的枯燥。诗人又善于反复变化，造成了诡谲的波澜，增加了诗的感染性，因而成为千古名篇。

春夜别友人①（其一）

（唐）陈子昂

银烛②吐青烟，金樽③对绮筵④。
离堂思琴瑟，别路绕山川。
明月隐高树，长河没晓天⑤。
悠悠⑥洛阳道⑦，此会在何年。

注释

①这首诗约作于武则天光宅元年（684）春。时年
二十六岁的陈子昂离开家乡四川射洪，奔赴东都洛阳，准备
向朝廷上书求取功名。临行前，友人设宴欢送他。席间，
友人的一片真情触发了作者胸中的思潮。这首离别之作，
就从宴会的情景落笔。②银烛：是指晶莹洁白的蜡烛。
③金樽：形容酒杯华贵。④绮筵：是指华美的筵席。
⑤长河没晓天：是指银河消失在曙色之中。⑥悠悠：
遥远。⑦洛阳道：是指通往洛阳的路。

鉴赏

这首律诗没有铺写别离的情景，而是以饯别宴
上举杯之间的意念活动为主，写了独自远行的孤寂
凄苦，借此反衬了与友人相聚的欢乐，表现了朋友
之间难分难离的情谊。

首联用对起格，语言富于对称美，同时也使得
眼前景物形象鲜明，在对比中显出色彩美。这一
联遣词华丽，铺陈宴会隆重热闹场面，以烘托出友

情的深厚。筵席虽然丰盛，但它是为送行而设，因此不免又笼罩上一层离别气氛，使在座的人于欢声笑语之外渐渐产生惆怅与伤感之意。

第二联承首联而引出离别的主题。这一联自谢朓《离夜》诗的"离堂华烛尽，别幌清琴哀"两句化出，但比谢诗显得出语更自然、意境更深远，明确地抒写出此时此地惜别的情景。

第三联并不是泛泛写景，而是借背景的扩展和时间的推移来进一步映衬别情。这一联表面看像是专写夜空，实则紧扣夜宴。月亮已隐没到高树之后，银河也消失在曙色之中了，人却没有散去，时间在不觉中逝去，通过夜宴之长，衬托别情之深，这种以景衬情的含蓄手法，比正面抒写离情更有感染力。

结尾以"悠悠洛阳道，此会在何年"的问句作结。这两句是说此去洛阳的道路十分遥远，这一分别，不知何时才能见面。这个结尾，感情真挚，语言质朴。全诗因反复渲染离情而浸上了一层淡淡的愁绪。

此诗通篇畅达优美，除了开头一联因场面描写之需而适当选用华丽辞藻外，其余用语都不加藻饰、平淡自然，他所追求的乃是整首诗的深厚。在结构上善于回环曲折地精心布局，情和景的安排上，先以浓丽之笔铺写宴会之盛，次以婉曲之调传达离别之愁，再以宏大的时空背景烘托出宴会之久与友谊之长，最后以展望征途来结束全篇，层次分明。

放言五首（其三）

（唐）白居易

赠君①一法决狐疑②，不用钻龟③与祝蓍④。
试玉要烧三日满，辨材须待七年期。
周公恐惧流言日⑤，王莽谦恭未篡时⑥。
向使⑦当初身便死，一生真伪复⑧谁知？

①君：指元稹。②狐疑：狐性多疑，故称遇事犹豫不定为狐疑。③钻龟：古人的占卜方法之一，钻龟壳后看其裂纹占卜吉凶。④祝蓍：古人的占卜方法之一，焚烧蓍草后观察草灰的形状，从而判断吉凶。⑤周公恐惧流言日：典故之一，周公姬旦是成王的叔父，成王年幼时由周公摄政。后来周公被人污蔑说将害死成王。周公听说这种流言后，为自保而立即躲避起来。⑥王莽谦恭未篡时：典故之一，汉元帝皇后的侄子王莽在篡夺王位之前，为收买人心，常以谦恭退让的姿态示人。⑦向使：假如当初。⑧复：又。

鉴 赏

元和十年（815），诗人在被贬江州途中，作组诗《放言五首》。这是其中的第三首。这首诗纵论了"决狐疑"（亦即判明真伪）的方法，并以之宣示：自己虽蒙不白之冤，但一定会善自珍重，坚韧不拔，以待澄清之日。

"赠君一法决狐疑"，诗一开头就说要告诉人一个决狐疑的方法，而且很郑重，用了一个"赠"字，强调这个方法的宝贵，说明是经验之谈。这就紧紧抓住了读者。因在生活中不能做出判断的事是很多的，大家当然希望知道是怎样的一种方法。那么，这"决狐疑"之法究竟是什么？

"不用钻龟与祝蓍"，先不径直说出"是什么"，而是故作顿挫，采用筛选排他之法，先说"不是什么"。意谓：这决狐疑的方法，不是用龟甲占卜，也不是用蓍草棍来推算。唯其有此顿挫，方能更引发读者急欲知道答案的急迫心情；唯其用此排他之法，方才更显出"是什么"的重要与正确。

"向使当初身便死，一生真伪复谁知"是本诗的关键句。诗人感慨：假如周公被疑、王莽作伪之时他们便死了的话，那么，他们的真实面目又有谁能识别呢？周公岂不是要蒙受千古不白之冤，而王莽岂不是要徒得"谦恭"之誉吗？由此可见，"时间"是辨真伪、决狐疑的最好方法。辨别一切事物均需时间来考验，辨玉辨材如此，辨别人之真伪亦如此。

这里还需特别指出的是，此诗是作者在被贬途中所写，是与同样被贬的好友元稹的奉和之作。因而虽然貌似平和、出语委婉，实则是有感而发，暗语申辩。诗中暗含了对当时执政者忠奸不辨的针砭，同时也在宣示：自己及元稹等受诬被贬之人，定会坚持以待，时间终会洗雪不白之冤，我们可将此诗视为极富战斗性的巧妙申辩。

左迁至蓝关示侄孙湘①

（唐）韩 愈

一封②朝奏九重天③，夕贬潮州④路八千。
欲为圣明⑤除弊事，肯⑥将衰朽惜残年！
云横秦岭⑦家何在？雪拥蓝关马不前⑧。
知汝⑨远来应有意，好收吾骨瘴江⑩边。

注释

①左迁：贬官。古人以右贵左贱，故称贬官为左迁。蓝关：距长安不远，在蓝田县境。②封：《谏佛骨表》，在此指谏书。③九重天：皇帝居住的地方，借指皇帝。④潮州：一作潮阳。旧说潮州距长安八千里。⑤圣明：皇帝，此指唐宪宗。⑥肯：岂肯。⑦秦岭：在蓝田县内东南。指横亘陕西南部的山脉、终南山。⑧马不前：古乐府《饮马长城窟行》："驱马涉阴山，山高马不前。"⑨汝：你。⑩瘴江：此泛指南方多瘴气之水。

鉴赏

元和十四年（819）正月，唐宪宗命宦官从凤翔府法门寺塔中将所谓的释迦文佛的一节指骨迎入宫廷供奉，并送往各寺庙，要官民敬香礼拜。韩愈看到这种佞佛行为，便写了一篇《谏佛骨表》。劝谏阻止唐宪宗，指出信佛对国家无益，而且自东汉以来信佛的皇帝都短命，结果触怒了唐宪宗，韩愈几乎被处死。经裴度等人说情，最后韩愈被贬为潮州刺史，责求即日上道。潮州在广东东部，距离当时的京师长安有八千里之遥。韩愈只身一人，仓促上路，走到蓝田关口时，他的侄孙韩湘匆匆赶来，来陪伴这孤苦的老人。韩愈于是写下了这首诗，悲歌当哭，送给侄孙韩湘。这首诗和《谏佛骨表》珠联璧合，相得益彰，具有深刻的社会意义。

前四句写祸事缘起，冤屈之意毕见。首联直抒自己获罪被贬的原因。他很有气概地说，这个"罪"是自己主动招来的。就因那"一封书"之罪，所得的命运是"朝奏"而"夕贬"。且一贬就是八千里。但是既本着"佛如有灵，能作祸祟，凡有殃咎，宜加臣身"（《谏佛骨表》）的精神，则虽遭获严惩亦无怨悔。

三、四句直书"除弊事"，认为自己是正确的，申述了自己忠而获罪和非罪远谪的愤慨，富有胆识。尽管招来一场弥天大祸，他还是"肯将衰朽惜残年"，且老而弥坚，使人如见到他的刚直不阿之态。五、六句就景抒情，情悲且壮。韩愈为上表付出了惨痛的代价，"家何在"三字中，有他的血泪和愤怒。

后两联扣题目中的"至蓝关示侄孙湘"。作者远贬，严令启程，仓促离家；而家人亦随之遣逐，随后赶来。当诗人行至蓝关时，侄孙韩湘赶到，妻子儿女，则不知尚在何处。作者在《女挐圹铭》中追述道："愈既行，有司以罪人家不可留京师，迫遣之。女挐年十二，病在席。既惊痛与其父诀，又舆致走道撼顿，失食饮节，死于商南层峰驿。"

从思想上看，此诗与《谏佛骨表》，一诗一文，可称双璧，很能表现韩愈思想中进步的一面。就艺术上看，全诗熔叙事、写景、抒情为一炉，诗味浓郁，感情真切，对比鲜明，是韩诗七律中的精品。

冬

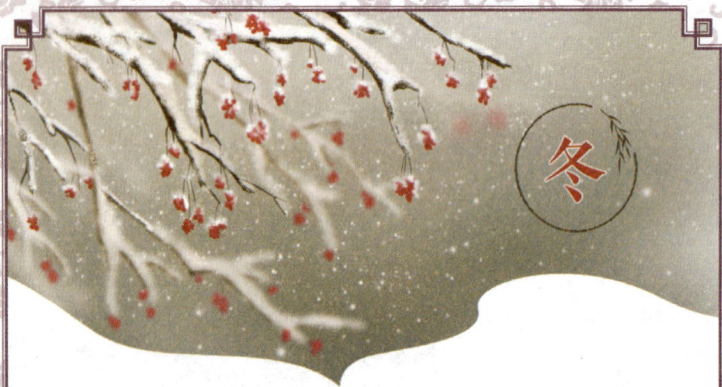

冬天的古人是孤傲的，万籁俱寂，天地茫茫，却把梅花齐赞赏。让我们用行令的方式走进古人的冬天，寻找坚守背后的答案。